U0644253

COLLECTED POEMS

[英] W.H.奥登 著 马鸣谦 蔡海燕 译

奥登诗集

- 修订版 -

卷一

上海译文出版社

图字：09－2010－115号

图书在版编目(CIP)数据

奥登诗集/(英)W. H. 奥登(W. H. Auden)著；马鸣谦，蔡海燕译. —上海：上海译文出版社，2023. 7
(奥登文集)
书名原文：Collected Poems
ISBN 978－7－5327－9326－6

Ⅰ. ①奥… Ⅱ. ①W… ②马… ③蔡… Ⅲ. ①诗集－英国－现代 Ⅳ. ①I561. 25

中国国家版本馆CIP数据核字(2023)第092958号

奥登诗集
[英] W. H. 奥登 著 马鸣谦 蔡海燕 译
责任编辑/顾 真 装帧设计/周伟伟

上海译文出版社有限公司出版、发行
网址：www. yiwen. com. cn
201101 上海市闵行区号景路159弄B座
浙江新华数码印务有限公司印刷

开本 889×1194 1/32 印张 44 插页 24 字数 418,000
2023年9月第1版 2023年9月第1次印刷
印数：0,001—6,000册

ISBN 978－7－5327－9326－6/I·5816
定价：298.00元（全三册）

作者像

W.H. Auden's poems portray both the history of the twentieth century and his own emotional history, often in the same poem. This book contains the poems he wrote in the first half of his career, between the ages of twenty and forty. The earliest poems are about his sense of isolation from his family, from the past, from the possibility of love. But they are also about a modern industrial society in which individual persons are isolated from each other, and the old connections that held people together, for better or worse, have broken.

爱德华·门德尔松教授为本书所写“前言”的手迹

《冬日时光的溜冰者和捕鸟器》

（《美术馆》一诗中涉及的四幅画之一）

《伯利恒的户口调查》
(《美术馆》一诗中涉及的四幅画之二)

《伯利恒的婴儿屠杀》
（《美术馆》一诗中涉及的四幅画之三）

《风景与伊卡洛斯的坠落》
(《美术馆》一诗中涉及的四幅画之四)

目 录

卷二

卷三

奥登文学遗产受托人爱德华·门德尔松教授前言一[1]

爱德华·门德尔松

奥登精于描绘二十世纪的历史和他个人的情感史，两者常常出现在同一首诗歌中。这部诗集遴选了他创作生涯前半期的诗作，大致写于他二十岁至四十岁期间。奥登最早期的作品多是表现因家庭、过往经历或爱的可能性而产生的自我疏离感，同时也反映了现代工业社会中个体彼此隔绝的困境，不管如何，凝聚人类群体的那些传统纽带已然断裂了。

此后的三十年代，奥登变得更为自信与成熟，与此同时，欧洲正经历着一场经济大萧条；他的诗作对个人情爱更确定了些，也开始探索社会变化的可能性，要么经由某种变革，要么通过内在的“心灵转变”。

在1939年至1945年间，奥登的诗歌变得趋于悲观，即便抒写相爱的忠诚，也暗含了个体和国家的负罪感，意在揭示同时摧毁了私人生活和国际环境的毁灭性错误。这部选集的后半部，在1945年之后的作品中，奥登逐渐看到了某种重生的希望：身心的分裂仍可弥合，国家与人民之间仍有可能连结为一体。

奥登1907年出生于英国的约克郡，父亲是一位颇有名望的医生、公共健康领域的教授，母亲则是一位专职护士，他是家中的第三子。奥登的语言和视野总带有某种“科学”色彩，更多基于显在的事实而非一厢情愿的想象，但他首先还是一个有“爱”的诗人，总在关注对爱的圆满实现产生阻碍的因素，无论它是来自外部社会，还是出于内在的焦虑。

在过去三个世纪的英语诗人中，奥登对情感和道德的经验作出了最为广阔的回应，在修辞和风格方面也进行了全方位的探索。当他写出“若有可能，愿成为大西洋的小歌德”这样自我期许的诗句时，奥登提到了歌德，在莎士比亚之后的欧洲诗人中，惟有歌德才在广度和深度上令他钦敬与追摹。奥登擅写动人的谣曲、讽刺性的双韵体、格言体谜语诗，也能处理滑稽歌曲、圣诞歌曲，有对风景和历史的沉思，也有表现主义的文字游戏，战时他会在酒吧里写巴洛克风格的田园诗，也会写讽刺性的祈祷文和政治短文。此外，他也能娴熟驾驭五行打油诗、俳句、散文诗和十四行诗等各种诗体，而且，总会在语调和文体上创新出奇；而他的爱情诗包含了渴望、失意、狂喜、厌倦、亲密、疏离与挫败等诸般复杂的感受。在寄给朋友的一封信里，他曾这么写道：“对我这样的诗人来说，自传是多余的，因为不管如何隐晦，发生在你身上的任何重要事情都会含摄在一首诗作里。”

奥登在这封信里提及的“隐晦”并非意指“表达之隐晦”，相反，他将此种做法视为文学与道德上的缺陷。他在诗作中加以掩饰的

1. 本文为门德尔松教授为《奥登诗选：1927—1947》(上海译文出版社，2014 年)撰写的前言。

东西，有时恰是激发他投入写作的某个实在经验，时隔多年之后，他常会不辞烦劳地以散文形式再作确认。譬如《夏夜》一诗，写成三十年后他曾特意撰文，婉转而明确地阐明这首诗的创作触因是“大爱的想象”[1]：某天晚上奥登曾和三个朋友一起闲坐（他们都是一所英国学校[2]的教师），有生以来他第一次“确切无疑地认识到……所谓‘爱邻人如己’的真实含义”。这篇文章也间接透露了另外的讯息，奥登写于 1939 年的幻想性情诗《先知们》、《有如天命》、《预言者》、《重要约会》都曾受到他所称的“厄洛斯幻念”的激发，某种突如其来的“启示”，“照亮了个体的人。”

在其他的诗作中，奥登回应了外部世界的一些公共事件，其个人观感多是基于普遍的人性经验，而非诉诸笼统的半官方声明。1938 年奥登在战时中国的旅行催生了一组十四行组诗，他的如椽巨笔同时描绘了宏观的历史变迁和短瞬的地方性事件。在他的后期作品中（收入这本诗选的下半部），《城市的纪念》写于 1945 年在战后废墟般的德国旅行期间，它唤起了奥登对历史和宗教的省思；而冷战期间国际间的紧张局势、语言和思想的扭曲，则催生了《祷告时辰》、《阿喀琉斯之盾》、《基希施泰滕的圣灵节》。

奥登私下里很清楚自己的名望地位，但他很谨慎，一直避免公开发表那种泛泛而谈的个人主张（某些听信表面言辞的批评家就此将他贬为次要的诗人，却让那些善于自我鼓吹者暴得大名）。他将

1. “大爱”的原文 Agape，是希腊文《圣经》形容仁慈与爱的专有词汇。

2. 从 1930 年到 1935 年，奥登曾做过五年的教师，前两年在苏格兰海伦堡的拉奇菲尔德学院，后三年在赫利福德郡的道恩斯中学（即此处提到的学校）。

W. B. 叶芝和 T. S. 艾略特这些现代主义文学前辈奉为开创新范式的勇敢拓荒者，而将自己和同时代人描述为继承其历史遗产的守成者。他并没有明确地予以说明——但在诗作中曾一再暗示：相比开拓者，守成者的工作在道德上更为复杂，而在美学上要更为深刻。他有时会自称为喜剧诗人，这再次误导了读者，让他们天真地以为他只期望在文学史上占得一个次要地位；但他的诗文也强调了如下事实：在古典时代，喜剧性作品似乎不及悲剧性作品来得深刻，而对现代作家来说，因为普遍轻视犹太教和基督教中关于平等和爱的想象，喜剧要比悲剧来得更伟大。奥登的早期作品呼应了但丁《神曲》中普遍存在的喜剧想象，中年期的作品暗合了莎士比亚传奇作品中的神秘喜剧想象，而他的后期作品则让人联想到歌德那种恢宏而连贯的想象。

奥登的诗作经由喜剧化方式揭示了深刻的真理，因为采用任何其他方式都有可能毁于浮夸。一首诗，倘若以“让时钟全都停摆/把电话线拔掉”[1]起句，是以喜剧性的夸张方式来表达深沉的情感，因为深沉的情感总是夸张而极端的，而就效果而言，一首喜剧性的诗要比一首故作正经的诗更具感染力。

奥登对英语语言的热爱始终不渝。他有意识地使用了几乎不可传译的词汇和修辞效果。此外，终其一生，他对整个的英语诗歌史都兴趣盎然，囊括了主流与非主流的作品：从《贝奥武夫》的匿名诗人，朗兰德，弥尔顿，德莱顿，蒲柏，拜伦，温斯罗普・麦克沃思・

1.《葬礼蓝调》一诗的起句行。

普雷德，狄金森，丁尼生，霍普金斯和格雷夫斯，直到威廉·卡洛斯·威廉斯，所有这些诗人——包括除此以外的很多诗人——他都曾在自己的诗作中予以呼应和模仿。他曾这么写过：人类这个物种之所以最为聪慧，全因其最温情仁爱能表达感情。而他的诗歌，已为智慧与爱之间的紧密联系提供了完美见证。

奥登文学遗产受托人爱德华·门德尔松教授前言二[1]

爱德华·门德尔松

这部诗选包括了奥登从四十一岁到他去世的六十六岁之间(其后期创作生涯)所写的诗歌作品,与上卷《奥登诗选:1927—1947》正好成为合璧。随着年齿日长,奥登深信其诗歌的风格和主题必须与他本人发生同步的改变,他必须持续不断地发现适合其年龄的新的写作方式,而无须去迎合他所处的历史和文化的时代环境。他并不纠结于这样的问题:“我在 1967 年应该怎么写?”只会自问:“我在六十岁时该怎么写?”

奥登 1907 年出生于英国的约克郡。他在二十多岁时写的诗歌晦涩而热切,部分作品具有政治宣传的色彩,另一些则表达了强烈的个体孤独感。从英国移居美国后,在他三十多岁时,他所写的很多诗歌关涉了个人情爱的快乐和丧失所爱的痛苦,与此同时,他也从一个新教徒的角度开始书写大篇幅的雄心勃勃的诗作,探索的主题包括了艺术、政治、文化和社会。

从本卷《诗选》开篇的 1948 年,奥登开始在欧洲度夏,冬天则回到纽约。从 1948 年到 1957 年,每年夏天他都住在那不勒斯的离岸岛屿伊斯基亚岛,期间所写的诗歌开始试图理解风景的物理世界和人类身体的关系，其书写方式与地中海文化和罗马天主教文化保持了一致。《石灰岩颂》表面上是一首关于伊斯基亚岛风景的诗，真正的主题是赞美身体的神圣意义。在他写于上世纪四十和五十年代的大型作品譬如《田园组诗》和《祷告时辰》组诗中，他再次探索了身体神圣性的主题和日常生活的复杂社会关系。

在1948年之前，他曾写过四首长诗，《新年书简》、《在此时刻》、《海与镜》和《焦虑的年代》，但之后他就停止写长诗，转而写作主题连贯的系列短诗，譬如奥登用去了好几年的时间才最终完成的《田园组诗》。他对视角单一、专注于情感和历史问题的单篇长诗提不起什么兴趣，更希望从多元角度来审视这些主题，而采用组诗的形式，每一首诗就能处理写作主题的某个不同侧面。他对早年曾吸引过他的严肃的历史、心理、宗教理论也不再热衷，转而对人类经验的多种面向投入了更多的关注。

他的兴趣转向的一大标志，是他有了新途径去切近历史——对奥登而言，“历史”如今意味着独立个体的特异行动，而非国家和帝国的抽离了个人的大规模运动，“历史”由人类自主完成（不管结果是好是坏），而非受自然本能或大时段的历史周期所驱使。在他1960年出版的诗集《向克里俄致敬》中，有很多诗作都是类似思考的产物。

1958年，奥登将他的度夏地从意大利转到了奥地利，他在一个名叫基希施泰腾的村庄买了一栋十八世纪的农舍，从那儿坐火车去

1. 本文为门德尔松教授为《奥登诗选：1948—1973》（上海译文出版社，2015年）撰写的前言。

维也纳只有一小时的路程。他写出了十五首诗，合成组诗《栖居地的感恩》来表达自己的喜悦之情，奥登有生以来第一次拥有了自己的屋宅。他也写过一些很隐晦的诗，其中描绘了最终产生出纳粹分子的诸般残忍野蛮——他指出，奥地利人是最坚定的纳粹支持者——他看到兽性潜伏在每个人的头脑中。

在此期间，奥登诗歌的语调变得更为平静，不像早期作品那样有明显的技巧性，很多读者为他作品的这个变化感到遗憾。但另外也有一些读者（包括笔者）认为，相比于早期作品，奥登的后期作品更能深深地打动人心，因为它们具备成熟而复杂的智性。“此类游戏需要耐心、先见之明和策略，如同战争和婚姻”（如他在《游乐场》一诗中所写的那样），他深深明白这一点。

自 1939 年离开英国定居美国后，除开在欧洲度夏以外，奥登大部分时间都住在纽约。1972 年，他离开纽约和美国，搬回了牛津。他在那儿只住了一个冬天。之后，他在奥地利过完了最后一个夏天，1973 年 9 月，他在返回牛津、中途停留维也纳时溘然长逝。

奥登曾经说过，他所有的诗都是为爱而写。即便他那些看似抽象而非个人化的诗歌，也都在尝试与读者建立某种交流；他认为他的读者都是独立个体，他可以倾吐衷言，也可以与他们面对面地交谈，读者并非集体性的大众，他并不是从一个更有知识、更具权威的位置来发表演讲。因其所表现出的全部学识和高超诗艺，他或许是表达平等和爱的最伟大的英语诗人。

译者序[1]

威斯坦·休·奥登(Wystan Hugh Auden,1907—1973)诗作丰厚,诗艺纯熟,诗路开阔,被公认为继 T. S. 艾略特之后最重要的英语诗人之一。他的文学遗产受托人爱德华·门德尔松教授(Edward Mendelson)说“用英语写作的诗人当中,真正属于二十世纪的,奥登是第一人”,而诗人布罗茨基(Joseph Brodsky)更充满敬意地称奥登为“二十世纪最伟大的心灵”,是二十世纪的“批判者”。

一

在奥登的中文版传记问世之前,不妨简略追溯一下他的早年家庭生活与他的诗文创作之间存有的联系,以便读者对其人其文有一个初步理解的方向。

奥登 1907 年出生于英国北部的约克,他的父亲乔治·奥古斯特·奥登是一名医生,母亲康斯坦丝·罗萨莉·奥登是一名护士,祖父辈都是英国国教会牧师;这是一个盎格鲁-天主教家庭,奉行某种融合了罗马天主教教义和仪式的圣公会信仰。为此,奥登不止一次将自己对语言和音乐的热爱部分地归结于童年时的教堂礼拜;他的青年时期,自然曾受到当时种种现代思潮的影响,然而,由宗教熏染出的底色其实一直潜藏在他的人生选择中；从西班牙内战爆发至他移居美国前后，这个思想脉络愈见分明，在他中后期的生活和创作中更成为了主导因素之一；细读奥登的诗文，我们很快就可以观察到这一特质。当然，他所秉持的原教旨理念，更准确的说法，是基于基督信仰的某种文明史观。

奥登是家中的第三个孩子（都是男孩），也是最小的一个。他曾写道："我终究是最幸运的一个，无忧无虑的、备受宠爱的第三子。"他还以童话故事类比自己在三兄弟中的位置：在童话故事里，往往是老幺探险成功、赢得奖赏。而对奥登来说，母亲在他成长过程中的影响非常大：他的"成功"和"奖赏"就是为了赢得母亲的爱。自出生那一刻起，奥登就与母亲很亲近：一来作为最小的孩子，他一直都由母亲亲手抚养；二来是因为他与两位哥哥年龄相差了几岁，他们更喜欢把他留给母亲，然后自己跑出去玩。奥登深爱着自己的母亲，但他后来渐渐意识到，这样的亲密关系也带给他心灵的煎熬。他觉得自己成年后的某些习性与母亲息息相关：举止笨拙，这是因为母亲过早地开发了他的智力；同性恋倾向，这是因为母亲与他过分亲近，以至于他在成长过程中无意识地向母亲的性别靠拢；偏好音乐，这是因为母亲热爱音乐，鼓励他学习钢琴，还经常与他对唱名曲（比如瓦格纳的名曲《特里斯坦与伊索尔德》，值得注意的是，她让奥登演唱的是其中女主角伊索尔德的歌词）。奥登的这番自我认识，无疑是可信的，他一生都没有摆脱母亲对他造成的影响。这个

1. 本文为译者为《奥登诗选：1927—1947》（上海译文出版社，2014 年）撰写的序言，略有修订。

影响当然也会表现在创作中。他的诗作中就经常出现女性压迫者的形象，如《家族幽灵》里“要征服她，那看得见的敌人”中的“她”；或者如“断奶”这样的词语（弗洛伊德精神分析学认为，婴儿“断奶”对人的后期人格和心理结构的形成非常重要），在那首《1929》中，就有这样的段落：

只因独自一人，惊恐的灵魂
返回了这羊群与干草的生活
却没有归属感：每时每刻
他都渐行渐远，也必得如此，
如断了奶的孩子走出家门，
踉跄着刚走几步路，就焦急万分，
欢喜雀跃只为找到自己的家，一个
待在那里无须征税的所在。

这种因为与母亲的过分亲近而产生的焦虑，在如下几行诗里有着更为明确的表现：“汤米按照母亲的意愿行事 / 直到心灵再也无法承受；/ 他的思维一半是天使 / 另一半却是狗屎。”

另一方面，父亲对他施加了另一层面的影响，令奥登从小就迷上了神话、传说和各种奇思异想。在他还不会阅读的时候，深谙古典文学的父亲就常常给奥登讲述特洛伊战争的故事以及奥林匹斯山上众神之间错综复杂的关系；他也讲述其他神话人物，比如雷神托尔、火神洛基等冰岛神话谱系的神灵们。奥登医生尤其希望自己的儿子能够了解后者，这不仅仅是因为他本人非常热衷于北欧古代文化，还因为他觉得家族姓氏“奥登”来源于冰岛（长大成人后的奥登很快就安排了一次冰岛寻根之旅，写下了诗歌《冰岛之旅》）。

奥登还从父亲那里学到了另外一些东西。他父亲曾就学于剑桥大学自然科学专业，毕业后做了医生；他不但重视医学实践与历史，还注重医学的哲理成分，对心理学和精神分析学也颇有研究；他喜欢引用一句话——医生应该“更为关注作为个体的病人，而不是对方所患疾病的特殊方面”；他经常对小奥登说：“治疗并不是一种科学，而是存在于神奇大自然中的直觉艺术。”这些话深深地烙印在奥登心中，也直接影响了他的思维方式：早熟的奥登很早就形成了一种心理学家式的冷静、客观的分析态度。六岁时他曾断言：“我所接触的大多数成年人都很愚蠢。”而他对阿姨们的评价是“性格急躁，为人慷慨，体质较弱，有些神经质”。通过日常的交往和观察，他逐渐认识到“疾病可能由身心失调引起”，虽然他当时还不会用诸如“身心失调”之类的复杂字眼，但差不多就是这个意思了。青年奥登在欧洲游历期间结识了美国心理学家霍默・莱恩（Homer Lane），进一步确立了他对疾病的精神分析的态度：他觉得一个人得皮肤病很有可能是因为他对肉体存有偏见；腹泻和呕吐可能源于他对过去心存阴影；衣修伍德（Christopher Isherwood）的咽喉痛是因为说了谎；斯彭德（Stephen Spender）长得高是想“步入天堂”；而他对自己的肠道问题的解释是同性恋倾向……奥登对疾病的这种分析，偶合了苏珊・桑塔格所批评的“疾病是人格之表达”的观点：“人格可以诱发疾病——这是因为，人格没有向外表达自己。激情由此转向内部，惊扰和妨碍了最幽深处的细胞。”奥登的疾病观有其不合理的一面，但在一定程度上表达了他对现代人精神异化所导致的病态后果的认识。他的诗歌《维克多》和《吉小姐》便是这一观点的最好诠释：前者体现了自我压抑所导致的心理疾病，而后者表现了自我压抑所导致的生理疾病。

自然环境亦是奥登精神世界的不可或缺的一部分：因为家乡毗邻奔宁山脉，他从小就接触了很多废弃的矿场和矿井。在没有写下诗行前的孩童时期，他曾幻想自己是一名矿业工程师。下面这段话是他对这份幻想的描述：“醒着的时候，我常常在心里构建一个属于自己的神圣世界。它的基本要素是一片北方的陆地，那里有石灰石、工业设施和铅矿。”小奥登非常认真地对待自己的幻想世界，他一直让母亲和其他长辈帮他寻找诸如《金属矿机械》之类的书籍，还有与之相关的地图、旅行手册和图片，尤其喜欢关于矿业、矿脉或地质学的专业术语；一逮到机会，他就会说服他们带他去参观那些真正的矿场。长辈们据此推断奥登天性喜好科学，有成为矿业工程师的天赋。但后来的事实证明，奥登在机械操作方面的能力很匮乏，无论他看起来对矿业多么感兴趣，那也与专业门类的科学无关，只是一种浪漫主义的、不切实际的喜爱。机械、隧道、地质学知识……奥登对这些词汇如此着迷，因为它们似乎蕴藏着某种不可言说的象征意义。他后来回忆说：“在我看来，一个像‘pyrites’（硫化铁矿）这样的术语并不仅仅是一个指示符号，它还是一个神圣事物的固有名称。所以，当我听到一位阿姨将它念成‘pirrits’时，我惊恐万分……无知是一种亵渎。”

正是在这份痴迷的牵引下，奥登此后走上了一条远离现成范式的诗歌道路。凭借独特的个人体验，他自信地做出了这样的判断："如果一个人同时对词汇和象征感兴趣，那么他必然会成长为诗人。"检视奥登少年时期的诗歌习作，我们可以轻而易举地找到很多直接与矿井相关的地名、术语和事件，比如《旧时的铅矿》、《矿工的妻子》、《铅是最好的东西》等；进入诗歌创作的成熟期后，专门写矿产工业的诗篇虽然不多见了，但矿井仍是一个十分突出的意象，我们在《预言者》、《新年书简》、《石灰岩颂》、《六十岁的开场白》等诗歌里都可以看到它们的踪迹。

二

十五岁那年夏天，奥登初涉诗歌领域，一度师法浪漫主义诗人的创作手法，而时隔四年之后，他兴奋地对自己的导师说："我最近一直在阅读艾略特的作品……现在，我找到自己的写作方向了……"

T. S. 艾略特的荒原意象如启示的路标，指引了奥登深入体察现实生活，使他在二十世纪三十年代非"左"即"右"的时代大背景下，以其对现代弊病的剖析、对政治事务的热忱和对社会变革的期待，创作出一系列富有感染力和时代新意的诗篇，因而被定义为了"左翼诗人"。但奥登的诗歌混合了马克思主义、弗洛伊德主义、自由主义和保守主义等多种思想的复杂意涵，并不能简单粗糙地用"左翼文学"一词来做笼统的概括。

英国诗人兼文学批评家格里格森(Geoffrey Grigson)曾如此评价奥登在二十世纪三十年代英语诗坛的境况——“奥登是个庞然怪物”:

> 奥登从不随波逐流。奥登并不温文尔雅。无论是在创作还是生活上,奥登都不落窠臼。他不走布卢姆茨伯里派的路子,不沿袭汉普斯特德文化圈的传统,也不依循牛津、剑桥或者拉塞尔广场那些人的模式。奥登写尚在求学的少年。奥登时不时地咬手指甲。奥登写诗时会押韵。奥登信手拈来各种诗体。奥登并不讨厌豪斯曼(A. E. Housman)。奥登更接近吉卜林(Rudyard Kipling)而不是威廉斯(William Carlos Williams)。奥登更喜欢杜米埃而不是蒙德里安。奥登更有可能阅读冰岛英雄传奇而不是《海浪》(*The Waves*)……
>
> 奥登是个庞然怪物。

“monster”既有“怪物”的意思,也有“庞然大物”的意思。虽然格里格森认为奥登的诗风与时代主流格格不入,有“怪异”之嫌,但他基本上是以肯定的态度评价奥登的非同寻常之处,因而“monster”有了一层“庞然怪物”的含义。格里格森随后还为“庞然怪物”添加了一个形容词——“有能力的”(able),认为奥登是英语诗坛鲜见的“有能力的庞然怪物”。

另一方面,“庞然怪物”强调了体积的庞大,这也喻示了奥登在英语诗坛的重要地位。二十世纪三十年代初,刚走出牛津大学校园不久的奥登以左翼诗人的身份出场，为英语诗歌带来了新内容、新技巧和新方向，迅速奠定了自己在诗坛的地位，此后十年诗名煊赫，更成为了“奥登一代”的领袖人物。

然而，奥登的人生轨迹却在三十年代末发生了一次大转折，他选择了一条跟 T.S. 艾略特相反的道路，漂洋过海来到美国，定居于纽约，随后皈依了基督教。这一举动在大西洋两岸掀起了轩然大波，中外学者往往据此将奥登的思想和创作一分为二，斯彭德(Stephen Spender)作为“奥登的心腹、掌故学家和注释员”，对奥登的这段描述很有代表性：

> 事既如此，现代艺术里就出现了二种趋势。一种是躲开看来如此反人性的，客观的世界而遁入个人的，私己的，晦涩的，怪僻的，及不关轻重的世界，另一是设法将想象生活与现代人类所创造的广大而反人性的组织取得连系……这二种逃避与扩展的趋势时常平行地存在于一个诗人的身上。在某些诗人中，扩展的阶段往往为逃避的阶段所接替。(袁可嘉译)

斯彭德在分析现代艺术的两种趋势的时候，把艾略特作为“逃避”的典型案例进行分析，而把早期奥登作为“扩展”的绝佳代表进行诠释，这基本上也是学术界的一个共识。至于后期奥登是否彻底遁入了“逃避”，这其实仍然是一个悬而未决的话题，更何况斯彭德本人对后期奥登的解读也有一定的偏差。他在评论奥登的诗集《另一时刻》时这样写道：“奥登的诗歌之路堪忧……如果我被炸弹击中的话,但愿奥登能为我写几首萨福体诗。”众所周知,古希腊女诗人萨福善写歌咏情爱的浪漫抒情诗,斯彭德实际上是在暗讽奥登的诗歌题材越写越窄。一向心高气傲、不为他人言论所动的奥登,在读到好友的这番话后深感伤害,还特地写去了一封长信。时至今日,我们仍然能够在国内外相关文章中看到类似“离开战争中的英国,去了美国”(参见王佐良先生的《英国诗史》)这样的句子,这未尝不是对奥登当年选择的一种情绪化回应。

那么,后期奥登真的“逃避”和“撤退”了么?奥登从来没有公开为自己辩护,却在实际行动中继续关注公共领域的事态发展,保持了一个知识分子应有的尊严和良知。以下两段内容摘自奥登写给好友的书信,从中我们可以看出奥登对自身的定位:

> 我既不是政客,也不是小说家,报道的事情与我无关。如果我返回英国,我所能预见的生活状况与我目前的美国生活没有丝毫差别,无非是阅读、写作和授课。

> 如果我确信自己足以担当士兵或者防空队员的工作,那么我明天就回去,但是我并不觉得自己在军事上会有什么贡献。是因为我足够理智,或者仅仅是一种胆怯?我不可能给出答案。我唯一确信的就是,一旦英国政府需要我效力,我将在所不辞(我已经告知这里的大使馆了)。但是对于作家和教师来说,情况就不是这样了。因为,属于知识分子的战场并没有时间和地域的限制,任何人都无法断言这个地方或者那段时间是所有知识分子都必须出现

的。就我个人而言，我相信美国最适合我，当然这也只有今后的所作所为能够给予证明。

奥登认为自己更加胜任的角色是作家和教师，而非冲锋陷阵的战士。虽然他在信中并没有直接反驳“胆怯”，但他一再奔赴战争前线的事实（西班牙内战，中国抗战，包括二战中为盟军服役的经历），在在都说明他远非一个胆怯者。对知识分子而言，只要他是一个知善恶、明是非的人，他的舞台便是无限广阔，并不局限于某个具体的地点。同样的道理也适用于他的信仰或者思想。不可否认，奥登在移居美国和皈依基督教之后，的确有“内倾”的趋向，他不再为社会变革而奔走、鼓呼，去充当临时伴奏者的角色，而是将目光更多地放在了与外在物质世界相对应的内在精神价值上面；将这种“内倾”趋向简单化地理解为“逃避”，无疑是一种极为粗暴的推断。

倘若对后期奥登的“所作所为”稍加体察和了解，我们会发现，他的创作与思想的成就已经有力证明了当初的这个抉择。

三

奥登一生笔耕勤奋，生前出版了二十多本诗集，还在戏剧、歌剧、散文等领域留下了浓墨重彩的篇章。就其诗歌创作而言，虽然丰富庞杂，却有如下几个重大主题贯穿始终：

一是探索主题。

奥登的诗歌中经常会出现“知识”、“学习”、“错误”以及“真理”、

"历史"、"意义"等词汇，这些词很容易让我们看清他的旨趣和追求。对奥登而言，没有任何一个人、一个组织、一种学说或思想能够解决所有的问题，我们始终不可弃守自身的独立价值判断；永恒不变的"真理"惟有人性的至善，其他种种不过是切入问题的角度。正因如此，奥登就像理查德·达文波特-海因斯（Richard Davenport-Hines）所说的那样，变成了"一位百科全书编纂者"，"喜欢搜集、分类和诠释大量的信息，力图将自然现象、精神体验、人类历史和潜在情绪融合成一个体系"。表现在诗歌创作上，奥登早年就写下了很多个人成长史题材的诗歌，无论是短诗里渴望挣脱"家族幽灵"（《家族幽灵》）、规避"迷失"（《迷失》）、变得"确定起来"（《流浪者》）的年轻人，还是组诗《1929》里走过春夏秋冬的"我"，抑或是诗集《演说家》里充满疑问、不断探索的"飞行员"，都在修读一门有关人生与生命的课程；而随着阅历的累积和智性的成长，那些颇带自传意味的抒情主人公显现出高度概括的"类"的性质，有时以亚当和夏娃直接命名，有时是抽象的"我"、"我们"或者"人类"，在更为广阔的时空背景下思考着人类的命运，虽然充满危机感，对前景忧心忡忡，却并不绝望。诗歌《迷宫》就是个典型例子，在这首诗里，"无翼的人类"仰赖秉性中的进取精神，向形而上学、神学、感官、数学、历史、美学、理性以及实证主义寻求帮助，坚韧不拔地探索着可能的出口。

二是战争主题。

奥登是真正属于二十世纪的诗人，他不断被卷入历史现实的波涛中，先后经历了一战、二战和东西方的冷战，这些外部事件无疑也在客观上丰富了他的阅历和创作。一战爆发时，奥登还很年幼，但他的父亲奥登医生加入了皇家军医部队，先后在加里波利、埃及和法国服役，与家里完全断了联系，战争结束后才回返家乡。在一战和二战中间的绥靖时代，奥登直接见证了法西斯势力的粉墨登场，在动荡时局和战火纷飞中，曾先后几次奔赴战争前线：1937 年，奥登去了内战中的西班牙，写下了《西班牙，1937》；1938 年，他远赴抗战中的中国，写下了《战时》十四行组诗和长诗《诗体解说词》；1939 年移居美国后，虽然远离了英国，他却跟英国大使馆报备，还去了纽约征兵处（因同性恋被拒入伍），期间还写下了很多反思战争的诗作，流传最广的当属名篇《一九三九年九月一日》，而他那首《无名士兵的墓志铭》，则是铭记冷战的代表作品。这些写于不同年代的诗作连缀成清晰而坚定的人道立场，表明了奥登对战争摧残生命、泯灭人性的谴责，以及对战争合理性、正义性的质疑。

三是爱情主题。

门德尔松教授认为"奥登的早期诗歌，写的是热烈而短暂的爱欲"，而中后期的诗歌则献给了"婚姻"。早期奥登的确有如此倾向，无论是在他的个人生活中，还是在他的爱情诗里，我们都只看到了"热烈而短暂的爱欲"，而不是恒久的爱之连结。面对疏离的、乖张的社会，奥登一直认为恋人间的结合是一种有效的调和方式，但因为"焦虑的时代"（语出《焦虑的时代》）和"畸形扭曲的心"（语出《某晚当我外出散步》），这种努力却往往以失败告终。移居美国后不久，他恋上了一位比他年轻十四岁的美国青年切斯特·卡尔曼（Chester Kallman）。在他身上，奥登第一次看到了超越爱欲欢愉的灵魂相契，也看到了死生契阔的持久相依。两人交往仅过了一个月,他就给自己戴上了婚戒。那首《哦,告诉我那爱的真谛》虽然写在认识切斯特之前,却是他俩的定情之作。初识切斯特时,奥登就送给他一本布莱克诗集,并在扉页上摘录了《哦,告诉我那爱的真谛》中的两行诗句;而在随后赠送给切斯特的诗集里,他写下了这样的赠言:“致切斯特/你让我明白了真谛/(我那时是正确的;它的确如此)。”

然而,令奥登始料未及的是,他们二人在感情投入的强度上并不对等。一年后,切斯特就开始心猿意马,撇开奥登出去寻欢。从狂喜到绝望,从亢奋到消沉,爱很快就走向了它的对立面。恰在这感情危机的艰困时刻,奥登选择了回归基督教(这是偶然的巧合,却也是恢复内心平静的必然),并在今后的岁月里继续包容切斯特,歌颂爱,赞美婚姻,留下了诸如《疾病与健康》、《爱得更多的那个》等感人至深的篇章。身处了感情与精神的双重炼狱,奥登忍受着爱的煎熬,却也因为这份痛灼感获得了真切的存在感,始终保持着灵魂的思辨性力量。

除以上这些主题,奥登还写了很多有关城市、人物、宗教、音乐等题材的诗歌。在诗歌技巧上,奥登对英国自盎格鲁-撒克逊时期以来的诗歌,直至现代的霍普金斯、哈代、叶芝、艾略特等人的诗歌均有研究,并在一定程度上有所继承和发展。他不但能写严肃诗,还能写轻体诗、打油诗,诗体实验更是纷繁多样,举凡颂歌、十四行诗、田园诗、挽歌、谣曲、书信体诗文、诗剧等都有尝试,屡有创获。奥登在晚年接受采访时,曾描述过自己在构思阶段通常会做的考虑:“在任何特定的情况下,我的脑海里都会想到两样东西:其一是吸引我的主题，其二是有关语言方式、节奏韵律、措辞用语之类的问题。主题寻找恰当的形式；形式也寻找合适的主题。当它们碰在了一起，我就能够动笔了。”在奥登蔚为壮观的诗歌版图里，这种内容与形式高度契合的诗篇不计其数，比如《寓意之景》、《阿喀琉斯的盾牌》等；其中《寓意之景》是一首六节六行诗（sestina），其严谨的韵律和规整的视觉效果给人以匀称的秩序感，正是奥登诗歌理念的最好诠释与表达。

奥登年轻时曾写道：“在我看来，生活总意味着思索，/ 思想变化着也改变着生活。”而好友斯彭德对他也有如下的直观描述：“他只专注于一个目标——写诗，而他所有的发展都在这个目标之内。当然，他的生活并非完全没有受到非文学事务的干扰，但这些干扰没有改变他的生活。其他人（包括我自己）都深陷于生活的各种事务中——工作、婚姻、孩子、战争等——与当初相比，我们大家都像是变了个人……奥登也在变化，但始终是同一个人。”

是的，奥登始终是同一个人，他散漫的生活习性一直不曾改变：窗帘紧闭的昏暗寓所，脏污不堪的厨房，凌乱无序的室内摆设，即便是书籍，也是一堆堆地随意放在地上，连个书架都没有；他喜欢咬手指甲，喜欢穿便拖鞋；身上的衣衫会一个月都不换洗，以至于同在纽约的汉娜·阿伦特实在看不过去，拿来已去世丈夫的衣服给他穿……奥登对生活细节很疏忽大意，日常作息却极其规律，他严谨而自律，忘我地投身于写作，孜孜以求并努力构建着诗歌艺术和思想价值的内在秩序。

此次出版的《奥登诗选：1927—1947》，除早期作品以外，亦收入了奥登进入创作成熟期后的不少佳作：书信体长诗《致拜伦勋爵的信》和《新年书简》杂糅了自传与评论、回忆与省思，堪称奥登诗艺的集大成之作，同时也是其创作思想演变的分水岭；1938 年的中国之行，激发他写出了《战时》十四行组诗；移居美国的前后几年，奥登极富野心地以历史人物为主题，写出了《兰波》、《诗悼叶芝》、《诗悼西格蒙德·弗洛伊德》、《路德》、《蒙田》、《伏尔泰在费尔内》、《赫尔曼·梅尔维尔》、《在亨利·詹姆斯墓前》这些经典篇章，历来广受称誉；《小说家》、《作曲家》、《美术馆》、《冬天的布鲁塞尔》张扬了他一贯的人道主义立场，深富哲思又意蕴隽永；而他定居美国后写就的《探索》、《凯洛斯和逻各斯》，也可以理解为《战时》十四行组诗在形式上的延续和思想上的发展。

随着奥登诗作陆续的较完整译出，译者当然也期待着国内文学界、评论界对奥登研究的持续深入；而对诗歌创作者而言，奥登诗文与其思想的相互映照、创作与个人选择的密切关联，也必会带来新的启发意义。

四

在西方，奥登从步入诗坛起就令人瞩目，作为二十世纪三十年代英语诗坛的杰出代表也得到了广泛传播和研究，但相较于波德莱尔、叶芝、艾略特、里尔克等近现代大诗人来说，他毕竟是个初出茅庐的青年后辈，在同时代的中国一开始并没有引发太多关注。直到

1937年1月，当时国内影响较大的文学月刊《文学》刊登了一篇胡仲持翻译的文章《英美现代的诗歌》(原作者为路易斯・麦克尼斯)和一篇短文《英国新诗人的合集》，这才首次向国内引介了“奥登一代”的诗人及其创作。

如果说《文学》开启了国人认识奥登的大门的话，那么威廉・燕卜荪(William Empson)无疑开启了国人推崇奥登诗艺的大门。燕卜荪在1937年至1939年期间任教于长沙临时大学和西南联大，讲授英美文学。鉴于奥登在英国现代诗坛的地位确实非常突出，燕卜荪的现代英诗课程的教学重点自然包括了奥登这位诗坛新人。他的教学影响了一大批青年学生，曾是西南联大学子的杨周翰回忆说：“从1938年到1939年，我完成了大学学业。这一年对我收获最大、对我以后的工作影响最深的是燕卜荪先生的现代英诗。他从史文朋、霍普金斯、叶慈、艾略特一直讲到三十年代新诗人如奥登……”周珏良谈到：“在清华大学和西南联大我们都在外国语文系，首先接触的是英国浪漫派诗人，然后在西南联大受到燕卜荪先生的教导，接触到现代派的诗人如叶芝、艾略特、奥登乃至更年轻的狄兰・托马斯等人的作品和近代西方的文论。”杜运燮也有类似的表述：“正在那时，西方现代主义诗歌，特别是英国一批被称为‘粉红色十年’代表的左翼青年诗人的作品传进了西南联大校园。曾在清华大学和西南联大开过‘英国现代诗’课的英国青年诗人燕卜荪在这方面起了显著作用。我进联大时，他已离开，但他的影响仍能明确感受到。”

可以说，燕卜荪的课程为学生们架起了一座通往英国现代诗歌的桥梁，让他们得以取法英国现代诗艺，揣摩新题材和新写法。但是，在成就斐然的大诗人和崭露头角的新诗人之间，联大学子们的偏爱是明显的。

杜运燮在《我和英国诗》这篇文章里阐述了他偏爱奥登的原因。他说："被称为'粉红色的三十年代'诗人的思想受到马克思主义的影响，是左派，他们当中的C.D.路易斯还参加过英国共产党，奥登和斯彭德都曾参加西班牙人民的反法西斯战争。而我当时参加联大进步学生团体组织的抗战宣传和文艺活动，因此觉得在思想感情上与奥登也可以相通。艾略特的《荒原》等名篇，名气较大，也有很高的艺术性，但总的来说，因其思想感情与当时的我距离较远，我虽然也读，也琢磨，但一直不大喜欢，不像奥登早期的诗，到现在还是爱读的。"王佐良在分析穆旦先生的诗学渊源的时候，也谈到了联大学子们为何更接受奥登："我们更喜欢奥登。原因是他的诗更好懂，他的那些掺和了大学才气和当代敏感的警句更容易欣赏，何况我们又知道，他在政治上不同于艾略特，是一个左派……"

由此可见，奥登对中国青年诗人的吸引，不仅限于他令人折服的诗歌艺术，也源于他对社会现实的深切关怀和在特殊历史时期的政治取向。

当然，奥登与小说家衣修伍德1938年的中国之行，迅速扩大了他在中国文化界的传播与影响。

1937年夏，伦敦法伯出版社（Faber and Faber）和纽约兰登书屋（Random House）邀请他俩写一本旅行记。出于种种考虑，他们选择出访危难中的中国：首先，根据出版方的要求，该旅行记的内容必须和亚洲国家有关；其次，彼时中日战争已经爆发，日军不但主动挑起卢沟桥事变，还相继侵占了北平、天津等重要城市，并蓄势侵占上海，远东发生的严重事件业已成为欧美各国的舆论焦点之一；最后，对奥登来说，他此前的西班牙之行收获不大，那里“聚集着一大群文化界明星”，他作为后辈很难脱颖而出，此刻也亟须选择一个较少受到西方文化界关注的国家来谋求突破。于是，怀着“我们将有一场完全属于我们自己的战争”的热情，他们在 1938 年 1 月 19 日启程前往中国；至 6 月 12 日从上海乘船离开，在中国停留了有四个多月。

在急于寻求外界支持的国人眼里，奥登和衣修伍德俨然成为了鼓舞中国人民抗战的拜伦式英雄，田汉先生盛赞他们“并肩共为文明战 / 横海长征几拜伦”（《招待会上名诗人唱和》），“新闻界更是把宣传抗战的希望”寄托在他们身上。1938 年 4 月 22 日，《大公报》以三分之一的版面报道了奥登受到中国文化界人士热情接待的消息，文中说：“中英文坛的消息，不但因为这个聚会交换了很多，而疯狂的日阀的不人道，残忍的暴行，也会被他俩深切的介绍给英国国民。”同期的报纸还刊载了奥登一首题为《中国兵》的十四行诗的手迹和译文（即《战时》十四行组诗第十八首《他被使用在远离文化中心的地方》，译者是著名的翻译家和戏剧家洪深先生）。

翌年，奥登与衣修伍德合著的旅行记《战地行纪》（*Journey to a War*，中文译本已由上海译文出版社于 2012 年推出）在英美两国同步出版，其中收录了奥登的序诗、《战时》十四行组诗和《诗体解说词》。在这些诗篇里，奥登不但真实记载了他对中国抗战的所见所闻，也记录了他对人类文明史的所思所想，寓意深刻，发人深省，令感受着同样时局气氛的国人为之倾倒，以至于越来越多的人“学他译他，有的人一直保持着这种感情，一直保持到今天”（王佐良语）。

值得一提的是，在三十年代末，对奥登诗文的译介有一个先行者常被忽视，他就是邵洵美。邵洵美是三十年代活跃于我国文坛的传奇人物，身兼诗人、散文家、翻译家、出版家等多重身份；奥登来华期间，他通过友人介绍与之结识，非常欣赏其诗风，在奥登离开中国后，邵洵美对奥登诗作进行了连续的推介，先是在 1938 年 12 月第四期的《自由谭》上发表了《战时》第十八首的译文，随后又在《南风》第一期（1939 年 5 月）、第二期（6 月）、第五期（9 月）上继续刊发专文；这些译介文字，进一步扩展了国人对奥登的了解。

与此同时，内心推崇奥登诗歌、“迫切地热烈地讨论着技术的细节”、“高声的辩论有时深入夜晚”的西南联大学子们业已毕业，有的从事教学，有的服务于报刊，有的已在进行诗歌创作，他们以同样的热情加入到了译介奥登的队伍中，在中国掀起了一股“奥登风”。在奥登诗歌的汉译方面，除开初期的报章译介，朱维基先生应是我国最早公开发表奥登诗歌译著的人：1941 年 5 月，上海国民书店出版了由他翻译的《在战时》一书，完整收录了《战地行纪》中的奥登序诗、《战时》十四行组诗和《诗体解说词》。在译著中，朱维基还附上了长达三十六页的引言，详细分析了奥登步入诗坛的时代背景和他的诗歌特点，逐条阐释了《战时》组诗里每首诗的含义。遗憾的是，我国学者在论及奥登作品的译介传播时，往往只留意西南联大学子们的贡献,却忽略了这浓墨重彩的一笔。

在朱维基之后,杨宪益、卞之琳、王佐良等人成为了奥登译介的主力军。在诗歌评论方面,我国学者已开始涉及对奥登诗歌的主题与风格的分析。1940 年,奥登的诗集《另一时刻》在英国和美国同时出版,享有"才子"之誉的燕京大学西语系高材生吴兴华翌年 2 月便在第六期的《西洋文学》上发表评论。他着重分析了奥登诗歌引人注目的原因,评述了该诗集三个部分的内容,提及了奥登有关"轻体诗"的实验,还归纳出奥登诗歌的几个特色,在短小的篇幅里言简意赅地把握了奥登诗歌的风格内质,为后人理解、研究奥登提供了一个极好的视角方向。此外,杜运燮、杨周翰、袁可嘉等人也积极撰写文章推介奥登,成为"奥登风"席卷中国的重要推动者。

"奥登风"一词形象地道出了奥登在中国的受欢迎程度。事实上,当时中国文学界新崛起的许多重要诗人或多或少地都受到过奥登的影响。且不论上文提到的那些诗坛名人,即便像冯至这样一位专攻德国文学的学者,在他的学术文章《工作而等待》(《生活导报周年纪念文集》,1943 年 11 月)中,也是由奥登的诗歌作为开篇引例,进而才论及了里尔克。

1949 年以后,因意识形态上的偏重,我国外国文学领域只针对苏联作家、"进步作家"的作品以及少数外国古典文学名著进行译介研究,对西方现代文学涉足甚少。受此影响,奥登译介在表面上呈现出一种停滞状态。但是,客观条件的受限并未减少人们对奥登的喜爱,在个人的、私下的、可能的情况下,他们仍在继续阅读和欣赏奥登,有的甚至还译出了一些新的篇章,穆旦先生就是一个很好的例子。

世纪之交以来，奥登的诗歌版图重又进入了视野，这其中最为重要的原因，便是国内对西方现代文学的研究重心（就诗歌创作而言）已转移到了对历史脉络与价值序列的确认，而奥登正是其中不可忽略的一个名字，由此，对奥登的整体性译介也就显得尤为迫切。诚如黄灿然先生所言："奥登在英语中是一位大诗人，现代汉语诗人从各种资料也知道奥登是英语大诗人，但在汉译中奥登其实是小诗人而已。"

奥登的汉译，在数量和质量上确实有进一步耕耘、拓展的空间。

五

由此，较为完整的译介就是呈现奥登这个诗坛"庞然怪物"的必需的一步。

如同惯于平地行走的远足者，译者欲攀登这座高原峰岭，就需要经过一番适应性训练，这个入手准备若打个譬喻的话，不妨称之为"聆听"的过程：它要求译者保持足够的耐心，投入充分的时间沉浸于原文，仔细倾听诗人的原声，而对所有完成的译文须保持疑问，时时对细节处作反复的打磨与修改；此外，每个大诗人的人生履历与其思想脉络必然存有紧密的关联，它们又对应了诗人于不同阶段写下的不同作品，为追索"文本后面的痕迹"，还须尽可能多地找来周边的传记与评论资料做扩展阅读，以求加深对作品与诗人的双重了解。

当然，最困难处在于如何准确把握奥登诗艺的特质，这不单取决于译者对原文的深入解读，更在考验译者调动自身母语的能力：他必对译文的语感保持持续的敏感，努力还原与传达原作所独具的声音（由字词、句式、节律、意蕴所合成的整篇调性）；而这个对“声音的还原与传达”，也意味着一个“对应与创造”的过程。

周克希先生在他的随笔《译边草》的“译余偶拾”中有这么一段话：“文学翻译是感觉和表达感觉的过程，而不是译者异化成翻译机器的过程。在这一点上，翻译和演奏有相通之处。演奏者面对谱纸上的音符，演奏的却是他对一个个乐句，对整首曲子的理解和感受，他要意会作曲家的感觉，并把这种感觉（加上他自己的感觉）传达给听众，引起他们的共鸣。”

看，他说的是：“演奏！”

但凡充满个性色彩的语言（尤其是诗的语言），几乎是不可捕捉的，那些微妙的诗意脉动，那些幽隐的哲理表述，仿佛是私密性的呓语。那么，译者的身份是炼金术士？雕塑家？还是奥登所说的染匠？似乎都不准确。当然，通常会把翻译说成是架设在语言巴别塔上的桥梁，这个比喻当然通俗易解，大致也吻合事实；不够处是只粗略说明了翻译的现实功用，而且，很不幸的是，桥梁之喻是个静态的“死”的描述，并不怎么招人喜欢。原文/译文（原作者/译者）分处了两种异质的语言，本就存在着母体和分体、本文和诠释的天然分别，它们又与原作者和译者个人的禀赋气质直接相关。周先生打的这个“乐谱/演奏者”的比方，真是入道者语，恰能说明两者之间神秘而动态的关联。

就奥登在二十世纪英语诗歌界的地位影响来说，他的诗作素以诗律的多变和高度的智性为特色，对汉语译者来说，他的诗作堪称是极难演绎的一份乐谱。要演奏好他，不啻是一次挑战——你很容易就在尝试的陡坡上滚落下来，连带着母语的词句也会跟着一同分崩离析。

奥登诗歌的翻译，是一字一词的斟酌，是通篇音准的调校，是穷尽母语可能性的锤炼。陷身在这个双重的语言困境中，为求得更妥帖的译法只能费神竭虑；奥登的诗，折磨着人的智能和神经。

一般而论，直译是稳妥安全的，而意译或化译，须吃透了原文、捕捉了精髓，再冒上点风险，才能险中求胜，作些灵光乍现的处理。但奥登的诗作常常打破这个可能性，一路埋设了或隐或显的不少解读陷阱，类似的纠结总是一而再、再而三地出现。即便是忠心耿耿的直译信徒，碰上了奥登肯定也是一头雾水，要处理好并非易事：众所周知，奥登是盛名昭著的诗体实验者，是修辞的炼金术士，是诗歌的天才乐手，更是藏匿和改变语句结构的伪装大师；他能娴熟自如地处理多种多样的格律范式，又时时出新，短诗行，长诗行，抑扬格，抑抑扬格，阳性韵及阴性韵，头韵和脚韵……奥登自己说过："读者对一首诗有两个要求。首先，它必须是做工精致的词语造物，并以此为他使用的语言增添光彩。"[1]

于是，为了做出同样精致的汉语造物来，译者必得做出尽可能

1. 出自奥登的《〈约瑟夫·布罗茨基诗选〉序》，程一身译。

精确的抉择。

然而，又如何测度每一次选择的好与坏呢？又以什么为标准？这是个无解之问，到最后，就只能一遍遍地诵读原文。如果仍然无法通透，就只得搁下，让它暂时冷却下来，等稍过些时日，再回过头去处理。而如果仍然没有最优选择，就只能后退一步，挑选听着最顺耳、看着最顺眼的那个。

得到奥登激赏与提携的俄国诗人布罗茨基曾写过一首叫做《烛台》的诗，他说起过这一标准：

> 艺术致力的目的，似乎是
> 精确表现，而非将我们蒙骗，
> 因为它的基本法则毋庸置疑地
> 宣告了细节的独立。

格律的处理（不管是成熟的体例范型，还是奥登独创的自由律）是必须审度衡量的一个紧要环节。因为，即便完成了语词或意义的忠实对应，演奏者还须准确传达出奥登独有的音调（节奏）来。而要将英文原诗敷演成一首像样的汉语诗歌，若完全照搬原文语言的律条，那简直就无从翻译了（因这两种语言的构造肌理完全不同）。在此，便只能作权宜的处理：不去机械地硬凑英诗的重读音节，而是如前辈译人所提示的那样，将其引申为汉语诗律中的“顿”或“停延”；为捕捉原诗的特色，尽可能“复制出”奥登的原声，就要做到“可诵而不失意味”，努力让“音律的通顺”与“意义的吻合”产生同步，并且，还要尽可能防止那种“私意的改写”。

每个译者都会留下他文字的印痕，但信达雅三原则中的“信”终究还是基础；“达”是要到达可诵的程度（不然，诗歌就不成其为诗歌了）；而“雅”，却要凭借了母语的加持才能得以实现。

周克希先生又说过：“感觉是一种才能……由此看来，要让感觉这种才能得以发挥，非得先把自己浸润到译事中去才行。”

是的，为了无限抵近“理想译文”（忠实的、流畅的与精妙的），就只能更长久地“浸润下去”。

直到某个瞬间，译者或会产生某种亦真亦幻的感觉：他似乎能够部分地代入原作者的内心世界，或是如招魂般，可将他从遥远的他乡异地或地狱天堂召唤到身边。无论何种情形，这都是缪斯的再次附身。这样的神秘关联，这样充满灵性的对话，是意外的馈赠，也是投身译事可能收获的最大的愉悦。

译者锤炼着语言，而语言也淬炼了译者。自我并不会丧失，挑战也可以成为一种反向的刺激。翻译奥登，一是为了填补奥登汉译的巨大而耀眼的空白，二也是为了学习他的诗艺，以激发后续的创作潜能。

奥登的创作卷帙浩繁，不单数量多，类型亦是多样，除诗歌外，亦包括了《海与镜》、《在此时刻》、《焦虑的时代》、《诗与真》等散文与诗歌的混合体作品、诗剧、歌剧脚本、评论、格言集、序跋文字等等（这部分未收入本译集中）。计划中的中文版《奥登诗选》按创作时序分成了上下两部，先行出版的这部《奥登诗选：1927—1947》收入了奥登早期和中期(至移居美国八年后的1947年为止)的代表性诗作,包括短诗、长诗和组诗在内共一百三十五首,其中不少都是他的名篇。须予以说明的是,《诗选》上半部的截止时限虽然是1947年,但最后两首《欢乐岛》和《晚间漫步》却是写于1948年。

众所周知,奥登在晚年对诗稿做了数次校订,有些改动还很大,这当然会令后世读者感到迷惑,也引发了不少争议;为简便计,译者以门德尔松教授2007年编定的现代文库版《奥登诗选》为母本,中文版诗集的篇目顺序和小标题也都遵照了现代文库版;但之前已出现在《战地行纪》一书中的诗作,仍依从了初始版本时的顺序与原貌。

奥登是个如百科全书般丰富的诗人,在诗作中常会引用拉丁语、德语和法语等非英语词汇,为作提示与区别,译文正文使用宋体,凡外来语都以楷体标出。与此同时,他又是个异常复杂的作者,其作品往往渗透了思想史、宗教史和文学史的很多内容,涉及了众多的人物、著作、史实和典故;译者视情形需要,在力所能及的范围内添加了不少注释,以使读者更好地理解诗作的背景与要旨。

奥登文学遗产受托人门德尔松教授应允为中文版《奥登诗选》撰写了《序言》;他是奥登诗歌的资深研究者,撰写了《早期奥登》和《后期奥登》这两部奥登研究专著;他这篇介绍文字,当是探入奥登诗歌世界的最理想的一个导引。值此《奥登诗选:1927—1947》出版之际,谨向门德尔松教授多年来的关切和支持表示衷心的谢忱。

在此，译者也要向邵洵美、朱维基、穆旦、卞之琳、王佐良、杨宪益等前辈译者们表示敬意。正是你们奉献出的卓越译文，启示我等后辈初识了奥登的诗歌艺术；而受惠于你们“诗与爱的教育”，这个新的译本才能得以诞生。

值得一提的是，此次中文版《奥登诗选：1927—1947》的顺利问世，也是共同协作的一个结晶：初稿由马鸣谦负责译出，并负责全文的最后统校；浙江财经大学的蔡海燕博士致力于奥登诗学的研究，她主持的“奥登诗学研究”已获得2012年度国家社会科学基金项目的立项支持（12CWW028），自一开始就参与了译稿的讨论辨析，还为各个篇章补充了不少背景注释，这篇《译者序》的主体内容亦是根据蔡博士的研究论文整理拟成；诗人王家新先生在百忙之余，用一年多时间仔细审校了全部译文，提出了很多宝贵的修改意见，补正了初稿中的不少讹误；上海译文出版社的黄昱宁主任热心推助奥登的译介，慧眼独具地将《奥登文集》列入了出版规划，给予译者以莫大的鼓励与支持；而在《诗选》出版之前，责任编辑顾真不辞繁赘地仔细审定，亦提出不少的勘正意见，堪称一位专业的助产士。本不相识的几个人，为译介奥登因缘际会地走到一起，共同参与了这项译事，正不妨称之为一个“奥登小组”，或一支小型的管弦乐队；倘若化用奥登的诗句来描述其间由来，只因我们“一样由爱和尘土构成”，具有同样单纯的信念，并且，也愿意去“呈现一支肯定的火焰”。

因译者自身能力的欠缺，这部《奥登诗选：1927—1947》必定仍存留了许多疏漏与不妥的地方；值此付梓之际，衷心希望文学界、翻译界各位前辈和读者诸君能不吝批评赐教。译文本身也并非一个固化的存在，而是一个持续改善的动态过程，它正期待着今后的合理修正。

2013 年初夏

奥登于 1944 年和 1965 年为《诗集》所写的前言

我揣想，在每个作家的心目中，他自己的旧作都会分成四个类别。第一类纯粹是垃圾，他会一直后悔把它付诸笔端；第二类——最让他感觉痛苦——他的无能或急躁情绪没有让好想法产生好结果（在我看来，《演说家》[1]就是这么个实例，不错的概念遭受了致命损害）；第三类的篇什他并不反感，只是缺乏重要性；由于这些东西必定无可避免地构成任何文集的主体，假若他将这部集子只限定于第四类——那些他怀着真诚感激的诗歌作品——的话，那他的书就会太过单薄而令人沮丧。

1944 年

· · ·

1944 年，当我第一次汇编我的短诗作品时，我将它们按照首行的字母顺序进行了排列。这或许是做了一件蠢事，但我自有缘由。在三十七岁时，我仍然太年轻，对自己的前行方向并没有确定感，我不希望评论家们浪费他们的时间并且误导读者，而我作此推测，结果几乎肯定是个错误。今天，年届六十之际，我想我对自己和我的诗歌意图有了更好的了解，而假若有人希望从一个历史角度来审视我的作品，我也没有异议。因此，即便我有时打乱了顺序，将那些在主题或类型方面有共性的诗篇组合在了一起，大体上它们仍是按年代先后排列的。

我过去写的某些诗歌，很不幸已经出版付梓，这次将它们剔除了出去[2]，因为它们不那么诚实，要么无礼，要么就无趣。

一首不诚实的诗歌，不管有多好，总在表达它的作者从未体会过的感情或并未抱有的信仰。举例来说，我曾一度表达了对于“建筑新样式”的期望；但我从来就没喜欢过现代建筑。我更喜欢旧玩意，而一个人必须保持诚实，即便在谈论自己的偏见时亦复如此。还有更让人汗颜的一例[3]，我曾这么写道：

历史或会对失败者呜呼哀叹，
却既不能救助，也无法宽恕。

说出这样的话，是在将良善与成功等同看待。若我确曾持有这个邪恶的教条，这当然很糟糕；可是，要说我作此陈述只是为了让它听上去更有修辞效果，那就百口莫辩了。

在艺术中，如同在生活中一样，无礼不会和一种蓄意冒犯的意

---

1. 这是奥登出版的第二个诗集，原作标题为《演说家：一份英语习作》。这是一篇以散文和韵文写成的长诗，初版于 1932 年。它分为三个部分，前后各一篇短诗作为“开场白”和“尾声”。第一部分《新手入门》包括了四首戏剧风格的散文，第二部分《飞行员日记》，散文中穿插了诗歌，第三部分《六首颂歌》则都是诗篇。两年后，奥登在再版时做了些修订。第三个版本出现在 1966 年，他加了个短序，删去了一首颂歌，全文亦有几处小改动..

2. 抱歉，奥登先生，我们在这次中译本出版时又把它们给找了回来。

3. 指奥登写于 1937 年的《西班牙》，所引是该诗的结尾段落。

图混淆起来，它是过度关注自我和对他人缺乏体谅（和了解）的必然结果。对待读者，如同对待朋友，你不能冲着他们嚷嚷，也不可轻率地去套近乎。年少时的轻率或喧闹或许可以原谅，但这并不意味着轻率和喧闹是什么优点长处。

无趣是一种主观反应，但一首诗倘若连它的作者也大打呵欠，它就很难期待一个更为中立的读者会把它费力地读完。

很多选入的诗歌都经过了修订。我注意到，评论家们往往会去推定它们在思想上的重要价值。有些人甚至会对一个事实上的排印错误大惊小怪。我只能说，至少我从未有意识地试图纠正我早年的想法或感觉，除非在进一步考虑后，我觉得当初用以表达它们的语言不准确、无生气、冗长或者刺耳。重读我的诗歌，我发现在1930年代自己曾沉溺于某种非常随意的用词习惯。对任何一个用英语写作的诗人来说，定冠词总是让人很头疼，而我对德语的使用偏好简直成了一种病。而当我看到自己曾多么乐于把词尾是or和aw的词语视作同音异义词时，这同样令我皱眉蹙额。我用牛津方言来念时情况确实如此，但这个理由真的不是很充分。我也发现，我的耳朵再也无法容忍用一个发声的S和一个不发声的S来押韵。诸如此类的押韵只得随它去了，因为我当时找不到一种摆脱它们的方式，但我保证再也不会如此行事。关于作品修订的不二原则，我同意瓦莱里的说法："一首诗永远不会完成；它只会被丢弃。"

这个选集的时间点截止到1957年。翌年，我的夏季居所也从意大利搬到了奥地利，我生命中这个尚未结束的新篇章就此开始。

本次选入的诗作跨越了三十年，若计算无误的话，一共有三百首，我写下其中最早一篇时是二十岁，而写下最后一篇时是五十岁：四个漂亮的整数。此外，这本书的厚度看着已经很惊人了。

1965 年

此致

克里斯托弗·衣修伍德

与切斯特·卡尔曼

尽管你们如凡俗的我一样，
都认为基督徒该用散文来写作，
而诗歌是种魔术：只因人皆生于原罪，
你们或可读它来驱除心中的异教徒。

第一部分

1927 年—1932 年

W.H.AUDEN：COLLECTED POEMS

Part Ⅰ

信

第一次来到了乡间僻壤，
当走入陌生山谷，因骄阳
和迷路而愁眉不展，
你定会驻足停留：今天，
蹲在羊圈后面，我听到
一只突然掠过的飞鸟
迎着风暴大声鸣叫，且发现
年岁之弧已连成了一个整圆[1]，
而爱的陈旧电路再度运转，
永无休止再不会逆向改变。
会领悟，会释怀，因为我们已看见
屋瓦上的燕子，那最先打着寒战
的春草场，一列货运火车
孤零零地驶过，秋日里的
最后班次。但眼下，
正打算去叨扰淳朴农家，
想着入晚可以暖和一下全身，

---

1. 这首诗写于 1927 年 12 月，是在一年的岁尾，故有此说。这年的 12 月到 1928 年 1 月，奥登在牛津和哈波恩父母家中写了三首情诗，这是其中一首，包括后面的《间谍》。

你的信已寄到，如你一贯的口吻，
说了那么多，人却不来此处。

言语并不亲密，手指也未麻木，
若爱情时常得到一个不公正
的答复，它必已遭欺蒙。
我，顺应着季候各处迁徙
或是有了另一段情事，
少有疑问只能点头默认，
带着冷峻笑意的乡野之神
总担心说得太多而词不达意，
也不会如这般欲言又止。

1927 年 12 月

更离奇的今天

更离奇的今天，我们忆起了同样的暮晚，
并肩漫步在一个无风的果园，
在那儿，溪水漫过砾石，远离了冰川。[1]

飞雪随夜晚降临，而海岬一隅，
死者在他们透风的地穴中哀号，
只因在荒僻路口，魔鬼提出的问题

---

1. 在 1930 年初版的《诗集》中，这首诗第一节后面还有两个诗节，此后被删去。原文如下：

Again in the room with the sofa hiding the grate,
Look down to the river when the rain is over,
See him turn to the window, hearing our last
Of Captain Ferguson.

It is seen how excellent hands have turned to commonness.
One staring too long, went blind in a tower,
One sold all his manors to fight, broke through, and faltered.

又一次，在那个沙发将壁炉遮去的房间，
雨停的时候，俯瞰着下面的河流，
他转身朝向窗口，我们最后一次听闻了
弗格森上尉的轶事。

这一目了然，俊杰人物如何变成了凡夫俗子。
他注视得太久，在一座高塔里变得盲目，
他散尽了家财，战斗，突围，而后畏缩不前。

这里提到的"弗格森上尉"曾是军人，退役后在坎布里亚郡赛德伯中学任教员，奥登曾和友人去探访过这所中学。杰出人物的平庸化（门德尔松教授所说的"绝望英雄"）这个主题在奥登以后的作品中也多有出现。

太过容易。

此刻仍旧快乐，虽然彼此没有更亲近，
我们看到山谷一带的农庄灯火已亮；
山脚下，磨房的捶捣声停歇，
男人们已回家。

黎明时的喧响会带来些许自由，
却不会呈现这份安宁，鸟儿无法反驳：
它们只是飞经这里；爱过了，也忍受够了，
此刻某些事情正可做个了断。

1928 年 3 月

迷失

自红隼盘旋的巉岩，
首领俯瞰着下面
那个欢乐山谷，
果园和蜿蜒河流
或许会掉转了头，
去看那条约束了丘原的
低缓而严苛的界线，
去听不知何处的麻鹬
此起彼落的咯咯叫鸣，
一只沙锥鸟鼓点般的
咕咕声，突然响彻了
这片雨雪肆虐之地，
而对不习惯的口唇来说
条条溪流依然苦涩；
高傲而毫发无损的首领
自有其命定的伙伴，
他们在岩石间的声音
现在将永不消停，
无缘无由，勇士们
已在边界外丧命。

那些不信死亡的
英雄已被埋葬，
现在，英勇气概不是
在垂死的喘气里逞强，
而是要去抵抗
意欲冲破地平线的诱惑。
然而荣耀已不新奇；
夏季的那些游客
依旧从远方各处汇聚而来，
他们挑选地点，只为观看
锦标赛选手们的竞技，
每个人都以为会在树林里
发现英雄们的踪迹，
他们远离了京畿之地，
在那儿，烛光和美酒
已为湖畔晚餐准备齐毕，
但首领们必得迁徙：
“今晚就动身去拉斯角[1]，”

---

1. 拉斯角是北苏格兰高地萨瑟兰郡的一个海角，是大不列颠岛的最西北。其名源自北欧语“转折点”。当初入侵不列颠岛的维京人经常从这里出发启航返家。这首诗的主题，可从衣修伍德 1938 年自传体文集《狮子和阴影》里找到些提示：书中记录了他一次酒后驾车去拉斯角的经历。原文为：“我们继续向前开，穿过了薄雾弥漫的沼泽；经过一片泥炭地后，我们全都灰头土脸了；前方是拉斯角……我想，在这些短暂的逃匿和冒险之后，人总是要回到原地。”参照这段记述，这里的“拉斯角”可能具有某种特别寓意：无法抗拒的诱惑，历史与现实的关照与对比，以及奥登对自身家世的追溯。这首诗写于他游历德国、居停柏林期间。

而主人在等待之后，
必得熄灭盏盏灯火，且要
安然无恙地走进屋里。

1929 年 1 月

间谍

控制重重关隘,他明白,是进入
这个新地区的关键所在,但谁将得手?
他,这老练的间谍,已步入了陷阱,
因一个假象的误导,被那些老花招诱引。

格林哈斯[1]是个绝佳地点,适宜构筑水坝,
蓄积能量也很容易,他们确已造了几个车站
将铁轨延伸得更近。他们无视他的电报:
那些桥梁并未建造,于是麻烦随之而来。

对于在沙漠中煎熬了数周的一个人
此时街市的乐声听来如此亲切。
黑暗中,被奔腾的水流声吵醒,
他常为已然梦见的一个同伴
将夜晚责备。他们会开枪,理所当然,
轻易就将从未会合的两人拆散。

1928 年 1 月

---

1. 格林哈斯:原文"Greenhearth"或是一个臆造词,是奥登嵌入诗中的一个谜中谜。它与一个铅矿名字相近,此矿名唤格林厄斯(中文可翻为"绿地"之类),位于苏格兰的罗格林,在提斯河谷上游的考格林水坝附近。奥登曾访游过此地。他在1924 年还曾描写过格林厄斯当地的泵房。这首诗其实是一首思慕爱人的情诗,却套用了一个间谍故事的暗喻外壳,手法新奇、隐晦而机智。

分水岭

分水岭左面的十字荒野[1]，
谁在棘草间的泥路上驻足眺望？
他的脚下，废弃的冲积矿床，
通向树林的几段电车道，
一个行业已昏迷不醒，
还存了些许活气。一台老爷水泵
在卡什威尔抽着水；它在
淹水的矿坑里躺了十年，到这会儿，
履行着最后的职责，勉强还在对付。
更远处，这儿那儿，虽然很多死者
已在这片贫瘠土地下安眠，有人还是被选中，
在近几年冬天蒙了召唤；有两个徒手清理
坏了的升降机井，抓着绞车，一阵大风
夺了他们的性命；另一个死于暴风雪期间，
荒野无法通行，运不回他的村子，

1. 这首诗描写的地点应是坎布里亚郡的阿尔斯顿小镇，四周皆荒野，以前曾有座名叫"卡什威尔"的矿场。卡什威尔矿在"十字荒野"的下面，亦有说位于另一处名为"绝望十字"的地方。奥登在 1924 或 1925 年左右写的另一首诗里就曾描写过卡什威尔矿区十字荒野的抽水泵。这是个一再出现的意象。二十世纪二三十年代，奥登常在提斯河与罗马墙之间的北方荒野地区旅行，很多作品即以此为背景。据奥登的哥哥约翰说，阿尔斯顿是奥登最钟爱的地方。1947 年，在奥登美国寓所的墙上就挂着阿尔斯顿荒野的地图。他出生和成长的地方毗邻矿区，这个童年记忆也间接构成了他早期作品的一个主题：工业时代的衰落，文明的弊病。

只得硬挺挺被人抬着，小心穿过
长年废弃的水平巷道才回到地面，
完成了他最后的山谷之行[1]。

现在回家吧，陌生人，为你年轻的血脉自豪，
当再次回返，你定然沮丧又烦恼：
这片土地已被割裂，再不会传情达意，
对人们来说，已没有什么额外助益，
而离开这里，他们的面容会更加地茫然；
你的汽车射出的光柱或会穿透卧室的墙壁，
却唤不醒睡着的人；你或会听到
从无知海洋刮来的海风
自顾自地撞着窗玻璃；而榆树不会喊叫，
它毫无阻碍地焕发了生机，因春天已至；
但未必如此。在你近旁，高过了草尖，
芒穗在决断前镇静如常，已察觉了险情。[2]

1927 年 8 月

---

1. 奥登在这里记录了当地的一个传闻：在二十世纪初有个矿工在矿井里为落石所伤，因外面下着大雪，不得不抬着他走废弃的矿场巷道，穿过地下送往四英里外的小镇卡什尔德（巷道贯通了山谷，所以有"完成他最后的山谷之行"一说吧），因为只有那里有医生。有资料显示，1988 年，牛津大学的几个奥登迷曾去那里探访，听到了同样版本的故事。

2. 原文为"Ears poise before decision, scenting danger"。"ears"通常指耳朵，也有芒穗、麦穗的意思，在语义上，两者似乎都可接受；但直译为"耳朵"稍嫌突兀，比较而言，"芒穗"可能更符合上下文的逻辑关系，因前面提到了"榆树"和"棘草"。在一个人类活动衰落的地区，只有草木才保持了强韧的生命力。

这地方没有变

谁愿意忍受
白天的热度和冬日的艰险？
从一地到另一地的旅程，
中途不能惬意地躺下
须等到夜晚降临海湾的岬地，
置身陆地与海洋间
要不就只能抽烟，
在林边倚着铁链锁起的门
一直等到吃饭钟点？

铁轨在太阳下面
磨得锃亮或已锈迹斑斑，
从城镇到城镇，
信号灯一路故障频仍；
但在这些地方之间
往返经过的只有信件，
在门口飞快取过，在门后气喘喘地读着，
而早春的鲜花送到时已被压烂，
灾难在电话线上张口结舌，
同情心一闪而现。

因为职业旅行家已到达，
于是在火炉边探问，他不作答，
报以诡秘的一笑，
与此同时
对我们版图的猜测变得愈加奇怪，
而危险似已迫近。[1]

这地方没有变：
没有人会知道
那个光耀四方的首都正等待着何种转变，
乡村乐队又是在何等丑陋的宴会上欢庆奏演；
因为人们跑不出多远
就会止步于终点站或是码头边，
自己无心探求也不会派他的儿子上场，
不会去翻乱山冈而宁愿去钻烂草堆，
在那儿，裹绑腿的护猎人牵着狗、端着枪，
会大叫一声："原路返回！"

或于1930年夏

---

1. 此前一年，即1929年，第一次世界经济危机严重打击了欧洲。当年9月的德国国会选举中，纳粹党一跃而成为第二大党。二十三岁的青年诗人奥登似乎嗅到了危险的气息，并预言了英国社会的颟顸闭塞。

让历史成为我的裁判

我们完成了所有准备工作，
拟就了一份商号名单，
不断修正着我们的计算结果
也分配了农场庄园，

紧急命令已悉数发出，
眼下是此种局面：
多数人，如所预料，都很顺服，
虽然有些怨言，理所当然；

尤其要防止谩骂攻击，
行使我们所谓的古老权利：
甚至已出现了某种尝试，
但这些人不过是些毛孩子。

不管是谁，任何人
都从来没有当真生疑，
因为即便我们并未获胜，
也不会存有生计问题。

那个普遍接受的观点教导说
没什么借口可以辩解，
可按照新近的研究成果，
很多人会在一种屡见不鲜

的恐怖形式中发现个中缘故；
其他人，要更为机敏，
从一开始，就指出了错误
的可能性。

至于我们自己，
至少我们还保有了名誉，
以及将我们的能力延续到底
的适当机遇。

1928年12月

从未更坚定

又一次，
谈话间说到了恐惧；
而抛却了矜持，
声音听来更亲密，
却不比初恋时
不比少年的想象力
更清楚明晰。

只因每一个消息
无非是谁和谁成双结对的故事，
是另一个我，另一个你，
谁都知道该如何行事
却无济于事。

从未更坚定
只是愈加幼稚没有长进，
分手了却又转身回返，因为恐惧
就在那里盘踞，
而愤怒的中心
已脱离了险境。

1929 年 1 月

这挚爱的一个

这挚爱的一个面前
那些人一个个地出现，
一个大家族，
和它的历史
还有鬼魂的厄运，
它那讨喜的名字
叫做邻里之耻。
这最后一个面前，
已做了太多事，
越过了重重边境
当衣着变得日渐糟糕，
绕过了无数墙角，
搬进了更寒碜的屋子，
这最后一个面前，
这挚爱的一个面前。

而明媚阳光
照着的这副面庞
或许会激动不安，
但此刻并不是新年；

对礼物的感激
难掩旧日的损失，
在抵押出去的土地上
与一双手交握抵掌，
和微笑间道出的
这句优雅的问候语
“日安，好运”，
意味着不真实的相遇，
那只是本能性的表情，
一种畏缩的爱。

1929 年 3 月

简便的知识[1]

在彼此的关切之间，
在前后的决断之间
是这要命的心烦意乱
充盈了大地与天空，
更远处和更近处，
是日夜绵延的
模糊的匮乏感
和人为性失误；
而这副疲惫的面容，
被横向的力
和垂直的力
拉扯又绷紧，
在关键性考验中
回答得有些随性；
无常易变的肉体，

1. 这首诗收录在1945年的《奥登诗选》中时的标题是《你应决断》(Make up your mind)，还有一个副标题《无处栖身》(To have found a place for nowhere)。这首诗还有一个更长一些的版本，曾作为副歌出现于奥登写于1930年的诗剧《弗罗尼》(*Fronny*)中，此剧的手稿后来弄丢了，只留下了一些残篇，后来用在了奥登和衣修伍德合写的诗剧《狗皮人》里。在1991年版的《诗选》中，标题改为了《简便的知识》。究竟是奥登本人之意，还是编者门德尔松教授所改，不得而知。相对而言，起初的标题更切中题义，虽然带有了某种反讽的意味。

因为搭错了火车
就磨蹭着靠背椅，
或是掉进了烂泥
当着朋友的朋友的面，
要不就与人握手言欢
和一个塌鼻子的得胜者[1]。

打开窗户，掩上门扉，
开启，关闭，却既不想
结束也不想挽回；
这些个愿望
不会越出
这小镇的雷池一步，
而倚着车窗探身问路，

---

1. 这个塌鼻子的家伙应是指奥登友人加布里埃尔·卡利特。汉弗莱·卡彭特的《奥登传》曾提到此节：卡利特是一名牛津新生，就来自“弗格森上尉”任教的那所赛德伯中学(见《更离奇的今天》一诗的注解)，他是该校橄榄球队的队员。奥登一度曾向他示爱并告白过，但卡利特似乎并无回应，令奥登一段时间里饱受折磨。奥登好几首诗和卡利特有关：两人初相识的 1927 年，奥登曾为他写过一首名为《因为傻瓜已离去》的诗。在后来题献给卡利特的另一首诗里，奥登说“我把你叫做一个塌鼻子的得胜者”，而卡利特的获胜是因为他“心灵上的平和”。若干年后，奥登在写给卡利特的信中也提到说：“你特殊的美德——你当然知道这点——是当了一个安慰者。”1932 年出版的诗集《演说家》中收有一首致卡利特的颂歌；此后，在游记《冰岛来信》(1937)中，奥登又点了卡利特的名：“塌鼻子的加布里埃尔·卡利特”。这或是追求失败后的某种心理补偿吧。(这首诗的翻译和注释，译者参考了卡彭特的《奥登传》和范倍先生的专文《一首诗的翻译及其他，或者轻松的知识》。特此致谢。)

我们无从得知身在何处；
当心神散失的面孔
没有了宽容
没有了判断，
就再无什么消遣
只能去默记
亩数、里程数，
和关于道德风俗
的简便的知识。

1930 年 5 月

太亲热，太含糊了

爱受野心驱使
如所定义
必会遭遇分离，
且不能接受“是”转向“不”，
只因“不”即无爱；
“不”就是“不”，
是摔门离家，
是绷紧了下巴，
一种故意为之的悲情；
而说“是”，
让爱终成好事，
是凭栏看风景
但见田野一片喜气；
若对一切放心确信，
沙发吱嘎吱嘎，
于是万事大吉，
爱是脸颊贴脸颊，
情话对情话。

声音揭示出

爱的欢乐和痛苦，
指头尽管敲着膝
还不能表示异议，
平心静气来挑衅
一并吐露真情，
五十步笑百步
各有各的短处；
爱不在那里，
爱换了另张座椅，
已然心知肚明
往下会到什么境地，
不再烦恼生气，
不再目眩头晕，
离开北方[1]正得其所
欣然而无惑，
且不会用这一个
去推想另一个，
盘算着他自己的不幸
预言了毁灭且还不忠不信。

1929年3月

1. 出处不明，一种可能是诗人回想起了在北方某地发生的情事；也可能暗指青春期，典出劳伦斯的《无意识幻想曲》。

身处险境

踏上这条分界线已身处险境，
出于温厚脾性延长着会面，
在每张可亲面容上都显然可见。

相互之间都直呼名字，
笑着挽起了臂膀甘心乐意，
一场游戏中缔结的友谊。

但这次该会走得更远
只因虚张声势或耳热酒酣，
而向前或向后都有危险。

勿让双脚在两边随意涉足，
侵入这**总是**，探索那**永不**，
因这边是**仇恨**，那边是**恐惧**。

立于这促狭之地，因为阳光
只有投照在地表上才最明亮；
没有愤怒，没有背叛，却寂静恒常。

1929 年 7 月

一个自由人

每天看到时，他都淡然又踟躇，
但见他灵巧摆弄着围巾，跨出几步
钻进了汽车，引来乞丐的嫉妒。

很多人会说“那是个自由人”，但错了。
他不是那个归来的征服者，
也从来不是个极地旅行家。

而在骇人的瀑布间他却镇定如常，
紧要关头，他无师自通，学会了
侧身搭讪和挺直腰背的平衡伎俩。

歌声和血液变幻多端的运行，
或会淹没来自钢铁丛林的警讯，
终结被埋葬者的惰性：

大白天挨家挨户地旅行
这漫长旅程只为求得内在的平静，
伴随着爱的忠贞和爱的弱点。

1929 年 3 月

家族幽灵[1]

弦乐渐激昂，鼓声如喝彩般骤然，
唯其如此开始的仪式
祖先之灵或会在云端显现，

他们从未听闻舞文弄墨者低级的嘲笑，
那些落伍文人，满脑子怪异念头，
多嘴又饶舌，即便已经口干舌燥。

我看到的是你的面容，而清晨时分
对你的赞美是幽灵许可的选择，
颂祷声渗透了低伏野草的须根。

恐惧将拉我到一旁，会提出建议：
“要征服她——那个看得见的敌人
——转移视线不去看就可以。”

---

1. 这首诗采用了三行联韵体（但丁的《神曲》即采用了这一诗体，三行为一节，每节的第二行与下一节的第一、第三行押韵），但未尽吻合其格律范式，如第二、第七节未押上，最后的第八节是三行同韵了（译文处理要做到上下诗节间错押韵颇有难度，只能舍弃不为了）。《家族幽灵》的标题是后来收入诗集时所加。这首诗含义隐晦，但从标题和本文来看，应与奥登在这一时期的精神苦闷有关：来自家庭的压力，与习俗背离的性向选择，以及自我人格的矛盾等。

可和平并未到来；在被围攻的城郭，
只有街头巷尾的谈论，正渴盼着消息，
城外，一支更强大的军队已燃起营火。

而全部的感情终于一吐而尽，
重又拼合了那个古老意象[1]：
对信心的渴望化身为一头兀鹰

自空中直直地俯身飞下；
这些眼泪，因一个不驯服的梦饱含痛楚[2]，
恰如大海的疯狂湍流；

绝望这时瞪着无情的眼珠叫出声来：
“一个黄金时代，一个白银时代……
确切地说，庞大而静默的岁月，一个冰河期。”

1929年5月

1. 奥登的传记作者和研究者富勒曾提出一个看法：他认为后面三个意象分别影射了蒲柏、邓恩和弥尔顿；兀鹰指涉了蒲柏，眼泪与玄学派诗人邓恩有关，而绝望的呼告似乎暗示了《失乐园》作者弥尔顿的判断：人类从黄金时代跌入了冰河期。
2. “饱含痛楚”的原文为salt，门德尔松教授在《早期奥登》里认为这个词或有出典处：莎士比亚曾用这个词来形容人类因违背天性、追求贪欲而遭受的惩罚。

发问者，如此诡秘地坐着[1]

那些长着鹳腿到了天堂的人，
那些专横跋扈的讨债人，
那些神经质的逗趣者，
和戴面具的大惊小怪者，

对他们在海滩上说的话，
你会充耳不闻吗？
在他们豪华的度假寓所
你会质问他们的自信吗？

他们没戴着“恶棍”的徽章，
也没有躲藏在树篱后，
胳肢窝里揣着炸弹
意欲实施阴谋？

为预防病菌或阵痛

---

1. 奥登在 1945 年版的《诗选》中为这首诗加上了标题，出自布莱克的《天真的预言》中的一句诗“The Questioner who sits so sly / Shall never know how to reply”，意为“发问者，如此诡秘地坐着/ 永远不知道该如何作答”。张炽恒先生所译《威廉·布莱克诗集》中，这句译为“姿态不端的质疑之人/不会懂怎样答复别人”。

没有佩戴护身符？
不需要混凝土掩体
也不要陶瓷过滤器[1]？

你会让死神坐上残疾人轮椅
然后推着它跑东跑西，
没有哪怕片刻的温情，
就去做他的仆从随行？

因为与一种发展滞后
的思想结交为友，
为孩子们说笑逗乐子
就是死神的赏心乐事。

他那些逸闻趣事，透露了
他最钟爱的颜色是蓝色，
遥远的教堂钟和
男童罩衫的颜色。

他在穷乡恶土的诸般传说
令女红能手们不安惶惑；

1. 1884 年由查尔斯·张伯伦发明的医用过滤器，孔隙比细菌小很多，可过滤或去除病菌。也可指使用相同技术的防毒面具。

很难自诩有多么优秀，
临死时一样恶心作呕；

为接受女人们的私房钱
以抵御殉道的苦难，
还得为那些绕着圈
的赛车手们鼓掌呐喊。

从来不会打手势暗语，
也无惧洋流漩涡及其海域，
与军属们一起致敬鞠躬
当旗帜飘扬在空中；

要记住，并没有什么昂贵
的礼物专会为此而准备；
没有收益，没有奖励，
也没有应许之地[1]。

只会看到勇气被寄回了家
用耻辱盖上了密封的蜡，

---

1. 原文“promised land”出自《圣经》，即上帝允诺赐予给亚伯拉罕及其后代的地方，喻指希望之乡、乐土。奥登此后常用另一组词“the good place”，亦是“美好乐土”之义。

而寒冷战胜了熔化的金属
一番苦斗后已将它降伏。

一个中立的和平
和一份平常的耻辱心
对后来者是种荣幸，
可去继续发现探寻。

1929 年 9 月

维纳斯此刻要说话

既然你今天就准备开始
让我们看看你都做了些什么。
你这类人，生来就依赖成性，
对你而言，孤独自处很是不宜。
在礼堂里开怀大笑后会变得害羞，
要不就光着膝盖去爬火山岩丘，
腕部锻炼得很灵活，而拉伤后
会枕在爱人臂弯里休憩如一块石头，
回想起你能坦承的每件事情，
拨旺了炉火，数小时絮叨不停；
但欢乐属于我，不属于你——事已至此，
你最聪明的发明是新款裘皮大衣；
你饲养多年的蜥蜴曾是我的最爱，
它们却无法控制血液的温度。
你假扮的面目变成这般模样，
很多人会高兴，有些人会绝望，
我，辗转各地，历经了被气候、战乱
或年轻人的固见所阻碍的数个纪元，
修正了关于劣质煤类型的观点，
改变了欲望，影响了服装史的变迁。

此刻你在镇上召唤离乡背井的愚人，
每年当枯叶落尽，他就会修家书一封，
想到——罗马人在其时代自有一种语言，
它被用来规范了通衢驿路，但最终只得消亡：
你的文化肯定也会被人遗忘，
如挚爱乡郡的地名渊源一样——
只能记下些故事，评说某个小众人物，
在书信里为一个私密笑话加上些旁注，
机车在杂草丛生的轨道上锈迹斑斑，
而美德还在本地铁路沿线大肆宣传；
你的信念帮不了谁去展翅高飞，
却在另一个楼面引发了倒错反常。

你甚至没有资格去绝望，你那些
苟且偷安的想法很快就遭遇了集中攻击：
那匮乏感，那心中感到的苦痛，
只因良善已被耗尽，在肤浅的错误中；
你关上门窗离家而去，鼓起勇气
走入荒野去祷告求祈，
于我而言，就希望放弃而将目标转移，
会选择另一种形式，或就选中你的儿子；
虽然他排斥你，或早或迟
不定某天就会加入对立阵营，

我的处置却并无不同——他会得到提示，
会暗自哭泣，签字，答辩，终会被绞死。
不要幻想你可以全身而退；
在你到达边境前，你就会被抓回；
其他人已尝试过，且会再度努力
意欲完成那件他们从未开始之事：
他们的命运，总是如你一般，
必得承受令人忧惧的损失，是的，
受制于某种境况，已错了很多年。

1929 年 11 月

1929 [1]

I

这是复活节，我在公园漫步，
听着池塘传来的声声蛙鸣，
看着壮丽的云团你来我往
在晴空中不疾不徐地飘移——
这时节，恋人们和作家会发现
言语方式已顺应了事物的嬗变，
一些新名字会被念叨，而臂弯里的
一个新人带来了新鲜活力。
正想着这些，转身就遇到
一个孤独男子在长凳上饮泣，
他低垂着头，嘴角扭曲，
无助、丑陋如一只雏鸡。

于是想到了那些人，他们的死亡
正是季节新生的必要条件，

1. 这首组诗旨在探索精神成长的出路，主题与四季变迁有呼应，但并非局限于状物抒情。前两首写于奥登在德国居停期间。组诗的四首诗之前都是独立篇章，至1930年收入《诗选》时才合为一组，第一首和第三首另有一个未出版的手稿版本。

此刻，他们如此可悲，只能去追忆
圣诞时的欢爱亲密，冬日的对谈
正无声消逝，抛下了流泪的他们。
近来一些琐事也浮上了心头；
以前嫌恶的一个老师死于了癌症[1]，
一位朋友[2]分析着自己的失败，
整个冬天时不时就得洗耳聆听，
在不同的钟点，在不同的房间。
但总有其他人的成功可作比较，
譬如说，我那快乐的朋友科特·格鲁特，
还有自大海归来的格哈特·梅耶，[3]
他心无畏惧，是个真正的强人。

一辆公共汽车进了终点站，空地里
倒伏的自行车如堆叠的尸体：
嗤嗤作响的气门芯不会放肆大笑，
后置挡泥板的姿势也不会搅乱
这凝滞的寂静；直到一场阵雨

---

1. 奥登中学里的一个老师。因为奥登在课堂上写诗，他曾把这个未来的大诗人严厉斥责了一番。

2. 这个“朋友”指约翰·莱亚德，与奥登相识于 1927 年，并成为亲密伙伴。莱亚德长期遭受精神疾病的折磨，1929 年春天，他曾将手枪塞进自己的嘴巴射出一枪，但自杀未遂；后成为人类学家和心理学家。

3. 科特·格鲁特和格哈特·梅耶都是奥登旅居德国柏林时认识的友人，后者是一名水手。

正好落进草坪，结束了这一日，
做出抉择看来是个必要的错误。

1929 年 4 月

Ⅱ

在我看来，生活总离不开思想，
思想变化着，也改变着生活，
而我的感觉恰如眼前所见——
斜靠在城市港口的栏杆上
看着底下一群栖停的鸭子
整理羽毛，要么在坝堰上打瞌睡
要么就在波光粼粼的溪河上挺身划水，
偶尔也会在漂过的稻草里捕鱼觅食，
它们满足于骄阳的馈赠，
对思乡的异国人毫无知觉，
也不会因成长的挫折[1]焦躁不安。

此时的夜晚到处都不安分，

1. 此句出自特里甘·巴罗的著作《意识的社会基础》(1927)，原话为："这非常明显，时下人类的焦虑，归根结底，是成长挫折的焦虑。"

街上筑起了路障，传来了枪声[1]。
我很晚才走回家，
听一个朋友兴奋地谈起了
无产阶级对抗警察的决战——
有个家伙射穿了一个十九岁女孩的膝弯，
他们把那人扔下了水泥楼梯——
直说到我义愤填膺，对此表示满意。

时间流逝，在黑森，在古腾堡，[2]
山顶的暮色令我驻足停步，
这宏观世界的微观观察者。
烟雾自田野中的工厂袅袅升起，
那火的记忆：到处都可听闻
孤独云雀的消逝的乐音：
从乡村广场传来了唱圣诗的歌声，
男子的嗓音，一种古老的唱法。
而我站在高处，若有所思地说着：

---

1. 这年的 5 月 1 日，柏林的左翼共产党支持者与警察爆发冲突，前后持续了近一周，23 人死亡，150 多人受伤。当时居停德国的奥登在柏林亲历了这一事件。此节末尾一行原文为“Till I was angry, said I was pleased”，门德尔松教授认为是奥登不想多听，打断了朋友的话。对此尚无定论，一直有不同解读。此处结合上下文翻成“直说到我义愤填膺，对此结果表示满意”似乎更为贴切。
2. 黑森是德国一州名，古腾堡为德国西部一小镇。

"那婴儿,起初在母亲温暖的子宫,
出生前,母亲仍是母亲,
时间流逝,现在情形已不同,
现在他头脑里其他的知识充塞其中,
在寒风里哀泣,自我也非友朋。
成年后亦如此,从其面容便可知,
他在白天和夜晚的所思所虑
就是对他人的警惕和恐惧,
形单影只,自我也非友朋。

"他说,'我们必得原谅并遗忘',
忘记此言本身就不可原谅
而不原谅已充斥了他的生活;
肉体提醒他的内心要去爱,
提醒了但不会进一步投入,
临时租屋里敷衍的柔情蜜意,
没有投入,没有真爱,只是
热衷于毁灭。看他死时便可知,
他的面容里犹抱有爱的渴望,
如同某人从非洲回到妻子身旁,
而他的祖宅是在威尔士。"

但有时,人们看着火车头

会对其精确之美赞上几句，

姿态怡然，目光也无阴翳；

在我心中，夜晚如此纯然一体

而田野和远方意味着安宁；

那种感觉仍占据我心，无法忘却

那些鸭子的冷漠，那个朋友的歇斯底里，

放弃奢望，怀着宽恕，

要热爱我的生活，不去步他人后尘，

不能像鸟儿和孩子般过活，“不能”，

我说，“只因现在已不是孩子，也非鸟禽”。

1929 年 5 月

Ⅲ

唤来了乘务员，研究着时间，

书上写得无误，这趟火车已晚点；

只凭几封电报就上了路，我看着车窗外：

松垂的电话线，值班员的厉声呵斥，

当八月间来到一处农舍[1]。

只因独自一人，惊恐的灵魂

返回了这羊群与干草的生活

1. 奥登在这年 7 月从柏林返回英国，先呆在伯明翰家中，8 月又随家人在坎布里亚郡的湖区消夏，在那儿住了一段时间。

却没有归属感：每时每刻
他都渐行渐远，也必会如此，
如断了奶[1]的孩子走出家门，
踉跄着刚走几步路，就焦急万分，
欢喜雀跃只为找到自己的家，一个
待在那里无须征税的所在。

如是，他心神不定地爱着，而爱
并不牢靠，给予他的总少于期望，
他不知道只有及时播种，爱才会展现
丰美的奇异果实，也不知道
它是否只是过去某个庞然大物
的一个衰败残余，而此刻
只能如传染病毒般苟且生存
或在醉酒时的恶意讽刺中藏身；
它的结局被人们草草掩饰，而长久以来
疯汉和病人对此有着更敏锐的感知。

沿着自我的轨道一路前行，

---

1. 弗洛伊德的精神分析学说认为婴儿“断奶”对人的后期人格和心理结构的形成非常重要。奥登深受精神分析学的影响，在此虽不是对该思想的直接援引，却也可以看出他对自我状况的认识。他的心智仍未摆脱家庭、自然等外在客观现实的束缚，独立自主的人格仍在成长中。

他希望他之所爱能恒久延续，一旦失去，
就在哀痛中开始了艰难的工作，
如外国侨民来到一个陌生国度，
说起本地方言总会发错音，
而异族通婚造就了一个新人种，
一种新语言，如此灵魂才可能
最终摆脱依赖，获得自立的欢愉。

被一只松鸦的尖叫声吓了一跳，
我走出了树林，脚下吱嘎吱嘎，
空气在树干间流动有如在水下；
因为我要离开这夏天，要看着秋天到来
更专注地凝望天空的群星，
要看那兀立的苍鹰飞落水坝
一路飞向大海，要离开秋天，
去守望冬天，那属于大地和我们的冬天，
要预想死亡，如此我们死时才会找到自我，
而不是无助地疏离于新的状况。

1929年8月

Ⅳ

消灭错误现在正当其时。

椅子已从花园里撤了进去，
暴风雨到来前，跟随在住客和鸟群之后，
荒凉海滩上的谈话已停止：
他们在疗养院笑得越来越少，
对痊愈也更不确信；吵闹的疯子
此刻陷入了一种更可怖的平静。

那些落叶知道，那些
在臭熏熏的碱石堆和被水淹的
足球场边玩耍的孩子们也知道——
这是恶龙与饕餮鬼的日子：
指令送达敌人那里已有些时日
伴随着霉菌不为人知的繁殖，
此时絮叨的耳语和随意的问题
会去纠缠禁闭室里的中毒者，
毁灭那正当盛年的肉体，
理智的复杂游戏，会强行
与正统的骨骼保持一致。

我喜欢与你[1]一同散步，喜欢

1. 奥登在美国版《诗集》里有注释，与他散步的是罗伯特·米德利，奥登的中学同学，他后来成了一名画家。两人交情颇深，正是米德利第一次鼓励年轻的奥登走向了诗歌创作。奥登在1973年《巴黎评论》的访谈里亦提到了这个友人。

触摸你，等待你，因确信你的良善，
我们了解善，也知道爱所需要的
不单是结合时的渴慕与激动，
不单是满怀自信的突然辞别；
那踩在锋利草叶上的脚踵，
那自以为是的倒伏的树根，
是它们需要死亡，谷粒的死亡，
我们的死亡，年老者的死亡——他们
将被遗弃在无亲无故的阴森山谷[1]，
一到春天就会被人遗忘，
刻薄的恶妇，擅驭的骑师，
直挺挺地长眠地下；而在深澈的湖底，
新郎慵懒地躺着，如此的俊美。

1929 年 10 月

1. 指坟墓。

篝火

看那儿！下坡路逶迤着
通往重重设防的农场。
听！公鸡把警报拉响，
在那个怪异的山谷。

我们是顽强的运动员；
我们接着就要在陷阱
和嗜血的猎鹰
之间开始奔逃？

夜色中骑兵连的号角
正准备集结发起进攻；
冰河迸裂，山摇地动，
就在我们的背后。

传奇故事里一切都很简单
且都局限在一个固定地点；
但我们不是在故事里面，
头脑也并不简单。

不管已虚弱到何种程度；
沿着迂回曲折的路线
如刺猬一步步蹑足向前，
或如鱼儿一点点试探。

呛人的蓝色烟雾
在花园的篝火上升腾，
火光照映坐着的我们：
好吧，若事情已完毕，

没留下什么双重间谍
在幸运又炎热的白天，
待到时钟敲响两点，
一切终将迎刃而解。

1931 年 3 月

星期天散步徜徉[1]

星期天散步徜徉
路过大门紧闭的工厂
征服者们已来到
长得英挺又俊俏。

一整天都坐着
靠着打开的窗，
该说的都说了，
了解了所有情况，
他们为古老村舍
带来了独特形象
传授了新的调腔，
做了那么多事，
对匿名讽刺诗
却一点都不在意，
地下室里将计就计，
然而到了夜里，
会被食人族追捕，

---

1. 这首诗采用了不规则的双重读诗行。奥登在此试图阐释人类的代际分裂，对父权和母权抱有怀疑态度。

他们抓住长统靴
骑墙观望并否认
一路逃之夭夭，
然而到了夜里，
醒来会惊惶不已。

父子传承更替
如此绵延于世，
虽然门上的箴言
早已过时多余，
而苔藓攀援生长
一年又复一年，
但这边和那边
那种鹰钩鼻子
在乡村仍所见多是，
那父辈的后裔
知道他们说了什么
又曾做了什么。

不是有意要欺骗，
哺乳喂食[1]的热心

---

1. “哺乳喂食”指向了对母亲和家庭的依赖，亦比喻了某种社会机制的束缚，参见组诗《1929》第三首中有关“断奶”的注释。

强使人弄虚作假，
而过去对热病
和厄运的害怕，
如今变成了
对某些名字的恐惧，
得要念些咒语，
说出口令来接头
在某个浅滩渡口，
而生存之道不外乎
高度，强度，
言语和长度，
所有的荣耀与传说
严肃却并不美好。

1929 年 8 月

短句集束(一)[1]

先找茬寻衅,再打仗掐架,
把那个英雄丢在了酒吧[2];
追捕狮子,爬上山顶:
没人猜出你内怯矫情。

· · ·

有些人天生就是个保姆,
与之为友总会变得可恶。

· · ·

当他身体还不错,
她将他狠狠数落;
但她是个好心肠,
当他得病有恙。

· · ·

你还远未成为一个圣人

---

1. 奥登写了很多类似的格言诗,部分收录在1966年版的《短诗合集》里。
2. 此句与瑞士精神病学医生尤金·布鲁勒有关,他曾说过,"酒吧间的闲聊"驱使人去杀戮。

只要你仍然怨言缠身；
但是，若你已摆脱，就无法否认
机遇就是你尚未尝试的那些可能。

· · ·

我担心像这样戴眼镜的家伙比比皆是，
他们更喜欢大英博物馆，而不是上帝。

· · ·

我有点没了耐心
对我的三姑六亲：
他们没什么深度，
为人却也不低俗。

· · ·

那些不愿思考者
夭折于行动中：
有些人不愿行动
却因思考而夭折。

· · ·

倘若可以，

让我们向直立人[1]表示敬意；
但我们谁都不评价，
除非他已横躺地下。

· · ·

这些人已无所追求，
却还在信口胡诌；
不曾有什么贡献
却变得孱弱不堪。

这些人要得到光明，
却不行正义公平；
这些人传给后世的
是战争和一个独子。

指望着不受伤害，
只想能暖和起来；
这些人睡得很香，
在阴燃的煤堆上。

1. 直立人的英文学名为“Homo erectus”，这里的原文“vertical man”与之意思相近；直立人是旧石器时代最早期的人类，奥登在这里喻指精神退化的现代人，隐含着贬义。

· · ·

公共场域中的私人面孔
显得更明智、更亲切，
相比私人场域的公共面孔。

1929 年—1931 年

圆满结局

小傻瓜，小傻瓜
在学校里更是呆傻，
却照例会痛揍学痞恶霸。

最小的孩子，最小的孩子，
当然不够灵敏机智，
可他却会给你惊喜。

毋宁说，毋宁说，
要出人头地，我们推定
一个人应该没有父亲。

轻易就可证明，
生活中有所行动
确实会有所成功，
只须彼此相爱，
将故事一遍遍铺排
就没有人会失败。

1929 年 8 月

这月色之美[1]

这月色之美
没有历史
完整而又原始，
若此后这美丽
具备了别种特质
它会有一个爱人
而不复纯真。

这美有如一场梦魇
遵循了不同的时间，
在大白天
它就消失不见，
只因时光流转
感情也会生变，
而心魔随之出现，
迷茫又渴盼。

---

1. 1930年，奥登获得了他的第一份工作——去苏格兰海伦堡的拉知菲学校任教。这是一所私立的男童学校，奥登在任教的第一个月就写出了《这月色之美》。富勒先生指出，"月色之美"暗喻了少年之美，"魔鬼"则是内心欲望的暗示。奥登的好友斯蒂芬·斯彭德曾说该诗是奥登最优美的作品之一。

但对这纯真之美
魔鬼从未刻意而为，
要将美结束了断，
也未必如其所愿；
直到它渐行渐远，
爱才会临近此地
带来欢洽与甜蜜，
悲伤才会凝神注视
无休无止。

1930 年 4 月

提问[1]

要出个难题很简单：

当会面的时候，

投以熟知内情的率直目光，

问这些意欲何为，

问这些如何做到；

要出个难题很简单，

简单的行为出于混乱的意愿。

但那个答案

要想起来却难上加难：

在台阶上或是在海滩，

那些听着

聚会中片言只语的耳朵，

那些看着

援助之手的眼睛，

对它们从过往经验里

---

1. 这首诗较为晦涩，据门德尔松教授在《早期奥登》中所说，其隐含主题是诗人因时代之变承受的困扰：某种前所未有的剧变已发生，一种古老而高贵的诗歌语言已失去，要恢复它将何其艰难。在这里，奥登指出了文学传统中灾难性的断裂状态。

学到的东西
从来就不确信，
而忘记去听或忘记去看
让遗忘变得容易方便，
只是记住了回忆的方法，
只是用另一种方式，
记住了蛊惑人心的谎言，
不敢去回忆
鱼儿忽略了什么，
鸟儿如何逃脱，绵羊又是否顺服。

到最后，记忆丧失殆尽，
鸟、鱼和绵羊都成了可怕魅影，
而鬼魅必会再次行动
为它们平添苦痛，
怯懦会哭出声来
为那多风的天霾，
冷酷哀泣为了封冻的流水，
顺从会为它的主人垂泪。
记忆将会复原
那台阶和海滩，
复原那面容和聚会地点?
鸟儿会继续高飞，

鱼儿会去潜水，
而绵羊会顺服归依
以一头绵羊的方式？
爱能否记忆重现，
想起这个问题和答案，
只因爱会复原
那整个儿的幽暗、丰沛和温暖？[1]

或于 1930 年 8 月

1. 奥登受到美国心理学家霍默·莱恩的影响，认为爱可以帮助人重新体验在母亲子宫里的那种幽暗、丰沛和温暖的感觉。

谣曲五首[1]

I

你在想些什么，我的鸽子，我的狡兔；
是否思绪如羽毛般生长，生活遭遇了幻灭[2]？
它正理解着爱，还是在把钱财点数，
如一个窃贼觊觎珠宝，谋划着打劫？

睁开你的眼睛，我最挚爱的浪子；
请用你的双手将逃脱的我找寻；
装模作样去探访密友知己；
且要站在温暖白昼的边缘。

迎风而起，我那硕大的蟒蛇；
令鸟群噤声，令天空遍布阴霾；
让我胆寒，片刻就又复活；
让我心惊，就此将我击败。

1930 年 11 月

1. 这个组诗的原文标题为“Five Songs”，奥登写了不少这类韵律和形式感较为严整的作品。
2. 此句出自 D. H. 劳伦斯，劳伦斯曾写过“思想是生活的死胡同”（原文“mind is the dead end of life”，字面意思也可理解成“思想是生活的绝境”）。为切合音律，译成了“生活遭遇了幻灭”，意义似更通达。

Ⅱ

那晚当快乐开始，
我们全都血脉偾张，
我们等着地平线的霞光
待清晨曙色初露时。

但清晨放我们通行，
于是一天天得以解脱，
他的笑声不再紧张惶惑，
那轻信的和平已成型，

巡视了一里又一里
没有闯入者来责难挑衅，
而爱的最大倍数的望远镜
望见的惟有他自己的田地。

1931 年 11 月

Ⅲ

一切如此轻易，
一切却微不足道，

一切情况尚好，
只因融洽无间，
我的意思是
仅在你我之间。

谁和谁走在一起
床铺自然知道，
如同我和你
吻别了走掉，
事实即已生成，
感官也已确认。

命运来得不算迟，
台词无须重写一次，
也没有忘记一个字，
起初就说到了内心，
以全部身心，
为另一颗心。

1931 年 10 月

Ⅳ

当黑夜沉寂，就可看清

豌豆形的小岛
和我们那丑怪滑稽的侍应，
他曾这般的灵敏机警。

哦，阳台和果品，
海湾里，那小小轮船的
汽笛声让夏天大吃一惊：——
而你已离去。

或于 1933 年

V

“哦，你这是去哪里？”读者对骑手说，
“那险恶山谷里，火炉已燃起，
那边垃圾堆的恶臭会让人大发脾气，
而隘口就是坟墓，会被巨人再度控制。”

“哦，你能想象么，”胆小鬼对旅行者说，
“黄昏会在你去往关卡的路上故意延迟；
你使劲看只会发现日光正在流失，
你两脚是否感觉到从花岗岩踩到了草地？”

“哦，那是什么鸟？”恐惧对聆听者说，

"你是否看见歪扭树丛里的那个形影?
你身后轻飘飘的人影眨眼就尾随而来,
你皮肤上的斑疹是一种可怕的病。"

"走出这屋子"——骑手对读者说,
"你永远不会这样"——旅行者对胆小鬼说,
"他们正在找你"——聆听者对恐惧说,
他把他们留在了那里,留在了那里。

1931年10月

亨利舅舅[1]

当“苏格兰飞人”号[2]
挤满了狩猎客，我就去往南方，
喝完咖啡立起身，离开了
斯塔基夫人[3]。

准备找些乐子，
每年逛逛罗马，大马士革，
到摩洛哥去找那些新开的
娱乐场子。

在那儿我会找到朋友，
你也知道，得是个迷人的家伙，

1. 原诗并无标题。二十世纪六十年代中期，奥登在整理旧时笔记本时发现了这首诗，为之冠上了“亨利舅舅”这个标题。这位“亨利舅舅”，正是奥登于三十年代出版的诗集《演说家》里出现过的那位同性恋的“亨利舅舅”。原文中故意将有些单词中的 r 字母误拼成了 w，试图模拟某种古怪口音，带有明显的谐谑口吻，对英国上流社会的骄奢淫逸不乏嘲讽。

2. “苏格兰飞人”号是从伦敦开往爱丁堡的夜班快车，有高级卧铺。狩猎季时，去苏格兰猎松鸡的狩猎客经常搭乘这个班次。

3. 应是指伊妮德·玛丽·斯塔基女爵士（1897—1970），爱尔兰文学批评家，以法国诗人波德莱尔和兰波的传记知名。1956 年，斯塔基还为奥登争取了五年期的牛津诗歌教职（实际任职才三年，因受到当时英国知识界的冷眼，奥登过得并不愉快）。

长得像希腊神，人还要忠诚：
　何其美哉！

　他们把手头货色全都带了过来，
阿布杜勒，尼诺，曼弗雷德，科斯塔：
为女人们干杯，因为她们生出的孩子
　是那般可爱！

或于 1931 年

关注[1]

在我们的时代请关注这一幕，
如鹰鹫或戴头盔的飞行员般将其审视：
云层突然分开——看那儿！
闷烧的烟头在花坛上冒着青烟，
时值本年度的第一场游园会。
往前移步，透过体育酒店的玻璃窗，
正可一览山峦的景致；
走入那边意兴阑珊的人群，
凶险的，安逸的，穿裘皮大衣的，着制服的，
三三两两围坐在预定桌位旁，
表情木然地听着乐队情绪激昂的演奏，
转往别处，却见农夫和他们的狗
端坐厨房里，在风雨交加的沼泽中。

很久以前，你这个头号反派人物

---

1. 这是奥登运用“鹰的视域”（即全景视角）极为成熟的一首诗。在1940年所写的《文学传承》里，他曾详述了哈代对他“四点教诲”，其中第一点“教诲”便是“鹰的视域”。此诗的解读亦须了解一个历史背景：1929年10月开始的资本主义世界第一次经济危机；1930年时的英国仍奄奄一息，失业和大规模的市场萎缩让诗人直接见证了这个“全球性的灾难”。这里，奥登亦采用了某种心理素描手法，描绘了这个岌岌可危的时代的症状。第一节类似摄影机的移动镜头，呈现了富人与贫民（农夫）间的彼此隔绝，而每一方都如此孤立。

就比北方巨鲸更要强悍有力，
对促狭生活的缺憾早已了然，
在康沃尔，门迪普，或奔宁荒野[1]，
你对出身名门的矿主们多有批评，
见他们不作回应，便令他们痛不欲生
——直到躺入坟茔才得解脱。
每一天，你都要和崇拜者们交谈，
在淤塞的港口，在废弃的工厂，
在令人窒息的果园，在寂静的山顶，
在那儿狗会郁郁不乐，鸟儿会被射落。
你饬令邪恶立即发动进攻：
它们突然访问了各处港口，
走入明媚水岸边的酒吧，
打断了悠闲的交谈，
招手将你挑中的人叫到外边。
召唤那些俊美、病弱的少年，
召唤那些独居的妇女——
你在乡村教区的代理人；
然后会激活潜伏在泥土中的
强大力量，让农民变得野蛮，
让白鼬的鼻窦和眼睛发生感染。

---

1. 康沃尔、门迪普、奔宁荒野都是英国的地名，其中门迪普亦称门迪普山；这些区域都是石灰岩地貌。奥登有过多次旅行游览经历，非常熟悉。

准备已毕，开始散布你的谣诼，
轻松而可怕地竭力引发憎厌情绪，
夸大其辞的传播，终会演变成
某种极端危险、某类大恐慌，
散乱无序的民众，如狂风乍起时的
碎纸片、破衣烂衫和瓶瓶罐罐，
将陷入无尽的焦虑和恐惧。

追求幸福的人们，所有[1]
顺着你的脑回路、认同单纯愿望的人，

---

1. 奥登在编辑 1945 年的《诗选》时，不但为该诗加上了标题“关注”，还删去了第三诗节起始的八行诗句。在删去的诗行里，奥登的矛头直指资本家、教师、教士等社会核心阶层，表现出明显的社会批判倾向。：

Financier, leaving your little room
Where the money is made but not spent,
You'll need your typist and your boy no more;
The game is up for you and for the others,
Who, thinking, pace in slippers on the lawns
Of College Quad or Cathedral Close,
Who are born nurses, who live in shorts
Sleeping with people and playing fives.

金融家，离开你的小房间
在那儿滋生了金钱却没法花费，
你将不再需要打字员和仆役；
对你来说游戏已结束；其他人亦如是，
那些在大学内庭或教堂入口的草地上
穿着拖鞋踱步、一边还思考着的人，
那些天生的保姆，那些穿短裤的人，
与人同眠的人，玩英式壁球的人。

那一天的到来会比你们预想的稍迟一些；
它已迫近，与那个邈远的午后截然不同；
那时，在礼服的窸窣声和跺脚声中，
他们已为堕落少年们颁发了奖品。
你不能退场，不，不能，
即便你收拨好行李、一小时后就要动身，
哼着曲子，这就要逃到主干公路上：
那个日子曾属于你们；神游症、
不规则呼吸和交替支配的受害者[1]，
历经了某段焦虑的漂泊岁月，
在癫狂爆发的瞬间已开始崩溃，
或就在某种典型性疲劳中永久地沉沦。

1930 年 3 月

1. 根据富勒先生考证，这里出现的几个医学专业术语与美国心理学家威廉·麦克道格尔发表于 1926 年的《变态心理学纲要》有关："神游症"是病理性的遗忘状态，"不规则呼吸"则是精神疾病的典型症状，"交替支配"则意指不同人格的交替出现。

流浪者

命运如此晦暗，比世上的海沟更幽深[1]。
它会加诸哪种人
当春日来临？绽放的繁花将白天憧憬，
皑皑白雪从岩面滑落，雪崩在即；
如此他会离开他的屋子，
云朵般轻柔的手拉不住他，女人再无羁绊；
但见那人通过了看守哨岗，
穿过了灌木林泽，一个陌生人
越过湿润海洋(那鱼群的居所、
令人窒息的水域)，找到了同道者；
或就在荒野上喁喁自语，
身旁，暗穴遍布的溪涧，
鸟雀担心着飞石，焦虑不安。

在晚上头会向前倒去，一身疲惫，
然后就梦见了家乡，
窗口的招手，欢迎的宴飨，

1. 该句出自中世纪的布道词，W. P. 科尔的《中世纪英语文学》中有摘录。原话如下："他们如此聪慧，知晓上帝的诫命、神秘和审判，这些秘密比海沟更幽深。"因此，该诗行中的"Doom"或喻指上帝的力量。

单层床单下妻子的吻；
但醒来会看到无名鸟群
向他飞来，隔着门廊会听到声响动静
新人们投入了另一场云雨。

将他从敌意的俘获中拯救，
躲过老虎在街角的猝然扑击；
保护他的房屋，
那叫人忧心的、日子屈指可数的房屋，
让其免于雷电霹雳，
免于如污渍般逐渐蔓延的朽败；
让含糊的数字变得确定起来，
带来欢乐，带来他的回归之日，
让幸运与白昼一同来到，在熹微的黎明。

1930年8月

眺望者[1]

此刻我从窗台眺望这夜晚，
教堂的黄色钟盘，绿波轻拍的驳岸，
已为一个轻率的新年将灯火点亮；
寂静在我耳边嗡嗡鸣响；
附近人家的灯光倏忽已灭。

夜幕下的一切似已止息；
丁香花丛在草地上装死
如一个阴谋家，那边厢
大熊星座高悬于旗杆之上，
如一个不祥之兆俯瞰着海伦斯堡[2]。

哦，界限的尊者[3]，训导着黑暗与光明，

---

1. 此诗原是奥登创作于1932年的长诗《喜乐新年》的第二部分，再版时第一部分被删去，第二部分删除了五个诗节，变成了这首独立成篇的《眺望者》。
2. 大熊星座位于北半球的中高纬度地区，是终年可见的一个星座。海伦斯堡是英国苏格兰的一个自治市。因为这星座和自治市的方位，也因为奥登在二十世纪三十年代的政治倾向，有评论家指出，大熊星座影射了当时的苏联。
3. “界限的尊者”可能指上文提到的大熊星座，该星座中的北斗七星是地上人们进行方位判断的依据之一；也可能指古罗马传说里的护界神忒耳努斯，这是一位双面神，奥登晚年时写有一首《忒耳努斯颂》；“界限”或“边境”等是奥登诗歌中经常出现的主题词。

在左与右之间已将禁忌设定，
那对神通广大的安静的孪生子[1]
万物的属性自你们起始，
整夜仁慈地俯视我们的头顶。

没有人见过你们：没有人会说，“近来，
在此地，你能看出点迹象：他们正静候以待”，
然而今夜，在我的思绪里，
你们恍如我梦中见过的样子，
一座荒宅里的矮壮的守护者。

枪械夹在臂弯下，无论天雨天晴，
你们在门口驻守或在山脊上执勤，
我们知道你们就在树丛或桥梁附近，
你们警觉的姿态令我们眷爱着和平
伴随着一个永久的威胁。

不要凑近观看，不要太过冒进；
我们没受到邀请，我们只是得了病，

---

1. 孪生子指双子座；在希腊神话中代表着宙斯与斯巴达王后丽达（Leda）所生的孪生子卡斯托耳和波吕刻丢斯，两人有很多的英雄壮举。但他们因与人成仇展开了决斗，结果卡斯托耳被杀死，波吕刻丢斯向宙斯哀求如能让卡斯托耳复活，自己宁愿放弃自不死之身。宙斯被兄弟俩的友爱精神感动，将他们提升到天界，成为双子座。

凭着鼹鼠的花招，孔雀的姿势，
或是老鼠般孤注一掷的勇气，
我们要过你们这关只得耍个把戏。

这一年的夏天已然愈来愈近。
若饥饿的空想家在我们的门户内
看到我们恣意狂欢又该如何处置？
你们的肉胎凡身在街上生着闷气[1]，
我们仍需借尔之力：若它付诸实行，

哦，就没有人会不受控制地中途离席，
猛扑过来，无知觉地施加伤害，
不会在房间里制造险情，或如
陀螺般在外面野地里疯狂地打转，
醒觉的白天里也没有人会愁眉苦脸。

1932年2月

1. 据门德尔松在《早期奥登》中所说，此句出于劳伦斯1931年出版的散文集《启示》（*Apocalypse*）："因此人类居于纵情逸乐的城市中，而野兽居于深渊；深渊中的恶龙或魔鬼摧毁了大地，要不就毁灭人类的躯体，最后杀死了这两个守护者。"在劳伦斯的描述中，这两个守护者也是见证者，他们"为人类设下了界限。他们在每一项世俗或躯体活动中对他说，就到这里，到此为止……他们是陶醉、狂喜和放纵的敌人"。奥登作了改写。

青春期

风景画一度令他想起了母亲的仪容，
他记忆中的山峰变得愈来愈高耸：
他用最好的绘图笔将熟悉的地名标出，
热情地追溯着家族姓氏的由来出处。

走进绿草如茵的牧场迷了路，他在静止水流旁漫步；
在大地的愚笨儿女看来，他恰似一只天鹅优游驻足，
弯下了美丽头颅，敬慕不撒谎的人，
“亲爱的”，这声呼唤由鸟喙发出，在耳腔内共振。

那些树荫底下的夏季乐队曾演奏过；
“亲爱的孩子，要勇敢如树根，”他们如此言说：
他欣然将喜讯带到了一个危险世界，
准备和每个陌生人辩论，笑意殷切。

然而对这个先知而言，返乡之日已终止，
他领受了挚爱乡村的古怪欢迎仪式：
乐队鼓噪着“懦夫！懦夫！”令他激愤不已，
女巨人拖着步子走近，大叫一声：“骗子！”

1931 年 3 月

流亡者[1]

拉响的汽笛宣告我们的到来，
冰封的峡湾因自由高高耸立，
　　牧羊人在喊些什么
　　当困守山上无可奈何，
　　用坏了的轮轴
　　一路流亡奔走？

带着通关行李我们终于下了车，
在旷野中的枢纽车站打趣说笑，
　　用训练有素的笑意
　　和无伤大雅的故事
　　前去结识相认
　　每一个新人。

高地来的专家，总穿着油布雨衣，
图书馆来的慵懒学究，制定了法律，
　　有产者来自各郡县，
　　齐齐聚到了这海边

1. 这首诗即1932年出版的诗集《演说家》第三部分《六首颂歌》里的第三颂。

面对每一个蠢人
只得强打起精神。

我们的房间已备妥，登记簿已签到，
天黑之前还有时间溜达上一圈，
去看起水泡的绘画作品
在闷热的前厅，
或去看码头的船龙骨
上面挂着阴森的冰柱。

爬上悬崖小路前往海岸警卫队的哨楼，
走过了连老鼠也绝迹的废弃船坞，
从待售的古堡要塞
的水泥窗台，
俯瞰泳客歇脚的礁岩石垒
那情人的干草堆。

靴子会擦亮，垫枕会拍打得很松软，
餐具柜干净得可以放进衣物：
我们应会安居此地
再来点情趣爱意，
虽则我们所能主宰
只有那哀愁的体态。

野餐已约好，计划安排在七月，
要到瀑布飞流的树林，探足去寻
　　鸟雀的踪迹，
　　一只鼹鼠，一颗螺丝，
　　在挂着“私人禁地”牌子的
　　工厂大院里。

圣诞时有滑冰和冰壶游戏[1]——在室内
可以玩字谜、嬉笑打闹；而某些下午
　　骑手们会策马而出
　　驰过积雪的小路，
　　会被铁丝网挡住，
　　那战争的多余物。

春天我们会在花坛里翻铲泥土，找那些
开花的球茎植物；秋天我们须弯腰躬身，
　　当树木让出了林中路；
　　高空刮起了大风呼呼，
　　片片树叶一阵惶惑
　　落进了我们的生活。

---

1. 一种源于苏格兰的游戏，两队比赛，每队四人，将沉重的椭圆形石头推滑至冰道中间的圆圈中。

打发晚上时间可凭窗眺望，
岁末时节铸造厂的炉火正闪亮，
　　　稍稍有些绝望
　　　因自我认知的迷惘，
　　　些许的哀伤痛楚
　　　恰是生活的来源出处。

在人堆里就忘了抽屉里的手枪，
还须为不宽恕而祈祷，心怀骄傲
　　　直到水上的音乐声
　　　让人不禁自惭形秽，
　　　口中言道呜呼哀哉
　　　备感失落与无奈。

直到我们手上拿着帽子说着话，
或迈开大步走下街道左看右瞧，
　　　商店里的煤气灯，
　　　轮船的残骸躯身，
　　　而海风冷飕飕
　　　触到了旧伤口。

直到我们的神经已麻木，对它们来说，
现在爱或者谎言都已经太迟，

最终会渐渐习惯于
已然迷失的境遇，
会承认匮乏的实情
和死亡渐至的阴影。

1930 年 10 月

诱鸟

在这些山谷里有某种鸟类
会围着粗心者扑翅绕飞，
一边故作亲密地诱引，
假扮友善练就了诱捕的技艺，
它们对错谬毫无知觉。

整个已被控制蛊惑，
它们静静地盘旋飞过，
而在狡狯的光线下
隐蔽的山岭更显青翠。
它们的飞翔看去更迅捷。

但那些捕鸟人，哦，像狐狸，
正趴在灯芯草丛里做埋击。
循着无辜者的足迹，
疯子守林人爬过了满地枯枝，
胳肢窝下夹着斧钺。

哎呀，放出的信号仔细听，
手指已将扳机扣紧。

那只鸽子真是不幸
定会一阵剧痛自明亮处跌落，
它的爱源于生存方式。

1931 年 5 月

好时光[1]

“我们给你带来了一张乡村地图，”
他们如此解说：“这条铁路通向染坊，
这块绿地的左面是片树林，
我们用铅笔画了个箭头指向了海湾。
不，谢谢你，不用上茶；为什么看钟？
要校准它？那当然。它应和着我们的爱。

我们会守护你的未来并适时问候。
如你所知，我们已在乡村生活了多年。
到了周末要记得上紧座钟的发条。
我们已致电通报了各家染坊老板。
海湾里的潮水非常安全，
但无论怎样你都不要去树林。

1. 这首诗由六节六行诗和末尾一节三行诗组成，原文中，“乡村”、“染坊”、“树林”、“海湾”、“时钟”和“爱”六个词语作为韵脚在前面六节的行尾交错排列，并在最后一节三行诗里成对出现。这便是俗称的“六节六行诗”（英语里称为“sestina”，或可更准确地称之为“六字循序诗”，这个诗体由十二世纪法国普罗旺斯抒情诗人阿赫诺·达尼艾尔始创）。如奥登研究者富勒先生所言，奥登之所以采用这个形式，是“为了挑战有难度的诗体，提升诗艺”，而且极有可能是对威廉·燕卜荪《朦胧的七种类型》（1930）的回应，因为燕卜荪断言六字循序诗“自锡德尼的时代之后就不复存在了”。要在汉语语境中完整还原该诗体的风貌委实不易，有兴趣的读者可去品读原诗。事实上，奥登用这个诗体写了好几首作品，譬如收入诗选的《寓意之景》（1935）、《凯洛斯和逻各斯》（1941）。

那林子里有个逃亡的骗子，
不要去那儿用我们的爱瞎掺和。
在海湾里沐浴可以强身健体，
住到乡村后你不会再头疼脑热。
你在染坊定会找到份稳定工作，
若遵守它的时间，作息规律。”

他终于到了；在时钟规定的时间。
经过树林时他在胸口画起了十字；
映衬着暮晚的天空，染坊漆黑一片，
而想到他们的爱，他不由得热泪盈眶；
俯瞰夜色渐浓的乡村，
他看见了小小海湾里的码头。

一到周末，海湾里驾车兜风的人
比露天舞台的时钟更吸引他的目光；
当乡村里暑气消退，飞临
树林上空的一群天鹅
令他不再恐惧；他开始爱上了
废弃染缸上长出的苔藓。

他遇到了海湾里新开旅馆的住客，
他们正在染坊那儿采风写生；

眼下，满心好奇地追随着他的爱，
脉搏的节律快过了时钟，
他在树林里找到了完满极乐，
看着这乡村如同头一回见识。

看着林中流水和海湾岸坡的树木，
且听钟声在染坊附近奏鸣：
“这是你的乡村，这是爱的时刻。”

1931 年 9 月

中途

相对轻松地辞去了职位，
打发走了大部分朋友，
乘着潜水艇逃离，贴了个假胡子，
暗中期望每座港口都有人守望相候，
你已到达本地，这里没在下雪：
我们该如何庆祝你的到来？

我们当然会提到
你每年为塔特伯里[1]的玻璃匠举办的露营，
你的鸟类摄影时期，你在赫克村[2]做的梦，
甚或还谈到你在布拉格过冬，虽然不是很完整：
你对指南针的公开拒绝
已为明天做出了安排。

现在来看这张地图。
红色是一级公路，黄色是二级公路，
十字剑标出了古战场，哥特字母
代表了那些颇具考古价值的地点。

---

1. 位于斯塔福特郡的市镇，此地有制作精美玻璃器皿的工厂。
2. 英国有好几个名为赫克的村镇，或是指约克郡的赫克村。

我们的人会开车把你送到铸铅塔[1]那边；

要去更远的地方，我们恐怕不能应承。

在比格斯威尔[2]要留神水鬼。

如果碰到女丘八[3]，躲起来当然更明智。

离开前不妨找一位水疗师诊治诊治。

你还有什么问题要问？

好吧。你可以走了。

1930年1月

---

1. 十八世纪时，欧洲人利用熔化的铅水自由落体过程中的自然凝结来铸造火器用的铅弹。

2. 位于苏格兰格洛斯特郡和威尔士蒙默思郡之间的地名。当地苏格兰民间传说中的马形水鬼能诱人自溺或预告人的溺死。

3. 原文“Mr Wren”，直译为雷恩先生。然“Wren”亦指某种小型鸟类鹪鹩和英国皇家海军女兵，结合上下文，取后者义。

颂歌[1]

虽知道我们的军衔，也在警戒待命，
为一次伏击正用双孔望远镜观察着草叶的动静，
手枪扣上了扳机，口令已熟记在心；
　　　那最年轻的鼓手
知晓所有和平年代的故事如资格最老的兵，
　　　虽身在边境，却知道

那些从敞篷小艇上岸的高大的白种神祇，
他们精于铸铜工艺，规定了我们的节日，
在群岛被淹没前，那时的天气风和日丽，
　　　披着鬃毛的狮子常常可见，
每座花园里都有一口露天的许愿井[2]；
　　　那时爱来得如此轻易。

我们对发生之事都很确信，却并非因为史实，
也不是因为那个返回营地的满脸胡茬的密探：
从沙漠里挖出的柱子只记录了

1. 这首诗出自1932年出版的诗集《演说家》，是第三部分的第五颂。
2. 水井在欧洲（日耳曼人和凯尔特人尤其如此）民间传说中是神圣之所，人们投入钱币以敬神或祈愿。

　　　一座城市遭受的浩劫，
那探子抓着胸口，瘫倒在我们脚下，
　　　“对不起！他们抓住了我！”

是的，他们曾在这儿生活但眼下已离去，
是的，他们仍然活着但没有住在此地；
熄灯后一个躺着的新兵会惊醒出声：
　　　“谁告诉了你这些事情？”
帐篷里片刻静默，直到一个老兵发话回应：
　　　“赶快睡觉，小家伙！”

他翻过身去合上了眼，不一会儿
就梦见耀眼的太阳俯照着午夜的麦田和牧场，
我们的希望……有人挤推着他，在摸找靴子，
　　　时间已到正要换岗：
孩子，争端在你出生前已铸成，那侵略者
　　　你一个都不认识。

你童年的意识片段全都与我们的世界有关，
五岁时你纵身一跃，俨然已是花园里的虎雏，
入夜后母亲教会了你为我们的父亲祈祷
　　　盼他能远离征战，
有天早晨你从马背上摔下，你哥哥曾嘲笑你：

“就像个娘们儿!”

眼下我们正在大教堂前的广场上列队接受检阅,
当主教祈福已毕,就跟着唱诗班男童鱼贯而入,
我们和那些红脸膛的征服者一同站在围着栏绳的条凳上,
声嘶力竭地叫着:
“他们像兔子一样溜了;我们已把他们如木柴般劈碎;
他们在与上帝对抗。”

此时数英里外的一个石灰岩峡谷里
他们正在集结,各自将马匹拴在了身旁;
巨石中走出个稻草人先知,预见了我们的判断,
他们暴怒的上司已在咆哮;
而悲苦的圣歌被岩石间蹿出的狂风截住:
“他们还要招摇多久?”

我们的所作所为皆因恐惧而生
久经战阵的上尉对他们说出的话简洁分明,
“心灵和头脑要更灵敏,情绪要更高昂,
当我们的体力逐步衰竭”:
这会让他们大声叫出“我们会一直战斗,
直到安眠在挚爱的上帝身旁”?

愤怒[1]已学会了游击战的每一种把戏，
装死，夜间突袭，虚晃一枪的撤退；
嫉妒——他们杰出的政论家，
　　如真正的已婚男子般撒起了谎，
专业演员和语言学家也会为之**骄傲**
　　因他欺哄哨兵的能耐。

饕餮一个人独居，傻大个似的**贪婪**
比我们更一本正经，**懒惰**因她的耐力
与他们一同出了名，而在某个地方，**淫欲**
　　这个熟练工兵坚守着前沿哨所，在地道里
正对着导火索小声嘀咕："此刻我要与爱人见面，
　　我将拥紧她一同赴死。"

那里的很多面孔，我们在瞭望台上已找了好久，
尽管常常是如此的情形：我们得想象回到了家里，
突然看到一个背影，或是听到门廊那边传来了一个声音，
　　这才最终找回了他们；

1. 这一节和其后一节的内容指涉了所谓的七宗罪，曾频频出现在《圣经》、中世纪教会布道文及历代绘画作品中，其中又以托马斯·阿奎那的宗教著作、但丁的《神曲》和乔叟的《坎特伯雷故事集》中的论述尤为著名。十六世纪后，基督教更直接用撒旦的七个恶魔化身来指代七宗罪。七宗罪的排序在各个版本里的译名和排序略有差异，但丁在《神曲》中根据恶行的严重性将之排序为——淫欲、饕餮、贪婪、懒惰、愤怒、嫉妒、骄傲。奥登早期诗歌中潜在的宗教性主题值得注意和探究。

两臂搂住他们的脖颈，看定他们的眼睛，却发现了
　　　　自身的不幸。

他们中的某些人，之前，我们确实似曾相识：
哦，那个女孩，在某个美好夏夜骑着她的单车离开后
就再没有回来，她就在那儿；我们也曾留意
　　　　那个数星期愁眉不展的银行家；
直到某天早晨他没能到职，他的房间空空如也，
　　　　走时带了只手提箱。

他们谈论着边境上发生的我们并不知晓的事，
那条通往皮克特人[1]低矮塔楼的秘密小道；
即使剥夺了他们的睡眠，他们也绝不会透露，因为
　　　　他们的口令是“告密者格杀勿论”。
他们很勇敢，是的，虽然我们的报纸提及他们的英勇壮举时
　　　　会打上个引号。

但要小心；且返回我们的防线；那儿也不安全，
护照已不再签发；那个地区已被封闭；
此时登山汇合点的休息室里已没有炉火，
　　　　而整个一年里

---

1. 皮克特人是中世纪早期（在诺曼人征服英伦三岛前）居住在苏格兰东北部的土著部落联盟。

动力机房已停止了运转;建到一半的涵洞下面

　　　　冷风正呼啸。

今晚所有的外出都已取消;我们须就此告别。

我们要乘火车立即去往北方;清晨时分我们会看到

注定要去攻击的海角;雪飘落在海滩的浪线上:

　　　　尽管彩旗会打出信号

“夜深后待在室内;为你的炉火备些泥煤,”

　　　　我们也会在那儿安营扎寨。

1931 年 11 月

传奇[1]

爱，与他一起
汇入这些传奇；
为他呈现
各色多变的形态，
成为本地的传奇，
亦如传奇般古怪；
如此，他或会
按这些指令行事，
爱，你应如他一般
成为真正的传奇。

当他心灵的疾病
症状稍稍减轻
定会怀着悲伤

1. 这首诗出自奥登与衣修伍德合写的三幕诗剧《狗皮人》中的歌队合唱段落。在诗剧中，主人公阿兰·诺曼为寻找一个名叫弗朗西斯·克鲁爵士的人踏上了旅途，一条大狗陪伴着他漫游欧洲和英格兰，而这条狗事后证明正是克鲁爵士的化身。在这段唱词中，"爱"是一个人格化的对象，似乎指代了克鲁爵士，他中了魔咒，为恢复原形，必须陪伴主人公一同冒险。成为独立诗篇后，第三人称的"他"毋宁成了人类个体的原型，而"爱"成了拟人化的精灵（也是倾诉的对象），诗人探索着爱的幻灭和希望。这个抽象命题因整篇用词过于精简，更添理解上的玄妙与晦涩。

如海豚般潜行，
横渡那凶险海洋；
或如狡猾的灵狐
在乱石间引路，
凑着他的耳朵
说些寻常话语，
以此去取悦
那边的守护者；
而在穿越那个
暗沉沼泽时
巨鸟会群起攻击，
同样确切无疑；
他的两腿会如
小马驹般抬起，
迅疾如狂风
他会掉头逃去，
直到哭叫惊惧，
将它们抛在了身后。

可是临到末了，
当这些危险过去，
他膨胀的欲念
会对传奇感觉厌倦，

到那时，爱，你应
站在传奇的终点，
索取你应得的酬劳；
且献上你的脖梗，
承受他迟疑的剑刃
忘恩负义的一击，
如此，当他畏缩后退，
他的眼睛或会
惊诧地看定了你，
发现他过往的期待
仍还忠实无欺，
他必会清醒过来，
而爱一如其初[1]。

1931 年 12 月

---

1. 奥登曾对结尾诗行多次修改，第一稿是“那最单纯的爱”，四十年代改为“你那有限的爱”，五十年代改为“你那人性之爱”，到了六十年代才改为“而爱一如其初”。

见证者[1]

深夜时分，年轻人
　辗转反侧于床铺，
他们的卧枕无法安顿
　不安分的头颅，
那决定命运的签文
　将在明天抽出，
有人必须远行，去面对
　危险与痛楚。

会是我么？会是我么？

探寻内心你就会明白：
　答案就在那里藏着。
虽则心灵如一个聪明的
　魔术师或舞者，

1. 标题的出处可参见《眺望者》的最后一个注释：奥登在这一时期受到劳伦斯的影响，两个"见证者"（或如《眺望者》中提到的"界限的尊者"）在劳伦斯的笔下是仁慈的守护者，在奥登的诗中转化成了鬼魅般的隐形化身，象征了存在于一切社会中的隐秘的支配力量。此诗原先并不是独立篇章，而是一首未完成的长诗《我青春时期的那一年》中的对话体谣曲；这首长诗约在 1932 年年末写就，部分取材于十四世纪英国诗人威廉·朗兰德所写的讽喻叙事诗《农夫皮尔斯》。

常会用许多奇巧花招
　来将你欺瞒，
而动机如偷渡客
　总是发现得太晚。

他应该做些什么？谁的内心
　已选择了去远行？

他应抵抗他的平静，
　让内心的感觉更麻木，
还应羡慕花园里的呆笨鸟禽，
　它们的步态这般自如，
因为他必会由此起步，
　踏上虚无、自私的旅途，
身处不必要的风险
　与永久安全之间。

他会一路平安无事，
　然后返回自己的属地？

凶险的云朵和狮群
　在他面前伫立，
还有睡梦中的敌意。

　且让他向我们致敬，
以免他会自觉羞惭，
　当遭逢了危急时刻，
而一进那个衰败山谷，
　他很快就黯然失色。

你是谁，谁的说话声
　听来如此遥不可闻？

或于1934年

你们是城镇，我们就是时钟。
我们是守护者，把守着石头门洞，
　恰如一对双煞[1]。
在你左边，也在你右边，
在白天，也在夜晚，
　我们正将你观察。

对那些不服我们号令者
聪明人不会问发生了什么；
　对其而言
我们是漩涡，我们是礁石，

---

1. 原文为“The Two”，那两个“见证者”的自称。因其如鬼魅般拥有掌控人世的权力，故译为“双煞”。

是寻常的噩梦，是伤心事，
　也是不幸的玫瑰。

爬上吊车，学水手的说话做派，
当栖满鸥鸟的渔船自外岛归来
　驶进了港湾。
说说你的捕鱼故事和猎艳趣闻，
促狭生活的舒畅时分，
　在那间敞亮的小酒馆。

不要推想我们不明所以，
自以为小心藏匿好的东西
　轻易不会暴露：
不采取行动，不置一词，
但不要误以为我们无觉无知；
　我不会随之起舞。

若果如此，恐怕你会大失所望；
我们数小时里越过花园的围墙，
　一直在将你观察：
天空如一摊污渍渐渐昏暗；
有什么东西正落下如纷纷雨点，
　那断不会是鲜花。

当葱绿田野如盖子般被揭离，
露出了那件藏得好好的物什——
　这很煞风景：
看哦，在你身后悄无声息
森林已在四周生长伫立，
　而新月的辉光如此致命。

门闩在沟槽里滑动着；
窗外是一辆搬尸人的
　黑色灵车：
此时戴着帽兜的妇人、
驼背外科医生和死神[1]
　猛不丁就现身了。

这会发生在任何一天；
所以请小心你的所言
　或所行：
要干净整洁，要润滑锁槽，
给花园除草，给钟上发条；
　要将我们俩牢记在心。

或于 1932 年 12 月

1. 原文为“the Scissor Man”，可直译为剪刀匠或剪刀手，亦可引喻为手执刀斧的死神。为切合音韵，这里使用了该词的喻义。

第二部分

1936 年

W.H.AUDEN：COLLECTED POEMS

Part Ⅱ

致拜伦勋爵的信[1]

I

请原谅，阁下，恕我不揣冒昧
　如此致信予你。我知道你
会承受著述生涯的代价累赘
　且会宽怀体谅如作家不得不为之。
　诗人收到崇拜者来信本无什么新意。
于是一位勋爵——我的老天，你必定不胜其扰，
如加里・库珀，考夫林，或迪克・谢帕德[2]所遇到。

那些典型陌生客的来信这般开头："先生哦，
　我喜欢你的抒情诗，但《恰尔德・哈洛德》[3]是蹩脚作品，"
"我女儿喜欢写写弄弄，我该鼓励她么？"

---

1. 长诗《致拜伦勋爵的信》采用的是皇韵体(rhyme royal)，每节诗七行，每行诗十个音节，押韵格式为 ababbcc。
2. 加里・库珀(1901—1961)，美国西部片硬派影星，多次获奥斯卡奖；查尔斯・爱德华・考夫林(1891—1979)，出生于加拿大的罗马天主教神父，最早开始使用电台播音对大众进行宣教的宗教领袖之一，被认为有反犹太的倾向，他的播音被称为"法西斯主义思潮运用于美国文化的一个变异"；迪克・谢帕德(1880—1937)，本名休・理查德・谢帕德，是英国伦敦圣马丁教堂的教区牧师，也是和平主义者，他通过 BBC 电台进行每日布道，获得了全国性的声誉。
3.《恰尔德・哈洛德》是拜伦最负盛名的长篇叙事诗之一。

有时会在信中直截了当地索要现金，
　有时会巧妙暗示如一种柏拉图式的热情，
而有时，我认为这相当粗俗，
通信者的言辞很是无礼唐突。

至于那些手稿——邮寄来的每一封……
　若激起蒲柏[1]的厉声怒斥我也无所适从，
但愿这稍可取悦他忿忿不平的灵魂，
　当听闻现代化的通讯交通
　在文化普及中的使用；
新公路，新铁路，新合同，如我们所知
在 G. P. O[2] 所拍摄的纪录片里。

因为自从不列颠群岛皈依了新教
　去教堂忏悔对多数人来说太过奢侈高蹈。
可忏悔仍是一种人性的需要，
　于是英国人现在得通过寄信来求解祷告，
　而作家们会聆听其言一边嚼着早餐面包。

---

1. 亚历山大·蒲柏（1688—1744），英国享誉盛名的古典主义大师，善于以议论和哲理入诗，表现出鲜明的理性风格和杰出的讽刺才能。奥登受蒲柏影响颇深，曾写有《亚历山大·蒲柏》一文，赞扬蒲柏在诗歌内容和形式上的探索。
2. G. P. O 是英国邮政总局的首字母缩写；在此是指其下属的分支机构 The GPO Film Unit（GPO 电影局），成立于 1933 年，英国纪录电影运动由此肇始；众多文化界人士参与其中，包括赫伯特·里德和安德烈·布勒东；1936 年，奥登曾参与了 G. P. O 多部影片的拍摄，并写下多篇作为解说词的诗歌作品。

因为若令其失望，他们就无处发泄，
只能在公共厕所的墙上乱涂乱写。

所以，若我写信给你，
　聊聊你的诗歌或者谈谈拙作，
表面上似有诸多理由，但这个才真实：
　我，二十九岁已过，
　才刚读了《唐璜》[1]且觉得它不错。
在去雷克雅未克[2]的船上我一直在读，
除了吃饭、睡觉，或者身体不舒服。

眼下一海里又一海里地远离了家，
　不用再顾忌谁，我孤身一人，
也听不懂周遭人们所说的话，
　只得像狗一般去揣测，凭着语调口吻；
　除我母语以外的其他语种，任何一门
我都不太精通，在这儿我找不到辅导老师，
临睡前也没有词典可翻令我伶牙俐齿[3]。

1.《唐璜》是拜伦最具有代表性、战斗性的长篇叙事诗。
2. 雷克雅未克是冰岛首都。
3. 奥登平生酷爱翻阅词典，比如十三卷本的《牛津英语词典》。他经常随身携带其中的一卷，得空了就翻上几页，到了 1972 年，他手头的《牛津英语词典》因为翻阅过于频繁而散架、缺页，几乎不能继续使用了，他不得不考虑买一套新的。

今天我忽就有了写信的设想
　（我想给出时间和空间的事实根据）；
汽车开进了荒野正行驶在路上，
　从莫斯鲁达勒[1]往其他地方开去：
　眼泪顺着我发烫的脸颊流下不绝如缕；
我在阿克雷里[2]得了重感冒，
午饭迟迟不到，生活显得很无聊。

豪斯曼教授[3]，我认为由他开了个头
　专文发表了耸人听闻的学说，
人类因那些小毛小病已被诅咒，
　感冒，病痛，种种苦恼全为了创作；
　一个人确实不能把话说得太过，
声称许多完美无瑕的诗篇
不是出自爱的心碎，而是因为流感。

但仍然缺少一个合理的解释；
　为何给你写信？我想我初有此念

1. 冰岛地名。

2. 冰岛地名，位于北部。

3. 豪斯曼教授即 A.E. 豪斯曼（1859—1936），英国诗人及古典学者，因《希罗普郡少年》等田园诗为人称道，其诗歌富抒情讽刺意味，大多创作于 1900 年以前，对二十世纪一战前后的英国作家影响颇深。豪斯曼还是他那个时代最出色的古典学者之一，曾在伦敦大学学院和剑桥任拉丁文教授。他曾写诗说“我很少写诗，除非是生了重病”。

定是在起程之时，当我收拾着行李，
　将备用袜子、密封的中国茶叶罐
　和防蝇液一起放在了里面；
我自问哪类书我会有阅读的兴趣，
倘若在冰岛我想读时以备不需。

我在威尔特郡丘陵不会去读杰弗里斯[1]，
　也不会在吸烟室里随意翻阅打油诗；
谁愿意在教区乡镇将特罗洛普[2]一试，
　或在娘肚子里就去读玛丽·斯托普斯[3]？
　坟墓另一边的你或会有同样的感知。
那些心比天高的高雅人士，真的只关心
与克莱德河区[4]、法西斯分子或伦敦社交界有关的作品？

在某些地方我曾听闻一种传言
　（据我所知谣传只是某种愚行）

1. 杰弗里斯即约翰·理查德·杰弗里斯(1848—1887)，英国自然题材作家，他描绘乡村田园生活的散文，深受早年在威尔特郡度过的童年生活的影响。奥登在1925 年 5 月曾写过一首关于他的十四行诗。
2. 特罗洛普即安东尼·特罗洛普(1815—1882)，英国维多利亚时代颇负盛名的小说家。奥登说："所有国家的所有小说家中，特罗洛普深谙金钱之道。与之相比，巴尔扎克都成了浪漫主义者。"
3. 玛丽·斯托普斯(1880—1958)，苏格兰作家，优生学家，妇女权利运动的活动家，计划生育领域的先行者。
4. 克莱德河是苏格兰的主要河流之一，流经格拉斯哥，对英国帝国时期的造船业和商业贸易非常重要。

说那冰岛人没多少幽默感。
　我知道这个国家崎岖多山岭，
　气候多变又冷到滴水成冰；
于是环顾四周要找些轻快流畅的东西
我径直挑中了温暖又富有教养的你。

还有另一个作者在我背包里面：
　有段时间我曾盘算着该给谁写信。
哪个最不可能退回我的信件？
　但我决定要去吓吓简·奥斯丁，
　即使我并无资格付诸于行，
且会在她的蔑视下，面临同样可怕的命运
如克劳福德、墨斯格罗夫和耶茨先生[1]所困。

再者她是位小说家。我不知道你
　是否会赞同，但写小说
照我看来完全是一种比写诗
　更高等的艺术，而成功之作
　意味着更好的品性与才具胆魄。
也许这是为何，真正的小说几近绝种
如同冬天里的惊雷或一头北极熊。

---

1. 这里提到的三位都是简·奥斯丁小说中的人物：克劳福德、耶茨先生出自《曼斯菲尔德庄园》，墨斯格罗夫则出自《劝导》，均是碌碌无为的纨绔子弟。

一般水准的诗人与之相比
　就毫无章法，不成熟，且懒惰。
你必须承认，归根结底，
　他对他人的感知非常模糊困惑，
　其道德判断常常过于狂热造作，
一种娴熟又简便的归纳伎俩
太过彻底地诉诸他的幻想。

但我须记得，四个伟大的俄国佬[1]还没出世
　你就早已故去，是他们为小说创作艺术
开启了成熟的契机；
　读书俱乐部可没被收买贿赂。
　而简·奥斯丁为之奋斗的那种艺术，
在确当的劝导下已成功将热潮引发
如今形式上发生了最为惊人的变化。[2]

她不是一个宽宏大度的女才子；
　假若有色墨镜还保留着原样，
无疑她仍会将你视作恶劣人士。
　但请告诉简·奥斯丁，若你有胆量，

1. 四个伟大的俄国佬应是指果戈理、屠格涅夫、陀思妥耶夫斯基和托尔斯泰。
2. 亨利·詹姆斯在 1903 年出版的《大使》前言中说，小说是“最为独立、灵活、奇异的文学体裁”。

　她的小说在这儿多么受人喜爱称赏。
她曾说过，她是为后世而写了它们；
话有些轻率，但她却被后人阅读追捧。

你无法让她震惊，她却令我惊诧莫名；
　与她相比乔伊斯看似无辜的草苴。
这让我颇不自在地看到以下情形：
　一个中产阶级的英国老处女[1]
　描绘了“铜板”与爱情交互影响的戏剧，
如此坦白又这般清醒，揭示了
经济社会的基础原则。

所以接收此信的人就是你。
　这试验或许称不上是什么成就。
其他很多人本来更胜任此事，
　但我不应让自己的享受打折扣。
　在空军服役的肖先生[2]说过，专注才能够
带来快乐：这话没错，我知道是这么个理；
即便是在给一位辞世已久的诗人涂鸦写字。

---

1. 奥斯丁终身未婚，奥登此处有戏谑的成分。
2. “阿拉伯的劳伦斯”(T.E.劳伦斯)是率领阿拉伯人反对土耳其统治的传奇领袖，他曾用假名罗斯加入了英国皇家空军，身份暴露后又改名为肖加入皇家坦克军团，后又于1925年转回皇家空军。

每封令人激动的来信都有附件，
　而这封亦应如此——一堆的照片，
有些没对准焦距，有些曝光过了点，
　剪报，八卦，地图，统计资料，表格曲线；
　我不想半途而废、草草敷衍。
事实上我将采用非常时兴的手法。
你将要读到的是一幅拼贴画。

我需要一个足够宏大的形式来腾挪施展，
　且要谈及我所选择的任一个话题，
从自然风景到男女事件，
　我自己，艺术，欧洲的见闻消息：
　既然我的缪斯，她正在度假休憩，
外出散心时一路都欢天喜地
只是间或偶尔，会带点恶意。

意大利八行体[1]，我知道，会很适切，
　用来表达我的敬意，堪称应手得心
的一个体例，但我很可能摔个趔趄；
　而皇韵体的韵律很难搞定。

1. 意大利八行体(ottava rima)以八行为一个诗节，每行十一个音节，押韵格式为abababcc。在英国诗歌中，意大利八行体最早在文艺复兴时期被引进，在浪漫主义时期取得了高度的成就，拜伦的《唐璜》即用该诗体写成。

　即便并非如乔叟时代的经典作品，
我这应景篇什至少应让人愉快万分
如英国的主教们要谈论量子理论。

轻体诗[1]，可怜的姑娘，身处糟糕的境地；
　除了被米尔恩[2]和类似人物所尊奉
她全然被当作了一种过时的文体。
　在我看来这很奇怪也极不公正：
　她那简洁的形象竟会无处容身
——除了贝洛克的《警诫故事集》[3]
只得委身在那些庸俗不堪的期刊里。

此种"对困难事物的痴迷"[4]，
　对新鲜事物跃跃欲试的意愿，
我希望能符合阿萨纳修斯经[5]的教义，

1. 轻体诗(light verse)形式简洁，主题或轻佻或严肃，常常玩文字游戏，有时会被曲解成打油诗。奥登编有一本《牛津轻体诗选》，在导言中，他对轻体诗的发展作了一番爬梳整理。

2. 阿兰·亚历山大·米尔恩(1882—1956)，英国作家，创作了泰迪熊和小熊维尼的动物历险故事以及大量儿童诗。

3. 约瑟夫·希拉里·皮埃尔·勒内·贝洛克(1870—1953)，法裔英国作家，《警诫故事集》是他最知名的作品。奥登认为他是现代最杰出的轻体诗作家。

4. 此句出自叶芝出版于1910年的诗集《绿盔》中的同名诗歌《对困难事物的痴迷》。

5. 此处原文为拉丁文"Quicunque Vult"，英文一般翻译为"whosoever wishes"，直译为"世人之信望"，亦指"阿萨纳修斯信条"或"阿萨纳修斯经"。这是关于基督信仰的两大基本教义的一份声明，据传为公元四世纪埃及的亚历山大大主教阿萨纳修斯(293—373)所撰。

是可以在天堂门口出示的专属名片。
戒律是为拯救而非审判，[1]
诸如此类，诸如此类。[2] 哦，混账，
这是英语诗歌里最乏味无趣的诗行。

帕纳萨斯[3]毕竟不是一座山，
会为你这样的登山好手保留位席；
它有一座公园，有一个露天喷泉。
我问到的人多数都同意和布拉德福或是
科塔姆合坐一条长凳，那就好哩：
去牧场和戴尔分享我那几只蠢绵羊，
和普莱尔在山坡下野餐共话家常。[4]

出版商是作家最好的朋友搭档，
一个慷慨的援助者，或者说他就该如此。
（我想我们都希望他终可获得补偿。）
我爱我的出版人，他们见了我也欢喜，

1. 奥登在此用了两个德语词汇：Gerettet（拯救）和 Gerichtet（审判），出自《浮士德》第一部的结尾部分："梅菲斯特：她被审判了！/声音：（从上）被拯救了！"
2. 此句出自《唐璜》第三部。
3. 帕纳萨斯是希腊神话传说中的诗人之山，传说是太阳神阿波罗和缪斯的灵地，亦是文学界、诗坛、文坛的别称。
4. 约翰·布拉德福（1750—1805）善写宗教赞美诗，托马斯·科塔姆（1549—1582）是耶稣会殉道士；约翰·戴尔（1699—1758）和马修·普莱尔（1664—1721）是诗人。

　至少他们付了一笔很可观的费用旅资
才将我送到这里。我从未听闻有抱怨抵触，
无论是来自罗素广场[1]，还是兰登书屋。

可现在我有点惴惴不安地怀疑，
　我正将他们的耐心一再打击。
虽然事情正遵循着最好的惯例
　旅行读物[2]总要那么离一下题
　（没有其他同韵词除了抹油礼[3]），
他们有理由将我指控——我无以为辩——
说我用欺诈手段来讹钱。

我知道我没多少侥幸逃脱的运气，
　若和当代那些显赫游客作个比对。
我不是劳伦斯，他一到目的地，
　坐定了就会敲出他必吐的块垒；
　我更不是恩斯特·海明威。
我出不了两先令的精装版本，

---

1. 1936年，费伯出版社位于罗素广场24号。奥登的很多作品都经由费伯出版社面世。

2. 奥登这首长诗是他与路易斯·麦克尼斯合著的旅行读物《冰岛来信》中的诗体部分，此书由费伯出版社和兰登书屋联合出版。

3. 天主教神父给临终之人涂油，预先作祷告，求主赦免其罪，而涂油时会说："我用油涂你，因圣父，圣子及圣神之名，阿门。"

正因如此不想报名参加竞争。

甚至这儿我正踉跄爬着的楼梯
　也已被老人家无比尊贵的靴子踩烂。
达森特，莫里斯，和达弗林爵士，
　胡克和那类英雄气质的壮男
　冷冰冰地欢迎我进入谷湾；
我并非出身于伊顿，不像彼德・弗莱明，[1]
但假若我是犹大，我就该是个老牛津。[2]

黑格・托玛斯[3]等人此刻在米瓦恩湖，
　在维塔瓦恩和瓦纳约库雪峰[4]
剑桥研究项目还在进行，情况我不清楚：
　阿斯奎斯和奥登・司寇库尔的阴魂[5]

1. 达森特、莫里斯、达弗林爵士、胡克、彼德・弗莱明皆为英国名士。奥登创作这首长诗时，参照了达森特翻译的冰岛英雄史诗，莫里斯的《札记》(1871—1873)，达弗林爵士的《高纬度区的来信》(1858)，胡克的《冰岛旅行札记》(1812)。彼德・弗莱明与奥登同年，是探险家和游记作者，1938 年，奥登来中国旅行时与他相识，两人相谈甚欢。

2. 此处的"犹大"应是譬喻了"离经叛道"，这或是奥登的自嘲：因为伊顿和剑桥的学子多为世家子弟，校风比较严谨，培养出很多科学家和知名学者，相比之下，奥登入读的牛津大学则比较自由散漫，出了很多标新立异、落拓不羁的才子。

3. 黑格・托玛斯 (1908—1944)，英国鸟类学家和探险家，奥登冰岛旅行时，他正担任英国一支鸟类考察队的领队。

4. 米瓦恩湖是冰岛北部火山活跃地区的一个浅湖，维塔瓦恩湖是冰岛高原上的一个湖泊，瓦纳约库雪峰在冰岛东南方。

5. 阿斯奎斯应是指英国前首相赫伯特・亨利・阿斯奎斯(1852—1928)，奥登・司寇库尔是北欧史诗《萨迦》中的人物。奥登的父亲坚信奥登家族的先祖来自冰岛。

在棺材里翻了个四分之三的身
要看看他们的子嗣，揣想他是托了谁的福
怎变得如查尔斯二世[1]那般的轻浮。

所以，我这起头的一章，必得停下来
向每一位恭敬地说声抱歉。
先是费伯出版社，万一这本书失败，
然后是批评家，免得他们来找难堪
若本作者比他们抢先一步到了花园，
最后是普通民众，他必要得到许可
偶尔能跟他们开个玩笑以此取乐。

II

我正用铅笔写信，垫着膝盖将就，
另一只手不停地止住呵欠，
在一个简陋、无遮蔽的码头，
在星期三早上的凌晨时间。
我不能多嘴说夏日黎明正出现；

1. 查尔斯二世(1630—1685)，享有“逍遥君主”绰号的英国国王。他有一长串来自社会各阶层的情人，公认的私生子有12个。白金汉第一公爵乔治·威廉斯曾这样评价他：“一个国王就像是他的子民的父亲，而查尔斯的确是他们中很多人的父亲。”

塞提斯峡湾[1]的每个学童都确知
白昼在入夏时节从不会消逝。

在所谓的高纬度地区要设法睡着，
　对英国人来说起初有些犯难。
这就像在晚饭前被赶上床睡觉
　只因你把父亲的钢笔当飞镖玩，
　或像狂欢后返回，当你气喘喘
如拖着沉重行李，且意识到
自己太过轻信，智商不高。

我尽心尽责，做了很多笔记以备忘
　记下了这个草木寥寥的荒凉之国，
公路、不法之徒，还有山羊：
　用你的押韵词来说，这里风景不错，
　但农业机械所见不多。
而阳光牌肥皂为盖舍温泉[2]所独有，
为游客提供了超值的绝佳享受。

不过，北方从未是你的心仪之地；

1. 塞提斯峡湾位于冰岛东部。
2. 盖舍温泉亦被称为大温泉，属于间歇泉，位于冰岛霍卡达勒山谷。

“道德”你略一思索就不再沾边。[1]
而我确信，你现在想从我这里
打听的是时下英格兰的新闻事件，
青少年在做什么又有何种话题可谈。
布赖顿[2]是否仍为它的亭台楼阁自豪，
而女孩子搭摩托车旅行是否安全可靠？

我要清清喉咙，像流浪者般喘口气
且要跳过一个世纪的希望与罪行——
只因在你死后已发生了太多事。
哭怨声四起而冷水浴时兴，
包括下水道、香蕉、自行车和罐头食品，
而欧洲从阿尔巴尼亚直到冰岛
处处可见哥特式复兴和铁路狂潮[3]。

1. 参见《唐璜》。
2. 布赖顿是英国南部的海岸城市，以海滩度假胜地闻名，风气开放。
3. 指1840年代英国发生的投机狂潮，因铁路公司股票暴跌，英国政府接连颁布了272条法案来重整秩序。

此刻我们正进入前技术时期[1]
　感谢电网和所有那些新的杂碎玩意；
至少，路易斯·芒弗德有此定义。
　满世界都是埃尔特克斯牌[2]男式内衣，
　巨型玻璃幕窗，还有隔音墙壁，
烟雾的损害已降到了最低，
而所有家具都镀上了克罗米[3]。

哦，你或会认同此说，若你去萨里[4]
　和有钱人待几个周末散闲心，
你的车速太快，你的忧虑太私密
　以致无暇细看稍纵即逝的风景。
　但在北方地区这完全不合实情。
在那些住在沃林顿或威根[5]的人看来，

1. "前技术时期"是一个科学史术语，由美国社会哲学家、建筑评论家路易斯·芒弗德(1895—1990)在其 1934 年出版的技术史专著《技术与文明》中第一次提出。他认为人类社会的技术史分为三个阶段：前技术时期(公元前 1000 年到 1750 年)、旧技术时期(约 1751 年到 1900 年)和新技术时期（二十世纪)。奥登在此可能是"笔误"，把"新技术时期"写成了"前技术时期"，也有可能是故意为之，用来讽喻现代技术的原始和野蛮。

2. 埃尔特克斯是英国一个服装品牌，迄今已有一百多年的历史。

3. 克罗米是铬(chromium/chrome) 的音译。

4. 萨里是英国东南部的乡村，北面接壤伦敦大区，经济一向富庶。

5. 沃林顿是英国中西部的沿海市镇，位于柴郡；威根是英国西部的沿海市镇，位于曼彻斯特大区。

这不是善意的谎言，这是个巨型怪胎[1]。

此间的古战场史有称誉，
　那人类意志的残暴冷酷
与争斗的创伤迄今仍未治愈；
　阴沉山冈上的房舍如此脏污，
　而山谷里嵌着方窗的磨房已荒芜。
我揣测，既然是乔治王时代[2]的旧屋，
它们就仍是我们最出色的本土建筑。

以经济、健康或道德为理由
　它找不到最起码的藉口来辩申；
不外乎尿壶或捉水獭的猎狗；
　但在它退场前且容我表达发声，
　它是我所知道的最可爱的乡村；
从伯明翰到伍尔弗汉普顿的一路风景
深印我心，它远比斯科费尔峰[3]更为明净。

1. 原文“big'un”是个俚语，意为小大个、胖墩或肥佬。
2. 自1714年8月到1830年7月，英国出现了连续四任以乔治命名的君主，史称“乔治王时代”，这一时期的建筑风格被称作乔治王风格。
3. 伯明翰是英国中部城市，伍尔弗汉普顿是英国中西部城市，斯科费尔峰是英格兰最高峰，海拔977米，位于坎布里亚郡的湖区国家公园。

很久以前，当我才四岁时，
　正前去看望我的祖母，那铁道
穿过了一片煤田。站在车厢走廊里
　我羡慕地看着它，心想："真不错！
　哦，我多想有那样一份工作。"
电车轨道和矿渣堆，机器零部件，
那些曾是、且依然是我的理想景观。

向新世界致敬！向那些喜欢客观实体
　且感觉自在的家伙们致敬。
恋人们会盯住一个电炉子，
　另一种**离别的诗意**已来临
　集中于汽车站或机场附近。
给我来个定格，那火车站的明暗对比
可用来激发人的想象力。

保佑我不被现存事物的外观腐蚀；
　公众集会上的高品质海报画片，
艺术对工业施加的影响力，
　座席品味不俗的那些电影院；
　尤其是，保佑我远离那中央供暖。
D. H. 劳伦斯或许还可以去哄骗，
而我宁愿要一间视野良好的房间。

但你需要的是事实，不是叹息。我会尽力
　来提供一些；你不能指望面面俱到。
首先，大体上我们的装束打扮更为得体；
　只因现今的服装款式差异很小，
　从我遇到的名门仕女到吧女应召。
毁掉这民主化的幻象令人神伤
当数百万的人患上了营养不良。

此外，我们这个时代教育程度挺高；
　说我们的孩子不会阅读，没人撒这个谎，
而麦克唐纳[1]这类人士极可能这般宣告
　说我们确实在不断地成长、成长。
　广告会指引我们所有的需求方向；
如千百万人所知，死亡要更好受，
相比头皮屑，失眠症，或体臭。

我们对户外运动总是有浓厚的兴致，
　但你知道什么正在我们的城镇风靡？
对露天活动和短裤的热情正兴起；
　太阳是让我们激动的名词之一。

---

1. 从上下文判断，此处的麦克唐纳应是指在1931年到1935年间任职的英国首相詹姆斯·拉姆塞·麦克唐纳。

　坐游览车往下开到苏塞克斯丘地[1]，
留意那些周末远足者的行走方式，
他们摩肩接踵，带着柯达或莱卡相机。

这些运动，意味着我们长久以来
　一直遵奉的岛国习性已失去了效力；
对色拉食品和游泳池的膜拜
　来自一种比我们这里更阳光充沛的天气，
　那些国家可从未听说酒水营业会限时。
要不了多久，英格兰南部的风光
看起来就会和奇异大陆[2]没什么两样。

你在上流社会中进退裕如，如此，
　便可以将你的英雄向它引荐
不带丝毫的不安和怯意；
　因为他是你的英雄，而你很了然，
　他本能地知道该做什么，并会付诸实现。
他会发现我们的时代比你那时更为艰难，
只因工业已搅乱了社会的等级规范。

1. 苏塞克斯丘地又名南部丘地，遍布白垩石，因此也称为白垩丘地，无人居住，但吸引了众多远足爱好者。
2. 原文“Continong”语源不详，概指遥远而富有异国风情的大陆。1910 年英国曾出版了系列幽默旅行读物，其中有一本就叫《庞奇先生在奇异大陆》。

你看，我们已发展出一个更民主的体制，
　财富的阶梯谁都能爬上去坐一坐；
关于这一点卡耐基[1]说得最断然有力。
　有个地位卑微的祖父不是罪过，
　至少，老爸过后要赚得够多！
今天，感谢上帝，我们已没有势利心
会去反对那些更加有效的偷窃行径。

卡尔顿饭店的门童是我的兄弟，
　若我付钱，他会向我道声晚安，
只因小费与为人处世两不相欺。
　我确信《Vogue》会第一个宣称
　现如今的上流社会都是社会党人；
而很多是盗贼，出身并不是那么高贵，
每年冬天为杀寄生虫都会吃食用菌类。

可冒险家找到的东西定会统统带走，
　在能捞便宜的地方也最会钻空子。
那爱与欲望的冲动会紧随其后，
　他们可没条件去过分挑剔：

1. 此处指著名的企业家和慈善家安德鲁·卡耐基（1835—1919）。他从童工做起，白手起家，成为“钢铁大王”；而在功成名就后，他又将几乎全部的财富捐献给社会。

　而那些喜欢美食和汽车的人士，
都有某种特定的装束或脸形，
要逮到他们得去某类特定场所找寻。

唐璜[1]很善于交际，这毋庸置疑
　会发现这个世纪同样自在适意：
因为要勾引个把主妇和女教师
　与他外出私会都不需花一个便士。
　我们消磨时日的方式真是多极，
多亏了科技，这类事儿可开出个目录
写成一本比《尤利西斯》还厚的书。

是的，时髦人士的套路他心知肚明，
　全凭第二天性都不用我提示护佑。
网球和高尔夫从你那时就开始流行；
　但那些如他一样的运动好手
　完全凭本能就学会了反手击球，
握起了钢制球杆就能一杆进洞，
对艾利・卡尔伯逊[2]的书亦很精通。

我见他在每一本杂志上频频现身。

---

1. 唐璜即拜伦的叙事长诗《唐璜》中的主人公。
2. 艾利・卡尔伯逊(1891—1955)，美国最著名的桥牌名人，被誉为“桥牌缔造者”。

"唐璜和科克伦的一位女友共进午餐。"[1]

"唐璜和他的红毛猎狗梅·麦克奎恩。"

"唐璜，刚巧正在卡迪兹[2]过冬避寒，

在他那辆栗色梅塞德斯里被人撞见。"

"唐璜在克罗伊登机场[3]。""唐璜

被人拍到和阿加汗[4]一起出现在赛马场。"

但若置身高雅圈子他会想脱身突围，

最好提醒他不必有什么负担，

若谈到毕加索、自由式摔跤或芭蕾。

西贝柳斯[5]是个人物。而听埃尔加[6]发言

忍受其折磨是个必要条件。

帕累托[7]的一个间接的熟人

地位要比柏拉图的知己更高等。

---

1. C. B. 科克伦(1872—1951)是英国剧场经理人，与他共进午餐并被媒体曝光的那位女朋友是合唱队的姑娘。
2. 卡迪兹是西班牙西南部的一座古老港口城市。
3. 克罗伊登机场位于英国伦敦南部。
4. 此处指阿加汗三世，全印穆斯林联盟的第一任主席，1937 年至 1938 年期间担任了国际联盟的轮值主席。他早年在伊顿公学和剑桥接受了西化教育。
5. 西贝柳斯(1865—1957)，杰出的芬兰作曲家。
6. 埃尔加(1857—1934)，英国浪漫派作曲家。
7. 维尔弗雷多·费德里科达马索·帕累托(1848—1923)，意大利社会学家、经济学家和哲学家。他在微观经济学方面，创立了以其名字命名的帕累托定理。

黑弥撒[1]和魔鬼崇拜的流行
　已风光不再。而真、善、美，
在下等阶层中间仍然变化不定。
　顽固的乔伊斯们对新生事物一概无所谓。
　艾略特们变得有点儿冷酷蹙额皱眉。
霍普金斯们活跃起来，全赖近来声誉日隆。
而普鲁斯特们已越发地不受人推崇。[2]

我说起这个只为告诉你流行是个什么玩意，
　且打心底里不想任由自己冷嘲热讽。
因为各个时代都会有人势利，
　因为有些名字被高高在上者所吹捧，
　却不能妄下断语说他们差劲得很。
据我所知，那天堂般的极乐景象[3]
在所有超现实主义画展里都可碰上。

现在来说说人们的灵魂。此时
　我知道自己正触及更危险的问题：

---

1. 黑弥撒通常是一种崇拜撒旦的祭礼仪式，形式上模仿基督教弥撒，据说其高潮部分是饮酒狂欢，最后往往以性狂欢结束。
2. 这里列举了十九世纪末二十世纪初的几位文坛巨匠，其中霍普金斯（1844—1889）在二十世纪诗坛赢得了身后之名，符合奥登所谓的声誉正隆一说。
3. 在基督教神学中，极乐景象是上帝永恒的视觉感知，唯有升入天堂者才可分享那无比的快乐和幸福。

我知道变数多多一切未可预期，
　而我的证据无足轻重不见得合理，
　我也知道，我现在正招致
所有热爱现状的名士们的反唇相讥：
“你无法改变人的本性，你难道不知！”

这倒是真的，我们仍有同样的形体外貌，
　我们还没有改变以往的接吻方式；
普通人仍会憎恶所有的外在干扰，
　正如他仍会因喜得贵子而自豪得意：
　他，就像只母鸡，仍喜欢自行其是，
为了自尊会勉力维持，暗地里
却在街坊四邻拈花惹草不时偷吃。

但在很多方面他是另一种人物：
　先去问漫画家，因他最清楚不过。
美好往昔时的约翰牛[1]身在何处，
　就那个满口拙劣笑话的霸道家伙？
　他那肉嘟嘟的脖颈早就尘埋土没，
他自信心的土地正待出售；

1. 十八世纪初，作家兼宫廷医生约翰·阿巴斯诺特（1667—1735）写了一本《约翰牛传》，书中主角的名字就叫“约翰牛”（John Bull），此后，“约翰牛”就成了英国和典型英国人的代名词。

他已死在了伊普雷和帕斯尚娄[1]。

回头去看迪斯尼或斯特鲁贝[2]的作品；
　我们的英雄衣衫褴褛地站在那里；
那个抓着地铁吊环的戴礼帽的草民
　只在做梦时才会将暴君猛踢，
　以感伤作交易，惧怕一切极端之事；
小不点米奇[3]则暗藏了怨恨妒意；
哪个更好些，我交由你来评议。

一切由分期付款的保险引起，
　成形于他崇拜热爱的洗礼仪式；
一张月票会磨炼出他的忍耐力，
　一个收税员和一个水务局理事
　曾如此这般告诫。他在少年时
就对入学考试心存敬畏，而复杂仪器
令他的心灵持续不断地感受着神启。

---

1. 伊普雷是比利时西佛兰德地区的自治市，1914 年 10 月，包括英军在内的联军与德军在此展开了漫长而血腥的激战，史称“伊普雷战役”。帕斯尚娄是伊普雷当地一村庄，1917 年 4 月，此地发生了一战中最悲壮的血腥战役，被称为“伊普雷第三战役”。该地名也有译作“帕斯尚尔”，为配合奥登的韵脚在此译成帕斯尚娄。
2. 沃尔特·迪斯尼(1901—1966)，美国动画片制作人，以创作卡通人物米老鼠和唐老鸭闻名；西德尼·斯特鲁贝(1890—1956)，英国著名漫画家。
3. 即迪斯尼动画片中的米奇老鼠。

"我就像你,"他说,"还有你,还有你,
　我爱我的生活,我爱柴米油盐,只好
日日费力操持。英雄们从来不屑于此。
　英雄们被魔鬼送进了坟窟冰窖。
　也许我不够勇敢,但我会储蓄防老。
我这人不知何故总能化险为夷,
我也许就是幸运的杰克·霍纳小子[1]。

"我是魔鬼的私人秘书;
　我已领教了他的身高和本事,且知道
只有当他转过了硕大无朋的背部
　才能对他那套魔鬼伎俩咂舌取笑。
　有朝一日我会如我所愿地行动,天知道。
那矮矬子,会两手并用将大门拍击,
一串连珠妙语就可将他打倒在地。"

总有一天,是哪天?哦,其他日子,
　但不是今天。魔鬼了解他的为人。
杀死魔鬼——将夺走恐惧所赐的物事,
　他那些快乐的梦原本由此产生。

1. 杰克·霍纳小子是英国童谣里的小男孩,传说他在格拉斯顿修道院时,被修道院院长派到伦敦去,临走前院长给了他一块圣诞馅饼。霍纳偶然掰开了饼,幸运地抽出了一张庄园地契,还有一座铅矿的所有权证明。

　他将竭尽所能以生命守护这些梦。
谁若是毁掉他心满意足的梦
他会报之以难以平复的怨恨。

他害怕魔鬼,但他更害怕
　那些可能会来解救他的家伙,
那些人,漫画家可没空去描画。
　一旦没了束缚,他就会不知所措;
　魔鬼只须大叫一声"维持治安",
就会让如此可爱、如此温顺的这个人
如受惊的孩子般陷于疯狂与残忍。

拜伦,这时候你不可能还活在世上!
　我在想,你会做什么,若你处在当下?
布列塔尼亚[1]已丧失了威望、金钱和力量,
　她的中产阶级显得有些掉价,
　我们已学会了相互的空袭轰炸;
我想象不出惠灵顿公爵[2]会如何置评,
当听闻"艾灵顿公爵"[3]弹奏的乐音。

---

1. 布列塔尼亚,语源自"Pretannia",古罗马称英国中南部地区为布列塔尼亚。
2. 第一任惠灵顿公爵(1769—1851),英国著名的军事家和政治家。1815 年,他在滑铁卢战役中抵住了法军优势兵力的进攻,最后在普鲁士军队的配合下击败了拿破仑。
3. 爱德华・艾灵顿(1899—1974),美国爵士乐大师,出身于富裕的中产阶级黑人家庭,人称"艾灵顿公爵"。

这让人不由产生联想，那个条顿人
　的领导原则[1]兴许颇合你心意
作为拜伦风格的真正传人——
　与你的社会地位也保持一致
　（它自有英国的皈依者，人数寥寥无几），
而你，若听到坦率的奥斯瓦德[2]的呼告吁请，
在阿尔伯特会堂或会有相似反应。[3]

“拜伦勋爵走在他的冲锋队员前面！”
　科学表明，一切皆有可能：
教皇或会引退去加入牛津教团[4]，
　纳菲尔德[5]或会在遗嘱中留下便士一文，

1. 领导原则：原文为德语“Führer-Prinzip”，是纳粹德国意识形态的核心概念，认为人类要么成为领袖要么成为追随者，而群众自发地期望出现一个具有超凡魅力的领导者告诉他们何去何从。这一概念与尼采的超人学说以及德国哲学的理性一元论密切相关。

2. 奥斯瓦德·莫斯利爵士（1896—1980），英国政客，二战前建立了英国法西斯主义者联盟。

3. 阿尔伯特会堂是英国最著名和独特的建筑物之一，位于威斯敏斯特的骑士桥；1941年以来，以举办一年一度的夏季舞会和音乐会而知名。可以猜想，奥斯瓦德及其同党曾在这里举行过政治性集会。此段内容显示了当时的政治动向，纳粹主义同样也在英国蠢蠢欲动。由此看来，诗人奥登同时也是个异常敏感的政治观察者。

4. 牛津教团：由美国传教士弗兰克·布奇曼建立的一个基督教组织，隶属瑞士路德教会；1908年发起了“第一世纪基督教友团”，1931年后该团体又被称为“牛津教团”；曾提出“道德重整运动”，在二十世纪三十年代盛极一时，也备受争议。

5. 纳菲尔德子爵，即威廉·理查德·莫利斯（1877—1963），是一位产业大亨、慈善家。

　有些人或许仍会相信鲍尔德温[1]，
有些人或许觉得帝国牌葡萄酒不错，
也有人或许曾两度聆听过陶伯[2]。

你喜欢成为众人焦点备受尊崇，
　化身童话里快乐的白马王子
一出手就制服那条恶龙。
　现代战争，虽然血腥暴力如斯，
　其中却没有任何个人荣耀可炫示。
王子必须隐姓埋名，严守规范，
做个乖孩子，或当个公务员。

你从来都不是一个孤立主义者；
　你对不公正总是满怀憎恨，
而我们很难责备你，若你忽略了
　不公正就在阁下的门外发生：
　比希腊[3]更近的是棉布和穷人。
今天你或许已看见了他们，已然

1. 斯坦利·鲍尔德温（1867—1947），英国政治家，是 1923—1924、1924—1929、1935—1937 三个任期的英国首相。
2. 理查德·陶伯（1891—1948），奥地利极具舞台魅力的男高音歌唱家。
3. 拜伦曾投身参加了希腊的独立运动，后英年早逝，死于希腊。

同纪德[1]并肩加入了统一战线，

正对抗着魔鬼或恶龙（名号随你想来）；
　它很多的外形和名字让我们脸色煞白，
因它有不死之身；而今天它仍健在
　正用披鳞甲的尾巴制造着恐惧惊骇。
　有时它似已睡去，但在每一个时代
它都会暴跳而起、负隅顽抗，
去护卫历史的每一支垂死力量。

弥尔顿视之凌驾于英国的君王，
　班扬让它坐上了教皇的龙椅；
隐士们在他们的洞窟里独自将它抵抗，
　而第一帝国时期[2]它也在那里，
　那"罗马治下的和平"[3]在空中摇摆不已。
它会在青春期时钻进人的梦里，

1. 1925年，纪德去刚果、乍得旅行，目睹了非洲殖民主义的现实，回国后口诛笔伐，有力地鞭挞了殖民制度。此后，纪德的创作不再固守在美学与道德的象牙塔中，开始对社会问题发生兴趣，越来越关注苏联，并参加共产主义运动。1936年，纪德访问了苏联，但回国后，他很快又否定了苏联的社会状况。

2. 从上下文看，此处应是指早期的大英帝国；1578年，英王伊丽莎白一世授权汉弗莱·吉尔伯特进行海外探险，1583年，吉尔伯特发现了纽芬兰岛并将该岛宣布为英国所有，自此迈出了英国海外拓殖第一步。

3. 原文为拉丁文"Pax Romana"，意为"罗马和平"，公元一世纪到二世纪罗马帝国经历了一段较长的和平时期，又称"奥古斯都和平"。这里譬喻当时的大英帝国。

欲将他吓回到童年，不遗余力。

银行家或地主，售票员或教皇，
　随时会丧失信心不再选择和思考，
一个人若是把未来看得毫无希望，
　就随时会认可霍布斯的报告：
　“人的生命污秽、粗野、短促潦草，”[1]
恶龙就此从他的花园腾空而去，
还许诺要建立法律和秩序。

就是它，在雅典谋杀了苏格拉底，
　而后柏拉图被引诱，准备去自证
一个荒芜废墟，且冠之以和平的名义。
　今天，因为那些垂死的权贵要人，
　因为那些无法保持清醒的将军们，
因为软面团似的各阶层的民众，
它根本就懒得动上一动。

原谅我将所有这些劳什子强加于你，
　要你替我们把这件苦差包揽；

---

1. 此句引自英国哲学家霍布斯(1588—1679)的《利维坦》第十三章《论人类幸福与苦难的自然状况》:“最糟糕的是人们不断处于暴力死亡的恐惧和危险中;人的生命,孤独,穷困,污秽,粗野,短促潦草。”

很容易就忘记你已去了哪里，
　也许你只想同塞特和霍拉斯[1]聊天，
　对我们尘世歌声的消亡已感厌烦，
在你听来它或许像个长途呼叫，
似乎很紧急，却几乎听不到。

然而活着的人仍可作出何去何从
　的选择，这死板僵化的国度
在呼吸尚存者的心中仍自灵活从容；
　警觉的哨兵们未曾离开哨岗半步，
　而每一代人中的每一个人物
躺在床上辗转反侧、左右为难，
正对着高贵的亡灵们大声叫喊。

此刻我们正置身外海，我希望不是这样。
　海上波涛汹涌，我不介意海水是否湛蓝；
我倒想痛饮一杯，但我不敢逞强；
　而我须搁下写给你的这冗长诗篇，
　因为还有另一些琐事要去做完；
我得写封家信，不然母亲会着恼生虑，
所以我们得在下一篇章再来继续。

---

1. 塞特和霍拉斯都是古埃及的重要神祇。

Ⅲ

我是在船上将上次的评说寄给你。
　现已回到岸上在一间暖和的套间里，
几个朋友陪伴着我，自我开始动笔；
　所以，尽管室外是冰天冻地，
　我却感到非常愉快和惬意。
一所公立中学有个聚会，一位诗人，
急急地赶了过来，催我去会些同仁。

我们很快就要出发，深入不毛之地，
　会有一次美妙探险，我很确信：
很多人都会希望有我这样的经历。
　我只希望到时不会有太多的步行。
　让我想想，现在在哪里？当我不得不暂停
我们那时正谈到了一些社会问题；
我想现在是时候去店里买些东西。

要确立我作为一位批评家的名气，
　我无须给出确切的诊断报告，
我长于直觉而不是分析，
　我开出的顺势疗法药方就是思考

（有些人或会在疗程中情况转好）。
我不会像普利查德那样假装去推理，
也不会效法瑞恰兹去做文字游戏。[1]

我喜欢你的缪斯因为她快乐又机智，
因她既不是流莺也不是邋遢妇人，
一个圣女，属于一座欧洲城市，
也属于大萧条以前的古老乡村；
我喜欢她那令人无法忽略的调声：
而你，我感到意气相投，是个好乡亲。
既不是牧师、呆子、讨厌鬼，也不是棕精灵[2]。

诗人，游泳好手，贵族，还是个活跃分子，
——这比罗伊·坎贝尔[3]的记录胜出了一英里——
你展现了每一种可能的魅力。
有人潜心研究你的诗歌文体
和爱情生活，一心希望它们糟糕之极，
他们中有些已谋得了一份体面的生计

1. 哈罗德·普利查德（1871—1947），英国哲学家，艾弗·瑞恰兹（1893—1979），英国文学批评家和修辞学者。

2. 苏格兰传说中夜间帮人做事的小精灵，因为总是穿着一身棕色的破衣服，因而常被称为棕精灵。

3. 罗伊·坎贝尔（1901—1957），南非诗人和讽刺作家，也是个好骑手，擅渔猎，热爱运动。故奥登有“比罗伊·坎贝尔的记录胜出一英里”的说法。

其生活毫无创造性却还差强人意。

然而，你在评论家们那里已饱受打击：
　他们承认你的热心肠，但对你的智力
却用道德和美学的言辞苛责贬低。
　“一个庸俗的天才”，乔治·艾略特[1]如此讥刺，
　这倒没什么关系，因为乔治·艾略特已死，
但 T. S. 艾略特，让我很感郁郁，
他指责你说：“思想上很是无趣。”[2]

有个看法我得承认我羞于启齿说出；
　要评判一个诗人须看他的目的，
而严肃的思想你从未说是你所期图。
　我想一个严肃的批评家理应提及
　有一种诗体真是你的独门绝技，
那种文体无须用扳手来校正出意义，
你正是那种空想风格的大师。

1. 英国女小说家乔治·艾略特(1819—1880)对自己早期喜爱过的拜伦颇有微词，她曾如此评价拜伦：“对我来说他是思想最为庸俗的天才，却一度在文学上产生了如此巨大的影响。”
2. 奥登在此引述了 T. S. 艾略特的评语。其实艾略特不只针对拜伦一人，还包括了另两位浪漫派诗人济慈和雪莱。他说拜伦是“一个思想混乱而无趣的人”(奥登做了缩减)，而济慈和雪莱是“远非被认定的那样出色”。

让我们谦恭地触帽致意，竭尽所能，
　去礼赞纯诗[1]和叙事体史诗；
但喜剧作品也应获得它的一轮掌声。
　每个各得其所，只依照他的能力；
　我们的生存有赖于多样化的饮食。
空洞的杜撰和不入流的故事
理应分享文学的荣誉席次。

唱诗班制服的库存里有各种花样款式，
　从莎士比亚漂亮的皮袄，斯宾塞的皮护手，
德莱顿的西装便服，到我的棉上衣，
　还有华兹华斯的哈利斯粗花呢和皮袖口。
　费尔班克，我认为，穿着也还讲究；
我猜想惠特曼穿着件二手旧衣，
但你，就像夏洛克，穿着长袍晨衣。[2]

我也很高兴，发现能引用你的权威之辞
　判定华兹华斯是个非常阴郁古板的人，
但恐怕我们属于可悲的少数人士，

1. "纯诗"是个西方诗学概念，用以指那种不带任何概念化言辞、没有道德说教的诗歌；它也指那种完全去除散文表达的诗歌。诗学史一般认为这个术语最早出现在波德莱尔评论埃德加·爱伦·坡的精彩文章中。
2. 奥登在这节诗里列举了一系列英国文学史上的名人，其中夏洛克·福尔摩斯是柯南·道尔侦探小说中的主人公，平常不办案的时候，总是一身居家装扮。

　因为他的追随者每年与日俱增，
　其数量必定已翻倍，自一战发生。
他们挤火车来到了湖区[1]，而亦步亦趋
的小学老师扎堆研究他，在那间“暴风雨”[2]。

“我讨厌小学老师，”弥尔顿曾说起，
　他也讨厌官僚作风的蠢人愚夫；
弥尔顿会谢天谢地自己已过世，
　虽然在公立学校他被人用心背熟，
　随同了华兹华斯和那些条规目录；
在众多大学教师这边却满脸不屑，
称蒲柏和德莱顿才是我们的文坛俊杰。

那老马铃薯已培育出了新的秧苗。
　它们在工业的贫瘠土壤里最是茁壮恣肆，
与卢梭或柏拉图嫁接[3]后更能吃苦耐劳；
　栽种它们看似容易却吃力费事。

---

1. 湖区位于英国西北部。1795 年，华兹华斯和妹妹多萝茜以及诗人柯勒律治结伴定居在此。
2. “暴风雨”是一间咖啡馆的名字，位于湖区北部小镇凯斯维克的火车站边上。
3. 原文为“cross with”，意为植物间的杂交（植株间的嫁接）。奥登使用这个技术性术语，讽喻了时代对真正智力的轻忽。

　威廉[1]，采出了石油，改变了喻意；
他的油田似乎取之不竭，一口喷油井
让老英格兰逃过了俄罗斯的宿命。

自命不凡的山民是华兹华斯的孑遗；
　他衣衫褴褛，也不刮下巴的髭胡，
穿了双十分漂亮的小靴子，
　专挑最差劲的客栈入住；
　而山区铁路是个致命错误；
他的力气，当然，抵得上十个壮少，
他把所有城里人都叫做了伦敦佬。

我不是个让人扫兴的家伙，也从未考虑
　去搅扰任何人的愉快兴致；
人类想着法儿登山、打猎，乃至钓鱼，
　其内心令人难堪地价值无几；
　只想着现在该采取些遏制措施，
当有些人采用了“我知道”之类的句行，
美好生活就此被限制在了雪线之上。

1. 威廉·克诺克斯·达西（1849—1917）以风险投资人身份在伊朗进行石油勘探采掘，1908 年在财力耗尽、几乎绝望的情况下找到了石油，他主导成立的盎格鲁-波斯石油公司此后变身成为英国石油公司。

此外，我也非常喜爱山地丘陵；
　我喜欢坐着汽车漫游其间；
我喜欢一类住屋若它有开阔风景，
　我喜欢散步，却不想走得太远。
　我也喜欢牛羊点缀的葱绿平原，
还有树木与河流，且总会同那些
认为河流脏污不净的家伙争论不迭。

这并不是说，我个人的争执纠葛
　会让它引发的有趣问题从此消停；
公正的思想，对专情于瀑布和雏菊的
　这类兴趣会给出一个确当的评定，
　而对灵长类动物面部的过度热情，
从戈尔德斯绿地到特丁顿[1]，仍驻留心间；
它与爱因斯坦、琼斯和埃丁顿全都密切相关[2]。

这等老生常谈不值得诗人花费时间
　去作出或深刻、或简洁的说明，
譬如现在太阳没在绕着地球转圈，

1. 戈尔德斯绿地位于伦敦巴内特区，建筑风格多样，商业繁荣。特丁顿位于伦敦岸里奇蒙区，在泰晤士河北岸。
2. 这里提到了三位重要的物理学家，其中詹姆士·霍普伍德·琼斯爵士(1877—1946)，英国数学家、物理学家和天文学家，阿瑟·斯坦利·埃丁顿爵士(1882—1944)，英国天体物理学家。

　譬如人类并非宇宙的中心；
　而在办公室坐班更是糟糕透顶。
连地位最卑微的人也很容易
习得一种宇宙般复杂的鉴别力。

眼下我们已认识到不该如此傲慢
　我们发现满天繁星是个大家庭，
于是乎就向一个天性快乐、头脑简单、
　作风老派的调皮孩子发出茶会邀请，
　来谈论我们能看见的任何自然情形。
当然，我们不能谈犹太人或赤色分子
但小鸟和星云正可作为话题的代替。

更高级的思想不适宜于野蛮人，
　现在接吻被认为不符合卫生习惯；
世界的确开始转吹素食主义风；
　因为它在这方面已变得过于敏感。
　过不了多久，我们就会发现
身边的三姑六婆结成了一个社团
要对虐待植物的行为加以防范。

我像牙医般害怕，对此更是忧惧于心：
　对我来说艺术的主题是人类的躯身，

而风景对人体雕像而言只是个背景；
　塞尚的苹果我全都消受不来，
　情愿换一小幅戈雅或杜米埃。[1]*
我决不承认这些东西会有哪怕二流的美，
诸如矮胖子或痔疮草药，小屁孩或奶嘴[2]。

艺术若不在那里开始，至少在那里结束，
　且不管美学是否喜欢去思考，
只期图给我们的朋友带来消遣满足；
　而我们的第一个问题，是要去明了
　现代艺术家有哪些特殊的朋友同道；
很可能少许剂量的历史
就可帮助我们解开这个谜。

从一开始，我就应该提到
　远古洞穴里的那些涂鸦文字；
只是道听途说了最近的新闻报导

---

1. 塞尚（1839—1906），法国后期印象画派的代表人物，享有“现代绘画之父”的美誉，绘有以水果盘和苹果为构图的《静物》。戈雅（1746—1828），西班牙浪漫主义先驱画家。杜米埃（1808—1879），法国版画家、讽刺画家和雕塑家。

* 这一段初版译文有错误，已由一位不具名读者指出，在此致谢。

2. “痔疮草药”对应的原文是“pilewort”，即白屈菜，这种植物的汁液有祛毒和通便作用，长久以来就用以外敷治疗疣、鸡眼和金钱癣，也治疗痔疮。“奶嘴”的原文“pooty”是一个较粗俗的俚语，同“pootie”，是称呼女性的一个诨号（有性部位的指涉），也用来称呼婴儿的橡皮奶嘴，在此取后面的一个意思。

　关于埃及古墓里发现的遗迹。

　我会略过印第安武士的战舞不提；

既然我所考虑的意图目的，

英国的十八世纪会作出解释。

我们发现奥古斯丁时代[1]有两种艺术：

　一种机敏而优雅，一点也不神圣，

仰赖着贵族统治的荫庇保护；

　另一种虔诚、冷静、慢吞吞，

　主要吸引了底层阶级的穷人。

于是伊萨克·沃兹和蒲柏，各自

强行打入了地主乡绅和中下阶级。[2]

两种艺术的差异如同犹太人和土耳其人，

　每个都服务于**宗教改革**的形势，

路德对信仰和作品进行了区分：

　那独一无二的想象中的上帝，

　是那些被迫认命者的友朋知己；

而伟大的建筑师和工程师

在更高领域里维护着权势利益。

---

1. 奥古斯丁时代是指罗马神学家、哲学家圣奥古斯丁在世时的公元四至五世纪。
2. 伊萨克·沃兹（1674—1748），英国的“赞美诗之父”，一生孤苦；蒲柏作为享誉文坛的古典主义大师，以理性精神和讽刺才能见长。

然而，须得注意的要点是这个：
　每个诗人都知道自己写作的对象群体，
因为他们的生活与他自己仍很契合。
　既然艺术一直是依附于任一阶级
　的某种寄生物，这也没什么关系；
它唯一应该做的，是依从顺服，
它唯一不该做的，是独立自主。

可艺术家也是普通人；要一个大男人
　变成一个女仆可不怎么妙：
于是每个人都会竭尽其所能
　去弄来一小块可以挂上自己名号
　的土地。他真的不介意会有多小，
只要他可以自诩为主人就已心安：
对艺术来说很不幸，这是个灾难。

做个高雅人士是件自然而然的事：
　要有一个自己的特殊兴致，
假山花园，菜圃，鸽子，银器，
　收集蝴蝶标本或一堆石砾；
　然后找个业余爱好者的小圈子，
那儿自有对手可去辩论评议
展现吸引我们的专业见识。

但对艺术家来说这完全不被允许：
　在这点上他须有别于大众俗俚，
而且，像个秘密特工，为其业务考虑
　他必得不露声色。无论他的生意
　做得多得意、多正当，他都不可以
在脸上流露专业性的表情，
也不可以死于职业病。

直至伟大的工业革命发生以前
　艺术家都得自己谋一份生计：
不管他多么憎恶被人侵扰搅乱，
　赞助人的口味或公众的无常脾气
　都得去取悦，不然就会缺衣少食；
他必得将自己的技艺妥善保留，
不然橱柜搁架上就找不到烤肉。

但是诸如塞弗里、纽康曼和瓦特[1]，
　所有这些名字在我预习历史时
都一一牢记，之后就全忘了，
　新一批富有创造力的艺术家崛起，
　他们身上已少了些紧迫的压力：

1. 托马斯·塞弗里、托马斯·纽康曼（1664—1729）、詹姆斯·瓦特（1736—1819）都是英国的发明家，他们改良了蒸汽机，为工业革命的来临打下了基础。

他唱唱歌，画画图，还可分红利，
却丢掉了责任和友谊。

受影响最深的那些人往往最出色：
　那些有着原创性想象的人，
那些技艺已然傲视同侪者，
　会欣然接受一个稳定的自由身份，
　远离糟糕的旧俗，不做雇佣文人，
艺术家将独立判识交给了白兰地，
变成了雪莱、恰尔德·哈洛德或花花公子。

于是我所谓的诗人聚会就此开场：
　（大部分客人是画家，不必介意）——
开始几个钟头气氛融洽热情高涨，
　激烈辩论，逗乐嬉笑，还有各式游戏；
　大伙儿甘之如饴，没人失去控制；
那些谈话才气横溢，那翩翩舞步
也精彩绝伦，技术性的示好接触。

起初趴在高高的窗口往外望
　看着过往行人的感觉多么好，且会哼哼：
“我多么高兴，虽然我和那些牲口一样
　终会死亡，但我不像它们那般低等！”

　　当波德莱尔变得诡异疯癫，我们叫得何其大声。
“看这支雪茄，”他说，“它是波德莱尔所专有。
知觉出了什么状况？哦嗬，谁会在意担忧？”[1]

今天，哎呀，那欢闹拥挤的议会
　　看上去很不一样，许多人眼泛泪光：
有人已就寝，爬上了床，合上了门扉；
　　有人发疯似地挂在枝形吊灯上晃荡；
　　有人烂醉如泥一屁股坐在了地上；
有人病恹恹地待在角落里；而清醒的少数
正殚精竭虑地思考着某些新鲜事物。

我还曾以为这是艺术家的错谬之见，
　　既已如此，为何有人感伤得哭出了声？
实际上，当然，整碗汤都很咸。
　　汤盆里盛着一小撮的势利小人。
　　寻常百姓和不寻常的富翁
都太过忙于赚钱，不然就会饿得不行，
根本无暇考虑绘画、诗歌或是雕刻作品。

1. 波德莱尔是被神秘化了的人物，雪茄似乎与他玩世不恭、愤世嫉俗的内心形成了一种契合呼应。据说他曾用雪茄烟烧一头狮子的鼻子，险些被咬掉手指头。此外还有一张照片《抽雪茄的波德莱尔》(约摄于1864年或1865年)。

我已简化了事实以便突出强调，
　玩了个麦考利[1]特别喜欢的对比
和戏剧性的布光小花招；
　因为艺术确实感觉身体有些不适，
　但你不该认为那老姑娘已没了活力。
而另外那些人，最多觉得她像个缝纫女，
属于绘画，而不能归于文学领域。

你深知诗人们心中暗藏的恐惧，
　当离开冥河渡船被带去见弥诺斯[2]。
他们必会将自己的文集一一枚举
　包括了少年时代的作品。所以我寻思
　你或可提醒他一下。是的，我想你理当如此，
免得当轮到我时，他会大叫："好孩子们，
快把他的包裹扔掉，他可真够疯狂，孩子们！"

钟声正敲响，现在是午饭时间；

1. 从上下文看，应是指英国女小说家艾米莉·罗斯·麦考利(1881—1958)，她出版有近四十部作品，小说居多，也包括游记和传记。
2. 希腊神话中，亡灵会由引导之神赫耳墨斯带往阿刻戎河(痛苦之河)的岸边，随后由冥河渡神卡隆引渡到对岸。但亡灵须献上银币方可上船，否则卡隆会毫不客气地将他赶走。亡灵过河离开渡船之后，来到一片广阔的灰色平原(真理田园)，它们要在审判台前接受冥界三大判官弥诺斯、剌达曼达斯和埃阿科斯的审判；有罪之人根据其罪行会在惩戒区域或塔尔塔罗斯深渊接受轻重不一的惩罚，而无罪之人将被引入阿福平原或伊利斯乐土(又译为爱丽舍乐园)。

　我们会在四点出发。天气并非风和日丽。
聚会上有些人如潘趣[1]般志得意满。
　我们要继续赶路，如他们所说，轻装便衣：
　我们要睡同一个帐篷，在今天夜里。
你知道巴登·鲍威尔[2]教过我们的事，是不是？
今夜，请为我们祈祷，你是不是愿意？

Ⅳ

又在船上了；这次是去德堤坑瀑布[3]。
　格里尔逊[4]可以拍拍它，我是说整片海洋；
这是大西洋，此刻我们正在跨洋横渡，
　朝着英格兰宜人的青葱牧场的方向。
　眼下我已说完了冰岛的风光；
我看着群山渐渐向远方退隐，
我听到轮机活塞正不住地轰鸣。

---

1. 潘趣是英国布袋木偶剧《潘趣和朱迪》（又称《潘趣先生》）中的丑角，长着鹰钩鼻，鸡胸驼背，个性骄傲自满，总是调皮地逗唱，把对手打得落花流水。这个人物形象起源自十六世纪的意大利，原名叫做“Pulcinella”，十七世纪晚期流传到了英国。
2. 巴登·鲍威尔勋爵（1857—1941），也被叫做“B－P”，担任过英军中将，是童子军运动的发起人。
3. 德堤坑瀑布位于冰岛东北部，距米瓦恩湖不远，被誉为欧洲最壮观的瀑布名胜。
4. 约翰·格里尔逊（1898—1972），英国纪录电影制片人，被誉为“纪录电影的教父”。他对纪录电影的最大贡献并非他执导的第一部也是唯一一部作品《漂网渔船》，而是他为纪录电影所开拓的广阔空间，尤其是在他创办并领导GPO之后。

我希望旅行能让我更健康更明智：
　我已受惠于北方的轻风徐徐，
宽阔的道路和美好的情谊，
　我已领略了一些片光只羽；
　不过运气几乎都在麦克尼斯[1]那里，
我花了好几个愉快的晚上玩拉米牌[2]——
打桥牌没人可以说话，除非是明手牌[3]。

我学会了骑马，至少小马可以去骑，
　还做了很多有益健康的练习，
在荒芜山脊上，在多石的山谷里，
　我领略了热温泉（体验一下很明智），
　还有那些令人终生难忘的美食。
总体来看，我认为除了雷克雅未克，
冰岛这地方是个挺不错的旅行选择。

局部可以做整体的象征指代：
　于是最近这几周一直在沉思默想，
我看见我的青春如地图般全部展开，

1. 路易斯·麦克尼斯（1907—1963），英国诗人、剧作家，与奥登、斯彭德、刘易斯并称为“奥登一代”。奥登此番便是与他结伴做冰岛之行。
2. 拉米牌的基本玩法是组成三四张同点的套牌或不少于三张的同花顺。
3. 桥牌中，主牌叫定后，摊牌于桌上的人就叫做明家，这种打法就叫做明手牌。

那精神的山脉与心灵的河港，
　那个师长们从未提及的城镇之乡，
各个不同的教区，什么事它们会投票赞成，
那些殖民地，其幅员广度，又以什么著称。

当我们奇怪的纪元过去，或许一个孩子
　会在历史课上发问，“请问，先生，
中产阶级知识分子是个什么玩意？
　他是一个制作陶罐的匠人？
　他挑选他的国王只凭抽签就成？”
以下所述或许会让他保持中立，
一个直白的多半是劝诫性的故事。

我的护照上说我身高五英尺十一英寸，
　淡褐色眼睛，金色（近亚麻色）的头发，
我是约克人，一九七年出生，
　全身没什么与众不同的斑疤。
　这不太准确。我的右脸颊
很明显有块暗褐色的大黑痣；
我想我大体上对它并不嫌弃。

我的祖先都是自耕农来自内地，
　直到煤矿租让费一扫其困窘；

我想他们定是处事冷静的慢性子。
　我母亲的先人有诺曼底血统，
　来自萨默塞特[1]，对此我一直认同；
我两边的祖辈们愿意为上帝效劳
都当了牧师，也赞同英国国教。

父母亲都生在有七个孩子的家庭里面[2]
　虽然一个幼年夭折而另一个不太正常；
他们的父亲都是很突然地升了天
　在他们还很小的时候就撒手而亡，
　只留下少许钱供他们活在这世上；
在巴兹[3]，一个护士，一个年轻有为的医生，
丘比特调皮的箭矢同时刺痛了他们二人。

我的家庭于是变得专业和“高等”起来。
　从未见过这么温和的父亲，
我愿用整条朗伯德街[4]赌一块牧羊人派[5]。

1. 萨默塞特是英国西南部的乡村地区。
2. 据奥登的传记作者卡彭特考证，奥登常常记错，认为他的父母各有六个兄弟姐妹。事实上，他的祖母生了六个女儿、两个儿子，他的外祖母生了七个儿子、一个女儿。
3. 巴兹指伦敦的圣巴塞洛缪医院，创立年代久远，可追溯至十二世纪亨利一世时代。
4. 朗伯德街是伦敦金融中心，在二十世纪八十年代伦敦新的金融区兴起前，这里集中了英国最多的银行和金融机构。
5. 直译为“牧羊人派”，是英国的一道传统菜，以碎肉蔬菜作馅、上面铺上土豆泥烤成的一种派，因主料多用羊肉，故得此名。

　我们都酷似双亲：嗯，邻居们早有定评
　说我每天都越来越长得像我母亲。
我不喜欢生意人。我知道一个新教徒
从不会真的下跪，他只会就势蹲伏。

沉浸在智力的愉悦中，他们都快乐无比；
　书房里藏书很多，足够培养出
一个比目光短浅的我更出色的孩子；
　我们的老厨娘艾达确实精通其业务；
　我的哥哥们从来没对我动过粗；
我们住在索利哈尔[1]，那时它还是个乡村；
我特别喜欢那些在煤气厂上班的人。

我的早年记忆仍然鲜活一如往昔：
　那道白石铺就的门阶，上面有滩污渍，
在那儿父亲用柳叶刀切开了猎狗的脚趾；
　还有一次，我往咖啡壶里塞了烟丝，
　差点没把母亲气死，最后当然没事；
精神分析学家和基督教牧师
都会认为这些插曲不祥之极。

1. 索利哈尔位于伯明翰东南方，是英格兰中西部的城镇。

我的小脑袋瓜里装满了北方诸神，
　雷神托尔、火神洛基[1]及其行迹；
我最爱的故事是安徒生的《冰美人》；
　对国王或王后的关注还在其次，
　相比之下我更喜欢去琢磨机器：
从六岁一直到我年满十六时
我都自认为是个矿业工程师。

我经常描绘的矿山是铅矿，
　虽然铜矿也不错，若退而求其次。
现如今我喜欢睡觉时盖得很厚实；
　也一直喜欢坐地铁到处游历；
　我一直觉得小房间最是适宜，
凝神专注时窗帘要拉下、台灯要开着；
这样我能从九点工作到下午茶时间，好极了。

我必须承认，我非常的早熟
　（早熟孩子长大了很少守本分）。
我的叔叔阿姨们认为我很会添堵，
　所用词汇超乎我的年龄让人一愣；

---

1. 雷神托尔和火神洛基都是北欧神话中的神祇。基督教征服欧洲后，这些神祇成为盎格鲁-撒克逊人（包括北欧、德国、英国等欧洲国家在内）的“地下”信仰，更多地保存在乡村，成为民间传说和异教信仰的一部分。

我上学后说的头一句话就语出惊人，
险些让一位女舍监完全失去平衡：
“我就喜欢看各种各样的男生。”

一战开始了：而校长的监督
和大男孩的拳头就是我们的战争；
这就像印度哗变[1]一样无辜，
一拳打到头上就危险万分。
可一旦丑八怪撂翻了俊俏男生，
我们就会被严厉斥责如死罪加身，
因为希望德国皇帝和匈奴人获胜。

那种成长方式确实令我们深受影响，
给了我们如此多样的启发教益。
出类拔萃者在作战，不负国王所望；
余下的要么是老去的庸碌之士，
要么样貌长相非常地怪异。
很多人骂骂咧咧，有些人气得脸煞白，
有人突然钻进了出租车不得不离开。

1. 印度哗变：由1857年5月10日东印度公司军队的印度兵哗变开始，主要是在上恒河平原和中印度地区，亦是印度第一次独立战争。此次事件后，东印度公司解散，印度直接由伦敦管理统治。

姓氏我不必写出——哦，雷金纳德[1]，
　至少你曾教导过，我们对茫茫人世
萌生的最初幻想永不会消逝褪色；
　你中意的人会得到啤酒和饼干的赏赐，
　你是个一流射手，你的故事已显示，
你穿的骑师马裤，你的戏剧作品《海浪》[2]
我们中的一些人至死也不会遗忘。

“半是疯子，半是无赖”，确然，
　全体教职人员眼里的可怕家伙。
一个称职的校长必定很快就会发现
　你的道德观念迷茫又困惑；
　我怀疑你学位考试是否曾通过：
但小孩子们会感激你这类老师，
你一脚踢开了说教的绊脚石。

我要如何感谢你？因为它仅仅表明
　（就这一次，且让我重复这个话题），
有些事连称职的校长都未必知情，
　当然，肯定会有头脑冷静的教师，
　但一个预科学校真正要做的事，

1. 雷金纳德是奥登在埃德蒙中学时的老师，全名为雷金纳德·奥斯卡·加特塞德·巴格诺尔。此人朗诵自己的作品时会用啤酒和饼干来奖赏学生们。
2. 据奥登传记作者卡彭特说，这个剧本系雷金纳德的抄袭之作。

是把这个我们很快将迷失其中的世界说清：
今天，它更接近狄更斯而不是简·奥斯丁。

说实话，我讨厌那些时髦的花招愚行：
　诸如矫正年轻人头脑里的奇思异想，
诸如我们对青春这棵嫩苗的热情
　以及对任何种类杂草的憎恶恐慌。
　标语很糟糕：我能找到的最好的一条上
这么写着："让每个孩子得到我们的照料
以便将儿童的神经官能症克服抵消。"

在这点上，至少我那本性之恶
　会固执己见地反对普遍趋势；
也不喜欢所有新近冒出的学者，
　这些阅读上等周刊的人士
　会打发孩子去做违背意愿之事，
画个灯罩，结个婚，或是饲养信鸽，
要不就去研究世界宗教的沿革。

常态，专横附庸者的女神！
　多少谋杀假汝之名为之！[1]

1. 此句套用了法国大革命时罗兰夫人临上断头台前的呼告："自由啊！自由！多少罪恶假汝之名而行！"；这一节和随后诗节里，奥登频繁使用了古英语第二人称的"thy"（相当于古汉语里的"汝之"）和"thee"（相当于古汉语的"汝"）。

极权主义是汝国家实体的化身，
　恶臭的防腐剂与可耻的现实
　视觉上和感觉上都很相似。
汝之缪斯在古典文学史里寂寂无名，
不过是女曲棍球手里的翘楚精英。

在汝可怕的帝国里，没有灵魂能幸免：
　不单是公园里推着童车的女佣，
连那些知识分子也被汝诱骗，
　哦，犯下了背叛同行的罪宗，[1]
　经由汝之蛊惑，成了文坛帮凶。
但我必须听任汝坐在办公椅里逍遥，
现在我得坐上车赶去我的寄宿学校。

人们已停止了相互的指责攻击，
　黄油和父亲重又回来了；
我们和母亲度过的假日已远逝，
　那山顶的带家具房间，那荒野与沼泽；
　夏日周末的夜晚也已离去，当沿着

---

1. 这里提到了法国哲学家、小说家朱利安·邦达(1867—1956)于 1927 年出版的一部散文集《知识分子的背叛》。邦达在文中抨击法国和德国知识分子对政治事务丧失了理性思辨。此处原文“clerk”是指代“知识阶层”，因这个词在中世纪时专指“学者”或“牧师”。结合上下文，译成了“同行”(“同业”)。

海岸大道，一阵古怪的喧闹声渐行消散，
“永恒的天父”，三个小男孩又唱又喊。[1]

国家宣讲着和平，或说着她的治国措施；
　男女两性尽其所能显得别无二致；
道德在通货膨胀期间贬了值，
　伟大的维多利亚一代[2]诚恳揽下了过失；
　达达主义的幻象驾临了战后时期，
端坐在咖啡馆，鼻孔塞满了面包屑，
俯视着新近亡故者的幽闭冥界。

我在其他地方的学校已作此声明：
　浪漫友谊，年级长，霸凌欺小[3]，
我不会谈及，这是另一回事情。
　那些如此指望的人什么也得不到，
　这确乎关系到我的吟诗之道。
他们为何会抱怨？他们已有《希腊文选》，
以及人类学别具风味的零碎杂拌。

1. 奥登在此回忆了一战期间的家庭生活。他父亲在一战爆发后不久就加入了皇家军医部队，一去就是四年。这段时间里，奥登和两位哥哥被送去了寄宿学校，只在假期才得以同母亲团聚，住在乡下租来的村舍里。
2. 维多利亚时代前接乔治时代、后开爱德华时代，是英国工业革命和大英帝国的全盛期，时限常被定义为 1837 年至 1901 年。
3. “霸凌”一词恰是英文“bullying”一词的音译，意指恃强欺弱的行为，同时兼具了音与意。

我们大抵都以同样的方式长大成人；
　生活不为人知地分发了她的馈赠；
她只会交换。孩子与动物和农夫们
　共有的那份无知觉的率性天真，
　在青春期的动荡不安[1]中已渐渐沉沦。
和其他男孩一样，我对甜品毫无兴致，
探索起了日落、激情、上帝和济慈。

我应该只单独回想一件事情，
　不谈其余。我曾把采矿工程挂在嘴边
因为对这个职业我曾专注一心，
　可过段时间我的喜好就会改变；
　未来的海市蜃楼一直都在显现；
一时的热衷如短暂猛烈的阵风去了又来，
骑摩托车、摄影，或为了看鲸鱼而出海。

但迟疑不定有了个干净利落的了断：
　三月的一个下午，三点半时，
我和一个友人[2]漫步在翻犁过的田间；
　踢着块小石头，他朝我转过身子，

1. 原文为德语“Sturm und Drang”，本意为动荡不安，也指 1770 年至 1785 年发生于德国的文学运动——“狂飙突进运动”。
2. 这位友人是罗伯特·米德利，奥登的中学同学，参见《1929》组诗第四首的注解。

　问道:“告诉我,你是不是写诗?”
我从没写过,就如实以告;但我自知
正是在那一刻我希望去一试。

没有过渡乐段,这一天让我直接
　奔向了标记为“牛津”的乐谱主题,
从第二十五页翻到了第二十八页。[1]
　美学的颤音我之前从未顾及:
　玫瑰来自弦乐,高音部来自感叹词;
木管乐器像一个战前的俄国佬般喳喳唧唧,
“艺术”奏鸣如铜管,“生活”轰响如打击乐器。

一个未开化的外省人,我的鉴赏力姗姗而来,
　至此爱德华·托马斯[2]仍是我所心仪;
我依然服膺托马斯·哈代
　将神性向一只飞鸟转移;[3]
　而艾略特还是那么欲言又止;
因为我已告别了煤气厂和马铃薯球根
告别了白嘴鸦和格兰特切斯特[4]的钟声。

1. 指奥登在牛津大学求学的三年。
2. 爱德华·托马斯(1878—1917),英国诗人和记者,一战时入伍,被认为是战时诗人之一,1917年战死在法国阿拉斯。
3. 此行与哈代的名诗《黑暗中的鸫鸟》对应。
4. 格兰特切斯特是英国剑桥郡的一个村子。

所有年轻人都很偏狭，我必也如此
　当穿着双排扣正装面对了生活；
我买阿奎那[1]的书，欣赏却不读一字，
　对《标准》杂志的定论我保持缄默，[2]
　虽则阿诺德[3]的观点我曾打算去反驳；
教条主义的言辞在学校庭院间清晰地回响，
“好的诗歌既符合典范又朴素高尚。”

关于艺术到此为止。生活自也有其激情；
　学生的身体如同他的想象力
让事实来凑合理论竟也成了流行。
　我们是跟屁虫，是堕落、乖离的
　那一代人的某类穷亲戚，
成长于父辈们参战的那个年代，
为“爱”这个词平添了新的光彩。

不管怎样，三个年头很快就流逝，
　而伊希斯河[4]总归要流入大海；

1. 阿奎那（1226—1274），中世纪意大利神学家和经院学家。
2.《标准》是艾略特主编的一份文学刊物，1922 年创办，至 1939 年终刊。
3. 马修·阿诺德（1822—1888），英国诗人、文学批评家和社会评论家，他认为诗歌的两个评判标准是“高度真实”和“高度朴素”。
4. 此处的伊希斯是泰晤士河在牛津以西的上游河段的别名，而不是指同名的古埃及司生育和繁殖的女神。

此后去了柏林，而不是迦太基[1]，
　我父母往我钱包里寄了些钱来，
　从诗歌角度看待世界的方法已淘汰。
我遇到个叫莱亚德[2]的家伙，新的教条
经他灌输，注入了我善于吸收的头脑。

部分来自莱恩[3]，部分来自 D. H. 劳伦斯；
　纪德，我那时虽然还不认识，也可计入。
他们教会我去表达自己的极度厌弃，
　若我碰巧发现有人一味推崇艺术，
　疏离了生活和爱，忽略了内心的纯朴；
我与骗子们为伍但很少被烦扰；
心地纯朴者从来不会落入圈套。

他是个快活人[4]；偶尔的棒喝无法减损其快乐，
　心地淳朴者爱着所有人不分高下贵贱，
与他的私人盥洗室也没什么麻烦纠葛；

1. 迦太基源于腓尼基语，意为"新的城市"，是古代腓尼基人的城市，坐落于今天非洲突尼斯北海岸，与罗马正好隔海相望。
2. 约翰・威洛比・莱亚德（1891—1974），英国心理分析学家和人类学家。1926年，他在维也纳求学，后来到了德国，在柏林同性恋风行的文艺圈内小有名气。通过一个朋友戴维・艾斯特，他认识了奥登和衣修伍德，此后与奥登有过感情纠葛。
3. 霍默・莱恩（1875—1925），美国心理学家，奥登在柏林期间曾与他有过接触。
4. 原文"He's gay"是个双关，"gay"也可理解成同性恋。

　心地淳朴者从来不生病；得了鼻黏膜炎[1]
　是因为生性胆怯，道理亦然；
决意要变得体贴可亲、宽厚仁慈，
我返回家乡试着自己谋一份生计。

唯一的一桩活，你从未着手去承接
　是在一间寄宿学校带个英语班。
今天看来它可是个极好的职业，
　就那些选择了坐班生涯的人而言；
　对初出茅庐的作家，这变得司空见惯。
邮递员给一个个不知名的天才送来了信，
打印的通知函，来自兔比塔兹和绳特林[2]。

校长是文学硕士，赞助人是个主教，
　辅助人员全都合格胜任；
卫生保健由一位老练的女舍监来照料，
　艺术课请来了校外的女士们；
　膳食有益健康，操场宽敞得很；

1. 奥登受莱恩影响，相信身心医学，认为心理意识层面的冲突是身体疾病的诱发因素，比如一个人咽喉肿痛是因为说了谎。这种“疾病是人格的表达”的观点，苏珊·桑塔格在其《疾病的隐喻》里曾一再批判。

2. 指英国两间知名的教育服务机构，它们各以其创始人姓氏命名，分别叫做“Gabbitas”和“Thring”。奥登开了个玩笑，将两个名字改成了谐音的“Rabbitarse”（兔子）和“String”（绳、线），因此译为了兔比塔兹和绳特林。

目的是要培养德行和品貌，
对后进学生会施以特别辅导。

我发现报酬不错且空闲时间不少，
　不过别人可能没我这样的好运气：
至于你，我会犹豫是否向你介绍；
　有几个人已对我说他们无法坚持。
　若你取其一端以平常心视之，
这里仍然很有趣，因为要引致
未成年人的英雄崇拜还挺容易。

此外，这是份工作，而工作现如今很稀奇：
　这世上的全部理想并不能养活我们，
尽管它们为我们的恶行赋予了某种气质。
　于是了解读者口味的报业大亨
　雇人来写更加耸人听闻的社论，
不聘请撒旦那些长犄角的丑陋宠臣，
却雇了持自由主义观点的聪明年轻人。

这把我一直带到了一九三五年；
　六个月的电影拍摄是另一桩事件，
现在我不能明言。但此时，我很敏感，
　知道那种荣耀感的真正来源

　仍与托利党的英格兰密切相关，
只能作出个相当乏味的推断——
没人可独自找到生活的答案。

我知道——真相其实不会叫人灰心丧气——
　一切木已成舟，而往事并未消失，
我们的所见取决于观察的主体，
　我们的思想有赖于自身的活力；
　当处女擦干眼泪，嫉妒会让她乖戾，
但“云雨过后，人变哀伤”[1]这句俗谚
意味着恋人与稚嫩新手[2]相伴须小心为安。

轮船已将我带到了码头栈桥，
　朝着遍布污泥和莎草的河口行驶；
我坐的火车进入了英制轨距的铁道；
　火车头的影子掠过了一丛丛树篱，
　夏天已结束。我如往常般赌咒发誓
要做个更出色的诗人、更完美的人；
这次我真会付诸行动，必竭尽所能。

我希望这封信能抵达你居停的住处，

1. 原文为拉丁文“Post coitum, homo tristis”，意为“性事过后，人变哀伤”。
2. 此处原文为“the greens”，结合上下文，取“green”的“无经验的”之意。

　它的篇幅已过于冗长不堪，
就好像一场序幕或是大北公路[1]；
　但现在我要结束我的独白体诗篇。
　我希望你不会觉得陌生者来信是个麻烦。
至于它的长度，我对自己说恰合你所需，
你在不朽的永生里正可解读其旨趣。

1936 年 7 月—10 月

1. 大北公路是从伦敦到爱丁堡的 A1 公路的别名，因其直通英国北部而得名。

第三部分

1933年—1938年

W.H.AUDEN：COLLECTED POEMS

Part Ⅲ

夏夜[1]

（致杰弗里·霍伊兰）

我躺在床上露宿在室外草坪，
头顶的织女星闪耀分明
　在六月那些无风的晚上，
当簇簇树叶将形影收敛
不复白天活力；我的脚趾尖
　正对着新升的月亮。

很幸运，这个时候这个空间
被选作了我的工作地点，
　这里有夏天迷人的气息，
有海水浴和光裸的臂膀，
还可驾车悠然穿越田地与农庄
　对初来乍到者很有益。

1. 从1930年到1935年，奥登做了五年的教书匠：之前两年在苏格兰海伦堡的拉奇菲尔德学院；后三年在赫利福德郡的道恩斯中学，其间写了一些作品，包括了这首《夏夜》。奥登后来将这首诗题献给了杰弗里·霍伊兰——道恩斯中学的第二任校长。在这首诗里，奥登回忆了在道恩斯中学度过的美好时光：他把自己那间学校宿舍叫做"劳伦斯别墅"；夏天时，他习惯在学校草坪上支起床在露天过夜；他为学校出版的《道恩斯校友油画汇编集》写了个序，还为校刊《獾》的编辑提供了指导意见。而在1970年，正逢道恩斯中学创校七十周年，奥登还为校刊特辑专门写了一首《守备部队》。

与同事们相处亲密无间，
我在每个平静的夜晚
　如花朵般欣喜异常。
那道初始之光离开了藏身处
伴随着鸽子般的声声催诉
　伴随着它的逻辑和力量。

那以后，虽然就此暌违分别，
我们或许仍会回想起如许良夜
　若恐惧对时间已不再关注；
郁卒往事如狮子从暗头里跑来，
它们的口鼻磨蹭着我们的膝盖，
　而死神放下了他的书。

此刻，无论南北，无论东西，
那些我爱的人已躺下歇息；
　月亮俯照着他们全体，
江湖郎中和机智的空谈家们，
怪人和默不作声散步的人，
　矮胖墩和高个子。

她在欧洲的天空缓缓升起；
教堂和发电站如固定装置

　铺展于地球的表面：
她窥视着画廊的内部，
目光茫然如一个屠夫
　瞪着一幅幅奇妙画面。

留心着地心引力，
她已无暇顾及此地，可是
　不受欲望影响的我们，
从令人安心的座座花园里
抬头仰望，以一声叹息
　忍受着爱的暴政：

而温和人士，不愿去弄清楚
波兰在哪儿拉开了东方的弓弩，
　何种暴力已付诸实践，
也不会去问哪个可疑的法案
赋予了这间英国屋宅里的自由权，
　许可我们在太阳底下野餐。

很快，很快，顺着我们满足的渠沟，
崩决的洪水会强行冲出一个缺口
　且将淹过树木。
在我们眼前瞬间造成死亡，

它那掩藏已久的奔涌的梦想
　有着海洋般的规模和力度。

但当水流退去撤离，
麦子的绿苗最先钻出了黑泥
　露脸时怯怯缩缩，
此时搁浅的怪兽[1]倒地喘息着，
铆接固定的噪音，已吓坏了
　它们不灵敏的圆耳朵。

也许我们害怕快乐就此溜走，
这隐私，无需什么藉口
　却与那股力量[2]相合，
因为尽管孩子在性急地欢叫，
父母低弱的声音已升高
　唱着并不哀伤的歌。

警报已接续发出，

1. 据门德尔松教授说，怪兽指的是《旧约》中威力无比的海中怪兽“利维坦”，象征邪恶的庞然大物。
2. “那股力量”对应的原文为“that strength”，评论界一般解释为“爱”。

且让一切未定之数[1]

　去平息国际间的烦忧，

让凶手对着镜子自求宽恕，

愿它们坚韧的耐力，能胜出

　动作敏捷的雌虎一筹[2]。

1933 年 7 月

1. 原文为 All unpredicted let them calm，因存在同位关系，选择了简洁的译法；需注意的是，"them"一词奥登在初版时用的是"it"，暗指了"那股力量"，改为"them"后，一般理解为上一诗节第一行出现的"快乐"(delights)，也有解释为心中有爱的人。

2. 末尾这行，奥登改写了威尔弗雷德·欧文(一战时期的英国诗人，死于大战结束前)那首《奇怪的会面》中的诗句"他们将敏捷迅速如雌虎"。王佐良先生曾译过这首诗，读者参看 1988 年 9 月上海译文出版社出版的《英国诗选》第 663 页。

寓意之景[1]

听闻庄稼在座座山谷里正腐烂，
一边望着街道尽头的荒芜群山，
转过街角，忽然面临一处水面，
知道那些流放海岛的人已遭遇了海难；
我们崇敬这些饥饿城市的奠基者，
他们的荣誉喻示了我们的悲伤，

与我们不同，他们的悲伤
曾将绝望的他们带到了山谷边缘；
梦想在傍晚漫步于传说中的城市，
他们勒停桀骜不驯的马止步于山峦，
田地如漂流海岛的幸存者眼中的船，
亦如绿洲的幻觉，当他们口渴难忍。

---

1. 这也是一首六节六行诗，诗体规则可参见《好时光》的注释。这首诗最初发表于T. S. 艾略特主编的《标准》杂志，原先无标题，直至1945年收录入《诗选》时，奥登才加上了这个题目。标题原文为法文“Paysage Moralisé”，直译为“教谕风景画”，也可译为“寓意之景”。事实上，这是美学史领域的一个术语，最早出自德裔美国艺术史学家埃尔文·帕诺夫斯基的美学论文《图像学研究：文艺复兴艺术中人性主题》；帕诺夫斯基用这个术语来指代绘画作品在技术和形式特征以外所蕴含的社会思想和宗教背景，尤其强调了古典绘画作品的道德教谕的动机和功能。因此，这个术语也间接指向了这首诗的主题意旨。《寓意之景》写于《夏夜》之前两个月，在充满象征意味的感怀中，奥登表达了自己的抉择与思考；在结尾处，更对未来作出了清晰判定：“我们将重建城市，而非梦想海岛。”

他们沿河而筑，而夜晚时河水
会从窗前流过，抚慰他们的悲伤；
每个人都躺在他的小床上想象着海岛：
在那儿每天都可以在山谷里起舞，
山冈上的每一棵绿树都会绽放花蕾，
在那儿爱如此无邪，只因远离了城市。

而当黎明到来，他们仍置身于城市；
不会有什么奇异的生物跃然出水；
群山中金矿和银矿仍有迹可寻，
但欲望是一种更近切的悲伤，
即使热情招手的朝圣者已来到山谷
正向愁眉苦脸的村民描述着海岛……

他们许诺说："众神已从海岛来探望我们，
它们昂首阔步，亲切友好，遍访我们的城市；
现今此时，你们正该离开这穷山恶谷，
与它们一同远航，横渡碧波汪洋，
坐在刷白的船舷旁，忘掉你的悲伤，
也忘掉群山投在你生活里的阴影。"

那么多人，满怀疑虑，已殒命于山峦，
爬上峭壁只为了去望一眼海岛，

那么多人，既畏且惧，心中怀着悲伤，
当抵达愁苦城市时他们定会因此驻留。
那么多人，如此粗心，跳水时已溺毙而亡，
那么多人，备感沮丧，不愿离开他们的山谷。

这是我们的悲伤。它终会消融？如此，
水流会涌出、奔泻，重新染绿这些山峦与谷地，
我们将重建城市，而非梦想海岛。

1933 年 5 月

哦，那是什么声音[1]

哦，那个如此震耳的声音是什么，
　在山谷里咚咚地响，咚咚地响？
只有穿着猩红军服的士兵，亲爱的，
　士兵们已在路上。

哦，我看到的如此清晰的闪光是什么，
　远远看去那么耀眼，那么耀眼？
是阳光在他们武器上的反射，亲爱的，
　因为他们步履轻缓。

哦，他们全副武装地在干什么，
　一大清早他们在干什么，一大清早？
只是他们的常规演习，亲爱的，
　也许是一个警告。

哦，他们为何离开大路朝那里走去了，

1. 1938 年，奥登在给友人的信中说，这首诗的灵感来自于他在伦敦的国家艺术画廊里看到一幅《耶稣山园祈祷》(Agony in the Garden)的画。此画描绘了耶稣在生命的最后一个晚上备尝心灵煎熬的场景，而远方正有士兵慢慢地接近，准备逮捕他。

　　他们为何突然转向，突然转向？
也许他们收到的指令有变，亲爱的，
　　你为何跪在了地上？

哦，他们是不是停下去找医生了，
　　他们有没有勒停坐骑，他们的坐骑？
嗨，他们中没有人受伤，亲爱的，
　　这些兵士里没人需要救治。

哦，他们要找的是教士，那白发老者，
　　是教士，是不是，是不是？
不，他们从他门前走过，亲爱的，
　　并未登门致意。

哦，定是去找住在附近的农夫了。
　　谁让农夫这么狡猾，这么无赖？
他们已经过了农家宅院，亲爱的，
　　他们现在跑了起来。

哦，你这是要去哪里？和我一起待着！
　　你的赌咒发誓都是骗人谎言，都是谎言？
不，我答应了要好好爱你，亲爱的，
　　但我必得离开这边。

哦，锁已撞坏，大门也裂成两半，

　　哦，他们正推开栅栏，推开栅栏；

他们的战靴重重地踩上了地板，

　　他们的目光灼热如火焰。

1932 年 10 月

我们的猎人父亲[1]

我们的猎人父辈说着故事
　说到了动物的可悲之处，
对其缺陷不足的怜悯表情
　定格于他们进化完美的面部；
看着狮子毫不宽容的眼睛
和身后猎物垂死的瞪视，
“爱”为之愤怒，出于
　理性天赋养成的个人荣誉，
出于丰沛的欲念和力量，
　也出于上帝的公正。

浸淫于那个优良传统
　他们已预言了结果，
以为“爱”生来就会适应
　内疚的种种复杂方式，
以为人的韧带亦是如此

1. 这首诗的主旨比较晦涩，门德尔松教授认为这首诗旨在质疑进化成熟的人类的局限性。富勒先生认为我们可以从两节诗的对比中读出奥登在个人主义和集体主义、维多利亚时代的放任自由和共产主义革命之间的思考；这首诗后来还被奥登的友人、英国作曲家本杰明·布里顿谱成了歌曲。

他南方人种[1]的姿态已改变，
而成年后以此为追求目标，
　只顾着琢磨我们的思想，
会饥渴，会干些非法勾当，
　且还隐去了姓和名？[2]

1934 年

1. 南方人种概指起源于南方（相对于欧洲的南方的非洲）的人类祖先，也喻指了早期人类无思无虑的自然状态。
2. 奥登曾在评论文章中指出，最后两行诗句的内容出自列宁。但经后人考证，最后两行其实是出自列宁的妻子娜杰日达·克鲁普斯卡娅的回忆录。

镜中奇遇[1]

地球翻了个身；我们这边顿感寒意，
生活沉入了林中幽井憋屈压抑，
无力的心脏一个个停跳，纷纷就死，
而池塘的冰面令村童们着迷：
我在冬青饰枝和包起的礼物间奔忙，
钢琴弹出的老歌，烧红的壁炉，
我们对圣子降生所有的传统认同
在你的质疑下已变成了爱的无常。

你的画像[2]挂在墙上，就在我面前，
在那儿我会发现期待中的景色，
树木葱茏或是砾石遍地，纵然
画家竭其所能也难掩其单调枯涩；
失意天堂经由每枝蓝鸢尾花送来了问候，
那镜中世界，自有颠倒的逻辑，
那里的老人到最后会变成俊美孩子，

---

1. 标题援用了英国作家刘易斯·卡罗尔 1871 年出版的儿童文学作品《爱丽丝镜中奇遇记》的书名；但这首诗并不是童话诗，奥登抒写的是个人的心理成长历程（尤其是情爱意识的困顿迷茫）。据考证，奥登此诗，连同随后几年创作的一些诗歌（比如 1937 年的《摇篮曲》），都是写给道恩斯中学一位十四岁少年的。
2. 道恩斯中学的美术老师曾为奥登迷恋的那位少年画过一幅肖像。

海浪会分开，为了那些乡村水手。

很多喜剧演员出入其间，取自生活一幕——
我父亲演一条艾尔谷犬[1]和一个花匠，
我母亲正用一把小刀镂刻着字母。
你不会作为剧中人物出场；
（只有家人能出演有台词的人物）。
你是一座山谷或是一道河湾，
阿姨提到你时如说着邻里友伴，
你是雪橇车比赛出发点的那棵树。

与之对应的另一个世界在我身后分外扰攘，
我要说，爱的白日王国确是由你统治，
在那个国度人人都须佩戴你的徽章，
如海军学校般绝对整齐划一。
高尚的情感被组织聚集到一起，
记忆打着泛光的轨道[2]也一字排开
当你的形象一闪而过时就齐声喝彩，
所有欲望立刻会被告发，受到抑制。

在那儿唯有你的名字引人注目，

1. 英国艾尔河谷出产的长腿猎犬。
2. “打着泛光的轨道”指拍摄移动镜头时的电影装置。

而家庭亲情须用密码来表示。
医院、街道和广场的规划图
为思乡的孩子们提供了慰藉，
而我，他们的创造者，站在梦境之间，
任何一处都无法选作家园，
你期许的爱从未来到卧榻前
午夜时不会枕上你的臂弯。

这样的梦充满爱意；确实如此：
但在这些梦里爱着的唯有我自己，
此刻，时光在做梦人的头顶飞驰，
飞驰，飞驰，与你的美一起消逝，
而自尊在此后每个阶段随之而来，
还能去占有整个的内部生活，
不容任何自由除非为自己保留，
会去订购烟花若遭逢了失败。

再节制的语言也无法掩饰：——
我的海洋空虚寂寥又风高浪急；
童年时嬉戏的海滩已从地图里消失，
吝啬如一个农夫，正将爱蚕食；
醒来时，自我的群岛了无踪影，
而我曾在其间整日地纵帆航行，

插着面海盗旗，俨然一慷慨少年；
我失去了行动方向，再也找不到你。

若我掌舵定会迷航。暴风雨和潮水
或会将水手和船只带过虚幻的礁峰，
而我仍要上岸，与你一同庆祝
自然秩序和真挚情爱的诞生：
与你一同欣赏这未经美化的画面，
我父亲穿着长统胶靴走进了花园，
我母亲正在她的书桌前誊写信函，
任由所爱，一切流言自将消散[1]。

1933 年 12 月

1. 在这首诗的草稿中，“任由所爱”(Free to our favours)原是“平等相见”(Meeting as equals)，结合背景和诗歌内容，不难看出奥登对这位少年的爱之强烈和无奈。彼时，奥登二十六岁，少年十四岁，但毕竟对方是未成年人，年龄的差距无法忽略。

两个人爬山

从短发的疯子管理员那里逃离，
回家所见尽是哀愁无助的表情，
惊惧中我爬上了山岭：
山上只一块摇摇欲坠的滚烫岩石；
没有洞穴、隘口和水流。编了个理由，
很快就倒在低矮山脊上喘气，
疲劳让我冷静反省了种种过失
我夸耀的生活已被他们篡改偷走。

与你一起爬山容易得就像赌咒发誓。
我们爬到了山顶，一点也不觉得饿，
不去看风景，只是四目相视，
眼中所见唯有笨拙、茫然的两个，
回到海滩，丰富的内在仍然未知：
爱赐予了力量，却带走了意志。

或于1933年夏

减数分裂[1]

爱让他动作迅速，他却在奋力拼命
艰难挣扎只为了占有另一个受体，
他们在短促的毁灭中已忘了陷阱[2]，
直到你，如种子脱离他这个母体，
通过无知无觉的爱获得了自由，
当他手枕臂弯，一个世界已在握[3]，
于是潜入海底作一次彻夜巡游，
在西北方造起屋宅[4]，为之劳作。

---

1. 生物学上，"减数分裂"是生物细胞中染色体数目减半的分裂方式，不仅是保证物种染色体数目稳定的机制，同时也是物种适应环境不断进化的机制。这首诗同样以晦涩难解著称，貌似在用科学术语客观描述自然现象（人类性行为和生命诞生），其下却隐藏了个人心理和历史现实的寓言，与叶芝的《丽达与天鹅》有异曲同工之妙。

2. 据富勒先生考证，奥登在自己的笔记（1928 年至 1930 年期间）里有一段分析减数分裂和有丝分裂的文字，其中有这么一句："每一次自然欲求的过程都以性高潮为目的。欲望满足时，双方欲仙欲死。"这或许可以解释该行诗中的"短促的毁灭"。

3. 原文 While he within his arms，直译为"当他枕上他的臂弯"；性爱后的"他"已安眠，此时卵子受精，新的生命契机就此展开。

4. 造起屋宅是个比喻，喻指受精卵进入子宫并粘附于子宫壁上。"西北方"亦是奥登和友人、作家衣修伍德早年的一个暗语：衣修伍德曾用"西北航线"（即北冰洋航线，艰险而九死一生的旅程之意）来比喻对生活的逃避姿态，人们因拒绝直面自我而走上了一条险途。在法语中，"转向西北"也是个俚语，意指试探性地尝试同性恋。

城市和岁月凝缩于你的囊腔，
所有悲伤已简化，尽管当你越长越高，
这一切几乎又会随之变得微妙：
但这个“几乎”清楚宣示了他的希望[1]
——美好的谎言无法遏止爱的潮水，
所有人都因之而变，也乐意追随。

或于1933年夏

1. 长大成人的“你”，同样要经历“他”这个母体所经受的那些“悲伤”，但并不是完全地复制：正是这一点给了“他”希望。

误解

恰如他的梦所预示，他碰到了每一个：
加油站满身油污的伙计一脸讪笑，
未等他开腔就跑了出去；那山区的
高个子教授，粗呢大口袋里塞满了秧苗，
拉着他喋喋不休地说了几个钟头的话
他都没敢开口；那个聋哑女孩
似乎也在绿色城堡里盼望他的到来；
饭菜已备妥，客房里摆满了鲜花。

此外，他们的谈话总会转往预想的方向，
反复在说需要听取某个人的意见，
可是，每次见面他都不由地想
同样的误解定会一而再地出现。
谁才需要帮助？他们或他，哪个
是医师和新郎，哪个是煽动者？

1934 年 5 月

名人录[1]

一篇生涯小传会给你全部的事实：

父亲是如何揍他，他又是如何逃亡，

他青年时经历了怎样的奋斗，又是

何种行为塑造了他今日的伟人形象；

---

1. 这首诗最初发表于1936年的诗集《看，陌生人！》，原先无标题，1945年奥登为它加上了这个标题。这是一首变体十四行诗。富勒先生说，奥登之所以写下这首诗，有可能是因为阅读了有关“阿拉伯的劳伦斯”(T. E. 劳伦斯)的传记；此外，理查·达文波特·海恩斯的《巴黎1922，普鲁斯特》里又提到，当初衣修伍德曾向奥登推荐了新出版的普鲁斯特《追忆逝水年华》第四卷，奥登读到其中十字路口的隐秘恋情的段落，受启发写下了这首诗。由此看来，本诗的题目“Who's Who”或是双关，字面意思当然是“名人录”，但也可理解为“他背后的那人”，前后两个诗节的情状对比，意在以名人的外部声名之大，来反衬他内在感情之脆弱，如此推想，则奥登指涉同性恋情的可能性更大。

卞之琳先生将标题译为《名人志》，且引译文如下：

一先令传记会给你全部的事实：
他父亲怎样揍他，他怎样出走，
少年作什么奋斗，是什么事迹
使得他在一代人物里最出风头：
他怎样打仗，钓鱼，打猎，熬通宵，
头晕着攀新峰；命名了新海一个：
最晚的研究家有的甚至于写到
爱情害得他哭鼻子，就像你和我。

他名满天下，却朝思暮想着一个人，
惊讶的评论家说那位就住在家中，
就在屋子里灵巧地做一点细活，
不干别的；能打打唿哨；会静坐，
会在园子里转转悠悠，回几封
他大堆出色的长信，一封也不保存。

他如何打架、钓鱼、捕猎，彻夜工作，
头晕了仍去登新的山峰；还命名了海洋；
晚近的一些研究者甚至有此一说
爱曾使他痛哭流涕如同你我一样。

所有荣誉集于一身，他却为一个人叹息：
此人，据惊讶的评论家所言，守家安分；
会驾轻就熟地做些杂碎的家务活，
除此别无长项；会吹口哨；会呆坐，
要不就在花园里散步；会回复几封
他写来的精彩长信，却不留片纸。

或于 1934

学童[1]

这儿人人都是俘虏，牢房也真切如实，
但这些人并不像我们所熟知的囚犯，
囚犯或愤怒，或苦恼，或机智地顺服，
　要么就只想一逃了之。

这些人却少有异议，如此满足于
逗弄、追逐狗犬，玩些愚蠢游戏；
爱的棍棒如此强大，他们的阴谋诡计
　如酒鬼的赌咒般不堪一击。

的确，他们的异怪处很难觉察：
死囚只能看到幻觉中的谬误天使，
他们笑过之后很少会尽心努力，
　且害怕使命感这类玩意。

但请注意，与我们相比，他们的体格

---

1. 此诗写于奥登的西班牙之行后，当时奥登已回到道恩斯中学执教暑期班。初版时的标题为《黑格尔和学生》，结合黑格尔在《法哲学原理》(*Philosophy of Right*)里关于教育的观点——教育的目的在于让孩子自立和自由，不难探究到这首诗的主旨。

近乎于中性，他们的时机把握稍欠火候；
因为爱欲就在那里，小麻烦已然成形：
　教授的梦并不准确。[1]

严苛管制还是这么容易。在饮水间墙上
乱涂一句下流话，那就是全部的反抗？
躲墙角落里一阵嚎啕，难道这就是
　新生活的萌芽？

1937 年 6 月

1. “教授的梦”(professor's dream)，在初稿中是“教师的梦”(don's dream)。奥登在此反省，无论是黑格尔试图通过教育令孩子成为自由人的想法，还是包括他本人在内的教育工作者对孩子们的美好设想，都是“不准确”的。当然，我们还可推测：“教授”一词或还指向了心理学、社会学和教育学方面的学者，也包括了弗洛伊德，因为上一行恰好提到了爱欲和梦。

五月

五月和它呈现的光线
舒活了血管、眼睛和腿脚，
单身汉和忧伤之士
也都乐于就此复原，
走去天鹅悠游的每处河畔
无忧无虑的人们正野餐
身着鲜亮的红白夏衣。

我们的死者，冷感且蒙着面，
已在墓穴中长眠，但我们
没在他们的幽暗林子里驻留，
孩子们聚会的森林、
白衣天使和吸血鬼出没的森林
此刻静静伫立、目光阴郁，
那只危险的苹果已被偷走。[1]

真实世界展现于我们眼前，
年轻人的勇敢举动，

1. 该行出自中世纪英语民谣《被束缚的亚当》(Adam Lay Ibowndyn)。

慷慨赴死的渴愿，
他们讨喜、快乐又不安：
一个垂死的大师饱受纠缠
身陷崇拜者的包围，
而不公义游走世间。

那个让乌龟和牝鹿
急不可耐、让金发女郎
卧于黑暗旁侧的爱神
加快了我们的血液循环，
在邪恶与良善的面前，
爱抚、情话和目光
是多么地匮乏无能。

1934 年

三十年代的新人[1]

从容如你，从容转动着头颅，
从容地，如一页页翻看影集相簿，
我领略着夜晚的快乐和白日的纷繁印象，
走过了房屋与河流、高冈和林地，
纵然欧洲的十六片天空[2]昏暗阴沉
　而多瑙河已满溢。

看着，爱着，我们习惯于忽视
石头、钢铁和抛光玻璃这类玩意；
幸而有爱(有这条主干铁路)，
有他耳濡目染的那些破败农庄，
而在每一座警戒森严的不幸城市
　幸而还有他的床。

1. 这首诗的英文标题为“A Bride in the 30’s”。门德尔松教授指出，这是奥登用过的比较有误导性的标题，整首诗并没有写“新娘”(bride)，而是书写年轻人在危机时代的迷茫与面临的选择。因此，译作“新人”较为恰当。

2. 据富勒先生考证，奥登曾在一首未公开发表的长诗《我青春时期的那一年》里提及了“十六片天空”：它们包括了葡萄牙、西班牙、法国、瑞士、意大利、比利时、卢森堡、荷兰、德国、奥地利、捷克斯洛伐克、波兰、匈牙利、南斯拉夫、阿尔巴尼亚和希腊。英国作为岛国，不在其内，保加利亚和罗马尼亚则出现在下一行的多瑙河流域里。奥登所指，当是欧洲因政治分裂而面临的严峻现实。

他来自遍布可怕标语的这些国家
令世界天真得如同贝·波特[1]的童话；
穿过他们正修整道路的破败乡村，
沿着意志的无垠原野，
他专注如收藏家，追寻着
　绿地和百合。

对他来说，在你的面部表情里
找到宁静池塘或美丽塔楼毫不费力，
他将照相机变作了一枝许愿玫瑰，
头脑简单得一见到这些激动不已：
当看见马群和喷泉、小鼓和长号，
　还有滑稽舞蹈。

被来自我们时代的此类音乐召唤，
如此画面进入了视野，而观众们出现
如虚荣心般无法消除也无法称颂，
他们的欲望和恐惧各个不同，
一群残疾人正观察着鸟类活动
　和每一个刺客帮凶。

---

1. 海伦·贝阿特里斯·波特（1866—1943），英国作家，以彼得兔系列儿童读物知名。

一千万个亡命之徒列队走过，
高五六英尺，或七英尺多，
希特勒和墨索里尼摆出了献媚姿势，
丘吉尔正在感谢选民们的祝贺，
罗斯福对着麦克风，凡·卢贝[1]大笑着，
　而我们第一次相遇了。

可是，除非我们一致赞同，
爱并不会如它所愿获得成功，
它对自己的演出没发表什么见解，
而节目单我们觉得仍有可取之处，
它的公共精神定会发挥效用
　体现于我们的私人事务。

这已成必然，尽管还不尽完全，
有些奖项我们永远不会去沾边：
被各种幼稚病扼杀的一个选择，
被温室植物包围时淌下的热泪，

1. 凡·德尔·卢贝是荷兰共产党人。1933 年 2 月 27 日晚，柏林国会大厦发生火灾，现场发现了未燃尽的纵火燃料和嫌疑犯卢贝。卢贝被捕后受不住严刑拷打，承认纵火。纳粹借此大做文章，进一步巩固了势力，史称“国会纵火案”。关于“国会纵火案”的起因，历史学家们并没有统一的说法：有人认为卢贝出于个人原因放火而被纳粹党利用；有人认为是共产党策划卢贝放火；但大部分人认为出自纳粹的阴谋策划。

在花园里，在三姑六婆中间，
　那夭折了的坚定誓言。

尽管在那儿的每一天都信马由缰
我们却不能屈服于种种欲望，
我们的计划越来越少也越来越清晰，
为人生做些谋划，为仇恨画些素描，
而在我有趣的潦草笔迹里
　你的画像最先浮现。

此刻你站在我跟前，那血肉之躯
鬼魂们若瞧见了也会羡慕觊觎：
要当心，勿直视，且装聋作哑，
当“愤怒”愿意提供她一时的快感
当“荣誉”为得到你的一件珍宝
　用她诱人的垃圾来交换。

松树的影子映上了你的眉心，
我也装聋作哑站着，眼下心绪不定，
而我并不希望听到这样的声音：
爱的语声如此轻松，如此欢乐，
“管他卢贝，管他希特勒，我只求
　日日是好日，夜夜是好夜。”

树林正摇曳，群山已暗沉模糊，
而心灵的絮叨，我们并不会去关注：
“你们拥有上帝赐予的选择权，
也掌握知识的语言，爱的语言，
像蠹虫、像巨蟹那样绕弯走路，
　要么就像鸽子般笔直向前。”[1]

1934 年 11 月

1. 这两行出现的“crooked”（绕弯）和“straight”（笔直）也暗含了双关。门德尔松教授指出，它们暗示了不同的性向选择。

在这座岛屿上[1]

看，陌生人！在这座岛屿上
此刻你会欣喜地发现跃动的光，
在这里久久伫停，
沉默且不言，
大海摇曳不定的声音
或会如一条河流
蜿蜒流经耳管。

这里，一片狭小土地的尽头
白垩岩跌落到浪沫里，它高耸的岩体
抵抗着潮水的
拉扯和冲击，
吞噬一切的海浪过后，
水落石出，一只海鸥
片刻栖停在陡峭岩壁。

远处，航船如漂流的种子

1. 奥登此诗是为一部名为《在海边》的纪录片所写。他后来还打算把这个标题作为自己第二部诗集的书名，但费伯出版社最后取了篇首几个字——《看，陌生人！》；在美国出版时，才改用了奥登喜欢的书名——《在这座岛屿上》。

因急迫的差事自愿各分东西，

这整个的景象

或会真的进入

记忆，一如此刻飘移而至的浮云，

它们在海港的镜子中映现

整个夏天都将悠然闲荡在海面。

1935 年 11 月

夜邮[1]

I

这是夜间邮车正穿越边境，
护送着支票和邮政汇单远行，

给富人递送函件，给穷人捎来温情，
寄到街角的商店，给隔壁女孩送信。

在比托克[2]停车，过后持续爬升：
坡度有点阻力，但它会准点到分。

经过了棉菅草坡和荒野巨石
向两边大口喷吐着白色蒸汽，

1.《夜邮》是奥登为拍摄于 1936 年的同名纪录片所写的电影诗，用在了结尾段落的最后几分钟。这部电影是 GPO 为伦敦-米德兰-苏格兰一线的夜间邮政列车特别拍摄的宣传影片，导演是哈利・瓦特和巴兹尔・莱特，背景音乐由本杰明・布里顿所谱写。奥登在《夜邮》中模仿了火车行进的节奏变化：第一段落起步舒缓，随后逐渐加快；到了第三段落，一大堆的排比罗列直叫人喘不过气来；而在第四段落，火车已抵达终点站，节奏又放慢下来，语调也渐趋平静。表现在影片中，第三段的朗诵速度之快令人咋舌，在车轮和铁轨的音效烘托下，非常有戏剧性。纪录片大师、GPO 电影局（The GPO Film Unit）的负责人约翰・格里尔逊亲自上阵担任了朗诵人。
2. 比托克是苏格兰东南部的一个村镇。

当驶过微风拂掠的草地，
喧闹的响鼻打破了数英里的静寂。

当它驶近，灌木丛里的鸟儿转过脖颈，
瞪着那些表面光洁的车厢，目不转睛。

牧羊犬无法改变它的路线；
它们四爪交叉地躺着已入眠。

它驶过农庄时，没人会醒来观看，
但卧室里的一只水罐会轻轻震颤。

Ⅱ

神清气爽的黎明，爬坡已结束。
它向着格拉斯哥[1]一路下行，
驶向了吊车空场后嘶叫着的蒸汽拖船，
驶向了设备林立的矿场，座座高炉
如巨大的棋子矗立在暗沉原野上。
全苏格兰都在等候它：
在暗黑的峡谷，在浅绿的海湾，

1. 格拉斯哥是苏格兰西南部的港埠。

人们正翘首以盼。

Ⅲ

感谢信,银行商务函,
青年男女洋溢着快乐的信,
新股票的备查票据单
或是走亲访友的请柬,
各种情况的申请,
和恋人羞怯的表白信,
还有闲聊扯谈,来自各国的八卦书信,
详尽的新闻报道,和财经快讯,
有些信里夹着要放大的假日照片,
有些信纸边角上画着涂鸦怪脸,
有叔舅、表亲和姑姨寄来的信,
从法国南方寄往苏格兰的信,
还有寄到高地和低地[1]的吊唁信,
所用信纸各色各异,
粉色的,紫色的,白的和蓝的,
唠叨的,阴险的,乏味的,表达爱慕的,
冷漠的,官样文章的,还有倾吐衷肠的,

1. “高地和低地”指苏格兰高原和苏格兰平原。

聪明的，愚蠢的，短的和长的，
打印的，印刷的，还有拼写错漏百出的。

Ⅳ

成千上万人还在沉睡，
梦见了可怕的妖怪，
或梦见了克兰斯敦或克劳福德乐池旁的友好茶会：
在繁忙的格拉斯哥，在整洁的爱丁堡，
在坚如磐石的阿伯丁，[1]
沉睡者流连于梦境，
但他们很快会苏醒，期盼着来信，
当听到邮差的敲门声
每个人的心跳都会骤然加快。
因为被人遗忘的感觉谁堪忍受？

1935 年 7 月

1. 这里连续出现的克兰斯敦、克劳福德、爱丁堡、阿伯丁，都是英国城市名。

某晚当我外出散步[1]

某晚当我外出散步，
　在布里斯托尔[2]街头遛弯，
步行道上人群熙攘
　恰似那丰收的麦田。

沿着涨潮的河道游走，
　在铁路拱桥的下面
我听到恋人正唱着情歌：
　“爱没有止境终点。

“我爱你，亲爱的，我将爱你
　直到中国和非洲彼此会合
直到河流跃过了高山
　而鲑鱼跑到街上唱歌，

“我将永远爱你，直到大海
　被收起晾晒，海水也变干涸，
直到那天上的北斗七星

1. 奥登曾戏称自己的这首诗为“民谣大拼贴”。
2. 布里斯托尔是英国西南部的港口城市。

　　化身为嘎嘎尖叫的鹅。

“岁月会像兔子般逃走，
　　只因它们常驻我心怀
那古老世纪的花束，
　　和人世最初的爱。”

然而城里所有的座钟
　　开始将乐声持续奏响：
“哦，别让时间欺骗你，
　　你无法征服时光。

“在噩梦的洞穴里
　　正义全然赤身裸体，
时间躲在阴影里监视
　　你若接吻就咳嗽示意。

“苦于头痛和焦虑
　　生命似乎渐趋黯淡。
而时间自有其虚妄
　　无论明天或今天。

“那极其骇人的雪

飘进了青山翠谷；
时间打乱了弦歌曼舞
和跳水者美妙的弓步。

“哦，把你的手伸进水里，
一直伸到你的腕部，
看着，看着水池子
想想你已丢了什么。

“冰川在碗橱里震响，
荒漠在床头哀叹，
而茶杯的裂缝，开启了
通往死亡之地的航线。

“在那儿乞丐抽奖得了钱，
巨人对杰克着了迷，[1]
纯洁少年[2]是个哮喘病人，
吉尔仰面跌倒在地。[3]

---

1. 典出英国民间故事《杀死巨人的杰克》，讲的是英雄少年杰克屡次智杀巨人的英勇事迹。
2. “纯洁少年”出自英国传统歌谣《青青灯芯草》，奥登曾将它收录在自己编辑的《牛津轻体诗集》里。
3. “吉尔”是英国童谣《杰克和吉尔》中的小姑娘。在这首童谣里，杰克和吉尔是一对兄妹，结伴上山挑水，结果杰克一跤摔破了头，吉尔也跟着摔倒了。

“哦，看哪，看着镜子，
　哦，看着你的痛苦烦忧；
生活保留了一点幸运
　虽然你无法祈求。

“哦，站着，站在窗前
　当热泪已情难自禁；
你该去爱你驼背的邻人
　用你那颗扭曲的心。”[1]

天色已晚，夜正深沉，
　恋人们已走远；
时钟停止了它们的奏鸣，
　而深彻的河水奔涌向前。

1937 年 11 月

---

1. 这两行出现的“驼背的”和“扭曲的”，其对应的原文均为“crooked”。须得注意的是，“crooked”也有影射“同性恋”的意味。

谣曲十二首

Ⅰ. 乞丐之歌

——“哦，因为门已打开，送来了一封镶金边的请柬
受邀与蠢蛋大人和哮喘伯爵[1]在白银长凳上一同进餐，
有烤肉和响亮的吻，有筋斗杂耍和烟火表演”——
瘸子们对着无言的雕像叫喊，
六个沦为乞丐的瘸子。

——“机智如嘉宝和克娄巴特拉[2]也会误入歧途，
去钓鱼和嬉戏，有团团羽翎将我前后围护，
当公鸡啼鸣扯破了嗓子，心里仍自欢舒”——
瘸子们对着无言的雕像叫喊，
六个沦为乞丐的瘸子。

——“站在绿草坪上，走到探头探脑的胆小鬼们中间，

1. “蠢蛋大人和哮喘伯爵”对应的原文为“Lord Lobcock and Count Asthma”。其中，“lobcock”是英语里的脏词，原意为“反应迟钝的人”，十八世纪以后逐渐有了“松软的阳具”的含义，在此译成“蠢蛋”。
2. 嘉宝是电影史上的著名女星之一，克娄巴特拉即埃及艳后。

他们一味沉溺于貂皮大衣、阿拉伯马和老生常谈，
而我用一块魔法水晶就能预知他们的地点”——
　痫子们对着无言的雕像叫喊，
　六个沦为乞丐的痫子。

——“让这广场变成甲板，让鸽子变成扯起的船帆。
跟随宜人的微风如一只圣安东尼的猪[1]
去往浓荫蔽日、瓜果硕大的海岛，那里永无酷暑”——
　痫子们对着无言的雕像叫喊，
　六个沦为乞丐的痫子。

——“将这些店铺变作种植郁金香的苗圃，
我会用拐杖抽打每个商人让他们去见天主
当他从花朵里伸出那光秃秃的邪恶头颅”——
　痫子们对着无言的雕像叫喊，
　六个沦为乞丐的痫子。

——“天堂底部破了个洞，于是彼得、保罗
和每个自满又讶异的圣徒会像降落伞般飘落，
而每个独腿乞丐都会变成腿脚全无的家伙”——
　痫子们对着无言的雕像叫喊，

---

1. “圣安东尼的猪”是古谚语，喻指跟从者。圣安东尼是传说中养猪人的守护神，身边常跟着一头乖顺的小猪。

　　六个沦为乞丐的瘸子。

1935 年春

Ⅱ.[1]

哦,宠爱猎狗的矿工,浑身黑如夜霾,
翻越无烟的山岭,追寻着你的爱人;
你的矿灯已灭,升降机寂静无声;
方向默记在心,不要迷路发懵,
因为礼拜天很快就过去,凯特啊不要走得这么快,
因为到了礼拜一就没有人可去亲吻:
让煤灰变成大理石,让黑黑的他变白。

1935 年 7 月

Ⅲ.

让长笛和号角奏出
　一曲华丽音乐,来赞颂
你的容颜,那美的征服:
在那个骨肉躯身的国度
在高高的城堡之上,

1. 这是奥登为拍摄于 1935 年的 GPO 纪录片《采煤场》所写的配诗。

她辉煌的旗帜猎猎飘扬，
　　让炽热的太阳
　　继续、继续地发光。

哦，无爱的人自有其能力，
　哭泣，总那么引人侧目：
时间会为他们创造契机；
无视你警觉的暗示
他们那些诡秘的孩子
走向了不可原谅的死亡，
　　而我背弃了誓言
　　就在他的眼前。

1936 年 2 月

Ⅳ.

亲爱的，夜晚虽已逝去，
它的梦今天仍自萦绕，
是它，将我们带到了
一个深阔高耸的房间，
恍如铁路终点站；
晦暗中，床铺挤挨着，
我们挑一张躺下

在远远的一角。

耳语没有将时钟吵醒，
我们吻着，而我对你
所做的一切都心生喜乐，
浑然不顾每一张床上
瞪着敌意的眼睛
坐着的对对情侣，
他们相互搂着脖颈，
迟钝而略显忧郁。

隐藏的内疚的虫豸
折磨着我，要么是
恶毒的猜疑将我伤害，
之后，你却毫无愧意地
做了我从未希冀之事，
承认了另一桩恋情；
顺从如我，感觉已是
多余，于是起身远离。

1936 年 3 月

V.

风平浪静的湖心
成群的鱼儿花团锦簇，
映衬着冬日的天空
天鹅的纯洁也完美呈现，
而在无邪的树林
硕大的狮子独步悠然；
狮子、鱼儿和天鹅
出场，又离开，
当时间的波涛崩塌于前。

除非阴霾之日结束，
我们还得哭泣和歌唱，
为“责任”蓄意的错误，
为时钟里的“魔鬼”，
为出于赎罪或祈求好运
而小心装扮的“良善”；
我们定会丧失所爱，
对每一个飞禽走兽
都会羡慕地观看。

因愚蠢言行而生的悲叹
扭曲了我们有限的时日，
但我必须祝福，必须赞美：
你，我的天鹅，
具备了冲动的自然界
所给予的一切天赋，
那份高贵和骄傲，
理应也包括了昨夜
你自愿奉献的爱。

1936 年 3 月

Ⅵ. 秋日之歌

现在开始树叶凋零得很快，
保姆手中的花不会常开不败，
她们走向坟冢踪影已不见，
而童车滚动着继续向前。

左邻右舍的人们小声耳语着
吓得我们远离了真正的快乐，
能干的双手被迫停下了活计
垂在孤单的膝上如遭了遗弃。

循着我们的足迹紧随而来，
数百个死人叫着:“呜呼哀哉!”
他们指责时僵直地举起双臂
采取了爱的错误姿势。

骨瘦如柴的他们穿过了枯树林，
为讨自己的吃食咒骂个不停，
猫头鹰和夜莺默不作声，
天使此时也不会现身。

继之而起的是前方高耸的群山，
它们轮廓分明，高不可攀，
而山中奔泻的溪水冰冷至极，
无人会去汲饮，除非是在梦里。

1936 年 3 月

Ⅶ.

一棵凄凉柳树的下面，
　恋人已不再生气:
思考过后行动随之而变。
　在想什么事?
你异乎寻常的愁苦

证明了你的无情无义；
站起身，且收起
你那张孤独的地图。

草地上钟声持续回荡
传自那暗沉的尖顶，
它为这些无爱的幽灵敲响
虽则爱并未如此规定。
一切生命皆可去爱；为何
长久地听任损失
让爱失之交臂？
敲响它，你会有所得。

在你头顶成群飞行的大雁
知道它们的方向，
在你脚下流淌的冰冷溪涧
奔向了它们的海洋。
你的烦恼沉闷又阴郁：
动起来，快，
再不要发呆，
你自会寻到乐趣。

1936 年 3 月

Ⅷ.

秘密终于说出了口，如惯常的结局必会如此，
美妙的故事最适宜分享给亲密知己；
在广场上饮茶，杯口上的舌头自有其渴望；
静水流深，我的朋友，无风从来不起浪。

高尔夫球场的鬼魂，水库里的尸体，
跳舞的女人，和狂饮烂醉的男子，
疲倦的神情，偏头痛的发作，还有叹气：
这些背后总有另个故事，有更多看不到的东西。

修女会院墙后突然传出的歌声，高亢的音调，
接骨木树丛的气味，学生宿舍的体育海报，
夏天的门球比赛，握手，接吻，咳嗽，
这些总会有个邪乎的秘密，一个私人原由。

1936 年 4 月

Ⅸ.[1]

让时钟全都停摆，把电话线拔掉，
给狗一根多汁的骨头让它不再吠叫，
让钢琴静默，让鼓声低沉，
抬出那灵柩，让哀悼者登门。

让头顶盘旋的飞机悲歌一曲
在空中拼写出“他已逝去”。
为鸽子的白颈系上绉纱领结，
让交通警戴上黑色的棉手套。

他是我的北，我的南，我的东与西，
我的工作日和休憩的星期日，
是我的正午，我的夜半，我的话语，我的歌；
我原以为爱会永续：我错了。

不再需要星星，让它们都熄灭，
裹起月亮，再把太阳拆卸，
将大海倾空，把森林连根拔除；

1. 这是《献给海德丽・安德森小姐的四首卡巴莱曲》中的第三首，原标题为《葬礼蓝调》。

因为现在一切都已于事无补。

1936年4月

X.[1]

哦,在那个夏天、在那座山谷,
我和约翰在深阔的河边散步,
野花开在脚下,鸟儿飞在头顶,
我们甜蜜地谈论着彼此的爱情,
我靠在他肩上,"哦,约翰尼,让我们相爱":
可他皱皱眉仿佛听到了雷声,转身离开。

哦,我还记得圣诞前的那个礼拜五
当我们去下午场的慈善舞会跳舞,
地板那么平滑,乐队那么喧闹,
而约翰尼如此英俊,我感觉如此骄傲;
"抱紧我,亲爱的,让我们跳到圣诞到来":
可他皱皱眉仿佛听到了雷声,转身离开。

我又怎会忘记那时刻,在歌剧院
当音乐奏出了繁星般的华章片段?

1. 这是《献给海德丽·安德森小姐的四首卡巴莱曲》中的第一首,原题为《约翰尼》。诗中出现了"约翰"。在英语里,"约翰尼"是"约翰"的昵称。

每件银色或金色丝绸礼服的前面
她们戴着的珠宝让人眼花缭乱；
“哦，约翰尼，我已在天堂，”我低声表白：
可他皱皱眉仿佛听到了雷声，转身离开。

哦，他却美好如园圃里的花，
颀长高挑又似那埃菲尔铁塔，
当长长步道上颤动着华尔兹的乐音，
哦，他的眼睛、他的笑容直入我心；
“哦，娶我吧，约翰尼，我将爱你痴心不改”：
可他皱皱眉仿佛听到了雷声，转身离开。

哦，昨夜我梦见了你，约翰尼，我的爱人，
你将太阳拥入怀，将月亮拉近了身，
大海一如其蔚蓝，草叶也碧青如初，
每一颗星辰都摇着圆圆的拨浪鼓；
我身陷矿井，那一万英里深的所在：
可你皱皱眉仿佛听到了雷声，转身离开。

1936 年 4 月

Ⅺ. 罗马墙[1]蓝调

湿湿的风儿从石楠丛上吹拂而来
我在战袍里抓虱子，我鼻子有点塞。

雨点啪嗒啪嗒地落下，自乌黑的夜空；
我是守城士兵，我不知为何做这份工。

薄雾悄悄爬上了坚硬暗沉的石垒，
我的女孩在图恩格里亚[2]；我一个人睡；

奥留斯会在她家附近徘徊溜圈，
我讨厌他的为人，也讨厌他的脸。

皮索是个基督徒，他崇拜一条鱼[3]；

---

1. “罗马墙”即哈德良长城，公元122年，罗马帝国皇帝哈德良为防御北部皮克特人反攻，以保护罗马治下的英格兰南部，在中北部边界修筑了这道由石头和泥土构成的横断大不列颠岛的防御工事。

2. 图恩格里亚：古罗马地区名，今荷兰和比利时的部分区域。

3. 这里是指由两条弧线组成的鱼形符号，又被称为“耶稣之鱼”。早期基督教徒不给耶稣画像，仅用一些象征符号来代表耶稣，例如“鱼形符”，因为在希腊文中，鱼（“ichthus”）这个字恰好由耶稣（Iesus）、基督（Christos）、上帝（Theou）、儿子（Uios）、救世主（Soter）这几个词语的首字母所组成（这点与早期佛教以菩提树、鹿、法轮、足印等图形来象征佛法亦是互通的，代表了偶像崇拜兴起前的纯朴信仰）。

那就不会有什么吻,若他如此期许。

她给了我一枚戒指,但我已赌输掉;
我要我的女孩,我也要我的酬劳。

当我退伍,变成一个独眼龙,
我就什么也不做只仰望天空。

1936 年 10 月

XII.[1]

有人说爱是个小男孩,
　　还有人说它是只小鸟,
有人说它推动了世界,
　　还有人说这荒诞可笑,
我去问隔壁的那个男人,
　　他看上去似乎深知其故,
事实上他老婆大发脾气,
　　还说爱毫无用处。

1. 这是《献给海德丽·安德森小姐的四首卡巴莱曲》中的第二首,原标题为《哦,告诉我那爱的真谛》,创作于奥登与衣修伍德乘船前往中国的旅途中。奥登曾对友人说,这首诗对他个人而言非常重要。中国行之后,奥登移居美国,遇到了后来的伴侣切斯特·卡尔曼,并将这首诗送给了他。

它看上去像件睡衣，还是像
　不卖酒的旅馆里的火腿？
它的气味让人想起了驼羊，
　还是闻上去令人欣慰？
它碰上去像树篱一样多刺，
　还是有鸭绒般的柔软质地？
它的边缘很尖锐还是很平齐？
　哦，告诉我那爱的真谛。

我们的历史课本提到过它
　　　　有寥寥几条的隐晦注释，
在大西洋航线的轮船上
　　　　它是个相当普遍的话题；
在自杀事件的报道里
　　　　我发现这个主题常被提及，
甚至见过它被人乱涂乱写
　　　　在铁路指南的封底。

它会像饥饿的牧羊犬般吠叫，
　还是会像军乐队般轰鸣？
你能否把它模仿得惟妙惟肖，
　用一把锯子或一架斯坦威大钢琴？
它在聚会时的演唱很煽情？

　它只喜欢那些古典玩意?
它会否停止,当你需要安静?
　哦,告诉我那爱的真谛。

我曾在消夏别墅里查看;
　　　它从来不在那里。
我在梅登黑德[1]的泰晤士河
　　　和空气清冽的布里顿[2]也曾一试。
我不知道黑鹂在唱什么歌,
　　　也不知郁金香在说什么;
但它不在养鸡场里,
　　　也没在床底下藏着。

它会不会做鬼脸扮怪?
　它荡秋千时常会头晕不已?
它会投入所有时间参加各种比赛,
　还是会拨弄各种弦乐器?
它对金钱是否有自己的观点?
　它认为爱国主义是否足够?
它的故事庸俗却很好玩?
　哦,告诉我那爱的真谛。

1. 梅登黑德位于大伦敦市区的西面,是英格兰伯克郡的一个城镇。
2. 布里顿是英国南部的度假胜地。

当它到来，会事先没提个醒，

　而我正好在挖鼻子？

它会在早上按响门铃，

　或会在公共汽车上踩我的脚趾？

它会像天气变化那样发生？

　它会客气招呼还是粗野无礼？

它会彻底改变我的人生？

　哦，告诉我那爱的真谛。

1938 年 1 月

阁下

富足，确实如此；
此理人所共知
正如孩子快乐无比，
汽车，自有其
最远里程的限制，
而妻子该尽心尽职：
确实是如此情形，
工作和银行都须操心
这让他稀疏的头发
和他的傲慢
感激不尽，感激不尽。

思考过的一切
如虚空般，已泯灭；
当什么都捉襟见肘
就唯有，唯有爱情，
以及不肯妥协的个性
所预示的艰难前景，
还有不经意的微笑，
不经意，只是一笑：

那是否定，是拒绝；
将它忘却，忘却。

那么，且让他继续赞美
他的辉煌时代；
是的，让他去感激
成功，让他感激：
在这感激声里
让他看到更多的收益
和轻微的罪责，
以免他明白，这是
如此重大的损失，
最终的、决定性的。

或于1936年4月

赌场

他们只有手还活着，被那轮盘吸引，
挥动着，如麋鹿穿过荒漠尘土和灌木丛
　绝望地奔向一条小溪，或如向日葵
　　朝着日光的方向徐徐转身，

此时，当夜晚平息了孩子们兴奋的喊声，
那巢中狮兽般的渴望，那黑手党教父般的喜好
　令一众人等整夜勾留不去，这个大屋子
　　充斥了他们的默念祷告。

不请自来，与席这孤立人士的最后盛会，
他们成群结队，共襄一个满腹狐疑的仪式；
　每个人的运气都因数字一变再变，
　　他们或陶醉，或世故，或一脸哀戚。

外面，离他们的密会地点如此之近，河水
在万千生命间静静流淌，群山阻隔了他们，
　而鸟儿深藏在绿叶植物和夏日潮气中，
　　正为他们的劳作啁啾而鸣。

可在这儿，裸身仙女不会走向年轻的牧羊人，
喷泉已废弃荒芜，月桂再不会生长；
　迷宫虽安全却永无尽头，阿里阿德涅[1]的
　　那根线已断成了两截。

因为他们的命运已深刻于掌心：幸运者
寥寥，而很可能没有谁曾被人爱过，
　上帝在这代人中最想做的事
　　就是让其永不降临人世。

1936 年 4 月

---

1. 阿里阿德涅是希腊神话中克里特国王弥诺斯的女儿。英雄忒修斯在克里特被关入迷宫，阿里阿德涅给了忒修斯一个线球，让他捏着线头进入迷宫。忒修斯杀死迷宫妖怪弥诺陶洛斯后循线而返。于是，"阿里阿德涅之线"常用来表示脱离困境的办法。

牛津

自然入侵：在每一所学院的花园里，
老白嘴鸦如活泼的婴儿，依然说着感性的语言，
幢幢塔楼边，一条河依然向着海岸奔流而去，
　　那些嵌入塔楼的石头
　　依然得意于自身的分量。

矿石与生物，如此深切地爱着它们自己，
它们的懒惰恶行[1]排除了一切外物，
以随意的美，考验着我们这些神经过敏的学子，
　　只用一个错误
　　就抵消了它们的无数过失。

外面，但见几座工厂，还有满目绿意的乡村，
一支烟安抚了罪恶，一首赞美诗慰藉了虚弱，
千百个不安的人晃荡度日，挥霍着金钱：
　　而爱神这位启蒙老师[2]

---

1. 懒惰是七宗罪之一。
2. “书童”对应的原文为“Paidagogos”，该词源于希腊语。在古希腊，有钱的希腊人会让奴隶担当书童的角色，负责接送孩子上学、监督他们的学习、教授他们必要的社会礼仪。这个词后来在英语中转化为引导者、启蒙老师等含义。

在他贞洁的床上流着泪。

这个喜好谈论的城市的上空，如其他地方一样，
无所归依的天使们在哀泣。此时，对死亡的认知
也是一种强烈的爱，而凡俗人心会拒绝
一个低弱的不奉承的声音，
它将不眠不休，直到有人来聆听。

1937 年 12 月

多佛港[1]

陡峭的山路，白垩丘崖下的隧道，入口已至；
一个废弃的航标灯俯瞰着人工海湾；
这滨海区几可称为优雅；如此景象
皆有一个暧昧卑污的根源，在内陆某处：
　　这个城镇不制造任何东西。

高耸的诺曼式城堡，夜间通体透亮，
车站建在海边，一列列火车冒烟吐气，
证明了常规生活自有其旨趣：
本地的专家琢磨着水兵的需要
　　和客源的构成，

轮船载着游客在灯塔间出出进进；
灯塔如绅士门前镇守的一对石犬
永久守护着这片海湾的私密清静。

---

1. 多佛为英国东南部肯特郡的自治市与港口，与法国加莱隔多佛尔海峡相望，相距不到四公里。它位于白垩地峡谷口，沿岸有三十二公里长的白垩崖壁，罗马时期是往来欧洲大陆的交通要地，公元四世纪建要塞，公元十一世纪诺曼人建城堡；海峡悬崖东侧至今仍有罗马人所建的城堡和灯塔。1937 年 8 月末至 9 月初，奥登和衣修伍德去了多佛港，租了港口东崖 9 号的一间公寓，在那儿写他们的新诗剧，其时适巧 E. M. 福斯特也在那里避暑。

防波堤里边，英语说得标准地道，
　　边界外，各国语言五花八门。

启程出发时，移民们的眼睛盯着大海，
祈求命运女神出现在冷漠的水面：[1]
“我看到在湖面上做出了一个重要决定，
我看到了疾病，替身人物[2]，床上的阿拉伯人，
　　失败的家长制，还有金钱。”

连年失败后变得激进，或是聪明又有名气，
归乡者的眼睛感谢这些历尽沧桑的悬崖峭壁：
“镜子再不会撒谎，时钟也不会责备；
在紫杉树的阴影里，在孩子们的聚会上，
　　一切定会解释分明。”

古老的城镇，它的要塞和乔治王时代的旧屋
仰赖这些与众不同的时刻确立了保留节目；
赌咒发誓、眼泪和告别时动情的手势
在这儿稀松平常，此类动作不值一提

---

1. 后面两行颇令人费解，然而结合了上下文来看，应该是命运女神告谕传达的内容，这些错乱无稽的语句或预示了移民们的未来命运。富勒先生在他的评论中也把这一诗节解释为神谕。

2. 原文为“a beard”，并非指胡子，而是“幌子、挡箭牌、替身人物”的意思，尤指与男同性恋者约会、助其隐瞒身份的女性。

如同耕田犁地或醉歌一曲。

衣着光鲜的士兵们涌入了一间间酒吧，
思想左倾又愚蠢，活似一流院校的女生；
狮子、玫瑰和花冠[1]，不会要求他们赴死，
不是这里，不是现在；他们扼杀的只是时间，
一个穷困平庸的未来。

在他们头顶上，昂贵锃亮如富家子的自行车，
机群嗡嗡轰鸣着穿越欧洲的天空，
偏处一隅，令英格兰变得无足轻重；
而潮水提醒着日光浴泳客，这个冷却的星球
其历史进程已走完一半。

一轮满月高悬于法国上空，冷感而惹人，
恰如我们邂逅的某个讨喜而危险的献媚者；
当陷入极度沮丧，我们将再度凝望：
黑夜已找到许多新的信徒；对无数朝圣者来说
麦加代表了内心的冷酷。

拂晓时鸥鸟哀号如在艰辛劳作：

1. “狮子、玫瑰、花冠”都是诗意的指代，可理解为“功名、爱情和荣誉”。

士兵保护着付给他酬劳的旅行者，

每个人都以相同方式为自己祈祷，却既不能

掌控岁月也影响不了天气。有人或是英雄：

　　我们不都是那么郁郁不乐。

1937 年 12 月

冰岛之旅

每个旅行者都在祈祷"让我远离所有的
医生",每一座港口都因海洋而得名,
　那伶仃之海,腐蚀之海,悲伤之海,
　　而北方意味着"拒绝"一切。[1]

这些平原永远都是猎杀冷血生物的所在,
而放眼四周:白色的翅翼扑闪炫耀着;
　岛屿的爱好者,站在一面猎猎作响的
　　旗帜下,最终会看到

他微渺希望的轮廓,当他愈来愈接近
闪亮的冰川、北方反常的白昼里
贫瘠而鲜明的半高山岭,还有河里面
　　那扇形的沙地珊瑚。

此刻,就让这个公民去探寻自然的奇迹,
一个马蹄铁形的深谷,石头缝里喷出的

---

1. 此处的"北方"指的是冰岛所在的北大西洋(北海)。冰岛之行意味着从纷扰多事的欧洲大陆(既喻示了政治形势,也包括了奥登的个人境遇)解脱了出来。此外,奥登的父亲一直宣称他们家族有冰岛人血统,所以冰岛之行也意味着寻根之旅。

蒸汽，岩石，冲刷着岩面的瀑布，
　还有石间的鸟雀；

言语无趣的学生已安排了游览地点：
一座教堂，在那儿有个主教被装进了麻袋，
　一位大历史学家的浴室，一座城堡，
　　关在里面的某个罪犯曾惧怕黑暗，[1]

会记起有个倒霉蛋被他的坐骑摔个趔趄，
大叫着："山坡如此美丽。我不会离去。"
　会记起那个老妇的告白："他曾是我的最爱，
　　我在他眼里却什么也不是。"[2]

欧洲已缺席：这只是个岛屿，它应该
也是个避难所，在这儿人们可以赢得亡者的爱
　当他们在梦里控诉着满怀怨恨的
　　私人生活，而软弱者会摆脱

过度热情的吻，在它的荒漠里体验纯真。

---

1. 主教即乔恩·格瑞科森(Jon Gerreksson)，1433年被当地人装进麻袋沉入斯卡洛特附近的河里。大历史学家即斯诺里·斯图鲁松(Snorri Sturluson)。惧怕黑暗的罪犯指的是冰岛传奇里的壮士葛瑞特(Grettir)。
2. 倒霉蛋即北欧神话里的英雄古恩纳尔(Gunnar)，他曾试图越过火焰围墙去向城堡里的布伦希尔德公主求婚，但他的坐骑不肯前进。老妇即北欧神话里的公主古德露恩(Gudrun)，是古恩纳尔的妹妹，她曾以母亲赐予的魔法药水令英雄希格尔德(Sigurd)失去记忆，与自己成婚。

他们果能如此，即使世界依然遍布了假象？
　湍急水流上的窄桥，
　　悬崖下的小农庄，正是

一个小心设防的行省特有的自然环境：
在一处石冢前无力地许下忠贞誓言，
　和几个本地人一同骑着马
　　从骡马小道下到了湖边，

他的血液也缓缓运行，偷偷地，曲里拐弯地，
替我们问出了所有问题："敬意在哪里？正义
　何时会得到伸张？谁在反对我？
　　为何我总是孤身一人？"

我们的时代没有特别宜居的郊区，
当地那些年轻人的面容也不是人见人喜；
　它的希望只是个希望，传说中的
　　公正国度依然遥远。

泪水落入了所有的江河：再一次，
司机戴上他的手套，迎着漫天风雪
　开始了一段致命之旅，再一次，
　　作者哀号着，求助于他的艺术。

1936 年 7 月

侦探小说

他会一直平静，若没有了他的风景？
逶迤的乡村街道，树林里的村舍，
都在教堂附近？要么是昏暗的独幢屋宅，
有科林斯式[1]的立柱，或配有
小巧精致的套房，不管怎样
都是一个家，一个中心，在那儿
一个人经历的若干件事真就发生了？
他画不出自己的生命地图，只标出了
乡村车站，他在遮棚下迎接他的爱人们
又频频与之分手，就是在那里
他最早发现了肉体欢愉的主体？

一个无名流浪者？一个阔人？神秘人物的
背后总伴随着一个巧妙掩盖的过去：
当真相、当关于幸福的真相浮出水面，
多少总归结于敲诈勒索和玩弄感情。

以下情形司空见惯。一切按计划进行：

1. 古希腊建筑中常见的高大柱廊样式，柱顶带有叶形装饰。

本地常识与直觉之间的长期纷争，
还有那个叫人窝火的外行，
总是意外地赶在我们之前到达现场；
一切按计划进行，包括撒谎和坦白认罪，
直到令人悚然的终极追捕和猎杀。

可是，在最后一页，有个疑问挥之不去：
那个裁决，它是否公正？法官的神经质，
那条线索，那来自绞刑架的抗议，
还有我们自己的微笑……哎，真是……

而时间总负有罪责。有人必得付出代价
为我们幸福的丧失，为我们的幸福本身。

1936 年 7 月

死亡的回声

"哦，当你深情地凝望，"
　农人和渔夫说道，
"凝望故乡的海岸和丘冈，
怎可嫌弃疼痛的四肢或手上的老茧？
父亲和祖父曾在这片土地上屹立，
我们的后代朝圣时也会站到这里。"
　农人和渔夫如此说道
　当他们幸运地正值年少：
而死亡的低沉回声不期而至
当一无所获，或收成有失，
　或碰到个倒霉的五月。
土地是只牡蛎，里面空无一物，
　人还是不要生出来最好；
辛劳的终了是执达吏的一纸令书，
　扔下锄镐来跳舞，趁你还能跳。

"哦，对朋友们来说生命太短促，"
　旅行者在心里寻思，
"他们分享空气和城里的床铺，
分享山间的露营地和海水浴，

而每天都会引发一些小插曲
因为那些难忘的姿势和机智谈吐。”
　旅行者在心里如此寻思，
　直到敌意或境遇令其放弃
他们不再保持一贯的幽默：
而死亡的压迫性的谣诼
　自那一刻开始已偷偷散播。
一个朋友是远古传说中的那喀索斯[1]，
　人还是不要生出来最好；
一个活跃的舞伴总有些丢人现眼
　换个搭档来跳舞，趁你还能跳。

“哦，将你的双手伸向海洋，”
　热情的恋人在叫嚷，
“伸向我，直伸到手臂作痛。
草地依然葱绿，爱床仍旧简陋，
小溪在床脚边歌唱，而在床头
温和的食草动物们已吃足喂够。”
　热情的恋人如此叫嚷，
　直到欢愉的风暴失去了力量：

1. 那喀索斯是希腊神话里的美少年，在水中看到自己的倒影后便爱上了自己，每天茶饭不思，终至憔悴而死，最后变成了一朵水仙花。心理学上有“那喀索斯情结”一说，指的就是过分地自恋。

死亡那诱人的回声
在床柱和岩石间连嘲带讽，
　它的回答久久回响。
爱越伟大，爱的目标就越虚妄，
　人还是不要生出来最好；
吻过之后接着就是扼颈的冲动，
　莫再拥抱来跳舞，趁你还能跳。

“我看到这罪恶世界已被原谅，”
　梦想家和酒鬼且歌且吟，
“让天堂的梯子从天而降，
让月桂从殉道者的鲜血里长出，
让孩子们蹦跳，在哀泣者站立的地方，
让恋人们怡然自得而野兽都安好如常。”
　梦想者和酒鬼如此且歌且吟，
　直到有一天他们终于清醒：
在滋生的恐惧和藏匿的谎言里，
树林和它们的回声已响起
　与死亡的回答你和我应。
内心的欲望如开瓶器般扭曲，
　人还是不要生出来最好；
次等选择是个形式上的顺序，
　是舞蹈花样；跳吧，趁你还能跳。

跳吧，跳吧，因为动作很容易，

　　因为曲子很动人且不会消停；

跳吧，直跳到星星从梁椽上掉落；

　　跳吧，跳吧，直跳到你精疲力尽。

1936 年 9 月

代价[1]

谁能一直赞美不迭
对他所信仰的世界？
童年时，他在自家附近的
草地上冒失莽撞地嬉戏，
在树林里他确信了爱的正当；
旅行者们平静地策马而行，
在坟冢的荒凉阴影里
回响着岁月的轻信足音。
想象中的繁茂树木和草叶
又有谁能够描绘？

而去创造并守护它
会是他的全部奖赏：
他必须警惕也必会流泪，

1. 这首诗出自奥登写给名义上的妻子艾瑞卡·曼的一封信（艾瑞卡是德国文豪托马斯·曼的女儿，为帮助她获得英国护照逃离纳粹德国，奥登在 1935 年 6 月 15 日与她办理了结婚登记，据说两人的第一次见面就是在“成婚之日”；之后不久他们就解除了婚姻关系，两人从未有任何实质性的婚姻生活），诗后附有简单说明，表明其灵感来自提香的绘画作品《人的三个生命阶段》。在提香这幅画作里，左前方有一对热恋中的男女，右前方有三个玩耍的孩童，而中间靠后位置是位行将入土的老者。有评论者指出，该诗是对布莱克《天真与经验之歌》的某种回应；它的主题亦很清晰，可理解成诗人奥登的一个心理成年仪式。

拒绝父亲的全部关爱，
与母亲的子宫一撇两清，
八个夜晚一顿饱睡，
于是到第九夜，会变成
魔鬼的新娘和祭品，
会被扔进恐怖的坑谷
且将独自承受那愤怒。

1936 年 7 月

死神之舞[1]

再见，客厅里节制有礼的呼吁，
再见，教授合乎逻辑的推测和依据，
再见，身着礼服的外交官的沉稳风范，
现在要解决问题须用到毒气和炸弹。

双钢琴演奏的作品，通情达理
的巨人和奇异仙女的精彩故事，
电影，药膏，易碎的商品货物，
连同那橄榄枝已存入了楼上仓库。

因为魔鬼中断了假释奋起造反，
将监狱炸翻，已逃出了生天，
他爸爸曾把这个叛逆天使
扔到井里，如今那弃儿已得势。[2]

---

1. 原文“Danse Macabre”是法语，意为“死神之舞”；原是法国的一个古老迷信，据说死神会在每年万圣节的午夜出现，唤醒坟墓里的死者为他起舞；死神会拉小提琴，而他的骷髅会跳到公鸡报晓。法国作曲家圣桑曾写过一首同名的艺术歌曲。
2. 这里涉及到撒旦率领众多叛逆天使反抗上帝的故事，具体可参见《圣经·创世记》。“他爸爸”的原文是 his Papa，奥登用“爸爸”而不是“父亲”；这或是一个双关，因为 Papa 一词也常被用来指称罗马教宗。

如流行性感冒，他四处流窜，
他站在桥边，他守候在浅滩，
如天鹅或海鸥他在头顶飞东飞西，
他躲进了碗橱，他藏在了床底。

哦，他即将成功，亲爱的，你深知
他会把你拖至何等令人惭愧的境地；
是的，我亲爱的，他会从我身边偷走你，
他会偷走你，还会剪去你美丽的发丝。

数百万人已遭逢了各自的不幸，
如鸽子屈从于毒蛇的诱引；
林子里的数百株树木已疾病缠体：
我就是那利斧，必将它们砍倒在地。

因为归根结底，我这人有好运气，
我是逍遥自在、被宠溺的第三圣子；[1]
如经书所言，我要将魔鬼驱逐
且要让大地摆脱人类的束缚。

1. 这首诗以死神(或它的化身人物)的口吻说出，他自称是除基督和魔鬼撒旦之外的上帝的第三圣子。值得注意的是，这首诗所标注的写作时间恰在奥登奔赴西班牙战场前后：彼时西班牙内战已爆发，法西斯的阴影已笼罩了欧陆。

人的行为意味着极大的恐怖，
如索多玛般顽固，如蛾摩拉般轻浮；[1]
我必得接管那液体燃烧剂
向人性欲望的城市发动突袭。

买进与卖出，食物与美酒佳酿，
不可靠的机器和不恭敬的思想，
可爱的愚人们一次又一次地
将他们满怀仇恨的野心家激励。

我会现身，我会惩罚，魔鬼定将灭亡，
我会给面包抹上厚厚的鱼子酱，
我会自建一座大教堂作为家宅府邸
每个房间都配一台真空吸尘器。

我会乘一辆白金打造的汽车检阅巡行，
我将容光焕发，我的名氏耀眼如星，
我会整日整夜猛按喇叭，
沿着长长的街道一路进发。

小个子约翰，高个子约翰，彼得和保罗，

1. 索多玛和蛾摩拉是死海附近的两座古代城市，据《圣经·创世记》记载，它们皆因其居民罪恶深重而被上帝降天火焚毁。

还有只剩一个蛋蛋的可怜的小贺拉斯，[1]
你们该丢下你们的早餐、书桌和游戏，
在一个晴朗的夏日早晨将魔鬼杀死。

因为这是命令和军号，是愤怒和战鼓，
而权力与荣誉会指引你们来到此处；
坟墓将突然打开，让你们全体进入，
而大地的深重罪愆将被彻底清除。

鱼群沉默无声，在大海的深处
天空熠熠闪亮如一棵圣诞树，
西方的星辰连声惊呼以示预警：
“人类还会延续，但世人必得丧命。”

那么，跟贴着红壁纸的屋宅说再见，
跟双人床上热乎乎的床单说再见，
再见了，墙头上那些美丽的小鸟，
再见，亲爱的，与诸位告别的时间已到。

1937 年 1 月

1. 小个子约翰或指罗宾汉故事里的侠盗同党，而不是指使徒约翰。后面提到的高个子约翰、彼得和保罗都是耶稣的门徒。“只剩一个蛋蛋的可怜的小贺拉斯”，在 1937 年初版时是“只剩一条独腿的小贺拉斯”。这句可能是在暗示贺拉斯的失败：公元前 44 年恺撒遇刺后，贺拉斯曾参加共和派军队并被委任为军团指挥，公元前 42 年共和派军队被击败，贺拉斯自称是“弃盾而逃”。

摇篮曲

放低你安眠的头颅，我的爱，
人类正枕着我不忠的臂弯；
时间与热病销蚀了
敏感多思的孩子们
那与众不同的美，而坟墓
印证了童年的短促：
躺在我怀里直到天明
让这生灵就此安睡，
凡人，罪人，于我
却如此美好悦目。

恋人们的灵魂与肉体
并无界限：当他们躺在
她宽容而迷人的山坡上
如往常般神魂颠倒，
维纳斯传送了阴沉的幻象，
出于超自然的感应
出于博爱和希望；
而在冰河与岩石之间
一个抽象的顿悟唤醒了

隐士的感官迷狂。

确切无疑，忠诚
会在午夜准时结束
恰如钟摆的震颤，
时髦的疯子们会升高
他们迂腐烦人的叫声：
每一个微小的代价
如可怕的命牌所预言
必得全部偿付，而此夜过后
每一声低语、每一个念头、
每个吻、每一瞥再不会失去。

美、午夜、幻象，渐已消逝：
且让黎明轻柔的微风
拂过犹在梦中的你，
这一天如此可喜地呈现，
眼睛和驿动的心或会感激
满足于我们的尘世；
清醒的正午会提供见证
那无意识的力量滋养了你，
而轻侮的夜会让你通过
被每一个人类之爱守护。

1937 年 1 月

俄耳甫斯[1]

歌声在期待着什么？他那双灵动的手，
与羞怯欢欣的鸟雀仍保持了一点距离？
是让自己变得迷惘而快乐，
还是首先去了解生活？

但这些美丽生灵只满足于升高半音的曲律；
温暖便已足够。哦，倘若严冬真的
横加阻挠，倘若雪花转瞬消殒，
希望还有何用，翩翩起舞又有何益？

1937年5月

1. 俄耳甫斯是古希腊色雷斯歌手，父亲是太阳神兼音乐之神阿波罗，母亲是司管文艺的缪斯女神卡利俄珀，生来便具非凡的艺术才能。他的琴声可使神人共醉，使山林岩石移动，使野兽驯服。他的新婚妻子欧律狄克在婚礼上中蛇毒而死，俄耳甫斯为救心上人去了地狱。他如诉的琴声感动了各界神灵，地狱的冥王和王后答应了他的请求，但有一个条件：在将欧律狄克带回人间的路上，他不可以回头去看妻子。可是，走到地狱边界时，俄耳甫斯忘了这个禁忌，回头去看了爱人，于是欧律狄克第二次死去。当然，奥登在这里悲叹的不是爱人，痛悔的不是那致命的回头一看。这首诗写于奥登自西班牙返国后，他的内心因现实与理想、政治与艺术之间的冲突而满怀焦虑，他所悲叹或责备的，乃是诗歌(歌声)本身。

吉小姐[1]

让我给你讲个小故事
　关于老姑娘伊迪斯·吉；
她住在克利夫顿排屋
　门牌号码八十三。

她的左眼略微有点斜视，
　她的嘴唇又薄又小，
她肩膀很窄而且有点塌
　她的胸部是飞机跑道。

她有一顶镶边的天鹅绒女帽，
　还有件深灰色的哔叽呢套装；
她住在克利夫顿排屋
　一间卧室兼起居的小套房。

下雨天她会穿紫色雨衣，
　也会随身带一把绿伞，

1. 奥登一直相信"身心医学"，认为潜意识层面的冲突是疾病的诱因。苏珊·桑塔格在她的《疾病的隐喻》里就引用了这首《吉小姐》，作为"疾病是人格的表达"的示例。不过，桑塔格显然不认同奥登的这个观点。

她有辆自行车，装着购物篮
　和一个丑陋的后置刹车板。

圣阿洛伊修斯教堂
　离她那儿不是很远；
她做了很多针织活计
　专供那个教区商店。

吉小姐仰头望着星空
　自言道："有谁会关心我
住在克利夫顿排屋
　一年就靠一百镑过活？"

有天晚上她做了个梦
　梦里她成了法国女王，
而圣阿洛伊修斯的教区牧师
　恭请她这个陛下共舞一场。

但一场暴风雨吹塌了宫殿，
　她骑车正要穿过玉米田，
一头公牛，长着教区牧师的脸，
　低耸着牛角直冲向前。

她能感觉到背后热烘烘的鼻息，
　它眼看就要迎头追上；
可自行车跑得越来越慢
　因为误按了刹车心急慌忙。

夏天时节树林优美如画，
　到冬天一片残败景象；
她骑车去参加晚礼拜
　衣服纽扣扣到了脖子上。

从对对情侣身旁骑过，
　她扭过头不看一下；
从对对情侣身旁骑过，
　他们也没有叫住她。

吉小姐在侧廊里坐定下来
　她听到管风琴在奏响；
唱诗班的歌声如此甜美悦耳
　在白昼将尽的晚上。

吉小姐在侧廊里跪了下来，
　她的膝盖落在地上；
“指引我不要陷入诱惑

请让我做个好姑娘。”

白天与黑夜从她身旁流逝
如一艘康沃尔[1]沉船旁的海浪；
她骑车到城里去看医生
衣服纽扣扣到了脖子上。

她骑车到城里去看医生，
她按响了诊所的门铃；
“哦，医生，我这里隐隐作痛，
我感觉不是很舒服。”

托玛斯医生仔细了解了状况，
然后又给她做了其他检查；
他走向另一边的洗手池，
说道：“之前你为何不来一下？”

托玛斯医生在餐桌旁落座，
忘了他妻子正等他摇铃开始，
将面包捏成了一个个小球；
他说，“癌症是个奇怪玩意。

1. 康沃尔是英国西南部的一个郡。

没有人知道病因是什么，
　虽然有人装得无所不知；
它就像是个隐藏的刺客
　随时会给你致命一击。

没生小孩的女人会染上，
　男人退休时也会得这病；
这好比人们受挫的创造性热情
　总得找到某个发泄途径。”

他妻子摇铃叫来了用人，
　说道：“不要那么吓人，亲爱的。”
他答：“今晚我看了吉小姐的病情，
　她恐怕活不了多久了。”

他们把吉小姐送进了医院，
　她躺在那儿整个不成人形，
躺在那个妇女专属病房里
　被子一直拉到了脖颈。

他们让她躺在了手术台上，
　实习生们开始暗笑不断；
罗斯先生，那个外科大夫

　他将吉小姐切成了两半。

罗斯先生朝他的学生转过身，
　说道："先生们，难以置信，
我们很少看到一个肉瘤
　会恶化到如此情形。"

将她撤下手术台，
　他们推走了吉小姐；
送到了楼下另一间科室，
　在那儿他们学习解剖学。

他们将她吊在了天花板上
　是的，把吉小姐吊了起来；
而两个牛津教团[1]的家伙
　小心解剖着她的膝盖。

1937 年 4 月

1. 参见《致拜伦勋爵的信》里的注释，"牛津教团"是个基督教组织，倡导"道德重整运动"。奥登在这里暗藏了戏剧性嘲讽。

詹姆斯·赫尼曼

詹姆斯·赫尼曼是个安静小孩；
他不笑也不哭叫：
他会看着他的母亲
带着好奇的表情。

母亲来到了托儿所，
偷偷从门缝往里望，
但见他划着火柴，
坐在托儿所的地板上。

他去参加儿童聚会，
屁股上沾满了奶油，
看着茶杯里的糖块融化
坐在那儿的他似在梦游。

他过八岁生日时
对那个阴雨天毫不介意，
只因他的床头边
放着十先令买来的化学仪器。

老师说:“詹姆斯·赫尼曼
是我们这里最聪明的孩子,
可他就是不跟其他人玩,
我想,这真是糟糕之事。”

其他男孩踢足球的时候,
他扎在实验室里忙乎,
拿了大学的入学奖学金,
考到了最好的学位分数。

他常喝浓咖啡来提神,
喜欢戴着副眼镜,
眼下正要写一篇论文
关于气体的毒性。

出城来到了乡村,
坐上了一辆绿线长途[1],
走在奇尔顿山岭[2]上,
脑袋里考虑着磷元素。

---

1. 绿线长途客运汽车是1930年开辟的公交路线,主要往返于伦敦市中心和周边30英里以内的郊区市镇。
2. 奇尔顿山岭位于英格兰东南部,是一处白垩悬崖。

他自忖："刘易斯毒气[1]
在当时是很不错的东西，
可是，在现代条件下，
它尚不具备足够威力。"

他的导师呷了一口波尔图红酒
说道："我认为这很清楚
年轻的詹姆斯·赫尼曼
是本年度最耀眼的人物。"

他谋得了一份职位
在帝国碱公司[2]做研究员
刮胡子时他对镜自语：
"我死前将扬名立万。"

他的女房东说："赫尼曼先生，
你就只能活这么一次，
你该找些乐子，先生，
你应当找个妻子。"

---

1. 刘易斯是美国化学家、发明家，于 1918 年研制了一种毒气，以其名字命名。
2. 帝国碱公司是指帝国化学公司，由布伦纳蒙德、诺贝尔炸药、联合制碱、英国染料四家公司于 1928 年合并而成。

在帝国碱公司那里
有个姑娘名唤多琳，
有一天她划破了手指，
想要些碘酒问他行不行。

“我有点头晕，”她说道。
他领她在椅子里坐下，
又去倒了杯水递给她，
他很想抚摩她的头发。

他们在西大道[1]置了套房子，
墙面漆成了绿白相间；
他们家左边是联合乳品[2]，
右边有一间电影院。

在花园的角落里
他搭了一个小棚间。
“他要把我们都炸飞，”
邻居们都这么抱怨。

半夜里多琳在责怪：

1. 西大道是伦敦通往英国西部的主要交通干道，终点在西部海港城市布里斯托尔。
2. 联合乳品是英国的一家乳品公司，开有连锁商店。

"吉姆,亲爱的,该睡觉了。"
"我得完成我的实验,
完了我就进屋,"他敷衍着。

圣诞节时得了流行性感冒。
医生嘱咐说:"要卧床休息。"
"我得完成我的实验,
完了后就睡,"他如此坚持。

逢到星期天时散步,
帮着推婴儿车出行,
他说,"我在找一种毒气,亲爱的,
吸一口就会要人的命。

我会找到它的。
那就是我要做的事。"
多琳握紧了他的手说:
"吉姆,我相信你。"

在那些炎炎夏夜里,
当玫瑰已娇红似火,
就在他的小花园棚子里
詹姆斯·赫尼曼还在工作。

一天半夜他跑上了楼，
吻过了睡梦中的儿子，
他举起一个密封玻璃试管，
叫道："瞧，多琳，我成功了！"

他俩依偎着站在窗前，
月光明亮又清澈。
他说："我终于做成了点事
那才配得上你，亲爱的。"

第二天早上他坐了火车，
进城去白厅街[1]那边；
他口袋里装着个小玻璃瓶
准备让大伙儿都看看。

他递进了他的名片，
官员们只是一通咒骂：
"告诉他我们很忙
领他出门打发了他。"

多琳过后对邻居们说：

1. 白厅街位于伦敦，是英国政府所在地，因此白厅亦作为政府机构的代名词。

"这不是很可恶嘛！
我丈夫如此聪明，
他们竟然不认得他。"

有个邻居表示了同情，
名字唤作弗劳尔夫人：
她是某个外国机构
在英国的代理人。

有天晚上他们正坐着吃晚饭，
传来了颇有礼貌的敲门声：
"有位先生想拜访赫尼曼先生。"
那人呆到了十一点快夜半三更。

他们俩一起走进花园，
钻进了那个小棚子里：
"那么，我们就在巴黎见面。
晚安，"那位先生就此告辞。

轮船正抵近多佛港，
他回首眺望加莱市[1]，

---

1. 加莱是法国北部港市。

叹道:“赫尼曼的 N. P. C.[1]
日后将会广为人知。”

那会儿他正坐在花园里,
在便笺上写笔记以备忘:
他们的小儿子在玩耍
就在他父母亲的近旁。

忽然间,从东面的方向
几架飞机出现在眼前。
有人尖叫着:“是轰炸机!
肯定是已经宣战!”

头一枚炸弹击中了乳品店,
第二枚轰掉了电影院,
第三枚落到了花园里
就像一颗坠落的流星。

“哦,亲亲我,妈妈,亲亲我,
把我塞进被窝里,
因为老爸的发明

---

1. “N. P. C.”指赫尼曼所研制的毒气,这是它的化学名称首字母缩写。

会让我窒息而死！”

“你在哪儿，吉姆，你在哪儿？
哦，把我搂在你的怀里，
因为我肺里吸进的
都是赫尼曼的 N. P. C. ！”

“我希望自己是条鲑鱼，
在大海里洄游远行，
我希望自己是只鸽子
在树上咕咕叫个不停。”

“哦，你不是鲑鱼，
哦，你也不是鸽子：
却是你，发明了那气体
将那些你爱着的人杀死。”

“哦，把我囚禁于深山，
哦，把我溺毙在海里：
把我关进一间地牢
然后扔掉那柄钥匙。”

“哦，你不能躲进深山，

哦,你不能淹死在海里,
但你必须死,你知晓个中原因,
全拜赫尼曼的 N.P.C.所赐!”

1937 年 8 月

维克多

维克多是个小男孩，
　　他来到了这个尘世；
父亲将他放在膝头对他言：
　　“可不要辱没了家族姓氏。”

维克多抬头望着父亲
　　瞪着圆圆的大眼睛抬头望：
父亲说：“维克多，我唯一的儿，
　　你可永远永远不要撒谎。”

维克多和他父亲出门去
　　驾着辆轻便的双轮马车；
父亲从兜里掏出本《圣经》，读道：
　　“心地纯洁的人自有福乐。”

这是霜冻的十二月，
　　这是没有水果的季节；
父亲心脏病突发倒地死去
　　正当他弯下腰打算系鞋。

这是霜冻的十二月，
　　此时故人已在坟墓长眠；
叔叔为维克多谋了个职位
　　在米德兰郡银行当出纳员。

这是霜冻的十二月，
　　维克多是个年方十八的小年轻。
但他点钞很熟练，账轧得很准，
　　而且他的袖口总是很干净。

他在佩弗里尔[1]有个房间，
　　在一处颇为体面的公寓寄宿；
而时间观察着维克多日复一日
　　如猫儿守候着一只老鼠。

同事们拍拍维克多的肩；
　　“你曾碰过女人不?”他们问道，
“周六晚上和我们一起进城玩。”
　　维克多微笑不语把头摇。

经理端坐在他的办公室，

1. 佩弗里尔是英国德比郡的小镇。

抽着一支科罗纳雪茄烟，
他说："维克多是个正派人
可他胆小如鼠没可能升迁。"

维克多上楼回到了卧室，
调好了闹钟的时间；
他爬进被窝，拿过《圣经》来翻
读着耶洗别[1]得报应的那段。

时届四月的头一天，
安娜来到了佩弗里尔镇；
她的眼，她的唇，她的胸，她的臀
还有她的笑靥着实令男人们兴奋。

她看上去像个在校女生
如头次领圣餐那般纯情，
可她的吻却似上好的香槟
当她暴露了自己的本性。

这天是四月的第二日，

---

1. 据《圣经·旧约·列王纪》记载，耶洗别是以色列王亚哈的妻子，残忍、无耻、放荡。她崇拜异教信仰，假借上帝和以色列王的名义做了很多恶事，最后被人从楼上扔下，被马践踏，连尸首也无法保全。

　　她身上披了件毛皮外搭；
维克多和她在楼梯上相遇，
　　他一眼就爱上了她。

他第一次提出求婚时，
　　她笑着说："我决不会结婚"；
第二次时她略有些迟疑；
　　笑着摇摇头没有应承。

安娜看着镜中的自己，
　　噘了噘嘴，皱了皱眉心；
自言道："维克多像雨天下午般无趣
　　可我已决心求个安定。"

他第三次提出求婚时，
　　他们在水库边散步兜风；
她献上一个吻令他头晕目眩，
　　还说："你是我的意中人。"

八月初他们俩结了婚，
　　她说，"傻小子，给我一个吻"；
维克多将她揽入怀，叹道：
　　"哦，我的特洛伊海伦。"

时间到了九月中旬，
　　一天维克多来到了办公室；
他在纽扣眼里别了朵花，
　　他上班已迟到却满心欢喜。

同事们正在谈论安娜，
　　房门正好虚掩半闭；
一个家伙说："可怜的老维克多，
　　但无知也是福分，大抵如此。"

维克多呆立如一尊雕像，
　　房门正好虚掩半闭；
有人说："天哪，我跟她玩得够欢
　　就在那辆奥斯汀小车[1]里。

维克多跑出门来到大街上，
　　走向了市镇郊外；
最后停在了菜园和垃圾堆旁边。
　　他的眼泪止不住地掉下来。

维克多抬头看着落日，

1. 奥斯汀(Austin)汽车是英国汽车工业的传统品牌。

　　他站在那儿如此孤零；
他叫道："你在天堂么，父亲？"
　　但天空回答说"地址不明"。

维克多抬头看着群山，
　　群山已被皑皑白雪盖住；
他叫道："你满意我么，父亲？"
　　而回声传来说，"不。"

维克多来到了森林，
　　他叫道："父亲，她会一直忠实？"
橡树和山毛榉摇着树冠，
　　答道："可不是对你。"

维克多来到了牧场
　　风儿在身旁不停呼啸；
他叫道："哦，父亲，我那么爱她。"
　　但风儿说："她必须死掉。"

维克多来到了河边，
　　河水如此深沉而凝滞；
他叫道："哦父亲，我该怎么办？"
　　河水答道："把她杀死。"

安娜此时正坐在桌旁，
　　玩着牌戏把命算；
安娜此时正坐在桌旁，
　　等着她的夫君把家还。

她抽出的第一张牌
　　不是方块 J 也不是大鬼；
不是红心国王或皇后
　　而是一张颠倒的黑桃 A[1]。

维克多站在了门口，
　　他一声也不吭；
她问："怎么了，亲爱的？"
　　他似乎充耳不闻。

他左耳朵有个声音，
　　他右耳朵有个声音，
他脑袋里回响着同一个声音
　　都在说："今晚定叫她丧命"。

1. 扑克牌中的四种花色有各自的寓意，不同的国家有不同的解释。通常情况下，黑桃与灾难相连，黑桃 A 更被认为是死亡的象征；颠倒的黑桃 A 形状似利刃，这里直接预示了不祥。

维克多抓起了一把餐刀，
　　他的面孔僵硬又绷直，
他说："安娜，这对你更好，
　　就当你从未来到人世。"

安娜从桌旁跳将起来，
　　安娜开始大声尖叫，
但维克多慢慢逼近她；
　　只说："准备去上帝那儿报到。"

她设法扭开了门，
　　一路跑着没停下脚步。
维克多尾随她上了楼梯
　　在楼梯顶把她给逮住。

他站在那儿，俯看着尸首，
　　他站在那儿，手里握着刀；
鲜血沿了梯阶往下淌，且唱着：
　　"复活在我，生命也在我。"[1]

他们拍了拍维克多的肩，

1. 出自《圣经·新约·约翰福音》第 11 章第 25 节。

他们开来警车将他逮捕；
他安静地坐着如一块苔藓
说道："我即是耶稣基督。"[1]

维克多坐在了角落里
用黏土捏着一具女人体；
他说："我是始亦是终[2]，总有一天
我要来审判这人世。"

1937 年 6 月

1. 原文为"I am the Son of Men"，直译是"人类之子"，出自古闪米特语，在古希腊、希伯来教典中也有这个说法，而在《圣经》中常指称耶稣基督。显然，此时的维克多已经彻底疯了。

2. 此处原文为"I am Alpha and Omega"，直译为"我是阿拉法和俄梅戛"，出自《圣经·新约·启示录》第 21 章第 6 节的前半段。为行文方便，译者取此句的引申含义，亦即原句中的后半段。

如他这般[1]

藏身在顺从的空气里，
　花朵静谧的渴望就在近处，
靠近了树木暗涌的潮汐
　靠近了小鸟的滚烫体温，
　怀着强烈的希望与愤怒
伫立在一具骷髅旁，
　这个含情脉脉的恋人
　他不慌也不忙。

见识了更强健、更漂亮的野兽，
　他在晴空骄阳下小心翼翼地
择路而行，一个十足的杀手，
　带着手枪、瞄准镜和《圣经》，
　一个好斗的探秘者，
朋友，莽夫，仇敌，
　散文作家，富有才情，

1. 门德尔松教授指出，在奥登创作于二十世纪三十年代的作品里，这首诗的韵律形式颇为复杂。在这首诗中，奥登按照 $a_4b_3a_4c_3b_3d_4c_3d_3$（阿拉伯数字代表每行诗的音步数量，字母代表韵脚）的模式进行创作，每节诗的第三和第四行，末尾两行分别有一个重复的单词或音节。对译者来说，奥登的诗律实验不啻是个挑战，有兴趣探究的读者，不妨直接去诵读原诗。

　有时候也会哭泣。

无朋无友、不遭人恨的顽石
　在他周遭随处可见，
他朋友很多，并不孤立，
　与人为友，也遭人嫉恨，
　他的家庭传授了他这个经验：
人须在张扬和沉默之间、在金钱
　和时间之间、在永恒
　与顽固之间善作权衡。

因为母亲破灭的希望已变成
　他无趣灵魂的无趣妻子，
在保姆般的道德熏陶下，
　这愚笨多情的忤逆者很快变迟钝，
　而且，遗传了孩子气
他那么快就上了父亲的当，
　那高大气派的楼阁，
　是的，很气派，但已锁上。

受到从未谋面的死人们辖制，
　被虔敬的猜想所蒙骗，
被安顿在“狂热”这把椅子里

　或“孤独”那张凳子上，
　他面目凶险、头脑清醒地坐着；
无数变幻的美景围绕着他，
　因为浮华即是他所幻想
　而他的爱也如此浮华。

决心仰赖时间的忠实庇护
　羔羊必得面对那雌虎，
它们真实的争端从未消除，
　虽然对于暧昧年代的梦想
　他仍然觉得它们不真实，
但猎人和猎物必会握手言和，
　包括毒蛇和狮子，
　包括孩童和毒蛇。

新的情爱背叛了他，每一天
　沿着他的绿色地平线
都有一个冒失逃兵策马骑远，
　数英里外，鸟儿啁啾咕哝
　抱怨着伏击和叛乱；
他仍得领受那些新的失败，
　领受更为深巨的悲痛
　和那悲痛的失败。

1937年8月

航海记[1]

Ⅰ. 往何处去？[2]

这个旅程朝向何方？码头上的守望者
忍受着他的厄运，如此地嫉恨艳羡，
此时群山不疾不徐地划开水面渐行渐远，
鸥鸟也弃绝其誓言。它预示着更公平的生活？

终于孑然一身，旅行者在海风暧昧的
触抚中，在大海变幻无常的闪光里，
果真找到了美好乐土[3]存在的证明，

---

1. 这段组诗(包括了后面的《致 E. M. 福斯特》和《战争时期》十四行组诗)最初出现在 1939 年出版的《战地行纪》中，当时所用的标题为《从伦敦到香港》，后来才改为《航海记》；组诗的选入篇章和次序在门德尔松教授编选的现代文库版《诗选》里有所调整，其中一首《旅行者》曾被奥登删去，在此补录完整。

2. 这首诗在《战地行纪》中的标题即是《航海记》，被收录于 1966 年版的《短诗合集》时，才以《往何处去？》命名。本篇写于奥登和衣修伍德穿越印度洋的航行途中。

3. “美好乐土”的提法，出自托马斯·莫尔的政治讽刺小说《乌托邦》(*Utopia*)。utopia 这个复合词由希腊文的 ou(意为没有)和 topos (意为地方)构成，意指“乌有之乡”；在希腊语中，前缀 ou 与 eu(意为美好的)发音相同，因此又构成一个矛盾性的双关：乌托邦既是“美好乐土”(good place)，又是一个不存在的地方(no place)；此外，奥登研究者约翰·富勒还提到了与亨利·詹姆斯的短篇小说《奇妙的美好乐土》(The Great Good Place)的可能关联。这个主题此后经常出现在奥登的作品中，包括《战争时期》组诗第十三首、《预言者》以及写于 1941 年的《在亨利·詹姆斯墓前》。

如孩子们在石缝里找出的物事般确定?

不,他什么也没发现:他并不希望到达。
旅行如此虚妄;虚妄的旅行确乎是一种病
在虚妄的岛屿[1]上,内心无法掩饰也不会受苦:
他宽宥了迷狂;他比他想的更脆弱;脆弱如此真实。

但时常,当真实的海豚纵情跃出水面
意欲博取赞赏,或者,远远地,当一座真实的岛屿
跃入他的眼帘,恍惚就此终止:他想起了
悠游自处的那些时日,那些地方;他满心欢悦地相信,

也许,迷狂将得到治愈,真实的旅行将抵达终点
在那儿,相遇的心灵将彼此坦诚:而远离了这片海洋,
那些善变的心虽会分别,却将始终不渝;即使
分飞各方,掺杂了虚妄与真实,却不会再受伤害[2]。

1938年1月

Ⅱ. 海轮

街道灯火通明;我们的城市清洁整饬;

---

1. 航行海上的海轮如漂浮的岛屿。
2. 1960年代,奥登将最后一行的"掺杂了虚妄与真实"改成了"如真理与谎言各自而行"(as truth and falsehood go)。

三等舱玩着最脏污的牌戏，头等舱赌注不低；
睡在船头的乞丐们从不去留意
特等舱里可做些什么；没人会刨根问底。

恋人们在写信，运动好手在打球嬉戏；
有人怀疑荣誉，有人怀疑他妻子美貌已逝；
一个男孩颇有野心：也许船长对我们都很嫌弃；
有些人的日子也许过得体面有礼。

我们的文明，如此风平浪静地
在大海的贫瘠荒原上前行；
腐溃东方的某处，有战争，有新奇的花卉和服饰。

某地，一个奇怪而诡谲的明天正待就寝
谋算着要考验欧洲来客；没人会揣摩寻思
去猜测谁最应羞愧，谁更富有，或谁将丧命。

1938 年 1 月

Ⅲ. 斯芬克司[1]

昔日出自雕刻匠手中时，它曾经

---

1. 斯芬克司既指古希腊神话中让人猜谜的狮身女怪，也指埃及吉萨金字塔附近的狮身人面像，这首诗里是后一种解释。

健康如常？甚至最远古的征服者也有觉察：
病猿般的面容，缠着绷带的利爪，
热浪侵袭之地的一个鬼影。

狮子自有一颗饱受折磨而顽强的星宿：
它不待见年轻人，亦不钟情于爱和知识。
时间如对待活人般磨损着它：它趴卧在地，
将硕大的臀转向了尖叫的美洲[1]

和见证者。饱经风霜的巨大面庞不谴责
也不宽恕什么，最微不足道的成功：
对那些两手叉腰、直面它的
哀伤的人来说，它说出的答案毫无作用：

“人们喜欢我么？”不。奴隶逗得狮子直乐：
“我永远要受苦？”是的，从始至终。

1938 年 1 月

---

1. 衣修伍德曾在《克里斯托弗和他的同类》(*Christopher and his Kind*)中戏谑地解说狮身人面像究竟是面朝东方还是西方，因此，他们很可能在埃及的荒漠上探究过这个“问题”。

Ⅳ. 旅行者[1]

与他眼前所见保持着距离
站在那棵奇形怪状的树下,
他探寻着陌生的异域之地,
这很怪异,他试图去探查

的那些地方并未邀他停留驻足;
他倾力投入的战斗总是这般,
移情别恋的人远在他处,
成了家,且沿袭他父亲的名衔。

然而,他和他的到来总如所期待:
当走下轮船,海港会触动他心弦,
温柔,甜蜜,敞开了胸怀;

座座城市令他如迷狂者般痴爱;
人群为他让出道来,毫无抱怨,
只因大地对人的生活尚能忍耐。

1938 年夏

---

1. 这首在《战地行纪》中原是《从伦敦到香港》组诗中的第四首,但在现代文库版《诗选》中被删去,这应是奥登晚年校订时的决定。

Ⅴ. 澳门

来自天主教欧陆的一株杂草，
扎根于黄土山岭和一波汪洋，
它点缀着这些果实般的华美石屋，
不为人知地在中国一隅生长。

圣徒与基督的洛可可风画像
应允了她那些赌徒死时的福乐；
座座教堂紧邻着青楼艳阁
证明了信仰能将自然行为宽谅。

这纵情逸乐的城市无须惧惮
扼杀心灵的累累罪孽，连同了
政府和民众已被撕成碎片：

虔敬的钟声将敲响；幼稚的缺点
将护卫孩童那孱弱的美德，
这里断不会发生什么严重事件。

1938 年 12 月

Ⅵ. 香港

它的领袖人物贤明而睿智；
出身良好且学养扎实，
他们以丰富的经验来管理，
深谙一座现代城市的运行方式。

只有仆人们会不期而至，
他们的沉默自有新鲜生动的妙趣；
而银行家们，在东方的此地
已为喜剧女神建了座得体的庙宇。

离开家乡和不知芳名的她有一万英里，
暮晚的维多利亚山上[1]，军号响起
熄灭了兵营的灯火；舞台下，一场战争

轰然而至，如远处的撞门声：
我们不能去假设一个“共同意志”；
只因我们的本性，我们得归咎于自己。

1938 年 12 月

1. 维多利亚山：今香港太平山，亦名扯旗山，此为殖民时期名字。

致E.M.福斯特[1]

这里，虽则炸弹真实而又危险，
意大利和国王学院[2]也万里相隔，
我们仍担心你会斥责我们一番，
你允诺说内心的生活仍然值得。

当我们跑下“仇恨”的斜坡撒着欢，
你绊了我们一跤像块石头没被觉察，
正当我们和“疯狂”关起门来密谈，
你打断了我们如进来的一通电话。

因为我们是露西，特顿，菲利普[3]，我们

---

1. E. . M. 福斯特，英国小说家、散文家，著名的布卢姆斯伯里派成员。将这首诗题献给福斯特，一是表达对福斯特的赞赏与崇敬：因福斯特对奥登和衣修伍德两人多有提携，衣修伍德直接受其影响而开始小说创作；而在他们出发前往中国前，友人们曾举行过一个小型送别会，福斯特也曾出席；此外，福斯特也是个同性恋作家，似乎颇得两位作者的身份认同（福斯特的性向一直不为人知，直到死后才出版了同性恋题材的小说《莫里斯》）。这首诗在《战地行纪》中是扉页的献辞诗，在现代文库版《诗选》中被编入了《战争时期》十四行组诗的最后一首。
2. 这里提及了福斯特本人的生活行履：他就读于剑桥大学国王学院，毕业后曾去意大利和希腊旅行，醉心于南欧文化。两部长篇小说《天使不敢涉足的地方》和《看得见风景的房间》也以意大利为背景。
3. 他们都是福斯特小说中的人物：露西是《看得见风景的房间》中的女主人公，特顿是《印度之行》中的一个殖民地收税员，而菲利普出自《天使不敢涉足的地方》。奥登信手拈来这些名字，用来指代对远东事态抱持观望态度的普通英国民众。

希望国际性的邪恶，会乐于加入
无知者那兴高采烈的队伍，

在那儿，理性被拒绝，爱无人待见：
而当我们信誓旦旦地撒着谎，埃弗瑞小姐[1]
手里提着剑，已走进了外面的花园。

1938 年夏

1. 埃弗瑞小姐是福斯特小说《霍华德庄园》中的一个女管家，行事怪异、不近人情，但做事利落，说话直截了当。奥登借喻这个人物的某些特点，呼吁英国民众如“埃弗瑞小姐”般针对国际邪恶采取必要行动。

首都[1]

娱乐场里有钱人总是在等待，
挥金如土只为坐等奇迹发生，
光线昏暗的餐馆里恋人们彼此吞噬，
而咖啡馆是离乡者建起的怨毒村寨：

凭借你的魅力和你的一应设施
你废止了冬天的严苛、春天的躁动；
远离你的灯火，粗暴的父亲动辄发怒，
一味顺从的无趣立时显而易见。

很快你就用管弦乐队和五光十色
诱骗我们相信自身的无限能力；
天真的违规者一不留神就堕落
沦为他内心无形愤怒的牺牲品。

你在黑灯瞎火的街上隐藏了骇人之事；

1. 奥登在1938年中国之行返回英国后，当年8月至9月期间曾两度寓居布鲁塞尔，住在联合街83号房间，期间完成了《战地行纪》中的诗篇，也写出了未收入书中的其他名篇，如后面的《小说家》、《作曲家》、《兰波》和《A.E.豪斯曼》等作品。这首诗很可能是他在布鲁塞尔写下的第一首。值得注意的是，布鲁塞尔不仅是比利时的首都，更被誉为“欧洲首都”，因此，诗中描写的首都具有更为广阔的所指。

工厂制造出的生命只为了短暂的用途
如椅子或衣领，而房间里孤独的人们
如鹅卵石，慢慢被打磨出了各色形状。

但你照亮了天空，你的辉光
远在漆黑乡间依然可见，辽阔而冰冷，
你像个缺德鬼不断暗示着禁忌之事，
夜复一夜招引着农人家的孩子。

1938 年 12 月

冬天的布鲁塞尔

漫步在阴冷、纷乱的古老街衢，
偶遇的座座喷泉已雪埋冰封，
它惯常的曲律你已忘却；构成
一个事物的确定性已失去。

只有年老、饥饿和卑微无助的人
在此温度下仍会保持一种空间感，
他们聚拢在一起，同处艰困；
冬天收留了他们如一座歌剧院。

今夜，高级公寓的屋脊森然矗立，
那些孤立的窗户如农庄般灯火依稀；
说出的一个短语如货车满载着意义，

匆匆一瞥就可洞见整个人类史，
而五十法郎会让异乡人换得一个权利
可将这瑟瑟发抖的城市拥紧在怀里。[1]

1938 年 12 月

---

1. 门德尔松教授和富勒都提及了这首诗末尾诗行的性暗示成分，尤其是异乡人通过“五十法郎”所获得的权利。

美术馆[1]

关于苦难，这些古典大师
从来不会出错：他们都深知
其中的人性处境；它如何会发生，
当其他人正在吃饭，正推开一扇窗，或刚好在闷头散步，
而当虔诚的老人满怀热情地期待着
神迹降世[2]，总会有一些孩子
并不特别在意它的到来，正在
树林边的一个池塘上溜着冰：
他们从不会忘记
即便是可怕的殉道也必会自生自灭，
在随便哪个角落，在某个邋遢地方，
狗还会继续过着狗的营生，而施暴者的马

---

1. 1938 年夏天，奥登寓居布鲁塞尔时，曾在皇家美术馆观看了老彼得·勃鲁盖尔的画作，《美术馆》的第一节即就涉及了画家的三幅作品：《冬日时光的溜冰者和捕鸟器》(Winter Landscape with Skaters and a Bird Trap)、《伯利恒的户口调查》(The Numbering at Bethlehem)和《伯利恒的婴儿屠杀》(The Massacre of the Innocents)。第一幅作品属风俗画，描绘了一个寻常的乡村冬日景象。后两幅为宗教画，直接取材于《圣经·马太福音》第二章，都与耶稣诞生地伯利恒有关，描绘的是大希律王为了将耶稣扼杀在襁褓中，先入户调查而后发动了屠杀全城两岁以内男婴的残暴之举。一般认为，勃鲁盖尔创作这组宗教画的动机与当时西班牙军队在尼德兰横征暴敛、残酷屠杀的野蛮行径有关。奥登将这三幅作品中的局部细节运用到了诗行中。
2. 指圣诞节。

会在树干上磨蹭它无辜的后臀。

譬如在勃鲁盖尔的《伊卡洛斯》[1]中：一切
是那么悠然地在灾难面前转过身去；那个农夫
或已听到了落水声和无助的叫喊，
但对于他，这是个无关紧要的失败；太阳
仍自闪耀，听任那双白晃晃的腿消失于
碧绿水面；那艘豪华精巧的船定已目睹了
某件怪异之事，一个少年正从空中跌落，
但它有既定的行程，平静地继续航行。

1938年12月

---

1. 第二节具体描绘了勃鲁盖尔的另一件作品：《风景与伊卡洛斯的坠落》(Landscape with the Fall of Icarus)。伊卡洛斯是希腊神话中代达罗斯的儿子，当他用蜡造的羽翼逃离克里特岛时，因飞得太高，翅膀被太阳晒得溶化，最终跌落水中丧生。

火车南站[1]

一列从南方开来的普通快车已进站停下，
人群围着检票闸口，要迎接的来客
市长并没有预先安排军号或穗带：
他嘴角流露的某种怜悯和惊诧
惹得偶遇的目光分神注视。
雪正在下。小手提箱在手里抓着，
他轻快地走出车站，意欲侵扰一个城市，
此刻，它的可怕前景或许已经到来。

1938 年 12 月

1. 指布鲁塞尔的火车南站，彼时是西欧的一个火车枢纽站。

小说家[1]

身披才能的盔甲如一套制服，
每个诗人的等级都众所周知；
他们如暴风雨会令我们惊讶侧目，
要么长年孤独，要么青春早逝。

他们会像轻骑兵般向前猛冲：可是
他却得努力摆脱孩子气的天赋，
要练就平凡与笨拙的技艺，
无人看重时亦须学会如何自处。

因为，要达成他最低微的心愿，
他整个人必得变得无趣，要服从
粗言恶语如服从爱情，在正义中间

扮演正义，在污秽中就同流合污，

1. 奥登在二十世纪三十年代后期，多次称赞小说艺术，比如《致拜伦勋爵的信》中对俄罗斯四位古典大师和简·奥斯丁的推崇。他在 1937 年还写了首谐趣诗，除了赞美衣修伍德的小说创作才华之外，还留下了与这首《小说家》类似的感慨——“化身为小人物，彻头彻尾地平凡与无害”。

而在他虚弱的自我中，若是可以，

他必得默默隐忍人类的所有过失。

1938 年 12 月

作曲家

其他人都是在解释：画家描绘着
一个可见的世界，表达爱或是拒绝；
诗人在生活里翻寻，他信手拈来的
意象只为造成痛感和建立联结，

从生活到艺术，煞费苦心地适应，
仰赖了我们才可掩盖那裂缝；
惟有你的音符才是纯粹的新发明，
惟有你的乐曲才具备绝对的天分。

你风采尽现，一阵喜悦如醍醐灌顶，
瀑布会屈膝致意，堤坝也弯折了腰脊，
我们全体静默，过后又生出了疑心；

充满想象的乐曲，是你，也惟有你
才不会轻言生活是一场错误的游戏，
你无尽的宽恕如倒出的美酒甘醴。[1]

1938 年 12 月

1. 奥登写下《作曲家》和《小说家》或是从他身边两位艺术家朋友那里撷取了某些灵感:《小说家》受益于克里斯多夫·衣修伍德,而《作曲家》受益于英国作曲家本杰明·布里顿。奥登一生与音乐颇有缘分,也与不少音乐家有过合作。但与这首诗中对音乐的热情褒扬不同,他在晚年修正了自己的看法,认为音乐艺术适于纯粹的赞美,却缺乏批判力量:在《第二世界》(*Secondary Worlds*,1968)里,他的表达更为直接:音乐通常是第一人称的,不及物的;它只有现在直陈式,没有否定式。

兰波

那些夜晚，铁路桥洞，暗沉的天空，
他的狐朋狗友并不了解这样的人生；[1]
但修辞学家的谎言在那个孩子的心中
已如水管般爆裂：寒冷造就了一位诗人。

他纵酒，因为那个抒情气质的脆弱友伴[2]，
他的心智感官发生了系统性紊乱，
与一切陈词滥调作了个彻底了断[3]，
直到他与抒情诗和软弱渐行渐远。

诗歌是一种特殊的耳疾；
正直并不足够；那似乎就像

---

1. 少年兰波性格叛逆，屡次离家出走，来到巴黎后整日与乞丐为伍，一度还参加了巴黎公社的火枪队。这两行是在回顾兰波从外省流落到巴黎期间的颠沛流离的生活。
2. 这位友伴即象征主义诗人魏尔伦。年龄相差悬殊的两人，是当时巴黎诗坛的著名同性情侣，一度相交甚好。后来，两人在布鲁塞尔火车站发生激烈争吵，魏尔伦因为用枪打伤了兰波而入狱两年，兰波则远走他乡。
3. 这里暗示了兰波的诗歌理念(包括生活理念)——在“漫长的、庞大的、理性的骚乱中”加入幻觉。

童年时的地狱[1]：他必须再试一次。[2]

此刻，策马驰骋于非洲，他犹在梦想
一个新的自我：一个少年，一位工程师[3]，
而说谎的人们已能接受他的真理。

1938 年 12 月

1. “地狱”是兰波诗歌的一个重要意象，尤其在名作《地狱的一季》中。
2. “再试一次”指兰波传奇性的人生选择。兰波十九岁就停止诗歌创作，此后在欧洲各地游荡，后又辗转去了非洲经商，期间还曾贩卖军火。兰波践行了自己的诗句“生活在别处”、“我愿成为任何人”，他此后的生活经历延续了其诗歌的幻想特质。
3. 最后两行隐含了奥登的自况，他将自我色彩点染在了诗行中：因为工程师曾是奥登儿时的理想职业。而末行那句“而说谎的人们接受了他的真理”，除了肯定兰波的诗歌地位，或也体现了奥登对自己艺术前途的自信。

A.E.豪斯曼[1]

没有谁,甚至包括剑桥,该受到指责
(去指责人的处境,若你喜欢的话):
在北伦敦心力交瘁,他成了
他那代人中的拉丁学家。[2]

他故意选择了这份无趣的职业,
收起了眼泪如抽屉里脏污的明信片;
美食是他公开的嗜好,他隐秘的
欲求多多少少与暴力和贫穷有关。

在订正不当版本的批评附注里面
他胆怯地检讨了之前的生活,
押上了感情的赌注,他转而去钻研

1. A.E.豪斯曼(1859—1936),英国诗人和古典学者,早年因抒情诗《什罗普郡少年》(1896)而为人称道。他的诗作对成长于一战前后的英国作家影响深远。奥登在《致拜伦勋爵的信》中已提到过他:"豪斯曼教授,我认为由他开了个头/专文发表了耸人听闻的学说。"
2. 豪斯曼早年就赢得诗名,拿到奖学金进了牛津圣约翰学院学习古典文学。他性格内向腼腆,对室友杰克逊产生了同性感情,但后者是个异性恋者,这成了豪斯曼终身的爱与痛。此后豪斯曼因种种原因(对课业的荒疏、父亲的去世等)没有获得学位,但他倾力研究古典文学,取得了很高的学术成就,相继被伦敦大学和剑桥三一学院授予了拉丁教授职位。

已故大师们未经鉴别的关系脉络，
沉浸其中，惟有那些地理分界线
才能让教授对这该死的丘八就此断念。[1]

1938 年 12 月

1. “丘八”是旧时对兵士的贬称。豪斯曼的作品往往围绕着死亡、宗教、战争这几个主题，尽管他的生活距离真实战争很遥远，但他对军戎生活持有一种特殊而强烈的兴趣。奥登曾在 1938 年写过一篇关于豪斯曼的评论文章《耶和华豪斯曼和撒旦豪斯曼》(Jehovah Houseman and Satan Houseman)，指出了豪斯曼性格当中的赤诚与残酷的二元性。

爱德华·李尔[1]

他的朋友留他一人吃早饭，在意大利
白色的海滩，他那个**可怕魔鬼**[2]
在他肩头作祟；夜深时他暗自垂泣，
一个龌龊的风景画家因鼻子而自惭形秽。[3]

残忍的大众就爱刨根问底，他们
人数如此之多且身形硕大如狗：德国人
和游艇让他心烦意乱；而病痛已离身：
但经由泪水的引导，他成功抵达了**悔恨**。

欢迎场面何其盛大。花仙们接过他的礼帽
将他带到一旁，引领他与众人欢聚；
魔鬼的假鼻子逗得一桌人大笑；一只猫

1. 爱德华·李尔(1812—1888)，英国诗人、画家和艺术家。他一生奔波于欧洲各地，创作了大量绘画、诗歌和音乐，尤其是他绘制的多卷图文书(漫画配谐趣诗)记录了他的旅行见闻，受到广泛好评，他甚至还教过维多利亚女王绘画课程。李尔的诗文在其生前非常流行，多数属于大众文学的“胡话文学”(Nonsense Literature)，五行体打油诗就由他开始普及。
2. 李尔生来多病，患有癫痫、支气管炎和哮喘，晚年半盲。癫痫病一直被迷信地认为是恶魔附身。
3. 李尔的传记作家奥古斯·戴维斯指出，李尔对自己长相不佳这件事很敏感。据富勒先生考证，奥登写作此诗之前，阅读了戴维斯的这本传记。

让他握紧她的手，很快带着他疯狂跳起了华尔兹；
大家鼓噪着把他推到钢琴边，让他唱滑稽歌曲；

而孩子们如殖民者般向他蜂拥而来。他变成了一块陆地。[1]

1939 年 1 月

1. 后两个段落，奥登营造了一个童话般的喜闹场景，夸张而形象描绘了李尔的前后遭际：疾病与困顿，自我谴责和迷茫，以及突然到来的荣誉。

暴君的墓志铭

他所追求的，是某种完美典范，
而他杜撰出的诗篇也不难领会；
他了解人类的愚蠢如熟悉自己的手背，
对军队和战舰也抱有莫大的兴趣；
当他大笑，可敬的参议员们笑成一片；
当他大叫，小孩子们就会在街头死去。

1939年1月

战争时期[1]

(十四行组诗附诗体解说词)

1.《战争时期》这组十四行组诗,写于奥登 1938 年中国之行返回英国后,他在当年 8 月至 9 月寓居布鲁塞尔期间完成了这一作品。印行于世,是在翌年由蓝登书屋出版的《战地行纪》中(法伯出版社同步在英国出版),后面并附有副标题《十四行组诗附诗体解说词》。

此一组诗的标题,卞之琳先生译为《战时》,穆旦先生译为《在战争时期》(他很早便完整译出了这个组诗,有兴趣的读者可以逐篇参详对照)。原文标题为"In Time of War"(直译为"在战争时期"),另有一缩略词 wartime(直译为"战时");取《战争时期》为标题较为吻合组诗庄重严整的风格。但简略的标题也可用《战时十四行》。"解说词"原文为 commentary,是评论、评注的意思,也是新闻报道、实况报道或者解说词的含义。穆旦翻为"诗解释",大体合乎评论的本义,但我们须注意到奥登此前曾为多部纪录影片和广播节目写台词脚本的经历(包括著名的《夜邮》),而《战地行纪》本身又带有旅行报道的特色,因此,翻为"解说词"似更符合作品的初始用意。

在 1965 年的《诗选》中,奥登对这首大型组诗作了顺序上的调整,删去了若干首,做了很多细节措辞上的修改。此外,它还被冠以了新的标题:《来自中国的十四行组诗》。为避免产生淆讹,中文版《奥登诗选:1927—1947》仍遵从了它在《战地行纪》初版时的篇目顺序与诗文原貌。

在《战争时期》中,奥登舍弃了处理历史性题材时的冗长论说的形式(《西班牙》就是长句式的自由体,在《诗体解说词》里又延续了这一形式),转而采用形制规整的十四行体来处理公众性主题。十四行诗富于音乐性和感染力,通常用于情诗;奥登不愧是个诗体实验家,他用字精确,句法活泼,诗行顺接自然,没有去繁琐罗列情状或进行空洞无物的笼统概括,这样的诗体构造无疑更能充分保持语言的张力和说服的强度。整个组诗连续铺演,逐渐累积起来的篇章构成了一种密集的不由分说的诗体范式,形成了一个充分自信的语言空间;在十四行诗富有节奏的韵律中,读者在阅读过程中被引导着重建其思想逻辑,并直面它所提出的道德问题。

经奥登改造过后的十四行体,严谨含蓄的音步处理带出了简练的诵读节奏,同时又以恰到好处的脚韵塑造出纪念碑式的庄严风格,这在奥登前期作品中是尚未出现过的:这种语言风格具有某种粗粝天然的质地,强化了诗人情感表达的明晰以及道德逻辑的严密,赋予作品以证言者般的力量。

在内容的布局运思方面,奥登也找到了审视历史的独特方法:他的人间情怀(不单纯是潜在的基督教信仰)使他得以建立起历史与现在之间的道德联系。此外,他也充分发挥了英国诗歌传统自邓恩、蒲柏、拜伦以来的讽喻技巧,每一首 (转下页)

I [1]

自岁月中那些天赋倾撒而下；每个

取走一份，立刻各奔它的前程：

(接上页)几乎都自成一则道德寓言。组诗的前十二首都与人类历史有关(取材自希腊、罗马神话及圣经文学)，每一首各自借用了历史记忆中的神话或人格原型：创世记、伊甸园、为万物命名的亚当、农夫、骑士、国王与圣徒、古代学者、诗人、城市建造者、宙斯与盖尼米德的神话故事和中世纪基督信仰的消亡；从第十三首开始的后一半作品则开始切入当前的战争实况，多取材于奥登中国旅行期间的亲身经历和真切感受。

在组诗中，奥登放弃了此前惯用的人格化象征，摆脱了与身体有关的提示疾病与健康的意象符号；他不再是个只会指出疾病征兆的医生，也不再单纯充当一个旁观的警告者，取而代之的是伦理性的知识与权力的隐喻。他以犀利的角度切入了历史，在今天的结果(征兆、迹象、战争、危机等世相)与人类过去的行为选择之间建立了联系。由此，奥登开拓了作品意涵的新的纵深，进一步扩展了自己的诗歌才能。杨周翰先生曾指出奥登诗歌视角的特别之处，说它是"'俯瞰'式的，有如审视一幅地图一样来描绘场景，而这技巧在莎士比亚的《里尔王》里就已有之，而奥登运用得更自觉更醇熟。"诚哉斯言。

《战争时期》被誉为"是三十年代奥登诗歌中最深刻、最有创新的篇章，也许是三十年代最伟大的英语诗篇"(门德尔松《早期奥登》)，也被称为"奥登的《人论》"(约翰·富勒《奥登读者指南》)。是的，直到今天，我们仍须倾听奥登那"诗人的喉舌"发出的独特而冷峻的音调。

在西班牙内战的经历和对中国抗战的考察，特别是经由《战地行纪》的诗歌创作，诗人奥登走向了中年的成熟；他对人类本质的思考，催生了他终其一生的人文情怀和怀疑精神："人类不是生来自由或生来良善。"在此，我们不由联想到旅居英国的犹太哲学家卡尔·波普。奇妙的是，这两位智者在各自不同的领域对人类的可能方向给出了同一个非决定论的解答。

1. 组诗第一首《自岁月中那些天赋倾撒而下……》可以理解成组诗中的创世篇；奥登转化借用了《圣经·新约·启示录》中神谕般的口吻，揭示了人类与其他生物所不同的情况：因面临选择而善变的本性。这个诊断，构成了以后篇章的共同基调。

蜜蜂拿到了政治把蜂巢筑成，
鱼儿如鱼般游动，桃树安于桃树的分责。

似乎第一次努力都取得了成功；
诞生的时刻，他们仅有的大学时日，
他们满足于自己早熟的知识，
且知道他们的位置，永远择善而从。

到最后来了个孩子气的造物
在他身上岁月能塑造出任何面目，
可以轻易扮成一头豹，或一只鸽子；

最轻柔的风也会吓得他直打哆嗦，
他寻找真理，却总是会犯错，
羡慕不多的几个朋友，也选择他的爱。

II

他们想知道为何那果实不可触碰[1]；

---

1. 组诗第二首《他们想知道为何那果实不可触碰……》是组诗中的禁果篇，出自《圣经·旧约·创世记》中亚当和夏娃因偷尝禁果被上帝逐出伊甸园的典故；fruit一词亦是男性同性恋的俚语，奥登用双关语暗示了自己的同性倾向，并对自己遭遇的社会歧视一再地诘问。

它的说教了无新意。他们将骄傲藏起，
但在被人责骂时，却几乎充耳不闻；
他们完全明白表面上该如何行事。

他们离开了：记忆立即消除
连带所有他们习得之事；现在，他们
无法理解那些狗，以前，总乐于相助；
他们倾诉心曲的溪河也沉默无声。

他们哭泣又争吵：自由是这般狂乱。
当他向上攀登，前方的成熟[1]
如孩子面前的地平线已退后不见；

更严酷的惩罚，更大的危险，
而返回的路途由天使们守护
以抵御诗人还有立法议员[2]。

---

1. "前方的成熟"和后一节"返回的路途"形成了对应，这里可以联想到奥登曾多次提到的"新耶路撒冷"和"伊甸园"的概念：相对于真实的世俗世界而言，"伊甸园"存在于遥远过去的世界(返回的)，而"新耶路撒冷"是一个未知的将来的世界(前方的)。
2. 奥登将诗人和立法议员视为人类"寻找真理"的典型，诗人借助想象力幻想着精神的乌托邦，而立法议员对理想国提出种种政治构想，两者都具有某种超越现实的特性。而伊甸园所代表的旧日世界已不可返回，因为"天使们"拒绝了所有请求。

Ⅲ

唯有一种气息才能传情达意，
唯有一只眼睛才能指明方向[1]；
潺潺泉水只是喁喁自语而已；
鸟儿啁啾并无深意：那是他的臆想。

当他将鸟儿猎作食物，就为它命名[2]。
他对嗓音有了兴趣，唤出一个名字，
他发现能把他的仆人派去树林，
也能将他的新娘吻得心醉神迷。

它们如蝗虫般繁衍，直到遮没了草地
和世界的边际：他是如此不幸，
变得受制于他自己的作品；

他恨得浑身发抖，为他从所未见之事，

1. 草木以气味传递讯息，动物以眼睛分辨方向，但它们都无法用言语表达。
2. 这里提到的是亚当为万物命名的情景，见《圣经·旧约·创世记》第二章："耶和华神用土所造成的野地各样走兽和空中各样飞鸟都带到那人面前，看他叫什么。那人怎样叫各样的活物，那就是它的名字。那人便给一切牲畜和空中飞鸟、野地走兽都起了名 。"这首诗是组诗中的亚当篇：我们似乎可以看到亚当懊恼的神情，因为人类的主观意识（命名带来的语言、观念和思想）充塞了整个世界，已然失去了控制，而他也"变得受制于他自己的作品"。

他知道有爱，却无人可诉衷情，
他备感抑郁，只因从未有如此遭际。

Ⅳ[1]

他驻足停留：被禁锢在自己的属领：
四季如卫兵伫立在他的路途左右，
群山为他的孩子们选择了母亲，
而太阳如良知统治了他的白昼。

他不能理解，城里他那些年轻的同族
继续着他们匆促而反常的生涯，
他们什么也不信仰却容易相处，
对待陌生人如一匹热门赛马。

而他，虽然少有改变，
却染得了土地的色调气质，
长得和他的牛羊家畜越来越有共同点。

城里人认为他吝啬而头脑简单，
诗人为之悲泣，在他身上看到了真理，

1. 第四首《他驻足停留……》是组诗中的农夫篇；农夫亲近土地，自然而不造作，可他的命运却被诗人和君主所改变。

而暴君将他奉为了一个典范。

V[1]

他慷慨的举止仪态是个新发明：
只因生活沉闷；世人只需无为：
他策马挥剑，勾动少女们的芳心；
他如此富有，宽厚，且无畏。

对于年轻人，他的到来有如是个救星；
他们需得他的解救来挣脱母亲的藩篱，
长年的漂泊会让人变得机智灵敏，
围着他的篝火，学到了四海之内皆兄弟。

但突然间大地如此拥挤：他已不被待见。
他变得破落寒酸，疯癫错乱，
借助酒精，他才有勇气去杀戮逞欲，

要不就坐在办公室里鬼祟行事，
一边赞许地谈着法律和秩序，

1. 第五首《他慷慨的举止仪态是个新发明……》是组诗中的骑士篇；这里，中世纪的魔力很快就消失了，古老的骑士风范业已在时间的消磨中逐渐没落。骑士最后变成了某种虚伪而残忍的怪物：奥登描绘的不啻是骑士的现代变形记。

一边对生活怀着彻骨的恨意。

Ⅵ[1]

他观看星象，记录鸟群的飞行；
考察河流的泛滥，或帝国的衰亡：
他给出了一些预言，有时还很灵；
因侥幸的猜测，他得到了丰厚奖赏。

他爱上了真理——在结识她以前，
然后一路驰骋进入了幻想国，
离群索居，不饮不食，只为博取她好感，
还嘲笑那些胼手胝足侍奉她的家伙。

但他从未将她轻忽怠慢，
总留神倾听她的声音；时间到了，
当她招手示意，他温顺地服从就范，

接受了指令，他直视她的双眼；

1. 第六首《他观察星象……》描绘的是古代占星家（他们往往身兼巫师和学者的职能，门德尔松教授认为此篇讲的是科学家，这是比较现代的说法）；他们有着非凡的能力，似乎一度接近了真理。但最后，却发现自己如同凡夫俗子一般充满了弱点。

每一个人类的弱点都在其中映现，
他看到了自己，凡夫俗子中的一个。

Ⅶ[1]

他是他们的仆人——有人说他已失明，
在众人间穿梭，在事务中奔忙；
他们的情感汇聚在他心中如风的歌吟，
他们大声叫道："这是上帝在歌唱"；

然后崇拜他，把他捧得不知所以，
这令他心生骄矜，直到他将每件
家长里短在他思想或心灵里
产生的小小颤动错当成了诗篇。

歌声已不再；他只得拼凑瞎蒙。
每一个诗节都设计得何其精密。
他抱紧他的悲伤如守着一小块地，

他走过市镇，就像是一个刺客，

1. 第七首《他是他们的仆人……》描绘的是诗人。奥登用机智、犀利的笔法，为我们描绘了一幅典型的诗人肖像（现代的诗人或许亦是如此形象）：他耽于声名，自负，脆弱，最后因不可救药地卷入世俗事务而江郎才尽。

看着芸芸众生却并不喜欢他们，
但他会发抖，若路人对他皱眉蹙额。

Ⅷ[1]

他将自己的领地变成了一处会场，
目光变得既宽容又暗含嘲讽，
他摆出钱币兑换商逢迎百变的模样，
且发现了众生平等的观念。

陌生人皆兄弟，时限由他的钟表控制，
他用座座尖塔创造了人类的天空；
博物馆贮存了他的学问如一只箱子
报纸监视着他的钱财如一个特工。

事情变得太快，他的生活已枝蔓丛生，
他已忘了以前建造它的本来目的，
他汇入了人群却还是孑然一身，

他生活奢侈，节俭着过也行，
却找不到他花钱买下的那片土地，

1. 第八首《他将自己的领地变成了一处会场……》描绘的是城市的建造者（商人、赞助人、建筑师），他建造了一切，拥有了一切，却灵魂空空，失去了爱的能力。

也感觉不到爱，虽然他了然于心。

IX[1]

他们死后进入了修女般封闭的生活：
即使穷困潦倒者也有所失；抑郁感伤
已不再真实；而那些自我中心的家伙
已采取了一个更为极端的立场。

以前的国王、过去的圣徒，
也都各自奔赴海洋和森林，
到处都会触及我们一无遮蔽的悲苦，
天空、水域、居所[2]，围绕着我们的理智与性；

当我们作出选择，是这些将我们滋养。
我们将他们唤回，许以释放他们的诺言，
可我们自己却一再将他们背叛：

1. 第九首《他们死后进入了修女般封闭的生活……》写的是过往年代的国王与圣人。仿佛是奥登自我救赎的咒语，他唤来了历史中的国王与圣人的鬼魂，试图完成一个交换，“我们将他们唤回，许以释放他们的诺言”，而诗人得到的，是让“我们的理智和性”解脱那“一无遮蔽的悲苦”。或许因为这首诗与其他诗篇在主题基调上的不尽一致，奥登后来将它从现代文库版《诗选》中删除了。
2. 出自古希腊希波克拉底的著作《环境论》中一篇标题为《论天空、水域和居所》的文章。亦有翻作“空气、水和环境”，但前一行“到处都触及我们一无遮蔽的悲苦”有指涉空间的意味，故作此译。

从我们的声音里，他们听出我们在哀悼其死亡，
但鉴于我们的智识，他们知道我们能使其复原；
他们会重获自由；且会欢欣异常。

X[1]

年幼时，贤明的智者会将他宠溺；
他熟悉他们有如他们家中的主妇：
穷困潦倒者因为他攒起了分币，
殉道者给他带来了以生命献祭的礼物。

但谁会整天坐在身边陪他玩耍？
他们有其他要紧事情，工作和床笫：
美丽的石头庙堂已建成，他们可以把他
供奉在那里，他会备受尊崇且丰衣足食。

1. 组诗第十首《年幼时，贤明的智者会将他宠溺……》的主题是基督信仰的衰落。奥登将早期基督信仰拟人化地描绘成了一个儿童（有着纯真天性，但是难以控制），而当“他逃走了”，盲目的大众不知所措，原先的庙堂变成了恐惧与贪婪的化身，并为历史上的暴君利用。奥登在晚年整理故纸时，将这首也一并从组诗中删去，似乎修正了自己早年对基督教的批判性看法。或许他变得谨慎了？但更可能的情形，是他觉悟到信仰与世俗存在是两回事；从这首作品，也能约略看出后期奥登作品中所体现的基督教观念的端倪：基督降临世间，为的是“像一个邻居那样”，与凡人“一起劳作，一起说话，一起成长”。在这里，奥登也提示了一条救赎之路：依靠个人觉悟走入旷野，去找回那个“走失的孩童”。

但他逃走了。他们太过愚昧,不知道
他来这里,是要像一个邻居那样
和他们一起劳作、一起说话、一起成长。

那些庙堂成了恐惧与贪婪的中心;
穷人将那里看成暴君的城堡,
而殉道者看到了刽子手困惑的表情。

XI [1]

如此充满智慧,他端坐于他的王位
俯视着下界那个卑微的放羊娃,
他放出一只鸽子;鸽子独自飞回:
少年喜欢音乐,可很快就昏昏睡下。

而他已为少年规划了这样的未来:

---

1. 在第十一首《如此充满智慧,他端坐于他的王位……》中,奥登化用了希腊神话里宙斯诱引美少年盖尼米德的典故:宙斯为物色神宴的侍者来人间寻访,发现了牧羊少年盖尼米德,于是让一只鹰(也有说是他的化身)从空中飞下,落在他面前。盖尼米德毫无畏惧,伸手去抚摸它,后来,干脆骑到了鹰背上,鹰驮着盖尼米德升到了天界。盖尼米德后来又化身为宝瓶座。也有版本说,宙斯引诱盖尼米德是因为他爱上了这个美少年。这个典故虽然有同性情色的成分,但奥登显然意不在此。奥登笔下的宙斯想引导少年去认识真理,但少年很不耐烦,屡屡抗拒和逃避。而他最终服从命令,并不仅仅是出于好奇,他本能地喜欢鹰,"还从它那里学到了许多的杀戮方式"。奥登重新诠释了这个神话故事,异常悲观地揭示出人类本性中崇尚暴力、美化暴力的一面;在这里,奥登为整个组诗嵌入了一个人性观察的支点:《战争时期》后半部分的战争和杀戮,即源于人类弃善从恶的错误选择,战争即是这一选择的极端结果。

的确，眼下他的职责就是要强迫，
只因少年日后自会对真理无比热爱
且会心存感激。此时一头鹰飞落。

这没用：他的谈话让少年不胜厌烦，
他打呵欠，吹口哨，把鬼脸做，
还扭着身子要从那慈爱怀抱里挣脱；

但和那只鹰在一起时，他总是乐意
去往它提议的地方，他由衷地喜欢，
还从它那里学到了许多的杀戮方式。

XII[1]

一个时代已结束，最后的救赎者[2]就此
在床上死去，无用且不幸；他们已安全：
巨人那硕大的脚掌，再不会在傍晚

1. 第十二首《一个时代已结束……》写于1936年，是奥登的一篇旧作，原先的标题是《经济人》；主题是文艺复兴对于蒙昧中世纪的战胜和"现代人"的崛起：早期基督信仰彻底终结了，一个"现代世界"正在孕育之中；但新的谬误继续产生，"被挫败的力量"仍然到处肆虐，愚昧和野蛮无休无止，它们已转化为人类内在的疯狂（即奥登在诗体解说词中提到的第二次幻灭）。

2. 救赎者：原文deliverer一词在詹姆斯钦定版《圣经》的《诗篇》、《士师记》、《使徒行传》中多处出现，意为救助者、救赎者，常被用来指称救世主和耶稣基督，也指受耶稣委托前来救助的使者。救赎者的死去意味着基督信仰的衰亡。

冷不防落下阴影，踏过他们外面的草地。

他们安睡了：在遍地泥沼中，无疑
一头绝了子嗣的龙正待寿终正寝。
但不出一年，兽迹已在荒野消失了踪影；
山里边，地灵的敲打声渐渐止息。

唯有雕塑家和诗人会有些哀伤，
而杂耍场那帮粗鄙的跟班走卒
已抱怨着去往他方。被挫败的力量

乐于隐去身形，自由无阻；
无情地击倒男孩，当他们误入歧途，
掳走女孩们，令父亲们失心发狂。

XIII

当然要赞颂：让歌声一次又一次地升腾[1]

---

1. 从第十三首《当然要赞颂……》开始，奥登进入了严酷的战争现实和旅行目的地中国。他对西方文明抱有深切的疑虑和不安，对东方(中国)遭受的屈辱也寄予了理解和同情。门德尔松教授认为奥登在这首诗中借鉴了里尔克的颂歌体(非宗教的、具有赞美和谴责的双重声调，这个听觉是准确的)，而约翰·富勒先生指出此诗的开篇可以联想到里尔克《致奥尔弗斯的十四行诗》第七首的写法——“赞美，只有赞美！一个受命赞美者，/他像矿砂一样诞生于/岩石的沉默……”

为生命而歌，当它在陶罐与笑颜中盛开，
为植物的忍耐美德，为动物的优美姿态；
有些人曾过得很幸福；那里曾涌现过伟人。

且听清晨委屈的哭声，就知道是为何故：
城市和人类已堕落；那不公义的意志
也从未丧失其力量；而所有的王子
仍须借用冠冕堂皇之辞将谎言修补[1]。

历史之悲痛与我们的欢快歌声恰成对照一幕：
美好乐土并不存在；我们的星球狂热如斯，
意欲催生一个希望的种族，却从未证实其价值。

日新月异的西方虚伪而庞大，却对之肆意轻侮，
长久以来，这个如花朵般隐忍的民族
已在十八个行省[2]里建起了这个尘世。

1. 指柏拉图在《理想国》第三卷提到的所谓的“高贵谎言”(Noble Lie)：神在造人的时候，在人的身上注入了金、银、铜、铁不同材质，金的灵魂成为统治者，银的灵魂成为辅助者，而铜和铁的灵魂则是生产大众。

2. 十八个行省：也称内地十八省或关内汉族十八行省。自清代始，十八省等同于中国的核心地带；民国建国时的军旗即是十八星旗，包含着恢复中原十八省的意义；西方人将这一区域称为“China Proper”，即“严格意义上的中国”。

XIV[1]

是的，此刻我们已准备去承受；天空
如发烧的额头在抽搐；痛苦如此真实；
搜索着的探照灯会突然揭示
那些小小天性[2]，直令我们哭泣哀恸，

我们从来不相信它们会存在，也不信
它们就在我们身侧。它们出其不意地
令我们凛然一惊，如久已忘却的不堪回忆，
如所有枪炮武器抗拒的一个良心。

每一双友善而眷恋家乡的眼睛后面
那些秘密的屠杀正在发生；
女人，犹太人，富人，所有的人。

群山不会评判我们，当我们说出了谎言：

---

1. 第十四首《是的，此刻我们已准备去承受……》此后在现代文库版《诗选》中也被删去。这首作品的主题非常鲜明：恰是人类的天性造成了此刻人间的罪恶和杀戮。
2. 指人类崇尚暴力与嗜血杀伐的天性，第十一首中那头迷惑盖尼米德的鹰，业已成为现实暴力的象征图腾。

我们栖居于大地之上；而大地将隐忍
狡黠之徒和罪恶，直到它们一命归天 。

XV[1]

引擎负载着他们飞越天空：他们
俨如富翁，自在自得又孤立；
冷漠如学者，他们可以将活生生
的城市，只看作一个需要展现技艺

的靶子；他们永远不会认知
飞行恰是其本应憎恶的思想的产物，
也不会明白，为何他们的飞机
总要试图闯入生活。他们选择的命数

并非他们生活的岛屿所强迫。
大地虽会教导我们适当的纪律约束，
任何时候它都有可能把身转过

---

1. 奥登初到中国就亲历了日军空袭造成的恐怖，但他的目光穿透了当下的战争，清晰界定了战争中的个人责任："他们选择的命数，并非他们生活的岛屿所强迫。"驾驶飞机轰炸中国的日军飞行员以及所有的施暴个体，都直接参与了邪恶，但这并非全然是国家权力的胁迫，同时也是有意识的个人选择的结果。奥登对人性本质的解读在今天仍有启迪的意义：无人可以从自身或身边的恶行中侥幸脱身。

背弃那自由，如女继承人饱受束缚
在她母亲的子宫里被困住，
且同那贫穷者一样，总那般无助。

XVI[1]

这里，战争单纯得如一座纪念碑：
有人正在接听一个电话；
地图上的小旗表明部队已就位；
勤务兵端来了几碗牛奶。有个计划

却让活着的人为其性命心惊胆颤，
该中午口渴、九点钟就渴了的人，或许
迷了路果真已迷路的人，还有那些想念
妻子的人，与某种思想不同，很快都会死去。

但思想正确无误，尽管有人会死，
而我们会看到千百张的脸
被一个谎言撩拨得激动不已：

地图会确切地指向那些地点，

1. 在第十六首《这里，战争单纯得有如一座纪念碑……》中，奥登将镜头对准了中国内地抗战前线的一个指挥部，然而，错误的选择即便在战争正义的一方也存在。

此刻，那里的生活意味着噩耗：
南京；达豪[1]。

XVII[2]

他们活着，受着苦；已尽了全力：
一条绷带遮蔽了生气勃勃的人世，
他对于这个世界的所有认识
仅限于手术器械提供的医治。

如此躺着，彼此相隔如不同世纪
——真理对他们来说就是忍受的程度；
强忍的不是我们的空话，而是叹息——
他们如植物般冷漠；我们站到了别处。

谁能接受只有一条腿的健康？
痊愈时我们甚至不记得有过一道伤，
而一阵狂乱过后，会去信仰

1. 达豪是德国巴伐利亚州慕尼黑西北的一个中世纪小镇，1933 年纳粹在那儿建造了第一个集中营。此外，奥登他们到达中国的时间是在 1938 年初，南京大屠杀刚刚过去不久，此一事件已引发国际社会的强烈愤慨。
2. 在第十七首《他们活着，受着苦……》中，奥登描绘了在商丘一家战地医院所看到的场景。在平静、克制的文字描述中，奥登寄予了深切的人道关怀，关注着人的境况——特别是饱受战争摧残的伤兵们的处境。

那个健全人的寻常世界，无法想象
就此与世隔绝。唯有快乐可以分享，
还有怒火，以及爱的思想。

XVIII[1]

他被使用在远离文化中心的地方：
被他的将军和他的虱子所抛弃，
他双眼紧闭躺在一条厚棉被里，
然后就泯无踪迹。他不会列名其上，

当这场战役被载入史册之际：
没什么要紧知识毁灭在那头脑里；
他的笑话已过时；他的沉闷一如战争时期；
他的姓氏连同他的面容已永远消失。

他不知善也不选择善，却将我们启迪，
如一个逗号为之平添了意义，

1. 第十八首《他被使用在远离文化中心的地方……》是奥登在中国旅行期间写下的唯一一首作品，在武汉文艺界为欢迎奥登和衣修伍德两人来访举办的招待会上，奥登曾当众朗诵过（可参看《战地行纪》游记部分的相关段落）。奥登后来进行了部分修改，但此后收于现代文库《诗选》中的版本似乎不如《战地行纪》的最初版本富有力量，语气甚至显得有些突兀。他删去了“他不知善也不选择善”一句，或许是考虑到这句话可能引发一些道德质疑；但更合理的理由是：奥登对人类作出正确选择的可能性已不再那么悲观了，至少仍抱有谨慎的信心。

当他在中国化身尘埃，我们的女儿才得以

去热爱这片土地，在那些恶狗面前
才不会再受凌辱；于是，那有河、有山、
有村屋的地方，也才会有人烟。

XIX[1]

只是到了夜晚，郁闷之气才消散；
座座山峰轮廓分明；天下过了雨：
越过草坪和精心莳弄的花坛
飘来了教养良好者的片言只语。

园丁们看他们走过，估摸着鞋价；
司机在车道里看书打发时间，
等他们交换完意见结束谈话；
这看似一幅私密生活的画面。

远方，不管他们意愿如何良好，
两支军队正等着出现一次口误

1. 第十九首《只是到了夜晚，郁闷之气才消散……》的主角是那些“教养良好”的外交家和所谓的上层人士。他们不但无法阻止战争的发生，其实更是祸乱的直接根源。

装备齐整只为将痛苦引发：

多亏了他们迷人魅力的功效
国土被夷为平地，年轻人尽遭屠杀，
女人们在哭泣，而城市陷入了恐怖。

XX[1]

他们心怀恐惧如揣着一个钱包，
畏惧那地平线如一件枪炮兵器；
所有的河流和铁路避之唯恐不及
如躲避诅咒般从这个地区溃逃。

在新的灾难中他们挤作了一团
如孩子们被送到学校，然后挨个哭泣；
只因空间自有他们学不会的定理，
时间说着他们从未通晓的一门语言。

我们在此地。置身于“现在”那闭合
的悲哀中；它的界限决定了我们所见。
囚犯决不应该宽宥他的单人牢房。

---

1. 第二十首《他们心怀恐惧如揣着一个钱包……》描写的是战争中的难民。此后在现代文库版《诗选》中也被删去。

至此，未来时代究竟能否幸免？
直觉还能从所发生的一切中获得，
甚至源自我们，甚至这些都很正常？

XXI [1]

人类生活从来没有臻于完善；
冒险逞勇和无聊扯谈还会继续：
但是，如同艺术家感到才华已去，
这些行走尘世的人知道自己已完蛋。

有人不堪忍受也驯服不了年轻人，悲叹
缔造了昔日国际亲善的神话已受伤流血，
有人失去了一个他们从未理解的世界，
有人已将人的生来本性彻底地看穿。

“失败”是他们的妻子如影随形，
“焦虑”接纳他们如一间大饭店；而在可能
遗憾的地方他们必得遗憾；他们的生命，

1. 在第二十一首《人类生活从来没有臻于完善……》中，奥登对邪恶者的命运作出了预告性的裁定，“‘失败’是他们的妻子如影随形，‘焦虑’接纳他们如一间大饭店”，这两句犹如神来之笔；结尾段落再次采用拟人化的手法，带来了未来的希望：因为自由仍在，面对邪恶者，它“满怀敌意，在每一处房屋和树丛间”。

会听到座座围城的呼告，会看见
陌生人带着快乐的神情盯视着他们，
而“自由”满怀敌意，在每一处房屋和树丛间。

XXII[1]

天真一如所有虚幻美好的愿望，
他们使用了内心的初级语言，
劝告那些意欲逞欢的凶蛮力量：
垂死者和临别的恋人们听闻其言

只得吹声口哨。总是新颖百出，
他们映照出我们立场的每一次转变；
他们是我们所作所为的证物；
他们直接谈到了我们丧失的条件。

想想本年度什么让舞蹈家们最满意：
当奥地利死去，中国被丢到一边，

1. 第二十二首《天真一如所有虚幻美好的愿望……》为我们报道了当时的历史实况：希特勒吞并了奥地利，中国和西班牙战火已燃，二战的阴影正在步步逼近，而西方国家犹在观望：英国的张伯伦继续着无效的绥靖政策，法国歌舞升平，美国只关心自己的利益；1938 年的诸多事件，正是邪恶威胁全人类的征兆，诗人奥登敏感地嗅闻到了危机的气息。

上海一片战火，而特鲁埃尔[1]再次失陷，

法国向全世界说明她的情况：
“处处皆欢乐。”美国向地球致辞：
“你是否爱我，就像我爱你那样？”

XXIII[2]

当所有报道战事的机构
齐齐证实了敌人的胜利，
我们的防线被突破，军队已撤后，
暴力如一个新的疫病成功侵袭，

而“邪恶”这个魔术师到处受到欢迎；
当我们为曾生于此世而懊悔自责：
且让我们追忆所有似被遗忘的生灵。
今夜，在中国，允许我纪念其中一个，

---

1. 特鲁埃尔是西班牙中部城市，西班牙内战期间在此间发生过激烈的拉锯战。共和军于1937年12月夺回该市，因陷入重围又于1938年2月15日放弃了特鲁埃尔。
2. 卞之琳先生此前将第一行译为“当所有用以报告消息的工具”，从原文看，“apparatus”这个词的本意为“设计或组装的一组设备或仪器”，与“工具”的意义还是有些差异，而与“report”（报道）这个词连接起来，概指某类组织或机构。有一个方法可以推敲，那就是把汉语“工具”的本意反推到英文里去找对应的词语，我们找到的三个单词是tool；instrument；implement；准确用词并不会减损诗意，译文和原文，在意义和声音的两个面向上都有无限切近的可能。

历经十年的默默耕耘和期冀，
直到在慕佐[1]，他所有的才能显露，
而一切就此尘埃落定：

于是怀着大功告成的感激，
走进这冬天的夜晚，他轻抚
的小小城堡有着巨兽般的身形。

XXIV[2]

不，不是他们的名字。是别人建起了
每一处气势逼人的街道和广场，
身处其间，人们只能回忆和凝望，
那些真正孤独的人，内心带着愧责，

---

1. 慕佐即慕佐城堡，是里尔克最后的居住地，位于瑞士瓦莱州小城西艾尔。1922年里尔克的好友莱茵哈特为他买下了城堡；翌年，诗人在这里完成了他的杰作《杜依诺哀歌》和《致奥尔弗斯的十四行诗》，这一年，瓦雷里出版了《幻美集》，艾略特的《荒原》问世，而乔伊斯贡献出了令人目眩的《尤利西斯》。在寓居慕佐期间，里尔克还创作了四百余首法文诗，翻译了瓦雷里的诗歌，确实可以说是“所有的才能显露”。
2. 第二十四首《不，不是他们的名字……》对照性地呈现了两类祖先的原型，一类祖先孤独、无爱、充满内疚，寄希望于纪念碑（物质痕迹）来获得永存，另一类祖先则与自然契合，因此得以不断延续内在的生命力。奥登赞叹的显然是第二类祖先，里尔克在《致奥尔弗斯的十四行诗》第四首里也表达了同样的观点。此外，在将这首诗的《战地行纪》版本与现代文库《诗选》版本进行比较后，我们发现奥登几乎整篇重写了它。

希望如此这般就能永久地延续；
不被爱的人必得留下物质痕迹[1]：
而这些人却只需要我们面带善意，
与之相处，就知道我们再也无须

记住我们是谁、为何我们被人需要。
大地将他们哺育，如海湾养育了渔夫，山冈
养育了牧羊人。他们已长熟，结出了籽孢；

种子紧挨着我们；甚至我们的鲜血
也能将他们唤醒；他们再一次地生长；
他们会渴望幸福，对花朵和潮水也会更和悦。

XXV[2]

没什么唾手可得：我们须寻回我们的法律。
高楼巨厦在日头下争夺着统治权；
它们身后，如可怜的植物般

---

1. 物质痕迹：考古学和刑事侦查学的专业术语。
2. 第二十五首《没什么唾手可得……》在现代文库版《诗选》里被编入了组诗《航海记》的第六首，标题为《港口》；据约翰·富勒先生考证，这首诗写的是上海。彼时上海已沦陷，落入日军手中。奥登观察着这个亚洲的繁华商埠，看到了贫富差异的悬殊。结尾处，面对这个异域的陌生城市，他给出了里尔克式的浓缩答案："我们学会了同情和反叛。"

绵延着低矮瑟缩的贫民区。

我们没有指派给我们的命运：
没什么可靠之物仅剩这副躯身；我们
意欲改善我们自己；唯有医院楼群
犹在提醒着我们人类的平等。

孩子们在这里确实备受宠爱，连警察也概莫能外：
他们一说起孩子自立成人前的年月，
就有些怅然若失。

　　　　　　　　而唯有[1]
那些在公园里咚咚敲响的铜管乐队，会预言
某个沐浴在幸福与和平中的未来。

我们学会了同情和反叛。

XXVI[2]

总是远离我们的话题中心——

---

1. 此处的排版严格与原书保持一致，其异乎寻常之处应是作者和原出版者刻意而为。
2. 第二十六首《总是远离我们的话题中心……》在此后的现代文库版《诗选》中被删去，原因可能是这首作品的主题与整个组诗有些偏离：奥登以讽刺性的笔法评价了英国对香港这个远东殖民地的功利化政策，对此作了某些反省和思考。

那爱的小小车间：是的，但说起
古老领地、久已遗弃的愚行和小孩子
游戏，我们是何其荒谬不经。

只有贪婪者才会期待离奇的滞销产品
——某种取悦艺术女青年的物事；
只有自私鬼才会在每个不切实际
的乞丐身上看见圣徒显灵。

我们不能相信是我们自己将它设计，
我们大胆计划里的一个次等品
惹不出什么麻烦；我们没有留神注意。

灾难降临，我们发现它时很是惊异，
这独一无二的项目自从开始运行
在整个周期里显示了稳定的收益。

XXVII[1]

在自我选择的山岭间迷失徘徊，

---

1. 第二十七首《在自我选择的山岭间迷失徘徊……》是组诗的最后篇章。这首诗写到了人与自然分野之后，从确定性走向了迷失徘徊，正是后者使得我们永远处于"选择"之中——可能选择"恶"，譬若战争；当然也有可能选择"善"（或者"自由"）。在此，奥登为我们设定了一个结束所有错误选择的契机，一个人性的方向，一个存在的理由："我们必须生活在自由中，一个山里的部族要住在群山之内"。他用强有力的自证逻辑重建了信心。

我们一再为古老的南方叹息感喟，
为那些温暖坦荡、天性沉着的年代[1]，
为天真口唇中那快乐的滋味。

在我们的小屋里睡着，我们恍然在梦中
置身于未来的盛大舞会；每座复杂的迷宫
都配有一张地图，训练有素的心灵律动
可以循着它的安全路线永远一路跟从。

我们钦羡溪流与房屋，它们如此确定：
而我们却为错误所困；我们
从未像大门般赤裸而平静，

也永远不会像泉水般完美；
我们必须生活在自由中，
一个山里的部族要住在群山之内。

1938 年夏

其中第十二首写于 1936 年；

第十八首写于 1938 年 4 月访问中国期间，参见《战地行纪》。

---

1. “那些温暖坦荡、天性沉着的年代”出自波德莱尔的诗歌《我爱回忆……》，其中有一句为“我们永远不可能抵达的黄金时代”(J'aime le souvenir des ces époques nues)。

诗体解说词[1]

季节合法地继承了垂死的季节；
那些行星，被太阳广阔的和平所庇护，
继续周而复始地运行；而银河系

永远自由不拘地旋转，如一张巨大的饼：
置身于所有机器引擎和夏日花丛的包围中，
这小小地球上的小小人类凝望着

宇宙，他既是它的法官也是它的受害者；
不平凡角落里的一个稀罕物，目光落到了
那些伟大的遗迹[2]，彼处他的族类和真理已成空无。

无疑前脑的发育取得了成功：
他没有像酸浆贝或帽贝[3]那样迷失在
一汪死水里；也没有像巨蜥般就此绝种。

---

1. 现代文库版《诗选》中未收入这首《诗体解说词》。
2. “遗迹”的原文为“trackway”，一般指道路、小径，生物学上也指化石遗迹（或足迹）；从上下文来看，当取后者。
3. 酸浆贝是一种带壳的海生蠕形动物，状如古罗马油灯，故亦称灯贝；帽贝也是一种海生蠕形动物。

他那些蠕虫般无骨的先祖定会大吃一惊
当看到直立姿势、乳房和四室心脏[1],
那在母亲荫庇下的隐秘进化。

“尽管痛苦,”注定失败者言道,“活着仍然可喜,”
于是年轻人脱离了父母的封闭圈子,
与其不确定性相对应,在确定的年月里

他们的学习科目只有无尽的焦虑和劳苦,
起先只不过感到初获自由的喜悦,
陶醉于新鲜的拥抱和率直的谈话。

但这让你存在和哭泣的自由从未令人餍足;
朔风围绕着我们的悲伤,不设防的天空
是我们所有失败的沉默而严苛的见证。

尤其是此地,这个有趣的毛发不兴的民族[2],
他们如一种谷物已继承了这些山谷:
塔里木养育了他们;西藏是他们高高的巨石屏护,

而在黄河改道的地方,他们学会了

---

1. 鸟类和哺乳动物发展出了四室心房,而人的心脏进化得更为精密,分为左右心房和左右心室。
2. 中国人的毛发比西方人要少,故有此说。

如何适足地生活，即使毁灭时时会迫近。
数个世纪以来，他们一直惊惧地望着北方的关隘[1]，

但现在他们必须转过身，如拳头般聚拢，
去迎击来自海上的邪恶，那些恶徒所住的纸屋
道出了他们珊瑚岛岛民的出身；

他们甚至对自己也否认人的自由，
耽迷于那个与世隔绝的暴君对大地的幻想
在血迹斑斑的旗帜下[2]陷入了平静的昏迷。

在这里，危险促成了一次国内和解，
共御外敌消弭了内部的仇隙，
抵抗的意志力如一座繁荣的城市正蓬勃发展。

只因侵略者此刻就像法官般致命而不偏不倚：
沿着乡间小路，在每一座城镇的上空，
他的愤怒席卷了富人，席卷了

所有挣扎在贫困夹缝中的人，
席卷了那些回忆起来只有辛劳一生的人，

---

1. 自古以来，东北、西北地区的少数民族与中原地区的汉族之间，既有民族融合与同化的一面，也有刀光剑影的一面。
2. 奥登和衣修伍德走在上海黄浦江沿岸的时候，曾将随处可见的日本“太阳旗”形容为“血滴旗”(blood-spot flag)。

还有那些无辜、矮小、却已丧失童真的人[1]。

当进入一个完好无损的国际区，
将欧洲人的身影投在了上海，
我们毫发无伤地走在银行高楼间，在一个

贪婪社会的历史建筑下显然不为所动，
有朋友、书籍和钱资，有旅行者的自由，
我们才意识到我们的避难所[2]是个冒牌货。

只因这场肉搏战已让虹口陷入恐怖与死寂，
而闸北已成一片凄凉荒漠，它不过是
一场斗争的地方性变体，置身其中的所有人，

老年人，恋人，年轻人，手巧的人，沉思的人，
那些认为感情是一门科学的人，那些热衷于
一切可以相加和比较的研究的人，

那些头脑空空如八月里的学校的人，
那些内心的行动欲望如此强烈

1. 奥登曾对友人说，这一行诗句的灵感来自但丁。在《神曲·地狱篇》里，但丁描写了乌戈里诺伯爵因生前罪恶而使他年幼的孩子们无辜地遭受酷刑。
2. 日本占领上海后，在上海的难民不下 130 万。公共租界（英美租界）和法租界以及南市区成为所谓的国际安全区。

以至于不嘀咕几句就读不了一封信的人，所有

在城市、在荒漠、在轮船上、在港口公寓里的人，
在图书馆爬梳陌生人前尘往事的人，
在床上创造自己未来的人，每个带着金银财宝的人，

在笑声和小酒杯里找到自信的人，
或是如忧郁的鸬鹚般呆木而孤独的人，
他们整个的生活都深深地牵连其中。

这是死者与未生者、“真实”与“虚假”之间的
全面战争的一个战区和一个乐章，
对于这能够创造、能够表达、能够选择的造物，

这唯一能够意识到不完美的生灵而言，
这场战争本质上永无休止。当我们离开洞穴，
在劳丰冰后期[1]温暖的阳光下眨着眼睛，

将大自然视作一个亲密而忠诚的同族，

1. 劳丰冰后期，原文“Laufen Ice Retreat”，指第四纪冰川期的冰后期，在此期间出现了最早期的人类。此外，“Laufen”也指劳丰城堡，是著名的游览胜地，位于阿尔卑斯山瑞士与德国交界处的山丘上。这里，穆旦先生将其译为“劳丰饮冰室”，当时上海或有这样一间供应冷饮的休憩场所也未可知(因“Retreat”有双关含义，也可以指静居的场所和消夏别墅)。但我们并没有找到有力的佐证依据，因此，此处仍按照字面的意义来直译了。

在每一寸土地上敌对双方正怒目相对，
而我们早已深入了伤亡肇始的地带。

如今的这个世界已没有局部性事件，
没有一个部族脱离了档案卷宗可继续存在，
而机器已教会了我们如何去泯灭人性，

那个落后而盲目的社会心知肚明
除了绝对而粗暴的否决，毋须什么争论，
我们的色调、信仰和性别完全一样，

问题也是同一个。有些军服款式很新，
有些人已改投了阵营；但战役还将继续：
“仁”[1]，真正的人道，还没有实现。

这是“第三次大幻灭”[2]的时代：
第一次是那个奴隶制帝国的崩溃
它的地方官边打呵欠边问：“真理是什么？”

在其废墟上继之而起的是“普世教会”[3]：

---

1. 仁(Jen)：中国古代的道德范畴，孔子把“仁”视为最高的道德原则、道德标准和道德境界。在奥登眼里，“仁”在某种程度上与“大爱”(Agape)类似。
2. 奥登认为，西方文明在历史上经历了三次大幻灭：古罗马帝国的覆灭、中世纪基督教会的堕落和十八世纪启蒙运动的失败。
3. “普世教会”(Universal Church)是罗马天主教会在公元一世纪时惯用的名称。

人们如游客般在它们巨大的阴影下安营扎寨，
因人类共同的挫败感[1]而结为一体，

他们的固有知识只关乎永恒领域
在那儿“恒常的幸福”会接纳信仰坚定者，
而“无尽的噩梦”等着吞噬邪恶背德之辈。

其中的一群劳作者，有名的，没名的，
只打算用他们的眼睛来观看，却不知道
自己都干了什么，于是掏空了信仰；

取而代之的是一颗黯淡而垂死的星辰，
那正义无法涉足之地。自我是一座城市，一间
单人牢房，人人都须从中找到自身的安乐与苦痛，

肉体只不过是一台有用且讨喜的机器
用来为“爱”跑腿办事、料理家务，
当“精神”在书房里正同私密的上帝谈话说事。

而此刻，远自残忍的土耳其人猛攻君士坦丁堡的城门[2]，

---

1. 这里指基督教的“原罪说”。
2. 1453 年初，奥斯曼土耳其苏丹穆罕默德二世率军从陆海两面包围君士坦丁堡，最终于 5 月 29 日破门而入，占领了君士坦丁堡全城，彻底摧毁了东罗马帝国。

远自伽利略喃喃自语着“但它在移动”[1]，
而笛卡儿想着“我思故我在”时

即已拍打着心灵的波涛，
今日已成强弩之末，正悄然退去：
那些被尾浪卷走的男女何其不幸。

“智慧”前所未有地富有创造力，
“心灵”遭遇了更多阻滞。人世如丛林
对同胞友爱和感情变得满怀敌意。

无辜的牧师和少年所发明的机器
如磁铁般将人们从穷乡僻壤
吸引到矿区市镇，奔向了某种自由，

在那儿，禁欲者和无地者激烈地讨价还价，
但在此行为中，夙仇的种子已播下，
它们在廉租屋和点着煤气灯的地窖里持续萌芽，

1. 伽利略借助望远镜发现了木星的 4 颗卫星、土星光环、太阳黑子、太阳的自转、金星和水星的盈亏现象等宇宙现象，开辟了天文学的新时代，有力地支持了哥白尼的日心说，挑战了当时罗马教会认可的托勒密天文观和地心说。1615 年，伽利略受到罗马宗教裁判所的传讯，虽然被迫作了放弃哥白尼学说的声明，但此后仍长期遭受教会的迫害。

眼下正堵塞着我们感情的输水管道。
因其在殖民地的痛苦经历广为人知
许多家庭已被孤立，如羞怯病发作；

忧心忡忡富人在“成功”这个小院子里
来来回回地踱着步；每个人的
内在生活方式已被扰乱；如侵入的岩床，

恐惧构成的巨大山脉在外部世界
投下了黯沉的阴影，令飞鸟也噤声，
而我们如雪莱般为之悲叹的山岭

已使我们所有的感觉和认知彼此分离，
也让欲望无凭失据；那十三个快乐的伙伴[1]
现在变得闷闷不乐，如山民般争吵不休。

我们在大地上徘徊，或流连于床笫不断作恶，
欲寻家园而不得，于是为迷失的纪元哭泣，
从前的“因为”变成了“好像”，严格的“必然”

变成了“可能”。卑鄙者听到了我们，而暴虐者

1. 十三个快乐的伙伴：应该是指耶稣和他的十二门徒。

急欲用杀戮来平息我们的内疚，他们
一刻不停地在将我们的希望变成他们的利益。

他们向每一方都开出了厚颜无耻的价码：
如今在那个形状如同康沃尔[1]的天主教国家，
欧洲第一次成了傲慢的专有名词，

北阿尔卑斯一带，黑发变成了金发，
现如今德国最为喧闹，土地失去了中心
悲愁的平原就像一个夸夸其谈的演讲台，

此刻这些整齐而狂暴的首脑集会近在我们身侧，
连黑潮[2]也要退避，将塔斯卡罗拉海渊[3]藏起，
那里的声音要平静些，但却更无情、更洋洋得意。[4]

通过电报和无线电收音机，在二十份糟糕的译文里，
他们向人类世界发出了一个简单的讯息：
"人类若放弃自由就能和谐统一。

---

1. 康沃尔：英国西南端的郡，其边界轮廓似靴子，犹如微缩的意大利。
2. 黑潮：产生于北太平洋西部，是世界第二大暖流，因水色深蓝、远看似黑色而被称为"黑潮"。
3. 塔斯卡罗拉海渊：位于西北太平洋。
4. 奥登在这三节诗歌里接连提到了意大利、德国和日本这三个法西斯国家。

国家是真实的，个人是邪恶的；
暴力如一个曲调会让你们的动作协调一致，
而恐惧如严寒天气会遏止思想的洪水。

兵营和露营地会是你们友好的庇护所，
种族的骄傲如擎天一柱将高高耸起，
为安全起见，个人的悲伤全都要没收充公。

真理留给警察和我们来处理；我们了解善；
我们建起了完美之城，时间永不会将它改变；
我们的法律会一直保护你们如群山围抱着山谷，

你们的无知如危险海洋将抵挡罪恶；
在共同意志下，你们将臻于完美，
你们的孩子会像小兽般天真又迷人。"

所有的伟大征服者各自端坐于舞台之上，
以实践经验施加着他们阴森可怖的影响：
秦始皇焚书又坑儒，

疯子查卡[1]对两性实行了隔离，

---

1. 查卡（1786—1828），非洲南部的酋长和暴君，曾屠杀了约百万人，被称为"黑拿破仑"。他为了训练自己的军队，将男性隔离，对他们实施斯巴达式的军事训练。

成吉思汗认为人类该被消灭杀光，
执政官戴克里先[1]发表了慷慨激昂的演讲。

拿破仑鼓着掌，他发现宗教很有用处，
还有所有耍手段欺骗民众的人，或是
像小腓特烈[2]那样说过“我将务求其成”的人。

与此同时许多著名学者支持他们的计划：
柏拉图这个好心人，对普通人感到了绝望。
悲哀且疑虑地在他们的宣言上签了字；

商子赞成他们“无私德”[3]的原则；
《君主论》的作者[4]会起哄；霍布斯会和
泛泛而谈的黑格尔和安静的鲍桑葵一起细加探究。[5]

---

1. 戴克里先(245—312)，古罗马皇帝，他一上任就迫害基督徒，将礼拜堂夷为平地，烧毁经书，捉拿教会领袖，折磨基督徒。
2. 历史上有多位腓特烈二世，此处应指普鲁士国王腓特烈二世(1712—1786)，在他统治期间，普鲁士大事发展军事，扩张领土，使普鲁士在德意志取得了霸权。
3. 商子即商鞅(公元前 395—公元前 338)，他的著作《商君书》又名《商子》，主张强君权，立法治。奥登此处说的“无私德”原则，出自商鞅的言论：“明君之使其民也，使必尽力以规其功，功立而富贵随之，无私德也，故教化成。如此，则臣忠君明，治著而兵强矣。”
4. 《君主论》的作者即马基雅维利(1469—1527)，意大利政治家和历史学家，主张为达目的不择手段，他本人的名字因此成为权术和谋略的代名词。
5. 霍布斯(1588—1679)，英国政治哲学家，他认为人的本性是利己主义。黑格尔(1770—1831)，德国哲学家，德国古典唯心主义的集大成者。鲍桑葵(1848—1923)，英国新黑格尔主义、英国唯心主义和新自由主义的代表人物。

每一个家庭、每一颗心灵都受到了诱惑：
地球在商讨；新月沃土[1]在辩论；
甚至那些通往某地的路边小镇，

如今由飞机施肥的沙漠里的花朵，
也在为此争吵；在英格兰的遥远内陆，
在高涨的潮水和通航河口后面也一样。

在遥远的西方，在绝对自由的美国，
在忧郁的匈牙利和聪明的法国，
"荒谬"都扮演了一个历史性的角色，

而此地，稻谷滋养了这些坚忍的家庭
封建堡垒的道德伦理已灌输渗透，
成千上万人相信，数百万人半信半疑。

而其他人已接受了帕斯卡尔的赌注[2]

---

1. 新月沃土：中东两河流域及附近一连串肥沃的土地，包括累范特、美索不达米亚和古埃及，位于今日的以色列、西岸、黎巴嫩、约旦部分地区、叙利亚，以及伊拉克和土耳其的东南部、埃及东北部。由于在地图上好像一弯新月，所以美国芝加哥大学的考古学家詹姆士·布雷斯特德把这一大片肥美的土地称为"新月沃土"。这一带曾是诸多古代文明的摇篮。

2. 帕斯卡尔（1623—1662），法国著名的数学家、物理学家、哲学家和散文家。曾有一位骑士向他讨教赌博输赢的几率问题，使他开始了这方面的研究，最终奠定了概率论的基础。他提出，上帝存在与否是一个和打赌一样非此即彼的问题。

决定将任何发生之事都视为上帝的意志，
或同斯宾诺莎一道，认定了邪恶的非实在性[1]。

我们的领导人也无济于事；我们知道
他们现在为行欺骗耍尽了徒劳的机巧，乞灵于
一整条走廊里的祖宗，仍在追求久已逝去的

壮观的海市蜃楼，却早已对之兴味索然，
如华伦海特[2]躲在伟大的摄氏王国的偏僻角落
嘀咕说夏天的温度也曾按他的标准测量。

尽管如此，我们仍有自己的忠实拥趸
他们从未丧失对知识或人类的信仰，
却如此热诚地工作以至废寝忘食，

也从未留意死亡或老年的来临，
他们为自由而绸缪，如郭熙[3]将灵感期求，
平静地等待着它，如静候一位贵客的到来。

---

1. 斯宾诺莎（1632—1677），荷兰哲学家，西方近代哲学史上重要的理性主义者。他认为宇宙间只有一种实体，即作为整体的宇宙本身，而上帝和宇宙是一回事。
2. 华伦海特（1686—1736），德国物理学家，华氏温度计的设计者。
3. 郭熙（1023—约 1085），北宋著名山水画家，其山水画气势磅礴、笔势雄健，得到当时文士苏轼、黄庭坚、王安石等人的赞扬。奥登应是在中国期间看过郭熙画作或者听人介绍过。

有人以孩子般率直无欺的目光看着谎言，
有人以妇人般灵敏的听觉捕捉着不公义，
有人接受了必然性，了解了她，而她孕育了自由。

我们有些已故者享有盛誉，但他们不以为意：
邪恶总关乎个人，又如此触目惊心，
而仁善需用我们全体的生命来证明。

而且，即使善已存在，也必须如真理般被分享，
如同自由或幸福那样。（只因何为幸福，
若没有亲眼见证他人面容上的欢乐?）

他们活着，不是为了被人如权贵般特别铭记，
如同那些只栽种瓜果的人，他们将证明
自己的富有；而当我们称颂其名，

他们摇头以示告诫，斥令我们将内心的感激
献给那"卑微者的无形学院"，正是那些无名者
历经时代沧桑成就了一切重要之事。

让我们的斗争绵延各方如寻常风景，
如风和水，与我们的生活自然交融，
所有已逝者的骨灰将把每一道晚霞染红；

给我们勇气去直面我们的敌人，
不仅在大运河上，或在马德里[1]，
席卷大学城的整个校园，

并且在每一个地方给我们以助力，在爱人的卧房，
在白晃晃的实验室，在学校，在公众集会上，
那些与生命为敌者会承受更加激越的攻击。

而且，若留神倾听，我们总能听到他们的声音：
“人类不像野兽般单纯，永远不会，
人类会自我完善，但永不会尽善尽美，

只有自由的人才会有诚实的天性，
只有诚实的人才会关切正义的实行，
只有正义的人才拥有意志力去赢得自由。

因为普遍正义能够决定个体自由，
如一片晴空会引发人类对天文学的兴趣，
或如一个半岛，自会说服人们去当水手。

你们谈到了自由，却并不公正；而现在

1. 与中国的抗战一样，此时西班牙也在抵抗邪恶者的进攻。

你们的敌人已揭开了你们的底牌；因为在你们的城市，
只有站在步枪背后的人才拥有自由意志。

有个愿望为你们所共有，那意欲建立一个
统一世界的愿望，如同那个面目冷酷的流亡者
在其三幕喜剧里所描绘的欧洲。[1]

不要哀叹它的衰落；那贝壳缩得太紧：
个体孤立的那些岁月自有其教训，
而为智慧着想非常有必要。

此时，在危机的紧要关头，在血腥的时刻，
你们必须击败敌人不然就将灭亡，但须谨记，
只有那些敬畏生命的人，生命才为其掌控；

只有一个完整而快乐的良知才有说服力，
去回应他们苍白的谎言；置身于正义，
惟其如此，统一才会与自由和谐共处。”

夜幕降临中国；暮色渐暗的辽阔天穹

1. 这里讽喻希特勒逐步吞并欧洲的野心和行径。至于说他是“流亡者”，主要源于希特勒从小就因为父亲屡次调动工作而无定所，成年后更是独自前往维也纳，成为“维也纳的流浪汉”。

移向了陆地和海洋，正改变着生活：
西藏已寂静无声，拥挤的印度渐渐冷却，

在种姓制度的麻痹中了无生气。在非洲
虽然植物如年轻人般依旧恣意生长，
然而在那些承受倾斜日照的城市里，

幸运者正在工作，大多数人都知道他们仍在受苦，
黑夜很快将逼近他们：夜晚的微弱杂音
会在猫头鹰发达的耳管里清晰地回响，

在焦虑的哨兵听来却很模糊；明月
俯照着战场，俯照着堆积如财宝的尸首，
它俯照在匆促拥抱中毁灭的恋人，也俯照着海轮，

轮船上，流亡者们正凝视着海面：寂静中
一声叫喊涌进了外部漠然的空间，
永不止歇，也不再低落，这声音

或许比森林与河流无尽的呜咽听来更清晰，
比华尔兹催眠似的复奏、比那些将森林
变作谎言的印刷机的嗡嗡声听来更迫切；

此刻，我听到了它，那人类的声音
正围绕着我自上海升起，伴随着远处游击队作战时
低沉的炮火声："哦，教会我摆脱我的疯狂。

理智总比发疯要好，被人喜欢总胜过令人畏惧；
坐下享受美食总比饭菜难以下咽要好；
相拥入睡总比孤枕难眠要好；快乐当然更好。

让矜持而冷漠的心方寸大乱，
再一次迫使它变得笨拙和活泼，
为它曾经忍受的一切作一个哭泣的见证。

从脑海里驱走感人的拉杂废话；
重新集结起意志那迷失而战栗的军队，
聚合它们，任其散布于地球之上，

直到它们最终建立一个人类正义，
呈献于我们的星球，在它的庇护下，
因其振奋的力量、爱的力量和制约性力量
所有其他的理性都可以欣然发挥效能。"

1938年秋

西班牙[1]

昨天的一切已消逝。度量衡术语
沿着贸易航线传播到了中国；
　　算盘和环形石柱[2]散布四方；
昨天，在日照充足的地带会测量投影[3]。

昨天，纸牌用来为保险估价，
水用来谶纬卜卦；昨天发明了
　　车轮和时钟，驯养了马匹。
昨天是航海家们忙碌穿梭的世界。

昨天，仙女和巨人被废黜，

1.《西班牙》或可称为一首介入现实的“政治诗歌”。1937 年 1 月奥登亲赴内战中的西班牙，先到了瓦伦西亚，打算为共和政府开救护车而未获批准，后来在巴塞罗那为电台做了短期的撰稿和播音工作。当年 3 月他回到英国，3 月末他完成了这首《西班牙》，法伯出版社将它印成了 5 页的小册子，所得版税捐献给了英国左翼人士建立的“西班牙医疗救助委员会”。1939 年年底，奥登做了些局部修改，删除了 3 个诗节，变成 23 个诗节，标题也改为《西班牙 1937》，将这首诗收入了诗集《另一时刻》中。奥登后来对自己这首诗非常反感，将它从各种选本中删去了。在此按照它最初的版本译出，即有 26 个诗节的完整版本。这首诗穆旦先生也有译本，有兴趣的读者可参看 1988 年 9 月上海译文出版社出版的《英国诗选》第 702 页。

2. 环形石柱，亦有译为环状列石，对应的原文为“cromlech”，原是由两块巨石搭就的墓穴，后来渐渐演变为呈环状排列的石柱群，类似于“巨石阵”(stonehenge)。

3. 指投影测量法，这是一种古已有之的测量物体(尤其是建筑物)高度的技术，通过测量物体的实际投影的长度和光线的角度来推算相应的高度值。据说古希腊数学家泰利斯访问埃及时曾用此法测量了金字塔的高度。

城堡如兀立的苍鹰盯视着山谷，
　　小教堂建在了森林里；
昨天雕刻了天使和吓人的滴水兽[1]。

在石柱间对异教徒进行了审判；
昨天有小酒馆里的神学纷争，
　　有治愈百病的神迹泉水；
昨天有女巫安息日；但今天只有斗争。

昨天安装了发电机和涡轮机，
在殖民地的沙漠里铺设了铁路；
　　昨天有关于人类起源的
经典演讲。但今天只有斗争。

昨天仍信仰着希腊的绝对价值，
英雄死去时会垂下帘幕；
　　昨天会在日落时祈祷
会对疯子顶礼膜拜。但今天只有斗争。

---

1. 滴水兽对应的原文为“gargoyle”，亦被称为“石像鬼”，起初是中世纪哥特式建筑上的半人半兽状雕像，也是引导屋顶水流的滴水嘴；这些怪物雕像通常头有两角、长有蝙蝠的翼和尾，面目十分狰狞，因此又有辟邪之功用。在奇幻世界里，据说巫师会把生命灌入这些雕像，它们会因此变为凶蛮而难缠的怪兽。

诗人嘀嘀咕咕，在松林里受了惊吓，
蜷缩在纵情欢唱的瀑布里，或伫立在
　　斜塔旁的峭壁上：
"哦，我的幻象。哦，赐给我水手的好运。"

研究员透过他的仪器，窥视着
非人类的领域，活跃的杆菌
　　或巨大朱庇特[1]的殒灭：
"但生命就如我友。我要探究。我要探究。"

穷人在他们不生炉火的住处放下了晚报：
"我们的日子过一天少一天。哦，让我们
　　看到历史的操作员
和组织者，让时间之河焕然一新。"

各个族群汇聚了每一声呼喊，召唤着
那个塑造了独特的食欲、安排了
　　隐秘的暗夜恐惧的生命：
"难道你不曾建起海绵的城邦，

不曾复兴鲨鱼与老虎的庞大军事帝国，

1. 朱庇特(Jupiter)，古罗马的主神，也是木星的名字。这里其实是一个双关的用法，"研究员"观察天文星象意味着科学的崛起，古老神祇因此渐渐"殒灭"。

不曾创立过知更鸟勇敢的州郡？
　　干涉吧。哦，像鸽子、像狂怒的父亲
或像温和的工程师般降临，但请降临。[1]”

而生命，若它给以答复，会从内心、
从眼睛和肺腑、从城市的商店和广场来回应：
　　“哦，不，我不是倡议者；
今天不是；我不是你想的那样。对你来说，

我是应声虫，是酒吧陪客，是容易受骗的傻子；
我是你做的每件事。我是你立志从善的
　　誓言，是你的幽默故事。
我是你生意上的代言人。我是你的婚姻。

你有何建议？建一座正义之城？我愿意。
我同意。或是立一份自杀协议，那罗曼蒂克的
　　死亡？很好，我接受，因为
我即是你的选择，你的决定。是的，我是西班牙。”

很多人已听到了这个声音，在遥远的半岛，
在沉寂的平原，在离经叛道的渔夫的海岛，

---

1. 富勒先生指出，“鸽子”、“狂怒的父亲”、“温和的工程师”是对“三位一体”的戏仿，分别对应着圣灵、圣父和圣子。

　　或是在城市堕落的中心，
他们听到了，如海鸥或花种般迁徙而来。

他们如刺果紧贴着长长的特快列车，一路颠簸地
驶过了不公义的土地，驶过了黑夜，驶过了高山隧道；
　　他们飘洋过海而来；
他们走过了重重关卡。他们前来奉献自己的生命。

那个干燥的方寸之地，那块从炽热的非洲掐下来的
碎片，被如此粗糙地焊上了追新逐异的欧洲；
　　在那个河网密布的高原上，
我们的思想已具形体；我们的狂热样貌凶险，

明晰而生动。因为那些促使我们对药品广告
和冬季游轮宣传册作出反应的恐惧
　　已然变成了入侵的军队；
而我们的脸庞、建筑的外观、连锁商店和废墟

正投射着它们的贪欲如同行刑队和炸弹。
马德里是心脏。我们的片刻温情
　　如救护车和沙袋般蓬勃发展；
我们数小时的友谊成就了一支人民军队。

明天，也许就是未来。会研究
包装机的耐损度和运转部件；会逐一探索
　　放射线的所有频程；
明天，会以节制饮食和短暂休整来拓宽意识。

明天将重新发现浪漫的爱情，
也要为乌鸦摄影；所有的欢乐都会得到
　　自由的巧妙庇护；
明天将是庆典司仪和音乐家的时刻，

圆屋顶下的合唱美妙而又喧闹；
明天会就猎狗的饲养问题交换心得，
　　突然举起的一只只手臂
会热切地选出领导人。但今天只有斗争。

明天属于年轻人，诗人们会像炸弹般冲动，
湖畔的漫步，数星期的融洽交流；
　　明天会有自行车比赛
在夏日黄昏穿行于郊外。但今天只有斗争。

今天，死亡的几率有预谋地倍增，
在必要的谋杀中清醒接受了罪恶；
　　今天，力量都消耗在了

无趣短命的小册子和令人生厌的会议里。[1]

今天还有暂时的慰藉：分着吸的香烟，
谷仓烛光下的牌戏，走调的音乐会
　　和男人间的玩笑；今天
伤痛前还有笨拙的不尽如人意的拥抱。

星辰已死去。动物不会再观看。
只留下我们孤独打发着时日，而时光短促，
　　历史或会对失败者呜呼哀叹，
却既不能救助，也无法宽恕。

1937 年 3 月

---

1. 乔治·奥威尔首先在发表于 1938 年 12 月的文章《危机时刻的政治思考》里对这一诗节的道德立场提出了质疑，随后在发表于 1940 年的评论集《鲸鱼体内》里影射奥登与极权主义的某种关联。后来的评论者也大多附和奥威尔对奥登的非议。奥登认为奥威尔对他"非常不公平"，在 1963 年 5 月 11 日写给斯彭德的信中，奥登解释说他并不是为极权主义辩护，只是说出了"每一位无法采取绝对的和平主义立场的正派人士"的心声。奥登在二十世纪五十年代以后的各类选集里不再收录该诗，虽然给出的理由是这首诗"不诚实"，但未尝不是因为这首诗卷入了太多纷争。

一九三九年九月一日[1]

我在一间下等酒吧坐着
就在第五十二号街[2]，
心神不定且忧惧，
当狡猾的希望终结了
一个卑劣欺瞒的十年：
愤怒与恐惧的电波
在地球光明和晦暗的
陆地间往来传送，
纠缠着我们的私生活；
死亡那不堪提及的气味
侵扰了这九月之夜。

---

1. 诗歌标题显示的日子正是纳粹德国入侵波兰的那一天，二战由此拉开帷幕。这首诗最初发表于是年10月的《新共和》杂志，1940年收录于诗集《另一时刻》(*Another Time*)。奥登在给友人的信中提到了创作此诗的灵感来源："战争爆发的那一天，我很偶然地翻开了尼金斯基(Nijinsky)的日记，读到这句——'我想哭泣，但上帝命令我继续写作。他并不希望我无所事事。'"全诗在诗体形式上与叶芝的《一九一六年的复活节》形成了呼应，同样面对重大历史事件做出了回应。虽然这首诗流传甚广，但奥登在二十世纪五十年代以后的诗选里都不再收录该诗，理由类似于《西班牙》。诗人布罗茨基对这首诗推崇备至，1984年，他在美国哥伦比亚大学艺术学院创作系就现代抒情诗歌所作的演讲中，对这首诗做了精辟入微的评析，演讲稿此后收入了他的散文集《小于一》(完整译文可参见漓江版《布罗茨基诗选》中的《奥登诗〈一九三九年九月一日〉析》)。
2. 第五十二号街位于纽约第五和第六大道之间，集中了很多爵士酒吧。在布罗茨基看来，奥登在诗歌中似乎也借用了类似爵士乐的不规则节奏。富勒先生指出，奥登光临的那间酒吧是同性恋酒吧。

精确的学识能够
揭示全部的罪愆，
从路德一直到如今
那驱使文化疯狂的肇因，
查明在林茨[1]发生了什么，
何种巨大的心像[2]造就了
一个精神错乱的神祇：
我和公众都知道
学童们熟记的那个道理，
那些为邪恶所害的人
必会以恶相报。

流亡的修昔底德[3]深知，
关于民主，
语言[4]所能表述的全部，

1. 林茨是奥地利北部城市，多瑙河上游最大的河港。少年希特勒曾在林茨的里尔中学读书，其时他的偏执思想已经萌芽。

2. “心像”对应的原文“imago”为拉丁语，也有译为“意象”、“无意识影像”，用来表示年幼时无意识保留下来的父母亲的理想化形象。奥登自幼熟稔弗洛伊德精神分析学，后来对荣格也产生了持久兴趣。1938 年，荣格出版了《心理学与宗教》，进一步发展了“imago”概念，资料显示奥登确实读过这本书。

3. 奥登的传记作者汉弗莱·卡彭特指出，奥登写作此诗时正在阅读古希腊历史学家修昔底德的《伯罗奔尼撒战争史》。修昔底德参加过伯罗奔尼撒战争，也曾有被放逐的经历，故有“流亡的修昔底德”一说。

4. 原文为 speech，可作“言语、谈话、演讲、语言”等多义理解。布罗茨基认为这是个双关，他敏感地认定它首先指的是“语言”，然后，才指涉了后文——修昔底德借古希腊政治家和演说家伯里克利之口所发表的那篇著名的墓前演说；甚而也可以作更为宽泛的理解，比如每一位诗人也都是语言的历史学家。

而独裁者又如何行事，
当他们宣说着陈词滥调
对着一座无知觉的坟窟；
他在书中分析过的一切，
被驱逐的文明教化[1]，
习惯性的痛感[2]，
管理不善和悲苦：
我们都得再受一遍。

身处这中立的空气，
盲目的摩天高楼
利用它们的绝对高度
宣告着**集体人**[3]的力量，
每一种语言都竞相
倾吐徒劳的借口：
但在欣快的梦魇中
谁又能长久地过活；

---

1. 原文“enlightenment”，布罗茨基认定它应是大写字母的“启蒙运动”(事实并非如此)，而不单是指“启示、智慧或觉悟”。但这里存在一个时态的悖论，即古希腊的修昔底德不可能去分析后世的启蒙运动。按译者的理解，奥登所指的，应是每个时代由哲人、智者、政治家所开启的“文明的本体”。
2. 这是个奥登惯用的心理分析术语。
3. “集体人”对应的原文为“Collective Man”，出自荣格1930年的讲座《心理学与文学》——“作为一个人类，他会有情绪、意愿和个人目标，但作为一个艺术家，他是一个更高意义上的‘人’——他是‘集体人’，是人类无意识心灵生活的一个媒介和模塑。”

他们在镜子里瞪视着
帝国主义的嘴脸
和国际间的不公。

紧靠吧台的众人
留恋着他们的寻常一日：
灯火应该永不熄灭，
音乐应该一直演奏，
所有的习俗惯例
合谋要将这座堡垒
装扮成家具陈设；
免得我们看清自身的处境，
在闹鬼的树林里迷失方向，
害怕夜晚的孩子们
不曾快乐也从未驯良。

空洞之极的好战言辞
由显赫要人们大声说出
并不比我们的愿望更粗鄙：
疯子尼金斯基[1]所写

1. 前面已提过，奥登创作此诗的灵感来自于尼金斯基的日记。尼金斯基（1889—1950）是二十世纪最伟大的俄国舞蹈家、编舞者。他骄傲、敏感、自闭，是个完美主义者，也是虔诚的基督徒。1919 年，尼金斯基患上精神分裂症，被送入疗养院，从此告别了舞台，弗洛伊德和荣格都对他进行过治疗。

关于佳吉列夫[1]，
道出了凡俗心灵的实情；
因为每个女人每个男人
骨子里滋生的谬误
渴望着无法拥有之物，
不是普遍的爱
而是单独地被爱。

从保守的黑夜
进入了伦理生活，
蜂拥而来的上班族
重复着清晨的誓言；
“我会忠实于妻子，
我会更专注地工作”，
而无助的管理者们醒来
继续着他们的强制性游戏：
现在谁能解救他们，
谁能与聋子交流，
谁又能代替哑巴说话？

---

1. 佳吉列夫(1872—1929)，艺术活动的卓越组织者，在音乐、绘画、戏剧、舞蹈各方面均有相当的造诣。佳吉列夫对尼金斯基多有提携，两人即是合作伙伴也是情人。在他们同居的几年中，佳吉列夫一直给予尼金斯基生活和金钱上的支持，但双方的关系随着尼金斯基的闪婚而宣告破裂。

我所有的仅是一个声音
要去破解褶皱的谎言，
凡夫俗子的颅脑里
那罗曼蒂克的谎言
以及摩天大楼里
那些当权者的谎言：
所谓的**国家**实体并不存在
也没有谁可以独自苟活；
饥饿让人无从选择，
无论是平民还是警察；
我们必须相爱要么就死亡[1]。

夜幕之下毫不设防
我们的世界犹在昏迷；
然而，遍布四方的
嘲讽的光点闪现着正义
正彼此交换着讯息：
但愿，同他们一样
由爱和尘土构成、
被同样的否定和绝望

---

1. 奥登后来将此句改为“我们必须相爱直至死亡”(We must love one another and die)。对这句感兴趣的读者，不妨参照多恩的《成圣》(The Canonization)里的这句——“Wee can dye by it, if not live by love”。

所困扰的我，能呈现
一支肯定的火焰。

1939 年 9 月

COLLECTED POEMS

[英] W.H.奥登 著 马鸣谦 蔡海燕 译

奥登诗集

- 修订版 -

卷二

1947年的奥登

THE

COLLECTED POETRY OF W. H. AUDEN

RANDOM HOUSE · NEW YORK

兰登书屋版《奥登诗集》

1928年，奥登与衣修伍德在牛津（埃里克·布拉莫尔摄）

1938年，奥登与衣修伍德准备前往中国

从左至右，奥登、C.戴·刘易斯、史蒂芬·斯彭德
（拍摄于1949年，或为三人唯一合影）

1950年代的意大利伊斯基亚岛，奥登每年会在此居住

第四部分

1940年

W.H.AUDEN：COLLECTED POEMS

Part Ⅳ

新年书简[1]

(1940 年 1 月 1 日)

致伊丽莎白·梅耶[2]

第一章

委身于冬日常见的重压
之下,那良知和国家[3];
排开了松散的喜庆队形,
爱情、语言、孤独和忧心
面对着往后一年的习性,
街道沿途人群川流不息,
当他们走过,唱着歌或叹着气:

1.《新年书简》采用的是八音节双韵诗体,即每行诗八个音节,每两行押一韵(济慈的《圣马可节之夜》和拜伦的《锡庸的囚徒》即是此例)。不过,奥登并未完全拘泥其规律,间或会出现三行连韵或无韵单行;句式排列时常出现跨行,因此诵读时必须时刻紧跟行文脉络,而不能以其尾韵为断句顿点。这是一首典型的经过奥登改造了的现代格律诗,充满了思想智性和讽喻意味。《新年书简》这首长诗此后加入了奥登写的其他评论和注释,第二年在纽约以《双面人》为名发行了单行本,而在伦敦出版时则沿用了这首诗的篇名《新年书简》。

2. 伊丽莎白·梅耶(1884—1970),德裔美国人,翻译家和编辑。梅耶与奥登、本杰明·布里顿等作家和音乐家过从甚密,二十世纪四十年代,她位于长岛和纽约的住所成为很多移民作家的艺术沙龙。1939 年 9 月 4 日,奥登在布里顿的引荐下结识梅耶,迅速结下深厚的友谊。当年的圣诞节,奥登便是在梅耶家度过的,所以,这首长诗题献给梅耶颇为合情合理。

3.“良知和国家”的原文为“conscience and the State”,“State”既可理解为“国家”,也可理解为纽约州(State of New York)。

兴奋的，从容的，疑虑重重的，
我们的反省全都转向了
一个俗常的思考规范，
节制，牺牲，改善。

在布鲁塞尔，十二个月前，
我听到同样一厢情愿的喟叹
萦绕我周围，欧洲的无眠客们
躺在他们的床上战栗发懵，
或因不安的恐惧紧张兮兮，
指望着远遁数个世纪，
他们发誓许愿的低语声
在她闹鬼的屋子里回荡共振，
当接近于发生意外事件
某个现形的怪物就蹲伏在那边。
所有招数都拿来一试
要让窗台上那刮擦声停止，
门闩都按惯例做得紧固密实
以抵御大门承受的冲击，
但它已爬上事件的楼梯
带着它那些特殊仪器，
仍然光临了每一张床第
那可怕的身影倏忽即至。

当和一个人单独谈话时
时间尚能缓和它的语气，
而同一个太阳的中立的眼睛
正从空中观察着地球的运行：
绚丽的八月，在褐绿地表上
看到了奇怪的交通状况，
服从于某个隐秘的力量
一艘船突然改变了它的航向，
一列火车异常地刹车停住，
一小群人捣毁了一家店铺，
悬而未决的仇恨在有形的
敌对状态中已具体成型，
闪烁其词的集结[1]已缩约成
将军们一手制定的粗暴方针，
正是那个早晨，战争
在波兰的地面上发生，
晨曦降临了美国本土，
也照耀着长岛的一间小屋，
当我们弹起布克斯特胡德[2]的乐曲，

1. 指军事集结。
2. 布克斯特胡德(Dietrich Buxtehude，1637—1707)，丹麦管风琴演奏家，作曲家，以精湛的演奏技巧闻名欧洲。

他的一支帕萨卡里亚舞曲[1]
令我们的思绪变成了一座音响之城
在那儿能找到的唯有服膺赞成，
因为艺术已将感觉、情绪
和才智全都安顿有序，
而从它的理想秩序里
也萌生了我们的本地认知。

安顿有序——那是厄洛斯
和阿波罗都会要求的差事；
因为艺术和生活对此看法一致：
它们都期图着某个统合体，
秩序必会成为终极目的，
而所有自恋者都会觊觎此事，
他们为获自由而斗争，
即会运用意志来达成。
但秩序从不能强求得来，
它仅是某种圆满的状态，
因为意志只会趋向其对立
并不会催生容纳他们的整体，

1. 帕萨卡里亚舞曲，发源于十七世纪西班牙的一种音乐形式，庄重而舒缓，多为三拍的低音音型。

对称性只会引发无序混沌
当两两相像、彼此对等,
可所有人的目的都是同一个,

期图在一个和平环境里去贯彻
他们的意志,而所有的欲望
身处其中都会彼此找到方向,
一个真正的格式塔[1],不可分的
知觉和外延就在此间会合。
模仿正是艺术的目的所在,
但它已觉悟,相似性已不再;
艺术并不等同于生活,
当不了社会的接生婆,
因为艺术是一个既成事实。
对活着的人们来说
生活秩序不会言明什么该做、
如何做或何时做,因它已然
显示了活生生的经验,
借由一次缔造了联邦自治的

1. 格式塔为德文“Gestalt”的音译,主要指完形,即具有不同部分分离特性的有机整体。二十世纪初期,韦特墨、考夫卡等人将这种整体特性运用到心理学研究中,产生了格式塔心理学。

大功告成的会议[1]。
在不寻常的时间和空间
所曾发生的不寻常事件，
虽然它们的细节之处
每个挑剔的艺术家都很清楚，
但它们会占据新的领地，
独特性会充当典型范例，
尽管，仍与惯常有异，
终会变为一个代数公式
和汲取过往经验的
一种事件抽象模式，
而每个生命都须自行决定
要去适应什么和如何适应。

为人类展现了秩序面貌的
那些大师们还得去寻找，
可要是所有学究都把你当成了
真正的名人来评说又该如何？
于是你会迎来更多的荣誉，
若你比其他人体质更虚，

1. 指奠定美国独立基础的大陆会议。1774 年至 1789 年期间，大陆会议是英属北美十三个殖民地以及后来美利坚合众国的立法机构。奥登认为这是自主选择的结果。

却拥有勇气，能比那些污臭、
卑鄙、自私的生灵活得更长久，
若你一贫如洗或长相丑怪、
健康不佳或社交失败
逼得你在生活中无处容身，
只得换个法子去游戏人生；
而苟活的猎物一仍如旧
被改造成了游戏中的猎手，
昔日狂暴的复仇女神
最终也被查明了她们的出身，
中了巫师的诡计，就此
变作了仁慈、快乐和收益[1]。
此刻如此庞大、高贵和平静，
你们一成不变的身影
平息了阴郁世代的愤怒，
遏止了意志的恐惧和局促，
面对那些无力成长的人们，
你们的终极形态已开口发声，
对梦想说："我即是行动，"
对奋斗说："勇气。我会成功，"

1. 古希腊人对复仇三女神十分敬畏，认为直接说出她们的名字会给自己带来厄运，因而用美丽的名字称呼她们，比如称呼她们为"仁慈的人"、"友好善良的女人"。

对悲痛说:“我留下。宽恕,”
而对转变说:“我存在。安住。”

他们质疑,警告,并证明。
那个人,一直轻率地相信
他就是天命所选的
那些伟人中的一个,
他难道永远不会忧虑
会辱没自己的职业名誉?
因为围绕着他的小小宅屋
已遍布了亡者的宏大建筑。
当他工作时,难道没留意
他们那毫不妥协的瞪视,
也无视那个委员会的管制,
而其权威根本不容回避?
哦,经常如此,不管
批评者是发难还是称赞,
年轻或博学,平凡或多产,
他常常必须去直面
那个永久开庭的简易法庭,
若他可以,还须去回应
它那严肃的讯问。
那些发问者的语声

虽则体贴、温和又低沉，
尽管他们将控辩的责任
都一并授予了我们，
接受了我们的举证规程
且会将我们自己的判决核准，
然而，当他单独面对着他们，
哦，谁能拿出可信的证据来
证明他值得他们所爱？
在安静而专注的听众面前
谁曾站起身来高声诵念？
当他念叨时，谁的嗓音不曾颤抖，
他不会结巴，坐下后不曾低垂了头？
法律的心胸如此开阔，每个人
都可以选择他要出庭面对的人，
检视他最崇拜的那些幽灵
从中挑出有影响力的一名。
于是，当有人唤到我的名字，
我冷静处置着我的案子，
面对了那个瘦削顽强的先贤[1]；
他，毁掉了一段俗世的生涯，
将其激情、感觉、意志和思想

1. 指但丁。奥登的道德观念显然在但丁那里找到了呼应和启发。下一行“他毁掉了一段俗世的生涯”指但丁因牵涉政治斗争而被流放的经历。

带入了某种超自然的现象，
由理性之爱[1]引领，分别
穿越了那亡者三界[2]，
对保存灵魂的整体环境
具体入微地看了个分明，
对其复杂性有了一番领略
理解了天主教的生态学，
他描绘了在马勒勃尔戈恶囊[3]里
发现的那个野蛮的动物群体，
和在有福的植物群[4]的边际
找到的一个比罗马更公正的中心，
那里，爱拥有源源不断的创造性。
当我不情不愿地必须作证
且将有待批准的判决权衡，
一个脾气暴躁的热心人，

1. 在《神曲》中，但丁在理性（象征人物是维吉尔）和信仰（象征人物是贝阿特丽丝）的引导下游历“三界”，由此生发出对“爱”的思考：人类须由“理性之爱”引导，其灵魂才能得到净化和升华；惟其如此，才能达到至善至美的境界。

2. “亡者三界”即“地狱”、“炼狱”和“天堂”。

3. 马勒勃尔戈是但丁所描绘的地狱第八层的名称。语源来自意大利语，意为“罪恶的壕沟”，中文译本中有翻为“恶囊”的。它是个巨大的漏斗状洞穴，如一眼极大极深的井，分成了十个同心圆的环形壕沟（恶囊）。生前惯于欺诈者如诱奸者、阿谀者、伪君子、窃贼、教唆犯等在这里受到惩处。具体可参见《神曲·地狱篇》第十八章。

4. “有福的植物群”指升入天堂的灵魂，他们是行善者、虔诚教士、立功德者、哲学家和神学家、殉教者、正直的君主、修道者、基督和众天使。

依照其权利出庭现身，

自学成才的威廉・布莱克[1]

将他的幽灵扔进了湖泽，[2]

在一声咒骂里，

与牛顿的宇宙脱了干系，

但恰如一个孩童，他会去爱抚

伏尔泰从未碰见的那些老虎[3]，

与它们一同走过朗伯斯区[4]，

在斯特兰德[5]跟以赛亚[6]说上几句，

且在每一样世间之物中，

---

1. 威廉・布莱克个性独特，因不喜正统学校的压抑气氛拒绝入学，所以没有受过正规教育。但他自小就喜欢绘画和诗歌，很早就开始了独立创作。死前布莱克曾为但丁的《神曲》配画插图，不过最终没有完成。

2. 此句出自布莱克的《威廉・布莱克的预言书：耶路撒冷》（副标题为《巨人阿尔比恩的起源》，这是诗人创作的预言书中写得最晚、篇幅最长、也最为伟大的一篇）中的一段："每个人心里都驻有他的幽灵/直到那个时刻的来临/当他的人性焕然苏醒/将他的幽灵扔进了湖心。"布莱克认为，人一来到世上就堕落了，人的心智因此分裂成了四个部分：人性（the Humanity）、流溢（the Emanation）、阴影（the Shadow）和幽灵（the Spectre）。

3. 老虎意象可参见布莱克的名作《老虎》。

4. 朗伯斯区位于伦敦。布莱克出生和生活在伦敦，故有此说。

5. 斯特兰德路是位于伦敦市中心沿泰晤士河的一条河滨马路。

6. 以赛亚是公元前八世纪的犹太先知，圣经《以赛亚书》中的主要人物，相传也是该书的作者。威廉・布莱克在《天堂与地狱的婚姻》里描写了诗人与以赛亚之间的对话，这部作品确立了诗人所拥有的类似先知的独立权威。我们可以从以赛亚-布莱克-奥登的脉络关联上，看出奥登诗歌中的"病况诊断"和"危机预警"的来源出处，而他后期向基督教的思想演变，从内在根由来说，也许就并非不可理解了。他那潜藏的"预言者"的声调始终如一。

听到了它神圣流溢[1]的唱咏，
此时他左手边的长椅上，
年轻的兰波皱着眉要将罪责担当，
咕哝说那个讨厌鬼不是法国人，
少年的手掌泛着红润，
他灵巧，偏执，性急易怒，
扼杀了一门古老的修辞术。
法庭里坐满了人；我偶然
发觉了几道熟悉的视线，
因为当我在被告席上抬眼
顿时与尴尬的目光交叉相连。
德莱顿[2]，中庸风格的大师，
带着谦恭的微笑坐在那里，
卡图鲁斯[3]神志清醒，
令他的一切粗口都悦耳动听，
阴郁的丁尼生[4]，其才能
专为清晰表达一种绝望而生，

1. 流溢，即人的心智的四个组成部分之一。布莱克认为，流溢相当于人的想象，人在诞生时就是分裂的，不完整的，人与人之间的相互交流只能靠交换彼此的流溢。
2. 约翰·德莱顿(1631—1700)，英国桂冠诗人、剧作家，他的批评著作对十七、十八世纪英国古典主义文学的发展有深远影响。
3. 卡图鲁斯(前84—前54)，罗马帝国第一个重要的抒情诗人，恺撒的同时代人。
4. 丁尼生(1809—1892)，英国维多利亚时期的桂冠诗人，主要作品有诗集《悼念集》、诗剧《莫德》、长诗《国王叙事诗》等。

信守二元论的整洁的波德莱尔，
城市、海港、妓女、忧郁症、
煤气灯和悔恨的诗人，
哈代，他的多塞特[1]赋予了
一个不合群的英国少年如许欢乐，
还有里尔克，万物[2]皆为之祝福，
这个圣诞老人如此的落寞孤独。
还有各个时代的很多人出庭，
因我深陷于我那些恶行，
一次次由于过失和疏忽
将所做之事弄得一塌糊涂，
接受了我本应弃绝的东西，
一副说教者散漫自负的口气；
虽被一个伟大的十四行诗人警告
切勿将最珍贵之物廉价卖掉[3]，
虽则可怕的老吉卜林大叫

---

1. 多塞特位于英国西南部英吉利海峡沿岸，是哈代的故乡。这个不合群的少年就是奥登自己：他的早期习作中便有哈代的影子，比如他对废弃矿井和北方荒野的描写就明显带有哈代的“埃格敦荒原”的印记。成年后，他在写于 1940 年的《文学传承》(A Literary Transference)里曾详述了哈代对于他诗歌创作的持续影响，并称后者为自己“诗歌上的父亲”。
2. “万物”的原文为德文“die Dinge”，直译为“事物”，在里尔克诗歌的汉译中常译为“万物”，概指包括人类在内的所有生灵。
3. 此处的十四行诗人指莎士比亚。下句出自莎士比亚十四行诗第 110 首第三行：“违背我的意志、把至宝贱卖掉。”

"你拒绝一刹那的辛劳
就得永世忍受亵渎之苦"[1]，
我却不愿听从他们的劝阻。
可是，意志薄弱的罪人
仍须乞求宽大，仍须信任
他的力量，以此避免
他的学科所独有的罪愆。

我们时代的形势
如一桩难解罪案将我们围起。
那具躺着的半裸躯体
我们都有理由去嫌弃，
所有人都是疑犯，在谜底
被揭开之前都难脱干系，
而那个严加封锁的起因
让我们的法律变得荒谬不经。
哦，谁正试图将谁庇护？
谁把那个发夹留在了里屋？
远处草地上看到的
举止古怪的人影是哪个？
为何看门狗从来不曾吠叫？

1. 此句出自吉卜林《〈生活障碍〉后记》的第三节。

为何脚步没留下印迹记号？

那段时间用人们在哪里？

一条蛇怎么就进到了塔楼里？

在民主制度下被耽搁延误，

全因部门间的虚荣自负，

彼此对立的军警们到处游荡

却更乐意争吵而不是查明真相，

在那儿，甚至军队也被迫服软，

听命于一位穿棕色军服的检阅官[1]，

他捏造了他所中意的谋杀犯

而所有的调查已中断。

一直以来，我们的技能

甚至还向犯罪领域延伸，

直到罪行已遍地滋生，

而我们越来越清晰地体认，

不管我们的教区会面临

多么直接紧迫的不幸，

不管它有多渺小，有多遥远，

因同处一个贫瘠天空的关联，

大规模的心灵紊乱

1. “穿棕色军服的检阅官”即希特勒。1933 年 1 月 30 日，希特勒成为德国总理。下文提到的“谋杀犯”，指的是发生于 1933 年 2 月 27 晚的“国会纵火案”的凶犯马里努斯·凡·德尔·卢贝。奥登在之前《三十年代的新人》一诗中已提到此事。

已是随处可见。
那个人，当回首过往十年，
他没听见哀号声已响在耳畔？
亚洲的痛苦哭泣，
处决西班牙的枪击，
且看因他的愤怒决心趔趄走过的一群，
阿比西尼亚人[1]手脚起泡，瞎了眼睛，
还有多瑙河畔人们的绝望，
那茫然、困惑不解的目光，
犹太人毁灭在了德国的监牢中，
平坦的波兰如地狱般天寒地冻，
而无言、沮丧的失业大军
他们的脊梁已彻底地毁损；
他也没有感觉到盲目的怒气
正将他的思维引向弥诺陶洛斯[2]，
乘上条古船来到了克里特岛
在它的蹄爪下晃得晕头晕脑，
却只为他人平添了小小趣闻？

---

1. 1935年10月，墨索里尼统治下的意大利入侵阿比西尼亚（今埃塞俄比亚），将其占为殖民地，期间动用了毒气弹和细菌武器，“手脚起泡，瞎了眼睛”就是指这一暴行。随后几行罗列了纳粹德国的一连串暴行：吞并奥地利，迫害犹太人以及入侵波兰。
2. 在希腊神话里，弥诺陶洛斯（古希腊语字面意思为“弥诺斯的牛”）是克里特国王弥诺斯之妻帕西法厄与波塞冬派来的公牛所生的半人半牛的怪物。弥诺斯将它困在克里特迷宫里，并把雅典进贡的童男童女送到岛上由其处置。

它引诱了我们全体;连最出色的人,
那些意愿良好者,也顿感
他们的政治活动如此虚幻
他们信赖的一切如此不真实,
于是乐于屈从沉溺,
陷入了巨大的末日梦魇,
噩梦中,迫害者们尖声叫喊,
长刀之夜[1]突然降临
夺了坏雅利安人[2]的性命,
该死的暴君好不容易才清除
他在首都垒起的尸骨。

语言也许毫无价值,只因
人类的文字无法让战争消停,
也不具备缓解功用
可减轻它的无尽悲痛,
但如同爱情与睡眠,真理
憎恶那些过于激烈的方式,

1. 1934 年 6 月 30 日,希特勒在柏林和慕尼黑对纳粹冲锋队头目恩斯特·罗姆等人展开清洗行动。两天内被杀的人超过四百,其他人则被送进了达豪集中营。史称"长刀之夜"。

2. 十九世纪中期,戈宾诺伯爵及其门徒张伯伦积极鼓吹"雅利安人种"说法,将北欧和日耳曼诸民族视为最纯粹的雅利安人,认为他们优越于其他人种。此处指的是在"长刀之夜"遭血腥清洗的纳粹冲锋队队员。

当探索者站在神殿面前时，
它常会无视他老于世故的诚挚，
然而，却不会轻忽
他少不更事的痛苦，
因为要过[1]雅努斯神这一关
只需灵魂引路人[2]的率直笑谈。
这样的心灵和智慧
此刻若聚在一起开会，
任何时候当陷入了僵持
或可运用诗歌的调停能力；
也许会达成共识，也许这份记述
他们会中所谈内容的备忘录，
这份写给一个朋友的私人文稿，
就是我打算发送的通讯报道；
尽管收件人地址写的是白厅，
这封装入开口信封里的信
所有人要是想读都可把它接下，
若他们展读，完全就是明码[3]。

---

1. 在罗马神话里，雅努斯是门神，早晨打开天门，让阳光普照人间，晚上又把天门关上，使黑暗降临大地。他的头部前后各有一副面孔，一副看着过去，一副看着未来，因此也被称为两面神，或者时间之神。他也司掌世间所有的出入门户，因此罗马人在战时永远将神殿的门敞开着，以便军人在战败时躲入，或者在战胜时凯旋。
2. 灵魂引路人，即赫耳墨斯。在希腊神话里，赫耳墨斯除了是神使、商旅之神、竞技体育保护神、小偷的行业神以外，还是灵魂引路人，引导灵魂奔赴冥府。
3. 原文为法语，指电报、公文等不用代码(或密码)，直接使用普通文字。

第二章

今夜，一个纷扰十年已终结，
站在路标下，在贫瘠的荒野，
陌生人、敌人和友朋
又一次地困惑迷昏，
在此分岔的崎岖山路
通往了各处的寂静丘谷，
竭力辨认路标上的字迹
却看不出什么东西，
也猜不出那悬崖高冈
位于什么具体方向。
一片漆黑中，偶尔能听见
低声说出的只语片言，
山间积着厚厚的霜冻，
迷路人的呼吸分外滞重；
远处山脚下他们的所来之处
一簇红色火焰仍在无力闪扑，
小小光亮所在的巨大虚空里
一种生存方式行将就死；
大自然时不时地转过身子
去看她烧着了的整个躯体，

随着最后一声抗拒般的呻吟，
她的未来如石头般悚然而惊。

将我们的恐惧、欲念与自尊
搁到一边，认清自己的身份、
位置和状况是何其的不易，
一个普通星球上的子嗣，
脆弱，畏缩，紧贴着一个敏感
而古老的行星的花岗岩表面，
我们这个温和又土气的保姆
在西特[1]的膨胀宇宙中安住，
为了与我们的处境保持一致
何其努力地发挥着想象力。
因为仅仅想到我们随时会死，
想到每个大写的“我”只是
永不闭合的场域里
一个局部进程的事实，
就会让我们全体饱受刺激；
正派人士会觉得这事很怪诞：
我们会被我们改变的东西所改变，

1. 威廉·德·西特（1872—1934），荷兰数学家和天文学家，是研究现代宇宙论最早的学者之一，对广义相对论的传播起过很大作用。他建立了“德·西特静态宇宙模型”。

没有什么事会发生两次，
而两个一模一样的实体
从来就不存在；我们宁愿
变成我们父辈的完美翻版，
更喜欢我们的固有观念，
却不愿面对真正的特定现实。
这不足为奇，我们只是没了胆气
该留心注意的时候却哭哭啼啼：
一众老脑筋的爱国人士
本年度不再拥有至高权力，
只会像拉贝里埃尔[1]般生气，
此人发现，一味的咒骂痛责
并不能纠正一个七颠八倒的
世界，因下葬时头脚倒置
赢得了一个古怪名气；
他们不愿意调整信仰，
在虚幻的悲伤中变得疯狂，
就此省去了调整修正之举，

1. 拉贝里埃尔少校是十八世纪末住在英国萨里郡多津的一个退伍军人，因行事怪异而知名。据说他预言了自己的死期，还让女房东的儿子在葬礼上站在他的棺材上跳舞。当然，最出名的举动就是让人把他头脚颠倒地下葬。据他说，因为世界是颠倒的，这才是正确的入葬姿势。

如莎拉·怀特黑德[1]，那银行修女，
因为爱着一个“活着”的兄弟，
嫁给了一种不可能性，
踟蹰在针线街，泪水涟涟，
守着一扇门守了二十年，
她盼望着，对此她未敢怀疑，
那被吊死的贪污犯终能获释。

可是，谁是那个大话精[2]，
如若不是“否定的精灵”[3]？
那幽灵就立在肩膀后侧
声称年齿渐长是种罪恶，
而我们仍备受指责，即使我们
转而认为已找到救赎的可能。
但就在它试图阻止
我们采取行动之际，
它不得不让此时此地
尽其所能地变得不可思议，

---

1. 传说英格兰银行有一个戴黑面纱的老妇人的幽灵出没，名唤莎拉·怀特黑德。她的兄弟因为伪造文书被处死后，她就精神错乱了。她又被叫做“黑纱修女”和“针线街的老妇”。
2. “大话精”（或称“谎言之王”）是魔鬼撒旦的诨名之一。
3. “否定的精灵”出自歌德《浮士德》第一部，魔鬼梅菲斯特在书房与浮士德对话时提及。

而我们如此专心一意，
忘了给悔恨留个余地；
要为精神松懈作辩解，它势必
表现出充满激情的活力，
且要诱导我们一直保持怀疑，
为我们揭示发现真理的方式。
可怜的受骗了的梅菲斯特菲利斯[1]
认为你做事可自随心意，
他向我们告白了一个事实：
造恶可证明我们的自由意志，
但不要强行达到你的目的，
因为那裁定者，万物的差役
和创造者，已将你指派，
魔鬼会走上前来
匍匐于他的足前[2]——夙敌，
在为我们争取良好结果时，

1. 梅菲斯特菲利斯是《浮士德》中诱引浮士德的魔鬼，简称为梅菲斯特。
2. 出自拉丁文《圣经·旧约·哈巴谷书》第 3 章第 5 节，原文为“ante faciem eius ibit mors et egredietur diabolus ante pedes eius”，奥登出于押韵考虑，调整了“egredietur”和“diabolus”的顺序。此段詹姆士钦定英文版《圣经》为“Before him went the pestilence, and burning coals went forth at his feet”，已做了改写，它的英文直译应为“Death shall go before his face. And the devil shall go forth before his feet”（死神会来到他面前，魔鬼会走上前来，匍匐于他的足前）。对应的中文和合版《圣经》，此段译为“在他前面有瘟疫流行，在他脚下有热症发出”，而新版译为“瘟疫在他面前行走，灾病在他脚下发出”。需注意的是，“diabolus”一词的拉丁文本意即是“devil”，而此处译为“魔鬼”，亦与诗篇的上下文有着关联呼应。

却远比我们那些好心善意

而愚蠢的朋友来得更有效力。

瘸腿、堕落的幽灵，退我后边去[1]，

退去，但不要离去：

虽然你一厢情愿地坚持，

你却没有明确的存在性质[2]，

只是贯穿着恐惧、不可信赖

和仇恨的一个常返状态[3]，

你化身为我，呈现了

一种合法人格，

假装你的存在是

一种经验可感的实体，

因为，虽然你无人可以申斥，

然则，我信故而我知[4]。

因为没了你我们何以为继？

你赐予了随机应变的能力，

1. 出自拉丁文《圣经·新约·马可福音》第8章第33节——耶稣转过来看着门徒，就责备彼得说："撒旦，退我后边去吧！因为你不体贴神的意思，只体贴人的意思。"

2. 这段内容，受蒂里希思想的影响，认为撒旦借助生命体才能具化，他不过是我们暗藏的"自我"的产物。

3. 数学术语，意同"循环状态"。

4. 此处为拉丁文，出自基督教神学家圣安瑟伦，意为"我信故而我知"。圣安瑟伦的这句话，又是对圣奥古斯丁的名言"Crede, ut intelligas"的改写，意为"你信故而你有知"。两句话的主语有细微差别，都是在信仰与理性之间建立联系。

可以质疑你并将你处置妥善，
而这，会促使我们走向恩典？

要对抗它麻痹性的微笑
和坦诚的现实主义格调，
我们最好的保护，即我们
事实上就居处于永恒。
那抑制我们呼吸的无眠的力量
记载了空洞希望的诞生和死亡，
记载了那些有着美好前景的
时髦思想的短促寿命，
记载了大恐慌时期的每次集会[1]，
记载了各种信仰的移民，
那希望与悲伤交织的旅行，
对于非连续性事件
并无任何的直接体验，
而我们所有的直觉能力
都在嘲弄时钟的形式逻辑。
看起来，所有真实的感知

1. 法国大革命有别于其他国家革命的一个独特的政治文化现象就是谣言如潮。在各种谣言的煽动刺激下，革命时代的法国民众经常处于亢奋状态，极易做出各种非理性的狂暴举动，使法国大革命呈现出特有的激进面貌。所以，这一时期又被称为“大恐慌”时期，著名的法国革命史研究者乔治·勒费弗尔著有《1789 年的“大恐慌”》一书。“每次集会”指法国的三级会议。

如梦一般有着变动不居的形体，
我们的感觉也从来不知
自行决断，只了解它们自己。
设若我们爱着，不是爱朋友或妻子，
只是爱着我们生活中的特定程序，
财物冠之以事业的名义，
爱仍然无法区分两者的关系；
在这封要寄出的信里，若然
我写了“伊丽莎白是我的友伴”，
我必得将我的信条说出来，
也即我**并非伊丽莎白**。
因为虽然每个人的心智
只能依据言语来思考，
我们却无法践行我们的说教。
笛卡儿的种种思辨[1]
正是一切合理语义学的出发点；
伟大的贝克莱[2]声名鹊起，在爱尔兰岛
为我们的散文平添了新的荣耀，
然而在追求知识的期间，

1. 这里指法国哲学家、数学家、物理学家笛卡儿提出的著名哲学命题——“我思故我在”(Cogito ergo sum)。这是笛卡儿形而上学体系的一个最基本的出发点，也奠定了所谓的“欧陆理性主义”哲学的基础。

2. 贝克莱(1685—1753)，英国近代三大经验主义哲学家代表之一，曾是爱尔兰主教，认为“存在就是被感知”。

却拿他学院的未来在冒险，
主教将他的焦虑面容巧加掩饰
更多凭靠了语法，而不是仁慈，
他那朴素的英格兰圣公会[1]的上帝
供养了学术社团和四方院子[2]。

但原告并不愿意待在
他的座席里，不像当代
那些大人物，他不会去听
他的受害人的告白陈情。
观察着每个人的欲望本能，
用火给他们的凳面加温，
然后发表他对知识教化、
艺术、女人和时局的看法，
学到了每个女人都知道的常识；
无名野花会变成玫瑰一枝，
相貌平平的佩涅洛佩也能

1. 英格兰圣公会，亦称为英国国教会，是亨利八世为摆脱罗马教廷而建立的本土教会，既有天主教徒也有新教徒。

2. 四方院子一般指英国大学里有建筑物围绕的方院，用以指代学院与大学；或也与英国神学家和推理小说家罗纳德·诺克斯（1888—1957）的一首五行打油诗有关：“上帝/必然认为此事蹊跷/若他发现这棵树/依然是棵树/即便无人在院子里。”

变成奥德修斯梦中的海伦[1]，

假若她看起来像是个

兴趣盎然的倾听者，

既然无趣的男人们为满足虚荣心

都会愿意付一大笔钱给那些流莺。

于是，当我们语带夸张

驳斥他撒过的一个谎，

那个伟大的否认者不会否认

只是哼哼："你们是比我聪明的人；

你们绝对正确，理所当然，

我从未站在那个角度来观看。

现在我明白了：理智，

那区分原因和结果的智力

以及关于空间和时间的思索

都犯了一个墨守成规的罪过，

因为这样一种虚幻的论断

必然会篡改经验。

你总不能说，那条

1. 佩涅洛佩、奥德修斯和海伦都是希腊神话里的人物。海伦美得倾国倾城，希腊所有城邦的国王或王子都前去求婚，除了阿喀琉斯因为太年轻而没有赶上。最后海伦抽签决定了自己的丈夫，嫁给了墨涅拉奥斯。求婚未果的奥德修斯，后来娶了海伦的堂妹佩涅洛佩。佩涅洛佩聪明、体贴、忠贞，虽然也是貌美过人，比起堂姐海伦却逊色不少。

趴在毒树上的冰冷的蛇精
就是几何学的神灵，
而夏娃和亚当的故事
堕落前的那段完全不合逻辑，
只是到他们将禁果品尝，
三段论的原罪才扎根生长?
流离失所的人们满怀敌意
为他们的前提争吵不已，
已被巴巴拉[1]的城墙和栅栏
挡在了伊甸园的外边。
哦，人类竟愚蠢到如此地步，
要在一个逻辑序列中寻找救赎！
哦，无情的理智浇灭了
他天生的热情，直至毁掉了
所有归属感的根基！
爱的活力萎缩至此，
在被**报酬**这根谨慎而抽象的
绳索所辖制的贫瘠土地上，
辛劳而自觉的粒子们相互碰撞，

1. 巴巴拉是亚里士多德在《前分析篇》提出的经典三段论：如果所有B是A，并且所有C是B，那么所有C是A。这三段陈述包括了大前提、小前提和结论，都是全称肯定，即aaa的形式，后来的学者便把这样的三段论叫做“巴巴拉”(Barbara)，因为该单词的三个元音都是a。

受廉价而拖拉的放任政策[1]的影响
如数字般彼此分裂割据，
到哪儿都建立不了秩序。
哦，人类何时能表现出常识，
抛弃那歧视褊狭的智力、
扔掉这个煞风景的玩意？
何时能拒绝势利矫情
找回日益宝贵的内在天性？
单凭它，就能让联系更为紧密，
而基于血液的身体结合
能确立一个真正的睦邻原则，
由此，艺术、工业和风俗
将被一个内心秩序所约束。”

魔鬼——这并不出人意料，
他的本业就是自我推销——
是个第一流的心理学家，
他留着一份认真誊写的名札，
可助他完成那些棘手交易，
上面记着每个顾客的所感所思，

1. “放任政策”指西方资本主义国家所采取的一项主要经济政策，赞成市场自主调节同时避免国家干涉的经济原则。

学校和宗教信仰，门第和教养谈吐，
在哪儿吃饭，又在读谁的书，
谁若是错引了什么名言句子，
他会在那人的名字旁作个标记，
还会用他中意的某位作家说过的话
对着其他作家劈头盖脸地骂。
“艺术？哦，福楼拜对艺术家
没什么说法：‘他们是对的。’[1]
民主？那要问波德莱尔：
‘比利时人的精神’[2]，混杂着煤气、
雾水和桌仙游戏[3]的一个脏污东西。
真理？亚里士多德正在辨识：
‘在人群中，我是神话之友朋。’”[4]
接着，当我以知情者的口吻
开始对他这番话提出异议，

1. 众所周知，福楼拜对婚姻和家庭抱有强烈的怀疑，其小说对法国中产阶级的生活极尽了嘲弄。这句话据说是福楼拜有一次去邻居家吃饭后说的：那是一对谦逊又自在的年轻夫妇，养了一大帮孩子，过着平凡生活，颇得福楼拜的好感；福楼拜饭毕回家时对他的侄女卡罗琳·柯曼维耶说：“他们是对的。”这则八卦故事，似乎暗示了福楼拜对俗世生活的另一番认识。

2. 波德莱尔曾于 1864 年去比利时，翌年写了小册子评论集《可怜的比利时》。这句话概出于此。

3. 桌仙游戏是通灵术的一种，通过旋转桌面的圆盘来拼出字母，连缀字母成句，在二十世纪的欧美很是盛行。

4. 据说，亚里士多德曾在致友人的一封信里坦承，随着年岁渐老，他变得越来越不像哲学家或智慧之友，而更像一个神话之友。另一种说法是，他曾说过“智慧之友亦是神话之友”这句话。

他将一首里尔克的诗交到我手里。
“你知道这哀歌，对此我深信不疑
——哦，造物其乐无穷
它们永远留在子宫[1]——‘子宫’，
在英语里和‘坟墓’韵脚相同。”
他踮起脚在房间里走动，
打开了收音机，跑去记录
伊索尔德对黑夜的渴慕。[2]

可是，他所有的招数手段
都被他自身引发的问题所规限，
因为作为伟大的分裂派人士，
他第一个将万物二元分离
成就了从所未行之事，
经由建立统一中的多样性
以希望激发了那些生命，
他在其间所发挥的作用
确保了他会趋向罪恶的操纵，

1. 此句出自里尔克《杜伊诺哀歌》第八首——“O Seligkeit der Kleinen Kreatur,/ die immer bleibt im Schoosse, der sie austrug”，林克先生译为：“哦，渺小的造物其乐无穷，/它们永远留在分娩的子宫。”奥登引用此句时略去了几个词。

2. 指“特里斯坦与伊索尔德”的传奇爱情悲剧：爱尔兰公主伊索尔德即将成为康沃尔王国的王后，而特利斯坦与伊索尔德早已相恋。暮色笼罩下，伊索尔德等着夜晚降临后去花园同特里斯坦私会。黑夜在此象征了极乐的幸福和情欲的力量。

如同一个不明确的身份职责，
如同任何一个爱尔兰政客，
因在相互抵触的需求间左右难支，
他即便成功也注定会一败涂地，
他神经质的渴望会将他耍戏，
因他扮演二元论者和上帝
而自作自受的悖论。
因为，假设二元性存在可能，
上帝该置于何地？假设
什么地方存在着与他的
价值标准不同的其他文化，
如何才能证明他的文化
不是主观臆想？还是生活本来
就处于了一种战争状态？
然而，假若一元论观点为真，
怎可能还要去为此而斗争？
如果爱已经湮灭无痕，
能被仇恨的就唯有仇恨本身。
要同时说出两样不同的东西，
要在两条战线上同时发动攻势，
还要表现出十足的信心
就需要某种更为华丽的辞令，
可当他运用多音节的修辞，

却没人愿意去搭理。
于是所有能骄纵不安心灵的
暧昧的理想主义艺术就正合
他的胃口,而他的工作
是某种更虚弱无力的宗教生活,
甚至是一部小说、一出戏或一首歌曲,
倘若它夸张、冗长又阴郁;
他知道无聊者不会将他揭露,
可若是有人要他彻底断除
联系并且确切地说出
他的想法,他就会犯迷糊。
为赢得各色人等的支持,
他在理智面前只能稍加节制,
因它或会憎恶无形的影子,
他甚至不断推迟那个日期
让那一天变得令人神往。
采取行动给他们一个收场,
因为他知道,若他赢得胜果,
人类可能作恶但不会犯错。
犯错就是有意识地
对抗看似宿命之事,
在这样的必然性世界里
可能性被终止,也拒绝怀疑。

因此，成功只是让我们恢复
我们之前所是的面目，
变成卢梭式的迷人兽类[1]，
意识不到自己正惹是生非。
那么，从策略上来说，他没错，
他让我们在毗斯迦[2]的山顶干坐，
为守候黎明整夜打着哆嗦，
且要表现得一片诚挚，当他
描绘着圣徒们的新日内瓦，
而当他谈到大卫那过度夸张的
希腊帝国[3]，就要装模作样，
摆出广告女郎的姿势探身观看，
如同某人正横渡特拉华河的河面。
作为现实主义者，他常常说道：
“人若一死实在虚无缥缈，
因为只有等你到达彼岸上了路
才会见到人人满意的绝对事物，

1. 卢梭的思想极富启蒙意义，但也暗藏了危险因素，奥登在 1940 年曾写过一篇文章《浪漫主义从卢梭到希特勒》，深入剖析了他所带来的消极影响。

2. 毗斯迦山在约旦河东岸，据《圣经·旧约·申命记》第 3 章第 27 节记载，摩西就是从这座山眺望上帝赐给亚伯拉罕的迦南。

3. 犹太国大卫王的时代是在公元前十一世纪；而希腊帝国的时段概念本身是有歧义的，可以理解成亚历山大时期的马其顿希腊帝国，也可以理解成东罗马帝国（拜占庭帝国）。奥登故意安排了这“关公战秦琼”似的时空错搭，显示了魔鬼的荒谬。

在那儿，在坟墓的底端，[1]
小概率事件得以运转。”

错误的联系
是他最喜欢的一个妙计：
引诱人们将真理与谎言联系
在一起，然后将谎言演示，
而他们，会以真理的名义，
将婴儿和洗澡水视为同一，
一个对他一直很有用的
把戏。如此这般，他引导着
早期基督徒们去相信
众生的无意识，在《圣经》
对人性本恶的现象实施
世俗干涉的前夕；
于是他们几乎随时都会看到
那浑身战栗的执政官在祈祷，
他们知道，当希望越来越微渺
他们美妙的世俗性也会减少，

1. 此句出自布莱克的《威廉·布莱克的预言书：耶路撒冷》中的一段："在坟墓的底端之下，是地球的中心结点，/那儿有个场所，对立物事都一样地真实。"

而他们早年的友好爱宴[1]

已降格成了君士坦丁[2]的晚午餐[3]。

于是，当华兹华斯身在法国

于一次长假期间受到了诱惑，

在巴士底狱的陷落中

看到了自由的**基督再临**[4]，

围绕一个打着人权旗号的

临时政权，他编织了一个

柏拉图式的梦想，

一个崇尚自由的同路人与无裤党[5]

和雅各宾派走到了一起，

---

1. 原文“agape”的本意即是“友好爱宴”：早期基督徒通常在安息日的晚间，聚集在一起享用爱宴。这种爱宴以祷告和读经开始，然后由牧师将酒和面包祝谢了才分给大家吃，最后仍以祷告和读经结束。公元三世纪以后，爱宴逐渐消失了。Agape也可理解成“大爱”，基于基督信仰的普泛的爱或博爱，奥登在《战争时期》十四行组诗的《诗体解说词》以及其他诗作中也用到了这个词。由此印证了奥登思想演变的一个潜在轨迹。

2. 君士坦丁（公元 272—公元 337），罗马帝国第一位信仰基督教的皇帝。

3. 晚午餐介于午餐和晚餐之间的时间段，与吃些点心、喝杯茶的下午茶不同。另外可做对比的是早午餐和早茶。

4. 1789 年，巴黎市民起义攻占巴士底狱后，制宪会议于同年颁布了“废除一切封建义务”的《八月法令》，并通过了著名的《人权宣言》，第一次宣布了“人身自由、权利平等”的原则。华兹华斯在法国大革命的第二年徒步游历了法国、意大利、瑞士，亲眼目睹了法国人民欢庆攻陷巴士底狱一周年的场景。1791 年于剑桥毕业后，他又于 11 月重访法国，结识了许多温和派的吉伦特党人，热烈拥护法国革命。此后雅各宾派开始实行专政，华兹华斯的吉伦特派朋友遭到了镇压。1792 年底，华兹华斯在失望和幻灭的精神状态下返回了英国。

5. 无裤党原指法国大革命初期衣着褴褛、装备低劣的革命军志愿兵，后来泛指大革命的极端激进派。

也不去想想他踏进了怎样的圈子，
但这已结束，因为魔鬼深知
一个热忱的英国佬会如何行事，
在拿破仑落难时弃之不顾，
变成了英国圣公会的教徒，
支持维也纳会议[1]和
乡绅式的家长式干涉。

我们的生活，如他一样，
伴随着同时代的政治动荡，
如他一样，我们有幸
见识了一个罕见的不连续性，
旧沙俄突然发生变化，
演变成一个无产阶级国家，
异常的现象，由质变
所导致的一桩离奇事件。
有人在臆想，一如学生们那样，
它已实现了人类的潜在梦想，
一个更高级的物种已孕育生长

1. 1814 年 9 月 18 日至 1815 年 6 月 9 日，欧洲列强为重划拿破仑战败后的欧洲政治版图，在维也纳召开外交会议。拿破仑在会议期间重返法国巴黎，但会议仍然继续进行。会议决议签署后第九天，滑铁卢战役结束。

在地球六分之一的陆地上[1]，
与此同时，其他人定下心神
开始阅读预言了行动的理论，
在那个德国人[2]提出的问题里面
找到了他们的人文主义观点；
此人，在煤气灯下的伦敦名头不响，
为人类意识带来了一个思想，
它思考着绝无可能之事，并让
另一类观念顿感恐惧惊惶。
要是他的仇恨歪曲了事实又该如何？
很多可恶之事他不得不牵涉。
要是他犯了错又该怎样？
他照亮了没人正确了解的事实真相。
他所憎恶的先辈的幽灵
沉重如高山；他的爱已成泡影，
当它被否定时也作着否定，
突然就沸腾了起来；而他的敌意
已将他从自我中逐出；但由此，
惟其如此，他或许才能够
有所发现、有所成就。

1. 前苏联国土面积为 2 240 万平方公里左右，约占世界总面积的 1/6。
2. 这位德国人指卡尔·马克思。1848 年 8 月，马克思流亡到英国伦敦，度过了一生中最困难的日子。

英雄气的善举总是罕有；
离开了它，除了绝望，还有
什么可以塑造英雄，他又怎敢
下到危险绝境，一探
深渊的纠结混乱？
那个深渊的上方，恰好总是
我们举行愉快郊游的宜人荒地，
我们在那儿感觉惬意，
对不言之事心下早有默契，
温和，乐观，对合意的谎言
投下的光线已然适应习惯。
当他在博物馆一间阅览室里[1]
探究嗡嗡回响的墓地，
那**公意理论**[2]的大衮[3]
倒地抽搐，然后躺下不动；
富人那诱人的契约书，
揭开其面目却是个变态女巫，

1. 这里指大英博物馆中央大厅的圆形阅览室，马克思当年经常光顾此地。
2. 卢梭在《社会契约论》第一卷第五章提出了公意理论。公意是公众的意志，在理想的状态下，每个人若能无私地行事，则公意既是所有人的意志，也是每个个体的意志。公意，也可称为“共同意志”。
3. 大衮（上半身是人，下半身是鱼）是居住在巴勒斯坦西海岸的中非利士人的海神，在迦南地区还被称为谷物之神。在《圣经・旧约・士师记》里，这个具有异国情调的神被描写为邪恶之神。后来弥尔顿在《失乐园》里将之描写为海中的大恶魔。

尖叫一声就逃走，因为他的论说
已令辩解的魔法不攻自破；
三个等级[1]的花园变成了
沙漠，纯粹观念的
象牙门变成了牛角门[2]
经由它，统治机制从此诞生。
但他的分析还揭示了事情的
另一面，那偷盗之人
即是创造有用之物的人，
有消费就必有生产，世事如恒；
粗暴的饕餮者[3]将其绝望无情
设定成了人类的天性，
自他出生就忘了人的内在丰富，
大地上的一个创造性的种族，
其对金钱的爱只表明了一个事实：
在它的内心深处，它深知

1. 欧洲封建时代的三个等级指教士、贵族、平民。
2. 牛角门和象牙门的典故见《奥德赛》第十九卷第 560—569 行。佩涅洛佩梦到她的丈夫奥德修斯回家，穿过了一个象牙门，结果证明这个梦的预兆是假的。古罗马诗人维吉尔在其史诗《埃涅阿斯纪》中也借用了这个说法（第六卷第 893—898 行），认为牛角门是留给真正鬼魂的通道，而阴间的亡灵通过象牙门给活着的人传送假梦："睡眠的宅子装饰着两个门/这个是发亮的象牙门，那个是透明的牛角门/真实的幻觉穿过透明的门升起/穿过象牙门的是欺骗的谎言。"
3. 饕餮者在某些宗教或神话中是一个强大的毁灭实体，往往与死亡联系在一起，生吞活人或死人，但丁的《神曲》中就出现了这样的魔怪。布莱克后来在《天堂与地狱的婚姻》里描写了饕餮者和丰产者两种形象，奥登受到启发，于 1939 年写出了散文集《丰产者和饕餮者》（该作品生前未公开发表）。

它的爱不是由个人或族群的
纽带所决定，也不是肤色、
睦邻关系或者信条，
而是取决于普遍的共同需要；
摆脱了它的中庸的裹尸布，
他的决定论走到了这一步：
没人可以“接受”，除非他们“给过”；
为了生存所有人都必须相互合作。
此刻，他和所有的伟人并肩而行，
而他们都曾让一个时代寿终正寝：
与那个走过大主教的
纪念碑、终结了奴隶主的
构造体系的人在一起[1]；
与那个克己节制的农民之子
在一起[2]，在大瘟疫肆虐期间，
此人拟定了一部力学的罗马法典[3]；
还与那个对抗着脑垂体
引发的头痛症的自然学家在一起[4]，

1. 指伽利略。

2. 指牛顿。牛顿出生在英格兰林肯郡的一个自耕农家庭，19 岁时入剑桥学习。1665 年至 1666 年，鼠疫席卷了伦敦，牛顿在这段时间离校返乡，潜心探索自然科学，制定了一生中大多数科学创造的蓝图。

3. 罗马法典即《罗马民法大全》，由东罗马皇帝查士丁尼大帝在位期间编撰而成，于 529 年发布。

4. 指英国生物学家、进化论的奠基人达尔文。“进化论”是十九世纪自然科学的重大发现之一。

此人最终令骄傲的人类屈膝服从，
证明他们与蠕虫、蟾蜍原属同种，
而秩序如此自在鲜活，
只是随机游戏的某个结果。

伟大的恺撒们伏案不起
已安抚了某个可怕禁忌，
他们的聪明才智发挥着效能，
从某部本地法提取了内在精神，
然后，仅凭一个概念
就将某个陈年垃圾般的观点
带入了合理的多样性，
你会被出卖，除非我们确信
我们制定的万国法典
真理可以轻易去违反；
隐秘的法律[1]闪避一边
躲开了沼泽地里的治安员；
眼下，到处有人雀跃叫嚷：

1. 此处“隐藏的法律”为拉丁文，这是奥登在 1940 年前后多次写过的主题。奥登似乎呼应了天主教哲学家奥古斯丁的教义：“法律若能被理解就不是法律”。法律中的理性与神秘的混合激发了奥登探究的兴趣，在 1939 年到 1940 年间，他的诗篇《法律就像爱》、《隐秘的法律》和这首《新年书简》都关涉到这个问题。奥登认为，我们必须认识到法律内在的神秘性，他在试图理解法律的神秘性时，采用了先知以赛亚或帕斯卡的神秘性比喻：隐藏的上帝。在奥登看来，法律参与了上帝的生活，因此也分享了他的神秘性。

“我已逮到她，我应得到奖赏”，
但当其他人赶到，他只是呆呆傻站
手里抓着条撕破了的女式罩衫。

我们希望着；等着那个日子，
到那时国家自会彻底消失，
我们期盼着，满以为那个理论
允诺的千年盛世定会如期发生：
它并未到来。专家们定会试图
将诸般理由一一列举描述；
与此同时，至少门外汉会说
没有人会那么快就不知所措，
不像那些无视自己歪鼻子的家伙
模仿着伟人的习性癖好，
格局却变得越来越小，
不敢坦然面对自身，也不敢问
何种行为才符合他们的本分，
而身处人类的社会环境
一丁点的恐惧也那么致命。
逻各斯[1]的光芒行之有效

1. 逻各斯是古希腊哲学和神学的术语，是西方哲学的核心概念。原先的字面意思是“话语”，后引申为“思想、理性、理念”。哲学上表示支配世界万物的规律或原理，神学上则表示上帝的旨意或话语。

但不像理论设想得那么美妙，
因为由怀疑生出的贫乏和病灾，
那些矮化突变体已被扔了出来，
就此与**厄洛斯**编织的中心体[1]绝缘。

哦，自由仍然远离了家园，
因为莫斯科就像罗马或巴黎般
遥远。我们又一次醒来，
头脑发晕，两手颤摆，
胃里吞下的东西尽数吐出。
这里即是魔鬼尽情发挥之处，
他知道没有人会像宿醉者这般
看起来如此吻合他的意愿，
也知道很少有醉汉会比地道的
空想家感觉更加糟糕。
他将率直而贴心的灵魂扮演
在吃早饭时喊着："哦！今天
我们的社会主义者情况可好？
我会说：'让这话成为一个警告'，
但不对，我为何要这样？学生们
有时非得干些荒唐事或去胡混。

1. 中心体是动物细胞中决定微管形成的细胞器，包括中心粒和中心粒周质基质。在细胞间期，它位于细胞核的附近；在有丝分裂期，位于纺锤体的两极。

在所有极端保守派的生活里
这样的事情都会发生几次。
我会为你们这些人巧作安排。”
如此这般他就把我们出卖。
懊悔着最近的犯规愚行，
我们寻求赎罪以作回应，
且哭着，如妓女般空怀遗恨：
“四点钟我还是处子之身。”
当驶近了思想海潮的
黑格尔漩涡[1]，察觉到
某些愚蠢的外邦人已落水下沉，
为使我们的民主免遭沉沦，
我们该在洛克[2]这样斯文的
无政府主义者的坚石上把她撞沉，

1. 黑格尔认为历史如一条流动的河流，河里任何一处河水的流动都受到上游河水的涨落与漩涡的影响，而上游河水的涨落与漩涡又受到观察者所处的岩石与河湾的影响。思想（或理性）的历史亦如同河流，受到宛如河水般向前推进的传统思潮与当时物质条件的影响。因此，无法宣称任何一种思想永远是对的，只不过就当前思考所处的历史时空而言，它有可能是正确的。

2. 英国哲学家、经验主义的奠基者，也是第一个全面阐述宪政民主思想的人，其开创的经验主义哲学被后来的乔治·贝克莱以及大卫·休谟等人继续发展而成为欧洲主流哲学思想之一。诗节随后的“土地改革者”也是指洛克，出自洛克的政治学著作《政府论》：“一个人可以为了得到剩余和金银，公平地占有土地多于他能够利用其产品的数量。”

一个土地改革者将沃尔珀之剑[1]挥起
向机械化的野蛮人特此致意。

哦,魔鬼多么自如地
控制着那些道德不对称的灵魂,
乌合之众和首鼠两端者
在镜子里发现了真理,大笑着。
然而,时间和记忆仍是
约束他意志的限制因子;
他不能愚弄我们几次三番,
因为他或许从未对我们欺瞒,
只作了我们能推演的闪烁陈词。
所以,在他的障眼法里
藏着一个双倍焦点的赠礼,
那盏神灯显得如此黯淡模糊,
看似全然没有实际的用处,
然而,若是阿拉丁使用得当,

1. 出自刘易斯·卡罗尔的《爱丽丝漫游奇境记》和《爱丽丝镜中奇遇记》。沃尔珀之剑是作者自造的词,被描述为可以斩杀妖怪炸脖龙(Jabberwocky)的宝剑。《爱丽丝镜中奇遇记》里有一首题目为《炸脖龙》的仿古诗,讲述了一个小男孩去寻找并杀死了炸脖龙的故事,诗中两次提到了这把宝剑:“他将他的沃尔珀之剑握在手”,“一,二;一,二;一直戳到底/沃尔珀之剑嗖嗖地刺去/他留下了死妖怪,还有它的头颅/得意洋洋地走上了回家路”。

一声“芝麻”也能将它点亮。[1]

第三章

目光投向东河[2]的对岸
夜晚的曼哈顿灯火璀璨。
幽灵不敢妄加置评
对这些个民间节庆，
烈性酒处处招引
普遍的释然，而维护
这个善意的状态函数[3]
外交上就有些恶俗：
喧闹一片中旧岁已不再。

你的屋子很暖和，伊丽莎白，
一周前，在同样的钟点，
我感到了不期而至的力量，

1. 这里用了《一千零一夜》里的两则故事，“神灯”出自《阿拉丁和神灯》，“芝麻”出自《阿里巴巴和四十大盗》。奥登将不相关联的两个故事连缀在一起，寄予了多层的寓意。神灯象征了失落的人类文明，而“芝麻”这个咒语预示着方法和途径，也暗示了诗人和语言的使命。

2. 东河是美国纽约州纽约市的一条河流，北接长岛海湾，南接上纽约湾，将长岛（布鲁克林和皇后区）、曼哈顿岛与位于北美洲大陆的布朗克斯区、昆斯区分隔。

3. 用于规定体系的热力学状态的宏观性质，如体积、温度、压强、物质的量等都叫做状态函数，又称为热力学函数。奥登惯用各类科学术语。

是它将我们的粗糙自我驱动
从贪婪与罪恶的死胡同
赶赴了婚礼喜筵的座席，
身着最简便的亮闪闪的华衣，
它调配着我们，结果每个人
声色之徒和讲求逻辑的人，
都认为这般的款待盛情
已令他感到受宠若惊，
唱着舒伯特，弹着莫扎特，
而食物、友谊和格鲁克[1]
令我们蒙受恩典的团体变成了
真正的共和国，那是所有政客
都必会主张的状态，即使
最差的那个也为他们所期。

哦，但这类事情碰巧每天
都会在某些人身上发生。突然
道路径直通向了他们的乡土故地，
那圣所[2]的小小边门一直

---

1. 可能指十八世纪德国作曲家克里斯托弗·威利巴尔德·格鲁克（1714—1787），也有可能指二十世纪美国女高音歌唱家阿尔玛·格鲁克（1884—1938），她是最早灌制唱片的艺术家之一。

2. 原文“temenos”为希腊语，指“一块明确划定界限的用于某种目的的土地”，最初出现于《荷马史诗》，意为“诸神的领地”或“神庙的围地和境域”。卡尔·荣格于1933 年出版了《人格的整合》一书，用“temenos”这个词表示最深层的人格。奥登在此应该用的是心理学上的含义。

洞开着，中心区域的生命之井
波光粼粼，他们或会向内而行。
可是，指南针和点点繁星
无法将它的磁性方位指明，
意志或**非强迫的意志**[1]也没辙，
因为那里既无善也无恶，
唯有自由欢欣的活力。
但随便何时，多么出其不意，
一个意外的幸福会溢出
他那条理分明的困苦，
趁其不备逮住这个家伙，
及时将他逐出了生活，
存在的领域显现，在那里，
他对**生成**[2]会毫无意识，
可以和**永恒的天真**玩耍
也可以无所顾忌地说话。
但完美的**存在**已定下规则，
他必须让它失而复得，
树木生长在它的果园里，
还有人类命运的果实，

---

1. "非强迫的意志"原文为"willing-not-to-will"，出自德国哲学家海德格尔，即从尼采的"自我意志"转化为卸除了"非理性"而自然生成的"非意志"。
2. "生成"(becoming)是哲学术语，与"存在"(being)构成了一组相对的概念。

他必须吃了它，然后愉快
而充满感激地立即离开，
服从，再生，重新觉悟；
因为，若他在那里片刻驻足，
天空会因一个诅咒而染红，
花丛会变颜失色趋于失控，
他会听见他身背后的边门
自动闭合，而恶意的窃笑声
就藏在黑黢黢的灌木丛里，
他无助地观看，而弯弯的爪子
出现在视线中，会摸索着去够
低矮圆井盖上的把手，
此时**恐惧**正爬出那口水井：
因他已触动了地狱的机关陷阱。

地狱即是与我们匹配的
谎言的本质，若我们
否认意识法则，并断言
生成和**存在**是同一概念，
而**存在于时间**中[1]，即使人心离散，
人类仍有自由并能自我完善；

1. “存在于时间中”，原文为“being in time”，是海德格尔在界定“存在”与“时间”的关系时所使用的一个概念，以区别于数量化的“流俗时间”与一般存在物的关系。

我们将身临它烈火烧灼的苦痛
若我们拒绝承受，虽则某种
毫无必要的悲伤
只是寻求解脱的徒劳渴望；
而当我们能够忍受痛苦，
我们又加剧了不堪忍的恐怖，
从记忆中逃离，被我们自己
偏狭的感官所愚弄，各自
锁闭在一个变味的独特性里，
苦捱着时日坐等来世。

由是，我们就不能去希冀
绝对自由的天堂；我们的意志
也必得放弃付诸行动的企图。
而在地狱中，意志不受约束，
也不会自我否定；我们仍有
促使自己攀登炼狱[1]的自由，
可以应允我们生活中的当事人，
会去爱他们，待之如同我们
爱着却并不信任的迷人妻子；

1. 按照但丁的描述，炼狱位于地球的另一面，和耶路撒冷相对，四面环海。炼狱如一座螺旋形的高山，灵魂就在这里忏悔涤罪。炼狱共七层，分别代表七宗罪，每上升一层就会消除一种罪过，到山顶就可以升入天堂。故有攀登一说。

我们离开其欲望会失去爱的能力，
还需要他们巧施妙计，去赢获
过时的真理。我们迟早会犯错。
然而时间即是错误，也会宽恕；
时间就是我们要与之相处
至少渡过四分之三人生的生命，
我们爬上了炼狱的山岭，
在那里望到的任何天际
总会展现又一座更高的山脊。
可是，不管我们如何满腹怨言，
不管我们如何痛苦地趔趄磕绊，
既然这样的登山看来仍是
我们能在其中显示
天生技能的唯一的游戏，
既然这些艰苦无比的锻炼还是
我们的肌肉最能适应习惯
之事，既然它最为严酷的考验
恰好符合我们揣想的可能性，
当从一个光荣幻梦中苏醒，
发觉自己已置身炼狱，
回到了同一个古老山区
心里只想着找个向导之时，
我们没理由显得垂头丧气。

说句实话，虽然强抑了感情，
我们难道没有感到少许宽心
当在它潮湿的泥地上醒来？
自打出生，它就是我们的家宅，
它的种种不便众所周知，
恰是我们自己制造了它的瑕疵。
此地难道与我们的脾性不合？
在这儿每个人都在作恶，
我们半是天使、半是小野兽，
发育不全的状态所在多有。
于是就在陡峭山脊上停留，
在那儿若不前进就会坠崖而亡，
可我们还是选了一个异端方向，
既然在它讽刺性的石堆上面
并没有什么真正的正统路线；
哦，让我们再次出发上路，
信仰会被怀疑适足地弥补，
承认我们踏出的每一步
必定会是一个错误，
但仍要相信，每次迈步向前
我们都可以爬得更高一点，
若谨守秩序，我们或就可以
登上那条促使我们的意志

获得解放的悔悟之路，
一个虔诚的玩乐项目
必得经受每个令人不快的考验，
如科学探索般兴趣盎然，
会发现浪漫主义，退而求其次，
那感伤的离愁别绪。

夜里，当我暂时搁笔休息，
附近似有一个极小的玩意，
无论朝哪个方向看去，沿着
眼前的黑暗地平线，我注意到了
那些纠缠不休的人物：
信号兵将绝望的照明弹打出，
他们振振有词地恳求申辩，
列出的理由委实凄惨可怜：
一头雾水中，我怎可能猜到
哪个是我真正的**苏格拉底灵兆**[1]？
这些吁求良知的呼喊声中，哪个

---

1. 据说每当苏格拉底将要犯错，心里都会听到一个规劝的声音，这个灵兆般的声音曾阻止他去参与政治；而在《斐多篇》中，苏格拉底认为这是"神圣疯狂"的形式之一，是某种精神错乱，这个意外馈赠为我们带来了诗歌、神秘主义、爱情甚至是哲学本身。这类现象经常被我们当作自身的直觉，然而苏格拉底似乎暗示这个"灵兆"具有与人的思想所不同的神性来源。

对我来说与盟约适用情况[1]符合？
检视所有提交上来的任务，
就选这个我无可拒绝的竞赛项目[2]？
我，一个粒子，一定不能
屈服于索要地盘的其他粒子们，
也不应信任满口胡言的煽动家，
一个量子代表波浪在说话，
它不应盲目崇拜主权国家
那种装饰性的伟大。
不管我们做下了何等恶事，
你也不必变成雄辩之士；
我们至少可以将其他目的奉上，
可以去爱我们的朋友的城邦，
也可以祈祷：愿忠诚恢复意识
再度服务于人类的最高权力。

可到哪里去效力？何时，以何种方式？
哦，此刻没有人能逃避这些问题：
我们所面对的这个未来
并不类同于罗马的那个时代，

1. 原文为拉丁文，是一个外交术语，指任何促使国际条约（尤其是同盟安全保障条款）生效的情况。
2. 原文为"athlon"，出自古希腊语，现多用作词缀，意为体育竞赛。

当它混乱不堪的统一体
被笨拙而野蛮的宿敌们
无组织的轮番打击
撞得渐渐地分崩离析，
重音和押韵的作诗法开始兴起；
我们所丢弃的座座城池
根本不是败在原始部族手里；
这潜藏在毁灭行动中的欲念
并非动物的纯然本能的快感，
而是机器和理性意图的
精细微妙的产物，
从欧洲传来了一个声音
正迫使所有人作出选择决定，
一个理论家[1]，否认了
已被二十多个世纪以来的
欧洲假定为
文明基础的常规，
我们的邪恶魔神，以其
丑陋之极的赤裸裸的方式，
表达了前人不敢声张的见识：
那**群众**的形而上学原理，

1. 此处指希特勒。

那迷茫的受损害者
在自然直觉业已消亡的
机械化社会赖以活命的
内在规则律令，
那工业的阿萨纳修斯信条[1]
在国际间的成效，
半已成功的凡夫俗子
迄今为止对之毫无所知。

然而地图、语言和名字
仍有其价值意义和正当权利。
有两张地图：一张图是
公共空间，行动于此得以实施，
理论上我们都对此熟悉明了，
我们被人需要也自觉渺小，
那里是工作和新闻的市场
人人都有权去选择他的行当、
选择他的位置和方向，
再一次，理论上无需赘言，
谁提供了保护就会给谁付钱，
而忠诚是我们给予的帮助，

1. 这是关于基督信仰的两大基本教义的一份声明，据传为公元四世纪埃及的亚历山大大主教阿萨纳修斯(293—373)所撰。

只要那地方我们乐于居住；
另一张图是私人所有的
内部空间，我们每一个
都会被动认领的所在，
他的生活就从中生长出来，
还有他的意志和需求的景观
他在那儿确实拥有自主权，
国家由他的行动所创立，
他会在里面巡视童年时
种下的林地，而农场这片区域
记忆和感觉的活动于此汇聚，
纵然他发现此地已苦不堪言
却既不能离开也不能造反。
两个世界都描绘了它们的回报方案，
那个画成了外切线，这个是圆内弦[1]；
个体生活在这边，群体生活在那里，
这边每个都是国王，那里人人皆兄弟：
人类在政治上的堕落，始自
天赋自由权的定义之时，
因热衷权力或喜好懒惰，他开始

1. 在数学上，从圆上的某一点出发，外切线只有一条，圆内弦却有无数条。奥登在此以外切线和园内弦来比喻我们生活的外部空间和内部空间。

像伯克[1]那样，认为它们彼此同一。

对我来说，英格兰是我的喉舌
和我年少行事的所失所得。
假若现在，伊丽莎白，当我们这两个
纽约的异乡人相遇，接着，
谈到了在四分五裂的老欧洲、
在我俩出生地的那些受苦的朋友，
批驳着这个，或是肯定着那个，
我只能按照我曾亲眼见证的
那些形象来思考我们的话题，
而英格兰为我揭示了我们的本质。
因此，脏兮兮的带着啤酒味的
波顿[2]代表了所有牌号的劣等思维；
朗达[3]的破败代表了我们
一手造成的麻烦，当我们

---

1. 爱德蒙·伯克(1729—1797)，爱尔兰政治家、作家、演说家、政治理论家和哲学家，被后人称为现代保守主义在哲学上的创始人。伯克对法国大革命所传播和推行的原则持严厉批判的态度，反对天赋论的人权观和自由观，批判矛头直指以卢梭为代表的自由思想。他认为自由不是一种形而上学的原则，也不是一种抽象价值，而是一种受到法律明确保护的个人权利。
2. 波顿是英国斯塔福德郡的一个大市镇，在十八、十九世纪被誉为世界啤酒之都，提供了英国(包括殖民地地区)四分之一的啤酒产量。
3. 朗达是威尔士南部的一个自治市镇，位于朗达河畔，在十九世纪上半叶煤矿产业发达。

为短期成功分解了我们的对称性，
也否认了理智或是感情；
老都铎茶店[1]是个象征，
代表了死板法律的愚蠢，
而与此同时，粗俗的伯恩茅斯[2]
代表了人类或官僚的怠惰或两者皆是。

不管在哪儿，或是我碰到了谁，
是在巴黎街头看街景兜上一会，
是一路颠簸横穿冰岛坐着公共汽车，
是在喝茶，那边厢俱乐部女宾们讨论着
最新的联合会方案，
是男人对男人，在卧铺车厢的盥洗间
听一个纵欲过度的股票经纪人
如何因设施条件而抱怨连声，
还是在那些滴酒不沾的人的屋子里，
每当我开始去寻思
人这种生物，我们必然
都会小心维护着常识和体面，
英国的某个地区浮现于脑海，

1. 老都铎茶店位于英国南部西苏塞克斯郡米德赫斯特的一家茶店，以其古壁画知名。
2. 伯恩茅斯位于多赛特郡，是个以海滨度假区知名的市镇。

有个地方特别为我钟爱，
我看到了这样的自然景物：
从布拉夫延伸到黑克斯汉姆[1]
和罗马墙[2]的那些石灰岩荒地
象征了我们全体，为我所喜。
伊甸河自在悠然地贯穿
它的砂岩山谷，视野所见
唯有绿意和安扎在荒蛮山冈
悬崖下的市民生活景象，
来自那里的新奇谈吐
人们错把它当成了觉悟。
沿着沉降的边界线，生活
那客观欲望的地火
挤开了它的原生石岩，
在它的思想和内心之间
如同在达夫顿和诺克镇[3]，
推耸起了神话和艺术的巨大尖峰。
我的希望如少年，总会回到那些个

---

1. 布拉夫是英国坎布里亚郡的一个村庄，奔宁山脉的西侧边缘地带。黑克斯汉姆是诺森伯兰郡的一个集市镇。

2. “罗马墙”即哈德良长城，一条由石头和泥土构成的横断大不列颠岛的防御工事，由罗马帝国皇帝哈德良兴建，为的是防御北部皮克特人反攻，保护罗马治下的英格兰南部。

3. 达夫顿是坎布里亚郡的一个村庄，诺克镇也是英格兰的一个小镇。

滋养了威尔河、泰恩河和提斯河[1]、
改变着地层状况却已被泥炭染污的
无人小溪，在锅鼻瀑布[2]，会看着
久被压制的玄武岩
如何在暴烈的反抗中崩裂逃窜，
而后在老矿井的废墟中落脚
衍生了它的代数符号，
为了人们心中哀悼和追寻的全部，
为了它已遭废弃的所有技术，
它们的索道长满了野草，
为失去的信仰，为所有的呼告；
还有废弃的熔铅工厂，
它的通气烟囱高耸于山冈
却再不会喷烟吐雾给出答复，
惟有道岔，那波尔兹罗[3]的地标物
会将所有的问题暴露。是的，
在鲁克霍普[4]我才第一次意识到了
自我与非我，死亡与恐惧：

1. 这三条河皆是英格兰东北部的河流，都始自奔宁山脉，流入北海。
2. 锅鼻瀑布是提斯河上游河段的一个瀑布。
3. 波尔兹罗是达勒姆郡爱德蒙德拜尔镇附近的铁路中转站，位于北奔宁山脉。
4. 鲁克霍普达勒姆郡的一个村庄，位于奔宁山脉附近，遗留了很多旧时的矿井遗迹。

坑道是通往地下非法界域的
入口，也通往**他者**[1]，通往
那**可怕**而**仁慈**[2]的**母神群像**[3]；
独自一人，在一个大热天，
我跪在升降机井的边沿，
感到了那个深层的**原母恐惧**[4]，
是它推动了我们毕生探索知识领域，
探索我们命运的内在隐秘，
去追求文明与创造力，
也是它命令我们回返了**永恒母性**[5]
去认知我们所逃避的是何种处境。
我往井里投下了卵石，侧耳细听，
但闻黑暗中的贮水池蓦然惊醒；
“哦，你的母亲不会再回到你的

---

1. 原文“the Others”，直译为“他者”；富勒先生指出，这个词也可追溯到海德格尔的术语“人人自我”或“他者自我”(they-self)，而与“本真自我”(authentic self)形成区别。
2. 原文为“the Terrible，the merciful”，似也隐射了上帝的二元性。
3. 原文为“the Mothers”，这个词源于歌德的《浮士德》。在该剧第二部第一幕中，魔鬼给了浮士德一把有魔力的钥匙，让他凭借此钥匙进入“母亲”的府第，拿到三脚香炉。据艾克曼记录，歌德于 1830 年 10 月 1 日曾对他说：“我只能向你透露这一点，我在普鲁塔克那里发现，在古希腊是把母亲当作女神来对待的……”，所谓“普鲁塔克那里”，是指他的《马尔凯路斯传》，其中提及西西里的古镇“由于被称作母亲的女神们显灵”而著名。
4. 原文为“Urmutterfurcht”，字面意思为“原母恐惧”。这也是奥登诗作中反复出现的一个隐性主题。
5. 原文为“Das Weibliche”，“Weibliche”在德语里是“女性”的意思，但奥登在此用了中性名词的定冠词“Das”，说明他并不是指女性，而是指向了精神性的源头“the Mothers”。

身边。我即是你的自我，你的职责
和你的爱。我的比喻现已将她打破。”
于是我省悟了我的罪过。

但这并非义务，这样的联系
只是一种特定的思考模式，
从中我学到了种种必要认知。
此刻这片大陆如此疏离割裂，
我已全然置身于另一个世界，
置身于用欲望、金钱和机器
共同造就的一个尘世，
此地，每一个果断的天性
必会将那天性视作一份信心，
一旦被选中，他必会作出选择，
会决意去变成一个有用者；
只因已降生人世，我们
对时代就负有应征的义务；我们
投入我们该投入的战争，也许
不会在波利卡普[1]式的绝望叫喊中死去，
也不会开小差或是得病：可是

1. 波利卡普(69—155)，使徒约翰的弟子，基督教的殉道者，罗马天主教的圣徒。在基督教遭受迫害期间，他在士麦那城(今土耳其西部港市伊兹密尔，濒临爱琴海)被绑在火刑柱上烧死。

当下该如何去做个爱国人士?
按理说,这里所有人都是志愿者,
而任何人要去干涉
他人希望投入战斗的方式,
他的行为必定不是基于权利,
而是基于强迫性的力量;
只有“白痴”会公开宣讲
他该去哪个政府部门任职,
只是会有很多人争一个位置。

模样古怪,布满褶皱,戴着冰冠,
挤满了寄生虫,且被包裹在一团
特殊的大气层之中,
地球一路走来不住地摇摆晃动,
她心里并无什么豪情壮志;
她那些松脱的大陆板块持续漂移,
她的阴影和静默区域移动着
缓缓向西。日光照临了
欧洲冻得发僵的士兵,数百万人
为了新的明天鼓足了勇气
慷慨赴死;因为人人都清楚
一个时代正行将结束。
是的,至少我们所有人都知道这个,

上至习惯于维多利亚时代的
温暖夏天的老练的外交官，
下至青年们和敲鼓少年。
不管我们相信什么鬼话胡言
不管我们还能将谁欺骗，
不管何种语言会将我们激怒，
任何样貌恶毒的老奸巨猾之徒
都将哀哉呜呼，即使
有人还会再次暴富得志，
我们知道大惊小怪、痛苦或撒谎
都无法让垂死者免于死亡，
所有的特定任务已被执行
始自那文艺复兴。

当建立在专业信仰上的
统一体已然遭受挫折，
业内堪与匹敌的业余人士
已组成了另一个统一体。
从喧嚣与恐惧中，
从炮兵部队的意见、营房的
闲聊和冲锋骑兵的喊声中，
从拙劣对手们
嘲笑奚落的口气中，

从路德的信仰和蒙田的怀疑中，
从变幻不定的流行风尚、
地方议会和海上远航、
征用政策和穿戴服饰，
从学者关于自由意志
和君主权力遭滥用的
粗鄙不堪的讨论中，
一个新人类已应运而生，
某种经验主义的经济人[1]，
定居城市，审慎，有创造力，
对他建立理性动机和管理
他的整支军队[2]极为有利，
个人可以自主行事
去自我保护，不受任何限制
可以挨饿或被人忘记，
也可随意去感受光荣孤立[3]，
或是逼着自己从事创造性工作
在职业的封闭车厢里安坐。

---

1. “新人类”原文为“Anthropos”，出自古希腊语，早期诺斯替教用它来命名亚当；“经济人”原文为“Economic Man”，奥登曾在1933年的一首为公开发表的诗作里用到过这个词，指崛起于文艺复兴时期的现代人。
2. 原文为拉丁文，喻指人类个体的全部外在能力和潜力。
3. “光荣孤立”原指英国长久以来针对欧洲大陆所采取的地缘政治和外交政策，即不卷入欧洲政治漩涡，保持态度和行为的中立。这里被奥登用来形容个人享有独处的自由。

他做了他天生该做之事，
证明了某些假说纯属不实。
他小有所成；他打破了
由饥荒与疾病所铸成的
愚蠢反常的枷锁，打破了
悉令遵奉的虚假的必然法则；
一个新教徒，他发现
对天主教经济来说是个关键，
能令尘世服从于控制措施和
灵魂的道德选择；
他为每一种感觉官能的
训练提供了显见的喜乐，
创立了一套新的教规程序
用来对抗一种智力的过失，
理性堕落如斯，将她制定的
那些实用性概念视作了
普遍原理和俗趣感[1]，
虽然在被供奉的雕像上面

1. 原文为"Kitsch"，曾在昆德拉小说中出现，一般译作"媚俗"，也有译作"刻奇"，但似乎都不太准确。这是个德文单词，据说最初出现于十九世纪六七十年代的慕尼黑艺术市场，用来描述那些廉价、流行、好卖的绘画和素描作品，俗称"行货"。二十世纪三十年代，阿道尔诺、布洛赫和格林伯格开始用它来定义"前卫艺术"和"商业世俗艺术"的分界，于是这个词流行了起来。奥登借用了这个流行词的通俗意义，因此翻为"俗趣感"也很贴切。

她留下了她的成果和王冠，
而假若他的些许成功就此中断，
所有的失败都有一个良好效应：
它们证明了良善难于施行。

他从未赢得广泛的拥护；
不管他收买了多少张票数，
他没法让所有阵营都一声不出，
也没有不可思议的技术
能令所有的不满丧失效用
或让它稀里糊涂地赞同，
可一到正午，站在他
举行盛大凯旋游行的拱门下，
先知们会朝他扔来咒语、
布道文和讽刺诗句，
此时招摇的乞丐们仍酣睡不醒。
布莱克在大声咒骂，卢梭哭得伤心，
冷嘲热讽的克尔恺郭尔久久瞪视着，
自言自语地说“所有人都错了”，
气疯了的波德莱尔发出了抗议
声称所谓的进步无趣之极，
他自认是块绊脚石、一个声色之徒，
在科学这副十字架上被人绑住，

承受着愚人们的轮番抨击，
这些家伙，整天坐办公椅里，
对他们的妻子还算忠实，
终其一生都会谨慎行事，
因他们的一切快乐、痛苦挣扎
和爱情都已经资产阶级化，
且让这些高贵的贱民赎罪弥补
愿他们死时遭人憎恨且孤独无助。

世界忽视了他们；他们人数寥寥。
粗心的胜利者从来不知道
他们放出的谣言会变得真实可靠，
而他们的《警诫入门》会变成
基础性的通用语法，令所有人
趋之若鹜；因他们的猜想被言中：
始作俑者自己已被感动。
不管我们转去哪个方向，我们
都会遇见被他的自由所掳获的人，
由位高权重者控制看管着，
他会权衡，因自身行为获得了
解放，有效事实变成了
他的行为的使用者，
而投机成了他灵魂的选项；

乞丐会因他的碗变得不安沮丧，
被工厂调教的少年们会去过
一种保姆般的不寻常的生活，
喂养那些无能的机器，
姑娘们会嫁给打字机，
老人们会爱上他们从未得到的身价，
许多家庭会被一台收音机勒索敲诈，
孩子们被过继给了贫民窟，
而白痴们皈依了金额数目。
我们见证，我们忍受，我们绝望：
无处不在的孩子们全副武装，
嫉妒着独立自主的野兽，
现在知道他们的决心已足够，
毫无怜悯，激动兴奋，
正摧毁着一座历史名城，
瞎眼的基督，发疯的圣母马利亚，
被砸碎的雕像体面地纷纷落下，
妓院里边，诺斯替派教徒[1]
认为肉身短暂而又世俗，
而富人在鸡尾酒会上落座

---

1. 诺斯替教派（或称灵知派、灵智派，语源为希腊词语“Gnosis”）为早期基督教教派之一，盛行于公元二世纪，该教派认为现世是邪恶的，是囚禁人性的监牢，肉身是超道德的，放纵情欲或克制苦修都无所谓，而精神世界代表了良善，是终极归宿。

展开了论辩[1]，按其所说，
在加强劳动纪律方面
技术是最为有效的手段，
对此，波斯人的组织机关
仍将保护他们的特权，
继续将活人妥善地埋进坟墓
于嬉笑欢闹中得到满足，
还有那些被漠视的人，
偏离了正常轨道，委身于窝棚，
已被合理的仇恨所毒伤，
诸色人等皆是同一个命运的症状。
一个受制约种族的一员
一一浮现于他们清晨的镜面。
每个人都认出了李尔王看到的景象，
而他和瑟伯[2]会乐于描绘其肖像，
那中性的脸型轮廓正是
工业人[3]预设的图形标记，
远离政治的人们心有惧意
害怕一切必得遵循之事。

---

1. 原文“dialegesthai”是个古希腊词语，意为“论辩”或“交谈”，在柏拉图和亚里士多德的文字里多有出现。
2. 詹姆斯·格罗夫·瑟伯（1894—1961），美国作家、漫画家，他在《纽约客》的短篇小说和漫画受到人们的追捧。
3. “工业人”是奥登赋予现代人的另一个人格定义。

但每个普通公民仍要感谢
上帝，他和其他人显然有别：
哦，我们出于内心的羞愧
太过容易就把政客们责备，
还有那些受雇的政府官员，
因为所有那些风俗习惯
都在阻挠我们去实现
厄洛斯[1]的立法意愿。
但他若细加考虑，定然
不能理解他对爱的决断
所施加的影响有多么不严肃，
他靠何种可耻的妥协找了条活路？
在某张床上，甚至美好的上帝
眷顾过的真正的恋人们，对此
也会自觉错谬而将头放低，
他们知道，满怀罪疚的单体[2]
整个社会基于它才得以建立，
而生有两个背脊的隐生藻[3]

1. 厄洛斯，希腊神话里的小爱神，相当于罗马神话里的丘比特。
2. 原文为“morphon”，是生物学上的学名，亦称单体形态。
3. 原文为“cryptozoon”，生物学学名。在寒武纪（五亿七千万年前）“生命大爆炸”前，地球的早期生命形态（细菌和藻类）已开始繁盛。1883年，美国古生物学家查尔斯·杜利特尔·沃尔科特发现了最早的前寒武纪细胞化石，将之命名为隐生藻。

它的感觉能力天生就缺少
真正的敬畏感，对于
士兵的暴力倾向贡献甚巨。
因为渴望着语言、神话和
用以塑造他们意志的干涉，
盲目又热情的人们站在阴影里
被可能存在的团体簇拥推挤，
因为自由即是他们的形体
取决于我们的品位感，
我们对其意图一眼就能了然，
倘若我们拒绝承担起
责任，他们就会无能为力。
哦，爱的意愿能做什么，假使
他所有的代理人都不忠实？
我们所谴责的政客，不过是
我们的最小公倍数[1]而已；
普通人中的凡夫俗子
变成了可怕的利维坦[2]，
我们数百万人的个体言行，

1. 最小公倍数是数学上的术语。
2. 原文为希伯来文“Leviathan”，是《圣经》中的海中怪兽，象征了邪恶。十七世纪英国哲学家霍布斯曾以此为名写过论国家组织的著作《利维坦》。霍布斯以利维坦象征国家权力，在此之后，这个词多用于暗指极权国家。

疏忽懈怠、虚荣自负和信条纲领，
经受了统计学家的严格检验——
一个群体的总体表现：
两个伪善的十年
压迫着每个英国人的良知，
也没有一个德国人可自鸣得意
为他已漠然许可之事。

暴政和武力的洪水泛滥
成形于一个双重的来源：
在柏拉图关于智力的谎言中[1]
他说所有人都昏聩无用，
只有**天才**哲学家才天命所托，
因为了解**善**，他们不会犯错，
在一个抽象词汇下结成一帮
高踞于低等无序的俗众之上；

1. 柏拉图认为，理想的国家或社会组织恰如整个宇宙和个人一样，理性应该占统治地位。正像人的灵魂有三部分一样，国家也要相应地分成三个等级，即统治阶级、武士阶级和劳力阶级。这三个等级有着不同的天赋职能。统治阶级是少数受过哲学训练的人，他们智慧超人，天赋职能就是管理国家、指挥他人，理性通过这个阶层而表现出来。武士阶级的天赋职能是防御敌人、保卫国家，为统治阶级效力。劳力阶级包括农夫、手工业者和商人，他们的职能是创造社会财富，他们的美德应是节制。在其《理想国》第三卷中，柏拉图尤其强调了前两个阶级的优越性。

或是卢梭关于肉体的谬论[1]，
它重又激发了我们的自尊，
误以为在非理性行为中
所有人都强大得彼此类同。
可是，尽管社会性谎言
在梦想家眼里看来多样纷繁，
那充盈了山间溪涧、
浇灌着反向的梦魇、
轮流得宠于群众的雨点
其实播撒自同一片普通的云团。
在**自我**的大气层的高空
和更高海拔的恐惧中，
错误的微粒形成了会夺去
牧羊人性命的雷暴雨，
而我们在政治上的窘境
就源于她的神经过敏，
她那冷酷的精神欲念
没有将她的自由看作是

1. 卢梭对理性的评价是“理性有它的用处，但生活中很多问题，依靠情感，听任本能和情绪办事更可靠”，并且“人类从自然状态走向文明状态的那些道路已经被人遗忘和迷失了”。卢梭的哲学思想继承了柏拉图“理想国”的方向，却最终摆脱了柏拉图的怯弱无为。他主张道德与权力的结合，选择用“此岸政治手段追求彼岸道德理想”，由此道德理想国也诞生了。卢梭的思想，也成为了法国大革命和后世暴力革命的一个重要资源。

来自生命的馈赠，以之
去服务、启发和充实
全体生命，进而行使她
自由意志的职能，去驯化
这个世界的盲目欲望，
选择必要的行动方向，
却将自由看作凭一己之力
在阁楼独自过活的权利，
不受妨碍，不受责备，不受监视，
自以为是，自夸自赞，自欢自喜。
一切如她所愿地发生，直至
她开始自问，为何她应该厚此
而薄彼，而又有谁会在乎
若她一命呜呼或到了别处，
而单凭自己去假设推理，
她无力去回答这个问题。
恐慌于是攫住了她；镜中一瞥
显出了一个沮丧、空洞干瘪
又了无神采的面庞。此时
她如何才能避免自我厌弃？
自尊心还剩下什么可以去做，
除了一头扎向那烂泥窝？
而自由，除了了断自尽，

只能一意孤行和自我否定?
当自我折磨的女巫,逆时针
编织出了她整个的热忱,
带着可恶的乐趣,她崇拜着
"不"、"从不"和"夜"、
不带宾格"我"的无形"质量"、
"午夜女郎"以及"海洋"。
喧嚣蒸汽时代的那个天才,
喧嚣的瓦格纳[1],将它搬上了舞台:
疯癫的英雄在感官享乐中沉溺
为自身的创伤而心醉神迷,
他的理智生活满足于那个认知,
认为他的厄运受了意志驱使,
而生存意味着受苦;伴随着
潮水般涌来的永恒哀歌,
巨型玩偶高声咏唱,为死亡或母亲,
这两个词意义相同只是不同名。
而女人如身陷梦魇般顺服,
救赎,救赎,救赎,救赎。

---

1. 理查德·瓦格纳(1813—1883),德国作曲家,开启了后浪漫主义歌剧作曲潮流。奥登对瓦格纳的作品评价不高,认为其歌剧的魅力仅在于展现主人公的苦难和痛楚。

为他们的入账喜不自胜，
黯昏星光下，酒吧正打烊关门；
欢闹的酒徒们各自回家，复原成
某种更为奇怪的人，
蜷缩在收紧的自我中，他们借此
才得以安全地打发不安的日子，
怀揣着正经目的，往返穿梭于
拥挤的宿命论的城区，
此时，黎明将它平静的公义
洒向了修道院，在那里
有人已誓言要实行一种经济节制。
这些时髦人士毫无悔意，
金发碧眼，赤身裸体，独自麻痹，
如同变作了石头的叛逆天使，
俗界的一座座大教堂
伫立在他们价值不菲的土地上，
被永久冻结在一个谎言里，
总是断然否认人类终有一死
且又脆弱不堪的事实，
他们将那个重大现象隐瞒，
据此美洲才做出了决断，
那种文化，崇拜处女贞洁
绝不会超过痴迷发电机，

不信守尼西亚[1]或是卡诺萨[2]，
没有毁败的宫殿华厦，
也无黑色陶器，它如同伟大的罗马，
是所有离乡背井或憎厌故乡者的家。

而今看来似已非常久远，
那些圣人们在马萨诸塞海湾
听着神权派的科顿[3]的布道
和法定的温斯洛普[4]的琐屑说教；
既然哈钦森夫人[5]已被那些
她从心底里蔑视的人审讯甄别，

---

1. 尼西亚位于东罗马境内的小亚细亚。公元 325 年，君士坦丁大帝于此召集举行基督教主教会议。这是基督教历史上的第一次世界性主教会议，确立了一些为现今大部分基督教会接纳的传统教义，影响深远。这也是首次由皇帝运用国家力量影响主教会议程序的会议，即所谓的“君士坦丁转换”，教会正式与世俗政权联结在了一起。

2. 卡诺萨是意大利北部的小镇，镇中的城堡非常知名。神圣罗马帝国皇帝亨利四世曾于 1077 年在此苦修，他光着头在雪地里站了三天，以此希望教皇格利高里七世能改变将他逐出教会的决定。这成了中世纪教会与国家关系转换的一个象征性事件。

3. 约翰·科顿（1584—1652），英裔美国牧师，因追随清教主义逃到马萨诸塞湾殖民地的波士顿，在那里成为民间的宗教领袖。

4. 约翰·温斯洛普（1588—1649），马萨诸塞湾殖民地的第一位总督。

5. 安妮·哈钦森（1591—1643），马萨诸塞湾殖民地的早期移民者。她是一个清教团体的领导人，受到当地清教徒领导人的排挤。在一次公开论战后，她受到了由官员和牧师组成的委员会的审讯，随后被逐出了殖民地。在英属美国殖民地的宗教自由发展史和妇女权益问题上，她是个关键人物。后来，马萨诸塞州为她树立了纪念碑，称她为一个“公民自由和宗教宽容的无畏的倡导者”。

而质疑了摩西法律[1]的
威廉斯[2]，只能在罗德岛等着
那个**挚爱者**的代言人来将
他自己和民主释放；
而富有创造力的杰弗逊
早就在对抗现实主义的汉密尔顿[3]，
如同斐拉鸠斯派对抗着詹森教派[4]；
可同样的异端邪说仍然存在。
时间让古老原则看起来很怪诞，
我们的道具和符号已改变，
但围绕意志的自由性，

---

1. 摩西法律，又称为律法书、摩西五经，是《圣经·旧约》最初的五部经典。全经用最古老的希伯来文写成，是犹太教最重要经典之一，也是公元前六世纪以前唯一的希伯来法律汇编。

2. 罗杰·威廉斯(1603—1683)，英国神学家，宗教宽容和政教分离的支持者，主张公平对待美洲土著。1644年，他获得许可在罗德岛和普罗维登斯农场创建殖民地，还为宗教少数派设立了庇护所。

3. 亚历山大·汉密尔顿(1755—1804)和托马斯·杰弗逊(1743—1826)同是美国开国元勋，政见上却是死敌。在1787年召开的制宪会议上，联邦派以汉密尔顿为代表，反联邦派以杰弗逊为代表。汉密尔顿赞同英国的政治体系，认为由国王或者一个至少是终身制的总统作为最高领袖的政治体制是最好的，杰弗逊则认为这只会导致合众国最终变为独裁国家。与此针锋相对的是，汉密尔顿抨击杰弗逊的观念将会导致暴民统治。此后，拥护杰弗逊观点的人被称为共和党人，同意汉密尔顿观点的人被称为联邦党人。

4. 斐拉鸠斯派，以斐拉鸠斯(354—420/440)命名的神学理论，认为原罪没有败坏人性，凡人没有神的帮助仍能进行善恶选择，亚当对于原罪的产生并没有直接影响。詹森派指信奉詹森(1585—1638)学说的天主教教派，又被称为羊森派。该派追随荷兰天主教神学家詹森的思想，反对耶稣会的道德论学说，认为得救只能靠上帝恩宠，主张虔诚地严守教会法规。

我们的争执仍是话题的中心，
像当初那样，投票人仍会听到
两种思想的呐喊鼓噪。
如同在欧洲，此时此际，
这块荒蛮凌乱的大陆也有分歧，
但此地的普通上班族不会忘记
那些先驱者；甚至
还发生了一次民族大迁徙：
工厂主们狡黠多智
循序渐进地向南方推移，
寻找没有下限的最低工资
和没有上限的超长工时；
烟草和花粉产区外的城镇里，
那些喜好风雅的灵魂
感受到了寻求共鸣的本能，
一路往东来到了艰困的纽约城；
而自尊心驱使着黑人们
从单一作物和种族仇恨的
三角洲蜂拥来到北方城市谋生；
一个居无定所的部落坐在破车里
从狂风肆虐的各州开始迁移，
不辞艰辛更向西行，在那里
宽容的太平洋的空气

让逻辑看上去如此愚蠢，痛苦
如此主观，他的索求如此虚无，
流浪者或会死去；那些孩子，
当他们的想象力发出指示，
搭上便车漫游一千英里，要去
寻找他们心中的苹果园仙女[1]，
而得克萨斯某地，真正的牛仔看似
已迷失在牛仔电影的梦境里。
比在欧洲的情况尤甚，在这里
选择模式已由强迫性的机器
提供了解释，什么可以
接受，什么不可以，
眼下为建设公正的城市
我们又须服从什么条件前提。

不管我们决意如何行事，
结论必须接受那事实：
我们所喜爱的地方风俗
如今已被机器彻底毁除，
血统和民族的那些纽带

1. 原文为“Hesperides”，出自希腊神话：大地女神该亚从西海岸带回一棵枝叶茂盛的大树给宙斯和赫拉作为结婚礼物，树上结满了金苹果，宙斯于是派夜神的四个女儿（她们被称作“赫斯珀里得斯”），专门看守栽种了金苹果的圣园。

已被个人的结盟所取代。
我们再也无法从街坊邻里、
班级或聚会的偶发事件里
去习得良善，作为个体
无法去拒绝选择爱情、权力
和友谊，也不能筹划和评判
我们的目的和手段；
因为那个永远真实、
一度少有人知的秘密，
机器已在高声叫嚷
在人群中广为宣扬，
它强迫所有人承认如下事实：
孤独正是人类的现实形势，
而每个人必得独自前行
去将那本质之石找寻，
“无处无否定”[1]
即是社会的正义性。
如今每个推销员都是彬彬有礼
的探险家，是没有领地的骑士

1. 出自里尔克《杜伊诺哀歌》的第八首，绿原先生译为“不带‘不’字的无何有之乡”似乎略显冗长。

高文-吉诃德[1]，他的目标
即以其孱弱灵魂为女士效劳[2]；
罐头业的每个大佬富商
就是那个孱弱而孤独的鱼王[3]；
而每条地铁都会面对了“裴庞德号”[4]，
当某个以实玛利[5]正将失落的爱寻找，
他要用鱼叉捕获愁苦
还要将鲸鱼变成一位公主；
实验室里，卡夫卡们困惑无奈
遭遇了令人费解的失败：
法律那奇怪的行为方式，
那些突然取消的真相事实，
那条弯弯曲曲、令他们
视线中的城堡忽近忽远的小路，
那个一直不允许

1. 高文是亚瑟王的侄子，圆桌骑士之一。奥登将他的名字与堂吉珂德作了个分析组合，喻指那些有理想冲动的人。
2. 原文“Frauendienst”是一个德文复合词，指对女性极为夸张的骑士气概或风度。
3. 鱼王，亦称为“受伤的国王”，是亚瑟王圣杯传说中的一个人物。他因为腿脚不便而无法走动，他的阳痿造成土地贫瘠成荒原。他无事可做，只能在自己城堡旁的河边钓鱼。
4. “裴庞德号”是梅尔维尔小说《白鲸》中的捕鲸船的名字。亦有译作“皮廓德号”。
5. 以实玛利是《圣经》中亚伯拉罕的儿子，在以撒出生后被遗弃。后人常用这个名字指代被社会遗弃的人，梅尔维尔小说《白鲸》便通过唯一的幸存者以实玛利之口讲述了捕杀大白鲸的故事，小说译本中亦有译作“伊什梅尔”的。

他们入内定居的真理领域；
而所有的工人都知道
他们的工厂是亨利·詹姆斯[1]的
封闭场地和休息室，
那里的讨论决定了正义
和自由的权利；在那儿，恰如
任何詹姆斯式的人物，
他们学会了去描绘精细框线，
推演，理解，提炼。

视野之外，一个疲累的
亚洲在夜里无力争斗着，
揭示了一个不安分的种族；
时钟将童年从它眼前驱逐，
而精确的机器开始将它的
成人们集中，在憋闷的
白天，在某个拥挤狭促的
企业里利用着他们的才赋。
装作喜欢它的人何其之少：
哦，其中四分之三的人本能地知道

1. 亨利·詹姆斯(1843—1916)，十九世纪美国继霍桑、麦尔维尔之后伟大的小说家，其小说常写美国人和欧洲人之间交往的问题；他的创作对二十世纪现代派及后现代派文学有着深远巨大的影响。

什么该是社会的自然法则，
也知道他们该怎么活着，
只要他们还有活着的能力。
假如良善的养成那么容易，
廉价、明了的程度如同邪恶，
我们现在都会是它的追随者：
我们将何其欣然地
变成完美的生命统一体
灵活而富有凝聚力，
其形态是真理，其内容是爱意，
它那多元化的空隙
将是幸福与和平的发源地，
在那儿人们将齐声颂扬
公共性的最小实体
和实体的最大公共性[1]；
我们的美德在更合乎良心的
泥土中将绽放得何其壮丽，
自由将于此安家，因它必是如此，
必然性也是，因它有这个本领，
而人们将结为同盟，以人类之名。

但希望不是马匹，这一年

---

1. 此处原文为拉丁文。奥登阐述了有关个体与公众的理想关系。在之前的《短诗集束》中奥登也有类似的表述。

也不是什么奇迹之年；
曙光照临世界，而我们深知
它充满了战争、挥霍和悲戚；
羞愧的公民们遭遇了不幸，
虽为兄弟手足却彼此无信，
他们的良好意图无法愈合
他们忍受着的现实罪恶，
不能令他们的路途风平浪静，
也不能把遥远的地平线拉近。
新年引发了全球性的恐怖，
民主变成了买卖人迂腐
而聒噪的广告口号，穷苦者
落到了思想帮凶们的
魔掌中，真理被他们早已
不再年轻的长辈们鞭笞，
和平人士背负着殉道者的墓石
已然在行进途中昏厥倒地，
而文化四脚着地，准备去欢迎
一个男子气概的可耻精英，
此时在蠢笨绵羊的溪谷[1]，

---

1. 此节末尾两行暗藏了一个基督教的隐喻“泪谷”（或眼泪的溪谷）。这个词专指生活的苦难，惟有死后升入天堂的人才可彻底摆脱它。大致认为它的出典来自天主教《赞美诗》。

患风湿病的老贵族正放声痛哭。

我们的新闻少有喜讯：心灵，
如左拉所说，总得犯着恶心
吞下它那失败的苦果
才能一天天地过活。
路越走越糟，我们看似已完全迷失
如我们的理论，就像天气，
每天都变换着不同的风向，
而我们总能如此这般照本宣讲：
真正的民主必从不受约束地
忏悔我们的罪恶开始。
单就这点而言，大家都差不多，
我们是如此虚弱，没人敢说
“我有自主权”，或者
“我心中自有道德法则”，
而所有真正的统一体
必从对差异的认识开始，
所有人都有需要满足的东西，
而每个人都会被赋予一份权力。
我们要去爱所有人，既然
每个人都有一个独一无二的特点，
不是什么巨人或侏儒，更不是上帝，

只是一个古怪的人类同态体[1]；
我们可以爱每个人，因为我们深知，
我们——所有的人——正该如此：
既然被赋予了生命，我们就能生存，
我们用以创造的力量并不属于我们。

哦，想要寻访雪松间的独角兽，
却没有为我们领路的魔法符咒，
在你矫揉造作的天真里，
白色的童年如一声叹息
毫发无伤地穿过了绿色森林。
请唤来你的真爱共舞娉婷，
哦，科学和光明的鸽子[2]
在夜的树枝上栖息，
哦，深海巢穴中嬉戏的灵鱼[3]，
你们永远将激动人心的
秘密隐藏得无迹无痕，
哦，突然刮起的不请自来的风

1. 原文“isomorph”在生物学上意为“同态体”，在化学上称为“类质同晶型体”或“同形体”。
2. 此句出自乔叟《声誉之宫》第三卷的开篇：“哦，科学和光明的神灵/阿波罗，用您恢宏的神力/促成这册最新的小诗集！”
3. “灵鱼”对应的原文为希腊文“ichthus”，可以参考《谣曲十二首》中那首《罗马墙蓝调》中的注释。

吹乱了宁静的芦苇丛，哦听，
从选择的迷宫里传出了声音，
惟有俯首帖耳者才能听闻其声，
哦，岁月的时钟和看守人，
哦，权益和盈余的源头出处，
若他不存在，一切仍是虚无[1]，
他没有形象，物质、数字、
运动和时间的绝佳范例，
地狱咧嘴而笑的裂隙[2]、
维纳斯的山岭[3]和意志的阶梯，
扰乱了我们的疏懒和薄情寡义，
宣判了我们因傲慢犯下的全部
罪行，甚至连悔悟
也在世俗艺术中将我们指引，
用混乱不堪的心灵
造出了一片沙漠和一座城市，
在那儿，思想必须劳心费力
才能寻得适宜的安宁环境

1. 原文为拉丁文“Quando non fuerit，non est”，英文一般译为“There is not (a time) when he was not”(“he”为耶稣)，出自古希腊天主教神学家俄利根(185—254)的《第一系统神学》第二章。
2. 地狱的裂隙是罗马神话的典故。
3. 在中世纪传说里，罗马爱神维纳斯曾在山间设神殿休息，凡被引诱误入这座山的人均要交付巨额赎金才能获释。

释放它们郁积的感情，
向我们的时代传送足够的力量，
为我们的知识指明它的方向，
哦，主啊，把你所命的赐予我[1]。

亲爱的朋友伊丽莎白，亲爱的朋友，
这些天带给我的结尾篇章，但愿以后
我能带着它直到临终那一刻，
它比篇首的致辞更配得上你的
善意支持；但愿无人搭理的真理
会将我的青年时期
引向你已到达之处，
而你睿智的平静会为我祝福，
它向你周边的生命投射出
一种沉着的温度[2]、
一种遍及宇宙的热忱友爱，

---

1. 原文为拉丁文“Da quod jubes, domine”，英文一般译为“Give what you command”，domine（主，或上帝）一词是奥登的添加，用以强调呼吁的对象。此句出自奥古斯丁《忏悔录》第十卷第二十九节，这里参照了周士亮先生所译版本。

2. 原文为“solificatio”，意为“如同阳光般散发出的温暖”，这是奥登自造的一个词。这里还有一则关于奥登的轶事：1956 年至 1959 年间，奥登任牛津大学诗歌教授，与《牛津英语辞典》第二次补编的编辑 R. W. 布奇菲尔德成了熟人。奥登好几次怂恿布奇菲尔德将他自创的几个特殊词汇插入补编中，“solificatio”便是这段关系的产物。布奇菲尔德将这个词解释为“一个编造出来的拉丁词语”，由十六、十七世纪收录的另一个词汇“solific”演变而来（solific 本意是“浑身沐浴着阳光”）。这里结合上下文以及韵律上的考量，暂且译成“温度”。

每个人，不管是好是坏，
此生之中必会与它发生关联
如同风景、妻子或法官。
我们在跳舞时摔倒了，
我们犯了个古老而荒谬的
错误，但总有如你这般的人物
会原谅我们所做之事并给以援助。
哦，睡眠和劳作的每一天
我们的生命与死亡都与邻人为伴，
而爱又一次照亮了城市和
狮子的巢穴，也照亮了
这个怒气冲冲的世界和年轻的旅行者。

1940 年 1 月至 4 月

第五部分

1939年—1947年

W.H.AUDEN：COLLECTED POEMS

Part Ⅴ

诗悼叶芝[1]

I

他消逝于寒冬时节：
溪流封冻，机场迹近荒芜，
积雪模糊了露天雕像的身形；
水银柱沉入了弥留之日的口唇。
我们许可了怎样的仪器[2]
他死去的那天如此阴暗凄冷。

远离了他的疾病，
狼群继续奔行在常绿的森林，
农夫之河不曾受时髦码头的诱引；
悲痛的语言已令
诗人之死与他的诗篇泾渭分明。

---

1. 奥登和衣修伍德于 1939 年 1 月 26 日抵达纽约，3 天后传来了叶芝去世的消息；奥登旋即写下这首挽歌，发表在是年 3 月 8 日的《新共和》杂志上；此后奥登对部分词语作了改动，还删除了第三部分第一诗节后的三个小节；修改版本再次在该杂志发表，并收录于诗集《另一时刻》。

2. 这一句初版时为“O all instruments we have agree”(呵，所有的仪表都同意)，穆旦先生翻译此诗时所参照的即是这个初始版本。在现代文库版中，奥登将它修改为“O what instruments we have agree”。

但对于他，这是他自己的最后的下午，
一个被护士和谣言包围的下午；
他身体的各省已叛乱，
他意识的广场空空如也，
寂静侵入了郊区，
知觉的脉流已停歇；他汇入了他的景仰者。

此刻，在一百座城市间被传诵，
他全然置身于那些陌生的爱意，
要在另一种树林里找寻他的快乐，
还须领受异域良知法则的惩治。[1]
一个死者的言辞
将在活人的肺腑间被改写。

而在未来的显要与喧嚣中，
当经纪人在交易所的场子里如野兽般嘶吼，
当穷人对他们身受的种种苦痛已习以为常，
当每个身在自我牢狱中的人几乎确信他的自由，
数以千计的人仍会想起这个日子

1. 富勒先生指出，“另一种树林”喻指以纸张为媒介的文化领域，“异域良知法则”指其他国家和地区的评论界。马克·特洛伊安在《哀歌之现代化：试读奥登〈诗悼叶芝〉一诗》中做出了另一种解释，他认为“另一种树林”譬喻了地狱的开端，恰如但丁在地狱之行前发现自己“处在一片黑暗的树林中”，而“异域良知法则”可以理解为亡灵世界的法律。

如同会记起某天，当做了稍不寻常的事。
我们许可了怎样的仪器
他死去的那天如此阴暗凄冷。

Ⅱ

你像我们一样愚钝[1]；你的天赋挽救了一切：
贵妇人的教区，肉身的衰败，你自己。
疯狂的爱尔兰刺激你沉浸于诗艺。
而今爱尔兰的癫狂和天气依然如故，
因为诗歌不会让任何事发生[2]：它在官吏们
从未打算干预的自造的山谷里得以存续，
从那些与世隔绝的忙碌而忧伤的牧场、
从那些我们信任且将终老于斯的阴冷市镇
一路向南方流淌；它将幸存，
以偶然的方式，在某个入海口。

---

1. 叶芝终生爱慕爱尔兰女演员、独立运动者茅德·冈，后者曾形容叶芝“愚钝”(silly)。另外，在写下此诗的同时，奥登还写了《公众与后期叶芝》(The Public v. the late Mr. William Butler Yeats)，文中有这么一句话——“但是，你或许会说，他那时年轻；年轻总意味着罗曼蒂克；年轻时的愚钝恰恰是其迷人之处的组成部分。”很多人以为奥登用上“愚钝”这个词是要与叶芝划清界限了，但奥登仍然认为叶芝是“完美的大师”，并在晚年的诗歌《感恩节》(“A Thanksgiving”)里说他是“一个帮手”。
2. 奥登的这个论断在《公众与后期叶芝》里也有明确的表述：“艺术是历史的产物，而不是历史的根源……假如没有一首诗被写出来，没有一幅画被画出来，没有一段音乐被谱出来，人类历史在本质上依然是这副样子。”

Ⅲ

大地，请接纳一位尊贵的客人：
威廉·叶芝已长眠安枕。
让这个爱尔兰佬躺下
倾献出他的全部诗艺。

在黑夜的梦魇里
全欧洲的狗狂吠不已，
活着的人族等待着，
怀着憎恨彼此相隔；

智力所受的羞辱
在每个人的表情里透露，
而每一只惊愕的眼睛
都藏含了无尽的悲悯。

跟着，诗人，跟着走
直至暗夜的尽头，
用你无拘无束的声音
让我们相信犹有欢欣；

用诗句的耕耘
将诅咒变成一座葡萄园，
歌唱人类的不成功，
苦中来作乐；

在心灵的荒漠中
让治愈的甘泉开始流涌，
在他岁月的囚笼中
教会自由的人如何称颂。

1939 年 2 月

附：《诗悼叶芝》是奥登的名篇。穆旦先生的译文依从最初版本，完整保留了它的原貌，在此一并援引以致敬；很多读者（包括译者本人）曾受惠于他卓越的译文，才得以一窥奥登的诗歌艺术。

悼叶芝

I

他在严寒的冬天消失了：
小溪已冻结，飞机场几无人迹
积雪模糊了露天的塑像；
水银柱跌进垂死一天的口腔。
呵，所有的仪表都同意
他死的那天是寒冷而又阴暗。

远远离开他的疾病
狼群奔跑过常青的树林，
农家的河没受到时髦码头的诱导；
哀悼的文辞
把诗人的死同他的诗隔开。

但对他说，那不仅是他自己结束，
那也是他最后一个下午，
呵，走动着护士和传言的下午；
他的躯体的各省都叛变了，
他的头脑的广场逃散一空，

寂静侵入到近郊，
他的感觉之流中断：他成了他的爱读者。

如今他被播散到一百个城市，
完全移交给陌生的友情；
他要在另一种林中寻求快乐，
并且在迥异的良心法典下受惩处。
一个死者的文字
要在活人的腑肺间被润色。

但在来日的重大和喧嚣中，
当交易所的掮客像野兽一般咆哮，
当穷人承受着他们相当习惯的苦痛，
当每人在自我的囚室里几乎自信是自由的，
有个千把人会想到这一天，
仿佛在这天曾做了稍稍不寻常的事情。
呵，所有的仪表都同意，
他死的那天是寒冷而又阴暗。

Ⅱ

你像我们一样蠢；可是你的才赋
却超越这一切：贵妇的教堂，肉体的

衰颓，你自己；爱尔兰刺伤你发为诗歌，
但爱尔兰的疯狂和气候依旧，
因为诗无济于事：它永生于
它的词句的谷中，而官吏绝不到
那里去干预；“孤立”和热闹的“悲伤”
本是我们信赖并死守的粗野的城，
它就从这片牧场流向南方；它存在着，
是现象的一种方式，是一个出口。

Ⅲ

泥土呵，请接纳一个贵宾，
威廉·叶芝已永远安寝：
让这爱尔兰的器皿歇下，
既然它的诗已尽倾洒。

时间对勇敢和天真的人
可以表示不能容忍，
也可以在一个星期里，
漠然对待一个美的躯体，

却崇拜语言，把每个
使语言常活的人都宽赦，

还宽赦懦弱和自负，
把荣耀都向他们献出。

时间以这样奇怪的诡辩
原谅了吉卜林和他的观点，
还将原谅保尔·克劳德，
原谅他写得比较出色。

黑暗的噩梦把一切笼罩，
欧洲所有的恶犬在吠叫，
尚存的国家在等待，
各为自己的恨所隔开；

智能所受的耻辱
从每个人的脸上透露，
而怜悯底海洋已歇，
在每只眼里锁住和冻结。

跟去吧，诗人，跟在后面，
直到黑夜之深渊，
用你无拘束的声音
仍旧劝我们要欢欣；

靠耕耘一片诗田
把诅咒变为葡萄园，
在苦难的欢腾中
歌唱着人的不成功；

从心灵的一片沙漠
让治疗的泉水喷射，
在他的岁月的监狱里
教给自由人如何赞誉。

纪念恩斯特·托勒[1]

耀眼而中立的夏天不置一词
不去评判美国，亦不过问一个人死去的方式；
忧伤的朋友，欢欣的仇敌，被他们的影子

追逐着，稍稍站离了那个自负
而勇敢的人的坟墓，
免得他们不经磨难就学会了如何宽恕。

恩斯特，你的亡灵无意中诉说着什么？
很多年前，一个小孩在柴房里看到了
某个可怕东西？又或者，在你头脑里避难的

欧洲受伤过重以致无法康复？
这才过了多久？如燕子在另一个牢房飞进飞出，
那个闪亮的小小渴望一直在讲述

---

1. 恩斯特·托勒(1893—1939)，德国表现主义剧作家。1936 年，奥登与托勒夫妇在葡萄牙相识，此后奥登为托勒一个剧本中的抒情诗做了英译。托勒虽于 1936 年辗转流亡到了纽约，但他的家人却身陷集中营，外加个人财务也陷入了困境(他曾将所有钱财都捐给了西班牙内战的难民)，终在 1939 年 5 月 22 日悬梁自尽。奥登这首悼诗，后收录于诗集《另一时刻》。

高大而友好的死神所在的外部世界，在那里，
人们没法儿安住，也无处躲藏？是此地
没有像慕尼黑那样的城市？也没了写作的必要？[1]

亲爱的恩斯特，最终无影无迹地
躺在了其他老兵中间，这些人辛苦度日，
直至完成了堪称年轻人榜样的某件事。

我们能活着，仰赖了我们自诩理解的能力：
它们安排了我们的爱；它们控制得如此彻底——
敌人的子弹，疾病，甚或我们的手臂。

它们的明天悬荡在活人的尘世之上
威胁着我们对朋友的所有期望：但存在即信仰：
我们知道为谁哀悼，也知道谁正黯然神伤。

1939 年 5 月

---

1. 托勒在大学期间接触了马克思主义思想，之后开始参与巴伐利亚地区的独立社会民主党活动，并在 1918 年参与巴伐利亚苏维埃革命，失败后被捕，从 1919 年到 1924 年囚于慕尼黑狱中。正是在这段狱中生活期间，托勒创作了他一生中最为重要的剧作。另外，1922 年夏季，一对燕子到他的牢房里筑巢，他为此曾创作了一部诗集《燕子集》。

伏尔泰在费尔内[1]

此刻近乎快乐,他看着他的庄园。
当他走过,一个流亡的钟表匠抬头瞥看,
接着便继续工作;在即将完工的医院,
木匠向他触帽致意;一个经纪人跑来说
他以前种下的那些树眼下长势很不错。
披雪的阿尔卑斯熠熠闪亮。正值盛夏。他如此伟岸。

在远方的巴黎,他那些仇敌
私下风传他邪恶背德,一个盲眼的老妇人[2]
坐在直背椅里盼着死亡和来信。他会写下"没什么
比生命更美好"。但确乎如此?是的,
反抗谬误与不公正的斗争
总是值得。园艺如此。文明亦如此。

劝诱,责骂,大叫,他们中最为聪慧之士,

---

1. 奥登写诗纪念伏尔泰,既有寻回文明本源抵抗纳粹邪恶的寓意,也是他对自己身份与使命的确认。其创作灵感来自 N.L. 托里撰写的《伏尔泰的精神》(*The Spirit of Voltaire*)。此外,他还另写了一篇书评发表在 1939 年 3 月 25 日的《民族》周刊(*The Nation*)上。费尔内庄园是伏尔泰在 66 岁流亡时的居所,位于法瑞边境,于此其间,他与欧洲各国进步人士保持着频繁的通信联系,撰写了大量宣扬启蒙思想的檄文。
2. "盲眼的老妇人"指的是杜·德芳侯爵夫人,启蒙时期非常出名的沙龙女主人。

他引领其他孩子们投入了一场圣战
对抗着无耻的成年人，而且，如孩子般狡猾
又谦卑，必要时就随机应变，
或是模棱两可的回答，或是十足自保的谎话，
却又如农夫般耐心，等着他们落败失势。

他从未如达朗贝尔般怀疑，确信他会胜出：
只有帕斯卡尔是个伟大的敌手，其余都是
恶毒的卑鄙小人；虽然，有很多要做的事，
且只有他自己可以仰赖凭依。
亲爱的狄德罗太迟钝，但已竭尽全力；
卢梭，他一向了解，号啕大哭后就会屈服。[1]

于是如一个哨兵，他无法入眠。夜晚充斥了
罪恶、动乱与处决。很快，他也将丧命，
而整个欧洲，可怕的保育员们无声伫立
渴望去煎熬他们的孩子。唯有他的诗
或能制止他们：他必须继续工作。头顶
毫无怨言的星辰谱写着明澈的歌。

1939 年 1 月

---

1. 奥登在此列举了一系列对法国思想界影响重大的人物。据《伏尔泰的精神》的作者托里所述，达朗贝尔（1717—1783）与伏尔泰在观点上基本一致，但因为接受宫廷职位而相对保守；帕斯卡尔（1623—1662）的问题类似于柏拉图，将个人幻想当成了真理；狄德罗（1713—1784）的唯物主义略显机械单调；卢梭（1712—1778）则成了感伤主义者。

赫尔曼·梅尔维尔[1]

（致林肯·柯尔斯坦[2]）

朝向终点驶入了异常温暖的水域，
他锚泊于家庭，攀得了一门亲事[3]，
就此停靠在妻子悉心看护的港湾里，
他每天起早摸黑去往一间办公室[4]
仿佛他的职业是另一座岛屿。

“良善”仍在：那是新的知识。
他的恐惧只得自行消散
以便他看个分明；但一股狂风将他
刮过了现实功名的合恩角[5]，它叫道：
“这礁石就是伊甸园。在这儿毁灭。”

雷声使他耳聋，闪电令他迷乱：

---

1. 赫尔曼·梅尔维尔（1819—1891），美国小说家、诗人。他一生做过很多职业，当过农夫、职员、教师，后成为捕鲸水手，加入过美国海军服役，1844 年退伍后回到纽约，开始了创作生活。

2. 林肯·柯尔斯坦（1907—1996），美国艺术活动家，参与创办了美国芭蕾舞团。奥登和衣修伍德初到美国纽约时，迅速与之结识，并成为好友。

3. 梅尔维尔 1847 年与马萨诸塞州大法官之女伊丽莎白·萧结婚，三年后，根据其海上经历开始创作小说《白鲸》。

4. 梅尔维尔从 1866 年就任纽约的海关检察员，在此岗位待了十九年。

5. 合恩角位于南美洲最南端，那里暗礁丛生，海水冰冷且气候极端恶劣，素来被航海家视为险地。

——疯狂的英雄如寻找宝石，追逐着
那个导致他性无能的稀罕可疑的怪物，
冤冤相报在一声尖叫中了结，
不作解释的生还者摆脱了噩梦[1]——
一切复杂又虚幻；真相如此简单。

而“恶”毫不起眼，总那么有人情味，
与我们同床共眠，跟我们同桌吃饭，
而我们每天都被带到“良善”那里，
即便在客厅里被一大堆错误所包围；
它有个名字譬如比利[2]，也几近完美，
却患了口吃如戴着一个装饰品：

它们每次都遇到了同样的必然情形；
“恶”竟如此无助有如一个恋人，
定会找茬寻衅，然后大功告成，
接着在我们眼皮底下双双被摧毁[3]。

---

1. 这段诗节指涉了小说《白鲸》："疯狂的英雄"指书中的主人公亚哈，"怪物"即白鲸；"不作解释的生还者"即船员以实玛利，奥登在《新年书简》中将他作为了现代人迷失人格的一个象征。

2. 比利是梅尔维尔所写中篇小说《比利·巴德》里的主人公。

3. 在《比利·巴德》这部小说里，水手比利英俊而单纯，教官克拉格特则妒忌成性（奥登曾在一篇文章中指出，克拉格特事实上有潜在的同性恋倾向，只不过他将自己对比利的爱慕转化为恨意），两人一善一恶，形成鲜明对比。最终比利失手打死克拉格特，自己亦被判处了绞刑。

此刻他已醒觉过来，且知道
没人会一直幸免除非是身在梦境；
但还有其他东西已被噩梦扭曲——
连惩罚也温情，变成了爱的一种形式：
咆哮的暴风雨曾是他父亲的显灵，
他自始至终都被裹挟在父亲的胸前。

此刻父亲将他轻轻放下，已离他而去。
站在逼仄的阳台上，他凝神细听：
头顶，众星如他童年时那样齐声歌唱：
“万事，万事皆虚空”，但歌声已不同；
因为此刻，词句如山间寂静般悄然降临——
纳撒尼尔[1]的畏缩，皆因他自私的爱
——当重获新生，他喜极而泣、就此顺服：
“神性破碎如面包。我们就是那碎屑。”[2]

于是在书桌前坐下，他写出了一个故事。

1939 年 3 月

1. 纳撒尼尔指美国作家霍桑(1804—1864)，霍桑在一次野餐中偶遇住在附近的梅尔维尔，两人遂成为好友。
2. 这句话出自梅尔维尔写给霍桑的一封信：“我感到神性已如晚餐面包般破碎，于是我们成了它的碎屑。也因此，兄弟之情如此绵长不绝。”

无名的公民

(题献番号为JS/07/M/378的人，

此大理石纪念碑由政府所立)

他已被统计部门查实

没惹上任何官方的投诉，

有关他行为的所有报告都同意

就一个过时词语的现代意义来说，他是个圣徒，

因他所做的一切履行了应尽的社会义务。

除了战时，直到他退休的那天，

他一直在工厂工作，不但从没被解雇，

还让福奇汽车公司[1]的老板们很满意。

他不是工贼，他的看法也不古怪出偏，

他所在的工会报告说他缴了会费份钱，

(我们对工会的调查表明，情况属实无误)

而我们的社会心理工作者指出

他在同事中间口碑不错，喜欢小酌一杯。

新闻界确信他每天会买一份报纸

而他对广告的反应也完全正常合理。

他名下的保单证明他投了全额保险，

1. “福奇汽车公司”对应的原文为“Fudge Motors Inc.”，“Fudge”是“Ford”(福特汽车)和“Dodge”(道奇汽车)的混合词。

而他的健康卡表明他住过一次医院，出院时已复原。
厂商调查和“高水准生活”都表明
他充分懂得分期付款的好处便利，
拥有现代人必不可少的每一样东西，
留声机、收音机、汽车和电冰箱。
我们那些公共舆论的研究者也很满意，
认为他跟得上当年形势，抱持着正确的观点；
在和平时期，他支持和平；当战争到来，他从军服役。
他结了婚，生有五个小孩增加了总人口，
我们的优生学家说，这数目对他那代的父母适宜足够。
而我们的教师报告说，他从未对教学工作干预插手。
他自由么？他快乐么？这问题再荒谬不过：[1]
任何事情若是出了错，我们肯定都会听说。

1939 年 3 月

---

1. 这是一首主题微妙的讽喻诗，奥登描述的并非具体的个人，正是现代社会“经济人”的典型形象（读者可参考《新年书简》中的相关段落）。

他们[1]

他们来自何方？那些令我们如此恐惧的人；
当他们的畸形翅翼带来的寒气，袭击了
　　我们最为珍视的地点，危及了
　　感伤的朋友、引水渠和花朵。

座座池塘倒映出一众名人的
可怕魅影，当那个金发男孩
　　急不可耐地咬着闪亮的苹果
　　在骇人的愤怒中现身，

我们就知道森林已盲聋，天空已无法
提供保护，我们醒觉着，而这些人
　　和农夫一样目的明确、博闻多识，
　　却将他们的仇恨对准了我们。

我们是贫瘠的牧场，他们带来了流浪者的

1. 这首诗的原标题为《危机》，奥登在 1939 年 8 月 7 日写给好友道兹夫人的信中解释过这个标题的含义（部分揭示了这首诗的主旨）："危机，即我们时代的精神危机，也就是说，理性与心灵之间、个人与集体之间、低效的自由主义知识分子与野蛮而实际的煽动者（如希特勒和休伊·朗）之间的分裂。"这首诗发表在 1939 年 9 月的《大西洋》月刊，奥登在回答编辑提问时说，他个人的精神危机也隐藏在其中。

怨恨；他们在我们身上炮制出自己的
　　绝望；他们接受了我们的哭泣，
　　作为他们漂泊生活的可耻标记。

此刻他们如平摊的地图浮现于我们脑际；
奢求着生活的无尽欢乐，
　　我们用果园的幻景将其诱引，
　　在慵懒氛围的庇护下日渐肥硕。

我们的金钱如溪水在我们的思想孤峰上
歌唱，又似妙龄女子召唤着他们登临；
　　我们的文化如同神奇的西部
　　在他们脸上映照出幽暗的前景。

我们期盼着美好事物或聪明才智，
情愿将我们幼稚的谎话想象成护身符，
　　只找到些石头也心满意足，
　　马上能用来造起一座花园。

但那些家伙可不是孩子，不会睁着
我们已失去的不加辨别的大眼睛，
　　他们占据了我们狭小的空间
　　伴随着无政府主义的肆意妄行。

他们登场了，已变得机巧精明，
父亲拍桌子动怒时学会了克制隐忍；
　　他们在母亲的哈哈镜里
　　发现了心照不宣的含意。

尽管如此，为迎接即将到来的婚礼，
床已提前铺好；纵然纯洁无瑕如我们
　　见了多毛而笨拙的新郎会畏缩，
　　战栗的片刻我们已有了身孕。

只因不育者定会希望开花结果，即便
春天会来惩罚；而害怕挺直腰身的驼背[1]
　　无法更改他的祷告词，只能
　　从黑暗中唤来可怕的牧师。

毛色褐黄、精力充沛的老虎
会风度翩翩地穿越凶险市镇；教区里的
　　类人猿确实擅长于扮鬼脸
　　和舔舌头：而我们作为其门徒

1. "害怕挺直腰身的驼背"对应的原文是"the crooked that dreads to be straight"，其中"crooked"和"straight"也可理解为"同性恋"、"异性恋"，奥登曾多次使用这样的双关。

已然失败。我们的泪水从我们未曾放弃的
爱里涌出;我们的城市比我们的希望
　　预示了更多;甚至我们的军队
　　也在被迫表达我们对宽恕的需求。

1939年4月

预言者[1]

或许我一直知道它们在说些什么：
正是那些从寄身的书本里
走入我生命的最早的使者、
那些从不开口的漂亮机器
让这个小男孩如此崇拜，而学会了它们
难记的长长名字，也令他骄傲得意[2]；
爱是它们从未大声说出的词
正如一幅画不会作答发声。

后来当我寻找着美好乐土，
抛下了铅矿任由它们败落；
坑道没有将遗憾的表情流露，
生锈的卷扬机从没这样教过。

---

1. 这首诗是奥登写给爱人切斯特·卡尔曼的早期诗作之一。1939 年 4 月，奥登初识切斯特——一个比他年轻 14 岁的美国少年，两人旋即坠入情网。仅过了一个月，奥登就为自己戴上了婚戒，还计划与卡尔曼一同蜜月旅行。奥登此前频繁更换伴侣，最终在切斯特身上找到了爱、理解了爱。
2. 这里涉及了奥登的幼年经历。奥登小时候很喜欢到北奔宁山脉的各个矿场实地探险，沉迷于《金属矿井机械》(*Machinery for Metalliferous Mines*)、《诺森伯兰郡和阿尔斯顿沼泽地的铅矿与锌矿》(*Lead and Zinc Ores of Northumberland and Alston Moor*)等矿物地理书籍。在奥登的诗歌习作中，可以找到很多直接与矿场相关的地名、术语和事件。

人显然太过机巧，不会说“为时已晚”：
它们毫无怯意，恰是一种我所不知的
赞美方式，哎呀，当我定睛注视，
它们不作回应，只轻声说“等会见”，
不带任何强迫，渐渐将我启迪，
而周遭的风景如此平静，
它们就此将彻底的遗弃
当作了你存在的证据。

真切如实。
此刻在那面容里我已找到了答案，
它再不会退回书本里恢复旧形
只求得到我完整的生命，此间
我所触到的一切都会坦诚相见，
再不会带有什么自负的表情。

1939 年 5 月

有如天命

不要像空想的拿破仑，那传闻中的可怕人物，
当他策马经过时全体民众会分道而立，
纪念柱[1]落成典礼刚过，他就撤退了事，
也不要像那位讨喜而多嘴的游客，
对他而言，要紧的是古代遗址和天气，
更不要像那些总是广受欢迎的人，
因为运气、历史或乐趣
不会如此登场：这些都不合意。

异乡人，当然拥有享乐的权利：
大使们必会以他们对歌剧和人类的
学问见识来款待你，
银行家们会征求你的意见，
女继承人会向你微微侧转了脸颊，
而群山和店主会接纳你
你可以随处游走。

但礼貌和自由从来就不够，

---

1. 拿破仑为庆祝奥斯特里茨战役的胜利，用缴获的大炮铸成了巴黎旺多姆广场上的凯旋柱，柱身雕刻了螺旋形花纹，角上装饰雄鹰，顶端有拿破仑本人的立像。门德尔松教授指出，纪念柱在此也是一个"性的隐喻"。

生活中更是如此。他们
走近一张床,貌似步入了婚姻;
对千百个明显无所期求的人来说,
甚至训练有素的远距离欣赏
也成了一种俗气的病症。这些人成效有限;
他们的存在转瞬即逝。

然而,在通常毫不起眼的某处,
在流水和房屋的风景里,在他的哭声
被车流或鸟鸣的喧嚣淹没的
几乎每一个地方,总会站着
一个需要你的人,只有那个
惊恐而充满奇想的孩子才了解你
恰如长者们所说这是个谎言,
但你知道他正是你的未来,只有
温顺的人必承受地土[1],既不迷人,
也不成功,更没有围聚的人群;
在夏天的噪音和律令中孑然一身,
他的眼泪渐渐蔓延你的生活有如天命。

1939 年 5 月

1. 出自《圣经·新约·马太福音》第 5 章第 5 节:“温柔的人有福了,因为他们必承受地土。”《圣经·旧约·诗篇》第 37 章第 11 节亦有类似语句“但谦卑人必承受地土,以丰盛的平安为乐”。

谜语

披着生命的叶簇
那棵大树绿意盎然，
　神情悲伤又恍惚
树下站着堕落的夫妇：
远方被驱逐的雄鹿
在荒凉的悬崖驻足
凝望着海面目光沉静，
四周的灌木丛里
驯养的动物们
　观察着二元性[1]，
而鸟儿在人间尘世
　飞进又飞出。

列队走下了山峦，
刺刀在阳光下闪亮，
　士兵们自会判断

---

1. “二元性”是哲学术语，富勒先生将它解读为“自由”与“必然”的二元格式，认为可以追溯到人类始祖的堕落。

透迤走向了小桥边：[1]
甚至那些玩弄权术之士
也在对弱者宣说实用真理，
邪恶以及不公正
已施行了必要之举；
但审判与微笑，
　即便这些调和论者
将创造视为其必须，
　也不应相互混淆。

与我们的中土[2]接壤
矮人国和巨人国
　正争夺着我们的信仰，
让我们生来就妒意满腔：
于是巨人捣天毁地
愤怒中期求死亡，以此
将我们内心的英雄唤醒，
而矮人们各施其能
四散奔逃、东躲西藏，

1. 门德尔松教授指出，这里的意象可能跟奥登曾看过的意大利画家贝利尼所画的基督受难图有关，里面有类似的场景。
2. “中土”对应的原文为“middle earth”，出自英国作家约翰·托尔金（1892—1973）的系列魔幻小说，意指梦幻般的乐土。

　当我们的运气降临，
就诱使我们去相信
　不朽的永生。

情侣们向对方跑去
畏怯中燃烧着梦想，
　拥抱时炽热如许
领受了爱独有的教育：
凌乱的床上幸福甜蜜
赞美着布莱克的精妙见识：
“惟有一物，我们会互相
期求拥有；我们必得
在另一个人的面庞
　看到心满意足的模样”；[1]
这就是我们的人性；
　别无他物可以满足。

亲爱的，没有什么
比你的目光更让我确信
　我们必须认知的事实，
我们只是爱着我们自己：

---

1. 布莱克的这句话，奥登之前在《战争时期》的《诗体解说词》中也改写过：“只因何为幸福，/若没有亲眼见证他人面容上的欢乐？”

我们的恐惧已燃烧殆尽
最终我们会学着作此声明：
“我们的知识全都归结于此，
存在就已经足够，
在蛮荒偏僻之地
　或在爱的游戏里，
每一个鲜活生命无非就是
　女人、男人和孩子。”

1939 年 6 月

重要约会

十月的礼拜天早晨，
这个偌大的都市
沐浴在清澈日光里
　轮廓分明而沉静；
而我坐在窗前
目光越过了水面，
以一个恋人的眼光
　打量着熙攘世间。

所有人，我猜想，
若他正在期待
任何激动之事到来
　譬如一次约会，
会无时无刻不陷入
纯粹的胡思乱想，
只因当爱箭在弦上
　逻辑无处可发挥。

当他完全地投入
只愿凝神专注于

那个心爱的对象，
　爱是如此地无力；
歌德表达得很精辟：
看了十五分钟过后，
没人会继续守候
　那孤独的落日。

马林诺夫斯基、里弗斯、
本尼迪克特和其他人士[1]
揭示了共同的文化
　如何塑造了个体生命：
母系部族的人梦中感应
杀死了他们母亲的
同胞兄弟，还与他们的
　姐妹同床共寝。

他将地铁里的面孔
一一过滤审视，
每个都有其独特性，
　他真的不敢去问，
何种外形与他们的

1. 马林诺夫斯基(1884—1942)，英国社会人类学家；里弗斯(1864—1922)，英国人类学家；本尼迪克特(1887—1948)，美国文化人类学家和民族学家。

弱点匹配对应，
爱和绝望已习惯于
　那里的统治：

不愿去了解
职业对于人类
如何想象自身命运
　所施加的影响：
譬如说，所有的职员
都是分类文件架的产物？
而经纪人已将**自在之物**[1]
　与**房地产**等量齐观？

当一个政治家
梦见了他的爱人，
他是否会出现幻觉，
　看见她的许多个分身？
她的热情回应会不会
得不到任何的反馈？
他会试着去相信她，
　报以响亮的吻？

---

1. “自在之物”对应的原文为“Ding-an-sich”，是康德哲学的核心概念，指感觉的源泉与认识的界限，亦代表了理性观念。

爱的变异如此奇特：
于是，私下里
歌咏肉体的古代诗歌
　据说由此衍生，
时不时会演变为
斯宾诺莎所说的
“理智的爱”[1]；
　具体情形我们不得而知。

我们正慢慢地学习，
我们至少深明此理：
我们不得不抛弃
　很多被灌输的东西，
对不容置疑的教条
也多出了几分戒心；
爱如同物质实体
　比我们想象的更离奇。

爱有赖于一个对象，

---

1. 这个说法的完整版本是“对神的理智的爱”，出自斯宾诺莎《伦理学》的第五部分《论理智的力量或人的自由》。斯宾诺莎认为心灵的最高德性在于认识神，而认识神最好的方式是理性直觉，直觉知识必然产生对神的理智的爱，这与基督教所讲的对神的爱不同。

但这对象如此多变，
我想，几乎任何东西
　都可以拿来凑合：
当我还是个孩子，我
曾喜欢上一台水泵，
以为它的每一个部件
　都像你一样地出色。

爱无分也无名，
爱是生活的方式，
依据特定的情形，
　它是任何事情
或任何个人之间
可能的联系感应，
是某个共同需要的
　必要条件。

经由爱，我们发现了
一个重大秘密，
有人称之为**救赎**
　有人称之为**胜利**；
为月亮而哭泣
是调皮和嫉妒，

我们只能去爱
　我们拥有的东西。

多年来我总是相信
爱是两个对立体
之间的联结；
　这完全不符合事实；
每个年轻人都担心
自己不值得享受爱：
上天保佑，亲爱的，我在
　你那里找回了自己。

当两个恋人相逢，
写作于是就此打住，
也无法思考和分析：
　恋人们如死去之人，
恋爱之时完全平等；
农民和二年级学生，
批评人士和诗人，
　在床上全都彼此彼此。

1939 年 10 月

法律就像爱[1]

法律，园丁们说，是太阳，
法律是所有园丁一向
服膺遵从的规范
无论明天，昨天，今天。

法律是老年人的智慧，
无能的祖先只会低声责备；
后代子孙伸长舌头做怪脸，
法律是年轻人的感觉器官。

法律，牧师开腔时带着牧师的神气，
向那些非教会人士讲解阐明，
法律是我祈祷书里的文字，
法律是我的讲坛和教堂尖顶。
法律，法官提起时一副不屑表情，
说得清楚分明且非常严厉，

法律，我以前曾告诉过你，

---

1. 门德尔松教授指出，这首诗不但是一首爱情诗(当然跟彼时的恋人切斯特有关)，也探讨了个人之爱与自然法律之间的关联。

法律，我料想你早已知悉，
法律，且容我再讲上一句，
法律就是法律。

循规蹈矩的学者如此言说：
法律既无对，也无错，
法律只是被地点和时间
所惩罚的罪愆，
法律是人们穿的衣服，
无论何时，无论何处，
法律是早安和晚安。

其他人说，法律是我们的命数；
其他人说，法律是我们的政府；
其他人说，其他人说，
法律不复存在，
法律已经离开。

而怒气冲冲的喧闹的民众，
总那么喧闹、那么怒气冲冲，
法律专为我们量身定做，
总针对软弱的傻瓜针对我。

亲爱的，若我们知道
我们并不比他们更了解法律，
对于什么该做、什么不该做
我也并不比你知道得更多，
而除非所有人都同意，
高兴地或痛苦地
对法律的定义达成一致，
除非所有人都认同此理，

认为将法律与其他字词
混为一谈是件荒唐事，
与很多人不同
我不会再说法律是什么，
和他们一样，我们难以抵挡
那妄加猜测的普遍愿望，
也无法摆脱我们的自身立场
进入一种漠不关心的状况。

但我至少可以约束
你我的虚荣自负，
羞怯地说出
一个令人汗颜的相似之处，
我们至少应该骄傲地告白：

我要说法律就像爱。

就像爱,我们不知地点或原由,
就像爱,我们不能强迫或逃走,
就像爱,我们常会为之痛哭,
就像爱,我们很难把它留住。

1939 年 9 月

隐秘的法律

隐秘的法律并不否认
我们的概率定理，
却听任星星、原子
还有人类各行其是，
在我们撒谎时也默不作声。

是为此故，没有一个
政府能将它汇编成册，
文字的定义会损害
　　隐秘的法律。

它极其耐心，即便我们求死
也不会设法将我们阻止：
即便我们躲避它逃进车里，
即便我们在酒吧间将它忘记，
这些即是隐秘的法律
　　惩罚我们的方式。

1940 年 8 月

谣曲十首

I[1]

据说这城市有一千万个灵魂，
有人住豪宅公寓，有人住陋室窝棚：
我们却没地方安身，亲爱的，我们却没地方安身。

我们有过祖国，我们曾以为它奉行公义，
查看地图你就会找到它的位置：
我们现在回不去，亲爱的，我们现在回不去。

村里的教堂墓地长着一棵老紫杉，
每年春天它都再次开花吐艳：
旧护照没法儿那样，亲爱的，旧护照没法儿那样。

领事砰砰地敲着桌子，然后宣讲：
“如果你没有护照，从法律上来讲你已死亡”，
但我们还活着，亲爱的，但我们还活着。

1. 1939年，这首谣曲分别以《谣曲》和《流亡者蓝调》为题发表在《纽约客》、《新写作》，后来伊丽莎白·路亭斯(Elisabeth Lutyens)还为之谱了曲。

去找一个委员会;他们给了我一张椅子,
客气地请我明年再来这里:
但今天我们该去哪里,亲爱的,但今天我们该去哪里?

参加一个公共集会;有个演讲者站起身发言:
“若我们放他们进来,他们会抢走我们的饭碗”;
他在说你和我,亲爱的,他在说你和我。

我想我听到了什么,头顶正雷声隆隆;
“他们必须死”,希特勒的声音响彻欧洲上空;
我们被他惦记着,亲爱的,我们被他惦记着。

但见一只卷毛狗,穿着个马甲用别针绑定,
但见有扇门打开,让一只猫溜进:
可它们不是德国犹太人,亲爱的,可它们不是德国犹太人。

来到了海港伫立在码头,
看鱼儿游动似乎很自由:
距离只有十英尺,亲爱的,距离只有十英尺。

穿过一片树林,看见鸟儿在树间嬉乐;
它们中没有政治家,自在地唱着歌:
它们不是人类,亲爱的,它们不是人类。

梦里我见到一幢高楼有一千个楼层，
有一千扇窗户，有一千扇门；
没一扇门属于我们，亲爱的，没一扇门属于我们。

在广阔的平原上，在漫天的飞雪中；
一万名士兵来来回回地行进走动：
他们在搜寻你和我，亲爱的，他们在搜寻你和我。

1939 年 3 月

Ⅱ（卡里普索即兴曲[1]）

司机请加快，请沿着斯普林菲尔德铁路线[2]
在耀眼的阳光底下一路奔驰向前。

要迅疾如飞机，不要突然停车，
直到你刹停在中央车站，抵达纽约。

只因在那个候车大厅的中央
我最爱的人会站在那儿守望。

---

1. 这是《献给海德丽·安德森小姐的四首卡巴莱曲》中的第四首，原标题为《卡里普索即兴曲》。卡里普索即兴曲是特立尼达岛土著所演唱的歌曲，歌词多为即兴发挥。

2. 斯普林菲尔德位于美国马萨诸塞州汉普登县，是该州第三大城市。彼时奥登在马萨诸塞州的圣马克学校任教，定期返回纽约与恋人切斯特会面。

若我到城里时他没在那里等候我，
我会站在人行道上，眼泪滚落。

因为他为我所青睐珍视，
是仁善与完美的极致。

他会紧握我的手，表达爱意，
我觉得这是个值得赞美的怪癖。

铁道两旁的树林郁郁又葱葱；
树木自有其爱，虽则与我的爱不同。

而在阳光充足的车厢里，肥胖的老银行家
模样好可怜，没人喜欢他，除了他的雪茄。

假若我是教会或国家的首脑要人，
我会在鼻子上扑粉，告诉他们且等等。

只因相比之下爱更重要、更强大，
远胜过一个牧师或一位政治家。

1939 年 5 月

Ⅲ[1]

平静而幸运的海岸线温暖绵长，
翘首渴盼的白色沙滩无限延伸，
赞赏的光芒充溢了整个
　盛大的白昼，恋人臂弯里的
小小世界如此灿烂。

寂静侵入呼吸吐纳的树林，
昏睡的树枝守护着一件珍宝，
此时经验的浓密绿荫
　落上了安眠中的双眉
令它们隐秘地粲然一笑。

---

1. 这首谣曲的韵律规则非常奇特，押的是行间半韵，韵脚落在重音音节上。译诗很难还原其风貌，现截取第一诗节示例（有兴趣的读者可以翻看原诗）：

Warm are the still and lucky miles,
White shores of longing stretch away,
A light of recognition fills
　The whole great day, and bright
The tiny world of lover's arms.

第一行第一个重音音节与第五行最后一个重音音节押韵；第二行最后一个重音音节与第四行第二个重音音节押韵；第二行第一个重音音节与第四行最后一个重音音节押韵；第一行第二个重音音节与第三行最后一个重音音节押韵；第三行第一个重音音节与第四行最后一个重音音节押韵。

复原！归来！海上遇险的
迷失者终被带回了故乡：
看！感恩的火焰燃烧着
　干燥喑哑的过往，而我们
今生今世再不会分离。

1939 年 10 月

Ⅳ[1]

背着她过河来到了河埂，
　然后将她放在了树底下，
那儿整日整夜都有白斑鸠的身影，
　而来自每一个方向的风，
惬意地、惬意地、惬意地咏唱爱情。

将一枚金戒指套在她手指头，
　且将她紧贴在你的心口，
当湖里的鱼儿瞬间跃出水面，
　青蛙，那个乐观的歌手，
惬意地、惬意地、惬意地咏唱爱情。

---

1. 这首谣曲原本是奥登与本杰明·布里顿合作的歌剧《保罗·班扬》中的插曲，后被奥登多次收入诗选。

街道将涌入你的婚礼齐来道贺，
　房屋会转过身来定睛观看，
桌子和椅子会说些应景的祈祷词，
　而马儿将拖着你的四轮马车
惬意地、惬意地、惬意地咏唱爱情。

或于 1939 年

V[1]

狗　每一个生物的生活都各有其偏好，
　　猎狗靠它的鼻子，人类靠他的思想；
　　他需要的深情厚意我可以给到，
　　我在他身上嗅到了一处更大的猎场。

猫　如同欢喜时会叫唤，分享才能排解烦恼，
　　而同情心是根源，爱是它开出的花朵；
　　他抚摩着我们，我们则在他心里察觉到
　　一种常见的激情，当他有时孤单落寞。

猫　我们住进了我们的孤独和骄傲里面
　　就在他建造的漂亮寓所的附近：

1. 这首谣曲出自奥登与本杰明·布里顿合作的歌剧《保罗·班扬》，是一条狗与两只猫的三重唱。

狗　每回他散步，我都紧跟在他的身边，

　　我是他忠实的仆人，是他含情的投影。

1939 年 12 月

Ⅵ[1]

眼睛往井里探看，
泪水不由潸然而下；
当宁静的冬天
高塔自空中坍塌。

爱在午夜时已被小偷
埋在了石头的下面；
被劫掠的心在乞讨一根骨头，
可恶的窸窣声如落叶一般。

躺在泛滥的溪水里
脸朝下再也说不出话，
士兵们将其带离，

1. 这首《眼睛往井里探看……》与后面的《女士，饮泣在十字路口……》原是奥登为哥伦比亚广播公司撰写的广播剧《黑谷》中的插曲，他还让好友、作曲家本杰明·布莱顿谱了曲。法国前总统萨尔科齐的夫人卡拉·布吕尼曾发行过一套歌曲专辑《没有承诺》，其中就收录了根据奥登诗作谱写的《女士，饮泣在十字路口》和《终于秘密已公开……》(《谣曲十二首》中的第八首)。

肆意羞辱后又丢弃了他。

或于 1940 年 4 月

Ⅶ 末日之歌

兰花、天鹅和恺撒，[1]
在它们愚昧无知的
普通包间里混杂一处；
时间对每个人心生厌倦，
腐蚀了所有的锁闸、
扔掉了钥匙，只为了消遣。

在它的裂缝里，一股激流
嘲笑着白天过访的先知，
以往他在每一声叫喊里都会获利，
现在这个受欢迎的人却一无所获；
愚人的言辞，让只会说
俏皮话的诗人们惊惶失措。

---

1. 据富勒先生考证，在奥登的手稿里，“兰花、天鹅和恺撒”中的“兰花”原本是“土壤”。奥登很喜欢用类似的“三元组”，比如《误解》(1934)尾行里出现的“医师、新郎和煽动者”。另外，这首谣曲押韵严谨，四个诗节的第一行都押同一个韵、第二行都押同一个韵，依此类推，译诗很难兼顾这一点。

寂静落满了时钟；
哺乳的母亲们
将食指诡秘地指向了
落日染红的天空；
在狐狸的山谷中
一支枪管寒光闪烁。

曾经，我们可以建起船坞，
如今要逃走却已为时太晚；
曾经，我和你几次三番
做下了本不该做的事；
而衣衫褴褛的粗野恶徒
正绕着嶙峋山石兜圈子。

1941 年 1 月

Ⅷ[1]

虽则坚定的自然
只是让人类的
眼睛选择了去安睡，
但凡有哭泣的机会，

---

1. 这首谣曲写于奥登得知切斯特撇开他独自寻欢之后，在经历这个精神炼狱的期间，他写下了这首饱含痛苦的篇章。

　谁能做到有泪不轻弹？
错误没有随青春而终止
却在人的心里蔓延；
　所有真理，也唯有真理，
包含了控诉者
　模棱两可的谎言。

虽则善意的火焰
会突然造访我们凡人，
生命终了前，会一直替
河面上的天鹅或是
　路过的陌生人担心，
心灵却满怀了嫉妒
恰在它开始赞颂的瞬间；
　为求欢乐，为求幸福，
立即就将我们
　置于了致命险境。

虽则我们无从研判
那些丑恶的奇迹
如何经由一个吻实现，

阿佛洛狄忒[1]的花园
　又如何成了恼人的处所；
正是凭借了这些行迹
恋人们表达着他们的誓言，
　用一个眼神、一声叹息
唤来了某人与他们会面议事
　他的名字叫做“群魔”[2]。

亲爱的，我们因自身恶行
在彼此的不幸中受苦受难，
看着这伤痕累累的眼睛和
双手便可知晓：我们是如何破坏了
　神圣律令，跟从了魔鬼作恶。
谁还会激情澎湃
当惩罚开始进行？
　哦，我的爱，我的爱，
在火焰与飞雪的夜晚
　请助我摆脱邪恶。

1941 年 7 月

1. 阿佛洛狄忒是古希腊爱与美的女神。
2. “群魔”对应的原文为“Legion”，本意为“军团”；和合本《圣经·新约·马可福音》第 5 章第 9 节译为“群”，指附在人身上的污鬼——“耶稣问他说，你名叫什么？回答说，我名叫群，因为我们多的缘故。”

IX

我考虑再三，转念
又在自责中问自己：
我怎敢直视你的眼睛？
我还有什么权利
甚至在凌晨一点
对你发誓说至死钟情？

大地见识了如许罪愆
只因为那些意欲讨好她的谎言；
若我能保证言出必行，
在任何一个钟点
宽恕都会及时重现。
这很荒诞不经。

光阴似箭。不错。
那就饮尽你的杯中酒。
众生如草。[1] 确然。
但这世上谁还能探究

1. 此句出自《圣经·旧约·以赛亚书》第 40 章第 6 节："凡有血气的尽都如草。"

这一切带来的结果，

凭了暗沉的心情和光线？

1942 年 9 月

X[1]

不停地，不停地，

坦白率直的瀑布

对着耳聋的石头叫喊；

一次又一次，

单个或一组，

软弱的外交人士

目光带着些许挑衅

向低垂的夜晚致敬。

思维敏捷或脑袋糊涂，

1. 原先的标题是《小夜曲》，奥登在写给切斯特的朋友之妻罗达·贾菲的信里附上了这首谣曲。在遭遇切斯特的背叛之后，奥登与切斯特达成了共识，双方仍维持恋人关系，但不再发生亲密行为，也不干涉对方寻找其他性伴侣。1944 年，奥登初识罗达·贾菲；1946 年，在罗达·贾菲夫妇意欲离婚之后，奥登与她发展出了一段为期一年左右的异性恋情。罗达·贾菲后来曾说“威斯坦在床上是个真正的男人”；奥登却对朋友忏悔：“我试着跟一个女人交往，但这是一个天大的错误。”自此之后，奥登再没有与女性发生恋情。奥登在精神和生理上完全倾向于同性恋，早年因社会环境所迫也曾尝试过异性恋，因为切斯特的背叛而又有了这次短暂的异性恋。

怒气冲冲或表面镇静，
每一样事物都各有企图
宣说着它认可的事实；
迷人的孩子谨慎小心
猛不丁或也会行为粗鄙，
老虎，惹眼的蕨类植物，
已骗取了世界的关注。

所有人，都有权利宣告：
若没有完全公开地
将个人隐私强调，
便不具备完整的人性；
于是，我表露的爱意
如同大多数的情感，
半是虚来半是实，
向邻居打听着你。

1947 年 7 月

诗悼西格蒙德·弗洛伊德

当我们必须哀痛的情状如此之多，
当悲伤无处不在，我们的脆弱良知
　　和极度苦痛公然暴露在
　整个时代的评说之下，

我们会提起哪一位？只因每天，那些
正为我们行善的人都会在我们中间死去，
　　他们知道这从来不够，但求
　有生之年能有略微的改善。

这位博士亦如此：八十岁时，他仍希望
去思考我们的生活，因为我们的任性
　　那么多貌似合理的崭新未来
　经由威胁或阿谀正强令服从，

但他的愿望已被他否定：他双眼紧闭
无视最后的场面，有些问题对我们来说
　　很稀松平常，比如亲友们齐聚一堂
　会对我们的死亡心生疑虑和嫉妒。

只因到最后一刻，他萦绕于心的仍是
他以前的那些研究，夜晚的动物群落、
　　那些仍在等待进入他
　明亮的认知领域的幽灵们

全都失望地转向了别处，此时在伦敦[1]
他被剥夺了他的终身兴趣，
　　肉身复归了泥土，
　一个杰出的犹太人已在流亡中死去。

惟有**仇恨**会快乐，眼下正期望扩大
它的门诊业务，而它那些邋遢顾客
　　以为他们经由杀戮就能被治愈，
　正在花园里遍撒着骨灰。

他们还活着，而他们身处的这个世界
已被他真实无悔的追忆彻底改变；
　　他所做的一切，只是如老人般
　去回想，且如孩子般言行笃实。

1. 德国吞并奥地利后，弗洛伊德及其家人辗转流亡到英国伦敦，于 1938 年 6 月在曼斯菲尔德花园 20 号（现为弗洛伊德博物馆）住了下来。翌年 9 月 23 日，弗洛伊德因下颚癌在伦敦去世。

他一点不聪明：他只是吩咐
不幸的“现在”去背诵“过去”
　　如在上一堂诗艺课程，或迟或早，
　当背到很久以前就备受指责的

那一行诗句时，它就会结结巴巴，
且会突然明白自己已被何者宣判，
　　生命曾何其富足、何其愚蠢，
　于是宽宥了生活，变得更谦卑，

得以像一个朋友般去接近“未来”，
无需一衣橱的理由借口，也无需
　　一副品行端正的面具或一个
　过于常见的尴尬姿态。

难怪，在他尚未确定的手法下，[1]
那些骄傲自负的古代文化预见了
　　君主们的堕落，预见了
　无效赢利模式的崩溃：

1. 弗洛伊德开创的精神分析学，从根本上改变了对人类欲望的看法。人们逐渐认识到，人类的行为不仅由性欲支配，社会对人格的塑造、教养对本性的形成也都起到作用。虽然弗洛伊德学说一再受到抨击，但这丝毫无损于他的卓绝贡献。

若他已成功，唉，“普遍生命”
会变得不可能，国家的基石
　　会四分五裂，复仇者们的
　合作共谋也会被阻止。

他们当然会吁求上帝，但他走自己的路
如但丁般来到了迷失者中间，他走下
　　臭气熏天的壕沟，在那儿被损害的人们
　过着惨遭遗弃的不堪生活，[1]

他让我们见识了何为罪恶，并非如我们所想
是那些必遭惩罚的行为，而是我们信仰的缺失、
　　我们否认时不诚实的语气
　以及压迫者的贪欲。

倘若他稍稍露出专制的姿态，
他所质疑的父辈的严苛，就仍会
　　附着在他的语调与面貌里，
　那是一种保护色，

1. 奥登将弗洛伊德比作写下《神曲》的但丁，强调两者在探究人性方面所体现的勇气与智慧。诗行中出现的“壕沟”，出现于但丁所经历的地狱，读者可参考《新年书简》第一章里的相关注释。

因他已在敌意氛围中生活了那么久：
倘若他常常犯错，有时显得荒唐可笑，
　　对我们而言，此刻他就不再是
　一个个体，而是某种整体舆论倾向，

我们都在它的影响下各自过活：
如同天气，他要么添堵要么有所助益，
　　傲慢者仍将傲慢，会发现
　增加了一些难度，暴君试着应付他，

却没怎么把他放在心上：他悄无声息地
包围了我们所有的成长习性且一路延伸，
　　直到在最偏远破败的公国里
　疲惫不堪的人们凭直觉

预感到了变化，因而备受鼓舞，
直到那不幸的孩子，在他的小小国度里、
　　在某个排拒自由的家庭中、
　在酿着恐惧与忧虑之蜜的蜂巢里

此刻感觉更平静，莫名坚定了逃跑的念头；
而当他们躺在为我们所忽略的草地上，
　　那么多久已忘却的事物

被他毫不气馁的光芒所揭示，

重又归还给我们，再显其宝贵价值；
那些我们长大后曾以为必须放弃的游戏，
我们不敢笑出声时的窃窃私语，
没人注意时我们扮出的鬼脸。

但他期望于我们的比这更多。欲获得自由
常常意味着忍受孤独。他将整合
被我们自己好心的正义感
弄得支离破碎的不均等的部分，

会恢复智慧，使之愈加广阔，会缩减
意志的控制领域，使之只能运用于
枯燥乏味的争论，他将让
儿子重温母亲的丰沛情感[1]：

而他会让我们铭记在心，我们中的
绝大多数人会彻夜满怀激情，
不仅因为它必须独自呈现的
奇妙见识，也因为它需要

1. 这里指弗洛伊德性冲动理论中很重要的一个心理概念——“俄狄浦斯情结”（恋母情结）。

我们的爱。睁大了哀伤的眼睛
它那些讨喜的生灵仰望着，无言地
　　乞求我们让它们紧随在后：它们是
　渴望未来的流亡者，蕴藏于

我们的力量之中，它们也将欣喜异常，
若被允许可以如他那般效力于启蒙，
　　即便会被我们唤做“犹大”，如他
　所曾经历，凡效命于它的人都必得承受。

一个理性的声音已沉默。在他的坟墓之上
“冲动”的同族[1]哀悼着这个被深爱的人：
　　厄洛斯[2]，城市的缔造者，是如此悲伤，
　而反常[3]的阿佛洛狄忒正在哀泣。

1939 年 11 月

---

1. 弗洛伊德从探究个体潜意识和童年经验入手构建了一整套心理分析理论，以揭示人类文明背后一直遭受压抑而未被承认的内在动因，包括象征了本能性冲动集合的力比多。这里，奥登将弗洛伊德据此开创的一系列心理概念作了拟人化处理。

2. 厄洛斯是古希腊神话中的爱神，苏格拉底和柏拉图用这个词来指称“爱欲”，在弗洛伊德的精神分析学词汇表中，它是生之本能冲动最重要的构成。

3 “反常”对应的原文“anarchic”，在心理学领域是用来形容由潜意识引发的脱离社会规范的现象，而非社会学意义上的“无政府或混乱的状态”。

下一次

因为我们一个个就像逃犯，
就像无法清点的无数花卉，
就像所有无需记忆的兽类，
我们如此苟活于今天。

那么多人想说“不是现在”，
那么多人已忘了如何表白
他们的自我，倘若可以，
他们还将在历史中迷失。

譬如，以如此老套的风度鞠躬致意
在正确的地点对着一面正确的旗，
当他们跺脚走上楼梯，如古人般咕哝着
我的和**他的**，或**我们的**和**他们的**。

仿佛时间会遵从他们过往的意愿
而它仍然被赋予了自制权，
仿佛他们犯了个错误
只因不希望受其束缚。

难怪那么多人就此忧伤而死，

那么多人如此孤独地撒手人寰；

没有人还会相信或喜欢谎言：

下一次会有另一种生活方式。

1939 年 10 月

我们的偏见

沙漏低声劝诫着咆哮的狮子，
钟楼日日夜夜对着花园倾诉：
时间已忍耐了多少的疏忽过失，
貌似永远正确的它们何其错误。

而时间，无论它的奏鸣洪亮或深沉，
无论激荡而下的声波多么迅疾强劲，
从不会令一头狮子跃然起身
亦不会动摇一支玫瑰的自信。

因为它们，似乎只对成功念兹在兹：
与此同时我们依照声音来斟酌字词，
只根据尴尬的程度来判断问题；

而伴随我们的时间总是广受欢迎。
我们什么时候曾放弃兜圈子
选择去直面自身的现实处境？

1939 年 9 月

地狱[1]

地狱不在这里不在那边，
地狱哪儿也找不见，
地狱是如此地不堪。

梦想着后世，或是去留恋
一个衰败世纪已如此困难，
苟且偷生更容易简单。

惟有对我们意愿的质疑，
我们学得任何本事时的得意，
保留了我们作恶的成绩。

将词典从头到尾读一遍
随便哪个词都不会应验，
却比达尔文的猿猴要能干。

而惟有自尊心不能安下断言
说我们已绝望，若固执一念

1. 这首诗由六个三行押韵诗节（triplet）和一个四行连韵诗节组成。

有朝一日地狱可能真会出现。

最后，假装视而不见
且普遍背弃了良善，
或许真会令我们失心疯癫。

若我们真的在苦恼中睡去
那么哭泣也显得多余，
撒谎会变得合理正常，
无人会幸存也无所谓死亡。

1939 年 9 月

女士，饮泣在十字路口[1]

女士，饮泣在十字路口，
你会否遇见你的爱人
在晨曦中牵着他的猎狗，
手套上有鹰鹫在扑腾？

且去收买枝头上的小鸟，
让它们装得目瞪口呆，
逼视骄阳退出云天九霄，
如此夜晚或许就会到来。

旅途之夜黯淡无星光，
朔风阴冷又凄惨；
奔跑时恐惧在你身前，
而悔恨跟在你后面。

跑哦，直到你听见
大海的永恒沉吟；
海水太深且又苦涩，

1. 这首谣曲是奥登为哥伦比亚广播公司广播剧《黑谷》中的插曲撰写的歌词，由本杰明·布里顿为之谱曲。

你定要将它一饮而尽，

在最深的海底监牢
耗尽所有的耐心，
在那些搁浅的沉船里
把那柄金钥匙找寻，

赶到世界尽头，付给
可怕的卫兵一个吻作酬劳；
走过深渊上那座
摇摇欲坠的朽坏的桥。

前方有座荒弃的城堡，
去查看，做好准备；
进去，登上大理石楼梯，
打开那扇锁闭的门。

穿过寂静空阔的舞厅，
疑虑与危险已消失；
吹掉镜子上盘结的蛛网，
最后看一眼你自己。

探手摸向护壁板后的暗处，

你已尽了一份力量；
找到削笔刀，然后将它插入
你那谬误的心脏。

或于1940年4月

圣塞西利亚日赞歌[1]

(为本杰明·布里顿[2]而作)

I

荫凉花园里这圣洁的女子
以虔敬的声调轻吟着圣歌,
当死亡即临,如一只黑天鹅
在绝对的平静中倾诉应和:
傍着海岸,这纯真的处女
造出一架风琴令祈祷声更为洪亮,
她那巨大引擎奏出的非凡旋律

---

1. 圣塞西利亚日在每年的 11 月 22 日,是基督教女殉道士圣塞西利亚的纪念日。她出生于罗马贵族家庭,自幼向上帝发誓终身不嫁。成年后被家里许配给了一个叫瓦勒里安的年轻贵族,在洞房花烛夜,塞西利亚说服了瓦勒里安尊重她永守贞洁的誓言,并使瓦勒里安和他弟弟泰伯提乌斯皈依了天主。瓦勒里安兄弟承担起了寻找并秘密安葬殉道者的工作,后被杀害。塞西利亚也遭逮捕,一并处死。据说她死前匍匐在地,脸贴着地面,双手交叉作祈祷状,三天三夜后才死去;在弥留的三天里,她一直在吟唱赞颂上帝的圣歌。她被后人尊奉为音乐保护神,无数绘画作品和教堂彩绘玻璃描绘了她坐在风琴前的情景;英国诗人约翰·德莱顿留有著名的《圣塞西利亚日之歌》,作曲家普赛尔为之谱了曲。此后,作曲家亨德尔也曾为她创作过乐曲。

2. 本杰明·布里顿(1913—1976),英国作曲家、指挥家,也是奥登的友人。布里顿一直想为圣塞西利亚创作乐曲:一来圣塞西利亚日是他的生日,二来她也是音乐的保护神,三来英格兰素来有为圣塞西利亚写赞歌和诗篇的传统。他与奥登此前已经有不少合作,于是就请奥登撰写诗体脚本,后者欣然接受。布里顿最终于 1942 年 4 月完成了谱曲。

在罗马的上空隆隆作响。

金发的阿佛洛狄忒激动而起，
被美妙乐声感动得欣喜异常，
她洁白如兰花，几近赤身裸体，
身在牡蛎壳中，驭行大海之上；[1]
沉醉的天使们随着乐音起舞
复又摆脱恍惚遁入了时间中，
而地狱深渊里，巨大的火舌围着
恶灵们摇曳，减轻了他们的苦痛。

神圣的塞西利亚，在所有音乐家的
想象中显现，赐予了他们灵感：
升天的圣女下到凡界定会吃惊：
她抚慰了凡人，以不朽的火焰。

Ⅱ[2]

我不会长个；

---

1. 神话传说中，爱与美的女神阿佛洛狄忒从海中诞生，还被奉为航海的庇护神。波提切利在其杰作《维纳斯的诞生》中就描绘了维纳斯(即阿佛洛狄忒的罗马名字)出生时赤裸身体踩在贝壳上的场景。
2. 第二部分引入了音乐本身。奥登以一种拟人化的手法，道出了音乐只有赞美、匮乏批判的本质属性。关于这一点，我们可以对照奥登创作于 1938 年的《作曲家》来看。

我没有什么
幽灵要躲避，
我只是在玩乐。

我不会做错事；
我业已脱离
这凡俗人世，
亦不会伤害谁。

我就是失败，
当顿然明白
现在忍受苦痛
已没什么用。

你们经受了一切，
起舞吧，因为
你们无需为此
采取任何行动。

我永远不会
改变。爱我吧。

Ⅲ

哦，聆听的众生不会希望堕落，
宁静的空间也无惧损坏或负重，
在那儿"悲伤"甘于寂寞
全然忘了青春期的笨拙无用，
"希望"在其中变得陌生之极，
在每个过时意象里得到了解脱，
而"恐惧"如野兽健全完好地降生
化身为无数永恒不变的真理：复原
我们的堕落时代；或重新改编。

哦，可爱纯洁的孩子们随意如雀鸟，
在那些衰败的语言中玩乐嬉戏，
与夸张含混的词语相比如此渺小，
与你所行可怕之事的死寂相比
又如此快乐：哦，冲动的孩子
低垂着头，有着非凡的智能，
哦，哭吧，孩子，哭吧，哦哭去污痕，
那些希望你的爱侣死去的人纯真已失，
正为你不曾希冀的生活而哭泣。

哦，琴声如诉，当罪恶的琴弓
在我们颤抖的提琴上划动。
哦，哭吧，孩子，哭吧，哦哭去污痕。
哦，让心灵驱使着法律，去抗击
我们理性意志的寂静漫长的冬季。
已经发生的或许不会再次发生。
哦，让长笛的颤音，与死亡海滩上
病愈者那感恩的呼吸应和激荡。
哦，为你从未选择的自由而赞美。
哦，让粗心的孩子们吹起号角，
在他们内心仇敌的堡垒周围。
哦，接纳你的苦难如一枝玫瑰。

1940 年 7 月

黑暗岁月[1]

每天早晨自一个永恒领域返回，
感官都朝向无尽的时间敞开：
　　历经如许岁月，那道光[2]
　崭新依旧且极具野心，

而被调离了她自身的非正规世界，
“自我”却困惑不已，今天早晨
　　她不需要炫目的新奇事物，
　不喜欢吵闹也不喜欢他人。

因为怨毒的幽灵，就站在这个
充满野心的白昼的门后，在它特有的
　　感知海洋以外，那些畸形的
　海岸警卫队员正陶醉于不祥预感；

窃窃私语的编织工[3]溜进了这个世界，

---

1. 这首诗曾作为跋诗收录在奥登的诗集《双面人》(*The Double Man*，1941)中，后又以“1940 年秋”为题收录在奥登出版于 1945 年的《诗选》里。
2. “那道光”典出《圣经·旧约·创世记》第 1 章第 3 节——神说：“要有光”，就有了光。
3. 对应的原文为“websters”，本意为“编制者”、“纺织者”，也可理解为以词典编辑家韦伯斯特指代的文字编纂者。富勒先生指出，这个词更有可能是指命运三女神。

对文学和溢美之词如此疑虑重重。
　　夏天比我们料想的更糟糕：
　眼下秋天的寒意已拂过水面，

以至于低等生物得靠积蓄、靠那丁点
淀粉和干果的存货来过活，很快就会
　　入眠，要么迁徙，要么就
　死去。但这一年，我们童年时代的

城镇与树林一样正改变着形貌，
很多与我们有同样行为的人
　　会为意志坚定者的营养链
　添上一点他们的瓦砾碎片，

甚至我们这些未被消灭的人
也会堕入假性死亡[1]，挤挨着取暖，
　　言语尖刻的人、轻声细气的人
　一起麻木地等待，只能

在苦难与死亡的黑暗中呼吸，
此时暴风雪毁坏了花园，古老的

1. “假性死亡”对应的原文为“vita minima”；奥登使用这个医学术语，意在跟上文的“低等生物”的冬眠做呼应。

乡土建筑变得不安全，磨坊水轮
生了锈，堤坝慢慢地分崩离析。

激愤的自我，还会像过去那样
再度尝试返回她的家乡，
回到厄洛斯的空中花园、
回到神奇夏天的月亮上去么？

短途慢车已不再开出，
异教的玫瑰没了馥郁香气，
她约会的康沃尔谷地[1]
如今挤满了粗鲁的恶棍

神父挥舞破帽子也没法将他们赶走，
而耽于幻想的后果已将我们全体
带回了迷宫，在那儿，
我们要么被发现，要么就永远迷失。

我们该打什么手势来让人发现，我们
怎样才能促成我们必须促成的理解？
荒原是先知们的郊区，

1. “康沃尔谷地”喻指意大利，因其外形轮廓与英国康沃尔郡相似。奥登在《诗体解说词》里也曾用过这个譬喻。

但谁曾见过耶稣？谁又单单看见了

深渊里的犹大[1]？岩石巨大而邪恶，
死亡在稀薄空气中如此真切实在，
　　在事件和时间彼此交易的窄门里
　知识在尖叫，却说不出何种逻辑

该交由命运处理、何种逻辑没此必要，
也不知道何种法律我们可以遵循：
　　眼下已无鸟雀，掠夺性的
　冰河在寒夜里熠熠闪烁，

而死亡随时可能降临。尽管如此，
无论何种情势，无论该受何种指责，
　　且让唇舌来做正式的忏悔
　为即将发生的每一件事，

时间的记忆自会见证时间的必要性，
穿越时间的"积极"与"消极"的方式
　　在相遇交汇的短瞬片刻

1. 根据但丁在《神曲》里的建构，地狱最底层（第九层）是个深井，在井底，地狱之王琉西斐口中咬着三个叛徒，其中就有犹大，另外两个是出卖了恺撒的勃鲁多和卡修斯。

　或会相互拥抱、彼此鼓励，

于是骄傲的心灵，若它可以，
或会顺应世俗的关注予以赞美，
　　承认某个不朽人物、
　某个无限**灵性**的价值，

而怠惰肉身的粗陋构造
亦会以响亮的回声，呼应那个
　　太初的道，耀眼的光
　终会被黑暗理解接受。[1]

或于 1940 年 10 月

1. 最后这段诗节典出《圣经·新约·约翰福音》第 1 章的开头："太初有道，道与神同在，道就是神。这道太初与神同在。万物是藉着他造的；凡被造的，没有一样不是藉着他造的。生命在他里头，这生命就是人的光。光照在黑暗里，黑暗却不接受光。"

探索[1]组诗

Ⅰ[2]

我们的未来从这扇门走出，门里
皆是神秘物事，规则和刽子手，
脾气糟糕的女王陛下，或是
捉弄一众愚人的红鼻子小丑。

大人物们在暮色中定睛观瞧
怕它一不小心让过往种种进入，
那传教士般咧嘴笑着的寡妇，
那泡沫翻滚的咆哮的洪涛。

害怕时我们紧靠着它分外拥挤，

1.《探索》最初发表于 1940 年 11 月 25 日的《新共和》，附有如下引言："探索的主题，在诸如金羊毛和圣杯的神话传说里，在少年冒险故事和侦探小说中时有出现。这里的诗歌在某些方面与它们类似。诗中的'他'和'他们'应当被理解为既是客观的，也是主观的。"也就是说，组诗里的探索过程，其实也代表了我们每个人的隐秘旅程，具有高度概括的象征性。门德尔松教授亦指出，这是奥登到美国后的一年里写得最成功的组诗。

2. 组诗第一首的原标题为《门》。这首诗里用到了《爱丽丝漫游奇境记》中的很多细节：比如爱丽丝从人间进入地下世界的那扇门，脾气暴躁的红桃王后，爱丽丝喝一口药水变小而吃一口蛋糕变大的神奇事件。

而死去时我们会拍打它的门板：
纯属偶然，它一度被人开启，

令巨大的爱丽丝看到了仙境，
遍洒的阳光正迎候她，只因
身形在变小，她又叫又喊。

Ⅱ[1]

一切在开始前数周就安排就绪
已从一流商号订制了产品：仪器
能估摸出所有可疑事件的性质，
而药物会通便润肠或调适心率。

手表，当然，用来防止失去耐心，
灯用来对付黑暗，墨镜对付骄阳；
不祥之兆，坚持要带上一把枪，
而五彩珠子会抚慰凶蛮的眼睛。

理论上他们的预期都很合理，
确实会受制于种种的处境；

---

1. 组诗第二首的原标题为《准备》。

偏偏他们的处境就是自己：

人们不应为投毒者提供药品，
魔术师不应获得奇巧装置，
步枪也不应落到厌世者手里。

Ⅲ[1]

两个朋友在此会面，拥抱后离去，
各自走向了错误；一个对名誉
心领神会，在喧闹的谎言里毁灭，
乡民的麻木不仁攫住了另一个，
某些偏狭的过失过些时日才会消解：
这空旷的枢纽车站在日光下闪烁着。

所有的码头和十字路口亦如是：
谁能断然分辨这些地点，就此
告别一切冒险引致的不名誉？
什么分手信物能给那个朋友保障，
当他的事业如此确定地趋向于
邪恶之地和危险方向？

---

1. 组诗第三首的原标题为《十字路口》。

风景和天气皆因恐惧而凝固，
却没有人曾想过，如传说所言，
时间的规限让它不可能发生；
因为即使最为悲观的人也会将
他们一年里犯的过错定个限度。
之后还剩下何种朋友可以去背叛，
何种欢乐需要更长久的补偿？
而没有额外的时日，谁会走完
那个根本不需要时间的旅程？

Ⅳ[1]

在他的郊区没有窗户照亮那间卧室，
低烧中但听无数漫长的午后在嬉乐：
他的草场已倍增；磨坊却不在那里
整天在爱的背后不停歇地碾磨着。

他一路哭着穿过了令人生厌的荒野，
沿途也没找到拘禁伟大圣徒的城堡；
只因断桥令他却步，而漆黑灌木丛围起的
某处废墟里，一份罪恶的遗产已被烧掉。

1. 组诗第四首的原标题为《旅行者》，也曾用过《朝圣者》这个标题。

他定会忘记一个孩子意欲成长的野心，
忘记那些教人伪饰与撒谎的处所，
只因他自认为还很年轻，他所言非虚，

此刻一如往常，在地平线的每个角落，
在天空的全域，他只等着听受号令，
要回归他的祖宅，要重拾他的母语。

V[1]

在他们度过童年的村庄
寻找“必然”，他们已被教导
“必然”本质上全都一样，
不管以何种方法或被谁寻找。

然而，城市并不具备这样的信仰，
将每个人都当成了独行客来欢迎，
“必然”的特性如同悲伤
恰与他的自我契合对应。

给了他们那么多东西，每个人

1. 组诗第五首的原标题为《城市》。

都找到了可以操控他的某种诱惑，
于是安下心，练就了小人物的

全部技艺；到了午饭时分
会在太阳底下围着喷泉排排坐，
见了进城的乡下孩子就嘲笑取乐。

Ⅵ[1]

为沉溺于自己的悲伤感到羞耻，
他混迹于一堆喧闹的故事传说，
他的天赋很快发挥了神奇魔力
令他跻身这些幼稚力量的首座；

他将他的饥饿变作了罗马的食物，[2]
用一座花园改变了城市的不对称；
出租车随时恭候；任何独居之处
都成了他私下宠爱的公爵夫人。

但是，若他对任何事情降格以求，

1. 组诗第六首的原标题为《诱惑之一》，讲的是魔力的诱惑。
2. 奥登曾在一篇文章中说："只有一种途径能够令石头变成面包，那就是由持续不断的饥饿所催生的幻想。"

夜晚会尾随他如意欲不轨的野兽，
“小偷”，家家户户会如此叫嚷；

当“真理”遇到他，伸出了她的手，
惊惶中他会紧抓住他高傲的信仰
且会像受虐待的孩子般畏缩退后。

Ⅶ [1]

那间安静的藏书室令他恼怒
因它对其实在性确信无疑；
他扔掉了对手写的无趣的书，
气喘吁吁地爬上了旋转楼梯。

俯靠在矮墙上，他放声大喊：
“哦，永在的虚无，救我出来，
此刻且让你的完美得以显现，
夜晚无尽的激情，与你同在。”

而长久以来，他受苦的肉体
已感觉到了石头的单纯渴求，

1. 组诗第七首的原标题为《诱惑之二》，讲的是自杀的诱惑。

期望因她的攀登得到奖励，

抱着这样的憧憬，当他说出此言：
现在终于可以让她独自逗留；
于是跳进学校的院子，筋裂骨断。[1]

Ⅷ [2]

他留心观察，如此全神贯注，
看君主的步法，听妇孺的言语，
再次打开他内心的古老坟墓
去了解死者违抗了何种法律，

之后勉强得出了他的结论：
“一切空谈哲学都虚假不实；
去爱另一个人徒增尴尬窘困；
仁慈之歌恰是魔鬼的华尔兹。”

他亲手实践的一切皆获成功，
很快他已是统领众生的国王，

1. 最后六行讲到“他”跳楼自杀，终于撇开了肉身。值得注意的是，奥登常常将肉身理解为阴性的，这或许与他的同性恋经历有关。
2. 组诗第八首的原标题为《诱惑之三》，讲的是自私的诱惑。

可秋天的噩梦却令他发抖，只因

有人正沿着坍塌的走廊大步走近，
那副歪扭面容与他自己完全相像：
此人身形变得硕大，哭声充满苦痛。

Ⅸ[1]

这是一栋专属怪人的建筑物；
由此天堂遭遇了畏惧者的攻击，
于是一位处女，曾出于无意，
令她的处女膜获得了神的关注。

当黑夜降临，世界心满意足地入睡，
迷失的爱在抽象思考中激动难抑，
而流亡中的意志回归了政治
在宏大诗篇中令它的叛徒们垂泪。

很多人醒来后却希望高塔变成深井；
只因害怕溺水的人自会干渴而死，
那些目睹了一切的人变得无形无影：

1. 组诗第九首的原标题为《塔》。

此时大巫师们已被自身的咒语囚禁
渴望着某种自然气候，他们唉声叹气
告诫过路人说：“要小心魔法奇技。”

X[1]

他们注意到贞洁是所必须
如是每次才能捕到独角兽，
却没有发现，继之而来的处女
很高比例都是面目丑陋。

英雄确如他们想象的那般无畏，
但他乖僻的童年却不为他们所知；
拖着条瘸腿的天使曾对他谆谆教诲
传授了避免失足的正确措施。

于是他们自以为是地独自出游，
这旅程，对他们而言并非强迫；
半路被困住只得住进某个山洞
与沙漠的狮群共同生活，

1. 组诗第十首的原标题为《冒失者》。

要不然就偏离正道逞一时之勇，
碰到个食人魔，被变作了石头。

XI[1]

他在农村的双亲辛苦劳作而死
为让他们的爱子远离贫瘠之地
任寻一个美好职业来谋生，
可以平心静气，变成个富人。

他们一厢情愿的野心造成的压力
令他们热爱乡村的腼腆孩子心生惧意，
切合实际的工作都不够理想，
惟有一个英雄值得喜爱效仿。

于是他来到此地，没带地图或补给品，
离开任何像样的城镇都有一百英里；
沙漠逼视着他布满血丝的眼睛，
寂静发出了不快的咆哮：
　　　　　　　　　　　俯身而视，
他看到了一个急欲出人头地的

---

1. 组诗第十一首的原标题为《普通人》。

普通人的身影，于是仓皇逃离。

XII[1]

他满腹疑虑，瞪看愉快的官僚
在那串名单里写着自己的名字，
这些人的苦行申请已被回绝掉。

笔欲写又止：尽管他来得实在太晚
无法跻身殉道者之列，在诱惑者中
尚还有个职位正需要牙尖嘴利，

为测试年轻人的决心定力
要散布有关伟人小缺点的谣言，
要明褒暗讽，让热心人又羞又窘。

尽管镜子暂时可能十分讨厌，
女人和书本会以非正式的方式
教会人到中年的他机智应变，
狗吠时要保持沉默，而世故的笑意
会将他躁动的狂热关进笼子里面。

1. 组诗第十二首的原标题为《职业》。

XIII[1]

拘泥逻辑的人上了女巫的当，
她的推理将他变作了石头瓦楞，
小偷迅速理解了巨贾富商，
热门人物独自发了疯，而接吻
令阳刚十足者变得残忍野蛮。

作为代理人其重要性很快终结；
然而，当他们眼看着就要完蛋，
他们的工具价值却上升了一些
只因有人注定要践行他们所期。

盲人摸着直立的石头能一路行走，
野狗会迫使胆小鬼奋起抗争，
乞丐会帮助迟钝者轻装上阵，
即便孤独的疯子也会一通胡诌
设法表达那些不受欢迎的真理。

1. 组诗第十三首的原标题为《助益者》。

XIV [1]

新增的附录每一天都在出版
添加到《方法百科全书》里面，

包括了那些科学性解释和语言学评注，
以及拼写现代、随附插图的学校教科书。

现在人人都知道英雄必须选匹老马，
必须戒酒，必须将男欢女爱放下，

而看到搁浅的鱼必得示以友好：
现在人人都认为他定会找到一条

从荒野去往岩间教堂的路，若他确实想
一睹三重彩虹或是星形钟的景象，[2]

却忘了他的情报多半来自那些已婚男士，

---

1. 组诗第十四首的原标题为《道》。
2. “岩间教堂”出自圣杯传奇，“三重彩虹”出自C.M.道蒂的《阿拉伯沙漠》(1888)；“星形钟”是古埃及、波斯的天文钟，这里意象都是英雄传说里的罕见事物或自然现象。

他们喜欢钓鱼,不时会在赛马场小赌一次。

经由自我观察,之后就插入一个“否定”,
如此获得的真理多大程度上会真实可信?

XV [1]

假使他听从博学的委员会的主意,
他只会发现原本不屑一顾的地方;
假使他的猎狗在他吹口哨时乖乖听从,
它就不会刨出那个埋在地下的城市;
假使他解雇了那个粗心的女佣,
书里的密码电文就仍会不知所向。

“这不是我,”他大声惊叫起来,
抬脚跨过了一位前辈的头盖骨;
“我只不过写了一首无聊诗歌,
却让聪明过人的斯芬克斯目瞪口呆;
我取悦了王后只因我的头发是红色;
可怕的冒险有点儿无聊盲目。”

1. 组诗第十五首的原标题为《幸运者》。

此即失败者的痛苦:“无论如何我都难逃一死?
或许我并没有失败,若我真的相信了宽厚仁慈?”[1]

XVI[2]

他回避了他们抛来的每一个问题:
“皇帝对你说了什么?”——“勿逼催。”[3]
“什么是世界上最伟大的奇迹?”
“贝格布什赤条条的无名之辈。”[4]

有人在抱怨:“他不喜张扬……
一个英雄有负于他的名声……
他看上去很像一个爱面子的杂货商。”
他们很快又对他的教名议论纷纷。

在那些从不会舍身犯险的人看来,
能够看到的唯一的差异

1. 奥登曾对朋友说,在神话故事和英雄传说里,“第三个儿子”往往与幸运相伴,这种幸运既是上天对他的选择,也源于他本人的仁慈。

2. 组诗第十六首的原标题为《英雄》。

3. 富勒先生指出,“勿逼催”(Not to push)即福楼拜的“勿做结论”(ne pas conclure)。

4. 贝格布什位于爱尔兰都柏林的哈丁顿路,原先是一处军营。奥登曾在给友人的信中说,这一行的回答方式,是英国人在回答无礼问题时惯常使用的打马虎眼手法。

是他沉浸在日常琐事里的愉快：

因为他做这些事时总是乐此不疲：
割草，把大瓶里的液体倒进小瓶里，
或是透过彩色玻璃片看变幻的云翳。

XVII[1]

趁官方尚未采取措施强行施压，
其他人出于谨慎已韬光养晦，
怨愤的强盗被法律宣布为非法，
而麻风病人惧怕那些胆小鬼。

但没有谁会去指控这些人的罪愆；
他们看似无害：老朋友，已落败，
当他们吓得面无表情、哑口无言，
如弹珠滚到了谈话和时间之外。

凡夫俗子只会愈加依赖俗常规定、
阳光和马匹，因为理智者知道
为何偶数应该忽略掉奇数：

1. 组诗第十七首的原标题为《冒险》。

自由人不会去提及难言之隐；
而成功人士也不会愚蠢到
要去一窥落跑上帝的面目。

XVIII[1]

他们如陀螺在内心的渴望上旋转，
走上了“否定之道”直奔干涸之地；
他们如污水般倾空了所有记忆，
在寂寥天空下，在空阔山洞边；

当他们干渴死去，记忆成了恶臭沼泽，
其间滋生的怪物迫使他们去忘记
他们一致回避的美好事物；可是，
断气前犹在为“荒谬”歌功颂德，

他们向外播撒他们的奇迹：
每一个荒诞诱惑的意象概念
都变成了某位画家的绝佳灵感，

而不孕的妇人、热情的处女

1. 组诗第十八首的原标题为《冒险者》。

都来汲饮他们井里的清洌井水，
以他们的名义求祈生育和艳遇。

XIV [1]

诗人、祭司和聪明人
如同坐在知觉池塘边
那失败的垂钓者，他们
用错误的请求作饵诱
抛出了兴趣的鱼钩，
而暮色泄露了其谎言。

无处不在的时间暴风雨下，
那些假圣人和伪善之士
抓住了“脆弱假设”的木筏；
愤怒的“现象”呼啸而上
席卷起势不可挡的巨浪，
将受难者与痛苦一并溺毙。

水渴望听到我们的问题

1. 组诗第十九首的原标题为《水》。

它们会公布久违的答案，可是……[1]

XX[2]

在这些大门里整个仪式已开始：
白色叫喊着闪烁着穿过了红红绿绿，
孩子们认真地玩着七宗罪游戏，
而狗儿们相信其荒诞处境已成过去。

在这里青春期会分解成数字，
时间会在石头上画出完美圆圈，
肉体原谅了分歧，当它允许自己
创造出另一个自我许可的瞬间。

旅程至此结束：希望和负累已终止：
某个老处女的孤寂时常萦绕盘桓，
玫瑰褪尽了华美如丢弃一件披风，

憔悴而显赫的名人们正打算交谈，

1. 这一诗节的结尾以"可是"结束，原文标点为句号，为体现其欲言又止的延迟效果，译者将标点改成了省略号。门德尔松教授指出，奥登此处戏仿了《爱丽丝镜中奇遇记》中的"矮胖子"(Humpty Dumpty)所唱的一首歌谣。
2. 组诗第二十首的原标题为《花园》。

在夜色的逼视下因羞愧而脸红
且发觉他们的意志中枢已转移。

1940 年夏

短句集束(二)

诗人已忘却的过去,静静地,深藏在他的心里,
直到某个细微经验唤醒其生命,催生了一首诗,
词语是它假定的原基细胞,感情是它的感应磁场,
当他开始遣词造句,意义的确定决定了它的生长。

· · ·

不管是被上帝还是被他们的神经结构所限制,
所有人仍拥有这个共同信仰,你可任意解释:
真理只有一个,无法在矛盾对立中拥有;
而一切自我抵触的认知都是诗意的虚构。

· · ·

他成熟的天性依然没变,
童年时在爱的氛围里面
就已拥有这样的名声,
且自我表现得很充分:
只是到了现在,当他
与坟墓只有咫尺距离,
他才最终有所认识——
一直以来,他对自己

是如此经常地不忠实。

· · ·

母亲臂弯里的小孩子
用他们的手指和脚趾
施展着他们初始的魔力，
一直努力不停地
要将仍不服从的物事
纳入他们意志的控制，
但男孩子没过多长时间
就会达到自私的极限，
而成年人知道他的叫声里
有何种小小力量正在聚集。
宏大而至高无上的都城
不会与他精神的县郡
携手合作、相处无间：
终其一生，他会发现
肿胀的膝盖或疼痛的牙齿
对他探求真理极为不利；
他的肉身，从未属于
是非对错的道德领域，
它所秉持的价值观念
也与分辨敌友全然无关。

· · ·

我们想要返回子宫？根本不想。
没人会去追求毫无可能的希望：
而当我们将目光投向未来，
那却是我们这些务实派
使用的唯一来自过去的意象，
对我们而言，自由即是所有二元性的离场。
在哥白尼的宇宙中，既然给我们的自由
从来不可能有很多，
任何我们认为可以进入的体面天堂
必会吻合自我中心的托勒密式构想。

· · ·

曾经因为被厨子偷去的糖果，
　某个人就被老爸一顿惩罚；
当他问婴儿们打从哪里来，
　老妈也对他说了谎话。

现在，城市的条条街衢
　正等着要误导他，而他
还须提防那些老叫花子
　免得他们将他嫌恶地痛打。

·　·　·

当那个年轻人说得如此言之凿凿
他却认为那番话无聊得像个玩笑；
现在，当他已不再有任何疑惑，
却没人相信这个聒噪的老家伙。

·　·　·

相对于普通民众，很遗憾，我承认
　　他对生活的观察确实敏锐深刻，
可“知识分子”这个词，常会让人
　　马上联想到背叛妻子的不忠者。

·　·　·

卑鄙的话只有卑鄙者会说出来，
正因如此马上就能听清判明，
可高尚的陈词滥调——唉，
此种情况需要极为仔细的检验，
如此才能将一个真诚善意的声音
与卑下而侥幸成功的声音区隔分辨。

·　·　·

这些公众人士看上去如此享受他们的统治权，

他们的面容已毁败，声调也因仇恨而拉高，
他们居然还是殉道者，因为对脚镣毫不知情：
你们成了什么东西？你们从未获许去创造
或沉思，只是被逼无奈匆促发表意见，
注定得去诋毁或推销前辈们的作品？

· · ·

冠军在微笑——多有个性啊！
挑战者皱着眉——他必定很可怕！
可是一旦攻守转向，让他们变换了位置，
同一张鬼脸还会出现在同一个旮旯里。

· · ·

当政治家们严肃地说到"我们必须面对现实"，
很可能是出于他们的虚弱，由此倒向了和平主义，
可当他们谈起了原则，就要小心：或许，他们的
那些将军正趴在地图上仔细钻研着。

· · ·

谁能治愈国家的疾患？
一个领袖外加无私的意愿。
但这个领袖你们将以何种方式去发现？

经由适者生存的过程[1],理所当然。

· · ·

站在废墟间,惊恐万状的征服者高声叫喊着:
“为何他们非得拒绝我和我的天命?为何?”

· · ·

公共建筑为什么如此高大?你怎会一无所知?
嗯,那是因为公众的灵魂是如此的渺小粗鄙。

· · ·

“棘手案例引致恶法”,政客吃了苦头才领悟:
不过艺术家仍在指责——“作此推论者已迷路。”

· · ·

你不曾梦想过一个没有压迫的世界或社会?
想过:一个胎儿能够拒绝出生的所在。

· · ·

1. 对应的原文为“Natural Selection”,直译为“自然选择”,亦指达尔文“物竞天择”的生命进化理论。

未出世的孩子，未出世的孩子，[1]
　你在等待什么?
我们需要你的强健臂膀照看农场，
　养家糊口不致挨饿。

未出世的孩子，未出世的孩子，
　从母亲的身体[2]里生出；
出来后一阵跑，然后就端起枪
　打死了他年迈的父母。

1940 年

1. “未出世的孩子”对应的原文为“Hans-In-Kelder”，这是一句德语民间俗语，等同于英文的“地窖里的杰克”(“Jack in the cellar”)，是为即将生养小孩的妇女或其丈夫举杯时所说的祝酒词，所以引申为“子宫里的孩子”、“未出世的孩子”。
2. “母亲的身体”对应的原文为“parsley-bed”，字面意思虽然为“芹菜苗圃”，但常常喻指女性的阴部，也写作“parsley patch”。

没有时间

座钟无法提供确切的报时
告知我们到点该去祈祷何事，
只因我们没有空，只因
我们挤不出时间，除非我们
知道何时应该知足，除非我们
知道此时不同于彼时的原因。

我们的种种疑问，也无法
在雕像的眼中得到满意回答。
只有活着的人会问，谁的额前
现在可以戴上那顶罗马的桂冠：
死去的人只会描述过程和条件。

当生者死去，他们会发生什么样的事？
死亡不被死亡理解：你不懂，我亦不知。

1940 年

离散者[1]

他们永远不明白,他何以能抵挡他们:
难道他们不曾令他一贫如洗,以此证实
他们若丧失自己的教条或国土就难以为生?

他们将他驱离的生活圈子从来不够大气:
当大地恳求他们不要对“爱”设下限制,
它又怎会是自由不羁的人们的期许之地?

他接受了命定的角色,演得尽心称职:
愤怒中包含了敬畏,他们对他心生惧意,
而对最卑微的人类来说,他是个意外惊喜,

他们仍会穷追不舍,不留任何余地,
除非他将他的部族冠以流亡者之名。
可是,即便如此,他们仍对他充满妒意,

1. 诗题对应的原文“Diaspora”指同一种族而散居世界各地的人,特指称犹太人的大迁徙,因此,社会学也将这个词译为“离散”。奥登这首诗描绘了犹太难民的原型和他们的对立面。移居美国的奥登在纽约遇到了很多流亡的欧陆犹太难民,对犹太人的境遇有了更为直接的体认。尤其值得注意的是,奥登的恋人切斯特·卡尔曼也是一个犹太人。另外,这首诗采用了类似于但丁《神曲》的三行连韵体(aba bcb cdc ded ee)。

贸然闯入了一个没有时空的幻境，
而现在，就只能去攻击人的脸型。

1940 年

路德[1]

心怀良知，侧耳倾听着雷声，
他看见魔鬼在风中忙碌不已，
它越过钟声奏鸣的尖塔，后又现身
作奸犯科的修女和医生的门里。

何种装置可以避免灾难的发生
或可砍去人类错谬的丛丛荆棘？
肉体是条安静的狗，会反噬其主人，
它的孩子会在世界这潭死水中溺毙。

审判的导火索在他脑袋里嘶嘶作响：
“上帝，将这些阿谀小人熏出他们的巢穴。
所有的著作、伟人和社会都很邪恶，”
他惊恐地叫着：“维系正义当靠信仰。”[2]

而世上的男男女女终此一生都很快乐，
他们从来就不在乎，也从未发抖畏怯。

1940 年春

1. 路德即德国宗教改革家马丁·路德（1483—1546）。
2. 据说马丁·路德在朝拜耶路撒冷的圣阶时，脑海里忽然闪过此念，遂抛弃了早期的信仰，开始提出宗教改革的一系列创见。

蒙田[1]

在他藏书室的窗户外，他可以
看见一片畏惧语法的宜人风景，
在城里，咬文嚼字实属迫不得已，
而在偏远外省，口吃结巴就很要命。

壮汉懒散地闲坐，已累得无暇分心：
于是这个矜持而性冷淡的保守分子
发动了一场革命，还为肉体
提供了武器去击败《圣经》。

当魔鬼驱使理智的人们着魔发狂，
他们却将成人的世纪脱得一丝不挂，
爱定会在俊美孩子的心中再次生长，

怀疑会变成一种定义的方式，
连文学也会和祈祷一样合法，
而怠惰成了一个悔罪的姿势。

1940 年

---

1. 蒙田（1533—1592），法国文艺复兴时期最有影响力的思想家和散文家，他的散文糅合了严肃思考、趣闻轶事和自传性，对后世影响颇大。蒙田是虔诚的天主教徒，担任过政府官职，其后隐居于蒙田堡专心著文。

会议[1]

身着应景合时的华美礼服，
精神与世俗的权威们开了数周的会，
为让永恒与时间达成和解，且要为
我们尘世的团结奠定一个可靠基础。
小镇布满了间谍密探：堕落的人类
提心吊胆地等待着。

风头尽出，
大门终于重又打开；伟业已然成就：
客套话必不可少，为得救赎
永远需要如此这般的表述，
而大爱与厄洛斯[2]的真实关系终已界定。

---

1. 指特伦托会议。十六世纪中期，新教运动兴起，英国宣布国王权力凌驾教皇，而罗马天主教会内部也日益腐败衰落，召开宗教改革会议的呼声由此不绝于耳。1545 年，罗马教廷在北意大利的特伦托召开大公会议，会议历时十八年，前后共召开过三轮，展开了二十五场讨论，最终颁布了特伦托会议信纲（又译脱利腾信德宣言）。一位枢机主教曾这样描述这次会议："在教会史上，没有任何大会决定过这么多问题，确立过这么多教义，或者制定过这么多法规。"会议重新厘清并确定了教义，并在天主教会内部推行了若干改革措施。虽然会议主旨是为了抗衡新教势力，却在很大程度上启动了罗马教会的自我改造。
2. "大爱"对应的原文为"Agape"，常用来与"phila"（友情之爱、兄弟之爱或通常的非性之爱）、"eros"（厄洛斯——爱欲）做区别。也可理解为"友好爱宴"，可参看《新年书简》第二章中的相关注释。

市民们挂出了旗帜以示庆祝；
农夫们跳着舞，当街烤起了公牛。

四个传令官飞驰报信，闯入了欢乐民众。
“野蛮部落在西部边境蠢蠢欲动。
东方的一个处女再度怀孕得子。
南方的航道落入了犹太人手中。
而北方的行省被一个人骗得不轻
他声称星辰的数量不是七而是十[1]。”

那个在会议室门楣上题词的疲倦老人
大声叫了起来，声音悲伤又愤激：
现在，圣灵最后一次开口说话了？[2]

1940年

---

1. “七星”这个典故出自《圣经·新约·启示录》第1章第20节：“论到你所看见、在我右手中的七星和七个金灯台的奥秘。那七星就是七个教会的使者。七灯台就是七个教会。”十个星辰的说法，是当时北方新教提出的主张，意在标示其存在的合法性。

2. 这一行原文为拉丁语，是英国作家查尔斯·威廉姆斯在其小说《鸽子的降落》中所引用的一段与特伦托会议有关的铭文，奥登在此做了改写。威廉姆斯亦是牛津大学资深编辑，主持出版了克尔恺郭尔文集的英译。

迷宫

无翼的人类吹着口哨
日复一日围着迷宫兜绕，
仰赖着他的天性
乐此不疲地前行。

第一百次看见了灌木丛，可是，
一小时前他刚刚走过那里，
他在四条小道的交叉口停住，
这才发觉自己已迷路。

“我在何处？形而上学表明，
可以提出的问题必定
会有一个答案，因此
我可以假设这迷宫有一张图纸。

“倘若神学家们所言属实，
图纸背后必会有一个建筑师：
一处上帝所建的迷宫，我确信，
必会是宇宙的微缩模型。

“来自感官世界的论据事实，
如此说来，是不是有效证词？
我所知晓的宇宙知识
能否给出行进方向的指示？

“所有的数学公理都表明
一条连续的直线最为切近，
但左和右轮流交替
才与历史符合一致。

“不过，美学相信所有的艺术
都意欲让内心获得满足：
舍弃诸如此类的律条，那么，
是否我得按一己喜好来作选择？

“如此推理才可靠如实
若我们接受标准思考方式，
我们没有权利自作决断
正如性格内向者所言。

“此即是他的绝对假定
——人类造就了自身的处境。
这座迷宫并非由神力建成，

却因自我的负罪感悄然滋生。

“我无法找到迷宫的中心，
我的潜意识却心知肚明；
我没有理由灰心丧气，
因为我已身在此地。

“问题是如何做到无所期图；
站立不动的人移动最为迅速：
我会迷路只是由于自我意识，
我的迷路只因受意愿驱使。

“倘若这也无效，或许我可以
效仿某些教育家的方式，
让自己满足于这样的论断：
理论上来说并没有解决方案。

“所有关于自我感觉的陈述，类似
‘我已迷路’之类，都极不真实：
我的认知终止于它的起点；
一道篱笆要比一个人高。”

无翼的人类，困惑又无助，

想知道该如何迈出下一步，

仰头看天，他希望自己是一只飞鸟，

而在鸟儿看来，这些疑问必也荒唐可笑。

1940 年

新生儿降生[1]

每当新生儿降生，那三个演员[2]的
身旁，总站着四类看不见的观众，
那虚伪的孪生子，那堕落的人类天性。

左边的人，他们记得充满艰辛的童年，
右边的人，他们已忘了为何曾如此快乐，
上面的人正儿八经端坐，他们最为果断，
下面的人得整天跪着，试图以此脱离控制。

四个声音在每年圣诞节的寂静中都可听闻：
接受我的友谊，要么去死。
我会维持秩序，没太多事情会发生。
带给我好运，我自然会支持你。
我嗅到了血腥味儿和一个疯人辈出的纪元。

但那三位[3]什么也没听见，甚至对风景，对其中的

1. 对应的原文为“Blessed Event”，一般翻译为“福事”、“喜事”，指婴孩诞生或新生婴孩。为理解方便，译为“新生儿降生”。
2. “三个演员”指耶稣降生时前来贺喜的东方三博士（又称三贤人），见《圣经·新约·马太福音》第2章。
3. 指圣父、圣子、圣灵。

城镇、河流和精妙的打油诗甚至也毫无觉察。
他，众神之父，为他们野性未驯的夜晚感到悔意，
叫喊道：为何她得饱受折磨？这都是我的错。
又一个处女，在低声轻语：未来将永不受苦。
而“新生命”笨拙地推开它的家门，开始
在“真理”中乱摸一气，寻找着速成捷径，
到最后，似乎总会以某种可怕的失败而告终。

1939 年 11 月

凯洛斯和逻各斯[1]

I[2]

修辞术[3]蓬勃发展的这个时代
各种气味和家具出现在已知世界，
良知尊崇着一种美学秩序，
失败的事物遭遇了普遍指责；
与此同时，恺撒愉快地坐在它
极度自负的中心，忧惧着死亡。

铿锵韵文写成的军事法令

---

1. 凯洛斯(kairos)意为“正确的时刻”、“完成的时间”，着重指明时间的性质，在这个时间点上促使一个行为可能或不可能，因此也可译为“时机”或“契机”。早期基督教会借用这个词来指代基督到来的时刻。美国宗教哲学家保罗·蒂里希所著的《历史的解释》(1936)第二部分系统阐述了凯洛斯这个概念。奥登在二十世纪三十年代以来深受蒂里希的影响，基本上沿用了蒂里希的凯洛斯观。逻各斯(Logos)则是欧洲古代和中世纪常用的哲学概念，一般指可理解的法则、规律，基督教认为逻各斯是与上帝同一的“道”，广义上也指“圣子”。奥登的这组诗由四首六节六行诗组成，但六个韵脚没有完全遵守传统六节六行诗的顺序；而诸如“away”这样的虚词做韵脚，转译时也不可能有对应的汉语词汇，为完整呈现诗歌原文的意涵，译者在此并没有严守六节六行诗的韵律格式。
2. 组诗第一首从古罗马帝国时期的基督教写起，门德尔松教授指出，这犹如一部浓缩的西方神学史。
3. 公元前五世纪，修辞学由西西里岛的科拉克斯和泰西阿斯创立，至亚里士多德形成完备体系。那时候的修辞学更适合称为修辞术，指的是“演说术，包括立论和词语的修饰”。

已将它的迷狂传染给时间，
困住了身躯和戴绿帽子的爱；
运动世界的少年们困惑不解，
这些人只害怕另一种死亡，
对其来说沉迷时间者应受谴责。

夜晚与河流咏唱着地府的爱，
但在城市和白昼秩序的破坏者看来，
它们只是对于死亡的无力争辩。
苹果树虽然无法测定时间
却可以品尝苹果而不受指责：
要享用它，他们必得与世界决裂。

表面示好，任民众随意命名死亡，
却将他们的性命置于狗犬的爪牙下，
狗犬只爱堕落的主人且不受谴责，
在一个垂死的秩序中已再度复活；
而在文明世界的阳光无法照及之处
野蛮人等待着他们约定的时间。

它声名狼藉的独断饱受指责，
吸引了森林，也在引水渠[1]上、

1. 此处引水渠指的是古罗马著名的高架供水渠。

在学术中招来了死亡；而世界
经由它们，已见证了永恒秩序的
屈尊俯就[1]，当命中注定的爱
如一颗无畏的流星坠入了时间。

正直、忠实而不受责难的人
于是星散四布于整个世界，
他们持续不断地自发脱逃，
以一种合理而可能的秩序
抗衡着死亡的随机事实，
抗衡着爱必然遭逢的失败。

如对待自己那样，它从不责难世界
或憎恶时间，只是咏唱着直至死亡：
“哦，汝等心中有爱，令爱恢复秩序。”

Ⅱ[2]

很是突然，她的梦变成了一个词语：

---

1. 对应的原文为“condescension”，字面意思指从较高的地位往下看。在基督教神学（尤其是路德派教义）中，这个词指的是天主（上帝）降生为人（耶稣）的道成肉身的行为，一般译为“屈尊俯就”或“屈尊就卑”。
2. 组诗第二首乍看像童话诗，却是一首关于人类梦想遭遇幻灭的寓言。

独角兽站在那边，唤了声“孩子”，[1]
她吻别了玩偶娃娃，和花园里
那些忠实的玫瑰逐个拥抱，
向她母亲的家宅最后一次挥手，
轻手轻脚走进了寂静的森林。

看起来很是幸运，石头一言不发
纷纷为这个上天安排的人让路；
麻雀们争相要让她感觉自在随意，
风儿喝令暴风雨不得惊吓这孩子；
森林母亲的所有孩子皆已受命
要让她把森林当作自家的花园。

到最后她都忘了原先的那个家：
在那儿，当然，她被每一个人宠爱，
总会命令玫瑰花丛——“变成森林”，
或让玩偶娃娃猜谜，当她想着一个词，
或是在花园里扮成母亲来玩游戏，
把玩偶当作了她唯一疼爱的孩子。

1. 开头这两行诗戏仿了英国十七世纪玄学派诗人乔治·赫伯特的诗歌《衣领》(The Collar)。

于是，像只麻雀蹦蹦跳跳穿过森林，
她垒起石块，将它们想象成了家，
把摘来的野玫瑰唤作“我的花园”，
把每一股风都叫作了“调皮鬼”，
她自言自语如对着玩偶，孩子的
过家家游戏都知道这类神奇咒语。

想当然地把大地当作了她的花园，
直到这一天终于来临：森林里的
伙伴们不再把她当作一个孩子；
玫瑰丛对着她凌乱的家皱起了眉，
麻雀们嘲笑着，当她拼错了一个词，
风儿叫道：“妈妈该有妈妈的样子。”

害怕又恶毒，像个犯了错的孩子，
她大喊着要让玫瑰滚出她的花园，
还朝着风儿扔去石头：那只独角兽
一言不发如生气的玩偶娃娃
悄悄地溜进了森林，首尾相随
麻雀们依次飞回了她母亲的家宅。

森林当然会蔓延覆盖她的花园，
可是，即便她像所有人那样流离失所，

那个词语依然呵护着它的母性和孩子。

Ⅲ[1]

倘若可以指认这些事物的创造者，
它们就不会偶然决定人的命运：
某天早晨他醒来，伴他入眠的
文字的真理已不在那里；
诵读的岁月已离去；他的眼睛
注视着大地的分量和轮廓。

他必须被动地构想出真理：
事物那明亮而冷酷的表象
正等待他的眼睛作出决定，
这些妙龄女子，接受了命运，
如母亲般呵护着世间万物；
而知识的父权赫然站在那里。

倘若相信人的眼睛，就会发现
语言投射于真理表面的那道阴影：
他意识到自己作为大地创造者的角色，

1. 组诗第三首关注的是语言与真理的关系。奥登在此描绘了一位那喀索斯般的诗人，只沉溺于自我世界，并不关注社会现实。

无言、孤立而含混的事物有待他的决断
才得以结合；对于它们的命运
他定要展现出一种异常冷静的热情。

人类有充分的理由，以狗犬般
无言而热诚的目光回报大地；
死亡、爱与耻辱已在那里被预言，
她随心所欲的瞬间即是真理：
不，他不是自身命运的主宰者；
决定权应归于事物本身。

要认识这一点，人类就必须判定
什么不存在，弊病和虚无又在哪里：
大地所呈现的一切，都在挑战他
意欲创造梦想的命运：说话的橡树[1]、
墙上的眼睛、灾难、罪恶、诗篇，
所有排除了真理可能性的事物。

他应期待的，当然不是自身的命运：
当他不再观看，事物看起来已不那么明确，
只剩下无助的意象；大地已消失，只剩下

1. 英国十九世纪桂冠诗人丁尼生曾写过一首诗，题目为《说话的橡树》。

他来历不明的创造;真理也不存在,
只剩下他最为幸运的观察手段:

他以一双流亡者的眼睛看着自己,
想念着他的父[1],尘世间的一个俗物
他的抉择决定了真理的命运。

Ⅳ[2]

城堡和王冠已黯然失色,
喷泉陷入了持久的沉寂;
哪个王国还可攀援登临,
当我们的生命阶梯已数次被截断?
我们被囚禁在无边无际的空间,
受限于一种无期限的紊乱。

在这些时刻到来前,我们本该哭泣,
本该交出所有抢夺来的东西;
高大的圆柱,游乐场的杂技演员,
与沉寂厮守相伴的高亢的赞美诗,

1. 此处的"父"指的是超然存在的上帝或逻各斯。
2. 组诗第四首的主旨是救赎。在诗尾,奥登的语气虽然并不十分肯定,但终究给出了一种可能性。

如今你已成了参与我们乱局的共犯；
我们与自身的生命总是纷争不休。

宏观世界的空间法则
外表平静又远不可及，
对我们的紊乱已兴味索然；
我们内在的生活规律已丧失；
亚原子的鸿沟，令我们的生命
面对了永恒沉寂的侧目冷眼。

驱除一切紊乱的国王们在哪里[1]，
那些看护空间的蓄须神祇在哪里，
将黄金注入我们生命的商人们在哪里？
何处可见历史的进程、伟大的时刻？
枯萎的月桂和语言渐渐归于沉寂；
仙女和圣贤已逃离不见。

冷漠和匮乏呼应着我们的生命：
“我们是你们自身紊乱的良知，
令沉寂如寡妇般饱受煎熬，
令毫无防备的空间如孤儿般哭泣，

---

1. 此句初版译文有错误，已由不具名读者指出。在此致谢。

也让你们身后的时间荒芜一片，
无数次偷走了与生俱来的权利。”

然而，责备是一种恩典，证明了
沉寂和判决必以我们的生命为前提：
我们并没有迷路只是逃跑了，
我们是紊乱的始作俑者和推动力；
我们也是未来时刻得以重生的希望；
所有的空间都要求我们的在场。

我们的生命群落，或能引领“时机”
踏上它们欢跃的旅程，秩序井然地
穿越所有的沉寂和所有的空间。

或于 1941 年初

在亨利·詹姆斯墓前[1]

积雪，比大理石更容易妥协，
已将白色防线交给了这些墓穴，
　而我脚下的所有水洼
此时接纳了湛蓝，如此呼应着天空的
浮云，对经过的每只鸟、每个哀悼者
　时刻留意观察。

而墓石，以各自独有的空间命名，
一旦徘徊其间，那些肖像会让所有人
　感到焦虑和不适，
无辜地静默伫立，每一块都标明了地点
在这儿再多的过失也丧失了独特性，
　新奇感已终止。

如此交易符合谁的现实利益，
当沉思的世界被树木所替换？
　何种现存的场合

1. 这首诗最初发表在《地平线》和《党派评论》时有二十八个诗节，1945 年编入《诗选》时，奥登将它删减到二十四个诗节，而在 1966 年的《短诗合集》里，这首诗只剩下十个诗节，也就是目前通行的版本。

能公平对待缺席者？正午只会考虑自身，
而无言的小小碑石——那个健谈的伟人的
　唯一见证者，

不会比我相形见绌的无知的影子
或远处的时钟有更多的评判，
　钟声质疑且干扰了
内心对时间的即刻解读，对你而言
时间已不再是一个温暖的谜，当我走向你
　放弃了个人的欢乐，

当我清醒地立足于我们的太阳系构造，
立足于那台主机——宪兵、银行和阿司匹林
　以之为先决条件的地球，
那些笨拙而哀愁的人，那些对美好事物、对大师的
老生常谈[1]和玫瑰语带嘲讽的人，
　可能全都安坐其上，

---

1. 原文为"common locus"，奥登玩了个晦涩的语言游戏：locus 是拉丁语(复数形式为"loci")，意义近于英语的"Place"，但这个词组并非"普通场所"之意，也不是遗传生物学所指的基因"共同位点"，而是指向了这两个词汇的组合词"commonplace"；可以联想到的还有另一近似的拉丁语"Loci Communes"（英译为"Common Places"），这是个神学词汇，意同"commonplace"，十六世纪路德教派神学家菲利普· 梅兰松曾写过一本同名的著作。

当我站在你长眠的石床旁侧，困扰于
自己那些琐碎低级的疑问，如此热情地
　向你的灵感天使[1]张开臂膀，
而她直奔你而来，以无可抗拒的理由
恳求着，溢美之辞盈满了胸膛，
　是否我不该特别将你颂扬？

何其天真，你俯首听命于那些
只能助长孩童嬉闹的形式规范，
　而你的内心，挑剔如
柔弱的修女，仍忠实于少数贵族阶级，
以你明澈的天赋投其所好，却忽视了
　忿恨抱怨着的大多数，[2]

他们处心积虑的全部恨意
无法被简化或偷走，尚且逍遥自在：
　那种欲念死亡也无法满足，
要去诋毁风景画名作，要看着
某个人的心脏骤然停止收缩，要让

---

1. “灵感天使”对应的原文为“Bon”，亨利·詹姆斯在笔记《象牙塔》里用来指称他的灵感守护神。

2. 亨利·詹姆斯将小说视为一门精妙的“综合艺术”，将小说创作提升到了精致复杂的高度；他开创了心理分析小说的先河，致力于发掘人物“最幽微、最朦胧”的思想和感觉，因竭力追求形式规范，他的文字有时显得极其冗长、烦琐和晦涩。

　高傲者化作微渺尘土。

保护我，大师，抵御它暧昧的蛊惑；
你严谨自律的形象，令我摆脱了
　欣然接受的邪恶
和迷乱漩涡的掌控，以免比例法则[1]
如编辑般耸耸肩，降下她的山间寒流，
　伤及我散漫的即兴诗歌。

一切自有评判。微妙和疑虑的大师，
请为我、为所有活着或已故的作家祈祷：
　只因很多人，其作品的格调
比他们的生命更高，只因我们职业性的
虚荣永无休止，请代为说项求情
　为所有庸碌俗辈的背信弃义。

或于 1941 年春

1. “比例法则”既是一个数学定理，也是大陆法系中的一个重要原则（指行政权力的行使除了有法律依据这一前提外，还必须选择对人民侵害最小的方式进行）。奥登借用这个词语清醒表达了自己独立不倚的诗歌创作原则。

孤立[1]

每个恋人都会做理论分析，
以此解释有爱相伴的情形
与单身独处在痛苦上的差异：

唉，做梦的时候，爱人的躯体
确实会激发感官，而一旦梦醒，
他自身的拟像就取而代之。

那喀索斯对未知事物表示怀疑；
他无法认同自己的湖中倒影，
只要他自以为孑然独立。

而孩子、瀑布、火焰和顽石
总会做一些调皮捣蛋的事情，
想当然地将宇宙等同于自己。

---

1. 这是一首维拉内拉体诗（文艺复兴时期相当流行的一种19行诗）。维拉内拉体诗格律严谨，限用两个韵，三行诗节的韵脚安排为aba，最后的四行诗节为abaa，第一行分别在第六、十二、十八行重复，第三行在第九、十五、十九行重复。不过，奥登在此只遵循了维拉内拉体诗的尾韵格式，并没有叠句。另外，这首诗曾以《你在那里么？》为题出现于1945年的《诗选》，后来编入《短诗合集》时才改成了现在的诗题。

老年人，譬如普鲁斯特，总是
倾向于把爱情看作主观的赝品；
他们爱得愈深，就愈感孤寂。

无论持何种见解，我们势必
要去揭示恋人们如此期求的原因，
他们为何要创造另一种自我变体：
事实上，或许我们从来都不孤立。

或于 1941 年初

纵身一跳[1]

危险的感觉并未消失不见：
路程确实很短且又陡峭，
尽管从这里望去很是平缓；
想看就看，但你得纵身一跳。

意志坚强者睡觉时变得感伤
会破坏愚人也能遵守的规章；
不是社会习俗，而是惧意，
有一种即将消失的趋势。

奔走忙碌的老爷车叫人着恼，
满身污垢又不牢靠，而每年
啤酒都会提供几句妙语隽言；
想笑就笑，但你得纵身一跳。

那些据说应季合时的服饰

1. 这首诗的押韵格式比较奇特，属于奥登自行设计的一类诗体。全诗由六节四行诗组成，五步抑扬格，仅押两个韵，韵脚格式为 abab bbaa baab abba aabb baba，后三节诗与前三节诗的韵脚形成了镜子般的里外对应关系。译者在诗歌内容和形式之间考量时，不得不进行取舍，没有完全按照这种押韵格式安排文字。

既不实用耐穿又不便宜，
只要我们同意浑浑噩噩过日子，
对不见了的那些人再也不提起。

一言难尽，当说起社交能力，
可是，当没有其他人在场时
找乐子甚至比哭鼻子更难做到；
没有人关注，但你得纵身一跳。

在万丈深渊的幽僻一角，
亲爱的，我们躺过的床还在那里：
虽然我爱你，你还得纵身一跳；
我们的安全幻梦不得不消失。

1940 年 12 月

若我能对你说出[1]

时间只会说"我早就这样告知过你"。
时间只知道我们必须付出的代价；
若我能对你说出，我定会让你知悉。

倘若小丑们表演节目时我们哭泣，
倘若音乐家演奏时我们绊了一下，
时间只会说"我早就这样告知过你"。

虽则如此，命运并不能被预知，
只因我对你的爱难以尽数表达，
若我能对你说出，我定会让你知悉。

当风儿吹起，它定会是来自某地，
当树叶枯萎，原由必定别无其他；
时间只会说"我早就这样告知过你"。

玫瑰或许真的想要散叶开枝，
美好事物也当真打算驻足留下；

1. 这是一首严格按照维拉内拉体诗的押韵规则和叠句方式创作的诗歌。这首诗的首句初版时有误译，已由不具名读者指出。在此致谢。

若我能对你说出，我定会让你知悉。

假如所有的狮子都起身远离，

而溪流和士兵一齐亡走天涯；

时间是否会说“我早就这样告知过你”？

若我能对你说出，我定会让你知悉。

1940 年 10 月

亚特兰蒂斯[1]

就此打定了主意，
　准备去亚特兰蒂斯，
你当然已得知
　今年只有愚人船[2]
会走这一趟航程，
因为预先已被提示
　会遭遇一群反常怪人，
　所以你得有所准备，
欲扮成一名见习海员
　就要表现得荒诞不经，
至少看上去要喜欢
　烈性酒、玩闹和噪音。

暴风雨，完全有可能

1. 奥登在写作此诗前，阅读了法国女作家尤瑟纳尔译成法文的希腊诗人卡瓦菲的诗歌《伊萨卡》，还将卡瓦菲另外两首诗歌的法文版转译成英文。这首《亚特兰蒂斯》就模仿了《伊萨卡》的短句形式和亦庄亦谐的语调。另外，亚特兰蒂斯是在希腊神话传说和柏拉图著作中出现的一个环境迷人、高度文明的神秘岛屿，后来因为堕落激怒了众神，一夜之间消失在深不可测的大海之中。
2. 欧洲自古就有关于愚人船的传说，到了文艺复兴时期尤甚。在传说故事里，这些舟船载着骁勇的英雄、道德的楷模、社会的典范开始伟大的航行。而在现实生活中，这种船也的确存在过，只不过它们载着的是神经错乱的乘客，从一座城镇航行到另一座城镇。

　迫使你在爱奥尼亚[1]的
某个古老港口城市
　泊停一周，那么就和
当地机智的学者谈话，
他们已证明，亚特兰蒂斯
　这样一个地方不可能存在：
　学习其说理方式，但要注意
其微妙之处如何暴露了
　他们难掩的极度悲伤；
如此，他们会传授你方法
　去质疑你可能的信仰。

倘若后来，你在色雷斯[2]
　多弯的海岬搁浅遇阻，
见那里有火把彻夜燃烧，
　一个赤身裸体的蛮族
伴随着海螺和铜锣的
刺耳声正狂蹦乱跳；
　在那个多石的蛮荒滩涂，
　脱掉你的衣服去跳舞，
因为，除非你能把

1. 爱奥尼亚是古代地名，位于小亚细亚西岸，曾是古希腊工商业和文化中心之一。
2. 色雷斯概指爱琴海至多瑙河的巴尔干半岛东南部地区。

亚特兰蒂斯忘个干净，
否则，你将永远无法
结束你的旅行。

此外，你应去往放荡不羁的
迦太基[1]或科林斯，参与
他们无休止的狂欢派对；
倘若在酒吧碰到个娘们儿，
当她轻抚你的头发，说道：
“这就是亚特兰蒂斯，宝贝”，
集中心神，听她娓娓道来
讲述自己的身世：现在，
除非你已经熟悉每一个
试图假冒亚特兰蒂斯的
避风港，否则你如何
去识别真伪与虚实？

假若你在亚特兰蒂斯附近
终于靠了岸，朝着内陆
开始了可怕的长途跋涉，
穿过污秽的森林和严寒的

1. 迦太基是非洲北部的奴隶制城邦。

冻土带，大家很快就迷路；
之后，倘若一个人落了单，
　你站着，处处碰壁，
　石头和积雪，寂静和空气，
哦，请铭记伟大的死者
　并尊重你当下的命运，
旅行必定会历尽波折，
　辩证而又诡异。

蹒跚前行，心怀喜悦；
　或许真就走到了最后的
山坳，当你瘫倒累垮，
　此时整个亚特兰蒂斯
在你脚下熠熠闪耀，
即便那时你还是没法[1]
　走下一步，你仍应骄傲，
　纵然只被允许
在诗意的幻觉里
　看一眼亚特兰蒂斯：
作感恩祷告，平静地躺下，

1. 据说亚特兰蒂斯最常用的建筑材料是金、银、铜，视觉上非常壮观。所有建筑成同心圆状，圆环内部是最重要的庙宇和保留地，从外环步入内环，身份限制越来越严格。

你知道自己已得救赎。

所有熟悉的卑微神灵
已开始哭喊，但现在只需
道别，然后扬帆出海。
再见，亲爱的朋友，再见：
道路的神祇赫耳墨斯[1]
和四个小矮人卡比力[2]
或会一路保护并效命于你；
而那个“亘古常在者”[3]
或会为你所有必要的实践
提供他无形的指示，
仰起脸，朋友，他的面容
正光照着你。[4]

1941年1月

---

1. 在古希腊神话里，赫耳墨斯被视为行路者的保护神，人们在大路上立起他的神柱，以求庇佑。他还是宙斯的信使，亦是畜牧之神、雄辩之神、竞技体育的庇护神和商人的庇护神。

2. “卡比力”对应的原文为“Kabiri”，通常的写法是“Cabiri”。在古希腊早期的文字记载中，有一群法力高强的魔法师常常为民除害，因而被尊为神，通称为卡比力。在后世传说里，卡比力逐渐演变为看顾海难、促进繁殖的神祇。至于奥登将卡比力说成小矮人的原因，就不得而知了。

3. “亘古常在者”即上帝，典出《圣经·旧约·但以理书》第7章第9节——“我观看，见有宝座设立，上头坐着亘古常在者……”奥登友人曾送给他一幅布莱克的版画，亦以此为题。

4. 结尾两行诗典出《圣经·旧约·诗篇》第4章第6节——“有许多人说：‘谁能指示我们什么好处？’耶和华啊，求你仰起脸来，光照我们。”

疾病与健康[1]

（致莫利斯和格温·曼德尔鲍姆[2]）

亲爱的，所有摇唇鼓舌而不求宽恕
的善意，都是酒席宴会上的噪音，
　在那儿“悲伤”脱光了衣服
伺候着某些光彩照人的“普遍性”：
现在，比往日愈加地清楚分明
我们听着一个凶险之年的可怕足音，
而我们的所有感官扰攘不已
当“沮丧”跳上每个人的背脊。

它们的阴暗天赋对此十分了然，
知道何种饥饿的法典可以管理

1. 奥登这首诗受到英国玄学派诗人多恩的《连祷文》（奥登曾向朋友们竭力推荐）的影响，探讨了爱和婚姻的神学意义。标题“疾病与健康”取自英国人在婚礼仪式中常用的致辞，通常是敦促新婚夫妇无论对方生病或健康时都彼此关切爱护。另外，奥登这首诗也有一个隐含的倾诉对象，即他的伴侣切斯特·卡尔曼。正是在这一年，卡尔曼去了密歇根大学，分隔两地的现实令奥登颇为沮丧，而卡尔曼对恋情的不忠也令奥登极为痛苦。因此，奥登在诗中对破坏性的、自私的爱与理智的、无私的婚姻的剖析和省思，无疑也体现了他本人对恒久婚姻的渴望。

2. 莫利斯·曼德尔鲍姆是奥登的友人，霍普金斯大学的哲学史教授。奥登曾于1943年至1945年间在斯沃斯莫尔学院教书，租住在莫利斯家中。此诗写成后的第三年，莫利斯的夫人格温读到了这首诗，大为喜欢，于是请奥登将这首诗题献给他们，奥登欣然从命。

　那些笨口拙舌的荒原，
我们的可悲欲望就寄居于此：
亲爱的，切勿轻率地以为可以把他推翻；
不，什么也不要许诺，除非你发现
失恋者眼中所见的王国，无非是
一片遍布秃鹫、病牛和死蝇的土地。

多么有传染性，它的颓败荒凉，
怎样的破坏性人物冷不防跳出
　扑向了爱的想象，
还将城堡和熊全部驱逐；
我们的世界在何其扭曲的镜子中生成；
怎样的军队耗尽了荣誉，令我们
谨守秩序的意愿热度顿减；
怎样的商品被摔坏已无法更换。

让我们不再轻言“我爱”，直至发现
内心怀有一个破坏性的污点
　将会消耗何等大量的资源，
一绺细发也能将阴影投于宇宙间：
我们是聋子，被禁闭在一个喧闹、异质的
叛乱性语言中，我们是窃取双手和嘴巴的
凡夫俗子，出于恐惧我们已学会去过

一种无法承受的更安全的生活。

自然界，就本质而言，总有反常的结局：
特里斯坦与伊索尔德，相似如两条瀑布，
　两个伟大的朋友在此相遇，
令激情超越了激情的障碍物，
愉快地延宕了他们的赏心乐事，
将失败感彻夜延续然后双双赴死，[1]
唯恐布兰甘妮[2]世俗的哭泣
会抑制他们大脑的狂喜。

但在弥留之际，他们招来了反面人物，
唐璜[3]，对死亡如此恐惧，每个瞬间
　都在听他们诉说死亡的可取之处，
且知道没有理由去反驳他们的论点：
被困在他们可恶的感情里，他必得
找到一些天使来保持自己的纯真；一个
常在小便池现身的无助、盲目、不幸的怪人，

1. 根据传说故事，特里斯坦和伊索尔德面对相爱而不能爱的命运，最后双双服毒自杀。在这里，特里斯坦和伊索尔德代表了否认肉体现实性的选择，他们推延了爱的高潮的来临。

2. 布兰甘妮是伊索尔德的女仆，在各种版本的故事里都有出现。

3. 唐璜是特里斯坦和伊索尔德的对立面，他追求的是肉体满足，按照克尔恺郭尔的话来说，他代表了“肉性之爱”。

只是靠了它们的奇迹才得以生存。

那个三段论的噩梦，必会舍弃
不顺从的生殖器而去接受刀剑；
　恋人们各自会合聚集，
而厄洛斯在政治上很讨人喜欢：
新的马基雅维利们，在天空翱翔，
表达着一种形而上学的绝望，
所有的激情，以一个激昂的否定
扼杀了它们最后的情欲感应。

亲爱的，我们总是难辞其咎[1]，
如此笨拙地应对着我们愚蠢的生命，
　受苦太少或是受苦太久，
即便在我们自私地爱着时也过于小心：
我们遵奉服膺的花样繁多的疯狂
每天都会在我们周遭的怪异表情中死亡，
然而，自空虚混沌[2]中传来了一个声音

1. 此句援引了克尔恺郭尔在《非此即彼》中的一句话："在上帝面前我们总是错。"
2. 对应的原文是"tohu-bohu"，这是个来源于希伯来语的复合词，类同于 formless and void（空虚混沌）。典出《圣经·旧约·创世记》开篇："起初神创造天地。地是空虚混沌。"特指上帝创世之前的空虚混乱的原初状态，奥登借此暗喻了人类被自私虚假的爱所蒙蔽的心智上的愚蠢。

说出了一个荒诞的命令[1]——欢庆。

欢庆吧。一个东拼西凑的活人躯身
它的权宜之计需要何种天赋?
　哪个颇有耐心的教师
教会了专注而蒙昧的原理
在种族隔离的咒语中起舞?
是谁引导了龙卷风前来相助,
又是谁,从空间的荒野里
培育出爱人面容的性感特质?

在爱的绝对命令下,欢庆吧,我的爱;
所有的可能性、爱、逻辑,我和你,
　都拜那"荒诞"所赐才能存在,
而不去蓄意蒙骗,我们就难逃一死:
于是,为避免我们在自身肉体里面
重新虚构出我们神性的谎言,
现在且围绕我们紊乱的恶意,

1. "荒诞"(absurd)是存在主义哲学里经常使用的一个词,克尔恺郭尔作为存在主义哲学的开山鼻祖,首次赋予了"荒诞"一词以现代哲学的含义。在他看来,基督精神是荒诞的,没有人能够按照理性去理解、证明其合理性,也没有人可以将其付诸行动。真正的信仰是一种全然不顾其荒诞性的意志的行为。奥登在此发出了"荒诞的命令",也就是欢庆的、真正的爱。

任意画一个圆圈来立誓。

理性，或许不会迫使我们
犯下傲慢者的那种恶行，
　“升华”[1]经由赞美毁掉了灵魂，
促使我们的欲望，哦，那创造的核心，
总是在你的无数实体中寻找你，
直到那些器官部件的表现，
我们的躯体，你那些混沌不明的谜，
真正呈现了你显明的正义的正义。

唯恐动物性的偏见会削弱我们
对你至善的期望，将你与万物等同，
　转而去崇拜鱼形图纹、
实在的苹果或闪烁不定的天空，
在我们的智力运动与你的光芒
之间，爱引发了如此强烈的振荡，
我们突然静下时无人可将其分辨，
而苔藓如此繁盛地生长其间。

---

1. 升华(sublimation)在弗洛伊德的精神分析理论中是个心理学术语，特指将力比多(本能力量)转化为社会认可的成就(主要是艺术)的过程，是所谓的心理防卫机制的一种类型；弗氏认为“升华”与他列出的其他防御机制(如压抑、替代、否认、反向作用、理智化和投射)相比，最具生产性。而升华也常与宗教的神秘经验联系在一起。

我们深信，“O”这个忠实的圆形[1]
永远不会萎缩成一个空洞的“零”，
　也不会僵化成一个正方形，
在它们的惰性社会中，唯有感情习性
会遏止我们的思想，免得
我们用伪善的滑稽模仿去嘲笑美德
且认为它理所当然，而爱
总允许“诱惑”对它造成危害。

唯恐我们沾有污点的风景，在浪漫
而古老的月光下变得模糊，我们试图
　在古德温暗沙[2]上开设商店，
而我们，虽然是恋人，或会爱得更严肃，
哦，命运，哦，幸运之吻，
对我们来说仍会在夜间神秘地发生：
它将保护我们免于自以为是和延误，
且会将我们带回常规的路途。

或于 1940 年 8 月

1. “O”在此指代爱人手上的婚戒。
2. 古德温暗沙是英国肯特郡靠近多佛海峡北海口处的一处海滩沙丘，潮落时露出水面，因毗邻主航道，无数船只曾在此搁浅或沉没。

生日贺词[1]

（致约翰·雷特格[2]）

约翰尼，因为今天
是二月十二日，此时
邻居们和亲戚们
　会想到来祝福你，
而一个坚定的水瓶座，
欣然接受了一个
犹豫的双鱼座[3]的
　口头祝辞。

七年前，你在
我们舞台上的
成功亮相，温暖过

1. 诗题“Many Happy Returns”是在道贺生日时说的话，一般翻译为“年年有今日”、“祝君长寿”等，在此考虑到寿星是七岁儿童，且是诗歌标题，译成“生日贺词”。

2. 约翰·雷特格的父亲詹姆斯·雷特格是密歇根大学安娜堡分校的英语教授，奥登在安娜堡期间结识了雷特格夫妇，彼此成为朋友。此诗是为小约翰的七岁生日而写。

3. 奥登的生日是2月21日，非常靠近水瓶座的双鱼座。这里的形容词“犹豫”，一方面是因为奥登出生在星座交界时段，另一方面是因为奥登本人对占星学持怀疑态度。

　你母亲的心；
你已知道，你无法
侥幸摆脱幼稚行为
带来的惩罚，即便
　在你这个年龄。

因此我首先祝愿你
有一种戏剧感；唯有
那些热爱且了解幻想的人
　才能立万扬名：
否则我们只会在困惑中
虚掷我们的生命，
言行失据，亦不知
　我们的真实本性。

现在，你随时会
发出这样的感叹：
“哎，像所有人一样，
　我们都在演一出戏。”
约翰尼，你还将经受
人类独有的诱惑，
恰在你说出这句
　陈词滥调之时。

可以的话，就请牢记，
只有上帝才可以
更换演员或是让他们
　说些更容易的台词；
演出期间，本剧作者
出于关切而有意干涉
他人事务的行为
　不会被允许。

只因我们的骄傲
是一种无休止的罪，
而生日和艺术已被证明
　其合理性，当我们
有意识地装作拥有了
大地或扮演着众神，
我们由此也承认了
　自己只是凡人。

作为一个人类生灵，
约翰尼，你和我们一样，
时不时就会忘记
　自己的原先站位；
因此，让你的生日

成为一个狂欢时刻，
如同农神节或是
　上帝仆从的舞会。

我还要祝愿你什么？
依循旧例，我是否
应该祝愿你漂亮、
　多金又愉快？
或你提到的任何东西？
不会，因为我想起了
一句古老谚语——成功
　才招致最大的失败。

哪个跛足魔鬼，令我们的
头脑和心灵产生分歧，
以至于每当更年轻的一代
　起航扬帆，
那些饱经风霜的年长者
会否认他们的亲身经历，
还祈求神明带来吉祥的
　顺风和平静的海面？

我不会愚蠢至此，

自称拥有特异禀赋
能看清你在未来的
　诸般景象，
不过我仍愿作此猜测：
你不会像你的姐姐一般
觉得生活轻松容易，
　你永远不会那样。

若我这个推断还算准确，
你自会遇到你的麻烦，
既不会（像许多
　美国人那样）
因为俗常的痛苦
而感到羞愧，
也不会承受它们
　如英雄般宽宏大量。

未来不得不拒绝的
所有可能性，
会赋予一个真实人物
　以生命活力和温暖；
心智与魅力的根须
会汲取“悲伤”的秘密泉水，

每个出类拔萃的医生
　都藏匿了一个凶犯。

那么，既然所有的自我认识
都会诱使人类去嫉妒，
或许，经由熟练掌握
　怀特海称之为
“消极摄入”[1]的艺术，
你就可以去爱，无需
去渴求不属于你的
　一切累赘。

“道”[2]是一根钢索，
因此要保持你的平衡，
或许你，约翰尼，
　总会想出法子
将智力天赋与感觉兴趣、
将苏格拉底的怀疑

1. “消极摄入”是怀特海(1861—1947)创立的过程哲学的概念之一。他认为文化经由广泛传播对人的意识造成了潜移默化的影响，从人的主体接受角度而言，这个影响过程是一个消极摄入的过程。怀特海的思想跨越了数学、哲学、教育、宗教等诸多领域，他的直觉主义观念曾引发奥登的兴趣。

2. 奥登写作此诗时，正在阅读英国汉学家阿瑟·韦利翻译的《道德经》，英文版书名标题为《道及其力量》。因此，此处的“道”显然与中国的老庄哲学相关。

与苏格拉底的灵兆
　结合在一起。

这就是此时此刻
我所能想到的全部，
现在，我应该让
　这些诗句适时而收：
生日快乐，约翰尼，
生活不仅意味着收益，
为寻觅乐趣而旅行，
　跟着你的直觉走。

1942 年 2 月

人世与孩童[1]

（致阿尔伯特和安吉琳·史蒂文斯[2]）

踢着他的母亲，直到她释放他的灵魂，
这给了他一副好胃口：毫无疑问，
　她的角色，在这个"新秩序"里，
必须无偿供应、传送他的原料补给；
　若有任何不足短缺，
她就得负起责任；她也应允
要表现出与他年龄适配的种种关切。
　此刻决意安静，

一只握紧的拳头枕在脑后，脚跟贴着腿肚，
这骄傲的小恶魔打起了瞌睡，然而，
　一有机会就准备
跟外部世界较量，要么就极温柔地

1. 标题"Mundus et Infans"，原是英国一位无名作者写的道德教谕剧的剧名，据说出自十四或十五世纪的一首名为《人类生活的映照》的诗。奥登这首庆贺新生儿诞生的赠诗，追摹古希腊诗人品达为获胜的运动好手所写的颂诗，模仿了品达的机智笔法。
2. 阿尔伯特·史蒂文斯是密歇根大学安娜堡分校的英语教授，奥登与他们夫妇成了朋友。有趣的是，史蒂文斯夫人曾因自己的过敏症而担心自己无法再度怀孕，奥登自称与她作了一番沟通后，她就神奇地怀上了孩子。小孩出生后，史蒂文斯夫妇为新生儿取了个这个名字——威斯坦·奥登·史蒂文斯。

用肘部去推并不存在的东西，
不惜任何代价，定要夺取最高权力，
誓与那暴政抗争到底，而军队
已尽在其掌握。

一个泛神论者而非唯我论者，
他与庞大喧嚣的知觉状态的
宇宙保持着合作，并没有费心
把它们放在哪个特殊位置，只因
在他眼里，《甜姐儿》或《大象》[1] 此时
仍然毫无意义。他分辨“我”和“我们”
只根据它的味道；他的季节只分干与湿；
他只在张口动嘴时思忖。

尽管如此，他高调的罪过只有最伟大的
圣徒们——某些不撒谎的人——堪与一比：
他是因为无法中断活生生的
“现在”去思考，而他们
借由“过去”的回忆
已热忱地服从于时间。我们有我们老套的

1.《甜姐儿》是美国作曲家格什温写于1927年的音乐剧，好莱坞曾在1957年借用其歌曲翻拍成歌舞片，由奥黛丽·赫本主演。《大象》是法国作曲家圣桑的《动物狂欢节》组曲中的第五乐章。

镜像时期[1],得过且过地应付了事,
　无眠无休,无趣无乐。

我们爱着他,因为他的判断力是如此
不加掩饰地主观,而他的恶习
　不带有个人的苦痛。我们
从不敢把我们的虚弱无助当作一笔
　好交易,不会作出最低程度的
保证去战胜厄运,只会去指责
历史、银行或天气:可这个讨厌鬼
　却敢问心无愧地活着。

且让他赞颂我们的造物主,用他的最高音,
此外,还有他的通肠排便;让我们欢庆
　他带给我们的希望,只因
他也许永远不会变成个时髦明星
　或某个名人显要;
不管他会有多坏,他还没有失心发疯;
不管他现在如何,我们在他这年纪也没更糟;

---

1. "镜像时期"是法国精神分析学家拉康提出的一个重要概念,概指人类婴儿在6—18个月的一个时期。在此期间,婴儿常会冲着镜子中的自己发笑,拉康称之为"自身像快乐的攫取",婴儿的认知能力从被动阶段转变为主动阶段,自我由此发展形成。

　我们当然应该高兴，当他的哭声

那般地惊天动地。难道他没有合法权利
时时刻刻来提个醒？他提醒了我们彼此，
　期待一同上楼或散步兜风
是多么地理所应当，倘若我们
　必须为无可挽回的损失而哭喊，
我们仍可如此希望：正因为我们表面上看来
从未超越非此即彼或两者皆是，我们才永远
　学不会如何区分欲望和爱。

1942 年 8 月

少而简单[1]

无论什么时候想起你，
“意识”总令我大为惊奇，
它把你说成某某故人知己，
好似我曾得到你的垂青
对你而言别具重要性，
而我也没有患得又患失。

某个特定时分我们都惊骇不已，
“意识”坚称我们拥有“肉体”，
但如今，我对此已能善加思辨：
“肉体”对什么都安之若素，
它好像已习惯于麻木
忘了一切已时过境迁。

存留的事实如此之少，唯余
能回想起来的这些吉光片羽，

1. 1940 年秋，在经历了切斯特·卡尔曼情变的几个月后，奥登与他达成了共识，两人仍维持密友关系，但不再发生肉体关系。为此，奥登禁欲多年，直到二十世纪四十年代后期才时断时续地找新的伴侣。这段灵肉分离的恋情带给奥登很多痛苦，也带给他无数灵感。

无论“意识”如何抉择归类，
它们看着如此简单，足以
让最灵巧的爱审慎寻思，
当它试图逃离事实的包围。

1944 年 2 月

教训[1]

我做了第一个梦，我们正在逃难，
已跑得筋疲力尽；那儿爆发了内战，
山谷里到处是窃贼和受伤的熊。

农庄在我们身后燃烧；拐向右边，
我们很快来到了一处高屋大宅前，
大门洞开，正等着它失散多年的继承人。

一个老书记员坐在卧室楼梯上写写弄弄；
可当我们蹑手蹑脚地走过他身边时，
他抬起头，结结巴巴地说道——“走开。”

我们哭着，乞求可以留下来：
他擦着他的夹鼻眼镜，略作迟疑，
然后说不行，他没有权力给我们特许；
我们的生命混乱失序；我们必得离去。

· · ·

1.《教训》由三首格律相同的短诗和一首七行诗组成，描绘了诗人的三个梦境及梦醒后的感悟；这些梦毋宁说是奥登的自我诊断：切斯特·卡尔曼的不忠令他深刻体会到爱的艰难。

第二个梦在五月的树林里上演；
我们笑着；你蓝色的眼睛亲切真挚，
你极其坦率，一点也不高傲。

我们双唇靠近，渴望普遍的良善；
但是，刚一碰触，火焰和风瞬时
就带走了你，我又一次形影相吊，

对着开阔的荒凉平原定睛观瞧，
单调的景色，一片死寂，枯骨根根，
这里没有苦痛、没有恶行，也寸草不生。
坐在一张高椅上，孤身一人，
我这个渺小的主宰者暗自思忖，
为何我手中这冰冷硬实的东西
会是人的一只手，而它属于你。

· · ·

最后是这个梦：我们正要出席
一个盛大酒宴和颁奖舞会，
历经了某种比赛或危险的考验。

我们的坐垫用红色天鹅绒制成，因此
我们定已获胜；虽则所有桂冠各有所归，

我们得的却是金冠，其他人只能戴纸冠。

名人嘉宾个个漂亮、聪明、很有幽默感，
“爱”端起无价的玻璃杯朝“勇气”
粲然一笑，而礼花消耗了数百支
体现了我们后天养成的随意。
一支乐队开始演奏；绿草坪里
无数头戴纸冠的人开始翩翩起舞：
我们的金冠太重了；我们没跳舞。

· · ·

我醒了。你不在那里。可当我穿好衣服，
焦虑变成了羞愧，感觉所有三个梦
都意味着一种指责。每个梦，难道
不是以其各自的方式，试图让我知道
爱你的愿望已不存在可能？
不管是谁，若想去爱命定的那个人，
如我所想，都会推导出这个结论？

1942 年 10 月

健康场所[1]

他们很文雅——你永远不会考虑
用放大镜去检查他们的任何一份
合同，或将某人的信束之高阁——和气
而且还能干——要什么有什么的一类人。
与他们生活共处，你却常常会对
婚姻幸福者和不幸者的数目感到迷惑，
那么，这其中究竟出了什么问题？
他们参加了所有讨论战后问题的讲座，
因为真的在乎，真诚地想要提供帮助；
可是，当他们在晨报版面上关注着人世，
对其愚蠢和恐怖他们又理解了什么？
你能确信，他们从来不会心血来潮地
去折磨猫咪或在一个公众场所
跳脱衣舞？你也想知道，他们以前
是否很想看到一头独角兽，即便那是
一具尸骸？或许如此。但他们不会这么说，

1. 这首诗原本有个标题为《斯沃斯莫尔》。斯沃斯莫尔是一所艺术院校，奥登在1942年至1945年期间在该校任教，担任校剧团的顾问，指导学校文学刊物《凤凰》的出版。在给朋友的信中，奥登说斯沃斯莫尔学院的人“个个都很文雅，但不太活跃”。通观全诗，“健康场所”这个标题本身其实是暗讽和反义的，传递出的情绪基调并不愉悦。

共同默许下，无视我们对永恒生命的
渴望，那个被禁锢、被责难的疑问
偶尔会在海滨野餐或大学聚会上
露出点苗头，只有抽烟时说的荤段子
会为之辩护，真够讽刺的。

或于 1944 年 2 月

模特

通常，解读掌纹、笔迹或面相是一桩
　翻译活儿，既然多数情况下
　　谦谦君子都是
　勾引好手，皱着眉头的女生
　　对其挽留也欣然默认；
但这冷感淑女的身体恰恰表明了她的想法。

无需借助罗夏或比奈[1]，一个傻子
　都能看出她活力充沛的显见实情；
　　因为当一个人年届八十，
　哪怕极其微小的贪念
　　也会令他沉疴难返，
而些许绝望瞬间即会致命：

不管小镇是否曾把她捧上了天[2]，她是不是
　一个在教堂信众圈子里面

---

1. 罗夏是瑞士心理学家，1921 年他首次进行墨迹测验，标志着绘画作为心理评定的开端。比奈是法国心理学家，1905 年他进行了世界上第一个智力测验，并使用了测验工具比奈-西蒙量表，从此心理测验被公认为测量个体差异的有效工具。
2. 此处对应的原文为“drank bubbly out of her shoes”，字面意思是“愿用她的鞋来盛酒喝”，实际上是一句恭维话，常用来表示对女性的极度崇拜或爱慕。

名声很好的家庭教师，
她丈夫是否宠爱她或她是否没了儿子，
到这会儿都是一回事。
她经历了一切；她已宽恕；她已改变。

于是画家或可自娱自乐；给她添一个背景，
英国的公园、中国的稻田或贫民窟的棚屋；
让天空明亮些或加点暗影；
在她身后放块绿绒或一面红砖墙。
她会将它们全都安排妥当，
令目光聚焦于其中的基本人性因素。

或于 1942 秋

雅歌[1]

什么时候，我们才会明白这个显明的道理，
我们不应去选择那“爱的随意状态”？
可是，昨天被我们驱逐的老鼠，今天已
变成了愤怒的犀牛，我们的价值
比我们所知的更要岌岌可危：
在我们时代的周边地带，无理的抗议
正四处窥探；那些演说、那些战役、
那些人的嘴脸，如可疑的噪音和影子
正夜以继日地嘲笑着我们的意志；
每一天，各种门类的愤恨汇合于此
正赋予世间的蛮族以合法的身份，
而他们已统治了这个世界和它的愚人。

我们起源于世界，仰赖它才能生存，

1. 雅歌(Canzone)，一种意大利乐曲，也指中世纪意大利或法国普罗旺斯的抒情诗，也有译成“合组歌”或“坎佐尼”(音译)的；它的结构并不固定，常由五个或七个诗节组成，每个诗节七至二十行，最后以一个较短诗节(咏叹或献诗)收尾，适宜配以音乐。这个诗体在十三、十四世纪的意大利诗人中间颇为流行，其后意大利诗人但丁、彼特拉克、塔索、英国诗人斯宾塞都曾写过，但丁还认为这是一种最有价值的诗歌形式。奥登这首诗作直接采用了但丁《新生》里的几首合组歌的形式规范，每行诗的尾韵固定于“day”、“love”、“know”、“will”和“world”这五个词(或音节)，展现了复杂而回旋的乐律。

我们日日与之共处，也深受其苦：
不管是在可靠测量过的宏伟世界遭逢，
还是在天鹅和黄金的梦幻世界里相遇，
我们必须去爱所有无家可归的事物，
只因它们也需要一个世界来容身。
我们拥有自身躯体和世界的断言
开启了我们的祸端。我们的认知为何
仅限于恐慌和任性？我们又为何
只知道让可怕的欲望去苛求世界，
直到它的秩序、起源和目的
能顺利地满足我们的意志？

秋日悄然而至；万物失色，你那里亦会如此：
秃顶的忧郁症病人迈着碎步，踯躅于世界。
悔恨、冰冷的海洋、迟钝的意志
一同陷入回忆，思考着意志的权利：
此时恶犬们将它们垂死的白昼变作了
暴怒的酒神[1]；即便它们一直吠叫不止，

1. 酒神狄奥尼索斯（罗马人称之为巴克斯）是古希腊信奉的神祇，据亚里士多德在《诗学》中的记载，每年春季葡萄藤长出新叶或秋季葡萄成熟时，希腊人都要举行盛大庆典来祭祀狄奥尼索斯，悲剧和喜剧即起源于祭祀仪式中的庆典表演。狄奥尼索斯因布施欢乐与慈爱而很有感召力，但他和他的信徒们也非常吵闹无序，极度狂乱时甚至会使用残忍的暴力，比如不信酒神的忒拜城国王彭透斯就曾遭受了酒神的残酷惩罚，而才华横溢的音乐家俄耳甫斯也被酒神的信徒们残忍地杀害。

它们的牙齿对意志而言也并非胜利，只是
某种绝对的犹豫。我们之所以爱着自己，
正是为了让我们获得不爱的能力，
可以畏缩不动或是随意发脾气，
可以毁掉和记住我们所知之事，
而废墟和鬣狗对此无法了知。

此刻置身于这黑暗，我并不熟悉
那座旋转楼梯，在那儿不安的意志
正找寻它被偷走的行李，亲爱的，
它比你更了解我的处境，我怎会知道
什么东西能确保任一世界的安全，
或在谁的镜子里，我能够逐渐认识
内心的混乱，如商人了解他们的钱币
和城市，如天才人物了解他的时代？
只因我们整天都在穿梭忙碌，
就自身而言，我被迫要去掂量辨识：
出于爱，有多少事必须把它们忘怀，
又有多少事必得原谅，即便是爱。

珍贵的肉体和才智，珍贵的心灵和爱，
那些隐匿在自我深处的盲目怪物
感知到你的存在已然愤怒，它们惧怕爱，

它们所寻求的自身形象不仅仅是爱；
我的意志如暴跳的马群一声长嘶，
不期然间已嗅到了天堂的气息：爱
不会让邪恶以爱的名义去为非作歹，
不会让你、让我、让军队、让车轮和言辞
的世界、让任何别的世界去施行不义。
亲爱的同胞们，请赞美我们的上帝之爱，
我们已被告诫，若没有觉悟的意图，
我们的时代必定一片荒芜。

否则我们就只能造出一个时代的稻草人，
我们的日常世界将日益琐碎和混乱，
我们的自由意志也会变得废话连篇；
而我们多变的凡躯也永远不会有此认知：
但凡爱可能存在的地方，也必会有悲哀。

1942 年 9 月

赞美诗[1]

让我们赞美造物主，热忱地将他颂扬。
让天地万物散发出另一种甜蜜，
愉悦我们的嗅觉，一种新奇的芬芳
自这些净化仪式中[2]汇聚一体
如情感的织物，焕然一新、完整无缺，
现象和数字用一首众声合唱的
普世颂歌，宣告了它们
对感恩和欢乐的美妙假定，
它们的纯粹真理，平和而多元，
代表了可信的“此世”和安全的“现在”，
此时在爱和欢笑声里，万物各得其所，
只因团聚在他的福音、认知与力量、
体系与秩序下，是唯一的荣耀之事，
而模式复杂多样，它们可安然无忧。

或于 1944 年

1. 这是奥登为圣马太日(基督教节日，每年 9 月 21 日)撰写的赞美诗。
2. 基督教举行特定的仪式以救赎人的灵魂，此过程也被视为道德的净化。

罗马的衰亡[1]

（致西里尔·康诺利[2]）

浊浪拍击着码头；一处
荒地里，雨水抽打着
一辆废弃的辎车[3]；
山洞里挤满了亡命徒[4]。

晚礼服变得怪诞可笑；
国库官员们追捕着
潜逃途中的欠税者，
经由行省城镇的下水道。

那些秘密的巫术仪式

---

1. 这首诗最初发表在《地平线》上，诗题有译为《罗马的秋天》，杨周翰先生译为《罗马的倾覆》，从诗歌内文主旨来看，显然后一种译法比较妥当。

2. 西里尔·康诺利（1903—1974），英国作家和文学批评家，1940 年至 1949 年期间担任伦敦文学杂志《地平线》的编辑。

3. 此处的原文“train”不应该是现代意义上的列车，而是古早时期的军事用语，类似于行军打仗时的辎重。

4. 这里的亡命徒影射了早期基督徒在古罗马帝国受迫害的历史，有学者指出，可能与早期基督教历史上的一个灵异山洞传说有关：相传在公元 250 年，古罗马帝国残酷迫害基督徒，有七位拒绝放弃信仰的少年将财产全部捐给穷人后，到皮昂山一处洞穴里祷告，结果被当时的罗马皇帝下令密封在洞内；公元 450 年，人们打开山洞后发现，七人仍在安睡，被唤醒后，七人以为自己只睡了一天。

令神庙妓女昏昏入睡；
而所有的文人，都会
保留一个假想的知己。

性情孤僻的加图们[1]或会
赞颂古代的纪律规范，
可肌肉发达的水兵们哗变
却只是为了食物和薪水。

恺撒的双人床如此温暖
此时一个无足轻重的书记官
在粉色的官方表格上面
写下“我对工作兴趣寡淡”。

没有被赐予财富或怜悯
红腿的小鸟[2]守护着布满
斑点的鸟蛋，定睛俯看
每一座流感侵袭的城市。

---

1. “加图”的原文为复数“Catos”，应该是指罗马共和国时期的政治家大加图及其曾孙小加图，当然也可以包括为这个家族的其他成员，他们试图恢复罗马人的淳朴生活。
2. “红腿的小鸟”这个意象来自刘易斯·卡洛尔的小说《色尔维和布罗诺续集》中的谣曲，奥登曾将它收入《牛津轻体诗选》。

远方某处，大群的驯鹿
正在穿越金色的苔藓地，
它们急行一里又一里，
安静又极其迅速。[1]

1947 年 1 月

1. 结尾处出现的驯鹿极富象征意味。奥登曾对朋友说，驯鹿迁移是“北方部族的迁移模式”。至此我们可以联想到诗文背后的隐喻：北方部族（尤指日耳曼民族）的入侵或此起彼伏的叛乱，罗马（亦指代广义的西方文明）已岌岌可危。

童谣[1]

他们博学的国王弯腰和青蛙唠家常；
在“泥塘之战”爆发前一直是这样。
钥匙能开门，也会生锈。

他们快乐的国王在炉子上做太妃糖；
在一块块面包坏掉前一直是这样。
乌鸦飞来的时候，知更鸟不见了。

那是过去的事，马车还没来到泥塘前；
现在，灯蛾毛虫紧随在斑点狗后面。
巫婆能用烂泥捏出一个食人魔。

那是过去的事，象鼻虫还没把面包吃光；
现在，瞎眼熊闯入了柑橘园的林场。
巫婆能用烂泥捏出一个食人魔。

---

1. 美国诗人西奥多·斯宾塞曾寄给奥登一首葡萄牙中世纪的抒情诗，其诗体名唤“cantiga”，每节诗三行，每行诗的尾字交替押韵。奥登受到启发创作了这首诗，押韵的尾字分别为“frogs”、“bogs”、“dogs”、“stoves”、“loaves”、“groves”、“rusts”、“come”、“mud”。这首诗的意涵有些难以捉摸，但白日梦般的“过去”与噩梦般的“现在”所构成的鲜明对比，似乎透露了奥登的某种文明末世观念。

灯蛾毛虫已经把狗一条条吃光啃完；
溺死的青蛙塞满了我们的牛奶碗。
乌鸦飞来的时候，知更鸟不见了。

瞎眼熊已将果树连根拔起一举扫荡；
我们煮沸的毒牛奶溢在了炉子上。
钥匙能开门，也会生锈。

1947 年 1 月

在施拉夫餐厅[1]

吃完了“蓝盘特餐”[2]，
到了餐后咖啡一幕，
她坐着，搅着杯子，
一个看不出实际年龄、
不怎么起眼的人物
戴着顶普普通通的帽子。

当她抬起眼眸，很明显：
我们这个星球的骚动，
我们的国际性溃败，
罪恶与组织机构，
或死去的无数民众，
都不会对她构成妨碍。

七重天堂[3]的哪一层

---

1. 施拉夫餐厅(Schrafft's)是美国一家连锁餐厅，曾在纽约和波士顿有数十家分店，自从1978年被其他公司收购以后，它的消失成为美国东北部人的回忆。
2. 蓝盘特餐是美国餐馆推出的每日特价套餐，蓝盘是个分成四格的餐盘，通常配有一道肉主食、三份蔬菜色拉和餐后咖啡。作为一种促销手段，蓝盘特餐在二十世纪二十年代至五十年代期间的美国餐馆很流行。
3. 犹太教、基督教和伊斯兰教都认为宇宙是由七重天堂构成。

须对此负责？她的微笑不是
很确定，但证实了一件事：
无论它是哪一位，一个
值得为之偶尔屈膝的上帝
已暂时住下得以歇息。

1947 年 7 月

何方竖琴下[1]

一首与时代背道而驰的短诗

(斐陶斐荣誉学会[2]年度诗歌,哈佛,1946年)

阿瑞斯[3]终于已退场,
绵绵淫雨褪去了灌木丛上
　　的斑斑血迹,
受创的城镇尚在复原中
与夏日的簇簇花丛
　　混杂在了一起。

---

1. 1946年6月3日,奥登应哈佛大学之邀,在该校的优等生毕业典礼上朗诵了这首专门创作的诗歌。在这首诗中,赫耳墨斯和阿波罗代表了两种精神特质。在奥登看来,这两种精神特质在二战中为对抗共同的敌人而暂时携手结盟,而在战后很快就恢复了原先的对峙。为了捍卫个人的独立精神,奥登呼吁人们(尤其是当时的哈佛青年学子们)尊重个人的主观性,避免被无孔不入的客观性所控制。

2. 斐陶斐荣誉学会(Phi Beta Kappa)由威廉及玛丽学院创立于1776年12月5日,是全美第一个以希腊文字为名的学会,成员都是成绩优异者。该学会的名称以"philosophia biou kubernetes"这句希腊文里每个字的字首组成,意思是"哲学,生命的指引"。现今全美已有276所大专院校被授权成立了分会。奥登在1943年就受邀到斯沃斯莫尔学院的斐陶斐荣誉学会晚会上作了题为《使命与社会》的演讲,并多次为该团体举办文学讲座,包括有关莎士比亚的系列演讲。此外,1921年5月25日,我国天津北洋大学美籍教授爱乐斯(J. H. Ehlers)亦联络国内各大学发起成立类似组织,后定名为斐陶斐,即希腊艾字母Phi、Tau、Phi之译音,用以代表哲学、工学、理学(Philosophia,Technologia,Physiologia)三种学术,寓意虽然稍有不同,但中文译名可通用。

3. 阿瑞斯是宙斯与赫拉的儿子,希腊奥林匹斯十二主神中的战神,象征了力量与权力。他形象俊美,却嗜杀好斗,十分喜欢打仗和战争。

在学院操场上扎下了营
退役军人们已在受训
　　如一群新兵刚刚入伍；
教师们语带挖苦嘲讽
要带领厌战的年轻人
　　完成那些基础课目。

周遭尽是眼花缭乱的仪器，
为求掌握艺术与科学原理
　　他们漫步或奔忙，
而促使他们决意杀戮的勇气
已被多恩更为粗粝的诗[1]
　　折磨得够呛。

教授们从秘密任务中返身
重新投入他们的正经学问，

---

1. 约翰·多恩(1572—1631)，英国著名的玄学派诗人，他的诗歌节奏有力，语言生动，想象奇特而大胆，惯常使用"奇喻"(conceit)。他以及他开创的玄学派在十八、十九世纪遭到冷落，到了二十世纪，现代派诗人叶芝、艾略特等人对之颇多推崇，而在上世纪的 1912 年，赫伯特·格瑞厄森编辑出版了权威性的《约翰·多恩诗集》，艾略特特意为该诗集写了著名的评论《玄学诗人》，一时间多恩诗名大彰。奥登惯常使用的机智讽喻手法，自也受到多恩的不小影响，从他那里汲取了不少养分。俄罗斯诗人布罗茨基在谈到奥登时就曾说过，奥登是玄学派的亲骨肉。事实上，若仔细比较两人的作品，甚至可以说多恩是奥登创作中的一个秘密源泉。布罗茨基自己也为多恩写下了名篇《挽约翰·多恩》，为此曾受到奥登激赏；他们三人之间，似乎形成了一道跨越时空阻隔的风格连线。

　　却感到有些惋惜；
他们常爱摆弄轻便录音机，
还碰见过若干大人物，因此
　　时时会让你们牢记。

但宙斯神秘莫测的律令
容许了意见分歧的热情
　　到处蔓延，
规定了歌舞杂耍必须说教
而毕业典礼上的演讲也要
　　变成一场争辩。

让阿瑞斯打会盹，在那些一直
信奉早熟的赫耳墨斯[1]的人士
　　和那些不加疑虑地
服从自负的阿波罗[2]的人们
之间，又一场战争
　　马上要宣布开始。

1. 赫耳墨斯是宙斯与女神迈亚所生的儿子，在奥林匹斯山担任宙斯和诸神的使者，还是畜牧、行路者和窃贼的守护神。在这首诗里，赫耳墨斯代表着主观性、才思敏捷和富有创造性的一方。
2. 阿波罗是宙斯与黑暗女神勒托的儿子，他是音乐家、诗人和射手的保护神，亦是光明之神、真理之神和预言之神。在这首诗里，阿波罗代表着客观性、官方立场和追求欲望满足的贪婪本能。

野蛮一如所有的奥林匹克竞技，
即便微笑着且冠以基督徒的名义
　　来对抗，还少了些戏剧性，
这世俗神祇间的矛盾倾轧
同样的卑劣无耻，而且更加
　　狂热盲信。

天神们最高兴去做的事
就是中土[1]世界的生与死；
　　所有年龄段和
体质类型的人，永远都被
他们古老的抵触心理所支配，
　　那些自以为是者

面对着未来最为隐秘的暗示，
要么呵呵傻笑，要么深度斜视，
　　人壮实得像柯尔蒂斯[2]，
还有如我一般脸色煞白的人，
当我们扯起破烂的帆篷
　　年近发福的四十。

---

1. "中土"对应的原文为"middle earth"，意指梦幻般的乐土。
2. 柯尔蒂斯是十六世纪的西班牙征服者，他击败了阿兹特克人，侵占了墨西哥。

赫耳墨斯的后代喜欢玩乐，
只有逢到别人严词苛责
　　才会尽力尽心；
阿波罗的孩子们从不畏惧
无趣的活计，但不得不去
　　考虑工作的重要性。

两者互为对立面，
我们之间要达成妥协完全
　　没有可能；
彼此或会尊重但与友谊了无关涉：
小丑福斯塔夫永远会与装腔作势的
　　哈尔王子对峙抗衡。[1]

若能把自我丢在脑后，
阿波罗就乐于接受
　　王位、权杖[2]和猎鹰；
他很喜欢统治，一仍旧贯；

---

1. 福斯塔夫是莎翁戏剧《亨利四世》中的喜剧人物，是一个肥胖、机智、乐观和爱吹牛的没落骑士。他贪杯好酒，纵情声色，虽是军人却缺少骑士的荣誉观念和勇气。哈尔王子即未来的亨利五世，他同福斯塔夫一开始交往甚深，后来断绝了联系。
2. “权杖”对应的原文是“Fasces”，又译为“束棒”，是古罗马时代执政官出巡时所执的仪仗，一捆扎起的棍棒中间夹着一柄刃口向前的斧头，象征着权力。这个图腾后来成为意大利法西斯党的标志，而法西斯一词也从这个词衍生而来。

这尘世很快会变成巴尔干[1]，
　　倘若让赫耳墨斯付诸于行。

妒忌着我们的梦之神祇[2]，
他的常识暗中施展诡计
　　意欲操纵人心；
没有能力发明竖琴[3]，
就用模拟出来的热情
　　创造官方艺术品。

当他到某个学院去任职，
有用的知识就替换了真理；
　　在他所教的课程里，
他对商业思想、公共关系、
卫生学和体育都会予以
　　特别的注意。

活跃、外向、性情粗蛮，

1. 巴尔干位于欧亚两洲的接壤处，这里民族成分复杂，宗教多样，自古以来就是各大国觊觎的对象，百年来更是战争频发。
2. 赫耳墨斯拥有使人睡眠、做梦的魔力，因此也常被认为是梦之神。
3. 竖琴(Lyre)是古希腊的里拉琴，又名七弦竖琴。相传赫耳墨斯将神牛的肠胃在龟壳上抻开制成了竖琴，他将琴赠给了阿波罗，阿波罗又把琴赠给了他的儿子奥尔甫斯。

对他来说，一个人单干
　　很让人讨厌，
目的地是一个拥挤的乐土：
他的盾牌就带有这个图符：
　　健康的头脑心怀邪念[1]。

我们必须承认，到今天
他的分支机构已左右逢源，
　　从耶鲁到普林斯顿
每个地方都飘扬着他的旗帜，
从百老汇到书评，到处都是
　　他的重大新闻。

他的电台整天如荷马般絮叨，
播放着过于惠特曼化的歌谣
　　却完全不合韵律，[2]
从开篇到结尾形容词乱蹦，
吹捧着甜甜圈[3]，对普通人

1. 这行诗对应的原文为"Mens sana Qui mal y pense"，由拉丁文和古法语的两条谚语组合而成。拉丁文"mens sana"意为健康的心灵或头脑，出自"健康的心灵寓于健康的身体"(Mens sana in corpore sano.)这条谚语；法语"Qui mal y pense"意为心怀邪念者，出自谚语"心怀邪念者必蒙羞耻"(Honi soit Qui mal y pense)。
2. 在英文原文中，奥登将荷马和惠特曼两个诗人的人名动词化，讽喻了那些拙劣模仿者。
3. 即炸面包圈。

　　也不吝赞誉。

他的抒情诗也都是平庸玩意，
咏叹着体育、春天、爱的婚礼、
　　狗犬或抹布，
它们由某个法院诗人杜撰
专用于冗长的朗诵，以便
　　实施拖延战术。

那些颁奖演说、那些改编自
民谣的赋格变奏曲也可以
　　往上追溯到他，
当营养学家们不惜亏本
卖出一杯李子汁或一份
　　美味的药草色拉。

效法于他，将绝妙的性与某种
不属任何宗派的宗教内容
　　混合搅拌，
女学生的无数小说作品
倾泻到我们毫无防备的头顶
　　直令我们的牙齿打颤。

在我们的战线后面，他的
存在主义拥趸们身上穿着
　　冒牌的赫耳墨斯式制服[1]
接连不停地成群空降，
他们宣称自己已彻底绝望，
　　但写作不会止步。

没关系；他必须受到挑战；
纯洁的阿佛洛狄忒站在我们这边：
　　即便他威胁要整治我们，
已变得愈加凶险，又有什么关系？
宙斯也会乐意，而要将他打败还是
　　得靠我们这些无心政治的人。

孤单的学者们趴到墙上
躲在学术期刊里放着冷枪，
　　我们的事实负责后防，
我们的智力如海军陆战队员
纷纷在小杂志登陆靠岸，
　　已掌握了潮流走向。

1. “赫耳墨斯式制服”对应的原文为“Hermetic uniforms”，鉴于“Hermetic”的首字母大写，我们可以将之理解为“赫耳墨斯”(Hermes)的形容词化。

夜间，我们的学生地下组织
在鸡尾酒会上贴着耳朵根子
　　相互传话，
公众眼里的肥佬们翌日早晨
就会精神崩溃，被机智的嘲讽
　　伏击敲打。

我们的斗志决定了我们的力量，
如此，我们或会目睹这般景象：
　　阿波罗的败军如同浓雾
终会渐渐地消散殒灭，
请谨守这**赫耳墨斯十诫**，
　　它将如下所述：——

汝不应取悦逢迎系主任，
不应去写你的博士论文
　　研讨什么教育问题，
汝不应崇拜种种计划项目，
汝或汝等也不应向政府
　　卑躬又屈膝。

汝不应去做调查问卷
或是时事知识小测验，

亦不应乖乖顺从
接受任何考试；汝不应
与统计学家为伍，亦不应
对社会科学热衷。

汝不应与广告行业的伙计
好言好语、礼貌客气，
亦不应与此等人物攀谈
若他们读《圣经》只为欣赏它的行文，
尤为重要的是，不应与有洁癖的人
造爱求欢。

汝不应掂量着荷包厚度来过日子，
亦不应将开水和生菜当作主食，
若必须在诸多可能性中挑选，
就选那与众不同的生活方式；
读读《纽约客》，信赖上帝，
万事且先顾好眼前。

1946 年

论音乐的国际性[1]

（斐陶斐荣誉学会年度诗歌，哥伦比亚，1947 年）

很久以来，管弦乐队一直在说
这种通用语言，希腊人和野蛮人
全都熟练掌握了它谜一般的
语法，结果表明一切安好如常[2]。
但谁是高尚者？何谓悦耳？
声音又是什么？地球的大部分
都朴素无华，她的各个温度带
挤满了强盗和警察；病菌围困了
筑有城墙的城镇，而在活人里面
被俘者的人数多过了逃亡者。
这些死寂地带寒冷黑暗至极，

1. 关于这首诗有一则趣闻。奥登在 1947 年 5 月 23 日才听说自己受邀在 6 月 2 日给斐陶斐荣誉学会朗诵年度诗作。他对朋友说："我虽然生气，但专业上的骄傲让我不容拒绝，否则的话，他们会认为我在一周内写不出一首诗歌。我像水獭般忙碌了起来。"于是奥登在短时间内创作了这首诗。诗中出现了很多生僻词，比如"mornes"（small hills/低丘）、"motted mammelons"（wooded hummocks/林岗）等。按照富勒先生的说法，一是因为奥登故意为之，以此证明自己的创作实力，二是因为奥登与《牛津英语词典》（OED）的密切联系（奥登对这套词典的增补版做了很多贡献），奥登喜欢阅读词典，经常从中摘录生僻词，这次便一股脑儿地用上了。
2. 奥登多次表明，音乐带给人们美好的精神性愉悦，却匮乏批判的力量。

刺眼的瘢痕标示了战争的

　毁灭性时段，置身其间，不难猜出

如此激越的呼叫声释放了怎样的梦境：

　非美国裔的劫后余生者聆听着

天使之音，一边和他的妻子喝着果汁

　或正以一种公开的不可取的姿态

赚着钱。但我们该抱何种希望，

　只因具备一种自我夸饰的正确性，

这些无缘无故的声响，如同水和火焰[1]

　就能庇佑共和政体？它们能让

我们看到心中的低丘和林冈，能让

　一个上班族看到期望中的

湍急溪流和潺潺泉水？当某个

　风雅人士屈尊求爱，每一条

荫凉小道都会响起悦耳的起哄声，

　却从未发生任何可怕之事？

或许如此。作为亚当的子孙，

　我们很容易自设圈套，

依旧对纯粹幻想充满渴望，就像早先

　无忧无虑的异教对着自残伤口上

---

1. 在基督教象征体系中，水和火焰这两个自然元素非常重要。水代表灵魂的纯洁和净化，火焰代表基督的指引，因而在基督教洗礼仪式中，圣水和蜡烛就成为必不可少的象征物。

凸起的伤疤浅吟低唱时那样，
　而我们认为激动人心或感人的东西
对我们语焉不详，令我们很是困惑。
　如萧伯纳所言——“音乐是被诅咒者的
白兰地”[1]。某类开明的暴君
　从善良的前辈音乐大师们那里
学会了如何用发自肺腑的咏叹
　去软化法律意识；往侏儒耳朵里
灌些强调音符，侏儒就自以为
　是个巨人；管弦乐队的隐喻
几乎蒙骗了所有的被压迫者
　——凡夫俗子如一支呜呜响的长号，
会勇敢地走向他小音阶的坟墓——
　以至于到如今，仅凭发型和那双
乐队指挥般的手你就能认出谁是
　马基雅维利。而发号施令的
埃洛希姆[2]也在这里，正透过喧嚣
　对我们提出要求。施行宽恕
并不是那么容易，因为这只是在试探；

1. 出自萧伯纳的《人与超人》(1903)第三章“爱尔兰戏剧家和社会主义者”——“地狱里挤满了音乐爱好者：音乐是被诅咒者的白兰地。”

2. “埃洛希姆”的直接含义为“神”，古代闪族人和犹太教用来指称上帝，《圣经》中也时有出现。

很多时间会白白浪费，很多
充满希望的时代以失败告终，
而我们会再次犯错：且让我们
倾听那歌声，它似已包容了这一切，
只因这些美好的构造仍有用处
当它们渐次呈现——但不要把它们
与任何真正重要的事情混同，
譬如碰到个讨厌鬼，要给流浪动物喂食，
而遇见个丑八怪，外表要装作很愉快；
没有什么理所应得，理智的灵魂
猛不丁沾上天大喜事的时候
也会倍感欣慰；此外，有一个可能性，
总有一天我们会非常需要
对幸福往日的回忆——这样的一个
未来，将意味着流亡的结束，
不用去拜谒墓地，也不用缝补破袜子，
另一个可能性是呼吸已然急促
却还要继续撑着，延缓死亡的到来——
听！即便是晚宴圆舞曲，
就其正式用途而言，也是抨击
国际性谬误的一种呼吁，那么迅速、
那么彻底地解救了患病的人，

我们成熟的个性[1]可悲而脏污
呈现了一个满腔怒火的地狱。

1947 年 5 月

1. 对应的原文为“Prosopon”，现在多译为生物学意义上的“成虫”，但在它的希腊语源里原意为“脸”、“面容”或“外貌”。在古希腊戏剧中，也指演员为表现人物情感和性格所戴的面具，这个词语在四至七世纪的希腊基督教和诺斯替教的神学论述中也经常使用，衍生出类似“个体的自我表现”等其他含义；结合上下文，再追寻奥登的思想发展脉络，这里译为“个性”应是较为准确的选择。

二重奏

　　整个冬天，极度悲伤的女士
在她安乐窝里用歌声表露着心迹：

　　爱处于谵妄状态，已奄奄一息，
他的狂野呼叫震动了周遭四邻。
　　而在屋后，穿过横亘在他的
荒野与她的花圃中间的薄雾，
　　整个冬天，一个矮小的乞丐
装着只玻璃眼、拖着条胡桃木腿，
　　微醺半醉地走过多石的
深谷，爬上死火山的山口，
　　拒绝了她可悲的痛苦，
表明了对冷冽空气的由衷喜爱，
　　他摇着手风琴，弹奏起《兰特鲁》、
《我的爱人》、《我的五月初》。[1]

　　歌声渐高昂，当夜晚的满月
在清冷辉光中开始了它的冥想旅程，

---

1. 应指手风琴演奏的音乐作品。《兰特鲁》是法国十六世纪的歌曲，《我的五月初》或是指肖斯塔科维奇的第三交响曲（是这首作品的标题）。《我的爱人》出处不明。

  应和着黑色大钢琴的低沉和弦
她唱出了人类对她的草地和
  果园的失望：蔓延的疼痛
渐渐冷却了追名逐利者
  那难以遏制的热情，时间令
祖先的朽败塔楼突然倾塌，
  它精雕细琢的飞檐掉进了
底下的猪圈，橡树林已枝枯叶黄，
  水手的可爱小蝇虫已被
大海一口吞没。然而，无论是迷狂的
  黑夜，还是她突发的一阵感伤，
那个衣衫褴褛的逃亡者都隐忍不言，
  因为他还要奏出刺耳[1]的音乐，在醉酒的
快乐中，还要渡过遍布滑石的湖泊
  去赞美那些山岩、火山口
与水边绿荫下的惬意休憩，
  他满口胡言，回应着她的满腹牢骚：
窗户已打开，狡黠的笨伯肥佬
  已把一瓶上等好酒喝光饮尽；
轻工业在树林里正忙碌不停

1. “刺耳”对应的原文是“scrannel”，弥尔顿在挽歌《利西达斯》中曾用这个词来形容那些蹩脚的歌曲。

　而蓝鸟[1]保佑我们避开了篱笆围栏：
我们知道何时何地可以找到我们的朋友。

1947年

1. 在英语里，“bluebird”指生活在北美洲的蓝色知更鸟，“blue bird”则没有明确解释；或也另有所指（美国有一家名为“蓝鸟”的校车巴士制造公司），联系上下文，很可能是指涂成黄色的校车巴士。

欢乐岛[1]

存在于我们人类周边的环境
　确实非常古老、庞大，
也很令人生畏；大海对我们
　视若无睹，仿佛不屑于
让这里的人溺死，而眼睛，整个夏天
　何其忧郁，定会看到
碧空下挤作一堆的小木屋、
　码头、阳光直射的沙滩上
那些裸裎相见的场面
　和即兴的放纵。
在这数英里长的令人目眩的所在，
　要发出抗议的叫喊声
或是寻求保护，再补上几滴
　偶尔才流出的眼泪，
不管有多真诚，都会相当愚蠢，
　这里没有小山丘可以让
满怀希望者去攀登，也没有一棵树
　可以让绝望者坐下消磨时日；

1. 据富勒先生考证，奥登这首诗与美国纽约州的切里格罗夫有关。切里格罗夫是个滨海村庄，位于火烧岛(Fire Island)上，紧邻长岛，是度假胜地。

海岸的面目如此模糊，教堂
　和日常生活与之相去甚远，
它们止步于此，从来不想、也不敢
　跨过边界介入干涉，
这个边远角落一点也不邪恶
　但会变得可悲或病态，
只有某种不友善的东西在发挥作用。
　有时，一个游客
带着笔记本来到此地，
　意欲写出不朽的篇章
与这里宁静的虚空结为友伴，
　但他第一天“啪嗒啪嗒”的
性急落笔声，第二天就突然变成了
　间歇性的小鸡啄米，
而第三天热情已逝；翌日，我们发现
　他手捧着一本书
正在海滩上琢磨寻思，然而
　催人瞌睡的下午
却与韵律、理性和室内乐格格不入，
　明晃晃的太阳
并不需要印刷机、方向盘和电灯，
　而海浪拒绝表示
同情：他很快就放弃，不再驻足思考，

　像我们一样放下了书，
肚皮朝上地躺着四下观望，
　当胸部、臀部、胯部
或其他神圣纪念品耀武扬威地走过，
　他虽然很喜欢
却不想亲近其灵魂；然后，站起身，
　全身心投入了
大海湿漉漉的怀抱，对某些粗野叫唤的
　人群也不再顾忌，而这些家伙
会酩酊大醉直到秋天来临。潮水涨涨
　又落落，我们家里的冰块
在暗头里化于无形，我们的友谊
　也准备度一个周末，
它们可能都不会长久：只因
　我们那温情有趣的海滨
事实上知晓垂死的一切，事实上
　在我们这里，也就是这个
叫做脑壳的部位，里面会长出
　自我惩罚的玫瑰。
正是日落时分，酒吧里挤满了
　希望寻求理解的
热情生命，而某个孱弱的灵魂
　蹒跚着走下了海滩，

无所事事地踢着浮木和死贝壳，
　打着福音派教徒的手势
一个劲地在自我辩解，
　因为他的测试已失败：
月亮已高悬，可是在破晓前，
　毫无预兆地，
那位可爱的女士、派对中的活跃分子
　会在悚然一惊中醒来，且确信
不管是什么——哦上帝！——那命定遭遇的
　一切很快就会开始，
或许，在大海和我那催眠般的喧响
　之外，她会听见一个声音
前来索取她的钱财和性命，
　如人们讨要时间或额外小费。

1948 年

晚间漫步

一个晴朗无云的夜晚
如今夜，可让灵魂飞升：
当困乏的一天过去，
钟表的奇观令人赞叹，
别有一种稍嫌沉闷
的十八世纪的意趣。

这足以让青春期大感宽慰
当遭逢如此无耻的瞪视；
我做过的事情，应该不会
如他们所言那么令人心惧，
若那儿的情形依旧如此，
定有人受了惊吓已死去。

眼下还没准备迎接死亡，
却已经到了一个阶段
开始对年轻人感到愤怒，
我很高兴空中那点点辉光[1]

1. “点点辉光”指天穹视野中的星辰。

同样也可以归类于
中年期的产物。

惬意地联翩浮想，
把夜晚当作了一间养老院
而非安放完美机器的棚子，
前寒武纪[1]的红色光芒
如罗马帝国或十七岁那年
的我，已黯然消逝。

但不管我们多么喜爱
古典作家们克己寡欲
的写作方式，
人只有年轻又富裕，
才会有胆量或底气
去做出悲天悯人[2]的姿态。

因为“现在”如“过去”一般

1. 前寒武纪也称“前古生代”，地球古生代第一个纪——寒武纪(距今约六亿年)——之前的地质时代。那时火山活动强烈而频繁，天空呈现红色。
2. “悲天悯人”对应的原文“lacrimae rerum”为拉丁文，意为“悲悯万物之泪”或“感怀生命之泪”，典出古罗马诗人维吉尔的《埃涅阿斯纪》第一部第462行，史诗中埃涅阿斯凝视着在古迦太基寺庙发现的一幅描绘特洛伊战争的壁画，因感念战争的徒劳和生命的无常而流下了眼泪。后人多将埃涅阿斯流泪这个举动理解为对世间苦难和脆弱生命的悲悯。

已远走他方，当遭遇不公
的人们因无人理睬而呜咽，
真理绝不会再被遮蔽；
有些人选择了他们的苦痛，
没必要发生的事已成事实。

恰在今晚，一切已然显明，
并不依据什么成规旧例，
某个事件或许已经掷出了
第一个小小的“否定”，
正质疑我们接手管理
后洪荒世界的法律权利：

而头顶熠熠燃烧的群星
对于最终结局一无所知，
当我走回家正待就寝，
不由自问何种裁决判定
正等着我个人、我的朋友以及
这些联合起来的州郡[1]。

1948 年 8 月

1. “联合起来的州郡”指美国各联邦州，而非直指“美国”，因为前面有“these”作为冠词。

第六部分

1948年—1957年

W.H.AUDEN：COLLECTED POEMS

Part Ⅵ

中转航站[1]

经许可走出，来到了两种恐惧交织的地带，
　一个由作战参谋和工程师共同选定的地点，
周遭一片湿地，面朝着从未受到恺撒们或
　笛卡儿式怀疑[2]侵扰的凶暴海洋；我站着，
面色苍白，半睡半醒，大口吸入新鲜空气，
　泥土与草叶、苦役与男性的气味闻着如此浓郁，
可时间并不长：近旁一个管事朋友，微笑着
　将我们带回了室内；我们鱼贯跟随，

服从了那温和而断然的语调——此种语调
　专为应付神经质的病人和不可信的孩子，
以防他们跳水塘寻短见，或是从流浪儿那里
　学来某种恶心把戏。透过现代风格的窗玻璃，

---

1. 1950 年，奥登最初写完这首诗时，标题为《飞机场》。
2. 笛卡儿第一个创立了完整的近代哲学体系，作为理性主义者，他认为人类可以使用数学方法（理性）来进行哲学思考，而理性比感官的感受更可靠，他还提出了“普遍怀疑”的主张：“要追求真理，我们必须在一生中尽可能地把所有事物都来怀疑一次。”其思想深刻影响了之后几代欧洲人，开拓了“欧陆理性主义”哲学。但欧陆之前经历的两次大战，正预示了“理性主义哲学”的重大危机。这正是这首诗的一个重要背景。奥登这次旅行的过境转机应是在英国本土的南部海岸，近英吉利海峡，历史上英国曾数次抵御了来自海上的入侵，英国又素以经验哲学称名，因此会说“从未受到恺撒们或笛卡儿式怀疑侵扰”。

我在观赏一座未获允许去攀登的石灰岩山冈
　和珍珠色的霞云(我觉得日落似乎来得
异常早)：一个踌躇满志的少年转身凝望，
　或许正梦想着远方和我们神圣的自由。

在某个地方，我们真正存在过，可贵的空间里存有
　我们的行迹和面容，记忆中的风景不会改变，
因为改变的惟有我们自己，在那里商店各有字号，
　躲在暗处的狗会对着陌生人的脚步声吠叫，
庄稼会成熟，牛羊会长膘，
　当地的神灵会施与仁慈的庇佑，
分配神的爱意，留心它们的需求，
　也会在天堂里为其特殊处境作辩护。

在某个地方，每个人都独一无二，当游走在
　分隔过去与未来的边界线，也不会受到警告：
立于那桥头，一位年老的毁灭者正接受最后的敬礼，
　他的背后，所有对手都在巴结讨好，要么身系囚笼，
要么已死去，而前方是一个愤怒地带；那羊肠小道上，
　一个年轻的创造者因悒郁的童年而迟到，服膺于
孩子般的狂喜而热情洋溢，头顶是哥特式的荒凉群峰，
　脚下是意大利的骄阳、意大利的躯体。

但此刻我们哪儿都不在，与白昼、与爱恨纠结的
　大地母亲已没有任何关联；我们驻留此处
不会留下丝毫痕迹，在它完全密闭的空间里
　人们彼此不相识，只是如客观对象般曝露着
引发猜测，攻击性的生物各自走向他们的猎物，
　但此刻已非常温顺，他们乖乖听话，等待着，
时不时地，受到一个声音的辖制，
　某个等级的灵魂们还会听命在舱门口聚集。

声音召唤我再次登机，很快我们就飘浮在一个
　疯魔、拥挤的地表上空，俯瞰整个世界：下方的所在，
动机和自然进程已被春天唤醒
　谬误与坟墓已披上了新绿；采石场的奴隶们
违背了自身意愿，因小鸟自由的歌声感到了
　重获新生的希望，经由无知圣徒的祈祷，
卑污的城市已被宽恕，而伴随着河流的解冻，
　一个古老的仇怨[1]已再度开启。

1950 年春?

1. 比喻二战过后形成的东西方的冷战。

石灰岩颂[1]

对于不专情的我们，如若它构成了
　常常引发我们思乡的一种风景，
多半因为它溶解于水。留意这些圆形山坡，
　岩面上散逸着百里香的气息，底下，
一个洞窟和水道的隐秘系统：到处都能听闻泉水
　欢快地喷涌而出，
每一支都注入了僻静鱼塘，一路冲刷出
　小小溪谷，而它的峭壁招引了
蝴蝶和蜥蜴：巡视这片近距离
　且方位明确的区域：
它更像是一位母亲，至于她的儿子

1. 1948年上半年，奥登首次在意大利伊斯基亚岛度夏，他写给好友伊丽莎白·梅耶的信里提到过这首诗的主题："之前我并不知道意大利和我的故乡——奔宁山脉的相像。事实上我开始动笔写一首新诗，《石灰岩颂》。它的主题是，只有岩石创造了真实的人类风景。"在他看来，生活在石灰岩地貌的人们能够自给自足，与自然和谐交融，懂得适度的生存之道，而一望无际的平原和连绵不绝的高山催生了人类的贪欲。这构成了他赞美石灰岩地貌的主要动因。值得注意的是，1971年，奥登在一次讲座中再次提到该诗："这儿的石灰岩地貌对我来说很有价值，它连接了两种截然不同的文化，一种是我成长于其中的北方新教徒的罪感文化，另一种是我如今才体验到的地中海国家的耻感文化。"这两种文化的对比在诗中以"we"（我们）和"they"（他们）的二元结构形式颇有张力地并存着（尤其在对上帝的态度上），对我们理解该诗的主题大有裨益。另外，正如奥登的传记作家汉弗莱·卡彭特所指出的，这首诗有奥登诗歌此前少有的轻松语调，而这个调子，之后得到了延续和发展。

　有一个更为恰当的背景，阳光下
斜倚在石岩上的浪荡儿，有那么多缺点，
　却从不怀疑自己仍受宠爱；他的工作
只是尽情施展他的魅力？[1]　从风化的裸露岩石
　到山顶的教堂，从地表显露的水流
到引人注目的喷泉，从荒野到布局规整的葡萄园，
　一个步履灵巧的孩子几步就能走完，
当他希望比他的兄弟们吸引更多注意，
　　不管是经由讨好还是逗笑。

瞧，争强好胜的一群人在陡直的铺石巷爬上走下，
　三三两两，有时臂膀挽着臂膀，
但是，感谢上帝，步调从不一致；要么是
　正午时约好了在广场的荫凉处
口若悬河地闲聊，只因彼此太过熟识，
　实在想不出还有什么重要秘密，
既无法理解某位神祇的火爆脾气乃合乎道义，
　也不会为一行精巧诗句或一支好听曲子
就安静下来：只因习惯了发出回声的石头，

1. 在诗集《午后经》（*Nones*, 1951）收录的《石灰岩颂》里，“这个浪荡儿”（the flirtatious male）对应的原文为“这个裸身的年轻人”（the nude young male），既是一种性暗示（有学者认为，这位年轻人指的是陪伴奥登在意大利度夏的切斯特·卡尔曼），也是对意大利文艺复兴时期艺术作品里的裸身男子的隐射。

当面对一座怒不可遏的炽热火山口，
他们从来不必害怕地掩住面孔；
适应了山谷地带的本地需求，
此地的每样事物靠步行就可以去触碰
或去了解，他们的眼睛从未越过
游牧民的栅栏格子去探究无限的空间；
天生幸运，他们的双腿从未碰到丛林的
菌类和毒虫（这些丑怪的生命，我们自以为
与它们毫无共同之处）。
于是，当他们中某个人开始堕落，其心智作用的方式
总是不难理解：会变成个皮条客，
会售卖假首饰，为博得满堂喝彩的效果会糟蹋掉
一副男高音的好嗓子，这会在所有人身上发生：
除了我们当中的圣人与恶徒……这就是为何，我猜想，
此地的圣人和恶徒从来待不长久，只会寻找
放纵无度的温床，在这儿，美不是那么浅表，
灯火会稀疏一些，而生活的意义
不仅等同于一次狂欢野营。“来吧！”花岗石荒野叫道：
“你的幽默多么隐晦，你善意的吻多么意外，
而死亡是如此永恒。”（未来的圣人们叹息着，
已悄悄溜走）“来吧！”黏土和砾石愉快地叫唤：
“我们的平原有足够空间可让军队操练；河流
等着被驯服，而奴隶们会用最气派的样式

为你造起一座坟茔：人类与大地一样温和，而两者
　都需要被改造。”(执政官恺撒起身走开，
砰地一声关上了门。)但真正的冒失鬼，会被一个
　古老又阴冷的声音吸引——那来自海洋的低语：
“我就是孤独，我不会要求什么，也不作任何许诺；
　如此我会让你获得自由。世上本没有爱；
惟有各色各样的嫉妒，无一例外地可悲。”

　它们是对的，我亲爱的，这些声音说得没错，
眼下仍是如此；这片土地，不像它看上去那般美妙宜居，
　它的安宁也不似一处平静的历史遗址，
有些东西已就此尘埃落定：一处落伍、残败的
　外省乡间，通过一条隧道联结了
宏大而喧腾的世界，带有某种不体面的
　吁求，它现在还是这副模样？也不尽然：
它已肩负起它未敢忽略的一个世俗性责任，
　不顾及它自己，反而操心起
所有大国操心的问题；这妨碍了我们的权利。诗人[1]，

---

1. 诗人指的是美国诗人华莱士·史蒂文斯(Wallace Stevens)。奥登在 1947 年 7 月 10 日写给厄休拉·尼布尔(Ursula Niebuhr)的信中附有一首关于华莱士·史蒂文斯的诗稿，写有“Calling the sun, the sun, / His mind ‘Puzzle’”，而这两行诗又跟华莱士·史蒂文斯的组诗《它必须是抽象的》(“It Must be Abstract”)中的“The sun / Must bear no name, gold flourisher, but be / In the difficulty of what it is to be”形成了互文。

称太阳为太阳，称他的思想为谜题，
因诚挚的品性而广受称颂，却被这些大理石像
搅扰得心神不安，正是它们，那么明显地
质疑了他的反神话的神话；还有这些流浪儿，
在铺石柱廊里追缠着科学家，
如此热情地开出价码[1]，指责他对自然界
最遥远方位的关切：而我也被责备，原因和程度
恰如你们所知。不要耽误时间，不要被捉住，
不要被人甩到后面，请不要！要效仿
喃喃自语的野兽或行为可被预知的某样东西
如水流或石头，这些才是我们的
日常祈祷词，它们提供的最大抚慰
即是随处可以奏响的音乐，眼目看不到，
也无法嗅闻。我们预期死亡是一个客观事实，
就此而言，无疑我们是对的：然而，
倘若恶行可被宽恕，倘若躯体可以死而复生，
倘若事物的这些变形只为了取乐，
可以化身为不谙世故的运动员和姿态万千的
泉水[2]，即可进一步地申明：

---

1. 奥登的文学遗产受托人门德尔松教授指出，这里的“开出价码”是一种隐晦的性暗示，奥登研究专家富勒先生也认同此观点，并提到一则轶事：奥登之前在那不勒斯街头行走时，就被一群流浪儿追逐过。

2. 石灰岩雕铸的人像和喷泉在此象征了俗世的肉身，而诗歌尾声部分已从客观的死亡写到永生的承诺——基督教的宽恕与复活。

有福的人不会在意自己如何被人品评，
　没有什么要去隐瞒。亲爱的，我对此也一无所知，
但是，当我试着想象一种完美无瑕的爱
　或此后的人生，我所听到的是地下溪流的
潺潺声，我所看见的是一片石灰岩风景。

1948 年 5 月

伊斯基亚岛[1]

（致布莱恩·霍华德[2]）

曾有个时代承认刀剑的决定性力量，
无数号角齐齐向征服者致敬，
　　猎猎作响的旗帜下，坐骑上的他
　面无表情，披着斗篷，身形伟岸。

心灵的改变亦能引发歌声，
譬如他自十字军的港口返回，
　　就永久性地改变了
　我们的好斗习性，第一个

将所有赤贫者视作我们的同胞。于是，
任何时候都适宜去赞颂明耀的大地，
　　无论我们选择承担责任，还是去做

---

1. 伊斯基亚岛是意大利那不勒斯北部伊特鲁里亚海中的火山岛。1948 年，奥登第一次在意大利度夏，就选择在该岛租住一所带花园的大房子。此后每年夏天，奥登都去该岛度夏，直到 1957 年在奥地利购置了乡间小舍后，才改变了度夏地点。
2. 布莱恩·霍华德（1905—1958），英国诗人。1948 年，奥登在伊斯基亚岛度夏期间，他亦陪伴了一段时间。彼时，霍华德奚落奥登视觉感官能力匮乏，奥登于是创作《伊斯基亚岛》作为回应，有意识地描写岛上的风土人情。不过，奥登事后又承认霍华德的质疑是对的，并自圆其说："身为诗人，最重要的课程之一就是认识并接受自己的局限，如若可能的话，要把这些局限化为优势。"

某件可怕的事，我们都同等珍视。

人总是最看重他的出生地；
那绿色山谷，夏夜蘑菇正长肥，
银柳会模仿溪流的弯度，
可今天一想起它

我却并不怎么高兴：此刻，被阳光普照的
帕尔瑟诺佩亚所感动[1]，我要感谢你，
伊斯基亚岛，岛上的清风
为我带来了来自城市污染源的

亲爱的朋友们。你很好地修正了我们
受损的视力，又如此温和地训导我们
在你恒常不变的光线下
去正确地观察事物与人类。

脚踏实地的工程师绘出了宏伟蓝图，
但运气，如你所言，才更有效。

1. 根据希腊神话记载，帕尔瑟诺佩亚(Parthenopea)原是塞壬女妖之一，因为歌声未能打动航行经过的奥德修斯而投海自尽，尸体最终被海浪冲到那不勒斯的一处海湾。从此，这座海湾就被称为帕尔瑟诺佩亚，而那不勒斯人一直很尊重古希腊文化，直到现在都自称为帕尔瑟诺佩亚人(Parthenopeans)。

座座渔港依偎着丰美的埃波梅奥峰[1]，
守住了山脚边缘的固定褶线，

何种设计令如此柔和的黄色、粉色和绿色
冲刷着这些港湾？沸腾的泉水
泄露了她的隐秘狂热，
令痛风的僵硬关节变得灵活

还能改善性生活；你周边的宁静
无论如何是一种疗救，因为
不再去想如何出人头地，
我们学会了单纯的闲逛

而蜿蜒小路随时展现一片远景
提供某个确定目标；往东看，
维苏威火山如一块巨大的布丁
或许就突然现身，耸起在日光和煦的

明亮海湾的那头，围绕着南面某处，
岩面陡峭的卡普里岛[2]
独自守护着享乐的异教，

1. 埃波梅奥峰是伊斯基亚岛的最高峰。
2. 根据希腊神话记载，卡普里岛是塞壬女妖的岛屿。

一个善妒、有时残忍的神祇。

在某个凉爽或有树荫遮蔽的地方，
你也总是让我们找个理由坐下；当品尝着
蜜蜂从开花的栗树采来的
咖啡色蜂蜜或是体态匀称的

黑发男子从阿拉贡葡萄蒸馏出的
琥珀色美酒，我们就会相信
我们乐于接受这样的生活，
正如你的圣人们接受了火山爆发的巨响。

并不是说你编造了关于痛苦的谎话，
或自诩黑暗与惊叫的时刻不会卷土重来；
站在你的码头上，快乐的异乡客
会想起一切远非那么美好，

有时一头驴子会突然发出窒息般的哀号
抗议当下的处境，有时它的主人
会为某处叫布鲁克林[1]的地方叹息，

1. 布鲁克林位于美国纽约的西南部，与曼哈顿一河之隔，一向是文学重镇。1940年10月，奥登搬入布鲁克林高地米达街7号的大宅子，而紧接其后，作家卡森·麦卡勒斯、作曲家本杰明·布里顿、音乐家兼作家保罗·鲍尔斯、艺术家奥利弗·史密斯等人相继入住，使得这所宅子成为名副其实的艺术家之屋。

那里，衬衫是丝绸的，裤子是新的，

远离了雷斯蒂图塔[1]过于警觉的目光，
她每年的惠顾，据他们说，乃是由鲜血换来。
这位神圣而令人敬畏的女士，
我们希望她并不真实；可是，既然天底下

没有免费的午餐，欠你的每笔账都必得偿付，
于是在每个人的有生之年，充满异国奇景的
这些时日，或会像冲积平原里
那些大理石路标一样醒目。

1948 年 6 月

1. 圣雷斯蒂图塔是公元三世纪北非的女圣徒和殉道者，或出生于迦太基（今突尼斯一带），对她的崇拜随同天主信仰从北非传入；其遗体据说于五世纪时被带到了那不勒斯。那不勒斯人相信，她是伊斯基亚岛上的阿梅诺湖的守护神，当地每年 5 月 16 日至 18 日会为她举行为期三天的纪念活动。

天狼星下

是的，这是酷暑天，福蒂纳图斯[1]：
　　山间的石楠了无生气地趴着，
　翻滚的山洪变作了
　　缓缓流淌的细流；
军团的枪矛已生锈，队长胡子拉碴，
　　学者顶着只大帽子
　　头脑一片茫然，
　西比尔[2]也许已经服药，却还在餐桌边
　　滔滔不绝地扯谈。

你自己也是一个受苦人，
　　得了感冒，肚子在痛，
　中午前一直躺在床上，
　　还有账单未付，大肆宣传的史诗
还未动笔。一整天，你都在告诉我们，
　　你在期待某次骇人的地震，

1. 维南提乌斯·福蒂纳图斯，公元六世纪的拉丁诗人，早期天主教会的主教，任职于梅罗文加王朝。他未被封圣，但在中世纪时被人尊敬而被冠以圣者称号。
2. 根据希腊神话，西比尔(Sybil)从太阳神阿波罗那里获得了预言的能力和长生的殊荣。她的预言后来传入罗马，据说罗马王曾因其索金太高而拒绝她的预言书，后来发现其预言极为重要却为时已晚。

你说圣灵翅膀下生出的风
将打开牢狱的门，也会让疏忽大意者
变得注意力集中。

昨晚，你说你梦到了那个瓦蓝色的早晨，
山楂树篱开满了花，
而三个聪慧的马利[1]化身为
乳白色的人形现身，
由海马和体形优美的海豚引导，
慵懒穿行于一望无际的水面：
哦！大炮的怒吼多么喧闹，
钟声又多么的滑稽，
因她们已赦免有罪的海岸。

当然，抱着希望、虔诚地相信到最后
一切终会圆满也很正常，
但是，首先要记住，
如那些圣典所预言，
坏掉的果子应被摇落。你的希望是否合理，
倘若今天就是那个静默时刻？
当图谋叛乱的潮水

1.《圣经·新约》中包括圣母在内共有四位马利，天主教往往把除了圣母外的三位马利混为一谈，后来的新教才把她们区别开来。

威胁了沉睡的城镇，
即将奔决而淹没一切。

当巫师们的玄武岩坟墓崩裂瓦解，
他们的守卫如巨型长腿蟹般
啪嗒啪嗒地尾随跟来，
你将如何观看，你会做些什么？
当永生的仙女尖叫着自不安的春天飞来，
全能天主谜一般的声音
响彻在裸裎的天空：
“你是谁，为何如此？”
你又将如何作答？

因为，当复活者在苹果树下
唱起颂歌，翩然起舞，
福蒂纳图斯，那儿也会出现
各种拒绝机会的人，此刻，
他们在树荫下闲逛，在采盐场发着牢骚，
说笑逗趣时略有些伤感，
对他们来说，这无所事事的酷暑天
似已戴上了橄榄枝的桂冠，
因自我夸耀而显得极其美好。

1949 年

坏天气[1]

热风[2]带来了小魔鬼：
凌晨四点钟
响起的撞门声
宣告它们已返回，
尼拜尔[3]，
糊涂和愚蠢的魔鬼，
塔布维勒斯，
流言与怨毒的魔鬼，
在低俗文学
和陈腐戏剧中，
它们变得粗鲁又肥硕。

尼拜尔走去写字间，
振振有词的耳语

1. 标题原文为意大利文：Cattivo Tempo。
2. 特指从非洲吹向南欧一带的热风，常带有沙尘。
3. 二十世纪四十年代，奥登曾阅读马克西米利安·鲁德温（Maximilian Rudwin）的著作《民间传说与文学作品中的魔鬼》（*The Devil in Legend and Literature*，1931），并在笔记本中写下了约十五个小魔鬼的名字。不过，奥登的笔记十分随意，把魔鬼“Nybbas”（地狱小魔，爱吹牛逗笑）写成了“Nibbar”，“Tutivillus”（地狱小魔，专门记录教会仪式过程中的错漏和闲聊，供地狱魔王们对抗天庭）写成了“Tubervillus”。

几近动人，
貌似真理；
要当心它，诗人，
免得他站在你身后
瞄上一眼，恰好发现
让他高兴的东西——
傲慢自大的文风，
含糊不清的意思，
一首坏诗。

塔布维勒斯走去餐室
留神细听，
等着他的出场提示；
要当心他，朋友，
免得谈话受了他的蛊惑
转向错误的方向——
管不住的调皮舌头
脱口说出了
不中听的话，
有趣变成难堪，
玩笑造成了伤害。

不要低估它们；仅仅

撕掉诗稿
和闭嘴不说
都打不败它们。
你一个人独处
把自己关在卧室里，
出于淫邪或自得，
在那儿炮制出某个
难以自控地悲叹抱怨的
鬼玩意儿,那也意味着
它们的巨大成功。

正确的回应是令它们不胜厌烦：
让无聊的笔
草草写完无聊的信；
用混杂的意大利语
摇唇鼓舌说些刻薄话；
问些问题,让倾向社会主义的
理发师去费劲猜测，
或是让主张君主制的渔民告诉你
风向何时会改变，
以人类的明晰，
机智地战胜地狱。

1949 年

狩猎季

一声枪响：从悬崖到悬崖
　震荡着明显的回声；
某个长满羽毛的“他”或“她”[1]
　现在已是无生命的一捆，
之后，我们部族的某个典范
会得意洋洋地走进厨间。

惊恐不已的山谷下面
　两个爱人正分手[2]：
他听到一个女巫的心脏
　如烤炉在轰响；
当他低声唤着她的名字，
她看到了正在瞄准的神枪手。

---

1. 二十世纪五十年代以来，奥登开始关注第一人称叙述与第三人称叙述的差异，这与他阅读的马丁·布贝尔（Martin Buber）的著作《我与你》有很大关系。《我与你》的开篇即写道：“人执持双重的态度，因之世界于他呈现为双重世界……其一是‘我—你’。其二是‘我—它’。在后者中，无需改变此原初词本身，便可用‘他’和‘她’这两者之一来替换‘它’。”
2. 分离的爱人感受到了内心的欲望，门德尔松教授提到了“hunter”与“the hunted”、“lover”与“the loved”之间的对应关系；一说奥登在此强调的是求爱行为与狩猎本能的相似性。

回想起那个时刻，
　那时座椅有些硬，
不朽的诗篇半已完成，
　这个被打扰的诗人
因一只盛着几条死鱼的碟子
延迟了他的死期。

1952 年

舰队来访

从舰艇内舱里爬出，
水手们上了岸，
典型的中产阶级男孩，
读连环漫画，长相和善；
五十个特洛伊[1]算不得什么
他们更喜欢一场棒球赛。

在这个非美国的地方落座，
他们看着有些怅然若失，
走过身边的本地人
自有另一套法律和未来；
他们并不在这里，只因
抱着到此一游的心态。

妓女和一无所长的蠢材
连哄带骗地纠缠着他们，
虽然可鄙，至少还在
服务所谓的社会人士；

1. 特洛伊(Troy)是公元前十六世纪前后古希腊人渡海所建的城邦，位于小亚细亚半岛，一度颇为繁荣，后来在战争中化为废墟。

他们不事生产也不售卖——
难怪他们已烂醉如泥。

但在这座海水湛蓝的港口，
他们的舰艇确实因为
无所事事而有所获益；
并没有一种人类的意志
会告诉它们要杀死谁，
它们的构造合乎人道

而外表毫无迷惘感，
出自图样与线条大师之手
看上去就像是
纯粹的抽象设计，
它们必定所费不赀，
也确实是物有所值。

1951 年

岛上墓地

这个栽种着伞松的墓地
位势上比葡萄园低，
即便新到的客人还在拥入，
也定会保持它恒常的尺度。

人多地少，颇受限制，
死者交出的骨殖
恰如农田里的种子，
也必须要小心培植。

死去之人，十八个月后
才会成形为一具骷髅，
经过清洗，盘拢，会被塞进
墓地墙上挖出的一个小壁龛。

好奇心令我止步，
当教堂司事翻掘着庄稼；
诗人们觉得这不太正常：
亚历山大们[1]竟是这样的下场。

1. “亚历山大”狭义上指古希腊马其顿王国的亚历山大三世（即亚历山大大帝），此处指代了人类社会中执掌无限权力、貌似能决定历史的人。

无论我们的一众名人去往何处
(说实话,我们确实也不清楚),
他们留下的可靠实体
倒并非我们人类的羞耻。

哀悼者会想念某个面容,的确如此,
但他们对以下事实毫无知觉:
鱼一般的欲念、哺乳动物的发情期
提示了我们肉胎凡躯的粗粝本质。

人们会感到羞耻,只因
默认了一种形同木石的耐心,
我们心里这隐晦之物
任何时候都这么安稳顺服?

考虑到我们动机的性质,
我们应该感谢我们的好运气:
爱一骑绝尘必会抵达它的终点,
一座孤峰并不需要什么友伴。

或于 1956 年

旅行指南补遗[1]

罗马征服以前这里曾有过铅矿
(是否还有尚未消失的"遗址"?),
于是矿藏就让大宗地产成为婚礼嫁妆
和遗嘱纠纷里挥之不去的一个词
(有一次它在纸牌游戏里变换了所有者),
随后是蒸汽机的时代,它们的全盛期
已到来(一个维多利亚王朝早期的旅行者,
上帝保佑他,为我们留下了一段描述文字,
他写道:矿石的搬移,留下了
一个可怕的深坑。那荒凉景致
惟有萨尔瓦多·罗萨[2]的画笔才堪描绘。
目光会充满敬畏,当看到
异常丰富的矿藏和作业面的
超大尺度),之后,到了某一天
(无论对时间还是矿石来说,

---

1. 1947 年,奥登曾计划写一本关于英国矿井的书,1948 年奥登首次在意大利伊斯基亚岛度夏,秋季回美国前,曾回到英国重访故地。此次意大利之行为他的构思平添了一份南欧的石灰岩风貌,这首《旅行指南补遗》便是交织了两地风貌的产物。

2. 萨尔瓦多·罗萨(1615—1673),十七世纪意大利画家,也是诗人、喜剧演员和音乐家,其荒野风景画富浪漫色彩,声誉经久不衰,尤其在十八世纪的英国广受推崇。

所谓储量丰富也就只有那么多,命该结束的
总会在某个确切时刻结束),它们的末日、
最后咽气的一日、真实的一日
终于来临,距今大约六十年[1]以前,
引擎和所有附属设备停止了运转。今天,
你得有地理学家般的眼光,才能猜出
这些山丘曾为某些大教堂提供了穹顶[2]
(其中一座已被炸弹无可挽回地摧毁),
还曾为政治家和女演员们(都已
换了角色)的棺柩提供了防水衬垫,
也没人有可能发现
比此地更好的财运现在转向了
何处或是何人(因为金钱
自有其古怪的滋生习性
和更古怪的游移癖好)。
某个地方业已退回到无名乡村的状态
(大地之形貌多由时间塑造而成)。

不管如何,人类仍在这些山地

---

1. 据《奥登在北方》一文说(http://www.sclews.me.uk/auden.html),此处指艾伦代尔矿,其时是世界上最大的银矿和铅矿,于1890年关闭。
2. "大教堂"的"穹顶"这一意象也曾出现在奥登《铅矿是最好的》一诗中。这首诗1926年刊印于牛津校刊,是奥登最早发表的诗歌。

勉力维持着生计(为阻止
不切实际的想法令天地万物
或任何劳作与爱的结合蒙上阴影),

现在也并非令人沮丧:凑合着养些绵羊,
采集泥炭苔藓(在拉丁国家
它们仍然被用于治疗枪伤);
甚至过往的传统也并未就此消失
而会在每年一度的节日得以复生
(这发生于柳树抽枝的月份),
圣钴伯特[1]表情阴郁的画像,笔法粗糙,
但确属中世纪风格,会被抬着
出现在绕行教区的欢庆队伍中,
在如今已被填埋的每座机井前稍作停留,
穿白衣裳的小女孩尖着嗓子唱着赞美诗,
而本地巴士司机在冷嘲热讽
(他头发上抹了发油,梦想着
停车时能载到一位衣着考究的神秘客,

---

1. 这首诗提到了英格兰北部矿区,此处的“圣钴伯特”(Saint Cobalt)是奥登的一个双关语,既暗示了含“钴”的矿物,也提示了七世纪时的圣库斯伯特(Saint Cuthbert),他死后被封为英国北方的主保圣人,英格兰军队曾引他的旗帜与苏格兰人作战。他的纪念日在每年 3 月 20 日,故此下一行有“柳树抽枝的月份”一说。另外,门德尔松教授提出了不同的看法,他指出,在奥登游历的意大利矿区,“Saint Cobalt”被当地人视作矿山的庇护人,因而每年都要以他的名义举行庆祝活动。

而那人立刻会提议带他去美国)。

的确,这个地方以它自己平静的方式,
几乎能奏出所有可能的历史音符,
甚至包括了临时记号(何种地方不能?):
某个九月的星期四,两个英格兰人骑着自行车[1]
为了喝酒找乐子曾在此处停下,之后,
沿着不再污浊的溪流漫步
一直走到了铸铅塔[2](它对自己时代
美德的死亡间接地负有责任,也知道
有多少只松鸡、野鸭和勇健的雄鹿),
在那儿,更年轻的那个(他允诺的事
你也许已猜中,即便随后不了了之)
把朽败摇晃的楼座
当作教堂的读经台来用,
为逗乐他的朋友,模仿过
一个豁嘴牧师的模样。

1949 年

---

1. 门德尔松教授指出,这位友人是罗伯特·梅德利(Robert Medly),1923 年 8 月,奥登曾和他结伴游览约克郡的铅矿,在奥登从艾伦黑兹寄出的信里写过这次旅行。

2. "铸铅塔"(the Shot Tower)位于奥尔斯顿的泰恩河桥,塔顶有炮眼,毗邻的房屋形状如一座教堂,高约五十六英尺,底部有同样深度的一个大坑。奥登写于 1930 年的《中途》也提到过它。

盖娅颂[1]

拜航空新文化所赐，最终我们领略了[2]
如此突出的成就，我们的母亲、
　　卡俄斯最出色的女儿，
　若她能透过望远镜观看，也会赞叹，

她眼中所见，是蒙昧自然：而我们视之为
一种古老而高贵的姿态，当她北方的海洋
　　裹挟起充满寒意的波涛
　开始了春天的冒险，

突然，她的荒芜水面如鲜血般发咸，
绵绵无尽又快速，已被大片
　　迷人的浮游生物所覆盖，
　此时，在她的固态领域，

1. 盖娅(又译盖亚、该亚)是希腊神话的大地之神，她是希腊神话中最早出现的神，开天辟地时，由卡俄斯(Chaos)所生。她是众神之母，所有神灵中德高望重的显赫之神。她诞生了天空乌拉诺斯(Ouranos)、海洋彭透斯(Pontus)和山脉乌瑞亚(Ourea)，并与乌拉诺斯结合生了六男六女(十二个提坦巨神)及三个独眼巨人和三个百臂巨神，也是宙斯的祖母；盖娅在希腊各地广受崇拜，著名的德尔斐神庙最初是她的祭殿。盖娅可谓是西方人类始祖的鼻祖，至今还常以其名“盖娅”代称地球。

2. 富勒明确指出，这里是高空视角，从飞机上俯瞰大地……门德尔松也说，这里的视角跟《中转航站》结尾处的飞机视角类似。

点滴的美味养分活跃地散播扩展，
伴生关系变成一种不稳定的激情，
　　　而遮蔽了远近无数杂色卵石的
　　树叶很快也会遮蔽鸟类。

现在我们知道了她的样貌，她看上去
比过往更神秘，那时在她的不信教地区，
　　　我们曾描绘狂怒的龙，
　　巫师们颠三倒四地诵读，

却令人费解：是她画出了铅蓝色的蜿蜒曲线
将人耳状的湖泊、鸟足状的三角洲连结起来，
　　　当然，这意味着一种价值判断，
　　“纯净之物，水为最佳”，

但她如何安排造车匠？你会怀疑，她是否知道
有些蠢笨的亚种生物特别擅长
　　　制造出那些漂亮小玩意，
　　而在那个巴掌大小的平原上

句法规则已改变：睡意蒙眬地凝视着下方
那个锯齿状海岸，疲倦的老外交家
　　　变得有些窘迫——他该为

"我们的大好人联盟"面带微笑？

而面对"那个可恶的庞大帝国"，是该皱起眉头还是
选择讥讽？——这种语气本为某些南方国度保留：
　　"先生，我们对当地的状况和道德风气
　压根没有要去仿效的想法。"

我们在山地驱车旅行时会觉得被人忽视，在森林里
也不受欢迎，个中原因很明白；老一辈的人
　　不想乖乖听命站成一排
　或是立在墙角：下方，

它笔直的铁道，斜穿过一个实证主义者的
共和国，两条沼泽提示了魔鬼堤道[1]，以前，
　　正是经由这里，为朝圣者们
　招来了十三个神祇[2]，

1. 魔鬼堤道位于英格兰东北部的诺森伯兰郡，是罗马时代遗留的古道。

2. 据古冰岛文集《埃达》的说法，火神洛奇（Loki）原属巨人族，因其母为"众神之父"奥丁（Odin）的乳母才成为神族一员。起初，火神既造福于人，亦祸害于人，象征了火的两重性，起初其恶行只是"无心之恶"而已，但后来，他嫉妒自己的孪生兄弟光明之神巴尔德（Balder），在诸神宴会上诱骗黑暗之神霍德尔（Hoder）杀死了巴尔德，致使天地间失去了光明，"诸神的黄昏"无可避免地降临。火神洛奇因自身的罪行招致诸神的愤怒，被逐出神的家园，成为彻头彻尾的邪恶之神。原有十二位大神参加诸神的宴会，因火神洛奇的加入而使赴宴者变成了十三位，是故奥登写有"十三个神祇"。

而在第九次大灾难[1]降临前，在这个充斥了
耳语和电话窃听的前夜，方形柱石
　　仍然使高贵列王的城堡
　与荒蛮山岩判然有别。

诱引凡界的人类，是天庭诸神三心二意的爱好，
其中一位无聊的雷神[2]，刚还为特洛伊
　　心痛不已，一会儿便又转去观看
　斯基泰人[3]喝他们的马奶，

在他看来，这是多么合理：有朝一日当我们
面对此番奇景，可能只会晃动一只无力的拳头，
　　我们的短途旅行如命定般很快就返回了
　坚实的地面，而多年之后天空的魔力

---

1. 根据《埃达》记载，由"生命之树"(Yggdrasil)支撑的世界分为三层，共有九个国度，包括阿萨神族居住的神国(Asgard)、人类居住的中庭(Midgard)、亡者才能抵达的冥界(Hel)等。北欧神话的一大特色就是坚信世界末日(Ragnarok)将会到来。在"诸神的黄昏"降临后，洛奇将连同其他巨人族与诸神展开生死搏斗，导致这九个国度相继毁灭。

2. 根据希腊神话的说法，"诸神与人类之父"宙斯以雷电为武器维持着天地间的秩序，因此往往又被称为"雷神"(Thunderer)。

3. 斯基泰人对应的原文"Hippemolgoi"为希腊语，也译为西古提人、西徐亚人、赛西亚人，古波斯称之为塞克人(或萨迦人)，中国史籍《史记》、《汉书》称之为塞种，属印欧语系东伊朗语族，是史载最早之游牧民族，因为斯基泰人游牧特性，迁居不定，不住城市而生活在马车上，古希腊人就称之为"饮母马奶一族"("Hippemolgoi"之本意)，故而奥登会说雷神会观看斯基泰人喝马奶。

仍将萦绕心头。地面上六英尺就算很高，
好脾气的人会给出简单的谜题，诸如：
　　“为什么所有最喧闹的进行曲
　和最恶毒的抑扬格诗都是那些瘸腿牧师

创作的?”醉酒的诗人[1]会诅咒一个婴儿，
过后又为之叹息，相比之下，他们从不搬弄口舌，
　　不会引发更严重的灾祸。
　于是我们被如此教导：

在更强大的引擎和与它们匹配的警察
到来之前，那时蜿蜒长河平静地流过，
　　甚而恶语相向的人们
　仍然敬畏言辞的神圣律，

那么，对地面世界而言，礼仪或许就比
康德的良知对我们更有裨益。从高空看去，
　　大规模破坏清楚可辨，
　露天农场和港口设施已在第二波攻击中

1. 这位“醉酒的诗人”指的是古希腊诗人阿那克里翁(Anacreon，公元前 582—公元前 485)，其诗歌主题往往是爱情和饮酒。据说，阿那克里翁曾在意识不清的情况下诅咒了一位奶妈及其怀中的婴儿，而这位奶妈却坚信有朝一日阿那克里翁必会后悔并颂扬那婴儿。果不其然，这婴儿后来长成了翩翩少年，成了阿那克里翁的情人，也成为他歌咏的对象。

被摧毁；丰沃的大地依然率直地注视着
表情漠然的天空，因为曾被施暴者
　　玩弄于股掌而深陷恐惧，
　少数地方还保有

几间小杂货店，而主顾都是同一类人，
虔诚农夫的独子，很多都过度肥胖，
　　他们将皱巴巴的脸望向了腐蚀天真的
　路头尽处，对城市仍抱有幻想，

希望围在身边的不是奶牛而是妓女。当智者
在幽灵的瞪视下变得畏缩，信念坚定者建议
　　献上颂词，心胸宽广者
　已开始胡言乱语，

而在瓦尔哈拉殿堂[1]过道里站到最后时刻的
那些人，兴许会听到普雷德的诗歌
　　或罗西尼的咏叹调，
　在卡雷姆呈上的两道主菜之间。[2]

---

1. 根据《埃达》记载，瓦尔哈拉殿堂（Valhalla）是"众神之父"奥丁安存英灵的殿堂，亦可称为"英烈祠"。

2. 普雷德（Winthrop Praed，1802—1839）是十九世纪上半叶英国政治家、诗人；罗西尼（Gioacchino Rossini，1792—1868）是十九世纪上半叶意大利歌剧作曲家；卡雷姆（Marie-Antoine Careme，1784—1833）是十九世纪上半叶法国名厨，最早推行一道一道菜肴的上菜方式。

我们如此希望着。可丘比特一到场,谁还愿意去打赌?
在此之前一整个世界的烦恼已被消除,当他吟诵起
　　感恩赞美诗,正义却悲叹着,
　悄悄离开了英雄的座席,

而大地,自始至终都习惯独处,除了安菲翁[1],
她从未被任何人打动,至于那些演说家,
　　自从误入歧途的雅典在坚如磐石的西西里
　遭遇毁灭[2],就一直毫无进步:

老虎与鹿和谐共处、树根永不枯死的那些树林,
孩子们在金色岸滩上扮主教玩的那个平静海湾,
　　哦,对她这个唯一的真神来说,
　我们的这些美景会不会只是个谎言?

1954 年 8 月

---

1. 根据希腊神话的说法,安菲翁(Amphion)是宙斯与人间女子安提俄珀生下的儿子,酷爱音乐,受到阿波罗的宠爱得到了一把竖琴。据说受他琴声感动的树木岩石围绕他建成了一座城池,即后来的拜仁城,也称酒神之城。
2. 公元前 415 年伯罗奔尼撒战争期间,雅典人错误地判估形势,出兵围攻西西里岛的锡拉库扎城邦,最终全军覆没。

田园组诗[1]

1. 风

（致阿莱克西斯·莱热[2]）

　我们的天父、他的侍卫
和众多妙龄侍女，如此安静地
　深藏在我们的暴行的底面，
可是，法院和寺庙周围
　刮起的无精打采的风
令这个中心人物[3]回想起了
　上新世[4]的那个礼拜五[5]，
当他呼出神圣的气息时[6]

---

1. 这个系列的组诗，奥登以貌似客观的口吻写出，试图重新建立人类与自然之间的亲密感。

2. 即法国诗人和剧作家圣琼·佩斯，阿莱克西斯·莱热（Alexis Léger）是他的笔名。

3. 此处指创世者上帝（三位一体的圣父、圣子、圣灵）；空气作为自然生命存在要素这一特性，即上帝的呼吸所赋予。

4. 上新世是地质时代第三纪最新的一个世，从距今530万年开始，至距今180万年结束。人类的人猿祖先正是在上新世末出现。

5. 根据《圣经·旧约·创世记》记载，上帝在第五日创造了水中和空中的活物，在第六日创造了地上活物以及人类。

6. 在天主教中，嘘气或吹气象征赋予圣神。原文“insufflation”一词见于武加大译本（Biblia Vulgata）《圣经·新约·约翰福音》第二十节，其中记载说耶稣向门徒吹气，门徒就受了圣灵；其作用除了加赐能力外，亦有驱魔祛鬼之作用。此礼早期教会不多见，但罗马天主教和东正教仍保存，可对人或物（如抹油礼之油或洗礼之水）施行。

（倘若他捞起一条真骨鱼
或一个节肢动物为之赋予灵神，
我们会不会早就灭绝了？）
一个愚蠢的生灵曾说，
“我已受爱，故我存在”；
倘若他遵循了那个逻辑，
如今陪护在孩子身边的
很可能就是狮子。

风造成了天气；对于天气
恶毒之人会恶毒地诅咒，
而善良之人
普遍都会乐于观察：
当我为我们真实的城市
寻找一个意象，
（走过怎样的恐怖窄桥[1]，
跌入怎样的幽暗地坑，
我们定会趔趄或是爬行
直到大叫一声：“哦，瞧”？）

1. 此处对应的原文“brigs of dead”出自英国传统哀歌《灵魂的旅程》（“A Lyke-Wake Dirge”，也译为《逝者哀歌》）。这首哀歌吟唱了亡灵从地面进入炼狱的旅程，其中必得经过狭窄小桥（brigs of dead），由此来决定亡灵是升入天堂还是跌入地狱。

我看到了这样的画面：
老人们在廊道里敲打着气压计，
而某个心急的家伙
吃过早饭后的第一件事，
就是跑去草坪上
检查他的雨量计。

风与智慧的女神，
当某个无风的忧郁白天，
你的诗人既无法
拟定篇名也无法构思，
浑身抽搐着，
牙齿咯咯打战，
抓耳又挠腮，
下意识地祈求于你，
请表现出你的好脾性，允许
公鸡或吹笛的侍女
去为他请来“船头的亚瑟王[1]”；

1.《船头的亚瑟王挣断了锁链》这首童谣诗据说最早出现在诗人威廉·华兹华斯的妹妹多萝西·华兹华斯1804年写给查尔斯·兰姆的一封已佚失的信里，华兹华斯曾回忆，自己幼年时每当刮起大风时就会背诵它；此后它被编成了各种版本的童谣。这首诗其实是一道谜题，亚瑟王拟人化地象征了“风”。在贝阿特丽克斯·波特的童话故事《小松鼠纳特金》(1903)里，它借小松鼠之口再次出现，就此变得家喻户晓：“船头的亚瑟王挣断了锁链／他吼叫着扫过地面！／苏格兰国王力大如牛／也不能掉转亚瑟王的船头！”

　之后，假如那个圆脸的话痨、
博学的造假者，大摇大摆地
　走过七个王国，
请让你的白杨树晃动一下
　以提醒你的雇佣文士，

免得他像旧礼仪派教徒[1]那样
　因某个错误释读而死去：
不管他在八面来风中会听到
　你的十二门徒中谁的声音，
是午夜里掠过海滨野草的
　强劲季风的哀号声，
还是仲夏时节
　一个无云的午后
松林发出的低弱的沙沙声，
　请让他感觉到你的在场，
如此，在对往昔荣光的
　追忆中，
每一个语言的仪式
　或许才能恰当地完成，
大地、天空、几个珍爱的名字

1. 旧礼仪派教徒指十七世纪抵制莫斯科牧首、脱离俄罗斯正教会的教徒。

也依然有形可见。

1953 年 9 月

2. 树林

（致尼古拉斯·纳博科夫[1]）

西尔文[2]这个词意指原始丛林里的凶猛生物，
皮耶罗·迪·科西莫[3]很喜欢此类创作，
赤裸的野兽，熊、狮子、长着女人头的母猪，
交媾，谋杀，还彼此生吞活剥，
也不曾想到去降伏烧着了的灌木丛，
只会惊恐地逃离，却不知火焰的功用。

被捕获后，沦为了乡绅的猎物，
村子里有烤炉，也有枷锁，

---

1. 尼古拉斯·纳博科夫（Necolas Nabokov，1903—1978），俄裔作曲家、作家，是小说家弗拉基米尔·纳博科夫的侄子，布尔什维克革命爆发后、暂居克里米亚时，小说家纳博科夫曾在音乐上给过他启蒙教育，后随同家人移居美国；他与奥登有良好的私交，曾为奥登与切斯特·卡尔曼改编的莎士比亚名剧《爱的徒劳》（*Love's Labour's Lost*）谱曲。
2. “西尔文”（Sylvan/Silvan）意为“与树林有关的”，也用来指住在森林里的人；在神话传说中又指林中精灵或树仙。
3. 皮耶罗·迪·科西莫（Piero di Cosimo，1462—1521），意大利文艺复兴时期的佛罗伦萨派画家，以风景画、花与植物的静物画知名。奥登曾在牛津大学的艾希摩林博物馆（Ashmolean Museum）欣赏过其名画《森林之火》，留下了深刻的印象。据说，这幅画从古罗马诗人卢克莱修的《物性论》中获得了灵感，画中有真实存在的动物，也有臆造想象的动物。

它们仍会对不起眼的火苗小声嘀咕，
虽然君王和主教已告诫他们的蠢喽罗：
要认可牧场单调乏味的作息方式，
还要远离恣意蔓生的野林子。

犯罪意图一直在寻找落脚地，
无需任何细节，不放过任何目标；
一棵树，也可以用来增添魔力，
而很多并非无辜的失败者已在指责
树上的夜莺懒于行动只会唱歌，
甜美歌声里充溢了贪心的快乐[1]。

当然，那些鸟儿并没有做这样的事，
至于自然林木，如果你在野餐时
拍张照片，哦，这群人看上去如此
矮小又低等，与之恰成对比，
那些巨型生命从不结伴外出，
也不害怕神灵、鬼魂或者继母。

进入这片不久会变成棺材的树林

---

1. 奥登在这里十分隐晦地用到了希腊神话中菲洛美拉（Philomela）被变成夜莺的故事。据说，菲洛美拉被姐夫强奸后，她的姐姐杀死了亲生儿子以惩罚自己的丈夫，此后姐妹俩遭到了这个残暴的男人的追杀。诸神见状，把菲洛美拉变成了夜莺，把她的姐姐变成了燕子，把她的姐夫变成了戴胜鸟。自此以后，夜莺婉转的歌声往往被认为是对自身遭遇的控诉。

(海滩上则不行),公众可以控制自己
回避闪躲、讨价还价、追名逐利的眼睛,
在它的荫凉世界里,
一个严肃的语言学者可以放松休憩,
他探究的领域就生成于此。

当潘神的啄木鸟[1]突然敲出
一连串难以破解的莫尔斯码,
布谷鸟操起威尔士语嘲笑挖苦,
而鸽子为了他们新式的两口之家
竭尽所能说着乡土英语,这些古老的
声响会再次驯化已变得粗鄙的听觉。

时而这里,时而那边,某个松脱的部分,
一枚茁壮果实或一片枯叶,落地之前
会说出私密的隐语,而后,当人们
为排遣近来的烦愁侧耳倾听,便会听见
自己早年的欢乐心声,或远或近,
喧嚷的水声一如往日。

---

1. 潘神(Pan)在希腊神话中是畜牧之神,也是森林之神,常被描绘为半羊半人的形象。富勒先生指出,这里的"Pan's green father"指的是啄木鸟。奥登曾阅读罗伯特·格雷夫斯(Robert Graves)的《白色女神》(*The White Goddess*,1948),对作者所谓的"潘神的母亲,是一只啄木鸟"印象颇深,只不过写进诗里就变为潘神的父亲是啄木鸟了(奥登经常写错一些单词,或者记错一些文献,这已经不足为怪了)。

一处原生态森林祈求圣母[1]的恩典；
某个人并未感到厌烦，至少也会
继续将赌注押在人类的这边
到死都要保住足够的颜面；
乡间漫步者与树木的偶然相逢
充分揭示了一个乡村的灵魂。

遭难的小树林成了余烬一堆，
一棵蛀空的橡树将秘密泄露：
这个伟大的社会正日渐破碎；
他们不能凭着他们的彼此估价、他们的速度，
也不能假借神的名义再来愚弄我们。
所谓的文化并不比它的树林更完美。

1952 年 8 月

3. 山脉

（致海德薇·佩佐尔德[2]）

我认识一个退休牙医[3]他只画山脉，

1. 门德尔松教授指出，这里的“Our Lady”指的是圣母马利亚，她作为一位母亲同时又是一位处女，在某种程度上象征了历史与自然、逻各斯（道）与厄洛斯（爱）的调和。
2. 海德薇·佩佐尔德是奥地利诗人阿尔冯·佩佐尔德（1882—1923）的遗孀，两人婚后曾在基茨比厄尔开了一家书店，交往的友人包括了里尔克、霍夫曼斯塔尔、霍普特曼，还有黑塞；丈夫去世后，海德薇开始收留寄宿客人，奥登和父亲曾在 1925 年住过；此后还数次过访住下，与她一直保持了通信联络。
3. 门德尔松教授指出，这位退休牙医指的是切斯特·卡尔曼的父亲。

大师们对此题材很少会这么上心，
他们在画圣徒头像或某个凶险大人物时
才会将它们补入远景；
而在常人眼中它们如同介于善恶之间的一堵墙，
譬如法国这边的一个孩子挨了骂，就会希望
自己正在阿尔卑斯山的意大利一侧号啕大哭：
当崇山峻岭让地图变得黑乎乎一片，
恺撒不会高兴，女士们
也是这样。为何会如此？一个严肃的人
迫切需要一个缺口。

真是奇怪，在地势陡峭处你常会碰到
某类家伙，矮小，皱着眉，
会用手杖不停打去雏菊的花冠：
小混混们在大城市里如鱼得水，
可悬崖上的城堡——请记住德拉库拉[1]——
才是驯养魔鬼的合宜地点。那些不苟言笑的人
带着神秘装备于黎明时出发，成群结伙
要登临高处，看着着实有些吓人；
他们有平衡能力，有胆量，

1. 即德拉库拉伯爵(Dracula)。爱尔兰作家布拉姆·斯托克以十五世纪时瓦拉几亚(罗马尼亚南部一公国)的领主弗拉德三世为原型，于 1897 年出版了吸血鬼题材的哥特式恐怖小说；此后，小说中的“德拉库拉”成为吸血鬼的代名词。

也有属灵的习性，可他们的修道会侍奉了
  什么样的上帝？

文明人即公民。那么
  我在湖区[1]，会想看到另一个
资产阶级的发明，比如钢琴？
  哦，我不会。怎么可以？
当你将在彭里斯、苏黎世或随便哪个
枢纽站点从快车转乘慢车，列车很快就要转弯
拐进一处路堑，此刻我只希望站在月台上。
  很快就穿越隧道，红色的农庄退后不见，
    树篱换作了石墙，
奶牛变成了绵羊，你闻到了泥炭或松木的味儿，
  你第一次听到了瀑布声，

而看似巨墙的山体最终呈现出
  一个自我度量的世界和
一种散漫风格。为实施控制，
  冰与石的天使们
憎恶任何形式的生长，也不鼓励
遮遮掩掩的尝试，它们的日夜监视令肉体变得

---

1. 即英格兰湖区（Lake District），位于英格兰西北海岸，靠近苏格兰边界，方圆两千三百平方公里，1951 年被划归为国家公园。

如此平庸：在这里，路边的耶稣受难像
　　见证了施于人身的暴行，
　　　而小夜曲只忠于基本事实：
“哦，我的女孩得了甲状腺肿胀，
　　我的鞋底有个破洞！”

阴郁。但仍是个绝佳避难所。那牧羊童
　　有个祖传的圆脑壳，之前他的家族
因畏惧武力更强大的敌人逃来此地，
　　还有个安静的老先生
在黑鹰[1]有一间廉价寓所，过去他名下
拥有三份报纸，但现在已经不被社会接纳：
而这些农庄总会看到某个气喘吁吁的内阁大员光临；
　　我自认是个北欧人，
　　　但即便如此
我也更愿意躲开邻居的纠缠
　　　隔开几座山头自个儿待着。

终于可以独坐静处，如一只猫儿
　　待在阁楼的温暖屋顶上，
山中冰湖的某条支流欢快地直冲而下

1. 即布莱克·伊格尔(Black Eagle)，位于美国西北部的蒙大拿州。

流经了一片青翠农田，
花朵点缀其间，绚丽如一首中国诗，
此时，近在身侧，一个真实的爱人正在准备
一顿美味午餐，为何这些就能让我
如此快乐？只五分钟？我可不是猫，
对一个曾误入歧途的生灵来说，
即便在这座最美丽的山上，五分钟
也已经够长、够长。

或于 1952 年 7 月

4. 湖泊

(致以赛亚·伯林[1])

一个湖泊应该允许平凡的父亲
下午时绕着湖边悠闲散步，
而任何明智的母亲可以招呼孩子们
停止玩耍，按时上床午睡：
(比这个更大的湖，譬如密歇根湖或贝加尔湖，
虽适合饮用，却是“遥远的海”。)

---

1. 以赛亚·伯林(Isaiah Berlin，1909—1997)，英国哲学家和政治思想史家，二十世纪著名的自由主义知识分子之一。他出生于俄国拉脱维亚里加的犹太裔家庭，1920 年随父母前往英国，后半生一直任教、居住于牛津大学。奥登与他相识于牛津大学，相处愉快，但并不亲密，不过两人的自由主义思想可谓不谋而合。

湖畔居民不需要让人忐忑不安的魔鬼；
　他们把攻击性留给了没教养的浪漫派人士
听凭他们在荒野上与各自的幽灵决斗：
　在湖滨环境里待上一个月
会发现蜿蜒的河流虽可媲美，却无法改变
　上游水系枯丰不定带来的损害。

不足为怪，此时基督教世界尚未真正成形，
　直到来自山洞和监狱的白衣牧首[1]，
被酷刑折磨得伤痕累累，齐聚在阿斯卡尼亚湖[2]，
　他们在遍布鹳鸟的湖边创设了
神性的生活，让一个三角形[3]圈围了
　天主教三条小鱼的图案。

狡猾的外交大臣们会面总是会约在湖边，
　因为，他们缓缓移步像两头喘气的老驴，

1. 即早期基督教的主教。
2. 即今天土耳其的伊兹尼克湖，阿斯卡尼亚湖是其古希腊名字，因其附近的伊兹尼克镇得名；该镇历史上又称为尼西亚，而尼西亚是基督教会第一次大公会议的所在地，这次会议于 325 年由罗马帝国皇帝君士坦丁一世主持召开，约有三百位主教或长老出席。
3. 尼西亚会议确立了“三位一体”的神性论，依此制定了强制性的统一信条。该信条于 381 年经君士坦丁堡公会议（第二次基督教公会议）修改后，被称为《尼西亚信经》，成为唯一为天主教、东正教、英国圣公会和基督教新教主要派别共同承认的基督教信条。

无论逆时针走还是顺时针走，道路
　都会把他们的肩膀拽向一个水体中心；
这般外露的同情心或许无法保证他们
　　各自军队的密切合作，但仍有帮助。

只有一个无比邪恶或极度傲慢、
　即将沉入大西洋中央的人，
才认为波塞冬[1]只是冲他一个人发脾气，
　可是，只有人类才会相信
小妇人般的冰川湖已爱上
　她偶尔溺死的泳客。

在城市你会感到恐慌，没什么东西
　会留意你的真实程度。
城里的饮用水可能来自水库，而水库的守卫总会疑神疑鬼，
　感觉自己被人尾随：韦伯斯特辞典的主编
曾在鱼塘里看到粘连着干草叉的某个可怕东西；
　我知道苏塞克斯的铁匠池[2]就是这样。

---

1. 据希腊神话，海神波塞冬（Poseidon）是天帝宙斯的哥哥，同时也是大地的摇撼者。
2. 在英国的都铎王朝和斯图亚特王朝时代，制铁业多依溪流而建水车，以获得水流之动力；下方会出现一个狭长的人工湖，这样的遗址在肯特郡和苏塞克斯郡尤其多，在萨里郡和汉普郡偶尔也能看到。

不过，一个闹鬼的湖就很吓人；它们用一个
　视觉世界诊治了我们触觉的热病，
在那儿鸟喙如树枝般沉默，面目如房屋般平静；
　水蝎子觉得这里很容易对付，
倘若被船身轻轻擦过，它只是微微颤动，
　从不会钻入水里或夺路而逃。

如湖泊爱好者[1]那样热爱自然本也无害，
　但他们常想着能看到野狗和陷阱：
跌落一次、被驱离一次就够你受了，很抱歉；
　为什么我要把伊甸湖[2]交给政府，
只因世间每个凡俗男女在某个羊水小湖[3]里
　都曾具备特异的禀赋？

我不太可能会去养一头天鹅
　或在随便哪个小沙洲上建起塔楼，
但这并不意味着我会止住好奇心，不去想
　自己会选定哪种湖泊（若可以选的话）。
冰碛湖，锅口湖，牛轭湖，界崖线湖，岩溶湖，

---

1. 奥登曾以华兹华斯为典型的湖泊爱好者例，他自己对于英格兰湖区与日俱增的人口也颇为不满。
2. 或是指美国东北部佛蒙特州的伊甸湖小镇，附近有一条同名的小湖。
3. 羊水小湖（amniotic mere）是对“子宫”（womb）的形象说法。

火山湖，山麓湖，凹洞湖……？

一口气说出这些名字，总是非常舒服。

或于 1952 年 9 月

5. 岛屿

（致乔万尼・马雷斯卡[1]）

饱受磨难的老圣徒带着猫
　漂流到了外海岛屿，
在那儿，女人的骨盆不会危及
　他们的神圣之爱。

逃脱了法律的制裁，
　接近了一条驳岸小道，
藏匿岛上的海盗们
　遵守着海盗的规矩。

痴迷于安全措施
　普遍接受了君主制；

1. 此人是意大利当地的一位理发师，也是奥登住在伊斯基亚岛时的意大利语翻译。这首诗奥登最初是献给在岛上雇用的男仆（名唤乔康多・萨切蒂）的，但由于粗心大意，寄出的支票尾数多了个零，奥登想收回重开，两人因此起了争执，萨切蒂负气辞职，奥登在 1966 年出版《短诗合集》时更改了这首诗的致敬对象。

君王和民众都选择岛屿
　作为他们的监狱。

过去的凡夫俗子
　如今在岛上赎罪苦行，
灭绝的物种照常在玩乐
　并未读过霍布斯。

结束了他在大陆上的破坏，
　被安置到了一处岛礁，
拿破仑有五年多的时间
　来口授他的自传[1]。

那类人物何其有趣，
　他唯一的对象就是自己！
萨福，提贝里乌斯，还有我，
　都在海边侃侃而谈[2]。

什么地方比景物谙熟的

---

1. 1815年10月，拿破仑被流放到大西洋的圣赫勒拿岛，在那里口述回忆录，直到1821年5月去世。

2. 古希腊女诗人萨福长期生活在莱斯博斯岛(Lesbos)；提贝里乌斯即提贝里乌斯·克劳狄乌斯·尼禄，罗马帝国的第二任皇帝。奥古斯都(屋大维)退位前，他就以个人健康作为借口退隐，去往罗德岛如一个普通公民般过活；继位后，因丧子之痛和亲族矛盾，长期避居在卡普里岛(Capri)；而奥登自1948年开始经常到伊斯基亚岛度夏。

　湖滨更让人感觉惬意？
所有这些人怎么就胆敢
　四处转悠？

在民主政体下
　他们的私生活暴露无遗；若非
依据年龄或体重，你无法区分
　谁供养着谁。

他们走了，她走了，你走了，
　我也要回大陆去谋生：
而农人和渔夫总在抱怨
　他人的优裕生活。

1953 年 8 月

6. 平原

（致文德尔·约翰逊[1]）

我很容易就能想象出这么个老人，

---

1. 文德尔·斯泰西·约翰逊（1927—1990）曾任纽约亨特学院教授，专长领域是十九世纪和二十世纪英语文学，著有《维多利亚诗歌中的性与婚姻》（1975）和回忆录《威·休·奥登》（1990）。奥登与他结识于 1953 年春，当时奥登受邀担任了史密斯学院的客座讲师，约翰逊是该校的年轻教员，据说两人有一段亲密关系。奥登去世后不久，约翰逊教授即将自己所藏的奥登书信捐赠给了纽约公立图书馆。这些书信对于了解奥登在五十年代中期的文学态度极为重要，并且奥登也罕有地解释了自己复杂的格律范式。

爱斗嘴，不怎么体面，最后来到了
荒凉海滩上的一个破败港口，
向容易受骗的人讨酒喝；
我也能设想一个老糊涂躲山谷里
抄写大量晦涩难解的教谕诗；
可看到平原时我就不由心头一颤：
“哦，上帝，拜托，永远不要让我住在那里！”

想想这些山峰的下场就有些可怕：
连绵的雨、吱嘎作响的冰川击溃了
峻拔壮丽的岩石，山中沉睡的女神
正渴望被某个凿子的轻触唤醒，
那些瞎眼野兽经过时留下的东西只不过是
某种轻微物质，轻柔地沾上制陶工袖口的
一抔黏土、类似混凝土的一块碎石
就会让任何封闭空间丧失功能。

而地表平坦的其它地方都在发生改变！
只要还有一片山脊，梦想家就可以安顿
他的奇迹之地；贫困山乡的孤儿们为求暴富，
会朝下游方向拥去：沿途没有任何
指示标志；为在艺术和科学之间做出抉择，
一个初出茅庐的天才不得不抡起手杖。

这些农庄一旦获得自由只能如浮云般飘移？
　这些不安分的人，他们的目标只是加入海军？

恋爱？这种气候下绝无可能。在阿卡狄亚[1]
　领跳四对舞[2]的奥维德的迷人伙伴、
内心很有主见的轻狂少年贵族很快就会
　死于感冒或中暑：这些生命受到了
更严格的管制；那个无情的老女神[3]
　允许平民们随便约会，为他们创造了
乡村的各色谈资。（如果她心情不好，
　童床和草莓可就泡汤了！）

与此同时，恺撒和他的同类如家禽般
　贪嘴，比任何一种气候都更严酷。
倘若有收税官在山里失踪，倘若时不时地
　有守林人在森林里被射杀，过后不会有
什么大动静，而一旦什么地方爆发了抗议，
　通衢大道上御林军的行动何其迅速。
绞刑，鞭笞，罚款，撤离。然后是狂饮，

1. 阿卡狄亚（Arcady）是古希腊伯罗奔尼撒半岛中部的高原地区，居民主要从事游猎和畜牧。后世西方文艺作品中，常以“阿卡狄亚”一词形容世外桃源般的田园生活。
2. 盛行于十九世纪由四对男女组成的集体舞，也称为方阵舞。
3. 指前面第二诗节提到的沉睡女神。

是要挨揍的妻子。但宙斯[1]支持的强悍角色

通常会在某个小地方出生(多半是座岛屿,
岛上一个聪颖少年可以确定陡崖的位置,
控扼此地的大炮能让海港听从它的摆布),
虽然他们在这里也为克里俄[2]备下了房间。
基督徒的十字弩就在这条小溪阻击了异教的弯刀;
一位皇帝曾在某座风车磨坊里目睹
他的右翼部队被打散;某个王位觊觎者的轻骑兵
曾穿过这片卷心菜地发起最后的冲锋。

如果我在平原出生,我会嫌恶所有的人,
嫌恶为一片粗面包闹事的手艺人,
嫌恶挑剔的味觉,嫌恶画家,
因为他画的十二使徒偷了我的创意,
嫌恶牧师,他甚至不能让我才思泉涌。
当我辛苦吃力地走着,就只能对着

1. 奥登在这里用到了宙斯诞生的典故。根据希腊神话,克罗诺斯唯恐子嗣推翻自己的统治,把妻子瑞娅生下的孩子相继吞食。当瑞娅生下宙斯时,她决心保护这个小生命,用布裹住一块石头谎称是新生的婴儿给丈夫吞食,而把宙斯安全地送到了克里特岛。成年后的宙斯救出了自己的哥哥姐姐,推翻了父亲的暴政,成为新一代天帝。

2. 克里俄,也译作克利俄,是希腊神话中九个缪斯女神之一,司掌历史,常被描绘成手持羊皮纸的形象,她的名字的希腊语词根意思为"使出名"或"庆祝"。奥登于1955年写有一首《向克里俄致敬》的诗篇。

滔滔河水的充血影像、对着惊恐的大理石、
　对着强装关心的人们而微笑？

可是，就个人而言，我对它们的认识
　事实上恰似由两个噩梦构成的一片风景：
梦中我被远处的蜘蛛[1]发现，试图逃走，
　明知没有地方可躲，也没人会来援救；
明亮月光下，不见一点影子，
　我迷失了方向，正站在
一个可恶荒野死气沉沉的中心，
　如同交欢后陷入哀伤的塔克文[2]。

当然，这两个梦已表明，我应该害怕的不是
　平原而是我自己。我很想把话说得漂亮些，
而且言出便应验——谁不愿意这样？——
　（我也很想拥有一个有两个出口的山洞）；
我希望自己没那么蠢。我不能糊弄人
　说这些平原充满诗意，可时常还有人提醒我：
美好事物并不存在，即便是在诗歌里——

---

1. 奥登多次表达了他对蜘蛛的恐惧，比如在后来的组诗《栖居地的感恩》第二首中，他明确写道“蜘蛛纲动物让我战栗发抖”。

2. 即古罗马伊特鲁里亚时期（公元前 753—公元前 509，亦称为罗马王政时代）第七任国王卢修斯·塔克文·苏佩布的儿子塞克斯图斯·塔克文。好色的塞克斯图斯奸污了贵族科拉汀的妻子鲁克丽丝，使得后者不甘受辱而自尽。

实际情形并非如此。

或于 1953 年 7 月

7. 溪流[1]

(致伊丽莎白·德鲁[2])

珍贵而清澈的水流,在每一条溪涧里嬉闹,
当你在生活中急速奔泻或蜿蜒流淌,

1.《溪流》结合了阿尔凯奥斯四行诗与威尔士四行诗的头韵法等音节规律,可谓奥登作为诗歌"匠人"的经典之作。鉴于诗体复杂,奥登曾在 1953 年 7 月 30 日写给文德尔·约翰逊的信中,以该诗第二节为例详细阐述了错综的韵律形式。现照搬如下:

> Air is boastful at times, earth slovenly, fire rude,
> But you in your bearing are always immaculate,
> The most well-spoken of all the older
> Servants in the household of Mrs Nature.

在每节诗歌里,第一行靠前的一个音节与第三行中间的一个音节押韵,第二行的最后一个音节与第四行的倒数第二个音节押韵,第三行的倒数第二个音节与第四行中间的一个音节押韵。诗行音节的数目也遵循一定的规律:第一、第二行各有十二个音节,皆以阳韵结尾;第三行有九个音节,以阴韵结尾;第四行有十个音节,以阴韵结尾。可以说,诗行之间的内在押韵呼应了水流的牵引性,错落有致的诗行模拟了溪水的流动性,达到了形式与内容的高度统一。

2. 伊丽莎白·德鲁(1887—1965)是马萨诸塞州史密斯学院的客座讲师,也是一名作家、批评家,写了很多文学评论著作。1953 年,奥登访问史密斯学院时,就在德鲁的起居间里朗诵,此时西尔维亚·普拉斯在该校就读,普拉斯说奥登有着"麻布织物般的嗓音,还有干脆利落的出色表达";当晚,她在日记里写下了如下感慨:"哦,上帝,如果这就是生活,一知半解中的匆匆一见,闻上去有股啤酒和奶酪三明治的味道,高贵的眼神,自信的想法,请让我眼目明亮,逃离课业学习的苦恼……"1997 年,史密斯学院成立了诗歌中心,定期邀请诗人驻访和举办诗歌朗诵会,希望如奥登激发普拉斯那般继续引导学生们对诗歌的热爱。

　　谁不喜走近，谁不会倾听和观看？
　你是纯粹的造物，音乐与律动的完美典范。

空气有时会自吹自擂，大地懒散成性，火焰
则过于粗野，而你，你的姿态总无可挑剔，
　　在侍奉自然女神的老仆人当中
　你是谈吐最得体的一位[1]。

没人怀疑你在嘲笑他，因为在几近完工的
巴别塔[2]发生意外争吵、每一只灰浆桶
　　都翻倒掉落之后，
　你仍在使用与过去同样的词汇，

仍在自言自语：你喜欢流经的每个地方；
拱曲身体，自玄武岩岩床一跃而下，
　　你缓缓淌过白垩荒野，艰难穿越红泥灰岩
　一路向前，你是最早的拓荒人，

---

1. 奥登在此用到了古希腊的“四元素说”，即水、土、气、火是世界的物质组成。
2. 据《圣经·旧约·创世记》记载，大洪水之后，诺亚的子孙们联合起来兴建通往天堂的高塔；为阻止人类的计划，上帝让人类说不同的语言，使之相互不能沟通，高塔最终半途而废，人类各个群落最终只能说不同的语言，相互之间不能沟通。这座高塔之所以被称为“巴别塔”，是因为“巴别”在希伯来语中有“变乱”的意思。这一节中第一行的“嘲笑他”中的“他”指挫败了人类造塔计划的上帝。

每到一处都无拘无束，要不是你，

我们会去崇拜一块孤零零的岩石，

　　也会与我们的风景疏离，如异族人排斥

　其他族类的传奇故事和日常饮食。

假若你没有从远方奔涌而来，假若你

流经伊索尔德的塔楼时没有直接出手相助，

　　让柳树下被通缉的特里斯坦燃起爱火，

　我们又怎会爱上一个不在场的人？[1]

而“游戏的人”[2]，显然就是你的孩子，

以相对的等高堤岸，嘲弄着我们的世代怨仇，

　　它将沃土从户平那里传给了母平[3]，

　在你每次拐弯改道时都会予以支持。

---

1. 在特里斯坦和伊索尔德的故事中，康沃尔国王马克派遣特里斯坦到爱尔兰，欲迎娶爱尔兰公主伊索尔德为王后。已经爱上特里斯坦的伊索尔德乘船前去康沃尔，途中命侍女布兰甘特取出毒酒，准备与爱人殉死。结果布兰甘特取出了爱药，特里斯坦与伊索尔德双双堕入爱河。此后的故事场景多发生在遍布河流水道的地方。

2. 此处为双关，《游戏的人》亦是荷兰历史学家、文化理论学者约翰·赫依津哈的著作，强调了“游戏精神”在文化生成上的重要性。

3. 母平、户平是萨拉·舒恩梅克·塔特希尔（1824—1906）所写的宗教故事《犹太双胞胎，或真理的获胜》中一个犹太家庭中的双胞胎兄弟，两人皆从商，因转信基督教而先后获得了世俗成功。另外，这两个也出现在《圣经·旧约·创世记》里（各出现了一次），雅各布之子便雅悯（本雅明）有十个儿子，母平、户平分别是其第八子和第九子。“沃土”一词亦是双关，可引申为事业发达的基础或好运气。

水势不能为你的歌增色：你是无名溪流时
已对着蚂蚁们耳语，当梵天之子[1]垂下巨大阶梯
　　一直铺展到阿萨姆邦，
　你已对着喜马拉雅熊怒吼。

即使人类也不能损害你：世间的玫瑰和狗犬
已变得如此粗俗，可是，倘若他驱赶你通过水闸
　　在涡轮机下费力前行，或仅仅为了取乐
　让你在花园里跳跃喷涌，

你的声音仍是那么纯真，
当内心污浊的他对你大发脾气，
　　你仍然在为他讲述
　某个迥异的世界、一个

与善妒和奸猾的人类全不相容的城邦，
在那里，到处都有如加斯东·帕理斯
　　这样的学者誓言忠诚于它，
　即便俾斯麦的围城炮声已近在耳侧。[2]

---

1. 雅鲁藏布江流出藏南地区后进入印度阿萨姆邦后，便改称布拉马普特拉河，布拉马普特拉在梵语中意为“梵天之子”。梵天是印度古神话中的创世神。

2. 加斯东·帕理斯(Gaston Paris，1839—1903)是法国作家、学者。1870 年，在俾斯麦驱兵围攻巴黎期间，帕理斯镇静地作了关于中世纪法国英雄史诗《罗兰之歌》的演讲，宣称真理世界是一个远离战争的“伟大祖国”。

不久前，在约克郡风光怡人的山谷，
基思顿大溪慌张地蹦下崖坡
　　带着孩子气的欢叫跳入斯威尔谷[1]，
　我在草地上懒散躺倒，打了会盹，

恍然发觉自己来到了某个槌球比赛的
安静围场，而画眉鸟无处不在：
　　荫凉山谷中最出色的演奏者，
　它们槌击般的鸣声是我的至爱。

此时，它周边的丘原上，狂热偏执的老人们
正用铁锹和锤子寻找史前石柱或化石，
　　遍布苔藓的山毛榉林子里，
　观鸟爱好者正蹑手蹑脚地前行。

突然，我们在草地上跑起来，一头钻进了树林，
因为，看啊，两个迷你火车头牵引一节
　　乳黄色车厢，
　正载着世人挚爱的神祇[2]向我们走来，

---

1. 1953 年 6 月 22 日前后，奥登在英国斯威尔谷远足漫游，并在基思顿大溪旁给自己的哥哥写了一封信，表示他很喜欢这个地方，称之为“我的圣地之一”。

2. 不少学者指出，这里的神祇指的是希腊神话中的小爱神厄洛斯(Eros)。而关于前后几段的梦境描写，奥登曾在 1965 年 8 月 19 日写给霍桑夫人的信中说，这是对彼特拉克的抒情诗《爱的胜利》的现代演绎。

身边跟着一群穿绿衣的粗鲁扈从，
他在暴风雨中大笑，在蓝天下哭泣：
　　对我们充满敬意的欢呼表示感谢，
　还允诺了永不消逝的情爱。

挥一挥手中的火炬，他下令起舞；
于是我们围成一个圈，爱人就在我的右手边，
　　这时我醒了过来。因为这启发心智的梦，
　那一天看来是如此幸运。

水流，你的言声比以往更显珍贵，仿佛
乐于陪伴人类——上帝才知道原因何在——
　　我想，你也希望，他们中的少数至少能
　展现自己的光彩形象，寻获他们的圣地[1]。

或于 1953 年 7 月

1. 在基督教世界，圣地一般指耶稣基督出生、成长、生活过的地方；此处奥登用来形容自己心目中人与自然融洽亲近的所在，一个真正的伊甸园或阿卡狄亚。

短句集束(三)

纪念 L. K. - A. 1950—1952[1]

卢西娜[2],白猫中的蓝眼女王,已在这棵柑橘树下长眠:
此刻,我们这两个美国的废物正想念你,
伊斯基亚的海浪在为你哭泣,险峻的埃波梅奥峰很安静,
而战争表情肃穆,看守着一座坟茔。

1953 年 10 月

……

无名战士的墓志铭

为拯救你们的世界,你们曾要求这个人赴死:
此刻,他能不能看到你,再问你讨个理由?

1953 年 10 月

……

---

1. "L. K. - A."是奥登与切斯特·卡尔曼养的一头猫,全名为"Lucina Kallman - Auden"。
2. 根据罗马神话,卢西娜(Lucina)是天帝朱庇特和天后朱诺之女,既是助产女神,也是光明女神。与此同时,天后朱诺也常被称为"朱诺·卢西娜"(Juno Lucina),她集美貌、温柔、慈爱于一身,是女性、婚姻、生育和母性之神。

哦,这些脾气暴躁的家伙在哪儿
才会成为我们的政治演说家?
那个地方,应该将他们言语中
火星四迸的修辞格全部摒弃,
假若没有扑灭火苗,
他们就只能憋气不呼吸,
假若胡茬子没被烧掉,
他们就能吸入一点新鲜空气。

1953 年 9 月

……

看着那个体格健壮的男子
在炫耀他鼓起的二头肌,
社会工作者见之心喜,
可漂亮女孩却不以为意。

打棒球时,样貌看上去挺英俊,
也会在酒吧打架,实足一个阿喀琉斯[1],
可当他陷入无望的境地,
被大人物和众神抛弃,

---

1. 阿喀琉斯是希腊神话中半人半神的大英雄,他周身刀箭不入,只有脚踵是致命之处。在特洛伊战争中,他杀敌无数,数次使希腊联军反败为胜,后来被特洛伊王子帕里斯射中脚踵而死。

就再不是什么英雄。肤色白里透红，
讲究挑剔，几乎像个女孩子，夜色中，
当大屁股、宽肩膀的家伙们仓皇逃命，
他掩护他们撤退，最后饮弹自尽。[1]

或于 1950 年 6 月

……

给我请一位医生[2]来，如松鸡般丰满，
腿脚要粗短，臀部要宽，
肥胖型体质，有一双软软的手，
他从不会提出无理的要求
强要我改掉所有的坏习惯，
病危时也不会拉长了脸，
只须眨巴一下眼睛，
告诉我不得不认命。

或于 1950 年 6 月

……

1. 这段短诗是奥登的诗歌《给谢尔登博士的脚注》("Footnotes to Dr Sheldon"，1950)中的一部分。奥登曾阅读谢尔登博士的著作《人类体格类型》(*Varieties of Human Physique*，1940)，表达过自己喜欢矮胖型(the endomorphic type)多于精壮型(the mesomorphic type)的个人偏好。
2. 这位医生名叫大卫·普罗泰奇(David Protetch)，是奥登在纽约的私人医生。奥登自二十世纪四十年代与他结识，私交甚好。普罗泰奇医生因罹患癌症于 1969 年去世以后，奥登苦于找不到可以信赖的医生，干脆就不再做常规的身体检查了。

中土世界[1]很美好,也不会改变,
尽管会对"古老"发脾气,恨他不得体,
她的酒已发酸,她的面包了无滋味。

1954 年

……

一个年轻人自薄雾中走出,
他有一双最好看的手腕:
　一段发生过的丑闻
　长久以来已被埋葬,
可围绕他们的传说仍在继续。

或于 1950 年

……

当诗人们悲痛地沉吟有声,
死神掳走了那些单纯的年轻人,
　有的多金富裕,
　有的极为风趣,
还有的体格傲人。

或于 1950 年

---

1. 中土世界(Middle-earth)是出现在托尔金(J. R. R. Tolkien)的小说中的一块架空世界的大陆,字面含义是"中间的土地",意指"人类居住的陆地"。托尔金暗示中土世界所在的位置就是古代的地球,其北半部就是今日的欧亚大陆。奥登为托尔金的小说《魔戒》(在中土世界发生的故事)写过书评。

……

带枪的卫兵，礼貌又客气，
你的变体和你的风格：
一个笨蛋也能轻而易举地
用枪矛刺杀非凡的阿基米德[1]。

1954年

……

牛吼器[2]无法延续一年一度的雨季，
昔日的绿色守卫者——地下水——已沉降，
还会持续沉降：但为何要抱怨？尽管困难重重，
旱地耕作法仍会产出谷物粮食。

1959年

……

在穷乡僻壤，鸡蛋很小又很稀奇，
爬上了一条多石小道，结果却更糟，当体力

---

1. 公元前212年，古罗马军队入侵古希腊哲学家、数学家、物理学家阿基米德（公元前287—公元前212）的故乡叙拉古（现今的锡拉库扎），当罗马士兵闯进阿基米德的住宅时，这位老人因为过于专注于数学问题而忽略了身边的敌人，结果死在了士兵的刀剑之下。

2. 牛吼器，又名吼板，是先民土著使用的一种乐器，旋转时能发出吼声，多在宗教仪式中使用。比如，澳大利亚土著人会在祭祀仪式上用它召唤神灵，也用它"祈风"（即求雨）。

耗尽，我们听到了歌声——它如此合宜，

正歌唱着一年里最不合宜的时节。

1954 年

谣曲五首

I

轻巧地，将军，将你的蝇饵投向
　缓缓流动的深水处，悬停，
直到聪明的老鳟鱼出错上当；
　咸腥味的海渊已吞噬你统领的
　那支耀眼的舰队，
　　岁月已染白你的发眉。

往下读，大使先生，全神贯注于
　你最钟爱的司汤达；
外省一个接一个已丢去，
　城堡里的骑手不修边幅，
　正痛饮着美酒甘露，
　　多年前你在那里跳过舞。

不要抬眼观瞧，也不要转身，
　有一座桥连通了你们各自的领地，
桥上静静站着的一对恋人
　对你们的思虑毫不在意：

沉浸于荣耀和力量，
这是专属他们的时光。

你们的膂力和机巧统统失去效能，
无法改变他们拥抱的姿势，
也不能劝阻复仇三女神，
在那个命定之地
她们的利爪和可怕的面容
此刻正等待着他们。

1948 年 6 月

Ⅱ

帝王最宠爱的嫔妃，
由阉人出钱雇用，
看管示威者的卫兵们
掉转了枪矛的方向；
花瓶碎裂，贵妇们死去，
祭司所言皆虚妄：
我们吮手指或睡觉；演出
有伤风化且太过冗长。

可最后——嗬！——音乐响起，

开始变换场景：
一个外表有些邋遢的神祇
坐在一台机器里驾临，
匆匆念起土气的押韵诗，
弄错了一两个地方，
命令囚犯们绕圈散步，
还让死对头挤在一处。

1948 年 5 月

Ⅲ

河堤旁的山楂树上
一只欧椋鸟和一只柳鹪鹩
看见他们会面，且听他言道：
“我最亲爱的，
你比跳过水坝的欢唱的水流
更轻快活泼，
你是漂亮的鸭子，可爱的鹅，
也是我诱人的白羔羊。”
她面带微笑听他表白，
这边厢也在对她说话：
他想要什么？柳鹪鹩开口问。
很多很多。欧椋鸟这么答。

“原谅我心中这些可爱玩意，
　贪心又胆小的淘气鬼，
夹紧屁股、聒噪叫唤的小丑，
　爱哭鼻子的小诗人，
即便如此，这些声音直到死去
　仍会盘桓在我们之间，
它们如山楂花转瞬即萎落，
　亲爱的，但仍是一个信号。”
她笑一笑，闭上了眼睛，
　她安静地躺在那里：
他说的是真心话么？柳鹪鹩开口问。
　有些是。欧椋鸟这么答。

“听！野知更鸟吹响了号角，
　如它的音调所要求，
现在我们爱说笑的灵魂
　应该满怀敬畏地避退，
且让它们更为友善的伙伴
　对欲望缄口不言，
进入它们神圣的自闭状态，
　对激情再无幽默感。”
她不作声笑着，将手臂
　朝他那边伸去：

就这个结果？柳鹪鹩开口问。
　这样也不错。欧椋鸟这么答。

在她臂弯里醒来，他叫出了声，
　非常满足的样子：
“我听到高亢又好听的声音，
　突然就响了起来，
站在阳光明媚的城郊
　心中充满喜乐，我要感谢你，
感谢我的狗和每个好心人。”
　青草蔓生的河岸边
她笑着，他笑着，他们一起笑着，
　接着开始吃吃喝喝：
他知道自己说了什么吗？柳鹪鹩开口问。
　天晓得。欧椋鸟这么答。

Ⅳ

“当仪式和乐曲
　开始改换调式和拍子，
胆小的酒吧常客
　大肆吹嘘着未遂的罪行，
而显赫家族为能与族中败类

一同进餐而得意洋洋，
什么诺言，什么纪律，
爱还会遵守哪一样?”——
他们身旁的火焰如此喊道。
可塔米诺和帕蜜娜[1]
不理会它的愤怒，
哦，哦，他们叹息着，
在无尽延长的敬畏与欢乐中
（天真？是的。无知？不。）
开始了严酷的旅程。

“当可恶的卡俄斯[2]抬起门闩，
岩洞向后旋转，
当海伦的鼻子变成了鸟喙，

1. 塔米诺和帕蜜娜是莫扎特歌剧《魔笛》的男女主人公。该剧取材于诗人维兰德(1733—1813)的童话集《金尼斯坦》，由席卡内德改编成德语歌剧脚本。剧本讲述了埃及王子塔米诺被夜女王蒙骗，要他从萨拉斯特罗那里抢回公主帕蜜娜，并许诺将女儿嫁给他。王子同意后，夜女王赠给他一支能摆脱困境的魔笛；而事实上，萨拉斯特罗是智慧的主宰，“光明之国”的领袖，夜女王的丈夫日帝死前把具有法力的太阳宝镜交给了他，又将女儿帕蜜娜交给他来教导，夜女王心怀不满，欲假手塔米诺摧毁光明神殿，夺回女儿。塔米诺一路上经受了种种考验，识破了阴谋，终和帕蜜娜结为了夫妻。

2. “卡俄斯”(Chaos)的字面意思是“裂缝”或“打哈欠”，是希腊神话中的概念，最早由赫西俄德在《神谱》中提到。据赫西俄德所说，卡俄斯是存在于宇宙形成之前的一片黑暗空间，形状不可描述，因那时还没有光。赫西俄德笔下的卡俄斯并未被拟人化，奥维德将卡俄斯的概念进一步扩展为内部的无序，较接近于现代词语中的“混沌”。卡俄斯的产物是希腊神话的第一代神祇，包括：盖娅（大地）、塔耳塔罗斯（大地底层）、厄洛斯（爱）、倪克斯（黑夜）、厄瑞玻斯（黑暗）。

猫猫狗狗开始闲聊天，
当雏菊长出指爪，卵石开始尖叫
而形状和颜色开始分离，
之后，汇聚的恨意会从爱的撕裂的
内心里孵化出什么来?”——
潮水退去时如此低声呵斥。
可是，塔米诺用他的敬慕，
帕蜜娜用她的温柔，
抵御了那些咒怨；
哦，现在看哪！看他们如何摆脱困境
（害怕么？不。快乐么？是的。）
来到了阳光普照的外面。[1]

1953 年 8 月

V

让今晚变得可亲起来，
月亮，用你唯一的眼眸
自高空俯瞰下界，
祝福我，祝福挚爱的那个人，

1.《魔笛》一剧最后，塔米诺识破了夜女王的阴谋，用魔法将她驱回了无尽的黑夜；黎明到来时，塔米诺和帕蜜娜走出太阳神殿，萨拉斯特罗宣布太阳战胜了黑夜，一个智慧和友爱的时代已降临。

也祝福四面八方的朋友。

晴朗无云，你的辉光
围绕着外部的虚空；
我们的睡眠如此无邪，
由宁静浩空、白色山冈
和闪亮的大海守护。

因命运的捉弄而分离，
默认了你每次的放纵，
如此我们或会在梦中遇上，
可以在温暖火炉边谈话，
可以在清凉溪涧旁嬉戏。

继续照映吧，如此，
今晚孤枕难眠的人才不会
在暗头里突然惊醒过来，
听着自己愤怒的呼吸，
还诅咒他的爱人死去。

1953 年 10 月

即兴诗三首

I

为 T. S. 艾略特六十岁生日而作

(1948)

当形势开始波及我们挚爱的乡土，
钥匙丢了，图书馆的半身雕像被污损了。
　　之后某天上午，在网球场，
　骇人之极，那血污的尸体，总是会这样，

日复一日的茫然，闻所未闻的干旱，而你
并没有因震惊而失语，正在为饥渴和恐惧
　　寻找恰当的语言，竭尽全力阻止
　恐慌的蔓延。惟有罪恶才值得考虑，

你会这么说。我们知道，但会充满感激地加上一句，
今天，当我们等待法律走完它的既定程序
　　(我们中哪个会逃脱鞭笞的惩罚?)，
　你六十年的岁月并没有白费虚掷。

1948 年 5 月

II

《魔笛》的幕间演讲[1]

（为纪念莫扎特诞辰二百周年而作，1956 年。

由扮演萨拉斯特罗的演员朗诵。）

放轻松，音乐大师，搁下你的指挥棒：
只有最顽固的老古董才会皱眉相向，
倘若你延后了王子的磨难，试图让
萨拉斯特罗来完成这段幕间演讲，[2]
我们可以接受这种方式，虽然
亚里士多德或布瓦洛[3]未曾如此归类。
当代的观众并不觉得有什么不当，
因为这样的中断正是我们所期望，
既然新的神祇——有偿播音员，声势已很大，
他用近乎夸张的无聊话

---

1. 1955 年夏，奥登与切斯特·卡尔曼受美国电视台委托，翻译并适当改编了莫扎特的经典歌剧《魔笛》的脚本。翌年，他们的改编版本在美国电视台播出，这首诗歌便出现在两幕之间，由扮演萨拉斯特罗的演员朗诵。

2. 这里的“王子”指的是《魔笛》中的塔米诺王子，“萨拉斯特罗”是《魔笛》中的大祭司。

3. 古希腊哲学家、科学家、教育家亚里士多德著有《诗学》一书，法国古典主义诗人、文学理论家布瓦洛著有《诗艺》一书，都构建了系统的美学理论，在西方文化史上有重要的意义。

打断恋人的告白，让乐队中途停下来，
还会指定一家赞助商或称赞某个品牌。
并不是说我有一个产品要来描述，
你能穿它、用来烹调或可以喝下肚；
你没法去囤积或浪费一部艺术作品：
我是要赞颂莫扎特，而非促销发行，
他降生于萨尔茨堡，在两个世纪前，
那时这个世界充满了战乱与苦难，
机器很稀罕，有很多的国王君主，
公开的无神论还是某种新鲜事物。
（这会让自食其力的纽约人感到气愤，
想想看，一个绝顶天才不得不忍气吞声
站在一个微不足道的光头大主教[1]跟前：
虽说莫扎特从来不必为此承担责任。）

音乐史恰如人类的历史
不会逆向而行，没有一个人的耳朵能记起
在弗朗西斯大公[2]当政期间
曾听到了什么，而在王室贮藏的珍宝里边

1. 1771 年，少年莫扎特的庇护者萨尔茨堡大主教施拉顿巴赫辞世，亲王柯罗雷多继任该职位，成为莫扎特的新雇主。柯罗雷多限制他出游，并要求他的作品严格依循宗教规范。莫扎特心有不甘，此后三年两人关系持续恶化；亲王大主教最终解雇了莫扎特，之前曾公开地以"饭桶、智障"揶揄他。

2. 弗朗西斯一世于 1745 年当选神圣罗马皇帝，奥地利自此进入哈布斯堡-洛林王朝；"弗朗西斯大公"应指由弗朗西斯一世开始的帝国时期，而非单指其中某个皇帝。

迄今为止已有一支笛子而不是一枚戒指；
每个时代都会有它自己的听觉模式。
莫扎特的音乐代表了我们父辈的时代，我们知道
他是欢快的，洛可可式的，悦耳，但并不崇高，
一个维也纳的意大利人；自从音乐批评家们
学会了去体认“疏离感”，改变才得以发生；
这个灵魂，其音乐创作来源于焦虑，
现在，他被归入了日耳曼人的族域，
在国际音乐节，他乐于以一个平等身份
去支持十二音体系[1]的年轻歌唱家们；
他敬畏动人而华美的曲式，
他写的那些嬉游曲[2]，演奏时
甚至不断有人拔去酒瓶的塞子，
老爷们大声咀嚼，夫人们聒噪不已，
听众们肃静无声地听着，乐谱搁在了膝头，
如同正聆听 B 调最低音写成的四重奏。

---

1. 十二音体系是奥地利作曲家勋博格于 1921 年开创的现代派作曲手法，放弃传统的调式、调性与和声体制，将半音音阶中的十二个音任意排成音列，然后以倒置、逆行等技法加以处理。这种作曲手法对此后作曲家贝尔格、韦勃恩、达拉皮科拉、斯特拉文斯基、沃尔夫、布里顿、兴德米特、肖斯塔科维奇等都有影响。原文“Twelve Tone Boy”的全称是“Twelve Tone Boy Group Music”，特指当时欧洲追捧、推助这股新乐风的男性歌唱家，很多青少年成为他们的乐迷拥趸。

2. 嬉游曲指流行于十八世纪的轻组曲，当时主要用于室内的演奏，乐器组成、乐章数目以及曲式都十分自由，通常由三到十个小乐章构成，曲式常以舞曲（尤其是小步舞曲）、进行曲、变奏曲、奏鸣曲式等为主，并无严格限定。海顿与莫扎特都写过大量的嬉游曲。

接下来是什么？你不再能想象，
那时的音乐厅里，距今有两百年时光，
当莫扎特的声波在空气中传送，
乐迷行家们是如何被深深地打动，
他们绝不敢预言管弦乐队的音会升到多高，
构成一个连续音列的乐音又有多少，
依此节拍可以调控人的步子
在月面上齐步走，而在一个后核爆时代，
钢琴的组曲形式还是某位
名叫凯奇[1]的现代音乐家的标配。

一个歌剧作曲家或会因为剧本文稿
此后被发现的缺憾而心生烦恼：
今天，甚至麦考利的学童[2]也知道
罗伯特·格雷夫斯[3]或玛格丽特·米德[4]
会对这出戏里面的性别状况说些什么，

---

1. 即约翰·凯奇(John Cage，1912—1992)，美国实验音乐作曲家、作家、视觉艺术家，“机遇”音乐的代表性人物；其最著名的音乐作品当属《4分33秒》(首演于1952年)，共三个乐章，乐谱上没有任何音符，唯一标明的要求就是“沉默”。
2. 托马斯·巴宾顿·麦考利，十九世纪英国诗人，历史学家和辉格党人；其著作中常出现一个聪明男童，对读者提问或自问自答。
3. 罗伯特·冯·兰克·格雷夫斯(1895—1985)，英国诗人，学者，小说家和翻译家，专门从事古希腊和罗马作品的研究。
4. 玛格丽特·米德(1901—1978)是美国人类学家，1928年出版《萨摩亚人的成年》，探讨正值青春期的萨摩亚少女的性和家庭风俗，针砭美国社会对待青少年的方式；后又出版《三个原始部落的性别与气质》(1935)，引发西方社会中的“性别”议题。

它写成于新派母亲和青铜时代女族长之间的
那个半开化的黑暗纪元。
此刻，罗马先辈和他们的信念在哪里？
“哦，究竟在哪里？”米蒂先生[1]在叹气，
斜眼瞥看他那个活力充沛的配偶，
她僵硬的下颌线和皱缩的眉头
表明了她对罗马人妇女教育观的
鄙夷和极度嫌恶。

到一九五六年我们发现，女王其实是
一位薪水丰厚的学监，也最有能力
（如我们所知，她也的确管理着大学机关），
萨拉斯特罗，因其学识待遇从优，
在布林茅尔、瓦萨、史密斯、
或本宁顿[2]教授古代神话史；
帕蜜娜会是《时代》杂志的研究员，
以便塔米诺把他的博士学位读完，
他一如所愿获得了男子汉的学识，
与此同时也要换尿片和洗盘子；

1. 米蒂先生出自詹姆斯·瑟伯的讽刺性短篇小说《沃尔特·米蒂的秘密生活》（1939），小说描绘了一位康涅狄格州的丈夫陪同夫人逛商场时所做的白日梦。
2. 以上皆是美国东北部的人文艺术学院，其中布林茅尔、瓦萨、史密斯在历史上都是女子学校。

可爱的芭芭吉娜，倘若时间宽裕
就会去听广播里的莫扎特歌剧，
而帕帕吉诺，我们很遗憾有此担心，
更喜欢自动点唱机而不是钟琴，
那么，该怎么去演一个民主政体下的
反派角色？（在过去这太容易不过了）
倘若莫诺斯塔托斯定要给人留下个坏印象，
就不能依附任何种族、职业或宗教信仰。[1]

一个延续了两百年的作品极难处理，
而歌剧，上帝知道，必须足够的原味原汁：
伟大的成就，会被小小的虚荣心滥用。
什么东西他们肯定不能包容？
愚钝的古典作曲家可从未写出
女主角的花音和高潮段的音符，
指挥家 X，被过分地高估，
他改变了节奏，还删剪了乐谱，
导演 Y，富有巧思，将可怜的歌唱家
安置在乐池里，而舞蹈演员连比带划
用哑剧动作饰演着各自角色，布景师 Z

---

1. 芭芭吉娜、帕帕吉诺和莫诺斯塔托斯都是《魔笛》中的角色。帕帕吉诺是快乐的捕鸟人，陪同塔米诺寻找和解救帕蜜娜，路遇扮成老妇的芭芭吉娜，后来两人相恋；莫诺斯塔托斯是囚禁帕蜜娜的看守。

将整个舞台场景设置在一艘远洋客轮里，
男人头戴游艇帽，女孩们穿着热裤；
历经了所有波折，我们的天才仍须克服
比之前这些更大的一个障碍物，
要翻译成外语，动个手术，
(英国的女高音歌手注定会六神无主
因我们的男高音不得不隐藏他们的痛苦)；
它抚慰了法兰克人，鼓舞了希腊人：
天才超越一切，甚至包括时髦跟风。
至于我们自己，对未来如何实无定见
——这也无所谓——至少，我们还能预判，
无论是生活在浮空的尼龙立方体里，
是实行群婚制[1]，还是要通过导管来进食，
但凡是观众，迄今两百年来
(他们的服装很滑稽，发型很古怪)
都会挤着付现金，无论有多么怪异，
都会去听大胡子萨拉斯特罗朗声念出的台词，
倘若夜女王的高音 F 唱得很清亮，
敏锐的鉴赏家们定会称许认可，而某个

1. 群婚制指原始部族中的一群男子与一群女子共为夫妻。

来自布朗克斯的粗人因为通晓克歇尔编号[1]，
也能让公园大道的人吃惊不小。[2]

因此，庆祝一个对我们的可怜行星
完全无害的人的生日，是多么合理合情，
他，创作了如许多的杰出作品，
喜欢和堂妹开玩笑，言语荒诞不经[3]，
死前穷苦潦倒，落葬那天还在下雨，
如他这般的人物我们再不会有幸相遇：
而原谅一切，也是多么地适当；
因为倘若莫扎特还活着，他当然会这样，
会亲切回忆起萨列里的阴影[4]，
谴责谋杀和他未公演的作品，
而当我们赞颂已故者，我们也不该忘记

1. 莫扎特作品的序列编号最初由奥地利音乐学者、作曲家路德维格·冯·克歇尔于1862年编定并使用，以“K.”或“K.V.”的缩写作标记。原文“K's”意即“克歇尔编号”或“克歇尔目录”。

2. 布朗克斯区居民主要以非洲和拉丁美洲后裔居民为主，是纽约市有名的贫民区，犯罪率居高不下；公园大道则是纽约上等住宅区。

3. 莫扎特平时喜欢开些低级玩笑，他的音乐风格与他在日常生活中的言行存在明显的反差：二十一岁时，莫扎特结识了堂妹玛利安娜，两人的恋情因父亲的反对而中断，只得靠书信往来；其间，莫扎特写了不少情书，信中大谈性事之欢，并常见屎溺之类的词汇；而他自己作词并谱曲的歌曲里，有几首的标题和内容也颇为不雅。

4. 指意大利作曲家安东尼奥·萨列里(1750—1825)，曾与莫扎特一同在维也纳宫廷服务。在许多莫扎特的传记中，他被描述成一位嫉妒莫扎特、阻挠其成功的卑劣人物，并有谋杀莫扎特的嫌疑。事实上，两人之间颇有交情，并不如传闻中那样彼此敌视。

在我们身边还有一个斯特拉文斯基[1]
——祝福他！——够了！大师，让你的仆从登场！
在所有人的心中，如我们走至生命终点时那样，
理性和爱或会功德圆满，获得它们应有的影响。

1955 年

Ⅲ

致克劳德·詹金斯博士[2]，
牛津大学基督学院教士，
适逢他的八十岁寿辰
（1957 年 5 月 26 日）

让我们公共休息室的同僚们携起手来
在今天为你的八十喜寿欢呼喝彩，
爱思考的部落和好运动的氏族
都认可你的为人、赞赏你的学术，

1. 指伊格尔·斯特拉文斯基（1882—1971），俄裔美国作曲家、钢琴家、指挥家，被认为是二十世纪最重要的作曲家之一。奥登与斯特拉文斯基结识于 1947 年，之后有音乐上的合作。

2. 克劳德·詹金斯博士（1877—1959）从 1934 年开始供职于牛津大学基督学院，颇为德高望重。奥登曾就读于基督学院，从 1956 年开始，每年春夏之交都会驻校进行为期约一个月的讲课，期间奥登的吃住都被安排在基督学院，因而他与詹金斯博士有一定的交情。

此时，在冰冷的墨丘利池[1]，自鸣得意的鱼
从饱胀的肚腹里吐出了生日祝福语。
祝你长寿，能看到教职人员们齐集一室
为你的虔敬和才智心醉神迷。
很多次的午餐会，你的渊博令我们称奇。
多么奇妙的真相，多么有趣的学识
（嗨！即便利特尔[2]也不见得所知更多）：
到最后，当你热切的灵魂飞入天堂
（学院里所有的教士都会这样），
你会发现那里一切都称心合意：
一个更热诚的教团正等待着你，
潮湿不会导致生锈，干枯不会引发腐烂，
刚愎自用的学监也不敢闯进来捣乱，
在天庭的房间里你可以请教那些伟人，
譬如圣奥古斯丁、杜申或俄利根[3]，
撒拉弗[4]会供应神仙级的鼻烟[5]，

1. 基督学院里有一个汤姆方庭（Tom Quad），在方庭中央有一处观赏池，里面立着一座墨丘利（古罗马神话里的诸神使者）的雕像。

2. 即西里尔·利特尔（Cyril Little），彼时是牛津大学基督学院教员公共休息室的主管。

3. 圣奥古斯丁（354—430）是古罗马帝国时期的基督教思想家，被封为圣人和圣师。刘易斯·杜申（1843—1922）是法国牧师、语言学家、基督教史学家。俄利根（185—254）是古罗马时期的基督教神学家，亚历山大学派经文批判学的重要代表人物之一，一生著作超过六千种，其著作对基督教神学发展有很大的影响；他曾被捕入狱，被释放之后不久就因受创过深而殉道。

4. 亦称为炽天使，《圣经·旧约》中提到的六翼天使，中世纪基督教新柏拉图派认为，炽天使拥有天使的最高位阶，是神殿的管理者，一直不停地唱着圣歌。

5. 原文“snuff”指鼻烟，也可指鼻吸药、嗅剂；这里是夸张地譬喻天堂的美好。

气味比我们俗世的货品更刺鼻，

而怪模样的小天使会大叫："值得称颂之事，

无尽的荣耀归于我们的克劳德博士！"

1957 年

孤独的高等生物[1]

坐在树荫下一把海滩椅上
我听着花园里所有的喧闹声响，
在我看来这是件很正常的事
蔬菜和鸟儿说不出任何字词。

未受洗的知更鸟正在练声
它的赞美诗只能自我确认，
窸窣的花丛等着第三方的帮衬，
若真有一对飞来，授粉才能完成。

它们都没有撒谎的能力，
谁也不知道自己终有一死，
它们不理解什么格律或押韵
不会去承担时间该负的责任。

它们将语言留给了会估算日子、

1. 奥登认为，人与自然的分野在于人具有“选择”(choice)能力，而语言在这个过程中承担了重要的道德责任，让我们从自然的本能(如知更鸟本能的鸣叫)和无力(如花朵的授粉只能仰赖第三方)中挣脱出来，在时间的流逝中创造了自己的历史。这个主题在奥登诗歌中屡见不鲜，比如二十世纪三十年代创作的《战争时期》(第一首)、《谜语》以及后期创作的《进化?》等。

正盼着某位来信的孤独的高等生物；

而我们，哭或笑时也会弄出响声：

语言只属于那些信守诺言的人。

或于 1950 年 6 月

要事优先

在冬日的黑夜醒来，我枕着自己
温暖的臂弯，辨听着暴风雨的强度，
人犹是半睡半醒，直到我的耳朵
能够开始解读那间歇性的呼啸，
将气流的元音和水流的辅音转译成
爱的言语，提示了一个特定的名字。

呼啸声刺耳又笨拙，我很少
会选择这样的噪音，可它却在赞美你，
你被认作是月亮和西风的教子，
有能力去驯服那些似真亦幻的怪物，
它将你存在的姿态比作一个山地国家，
绿草由人工培植，蓝天靠运气的眷顾。

它如此的喧嚷，却单单挑中我，
为我复原了一个白天，异常的寂静，
连一英里以外的喷嚏也可听闻，
恍然间我正随你在火山岩海岬上散步，
这一刻，永恒如玫瑰的注视，你的在场
如此偶然，如此宝贵，就在那里，就在眼前。

不仅如此，一个讪笑的魔鬼每过一小时
就会来烦扰我，操着一口流利英语
他预言了这样一个世界：在那里，每处圣地
都已被尘沙掩埋，所有教养良好的得克萨斯人[1]
都会被他们的向导彻底蒙骗，而仁善之心
如黑格尔学派的主教[2]已灭绝。

怀着感激，我睡到了大清早上，这并不是说
它对我解读的暴风雨的言语有多么地信任，
只是平静地将我的注意力移向收得的结果
——我的贮水箱存了那么多立方的水
足以抵御这个酷夏——正所谓要事优先：
很多人无须爱也可苟活，但没有水则万事皆休。[3]

1956 年

1. 这里涉及美国得克萨斯州的州名来历。据说州名来自印第安语“tejas”，意为“朋友”或“盟友”，当年西班牙探险家在命名该州时将这个本应该为人称的词误以为地名，就由此沿用下来。

2. 门德尔松教授指出，“黑格尔学派的主教”指的是那些能够将旧教义与新哲学协调起来的神职人员。

3. 关于结尾行，奥登在 1972 年接受《巴黎评论》采访时曾说起一段趣闻：奥登的朋友多罗茜·戴伊因参加示威活动被关进了第六大道和八号街的女子监狱，事后奥登从她那里了解到一件事：“嗯，有个星期的礼拜天，在这个地方，女孩们排队下楼去淋浴。一群人被领进了门，这时，一个妓女在高声念诵：‘很多人无须爱也可苟活，但没有水则万事皆休……’那是我一首诗里的句子，才刚刚发表在《纽约客》上。听到这个的时候，我知道我没有白写。”

爱得更多的那人

仰望着群星，我很清楚，
即便我下了地狱，它们也不会在乎，
但在这尘世，人或兽类的无情
我们最不必去担心。

当星辰以一种我们无以回报的
激情燃烧着，我们怎能心安理得？
倘若爱不可能有对等，
愿我是爱得更多的那人。

自认的仰慕者如我这般，
星星们都不会瞧上一眼，
此刻看着它们，我不能
说自己整天思念着一个人。

倘若星辰都已殒灭或消失无踪，
我会学着观看一个空无的天穹，
并感受它全然暗黑的庄严，
尽管这会花去我些许的时间。

或于 1957 年 9 月

铁道线

被困在纷乱错综的小路上，
租车自驾者会诅咒自己的运气，
状态良好的老火车慢慢悠悠，
却能在教义的轨道一路驱驰，

前方，蒸汽笔直地升腾，
只要循着一条固定线路，
两边延展的迷人风景
就再不会将我带入歧途。

引人入胜的山谷遁去形迹
眼前是我喜欢的连绵丘岭，
不过，若我选的那条小道
确实离开了大路，通向了

某个陡峭的浪漫地点，
我或许会探问后续的可能，
至少该有一张十美元的支票
或是家人般的一个轻吻：

而固守自己的行事方式，
我才能放松安定，
去梦想一种有爱的生活
恰如那溪流或者树林；

一旦你做出选择并有所付出，
还有什么，会比当初做出决定时
轻易获得的那种快乐
来得更有趣？

1954 年

小夜曲[1]

月亮不宣而至，避开了
犬牙交错的山岭
她骄傲地掠过辽阔天穹
仿佛了知自己的处境。

我的心立即提醒说："敬慕她，
她是母亲，处子，也是缪斯，
值得你久久凝视，凭一时喜好
她能成就你，也能毁灭你。"

我的理智对此做出了回应：
"你总不至于说，恕我冒昧，
那些荒凉的环形山会介意
谁与谁同眠、谁又在折磨谁。"

今晚，如过往的很多个夜晚，
肤浅的率直当然占了上风。

1. 这首诗最初的标题为《月亮的一个面孔》，后来又改为《像 X 的月亮》，直到 1966 年收入《短诗合集》时才确定了如上标题。我们可以从原标题更好地把握这首诗的主旨。

双方都同样崇拜力量，对此，
我更为粗暴的理智敢于承认。

假若认可它们各自的看法，
显然，这位女神不得不回避，
她的高贵只不过是一张面具，
后面藏着一台隐形的发电机；

假若我被迫去当一个小公务员，
尽管我的梦宏大、恣肆又混乱，
我身上的这两种天性
也不会有什么抱怨。

可是，如果我的面孔是真实的，
不是神话也不是一台机器，
月亮应该看上去像个X[1]，
带有我亲眼见过的面貌特征——

譬如我的邻居，像他这样的脸
既不表明身份，也与性别无关，
不管我为X设定何种价值，

1. X指代下面几张面孔。

对我而言，它都恒久不变；

那位喋喋不休的女士
很可能带来了几首自己的诗篇，
那个愁眉苦脸的家伙经常回来
只因要偿付一笔短期贷款；

而她，毋宁说是某种逆象[1]，
我的世界，私人汽车，还有这个国家
所有的机器设备，至少还可以弥补
它的无足轻重。

或于 1951 年

1. 逆象是数学术语，亦称为“原象”。

珍贵的五种感官

要耐心，庄重的鼻子，
在一个乏味的世界里
好好服务于当下时刻，
不要粗暴地将它
刺鼻粗劣的气味
与过往的美妙气息相提并论。
那安静的魔法树林、
你神色严峻地站立其中的
那个严峻的世界、
它的祭司和难解之谜，
都已经面目全非；如今
在焦虑的时候，你充当了
口唇与眉额间的桥梁，
任何一条不对称曲线
延伸到面孔外部，
意识就从时间进入了空间，
怪异的表情或会引发
一句没头没脑的玩笑话，
而头脑肯定是、也曾是
一个无感情的球体：

于是，为表示敬意，
凸显了饱经风雨的斜坡，
一条你无法涉足的
从记忆到希望的道路。[1]

要谦虚，活泼的耳朵，
舞台下被惯坏的宠儿，
在这个缺乏教养的
音乐会盛行的时代，
任何的嬉笑胡闹都会让
偏执的心灵欢呼喝彩，
它如此缺乏自信
无法接受纯粹的虚构作品，
只想从你那里听到
部分真实的流言传闻；
察觉到它的弊病和轻浮，
在你做出判定之前，
请再回到学校耐心苦练，
直到过滤掉尽可能多的
窸窣语声，而你的听力

---

1. 奥登在此将鼻子的嗅觉与绵延的时间联系在一起，可能是向普鲁斯特的《追忆逝水年华》致敬，毕竟这部长篇巨著由主人公闻到一块俗名叫“玛德莱娜”的糕点而展开，而奥登对普鲁斯特的著作也颇为熟悉。

要达到这样的精微程度，
任何的声音，听起来
都会很自然，既不怪异
也不索然乏味，
之后去做你想做的事：
如天使般优雅地起舞，
你再也不可能将运气
寄托于狂热与玩闹。

要文明有礼，手；虽然你
无法解读自己的掌纹，
你所做的事已留下印记，
因脾气暴躁或出于贪心
你发动攻击时如此盲目，
很久以前你玩的把戏
那些友好或不友好的眼睛
不知不觉间已看得一清二楚。
翻转那些毛茸茸的手腕
和三角形羊腿般的拳头——
正是它们击溃了巨魔怪[1]
在石头上刻出了神秘的禁令，

1. 原文为“Troll”，指的是北欧创世神话中从霜巨人伊米尔（Ymir）尸体中诞生的人形怪物，他们比人类高大，皮肤偏灰绿色，惧怕阳光，多居住在山上洞穴中。

埋在土墩下的巨大手掌
现在已是一把乱骨，
虽然之前也曾风光过；
一只患关节炎的绷紧的手
或是市议员的一个手掌，
若它们挥来摆去地
赞美荷马的时代，
就很是无礼而可憎：
手，你应该变成
真正的富有生命力的手，
经由创造和给予，去触碰
那些你看不到的手。

要去看，眼睛，直视所有人的
眼睛但不要自我欣赏，
免得被面对面的
匆匆一瞥欺骗，
倘若彼此认识或了解，
你的肉眼直觉就会消失；
好奇地环顾四周
但要看个透彻仔细，
将你在街上遇到的
很多双眼睛做个比较，

而你们只需按此行事。
我可以(你们未必能够)
足够快地找到理由,
朝向了天空
怀着愤怒与绝望
对身边的事大声吼叫,
会查问那人的名字
不管是要责备哪一位:
天空只会等待观望
直到我上气不接下气,
之后,如同人不在现场
我还将一再重申
自己并不理解的
那道奇怪的指令:
为存在的合理性而祈祷,
这一条必须遵循,因为
生而为人是为了什么?
是和好,还是争吵?

1950 年 5 月

城市的纪念[1]

(悼念查尔斯·威廉斯[2],逝于 1945 年 4 月)

我们的灵魂有一个共同点即耽于肉欲,同样,

对上帝来说,他钦命的城市从来没有起点。

——诺维奇的朱莉安娜[3]

---

1. 1945 年 5 月,奥登申请了美国军方提供的"美国战略轰炸调查"(United States Strategic Bombing Survey)任务,前往德国的达姆施塔特、慕尼黑、纽伦堡等城市,进行为期一个多月的实地勘察和信息采集。一座座毁于轰炸的城市残迹,让奥登陷入了深刻的沉思与悲哀之中,在写信给友人提及调查内容时,他甚至都情不自禁地落泪。这首《城市的纪念》,是他时隔四年之后对彼时经历的追忆,带有强烈的历史与人性的反思。

2. 查尔斯·威廉斯(1886—1945)是英国诗人、小说家、神学研究者,也是文学批评家。1937 年夏,奥登初识彼时为牛津大学出版社编辑的威廉斯,相互留下了良好印象。在威廉斯的支持下,奥登很快就出版了《牛津轻体诗选》(1938)。随后,威廉斯的《堕落的白鸽》(1939)成为奥登认真研读的第一本神学研究著作,这本书以及威廉斯的人格魅力对奥登皈依基督教产生了重要影响,奥登曾在晚年创作的诗歌《答谢辞》(1973)里向他致谢。值得注意的是,这首《城市的纪念》最初并没有题献给任何人,在 1966 年收入《短诗合集》时才献给了威廉斯。

3. 诺维奇的朱莉安娜是英国十四世纪的女修士,被认为是最重要的基督教神秘主义者之一,写有大量宗教体验文字。至二十世纪,她收获了更多的文学声誉,T. S. 艾略特多次引用她的表述,《四个四重奏》第四部《小吉丁》的第三节,可视为对朱莉安娜的致敬:"不管我们从胜利者那里继承了什么/我们还从失败者那里取得了/他们不得不留给我们的东西——一种象征:/一种在死亡中臻于完美的象征。/凭借我们恳求的理由/通过纯洁我们的动机/一切都会平安无事,而且/世间万物也终将平安无事"(引文出自上海译文出版社,《艾略特文集·诗歌卷》,汤永宽、裘小龙译)。奥登在此引用的这个句子,恰好也是查尔斯·威廉斯在《堕落的白鸽》里引用并阐释过的。

I

乌鸦睁开眼睛,摄影机镜头打开,
俯瞰着荷马的世界,并未留意我们这里。
总体而言,它们推崇大地——诸神和人类
永恒不变的母亲;若它们予以关注
也只是附带而过:诸神举止得体,人类死去,
两者都以各自的渺小方式获得感知,
可她什么也不做,什么也不关心,
只是独自肃然地待在那里。

乌鸦落停在火葬场的烟囱上,
摄影机扫视着战场,
它们所记录的这个空间,时间无处容身。
右边,一个村庄在燃烧,左边的一个市镇
士兵们在开火,镇长痛哭流涕,
俘虏们已被带走,而距此很远的地方
一艘油轮沉入了冷漠海洋。
事情就这样发生了;从亘古到永远
洋李花飘落在死者身上,瀑布的喧响掩去了
受刑人的哭叫声和恋人们的叹息,
那道明亮锐利的光已将一个无意义的

时刻就此定格，那个吹着口哨的信使
已带着永恒事实遁入隘谷：
有人正享受荣耀，有人忍受着屈辱；
他可以如此，她必定这样。没有人会受到指责。

乌鸦镇定的目光和摄影机不偏不倚的镜头
看似真的洞察一切，但它们在说谎。
生活之恶并非由时间造成。恰在此刻，在今夜，
在后维吉尔时代的城市废墟中，
我们的过去已成一堆乱坟岗，而铁丝网一路向前延伸
已抵近我们的未来，直至在视线中消失，
我们的悲伤不是希腊式的：当埋葬了死者，
我们对为何要承受这一切毫无所知，但知道
我们并非因遗弃而痛苦，我们既不应自我怜悯
也不应怜悯我们的城市；
无论探照灯逮到了谁，不管扩音器在叫嚣些什么，
我们都不应该绝望。

II

教皇格里高利[1]独自在房间里小声说着他的名字，

1. 即格里高利七世（约 1020—1085），克吕尼改革派教皇，为了实现天主教会统治世界的野心，他与神圣罗马帝国皇帝亨利四世进行了毕生的斗争，最终因亨利四世攻占了罗马而仓促出逃，客死异乡。1606 年，教皇保罗五世追谥其为圣徒。

与此同时，皇帝，在一个中心散失的世界里
出尽了风头，不管他碰巧在哪里驻跸；**崭新之城**
不顾他们的反对已兴起，赞成者或否定者
都竞相效忠；武力和地方豪强并非
决定性力量；还有家乡和罗马；
去往圣地的途中对陌生人的恐惧已消失。

城市的现实行为具备某种双重意义：
肢体语言变成了赞美诗；玩笑地拥抱表达了
一种更稳固的联系；在狂躁者的噩梦中
异教徒的面孔取代了家族世仇；
海边的孩子们扮出滑稽的姿势
模仿着众天神的无限耐心；
那些在萨图恩[1]庇护下出生的人已感觉到末日的迫近。

抄写员和客栈老板发了财；多疑的族群彼此结盟
要将耶路撒冷从一个无趣的神祇那里解救出来，
训练有素的逻辑学家为建成**合理之城**
正努力从个人头脑的怪癖中

1. 萨图恩，亦称萨图尔努斯，是农业神（相当于希腊神话中的克罗诺斯），罗马最古老的神祇之一，他的儿子就是罗马主神朱庇特。据说，他被朱庇特推翻后逃到了拉丁姆，教会了那里的人民耕种土地，此即罗马农业的由来。纪念萨图恩的节日叫农神节（萨图尔纳利亚），时间在每年的 12 月 17 日到 23 日，惟有在这七天中，罗马的奴隶可获得部分自由参与庆祝。

恢复思想；从窗口望出去，连绵的果园、港口、
　野生动物、深河和枯石
由仁慈的圣母马利亚照料看护。

在一个遍布沙砾的外省，路德[1]发出了公开指控，
　因为倘若收了钱，那台机器轻而易举就会原谅和救赎
那些邪淫恶徒；他宣称**罪恶之城**是一道裂开的深谷
　任何仪式都无法超越；他降低了城市在神恩面前的地位：
自此过后，分歧也就成了城市的常态；
　它的结论包含了怀疑，它的爱宽谅了
它的恐惧；因为缺乏安全感，它只得忍受。

圣徒们已驯服，诗人拥立了意志这个暴怒的希律王[2]；
　趣味低俗的观众泪流满面，当某个世俗舞台上
伟人和恶棍在电闪雷鸣的诗篇中走向毁灭；
　城市被理性和背叛所割裂，为追求和谐
它在规整音律里发现了无形的领域，
　此时树木和石头学会了人类的无耻游戏，
开始奉承和卖弄，变得自负又嬉闹。

---

1. 即马丁·路德(1483—1546)，他坚决抗议罗马天主教会的贪污腐化和世俗观念，发动了一场宗教改革运动。
2. 希律王(公元前74—公元前4)是罗马帝国在犹太行省耶路撒冷的代理王，以残暴而闻名，曾下令杀死自己的三个儿子和妻子，而且为了杀害幼儿耶稣下令将伯利恒及其周围境内两岁以内的所有婴儿杀死。

以君主的名义，自然界被提交讨论；
　她作了君主希望听到的供认——她没有灵魂；
慑服于他的断头台和她的冷淡，节制的风格、
　嘲讽的微笑变得世故又恭敬，
城市发展出无数礼仪俗套：不带武器的绅士
　自有一套势利方式来履行职分，
充任了民众的法官、森林的父亲。

在某国的都城，米拉波[1]和他的同伙
　抨击了圣餐礼；拥挤不堪的旁听席在怒吼，
而历史踩着一个明确概念的鼓点大踏步前进，
　目标是要建立**理性之城**，急切地吹捧，
很快又厌倦：利用完拿破仑，便将他抛弃；
　它那些无趣又矫揉造作的英雄
忙碌起来，开始寻找未曾堕落的人。

沙漠危险，河流湍急，他们的衣着虽然滑稽可笑，
　却常常更换他们的贝阿特丽丝[2]，
他们睡得很少，奋勇向前，在法律不彰的所在

1. 米拉波(1749—1791)，法国革命家、作家、政治记者暨外交官，共济会会员，是法国大革命时期著名的政治家和演说家。在初期国民议会中，他是温和派人士中最重要的人物之一，主张建立君主立宪制。
2. 贝阿特丽丝(Beatrice Portinari)，诗人但丁所爱的佛罗伦萨一女士，其形象曾出现在但丁所著《神曲》中。

举起了福音的旗帜，出于对**光辉之城**的恐惧或骄傲，
他们曾否认或遗忘这些地方；
因为憎恶父母的阴影，他们由此导引，
侵入并劫掠了自然本性的地狱。

他们被喀迈拉[1]抓伤，因怨忿满腹变得消瘦，
而自杀令他们逐个地毁灭；有在**痨病角**触礁溺死的，
有在**酒鬼海**里失踪的，有在**瞎扯岛**上遇难的，
要不就在**心灵极地**的**绝望冰原**陷入困境，
他们功败垂成，孤独地死去；而现在，
这些一度成为禁区的隐秘荒凉的外部世界已广为人知：
没有信仰却忠诚，他们为**意识之城**而死。

Ⅲ

穿过广场，
在焚烧殆尽的法院和警察总局之间，
经过损毁严重以至无法修复的大教堂，
围绕着匆忙收拾好以便接待记者的大饭店，
毗邻了某个紧急委员会的临时棚屋，
铁丝网贯穿了这座被摧毁的城市。

1. 希腊神话中狮头、羊身、蛇尾的怪物，又译作奇美拉，因口中会喷火，又被称为吐火兽。

穿过平原，
在任两座山丘、两个村庄、两棵树、两个朋友之间，
铁丝网所经之处没有争执也没有辩解，
可是，它喜欢的某个地方、某条小路、某个铁路终点、
幽默感、烹调术、仪式、格调、
城市的样式，已尽数被抹去。

铁丝网也侵入了
我们的睡眠：它将我们绊倒在地，
而白轮船抛下我们已启航，余下的人都在哭泣，
在嘲笑者的舞会上它为我们提供了破烂的遮羞布，
它将微笑者绑在双人床上，
它从女巫的头部不停地向外生长。

在铁丝网后面，
如在镜面背后，我们的映象完全一样，
醒着或正在做梦：它没有可以欣赏的形象，
没有年龄、没有性别、没有记忆、没有信念、没有名字，
可以被清点、可以被增殖、可以被雇用，
在任何地点、任何时间都会被消灭。

它是我们的朋友么？
不；那正是我们所希望；我们哭泣，它不会悲伤，

因此这铁丝网还有这废墟并非一切的终点：
我们皆是肉身凡躯，但我们永远不愿相信，
　　我们的肉身终会死去，但值得同情的惟有死亡；
　　这就是亚当所期待的**他的城市**。

让我们自身的弱点去说明一切

Ⅳ

要不是我，亚当定会随同撒旦无可挽回地堕落；他
　　　　　　将永远不能叫出“噢，幸运已降临”。
也是我，怂恿了普罗米修斯去偷盗；而我的脆弱
　　　　　　　　　　曾让阿多尼斯[1]无辜丧命。
我听过俄耳甫斯[2]的歌声；我不像他们说的那样易受感动。
我没有被那喀索斯柔顺的目光欺骗；我很生气，
　　　　　　　　　　　当看到普塞克[3]点亮了一盏灯。

1. 根据希腊神话，爱与美的女神阿佛洛狄忒爱上了人间美少年阿多尼斯，后者却在外出打猎时被野猪咬伤致死，而野猪恰恰是阿佛洛狄忒的情人战神阿瑞斯的圣物。因此，阿多尼斯的死既是一场意外，也是一种谋杀。事后，阿佛洛狄忒求得冥后允准，让阿多尼斯于每年春天复活，化为漫山遍野的银莲花(anemone)，至秋天再回归冥府。

2. 俄耳甫斯是希腊神话里的色雷斯歌手，父亲是太阳神兼音乐之神阿波罗，母亲是司管文艺的缪斯女神卡利俄帕，生来便具非凡的艺术才能。

3. 普塞克是希腊神话里的人间美少女，她的名字“Psyche”意为“灵魂”。小爱神厄洛斯爱上了普塞克，每晚都与普塞克相会，而普塞克为了看清枕边人的模样，偷偷点燃一盏灯打量厄洛斯，却不小心将灯油溅落在厄洛斯的肩上。厄洛斯惊醒后，从窗户飞走了。普塞克为了重新见到厄洛斯，经受了种种考验，最终在天庭与厄洛斯相会，生下了女儿“快乐”(Joy)。

我曾深得赫克托耳[1]的信任；也仅此而已。
假如俄狄浦斯听我一言，他就永远不会离开科林斯；我在
审判俄瑞斯忒斯[2]的时候没有投票。
狄俄提玛[3]谈到爱的时候我睡着了；我对魔鬼诱惑圣安东尼[4]
不负任何责任。
救世主在十字架上说出的第五句话[5]是说给我听的；于是
就成了禁欲主义者的一块绊脚石。
特里斯坦和伊索尔德相会时我是那个不受欢迎的第三者；
他们曾试图毒死我。
在加拉哈德[6]寻找圣杯的旅程中我曾与他并肩骑行；
虽然并不理解，我一直记着他的誓言。

---

1. 赫克托耳是《伊利亚特》中的英雄，特洛伊城的第一勇士，最后死在希腊联军的大英雄阿喀琉斯的手中。

2. 希腊神话中，俄瑞斯忒斯是阿伽门农和克吕泰涅斯特拉之子，为报杀父之仇，他杀死了母亲及其情夫。弑母的俄瑞斯忒斯被复仇女神反复纠缠，不得安宁，只得到处逃亡。阿波罗指引他到雅典，寻求智慧女神雅典娜的公正裁判。雅典娜挑选了雅典最正直最睿智的市民担任法官，自任首席审判官，在阿瑞斯山开庭审理。投票表决时，有罪与无罪的票数相同，雅典娜投出了决定性的一票，最终宣告俄瑞斯忒斯无罪。

3. 狄俄提玛，亦被称作曼提尼亚的狄俄提玛，是柏拉图《会饮篇》中提到的一位女哲学家，苏格拉底的导师。柏拉图借她之口表述对爱的理解和观念，所谓"柏拉图式的爱"的源头，即来源于她。

4. 圣安东尼，或称"伟大的圣安东尼"、"大圣安东尼"，公元三世纪罗马帝国时期的埃及基督徒，是隐修士的先驱，也是沙漠教父的著名领袖。

5. 根据《圣经·新约·约翰福音》，耶稣在十字架上的第五句话是"我渴"。

6.《亚瑟王传奇》中的圆桌骑士之一，兰斯洛特和伊莱恩之子。因其圣洁与高贵而寻获圣杯。

我妨碍了浮士德与海伦缔结他们的婚姻[1];我看到一个鬼,
马上就能认出它来。
我对哈姆雷特一点没耐心;但我会原谅堂吉诃德,只因
他在牛车中作了坦白供述。[2]
我是唐璜的花名册[3]里那缺失的条目;为此,他再也无法
辩白解释。
我帮助理发师费加罗[4]想出了所有的妙计;当塔米诺王子
到了获得智慧的年纪,我也得到了回报。
对老水手[5]犯下的错,我完全清白无辜;我曾几次三番
提醒亚哈船长[6]要及时行乐。

---

1. 根据歌德的《浮士德》第二部第二、第三幕,浮士德在魔鬼梅菲斯特和"人造人"的帮助下,回到了古希腊的神话世界,与美女海伦结合,生下一个儿子欧福良。欧福良继承了浮士德渴望行动、永不满足的性格,他向高处飞翔,却不幸陨落在父母脚边,形体随即消失。海伦悲痛万分,离开浮士德回到阴间,浮士德也回到了北方。

2. 根据塞万提斯的《堂吉诃德》第一部第四十七章至第四十九章,堂吉诃德的亲人委托村里的神父和理发师出门寻访他。在得知堂吉诃德的行踪后,他们请人假装落难公主求救引出了堂吉诃德,又装扮成妖魔鬼怪捉住了他,把他关进笼子、装上牛车带回了家。堂吉诃德在牛车上向桑丘坦承自己想要解手,说明他并未中邪。

3. 唐璜身边有个贪财如命的男仆列波莱洛,一日唐璜又带着他到处寻花问柳,在城郊遇见了被他遗弃的贵族小姐埃尔薇拉。她怒责唐璜无情义,唐璜溜跑了,留下了列波莱洛。列波莱洛同情埃尔薇拉的遭遇,报出了唐璜一千八百个情妇的名单,埃尔薇拉于是下定决心展开报复。

4. 法国十八世纪戏剧家博马舍的两部政治喜剧《塞维勒的理发师》和《费加罗的婚礼》中的主人公,他虽然出身低微,但机智幽默、见多识广,敢于同贵族大人周旋,并在精神上战胜这些地位优越者。

5. 英国十九世纪诗人柯勒律治的叙事诗《古舟子吟》中的主人公,他在一次航海中杀死了一只象征好运的信天翁,经受了无数肉体和精神上的折磨后,逐渐明白"人、鸟和兽类"作为上帝的创造物存在着超自然的联系。

6. 美国十九世纪小说家梅尔维尔的小说《白鲸》中的主人公,他作为捕鲸船船长,为了报复白鲸咬掉了他的一条腿,一心想追捕这条白鲸,终至船毁人亡。

说到大都会，她实在过于庞大；我没有她那种妄想症。
我对她的说话方式了解甚少，对她的统计数字几无印象；
　　对居住在她的镜像表面的人，我怨恨满腹、心绪不宁。
而我酷爱游赏的地方，她总会招来一大群的摄影师；
　　　　　　　　但我会死而复生，聆听对她的裁决。

1949 年 6 月

阿喀琉斯[1]之盾

目光越过他的肩头
　她在寻找橄榄树和葡萄园，
寻找施行良治的大理石城邦
　和狂野海洋上的航船，
而在闪闪发光的金属之上
　他双手打造出的却是
一片人为的蛮荒
　和铅色的天际。

一个毫无特点的平原，贫瘠，阴沉，
　片草不生，荒无人烟，
没有东西可充饥，没有地方可栖身，
　在它的虚空之上，一个难以辨识的群体
　正在此间聚集站立，
一百万双眼睛、一百万双战靴摆出了阵型，

1. 在攻打特洛伊城期间，忒提斯爱子心切，拜托火神赫菲斯托斯为阿喀琉斯打造了盾牌以及其他武器装备，《伊利亚特》第十八卷讲述的就是这段故事，洋洋洒洒一百三十余行诗句都在描述盾面上的图案，而奥登此诗在内容上显然与之形成了互文。另外，值得注意的是，奥登在诗体安排上也独具匠心，将海洋女神忒提斯所希望看到的秩序世界和盾牌上出现的混乱世界进行戏剧性地对照，前者均采用八行体(每个诗行控制在三个音步)，后者均采用七行体(每个诗行控制在五个音步)，秩序与混乱、节制与松散一目了然，以此实现了诗歌内容与形式的高度统一。

人人面无表情，等着一声号令。

一个没有面目的声音划破了空气，
　统计数据已证明，陈述理由的语气
如此乏味和平静，一如所在的场域：
　没有人欢欣鼓舞，什么也无须讨论；
　前队接后队，裹卷在烟尘里，
他们向前进发时强撑着一个信心
如此逻辑将在某处将他们引向不幸。

目光越过他的肩头
　她在寻找仪式的虔诚，
寻找头戴白花冠的牛犊、
　奠酒和祭祀供品，
而在闪闪发光的金属之上
　经由摇曳的锻炉之火，
她没有看到理应出现的祭坛，
　却看见了别样的场景。

铁丝网随意圈出了一个营地，
　无聊的将官们懒散地躺着（有人在插科打诨），
哨兵们汗水涔涔，全因这酷热天气：
　一群衣着体面的普通民众

　围在外面观望，不走动，也不吱声，
当三个面色苍白的家伙被押解上场
绑缚在直插进地里的三根木桩上。[1]

这个世界的平民与王族，各自都有
　其分量，落在他人手里则不分轻重；
众生皆渺小，他们无法指望援救，
　自然也没有援军来这里：
　敌人屡屡得逞，他们深以为耻，
感觉糟糕到无以复加；他们失去了
人的尊严，在肉身死亡前就已经死去。

　目光越过他的肩头
　　她寻找竞技场里的健儿，
　男男女女结伴起舞
　　摇摆着曼妙的肢体，
　快，快，跟上音乐的节拍，
　　而在闪闪发光的盾牌之上
　他双手布置出的不是舞池
　　只是一片杂草荒地。

1. 此处是对耶稣被钉在十字架的受难场面的戏仿，只不过“三个面色苍白的家伙”身份不明，不再是耶稣和两个强盗，十字架变成了“木桩”，围观的群众也被替换为衣着得体、默不作声的现代人。

一个衣衫褴褛的流浪儿，漫无目标地
　独自徘徊在那片空地；一只飞鸟
振翅高飞，只为逃离他精准掷出的砾石：
　两个男孩拔刀捅向第三人，女孩们被强暴，
　这些于他都是公理，他从来不知道
有这样的世界：那里人人诚实守信，
只因他人在哭泣，你也会潸然动情。

　薄嘴唇的兵器匠赫菲斯托斯，
　　已一瘸一拐地走开，
　看着这件由神祇打造、
　　只为取悦她的爱子的物件，
　胸膛闪亮[1]的忒提斯沮丧地哭出声来：
　　冷酷心肠、杀人无数的
　强悍的阿喀琉斯
　　命寿注定不会很长。

1952年

1. 荷马写到忒提斯时，往往用“银色”来形容，银色含有闪亮的意思。奥登用“of the shining breast”来修饰忒提斯，也是在呼应荷马。

二流史诗[1]

不，维吉尔，不：
即便最早的罗马先民
也无法以将来时态通习罗马史，
它也无助于你政治上的浮沉转折[2]；
事后之智如先见之明同样毫无意义。

你那个锻造盾牌的神祇会如何解释：
他的杰作，那幅宏大的全景画，
取材于后世那个国家上演的历史剧场景，
为何充斥着连年的战争，
而所有人的出生都需要预先决定？

---

1. 这首诗在内容上与古罗马诗人维吉尔创作的《埃涅阿斯纪》（尤其是第八卷）形成了互文。《埃涅阿斯纪》是西方历史上第一部“文人史诗”，取材于古罗马神话，叙述了特洛伊英雄埃涅阿斯在特洛伊城被希腊联军攻破后，率众历经千辛万苦来到意大利拉丁姆地区，成为罗马开国之君的经历。值得注意的是，史诗第八卷主要叙述了埃涅阿斯等人到达未来都城罗马的所在地，获得了火神伏尔甘（即古希腊火神赫菲斯托斯）打造的神盾，上面的图案预告了罗马的未来。奥登的这首诗与此前创作的《阿喀琉斯之盾》可谓姊妹篇，从阿喀琉斯的盾牌写到埃涅阿斯的盾牌，从道德层面写到历史演进，体现了奥登借神话题材写人类境况的驾驭能力。

2. 此处暗指了维吉尔的个人经历：公元前 42 年，屋大维击败刺杀恺撒的卡西乌斯和布鲁图斯后，领军来到曼图亚，没收了维吉尔的农庄，维吉尔因祸得福，结识了屋大维的朋友麦凯纳斯（诗人和艺术家赞助人）。由麦凯纳斯引荐，维吉尔得以结识了屋大维。当屋大维在阿可提翁的决战中击败安东尼回到军营之后，维吉尔曾对着他连续四天朗诵《农事诗》。维吉尔创作《埃涅阿斯纪》期间，屋大维非常关切，甚至写信给维吉尔要求让他先睹为快。

还有，众所期待的屋大维，
为何会如此意外而神秘地到访驻留？
他没有预见到公元前三十一年[1]以后的未来，
对此他会申明怎样的理由？
那张黑暗的帘幕，为何最终偏偏选中了
卡里亚人、莫利尼人和格隆尼亚人[2]，令他们
战战兢兢、卑躬屈膝地排成长队，归附了罗马？
为何幼发拉底河、阿拉克塞斯河以及类似的河流
会学着按照某种拉丁化的方式流动？
而正在视察军队、检点礼物的恺撒
为何永远止步于预言中的终结之地？
埃涅阿斯是否曾这么发问："往下会发生什么？
此次凯旋之后，会出现何种预兆？"

就修辞技巧而言你的建议过于狡黠：
这让我们开始想象你第八卷著作的
一部续篇，以颓靡的字体、潦草地

---

1. 公元前31年，安东尼和埃及女王克里俄佩特拉率军抵希腊西海岸，屋大维率军渡海东征；此后双方在海上决战，安东尼落败，与克里俄佩特拉先后自杀，屋大维占领了埃及。
2. 卡里亚是安纳托利亚历史上的一个地区，在今土耳其境内，希腊人把当地原住民称为"卡里亚人"。莫利尼人是北高卢森林地区的贝尔盖人部落，位置在今法国北部加来海峡省布洛涅、圣奥梅尔一带，恺撒在《高卢战记》中有过记述。格隆尼亚人又被称为荷隆尼亚人，希罗多德曾提到过格隆尼亚人在中亚斯基泰地区西北部建立的一个国家。

写在残篇断简旁侧的某段补注文字，
此件作品，出自一位流亡修辞学家之手，
他筋疲力尽、饥肠辘辘，一心要找个雇主，
心急火燎地遣词造句，只为博得
某个醉醺醺的金发王储的青睐，
此人，曾将他洗劫一空，
倾向于认为上天已安排了一切，
金发碧眼一族负有改造人类的使命。

……此刻，美因茨[1]已然在望，新年前夜繁星满天，
而长着一对犄角的莱茵河摆脱了古罗马的束缚
已将汪达尔人[2]背负在它冻僵的脊背上；
看！多瑙河，现在与哥特人意气相投，
条顿人的鬼魂再不会听到不愉快的消息，
远离阿刻戎河[3]的悲伤的人们
已摧毁了迦太基，劫掠了希腊：
现在，朱图尔娜[4]离开了
忿恨不满的河床——她的歌声如此激昂，

1. 美因茨位于莱茵河西岸，为德国城市。
2. 汪达尔人是古代日耳曼部落的一支，曾在公元 439 年攻陷罗马在北非的首府迦太基，公元 455 年攻陷并焚掠罗马城。
3. 阿刻戎河即地狱的冥河。
4. 朱图尔娜(Juturna)是古罗马神话里的泉水女神，屡次帮助弟弟卢杜里之王图努斯对抗埃涅阿斯，后被天帝朱庇特贬为水中仙女。

她的欢乐如此无度——因为已有消息传来
在萨勒瑞安门[1]发生了叛乱。
阿拉里克[2]已为图努斯[3]报了仇……

不，维吉尔，不：
纵使你的诗篇写得技巧圆熟，
我们却在其中听到了缪斯遭背叛后的啜泣声。
你的安喀塞斯[4]完全没有说服力：
这对我们实在是过分的要求，当读到此类情节——
一个鬼魂会如此目光长远，一位父亲
预先就知道罗穆卢斯[5]会建起城墙，
而奥古斯都缔造了一个黄金时代，

---

1. 萨勒瑞安门是罗马奥勒留城墙的城门，公元三世纪时由罗马帝国皇帝奥勒留下令建成。
2. 阿拉里克一世是西哥特国王，395 年洗劫希腊，410 年入侵意大利，当年他就是从萨勒瑞安门进入罗马开始了著名的“罗马洗劫”。
3. 在维吉尔的史诗《埃涅阿斯纪》中，卢杜里之王图努斯是对抗埃涅阿斯的首领。拉丁王拉丁努斯原已将女儿拉维尼亚许配给图努斯，因神谕所示，转而将拉维尼亚嫁予了埃涅阿斯。图努斯率领诸王向埃涅阿斯宣战，最后埃涅阿斯一军取胜，图努斯则死于疆场。
4. 安喀塞斯是希腊神话里的特洛伊王室成员，女神阿佛洛狄忒与他结合生下了埃涅阿斯，因他泄露了与女神的关系受到宙斯的惩罚，被闪电击中成了瘸子。据《埃涅阿斯纪》描述，特洛伊陷落后，埃涅阿斯背着他出逃，一路流亡来到了意大利，最后死于西西里。
5. 罗穆卢斯与他的双胞胎兄弟雷摩斯是罗马神话中罗马城的奠基人，按照普鲁塔克和李维等人的历史记载，罗马建城之初两人因为选址发生争吵，最终雷摩斯在混战中被杀，罗穆卢斯独自称王。建城完毕后，罗穆卢斯以自己的名字命名新城为罗马。

还试图教导他的孝顺儿子
要终身热爱恒久长远之事,
你会同时提到他们,但并未透露
(当然,先知不容有丝毫的闪失,
人类因其宿命,总是会喜欢
证据如此确凿无疑的天意。)
这两个名字预示了一个天主教男童[1]
将被阿里乌教派[2]的奥多亚塞[3]废黜。

1959 年

1. 即西罗马帝国的末代皇帝罗穆卢斯·奥古斯都,476 年被奥多亚塞威迫退位。其姓名包含了罗马历史上最具影响力的两个伟人。

2. 阿里乌教派是由曾任亚历山大主教的阿里乌所领导的基督教派别,主张耶稣次于天父和反对教会占有大量财富,其主张引发了无休止的论战;公元 325 年罗马皇帝君士坦丁大帝召开第一次尼西亚大公会议,阿里乌遭驱逐,所属教派被斥为异端。

3. 奥多亚塞是意大利的第一个日耳曼蛮族国王,476 年被拥立为王,这一年传统上被认为是西罗马帝国灭亡的标志。

历史的创造者

严肃的历史学家关心货币和武器，
不会在意某个自大狂的连篇废话
只为其标注了日期，他们知道
文人们很快会拟构出一个范本，
如同小学校长灌输给呵欠连连的
学生们的那套东西，

可能的地图，可能发生过的战役，
辖区的前后变化用颜色标示，
征引的材料
来自粗俗的阵前喊话
和撺掇元老院撕毁协议时所作的
音节铿锵的申辩。

轻易就能平添一份伟大，
隐姓埋名，直言不讳的自我点评，
就能引得老实人的交口称赞，
更极端的例子还有恐惧症和变态行为，
诸如此类的奇葩，如同在嘲弄
人文主义的非政治趣味。

理由多么地正当，传奇故事
将他们揉捏成了拼凑起来的半神半人
和能工巧匠，能令河流改道变向，
赤手空拳就筑起了城市的高墙，
公然沉迷于宗教仪式，
还肯为命理学去殉道。

他身边有十二个双胞胎兄弟、三个妻子和七个儿子，
一年里有五个星期会穿上衬裙[1]，
和蝎子国王缠斗九天后
被刺中了致命处，
拖到第十三个月死去，
从此跻身于不朽人物的行列。

克里俄很喜欢这些人，为他们驯养良马，
替他们解疑答惑，满足他们一应所需，
甚至包括了他们豢养的
那些谄媚的诗人：可是，这些高等人士
如同长粉刺的男孩和青涩期的少女，
除了一味地期求，还做了什么事？

1955 年

---

1. 此处在讽刺教廷的代表人物——教皇。

伟大的T[1]

出生时与其他孩子一般无异，
亲戚们都把他叫做“T”，

如我们从未听说的那些名字，
“T”还不会让路人心生惧意。

某天早晨当西方刚刚苏醒，
烟雾笼罩，日出看不分明，

马蹄声声如鼓点，亡命之徒大叫着：
——“你们的死期已到！T来了！”

在相当长的一个时间段里，
“T”这个名字

有充分的理由来引发疑问（谁能撇开不提？）：
“假如上帝存在，为何他无法阻止？”

各国语言里的一个同义词，

1. 这是奥登戏笔写下的一首谜语诗，主题却是严肃的，是在说历史上的统治者，他们就像前一首诗《历史的创造者》中的“伟人”，渐渐演变为传奇。

用来形容造成危害的人或事。

那些毫发无损者，假若谈到“T”，
甚至也会在胸前画起十字，

而在他去世后，他的踪影
时隔多年仍可看到——那些表情

带着哀伤表情的脸，
和那些寸草不生的平原。

（有些地区，旅行者公开表示，
时至今日也没有恢复元气。）

当地球开始频繁地送出
北方的气流，高效又冷酷，

提醒存世的生命，一切希望皆空幻，
“N”的到来使她恢复了心智的健全，

而“T”在他的百岁诞辰之前
被带到了一间幼儿园，

专门扮演妖魔鬼怪，

去吓唬吮手指的调皮男孩。

取得了某种军事上的胜利，
“N”死去(由“S”取而代之)，

接替了“T”的工作去探访孩童，
而“T”已完全没用。

他无恶不作，坏事干了一出又一出，
公众对他做了些什么却满不在乎。

(我们推想，有些学者会特别留意，
可是，在一间高级教员休息室里

胡乱说些你的同事不知道的事情
可不怎么受人欢迎。)

虽然“T”无法再次赢得克里俄的奖杯，
这个名字不时会被说上几回，

譬如说，作为一个易位构词游戏[1]的字谜：

---

1. 易位构词游戏的原文是“anagram”，这个词有“反向”或“再次”的含义，来源于希腊语词根“ana”和“grahpein”(有“书写”、“写下”的意思)。易位构词是将一个词或短句的字母重新排序，以构造出另外的新词或短句。

以 11 个字母——A NUBILE TRAM[1] 为题。

1959 年

1. “A NUBILE TRAM”这个字谜无法译成汉语，答案是“Tamburlaine”（这个单词是“Timur the Lame”——“跛子帖木儿”的戏称），即中亚河中地区的突厥化蒙古贵族帖木儿，他于 1370 年缔造了一个从德里到大马士革、从咸海到波斯湾的大帝国。富勒先生指出，这首诗里的“N”指的是拿破仑，而“S”指的是斯大林。

管理层

在糟糕的旧时代情况没这么糟：
　阶梯的顶端
是个可以安坐的好玩地方；成功
　意味拥有很多——大把的空闲时间，
丰盛的饮食，重重宫殿里塞满了更多的
　物品，书籍、姑娘、马匹，
数量多到你都腾不出时间看一遍，登山时
　会被人抬上去，一边看着其他人
步行跟随。实施管理乃是一种娱乐，
　你打出一张黑桃A，紧接着
签署了一份死刑判决，转手又会拿起
　一副新牌继续玩。而现在
功名头衔已没有那么实在或有趣，
　因为我们习惯认知的
权贵物种已远非旧貌。他们中任何一个人，
　你会说他像某个
悲剧英雄、柏拉图式的圣人么？
　会有任何画家下笔描绘，画中的他
赤身裸体，脚踩一只海豚，带着胜利的喜悦
　从湖中升腾而起，

还有胖胖的小天使提供保护？
　真正的恺撒们孤独自处
或与好友一同聚饮的时候，会无拘无束
　坦然面对整个世界，
他们会像恺撒们那样
　举手投足么？这不太可能。
今天，给我们的生死问题下最后结论的人
　是如此的安静，
他们待在非常宽敞的房间里，工作非常卖力，
　已沦落到要用数字来表示
出了什么问题和应该做什么。
　午餐时，每人的托盘上
只有一块小巧精致的三明治，
　他们有本事
只用一只手拿食物，头也不抬，
　眼睛还盯着几份
需要秘书们归档的文件，
　微笑无济于事，不能解决
任何问题。打字机从无停歇，
　就像在安静又闷热的午休时间
聒噪起来的蚱蜢，
　正讨论着各种琐碎事情，
譬如未被我们的战争和誓言改变的森林，

　譬如无意中飘来的花香，
譬如永远没有投票权的小鸟的歌声，
　要不就费心费力地留意
那些明显迹象，一个恋人出于本能
　会看到，而警察经由训练
也能获得这种观察能力。时至深夜
　他们的窗户灯火通明，
当他们看着某份报告，每过十五分钟
　弓起了背，
如一个神祇或某种疾病，
　总会在地球的各个角落里
找到令人厌烦的理由，他们有气无力，
　漫不经心，正寻找某个
替罪羊。假如为了休息调养
　出门去玩耍，这些大人物会与
鞠躬的厨师或投眼看过来的芭蕾舞演员
　不期而遇，却不会因为
任何一位名家的失手而败坏兴致。
　实施管理必是出于使命感，
好似一场外科手术或一件雕塑；乐趣所在
　既不是爱也不是金钱
而是冒必要的风险，去测试
　自己的本领，假如遇到难题，

回报当然也属于他们自己。可是
　当他们时不时琢磨当下的时机，
而猜测的结果常常证明是如此大错特错，
　或许我们也应该提到
必定会带来些许安慰的
　这个事实：
对自诩为真正精英的他们来说，
　假如果真如精英般行事，
那么，在最后一班避难飞机上
　总还会留有他们的位置。
不；事实上，没有人会对他们沉重的步态
　和忧心忡忡的神色表示同情，
他们也不会感谢你，倘若你如此表白。

1948 年 6 月

厄庇戈诺伊[1]

像他们这种情况，祈求阿波罗[2]没什么用；
喜好享乐的诸神已死去，再不会
从各自座席里站起，他们中的一个，
即便刺耳啸叫的部族已渡过了大河，
仍在挖苦着死者，没有提到紫杉之名[3]；
指望人高马大的先人们提着长剑
从海上乐园返回也无济于事
（让他们想待哪里就待哪里去，倘若他们
真有个去处的话）；而假装没有预见到
那种食不果腹、几无立锥之地、
赤贫如奴隶的可能结局，同样毫无意义：
在此期间，一个有教养的绅士该如何行事？
假若他们像女人般突然嚎啕大哭，

---

1. 在希腊神话中，"厄庇戈诺伊"（the Epigoni）意为"后辈英雄"。在攻打忒拜城的战役中，阿尔戈斯的七位英雄相继阵亡；十年过后，他们的儿子们再一次征战忒拜城，取得了胜利，为父辈雪耻。奥登此诗的主旨并非聚焦于神话或历史，而是探讨罗马帝国衰亡时期的亚历山大学派。

2. "后辈英雄"出发前曾前往阿波罗的德尔斐神庙祈求神谕，以选出一个统帅。

3. 紫杉常与死亡或悲伤的象征有关，古埃及人会手执其枝条表示哀悼，古希腊和古罗马亦有此风习。另外，据说耶稣所钉上的十字架亦是紫杉木。因为与葬礼和死亡的关联，紫杉在后世文学作品中常常被提及，莎士比亚、华兹华斯、丁尼生和马修·阿诺德都有过类似的描绘。

或是过度渲染悲情，语调夸张
又废话连篇，侃侃而谈着死亡，
这还是某种可以原谅的缺点；
多亏了他们，读者只会认为
他们所热爱的语言遭遇了失败，
最后终结于那些荒唐、老套的把戏，
譬如首尾重复[1]、楔形诗[2]和回文藏头诗[3]：
为维系名声，他们写下的东西
只会在学者的脚注里毫无危险地挨批[4]，
而平庸化的一代人会觉得这些注解过于肤浅，
对后者来说，玄奥难解的胡话饱含了智慧。

1955 年

1. 作为反复修辞的一种，首尾重复指的是在一个句子的开头和末尾重复同一个词或词组。
2. 作为图形诗的一种，楔形诗的每一节内，每一行都比前一行多一音步，在视觉上呈现出自上而下逐渐伸长的楔形或金字塔形。
3. 回文藏头诗是一种按一定法则将字词排列成文、回环往复都能诵读的诗，而且将数行诗句中的首或尾字母连缀组合，亦能构成某种暗语性的词或词组。
4. 奥登中晚期的诗作历来引起文学界的争议，他这行诗在某种程度上可谓是一语成谶。戴维·珀金斯在他 1987 年出版的《现代诗歌史：现代主义及其余音》(*A History of Modern Poetry*: *Modernism and After*)一书里有评述奥登的独立章节，结尾时，他说了这么一句话："假如奥登的诗歌在某种程度上还经得起时间检验，那会是他三十年代的作品，其后期诗歌引人注目的首要特征，就是附属于'学者的脚注'。"

浴缸沉思录

(公元 500 年—公元 1950 年)

致敬，未来的朋友，现在我可以
预告你的礼物以表谢意，
你首先想到的应该是仁善，
以我过往的阅历就可推断。
简洁的问候语，最适合
序数极值[1]的两个无名者：
致敬，再见！概率只会认出
我们各自数列的长度，
但我们数值上的关联有如诸神，
无论爱或死亡都无法触碰。

这么寻思着，我在想，这个最后的罗马不列颠人
该去洗他最后一次热水澡了。

1955 年

---

1. 序数是集合论基本概念之一，是日常使用的第一、第二等表示次序的数的推广；极值指一个函数的极大值或极小值。这里，奥登使用了数学上的专门术语来譬喻人与人之间跨越时间的联系；小标题“公元 500 年—公元 1950 年”让我们推想，他当时或许正在读古罗马后期某位作家的书。

老人的路途

经历了大分裂[1]，贯穿了我们的风景线，
不理会上帝的代理人和类人猿，

出乎意料地，就在他们的眼前，
老人的路途一如既往地延展，

此时，某种轻质土层和单一矿石
仍在普遍使用：忠实于自身的原理

它绕过梯台、大门和篱笆空隙，
走向了奶牛牧场、林区和耕地，

经过了宇宙论神话的圣地
如今异教徒再不会因此被处死，

山顶环道附近因此变得很安全，
现在的小孩子轻易就能将它攻占

1. 基督教东西两派经过长期纷争，于 1054 年分裂为天主教和东正教；此外，1378 年至 1417 年间，天主教会亦出现大分裂。

（高海拔山区的牧羊人用上了马嚼子，
哈姆雷特走去情人小道放松透气），

之后它以奇特的方式穿梭于各座城市，
现在，贫民窟和贼盗窝不见踪迹，

换上了绿色路灯杆和白色街边石，
与古老的大教堂隔开很远距离，

郊外时髦漂亮的新月形街区
直接通向了市政厅的新建楼宇，

靠推理和猜测，都无法看透它们的风格：
并不觉得可怕，但给人留下的印象很深刻。

不为人知，可是，遵从
这条既定路线就可以自主行动，

而沿着它一路漫游的人，不会被
某个神权统治者的卫兵喝退，

快要通过那个关隘时，
哨卡的探照灯已经偏移，

(不会在它偶然照到的地方再探近一步):
于是在夏天,路上没有任何障碍物,

有时一个驱邪的流浪者会阴沉着脸
慢吞吞走过,一个昆虫学家在垂暮之年

会拨弄枯黄的树叶打发日子,
到春天时,倘若遇到激动人心的事

一个年轻人会快步疾行,
他真实的自我急于一探究竟。

既然道路并没有明确的目标,老人
把它留给了那些仍然钟爱行路的人,[1]

他们从不追问历史运作的真相,
所以不会装出无所不知的模样:

设想着某种自由,但会否认它的力量,
否认了它的力量,他们就可随意通行。

1955 年

---

1. 富勒先生指出,"老人的路途"实际上是一条自然之路,通往本真的自我,或者说真实的自我。

科学史[1]

所有的冒险故事都会强调
礼貌和友善的必要：
倘若没有人出手相助
谁也没法迎娶亚麻色头发的公主。

他们看起来正需要帮助，
而多亏了他们，性情温和的老三
已搭上了醒来的女王，
此时，他的几个哥哥

正在应付丑老太婆和流浪狗，
为如何分配口粮争吵不休，
他们须为自身的骄傲赎罪
如寒鸦或风中孤零零的石头。

可是，很少听到后续的结局：
不安分的学究们已删去
与老三后面一个弟弟有关的

1. 在这首诗中，奥登看似借童话故事中"幸运的老幺"（一般为三兄弟）来假设"老四"误打误撞地走上了神奇之旅，实则想要说明科学发现充满了偶然性因素。

所有的书面证据。

这个老四，如新月般言语温和，
见过他的人都感觉如沐春风，
可是，当有人建议他“去南方待一会”，
他笑答一声“多谢”，转身去了北方，

脑袋里装着某张自以为可靠的地图，
他从来就没有达到预想的目标
（他的地图，当然是错误百出），
可他误打误撞走上了一条奇迹之路，

一座不是圆形而是方形的高塔，
里面的宝藏不是金子而是银子：
他吻了一个娇小酣眠者的手
捋了捋她那乌亮的头发。

明智的权威人士是否敢于承认：
一个人即便走岔路也可发家致富，
犯了错也能赢得荣誉，而抱得美人归
竟完全归因于他的执迷不悟？

1955 年

真理的历史

在往昔的年代，存在即信仰，
真理是最为可靠的东西。
它总是被优先考虑，相比长着蝙蝠翅膀的
狮子、长着鱼尾巴的狗或长着鹰头的鱼，
不像世间的生命，会因死亡受到怀疑。

当他们努力建构一个永恒实体的世界
以寄托信仰，真理即他们依循的模式，
对于陶器和神话，拱廊和歌谣，
无须去认定它们是否真实：
真理就在那里，不言自明。

眼下这时节，真理像纸盘子般实用，
也可以换算成千瓦的功率单位，
我们最终采用了一个相反的模式：
某些伪真理任何人都可以去揭穿，
不存在的东西，你也不必去相信。

或于 1958 年

向克里俄致敬[1]

我们的山丘已顺服，岭上的新绿
　迅速向北方铺展：我的周遭，
从早晨到夜晚，繁花持续地绽放，
　争奇斗艳中，五彩斑斓的它们

都已获胜，而另一族类的尖利叫声
　也随时会从某个地方传来，
那些初生的鸟雏儿啁啾鸣啭，
　不为取悦只因就是要叫唤。

有件事要去做。这个五月的早晨，
　很多我无法理解的生命都感知到了
我的存在，当我正坐着读书，眼睛停在
　某段难以卒读的文章，敏感地嗅出了

---

1. 兰德尔·贾雷尔、西默斯·希尼，还有菲利普·拉金都认为奥登的早期作品远比他的晚期作品出色。1960 年，拉金在《旁观者》杂志还发表了一篇标题耸动的评论文章（名为《威斯坦变成了什么？》），特别提到了这首《向克里俄致敬》；他断言奥登的中后期作品"缺乏生气，有一种不断重复固有文学主题的趋势，陷入了某种抽象空谈……选择去创作长篇大论的反思性的诗歌，用一成不变的调子，从容展现着主题的各个侧面……奥登变成了一个不严肃的诗人，不再触动我们的想象力"，诸如此类。有趣的是，奥登显然读过这篇文章，随后还发表了一篇有关拉金的诗作《较少受骗者》（"The Less Deceived"，1955）的评论文章，毫不吝啬赞美之词。

某种不舒服、不安稳的味儿，这感觉
　似曾相识：我手上的书了无生气，
而这些空中的生灵以评论为生，
　它们不知何为沉默，一如撩人的

阿佛洛狄忒或酷似她的悍妇阿耳忒弥斯[1]，
　这对高傲的姐妹，其关切的话题惟有
她们自己。这就是为什么，在她们争斗的领域，
　平庸会变成美丽，

没有过大或过小的比例失调，也没有
　色彩失真，而地震的怒吼会将
溪流的低语调整为一种并不喧闹的高音：
　而我们为此缘由，偶然

又不合时宜地，被迫与你，克里俄，
　与你的沉默面对面。自那以后
诸事难如意。我们或会做梦，当我们
　祈愿会有十二个仙女

1. 阿耳忒弥斯是希腊神话里的月亮与狩猎女神，太阳神阿波罗的孪生姐妹，常身穿白色长衣、手持火炬，打猎时背着银弓，驾一辆由红雌鹿牵拉的金车，一群猎狗为她呼啸开路。若有人闯入她的领地搅扰她，必会遭到残酷的报复，故而奥登称之为“悍妇”。

围着阳具崇拜的立柱或肚脐石[1]绕圈打转，
　但这些画面毫无帮助：你的沉默
已挡在了中间，令我们无法抵达
　任何一个掌控万物的神秘中心。此外，

我们真是如此的不堪？日出时被公鸡的
　啼叫吵醒(它一迭连声地打鸣
即便它所有的鸡仔已被阉割或成了盘中餐)，
　我很高兴我仍能感知不快乐[2]：纵然

我不知道该如何应对，至少我知道
　那“成对交配的野兽”[3]可能是某种

1. 肚脐石是在古代地中海沿岸地区出现的石器制品，通常是竖立的圆石，同时兼有宗教崇拜和生殖崇拜的功能；它来源于古代神话：据说宙斯放出了两只老鹰，让它们在世界的肚脐(用来譬喻中心点)会合，肚脐石就用来标识这样的地点。
2. 奥登曾多次探讨人与自然的分野，并从上帝造人的角度对人的本质属性做过深入探讨。他认为：“人的创造被描述为双重过程。首先，‘神用地上的尘土造人’。也就是说，人是自然造物，如其他所有的造物那样遵循自然秩序的法则。其次，‘神将生气吹在他鼻孔里，他就成了有灵的活人’。这意味着，人是承载神的形象的独一无二的造物，具有自我意识和自由意志，因而能够创造历史。”正是“自我意识和自由意志”派生出了人的“选择”特性，而人类始祖面临的第一次选择就是摘食“分别善恶的树”上的果实。奥登特别指出：“人违抗禁令后，一开始面临的遭遇并不是苦楚或任何施加的惩罚(这在之后才显现)，而是不快乐；亚当和夏娃与上帝的关系，以及亚当与夏娃之间的关系，并不严峻，只不过瞬间从爱和信任转向了内疚和焦虑。”
3. 此处原文为“beast-with-two-backs”，通常译为“交媾”，出自莎士比亚悲剧《奥赛罗》第一幕第一场。

平均分布的物种，而我的母亲和父亲
　也不例外。去拜谒

一个朋友的墓地，当众出人家的丑，
　历数一路换过的情人的数目，这不太好，
但是像不会哭的鸟儿般啁啾发声，
　仿佛没有特定的人死去，

还认为闲言碎语从来就不真实，这就匪夷所思了：
　果真如此，宽恕不会起什么作用，
以眼还眼的报复才合情理，而无辜者
　也不必去承受痛苦。阿耳忒弥斯

和阿佛洛狄忒都是主神[1]，所有英明的
　城堡主都会留意她们的言行举止，
惟有你，静默女士[2]，你从来就没有
　公开表态，我们沉不住气的时候

---

1. 指希腊神话中新辈诸神里的“主神”，共十二位。
2. 奥登在这首诗中把克里俄描绘成司掌历史的缪斯，同时也是“静默女士”(Madonna of silences，“Madonna”有“圣母马利亚”的含义)。关于这一点，可以从奥登于1956年圣体节写给友人厄休拉·尼布尔的信管窥一二。奥登在信中附上了这首诗，并写道：“写这首诗的时候，我的脑子里都是你，因为我觉得你是唯一能够理解我的安立甘信仰问题的人——试问，一个给圣母马利亚写赞美诗的人能够不小便么？新教徒们不喜欢她，罗马人要的是该死的热情和哭腔的男高音。随信附上的这首诗是我的尝试，交由你那严厉的、神学的、女性的鉴赏力来评判。”

会求助于你，而在被识破之后，
　克里俄，我们会凝视你的眼睛
以寻求理解。我该如何描述你？
　也许，惟有花岗岩雕塑才堪表现

（有人马上就猜想，完美的臀部，
　没有棱角的高贵无瑕的嘴唇，
她必会是一座巨像）可是，艺术为你创作出了
　怎样的形象？你看上去就像一个不起眼的

普通姑娘，与野兽为伍也没有表现出任何
　特殊的亲近感。我看过你的照片，
我想是在报纸上，你在看护一个婴儿
　或正哀悼某具尸体：每一次

你都什么也不说、什么也不做，我们就此看清
　并注意到了你的处境，唯一历史事实的
缪斯女神，你默默守卫着视野所及的
　某个世界，爆炸的巨响也无法消除

你的静默，众所周知，惟有恋人肯定的回答
　才会令你动容。大人物们很少会倾听：
这就是为什么，你有那么一大群

滑稽可笑的人物要去关心，

这就是为什么，那些命运沉浮如坎伯兰公爵[1]、
兜转忙碌如拉克西水车[2]的人，
矮胖的人，谢顶的人，信神的人，口吃的人，
都成了阿耳忒弥斯的膜拜者，却没有

追随你。而听从你指引的生命如音乐般流动，
现已接受它们唯一的可能性，让静默发出了
果决的声音：它听上去如此地从容，
但他们还须找准它的节拍。克里俄，

时间之缪斯，惟有走出第一步
才会让你仁慈的静默实现自身的价值，
而这一步通常意味着历尽艰辛，纵使你的善意
从来不被人理解，你总会原谅我们的吵闹

并引导我们去回忆：阿佛洛狄忒说过，
我们绝无可能放过某个我们所爱之人

1. 坎伯兰公爵指威廉·奥古斯都王子(1721—1765)，英王乔治二世幼子，亦是英军将领，有弗兰德恶棍和坎伯兰屠夫之称号。他参加的战事有胜有败，凯旋过，也曾屈辱地订立城下之盟，可谓是几经沉浮 。

2. 拉克西水车于1854年建在英国马恩岛的拉克西村，是世界上最大且仍在运作的水车。

犯下的最微不足道的过失，
　而她应该知道，你也明白，有些人

已做到了这一点。你看上去如此可亲，
　我却不敢问你是否会庇佑诗人，
因为你看似从来没有读过他们的作品，
　而我，也看不出你必须如此的原因。

1955 年 6 月

爱宴[1]

午夜时，我们被
召集到了马可楼[2]，
以爱的名义，依从了
收音电唱机里的福音。

路易莎正告诉安妮，莫莉
在她背后与马克所说的话；
杰克喜欢吉尔，吉尔崇拜乔治，
乔治却对杰克很着迷。

慕道教友们依序进场；
闪烁的目光过于热切地
追逐着少妇和篮子；

1. “爱宴”影射早期基督教的信徒聚会。从表面看，这首诗混杂着爱欲和信仰，颇令人费解。但是结合作者此后谈论宗教信仰的一段文字，我们或许可以更好地理解该诗的主旨：“最近，某些圈子里的人倾向于认为爱欲观念（或者渴望结合）与神爱观念（或者无私奉献）格格不入、互不调和，并分别给它们贴上了异教和基督教的标签。在我看来，这种思想倾向否认了自然法则的美好秩序，是摩尼教邪说的复苏。”奥登认为，神爱是对人爱的升华和完善，而不是对人爱的否定。

2. “马可楼”对应的原文为“a upper room”，在基督教语境中等同于“Cenacle”，被后世许多历史学家推测为耶稣与十二门徒举行最后晚餐的地方。《圣经·新约》中许多事件发生于此：耶稣为门徒洗脚，耶稣复活后初次显现，而在耶稣升天后，门徒便在此聚集祷告。据天主教百科全书记载，马可楼亦被称为“第一座基督教堂”。不过，这里应是指信众聚会的某个地点。

有人在呕吐;有人在哭。

威利受不了他的父亲,
莉莲害怕小孩子;
而统御太阳与星辰的爱
允许了**他**所禁止的事。

阿德里安那只欢闹的腊肠犬
蜷躺在一个罪人的怀抱中;
醉汉的手指,心不在焉地
轻拍着一个无罪的世界。

珍妮跟谁说了谎,这通
对方付费的电话是打往罗马?
她这段无中生有的爱
告诉我应该回家了。

可街角里那个年轻姑娘
欲迎还又拒……
我很抱歉,我不是那个意思……
主啊,让我保持纯洁,但不是现在。[1]

1948 年 5 月

---

1. 最后一行诗直接引自圣奥古斯丁的《忏悔录》。

喀迈拉[1]

心灵缺失——如同那些公共建筑，
头脑缺失——如同那些公开演讲，
价值缺失——如同为大众准备的商品，

这些都是显明迹象：一头喀迈拉已将
某人一口吞食；他，这个可怜的蠢汉，
被吃得干干净净，连名字也没留下。

难以描述——既非这个，亦非那个，
无法计数——可以是任一个数字，
不真实——有万千化身却忘失了自我，

我们总会遇到那些恶俗的消费者，
若果如此，这完全是我们的错：
他们无法影响我们；而我们会影响他们。

要好奇，勿嬉闹——去看他们的模样，
要无情，勿害怕——去制止他们，

1. 参看《城市的纪念》组诗第二首中的相关注释。

要怀疑，勿狂妄——去证明他们的无能，

我们或提醒或抱怨或评判，感觉迷惘：
我们越强大，这一切就结束得越快；
他们借助我们的力量已将我们吞噬。

假如某个纯洁、勇敢又谦卑的人
从他们身边顺利通过，危险仍然还在，
因为同情心，他会记起他们过去的样子，

转身回去帮助他们。不要啊。
他们并不想变回原来的模样；
他们现在很安于现状。

没人能帮到他们；往前走，继续走，
不要让你的善意变成某种自欺：
他们这样很好，但至此已面目全非。

或于 1950 年春

梅拉克斯与穆林[1]

辞典里有个魔鬼
专等着那些即使心灰意冷
仍在吹响喇叭的人，
以贬义的噪音，令他们空虚的自我
充满匮乏感。

胆怯的、痛风的、蒙羞的、奇形怪状的手指
响应得多么迅速，甩动好辩论的笔杆，
在大页纸张上写写画画，
它们记录下的凶蛮争斗，完全越出了
自然史的认知范畴，

而当傲慢的魔鬼们发动了战争，
双方阵营里思乡的兵士那么快
就信服了他的宇宙，
在那儿，军官、机器和抽象概念

1. 如《坏天气》的注释所言，奥登曾阅读马克西米利安·鲁德温的著作《民间传说与文学作品中的魔鬼》，并在笔记本中草草写下了约十五个小魔鬼的名字，其中就包括“Morax”（奥登错写成“Merax”，伯爵级魔鬼，指挥三十多个魔鬼军团）和“Mullin”（地狱恶魔雷奥纳多的近侍官）。

都变得极端反常。

还有一个更可恶、更要命的
语言学的小怪物,
它会用可爱的微不足道的难堪
羞辱冷漠的恋人,直到他们发誓
此情不渝。

1955 年

灵薄文化[1]

旅行者报告说，那个灵薄部落
第一眼看去与我们自己很相像；
他们的屋子打扫得几乎一尘不染，
他们的守卫按标准时间兜圈巡夜，
他们供应的饭菜几乎称得上可口：
可谁也没有见过一个灵薄族的小孩。

灵薄部落的日常用语，很多地方
要比我们自己的语言微妙得多，
譬如表示程度或大小的词，描述
某个东西非常近似或完全不同的词，
可是你找不到可以对译为“是”或“否”的词，
它的代词也没有人称转换的区分。

---

1. 这首诗的原标题为“Limbo Culture”，其中“Limbo”意为“灵薄狱”，即“地狱的边缘”。根据但丁在《神曲·地狱篇》第四章记载，地狱第一层就是“灵薄狱”，耶稣基督出生前去世的好人和耶稣基督出生后从未接触过福音的亡者都在这里。另外，“灵薄狱”还安置了未受洗礼而夭折的婴儿灵魂(包括未成形的胚胎，他们本身不可能犯罪，但却有与生俱来的原罪)。但丁认为，“灵薄狱”处于悬空状态，即向往天国而又没有希望实现的状态。奥登在这首诗里所谓的“灵薄文化”，指的就是类似于此的“不精确性”的悬空状态，结合他在草稿中原本给这首诗起的标题《假设》(“Suppose”)，即能看出其隐含的主题指向。

和灵薄部落有关的传说故事里，
龙和骑士用尖牙和剑相互对打
却总是差之毫厘击不中对手，
老妇人和小伙子表决一个关键提案，
她总是最先赞成，他往往在后面跟进，
而神秘的国库会弄错法定货币：

他们作出结论的惯常句式是这样的：
“所以，王子和公主差不多还是夫妻。”
这件事，这种对于不精确性的喜好，
在灵薄族的文化里为何这样表示？难道说
一个灵薄部落民只会爱他自己？
而我们知道，这根本做不到。

1957 年

此后永无宁日[1]

　　即便和暖、晴朗的天气
再度惠临了你挚爱的乡郡，
田地再度斑斓五色，暴风雨已将你改变：
　　你永远不会忘记，
暗夜遮蔽了希望，而大风
　　预告了你的失败。

　　你必须去适应你的个人认知。
回头的路，远方的路，外在于你的都是他者，
你从未听说月亮会消失不见，
　　那些未知数量和性别的存在物
却肯定对你早有所知：
　　而他们并不喜欢你。

　　你对他们做了些什么？
什么也没做？否认可不是答复：

1. 1956 年，奥登在伊斯基亚岛度夏时创作了这首诗。几年后，他谈到了有关此诗的创作："我不知道批评家们为何如此不喜欢这首诗。无论如何，我很难客观地对待这首诗，因为这是我写过的最纯粹的个人化诗歌之一……我试图在诗中描述 1956 年那几个月的不愉快经历，一种类似于'心灵的暗夜'的感觉持续击打着我。"如此看来，"击打"(attack)是我们深入理解这首诗的关键词。

你会转而相信——你又怎能避免？——
　你做过，你确曾做了某件事；
你仍存希望，希望能把他们给逗笑，
　你渴望他们的友谊。

　此后永无宁日。
那么，鼓起你所有的勇气，反击吧，
你熟知每一种没有风度的骗人伎俩，
　对此你完全问心无愧：倘若确曾有过
一个理由，现在对他们来说也无足轻重；
　他们只是为恨而恨。

1956 年

家庭[1]

午餐时，为在切入正题前
化解众人的猜疑，或是打高尔夫球，
讨价还价时为了不伤感情，

他会聊起自己的家庭，绝口不提
（他们都称许他的缄默含蓄）
他那个受人仰慕、太早过世的新娘，

却颇为自豪地谈到了他的继承人，
那小调皮鬼，跟他一样的黑乌眼睛，
为救好友挨了揍，一声都没吭；

---

1. 奥登在1963年5月11日写给门罗·斯皮尔斯（Monroe Spears）的信中指出，这是一首描写自我的诗歌。不少学者注意到，奥登在创作这首诗的翌年，写过一篇有关艾略特的评论文章，其中有这么一段内容："正如多数重要作家，艾略特先生并不是一个单一的形象，而是一个家庭的形象。我想，这个家庭至少有三位永久住客。"奥登随后写到，"三位永久住客"分别是"执事长"（the archdeacon）、"农民出身的脾气火爆、情绪激烈的老祖母"（a violent and passionate old peasant grandmother）和"略带坏心眼地做恶作剧的小男孩"（a young boy who likes to play slightly malicious practical jokes）。据此来推断这首诗，我们可以看到奥登内心的"家庭"也有三个"永久住客"："他"（作为执行者，想要控制另外两个"住客"却以失败告终）、"母亲"（看似圣洁实则邋遢）和"儿子"（看似勇敢实则胆怯）。这便是中年奥登的自我肖像画。

或叫来一帮脏兮兮的男人拜会
他圣洁的母亲，她心平气和又睿智，
这位高贵的老妇人会亲手沏茶。

可是，他曾邀请过哪个人共度周末？
时已入夜，签好了另一份并购协议书，
他独自驱车出城，去往他的乡间大宅：

坏脾气的小崽子避而不见，这个
爱告状、爱哭的倒霉蛋，尿湿了床
既不会挪窝，也不会尖叫；

迎接他的是一个会把酒瓶藏在床垫里的
邋遢母夜叉，自他返家就不停地
吐唾沫，嘴里大爆粗口；

更糟糕的是，两者结成了一个邪恶同盟，
小家伙会去偷老家伙的酒柜钥匙，
而老家伙会教小家伙不动声色地撒谎。

不光彩的事要藏着掖着，而在外面的世界，
他的死对头们妒忌他的能力和头脑，
全身的骨头都在咔嗒作响，

在他们眼里，他是这个家庭里的反派角色，
他的大嗓门吓坏了一个敏感的小孩子，
他的冷酷已把老糊涂的母亲给逼疯。

此外，（这或许可以解释，为什么
他既不变更遗嘱，也没有去请医生来）
他半信半疑，称之为一种迷信，

他们恨他、惧怕他，全都是为他着想：
倘若他们除去了面具，表现得可亲可爱、
明智又果敢，他就会死去。

1948年

“至诚之诗必藏大伪”[1]

(致埃德加·温德[2])

当然要为爱唱赞歌,若你打算这么做
请大声说出这句很有趣的老套话:
当女士们开口问:“你有多爱我?”
基督徒的回答是:“不少也不多。”
可诗人并不是奉行独身的教士:
倘若但丁这么说话,谁还会读他的诗?
只需敏锐,富于修饰,机灵,善加变化,
另一条,永远不要听信那些批评家,
他们粗劣、偏狭的食道只对书本热衷,
平庸厨师的厨艺自然更为平庸,
如同缪斯会对她的弱智儿另眼相看;
而优秀的诗人总是偏爱拙劣的双关。

---

1. 标题对应的原文为“The Truest Poetry Is the Most Feigning”,出自莎士比亚戏剧《皆大欢喜》(*As You Like It*)第三幕第三场。剧中的乡村姑娘奥德丽表示自己不懂什么叫做“诗意”,还询问“诗意”是否诚实。名为试金石的小丑答道:“老实说,不,因为至诚之诗必藏大伪;情人们都富于诗意,他们在诗里发的誓,可以说都是情人们的假话。”奥登在此巧妙地借“试金石”的观点来写诗人们的“机智的善意谎言”。

2. 埃德加·温德(1900—1971)是牛津大学德裔艺术史学家,长于文艺复兴时期的图像学,尤其是十五、十六世纪的异教神话。1953 年夏,奥登与他结识于史密斯学院,很快就成了朋友。后来,奥登在写给他的信中附上了这首诗,并表示这是“我们多次谈话的成果”。

假如你的贝阿特丽丝迟到了，一如往常，
你将告诉我们等待的感觉究竟怎样，
你可以随意思考，情况很可能如此，
对恋人来说，一小时长得就像两小时，
可你会这么写——当我坐等她的来电，
每一秒都变得无比漫长、无比黯淡，
（诸如此类，只会写得更精致紧凑）
连绵数世纪的雨，已将采石场浸透，
恩底弥翁[1]的爱在此经受了严峻考验；
而诗歌就诞生于这类机智的善意谎言。
之后，假如她另寻新欢将你抛弃，
你因债务缠身而破产，或抑郁而死，
请记住，任何隐喻都不足以表述
一种真实的历史性的愁苦；
你的眼泪若能愉悦我们，才体现出价值；
哦，快乐的悲伤！此乃哀诗的惯常修辞。

假如你属意的是世间女子（某些不寻常的种类
一度启发了人类的思维）：
她或许年纪大得与你母亲相仿，

1. 恩底弥翁是希腊神话里的英俊的牧羊人，为月亮女神阿耳忒弥斯所钟爱，最终选择在睡梦中青春永驻。济慈曾于1818年发表长诗《恩底弥翁》，描写了这段人神之爱。

或许两条腿一条短、一条长，

有的玩长曲棍球[1]，有的跳现代舞，

对我们而言这是偶然事件，于你来说则是命数；

我们无法爱你所爱，直到经由你，

她呈现了一个完美尤物的神迹。

唱着骄傲的歌，她航向我们的地球，

太阳是她的脚凳，月亮被她握在右手，

七大行星在她的发际熠熠发光，

她成了夜的女王、天空的女皇；

她的舰队，由九个天鹅国王引领，

大雁拼出的神秘字符飘浮在头顶

而在她醒来后，马头鱼尾海怪与双头蛇[2]

紧紧跟随，为了她变得分外温和；

她唱着歌，降临于喜悦的海滩

为葡萄树祈福，终止了杀伐征战。

假如你爱的礼赞被中途打断，恐惧

伴随着骚乱和枪声突然充塞了街衢，

而一夜之间，如深陷了某个可怕噩梦

---

1. 源于印第安人的一种户外球类活动，用带网长棍接球和掷球，曾流行于英美富裕的私立学校。

2. 前者是希腊神话里的怪兽；后者亦是希腊神话里的怪物，身体两端都有头，会同时向两个方向行动并掠食。

诗人们已不被新政权所信任，
请坚守在书桌旁，控制你的恐慌情绪，
你写下的东西或可让你安全无虞：
添一些新细节，改变代词的性别，
哦，听！一首阿谀夸赞的颂歌
(哎呀，书刊审查官如何识得内情?)
正向新上任的大腹便便的司令官致敬。
当然，某些修饰语，比如百合花般的乳房
需要改成狮子般的胸膛，
而那个头衔——啄木鸟和鹪鹩的守护女神[1]
也要改成沼泽地的伟大守卫者，
只需一个小时，你的诗歌就有资格去申领
一份国家养老金或得到政府的年度奖项，
你会寿终正寝(而他不会：那个公敌
会被绞死，要么就被枪毙)。
虽然伊阿古[2]们，一如既往的忠实，
会在页边空白处写下：可耻啊！今日的伪君子！
那些内心真诚、头脑清醒的人听到这赞颂的语调，
之后会给整篇故事加上一个引号，

---

1. 此处对应的原文为"Goddess of wry-necks and wrens"，出自罗伯特·格雷夫斯的《白色女神》一书，实际上指的是月亮女神。
2. 伊阿古是莎士比亚剧作《奥赛罗》中的反面人物，一手造成了奥赛罗和苔丝狄蒙娜的悲剧。他机敏、能言善辩，又自私、残忍。

还会这么想：——这个老奸巨猾的家伙！
我们永远不知她的底细。嗯，这样也不错。

对特定的某些人来说，出生后经由教育过程，
已然忘记了**上帝形象**的应有身份，
自我塑造的生物总是会自我灭亡，
上帝的造物中，惟有这类生灵最惯于巧饰伪装，
他拟构出的自然风格的理论，相比
他充满爱意的笑容更能体现他的本质，
何种离奇的故事，何种侥幸的文字游戏，
能诱使撒谎成性的他说出这样的话：爱或真理
如正统观念一样，就其严肃意义来说，
意味着某种含蓄的缄默？

或于 1953 年 9 月

我们也曾知道那幸福时光

我们也曾知道那幸福时光，
那时身与心尚还协调一致，
伴着一轮满月的辉光
我们曾与爱人翩跹共舞，
或与善良的智者同座，
当品尝了埃斯科菲耶[1]的
某道名菜，席间言谈
变得诙谐风趣又愉快；
某种骄傲得意
不由分说打破了矜持。
之后还会以老派的庄重举止
因内心的共鸣而放声歌唱。
而所有类似**和平**与**爱**的词语，
所有理智而自信的讲话，
经由散漫大众的
摆弄和传播，经由
编辑们的虚构编造，

1. 乔治·奥古斯特·埃斯科菲耶（1846—1935）是法国厨师、饭店业主和烹饪作家，在当时的业界和美食家中是个传奇人物，法国报章称之为“厨师中的国王、国王中的厨师”。

却变成了迷惑世人的咒语，
它们已被污染和亵渎，沦为了
可怕的无意识的尖叫。
除了低声的苦笑
和讽刺意味的黑白照片，
任何文明方式都无法逃脱
那个万魔殿[1]的魔掌：
当劫后余生的狭小空间
只剩下了意见分歧的郊区，
我们去哪里，才能为快乐
或纯粹的满足找到栖身之所？

或于 1950 年

---

1. 原文“Pandaemonium”是个希腊语和拉丁语的复合词，英国诗人弥尔顿在长诗《失乐园》中用来描述恶魔所居的地狱都城，这个词语也用来喻指声音之喧嚣或极度混乱的局面。

秘密

当丑公主拨开灌木丛，
要弄清楚樵夫的孩子们为什么快乐，
我们总是很开心；
当告密的线人捅了马蜂窝，在蒸汽浴室里
被黑帮逮个正着，我们并不觉得他有多可怜；
当那个近视眼的冰岛语教授
念出希腊语的碑铭，随后
又翻译了一条如尼文[1]的谜语
我们会开怀大笑：

假托他人就可以把我们的寻常过失说得很严重。
譬如坐在朋友房间里等他，
我们很快就开始翻弄他的信件；
譬如我们复述别人的糗事时如此言之凿凿
如同在说自己的事；譬如，哎，有多少次
我们接吻只是为了要告白，
精确定义爱的真实意图——
为分享一个秘密。

---

1. 如尼文是斯堪的纳维亚半岛的古代文字。

我们很少会明白，这是在自取其辱；
因为惟有内心真诚的人才知道
他们保守的秘密是多么微不足道：
由上帝形象所创造出的任何东西，
无论是新，是旧，是亵渎神明，还是虚构，
对孩子们来说都合宜，因此，
与其他人、与我们那些可爱又蠢笨的朋友不同，
这些可怜的小家伙并没有什么要隐瞒，
谢天谢地，他们也不像我们的天父，
在他面前，什么秘密都瞒不住。

1949 年

数字与表象[1]

数字王国到处都是分界线，
它们或许很美但必定很精确；
你去问数值是大还是小，
就说明你过于执着于表象。

喜欢小数字的人温和友善，有些怪异，
相信所有的故事都有十三个章节的固定篇幅，
有野性的双重人格，佩戴五芒星[2]，他们是
米勒派信徒[3]、培根主义者、地球扁平论人士[4]。

喜欢大数字的人会陷入可怕的疯狂，

---

1. 这首诗的标题源自奥地利作家鲁道夫·卡斯纳(Rudolf Kassner，1873—1959)的著作《数字与表象》(*Zahl und Gesicht*)，奥登在1950年前后读到这本书，随后写了评论文章，认为鲁道夫·卡斯纳是"现世的克尔恺郭尔"。
2. 五芒星即五角星，是最类似人形的多边形，这是一个与自然崇拜有关的符号，其形象特征最早或源于金星。古巴比伦和古希腊都认为它是至善至美和周期性性爱的象征；初期基督教会亦有用五角星代表耶稣的五个伤口，但此后梵蒂冈为清除异教，将异教神祇连同其象征符号统统贬低为邪恶。进入现代世界，它成为战争、集权国家的符号图腾，出现在战争机器、旗帜和军人的肩章上。奥登提到此节，明显带有讽刺口吻，钩沉起一段"符号被误解并滥用"的简史。
3. 威廉·米勒(1782—1849)是美国浸礼会牧师，开启了十九世纪北美宗教运动——耶稣再临论运动，由此衍生的若干宗派都继承了他的精神遗产，他自己的追随者即被称作米勒派信徒。
4. "地球扁平论人士"常用作侮辱人的词，暗含盲目相信、无知、反智主义等贬义。

他们会解散瑞士，让每个人彻底赎罪，
将我们按体格分类，为我们施洗，教我们打棒球：
他们赶跑酒吧客，败坏政党，竞选国会议员。

的确，在各种表象中间，几乎任何数字
都各有用处，而“一”总是很真实；
而人人都会赞美它，因为并不存在
一个可称为“无穷大”的数字。

或于 1950 年 6 月

客观物[1]

不理会我们提出的种种疑问，
无言的“物”各在其界域之内，
远离了可见的哀愁和呼告声，
超越了言辞，令时间变得更丰美。

它们不会流泪，外表显得如此神秘，
一如我们自以为拥有的渴望；
若它们能保持各自的轮廓形体，
间距就不能证明“存在”的有害。

悲伤要少于惊奇，日落时分亦如此，
而我们当然会留意，当同样的古老魅影
侵扰了一个并不存在的人：

对沉默的赞美要过多久才会造成损失，
寄居于野蛮实体中的一个轻逸的灵魂
对此心知肚明。

1956 年

1. 1956 年，奥登写完《要事优先》后，写了三首十四行诗，分别为《客观物》、《言辞》和《短歌》。

言辞

说出一个句子就会让一个世界呈现，
预言过的一切都会产生预期的结果；
我们会怀疑讲话的人，而非听到的语言：
言辞对不诚实的言辞完全无话可说。

而在语法处理上，它必须完整明确；
话说到一半，你不能变换主题，
也不能改变时态去满足听觉：
阿卡狄亚传奇通常也是不幸的故事。

我们时刻都会想要闲扯八卦，
可应该说出事实，而非一味虚构，
要么就去寻找一种音节合韵的咒语，

偶然的言语表达是不是我们的命运，
如一出歌舞哑剧里的农夫，或是
远征途中来到某个荒僻十字路口的骑士？

或于1956年

短歌[1]

如此盛大的一个早晨 俯照了
如此多的小山丘 一切静谧而完满
葱绿的山脊有能力来应对
当一只不听话的翅膀
决意彻底超越它顺从的倒影
此时 借着湖畔升起的风
无忧无虑的美的群落
勇敢地振翅飞起。

飞升 歌唱 它希望为单调的白色
为据说已消失 此后已不朽的美景
作些补偿 可是 因为偶然发现了
一处它喜爱的山谷如此缺乏
欲加责备的具体情境 它否认了
起初要说的话 就此止语。

1956 年

1. 门德尔松教授在《后期奥登》中指出，这是一首炫技的诗（a bravura sonnet），两个诗节各由一个长句构成，没有标点，句法飘忽跳脱，个别词还用了苏格兰方言。这首诗的主题延续了早期奥登对音乐的认识——只能赞美，缺乏批判的力量。

一个委婉托辞[1]

有时挺让人吃惊，我们心里明白
自己已身陷某种异常处境；
眼下情形确实不符合我们的期待。

所有的喧闹定然会再度重现，
因此我们无须再多说什么；
之后，该如何去达成折中方案？

问题是，不会有别的替代选项
而只能听之任之，看不到、
也没有人会谈论彻底解决的良方。

说到有一种雷霆万钧的力量，如何令
坟墓突然打开、令河流向高处奔涌；
如此搬演的神通顶多只是一种可能性。

高大葱茏的橡树下，骨骼轻灵的孩子

1. 门德尔松教授和富勒先生都谈到，这首诗谈的是语言学方面的定义问题。彼时奥登还受到燕卜荪（William Empson）的影响，后者著有诗学论著《朦胧的七种类型》。

坐在旋转阶梯上赞美着月光：
是的，很神奇，但死神不会去那里。

看起来，一个惯常使用的委婉托辞
仰赖于韵律铿锵、只为取乐的玩笑话；
此外，为何那么多令我们击节称赏的诗

会将我们引向最不灵敏、最不诚实、
最不友善的自我，在其中，一个茫然的"我"，
正茫然地爱着一个茫然的"你"？

1949 年 4 月

祷告时辰[1]

“牺牲者终将获胜”[2]

一、晨祷[3]

在同一时刻，悄无声息地，

1. 奥登早在 1946 年就跟友人厄休拉·尼布尔坦承他计划写一组有关圣事的诗，而这些圣事基于基督教会在耶稣受难日(复活节前的星期五)的规定日课，即固定在八个时辰的祷告。组诗创作于 1949 年至 1955 年，最终定题为“Horae Canonicae”，这是拉丁文，意指“祷告时辰”，包含七首诗，各个小标题即是在固定的七个时辰里的祈祷日课：晨祷(上午 6 点)，辰时经(上午 9 点)，午时经(正午)，午后经(下午 3 点)，夕祷(下午 6 点)，晚祷(下午 9 点)，赞美经(上午 3 点)。奥登在此有意省略了晚祷和赞美经之间的申正经(午夜)，因为受到尤金·罗森斯托克－胡絮和罗伯特·格雷夫斯的影响，他相信此时象征了耶稣的再度来临。另外，小标题译名参考了翁贝托·埃科的《玫瑰的名字》(上海译文出版社 2009 年版)中的“按语”。组诗中的《晨祷》和《午后经》最先收入奥登的诗集《午后经》(1951)，整体发表是在诗集《阿喀琉斯之盾》(1955)中。奥登自幼受到母亲的影响，对宗教仪式有着浓厚兴趣：“我最初有关宗教的记忆，是那些宗教仪式，它们充满神秘色彩，令人兴奋不已。”基于宗教仪式的《祷告时辰》组诗，为奥登的哲思展开构建了一个戏剧化的框架，作品的仪式感，使他得以从多个侧面对基督殉难后的世界和人类境况进行了深入描绘。

2. 原文“Immolatus vicerit”是一句拉丁语格言。奥登藉此提醒读者，即便人类多么地盲目，基督也必将赢得最终的胜利。

3. 晨祷，又称晨课，时间约在早晨六时，正值黎明。奥登曾这么说起《晨祷》篇的构思来由：“我对苏醒的体验总是抱有兴趣……然后，有那么一段时间，一个神学上的常规问题引发了我的兴趣——我们所拥有的任何的回忆、想象或生活直觉，在何种程度上与堕落前的人类是相像的？既然堕落已成为人类史的一个先决条件……在我看来我们无法想象一个清白无辜的行动，而只能想象行动之前的状态——而行动，包括身体行为，自然也包括了实际的目的意图。于是，你看，事情就开始与起床醒来联系到一起。”《晨祷》描写了叙述者醒来后的意识，并将它与亚当(早期人类)最初产生的自我意识做了对比；面对基督的殉难，叙述者和他的整个世界都成了旁观的同谋犯。

自然而然地，当黎明
骄傲地登场，突然间
身体的友善大门已向
外部世界打开，意识的大门、
牛角门和象牙门[1]
自行开启又关闭，
因一个历史性的错误，
迅速清除了夜间的杂碎物，
造反的投石党党徒[2]，样貌凶恶的人，
坏脾气的人，平庸的人，
被剥夺权利的人，鳏寡与孤儿：
从晦暗不明到清晰可见，
从缺席到呈现，
我忘掉了姓名和来历，
在自己的躯体和白昼间醒了过来。

这个神圣的时刻，完全合理，
当彻底服从于光线的
无言抗议，贴着一床被褥，

1. 牛角门和象牙门的典故，请参看《奥登诗选：1927—1947》中《新年书简》的相关注释。
2. 投石党运动是法国十七世纪中叶（路易十四统治时期）为反对马萨林枢机主教展开的政治运动。

　靠近了一堵墙，
墙外，多石的山冈岿然不动，
　世界就在周遭与目前，
我知道，此刻我并非孤独一人，
　而是与世界同在，充满了
平静的喜乐，因意志仍然宣称
　这条贴近的手臂附属于我，
记忆唤出我的名字，重又开始了
　褒扬与责备的例行公事，
它们一同对我微笑着，白昼也依然
　完好无损，而我，亚当[1]，
我们每个人原初的无罪本性，
　仍然先于任何的行动。

我深吸一口气；当然仍抱有希望，
　不管怎样，希望自己变得聪慧，
变得与众不同，然后再死去，
　所要付出的代价，当然是
失去伊甸园，再欠死神一笔债：
　热切的山脊、沉稳的海洋、
仍在睡梦中的渔村的屋顶平台

1. 此处的亚当，与下一行的“本性”，在原文中是同一词“Adam”。

　　虽然依旧明朗而亲切，
它们不是朋友只是触手可及的外物，
　　这个跃跃欲试的肉体也不是
忠实对等的伙伴，现在只是我的同谋、
　　我雇佣的杀手，而我的名字
代表了我对一个自我欺骗的城市
　　所负有的历史性的关切，
即将到来的这一天，终会询问
　　那些惧怕艰辛生活的垂死者。

1949 年 8 月

二、辰时经[1]

　　行刑人握了握狗的爪子
（它的吠叫会告诉世界他一向为人厚道），
　　步履轻快地走入了荒野；
他还不知道是谁要被押来
　　罹受这彰显正义的高级刑具：
法官轻轻合上妻子寝室的门
　　（今天她又犯了头痛病），

1.《晨祷》中的无名者，此时已经具体化为三个人物——行刑人、法官和诗人，他们在为新的一天做着准备，分别关心着正义、法律和真理。根据奥登创作此诗时的笔记所示，《辰时经》关涉耶稣被判刑。

叹了口气，移步走下了大理石阶梯；
　他不知道究竟该用怎样的判决
去施行那统御星辰的法律：
　而诗人在动笔写他的牧歌前
先绕花园游走休息了片刻，
　并不知道自己要讲述谁的真理。

　壁炉和储藏室的鬼怪，
各个行业工会信奉的小神，
　有能力摧毁城市的大人物们，
都不可能被这个时刻打扰：我们已离开，
　各信各的秘密教派。现在我们每个人
都在祈求自我心象的幻觉：
　“让我熬过这新的一天，
若在辩论应答时败下阵来
　或在女孩们面前出错露丑，
但愿不会被上司狠狠训斥；
　让某件令人兴奋的事发生，
让我在人行道上发现一枚幸运金币，
　让我听到一个新的滑稽故事。”

　这个钟点我们可能是任何人：
只有我们的罹难者才放弃了希望，

他已经知道(对此我们永远无法原谅。
假如他知道答案,那为何我们还在这里,
而那里还堆放着垃圾?),
事实上,我们的祈祷已被听到,
他知道我们绝不会疏忽出错,
我们这个世界的体系会顺利地
发挥其效能,而今天,仅只一次,
奥林匹斯山上将不会有任何争吵,
不会有来自冥界的不安抱怨,更不会
有另一次奇迹,他也知道,太阳落山时
我们会有一个美好的礼拜五[1]。

1953 年 10 月

三、午时经[2]

I

你无需去看某个人在做什么
以便了解他的职业,

---

1. 原文"a good Friday"是个双关,亦有"耶稣受难日"的意思。
2.《午时经》分为三个部分:第一部分处理了职业主题,正是职业让人们从本能中挣脱出来,走向城市文明;第二部分针对的是权力主题,权力执行者的意志使得城市得以存在;第三部分描绘了愚众或乌合之众,因崇拜撒旦结成一体。根据奥登创作此诗时的笔记所示,《午时经》关涉耶稣被行刑。

你只需去看他的眼睛：
正拌着调味酱的厨师、

在做初期切口的医生、
做完一张提货单的职员，

都带有同样的专注表情，
在本职工作里忘我地投入。

那凝神注视对象物的
目光，是何其美好。

莫理会那些满怀欲望的女神，
抛弃瑞娅[1]、阿佛洛狄忒、得墨忒耳[2]

和狄安娜[3]的令人生畏的神庙，
转而向圣福卡斯、圣芭芭拉、

1. 瑞娅是希腊神话里的时光女神，是宙斯、波塞冬、哈德斯、得墨忒耳、赫拉和赫斯提亚的母亲，故称众神之母。
2. 得墨忒耳在希腊神话里是主管农业和丰产的女神，亦是婚姻、女性和家庭、社会秩序的庇护者。
3. 狄安娜是罗马神话里的月亮和狩猎女神，即希腊神话中的阿耳忒弥斯。

圣萨图尼诺[1]或你的
任一位主保圣徒[2]祈祷，

如此，你或可配得上他们的神迹，
走出了多么惊人的一步。

应该有纪念碑，应该有颂歌，
呈献给那些敢为人先的无名英雄，

要献给废寝忘食、磨出了
第一片打火石的那个人，

要献给一直独身未娶、
最先收集贝壳的那个人。

要不是他们，我们会是什么样子?
仍然野性未驯，随处便溺，

1. 这三位都是基督教会历史上出现的殉道者和圣人：圣福卡斯在罗马皇帝戴克里先时期受宗教迫害，从容赴死；圣芭芭拉因皈依基督信仰，死于异教徒父亲之手；圣萨图尼诺是撒丁岛卡利亚里的殉道者，戴克里先时期，因拒绝供奉罗马主神朱庇特而被斩首。

2. 亦称为主保圣人、守护圣徒，是一位指定的圣人或天使，以保护某人、某团体或特别的活动。

徘徊在森林里，名字里
不会出现一个辅音字母，

我们仍是**本能之母**[1]的奴隶，
对城市完全没有概念，

而且，在这个正午，也没有谁
会为这个人的死说句公道话。

Ⅱ

你无需去听他发出了何种命令
以便了解谁才拥有权力，

你只需去看他的口型：
当一个将军看着受围困的城市

被他的军队所攻破，

1. “本能之母”(Dame Kind)是一个宗教神秘主义的词汇，意思接近于“非个人的创造本能”。奥登在为 1964 年出版的《清教神秘主义》所写的前言中，曾这么描述它：“本能之母的幻觉，是一种‘受纳’的体验，非由意志力引发，但有时可经由化学手段获得，譬如酒精。”这种超自然的幻觉会使人确信，眼前物象变得充满意义和重要，一切存在都显得如此神圣，人们将体会到“本真的快乐”，愿意继续与那个“万物之要素”(诗人杰拉德·霍普金斯语)浑然交融。在中世纪，这个幻觉体验常常被视为某种上帝赐予的天赋。

当一个细菌学家

转瞬间意识到自己的假说
哪里出了错，当公诉人

看了一眼陪审团，
知道被告将会被绞死，

他们的嘴唇和周边的线条
就会松弛下来，流露出的表情

不是为所欲为时单纯的
愉悦，而是一副真理在我的

满足感，仿佛自己就是
坚韧、公正和理性的化身。

你或许不会很喜欢他们
（谁会呢？），而我们该为他们奉上

大教堂、歌剧女伶、
辞典、田园诗

和城里的客套礼数：
倘若没有这些司法代言人

（他们多半依附于
那些十恶不赦的坏蛋）

你的日子将会变得多么悲惨，
一辈子被束缚在凋敝的村庄，

会害怕某个地头蛇
或是本地河滩里的水鬼，

说着本地的方言
词汇总共才三百来个

（想想家里的争吵拌嘴
和恶意匿名信，想想近亲婚配），

倘若没有他们，在这个正午，掌权者
也不会下令将这个人处死。

Ⅲ

在胸怀宽广、赋予生命的地球上

你喜欢的某个地方，

在她的干旱地区与不能取饮的
海洋之间的任一地点，

庸众一动不动地站立着，
它的眼睛(看似有一个)和它的嘴巴

(看似有无穷多)
毫无表情，一片茫然。

庸众不会关注(每个人都会去看)
拳击比赛、火车事故

或一艘起锚下水的战舰，
也不想知道(每个人都会好奇)

谁会获胜，有多少人被活活烧死，
舰艇会挂哪国的旗帜，

当听到狗犬狂吠、闻到鱼腥味
或是光头上停了只蚊子

它从来不会心烦意乱
（而每个人碰到了总会分心）：

庸众只关注一样东西
（也只有庸众才能关注）

一次所谓的显灵
能圆满办成任何事情。

不管一个人信仰何种神祇，
以何种方式去信仰

（不可能有完全相像的两个人），
作为庸众的一员，他会相信

且只会相信，谈到信仰问题
那就只有一种信仰的方式。

人们很少会彼此接受，
多数人从没有做对一件事，

但庸众不会拒绝任何人，大家能做的
就是一窝蜂地凑热闹。

仅仅因为这个原因，我们可以说
普天之下人人皆兄弟，

因为这个原因，我们就胜过了
那些喜欢群居的甲虫：它们

什么时候曾无视自己的女王[1]，
暂时终止建造

它们的外省城市，如我们一般
开始敬拜这个世界的王者[2]，

在这个正午，在这座荒山上[3]，
当这个人奄奄一息之际？

1954 年春

---

1. 指虫蚁等具备高度社会化分工的生物。
2. 原文"the Prince of this world"是个双关，亦有"撒旦"的意思。比如，《圣经·新约·约翰福音》中，耶稣就以"这世界的王者"来指代撒旦。
3. 即各各他山，意译为"髑髅地"，罗马统治以色列时期耶路撒冷城郊之山。据《圣经·新约》中的四福音书记载，耶稣基督被钉十字架就是在各各他山上。各各他和十字架，已成为耶稣受难的标志。

四、午后经[1]

虽然谵妄的隐士早就一次次地
　预言，萨满和女巫
恍惚中语无伦次地说过，
　而蒙受神启的孩子也曾说出
偶然合韵的词譬如“意志”和“杀死”，
　我们认为不可能的事，在我们
觉知之前还是发生了。惊异于
　自身行为的随意性和速度
我们为此深感不安：时值午后，
　才刚到三点钟，可是
草地上我们的殉道者的血
　却已经干结；我们对于突然降临
又稍纵即逝的静默毫无准备；
　天太热，日光太明亮、太沉滞
太一成不变，死者还是那么无足轻重。

1.《午后经》聚焦于耶稣死于十字架之后，叙述者惊异于耶稣的牺牲结束得如此之快，民众很快四散回归了日常生活。耶稣的肉身揭示了我们总是以微笑的方式去掌控事物（例如园艺、集邮等），现在，不管我们在这个荒诞不经的世界上做什么，我们都会被他的死亡所缠绕。我们有时间去尝试以象征或忽视的方式应对已发生之事，但很快，在我们做出选择之前，最终审判已来到我们这个邪恶、欲望横陈的世界。最末两节指涉了我们的意愿与肉身的分离（我们的双重性）。

　天黑之前我们该做些什么?

起风了,我们的人已经走得差不多。
　这些在世界遭到破坏、
被炸毁、被焚烧、被撬开、被推倒、
　被锯成两半、被劈砍、被撕成碎片时
总会聚集轧堆的面目模糊的人,
　已自行散去。此刻,他们
待在墙角落里、树荫里,没有一个人
　会舒展手脚、平静地睡下,
他们如绵羊般无辜,还能够记起来
　在今天早晨的阳光下
他为何要呼叫,又为何叫得如此大声;
　若被人质疑,所有人都会这么回答
——“这是一头长着血红独眼的怪物,
　一大群人看着他死去,我没有”——
行刑人已离开去清洗,士兵们开始吃饭:
　只剩下我们和我们的一番伟绩。

绿啄木鸟旁的圣母马利亚,
　无花果树下的圣母马利亚,
黄色骡马边的圣母马利亚,
　转过了她们友善的脸,

不再看我们和我们的诸项在建工程，
　她们只注视一个方向，
盯着我们已完成的作品：
　打桩机、混凝土搅拌机、
吊车和鹤嘴锄等着被再度使用，
　但我们怎么才能重新开工？
失去了行动能力，安于当下处境，
　我们不被人看重，恰如
被我们自己扔掉的某类人工制品：
　荨麻草丛里的破手套、
生锈的水壶、废弃的支线铁路
　和歪倒的旧石磨。

我们的罹难者，他面目全非的躯体
　如此直接、如此完美地解释了
芦笋园[1]的魅力和我们的
　纸牌游戏的目的；形色各异的
邮票和鸟蛋，纤夫小道[2]
　和低洼路[3]的奇观，

1.《芦笋园》亦是英国十七世纪卡罗琳时代理查德·布洛姆所写的喜剧，是当时的热门作品。
2. 亦称为曳船道，旧时马匹沿河岸拉纤时所走的道路。
3. 因河床干涸或牛马踩踏、略加人工修整而形成的小路，一般会低于地面。

登临旋梯时的欣喜若狂，
　现在，我们时常会意识到
它们正是引发暴行的潜在原因，
　在假扮猎人与猎物相互戏耍时，
在飞奔疾跑、扭打争斗、泼水嬉闹、
　气喘吁吁地说笑话的当口，
请倾听随之而来的哭声和沉寂：
　无论太阳在哪里升起，
溪水在哪里流淌，书册在哪里写出，
　这个亡者的魅影都会出现。

很快，凉爽的北风[1]会吹拂树叶，
　店铺会在四点钟重新营业，
停在空旷的粉色广场上的蓝线巴士
　载满乘客后就会开出：对于此次事件，
我们有大把时间可以去歪曲、去辩解、去否认、
　去做神话加工、去加以利用，
与此同时，在旅馆的床底下，在监狱里，
　在我们的生活走向歧途时，它的意义
正静静守候着。而在我们做出选择之前，
　面包会发软，水会被烧干，

1. “北风”对应的原文为“tramontana”，特指从阿尔卑斯山吹向亚得里亚海的干冷北风。

大屠杀已开始，亚巴顿[1]
　已在我们的七个入口大门[2]
竖起了绞刑架，肥胖的彼列[3]已魅惑
　我们的妻子跳起了裸体华尔兹。此时，
最好还是回家去，若我们还有个家的话，
　不管怎样，最好还是躺下休息。

如此一来，我们梦中的意志看似还能逃脱
　这死一般的沉寂，转而
在刀口上漫步，在黑白相间的广场徘徊，
　走过青苔、绿呢衬垫、天鹅绒、木地板，
跳过岩缝和小山丘，进入那些
　放置了线绳和悔罪松果的迷宫，
走下花岗岩斜坡和潮湿的过道，
　通过了那些没有锁闭、
标为私人区域的大门，后边有摩尔人在追赶，
　路上有潜伏的盗贼在监视，
之后便来到峡湾尽头怀有敌意的村庄，
　来到了黑暗城堡，此处的松林里

1. “亚巴顿”是地狱无底坑的魔王、毁灭之神和地狱之神，也有译作“亚玻伦”。
2. 纽约人曾流传有灵异传闻，说其地境内有七个入口大门可通往地狱。
3. “彼列”是《圣经·旧约》里的邪恶或卑鄙的恶势力，《圣经·新约》中魔鬼撒旦的别名，弥尔顿的《失乐园》中的堕落的反叛天使之一。

阴风呜咽作声，电话铃突然响起，
　邀请麻烦缠身的人进到一间屋子里，
微暗的电灯灯光下，酷似我们的一个替身
　并不抬眼，正坐在那里写着什么。

之后，当我们就这么离开，我们受委屈的肉体
　或可不受干扰地发挥作用，
恢复我们曾试图摧毁的秩序，复原
　被我们出于恶意而糟蹋的节律：
心脏瓣膜精确地闭合、开启，腺体开始分泌，
　血管适时地收缩与扩张，
必不可少的体液开始流动
　令活力耗尽的细胞得以再生，
不是很清楚发生了什么，
　但会像所有生灵那样敬畏死亡，
现在，请注视这个地点，不要眨眼睛，像鹰隼一样
　俯瞰下方，自命不凡的母鸡
以她们啄食的频率从近旁走过，
　虫子的视线被草丛阻挡，
而躲在远处森林里的鹿，
　正透过林间缝隙在胆怯地窥视。

1950年7月

五、夕祷[1]

倘若俯瞰我们城市的山岭总是被认作亚当的坟墓，只有在黄昏时你才能看见那个躺卧的巨人，他的头朝向西方，他的右臂永远停在夏娃[2]的腰间，

从一个公民仰视那对丑闻缠身的男女的姿态，你可以获知他对自身公民权的真实想法，

譬如现在，在一个醉鬼的嚎叫声里，你能听出他反抗父母管束的哀伤，在他渴求的目光里，你能感知到一个郁郁不乐的灵魂

正仔细观察经过眼前的四肢，绝望地寻找蒙面天使遗留的

1.《夕祷》对比了两组不同的人类幻想：阿卡狄亚与伊甸园，以及新耶路撒冷与乌托邦。关于这些人类幻想，奥登的这段话值得注意："关于消弭了痛苦和邪恶的快乐之地，我们的想象分成了两类：伊甸园和新耶路撒冷。虽然一个人很有可能同时幻想两者，但是他对两者的喜好程度却不太可能一致。我觉得，阿卡狄亚人最喜欢做的白日梦是伊甸园，而乌托邦者最常做的白日梦是新耶路撒冷……伊甸园和新耶路撒冷对真实存在的堕落世界而言，显现出时间上的差异。伊甸园是一个存在于过去的世界，现存世界的各类矛盾尚未出现；新耶路撒冷是一个存在于未来的世界，各类矛盾将会得到解决。在伊甸园，居住者们可以做任何想做的事情，大门上刻有这样的箴言：'做汝想做的事是此地的律法。'而在新耶路撒冷，居住者们愿意做任何需要做的事情，大门上的箴言为：'顺从他的意志是我们的和平。'"

2. 原文"Eve"，亦有黄昏、傍晚之意。

些许痕迹，在那个希望仍会发挥作用的久远年代，天使曾经与它一番云雨，过后就瞬间消失：

太阳和月亮为他们提供了相似的面具，可是，在文明衰退期的这个钟点，每个人都必须以真面目示人。

而我们的两条路恰在此刻交会。

他们不约而同地认出了自己的对型[1]：我是阿卡狄亚人，他是乌托邦居民。

他带着轻蔑，注意到了我水瓶座的肚子：我满脸惊恐，看到了他天蝎座的口唇。

他想看到我清洗茅厕：我很乐意看到他被人遣送到另外某个星球去。

两个都不说话。我们之间能分享何种共同经验？

朝商店橱窗里的灯罩看了一眼，我觉得它实在太过丑陋，任何有理智的人都不会去买：他会留意它过于昂贵的价格，

1. “对型”的原文为“Anti-type”，意指彼此对立但存在共性的典型。

对乡巴佬来说实在无法消受。

见到一个患佝偻病的贫民窟孩子，我会转过脸不去看：
他只有遇见一个胖乎乎的孩子时，才会视而不见。

如果我们的参议员没能改变我，我会希望他们行为举止
如同圣人：他会希望他们表现得如同邪恶的男中音歌手，
而当参议院里灯火通明至深夜，

我（从未见识警察局的内部情形）会心生畏惧，且会想：
"倘若城市如他们所说的那般自由，日落之后，它的办事
机构都应该变成巨大的黑石头。"

而他（曾几次被人痛打）丝毫不为所动，只会寻思：
"此后某个良宵，我们的孩子会在那里办公。"

于是你会明白，为何我的伊甸园和他的新耶路撒冷根本
不可能通过谈判达成任何协议。

在我的伊甸园，一个不喜欢贝里尼[1]的人有各种好办法

1. "贝里尼"的原文为"Bellini"，既可以指十九世纪的意大利歌剧作曲家温琴佐·贝里尼，也可以指文艺复兴后期的威尼斯画家乔万尼·贝里尼，而且还可以是一种鸡尾酒名称，这三种解释放在原诗里都解释得通。

不让自己出生：在他的新耶路撒冷，一个不喜欢工作的人
会对自己投胎人世深感悲哀。

在我的伊甸园，我们有一些横梁发动机[1]、驮箱式火车
头、上冲式水车和其它几种漂亮的老式机器可以玩：在他
的新耶路撒冷，即便是厨师，也会变成头脑冷静的机器操
作工。

在我的伊甸园，政治新闻的唯一来源是谣言：在他的新
耶路撒冷，会有一份特殊的日报，用简化了的拼写去报导
言语无法传达的讯息。

在我的伊甸园，每个人都会固守自己的强迫性仪式[2]和
迷信禁忌，但我们没有任何道德规范：在他的新耶路撒冷，
寺庙空空荡荡，但人人都遵奉理性的美德。

他之所以会轻蔑，理由之一，是我只需闭起眼睛通过
铁制人行桥来到纤夫小道，再乘坐驳船穿过那个狭短的
砖石隧道，

---

1. 蒸汽机的早期原型。
2. 精神病学中，"强迫性仪式"意指为缓解焦虑而强迫进行的一系列重复动作，此种仪式性动作往往对病人有特殊的意义，病人完成这种仪式是为获得幸运和吉兆，从而使内心感到安慰。

过后就能重新站在伊甸园里，快活的矿工会吹响双簧弯管
和古巴松管[1]，寒冷索菲亚[2]的（古罗马风格的）大教堂会
钟乐齐鸣[3]，一同欢迎我的归来：

我之所以会惊恐，是因为当他闭上眼睛，他不会抵达
新耶路撒冷，只会停留在骇人听闻的八月某天，恶徒们
会蹦跳着穿过荒废的客厅，而泼妇们会插手议院里的各项
事务，要么就会目睹

某个秋日夜晚的控告和溺刑[4]，那时冥顽不化的窃贼们
（包括了我）会被扣押，他痛恨的那些人转而就会痛恨
他们自己。

于是，经由片刻的对视，我们接受了对方的立场。
我们的脚步已后移，两个无可救药的人，闷头走向了
自己的饭食和夜晚。

---

1. 古巴松管即低音管，原文“sordumes”是奥登自造的一个词汇。类似的文字游戏他做过多次，读者欲了解更多，可参考《奥登与牛津英语词典增补条目》一文（http：//oed.hertford.ox.ac.uk/main/content/view/361/398/index.html）。
2. 指罗马的圣索菲亚，基督教殉道者，304 年因其信仰被杀；778 年，她的部分遗体曾被带往斯特拉斯堡的埃绍女修道院，是年德国遇严寒，因祭祀她获神验，德国人遂称她为“寒冷索菲亚”（德语 Kalte Sophie）和“冰雪圣徒”。
3. 原文“bob major”特指钟乐向大音阶急速过渡的变调鸣奏，在此取其引申义。
4. 1793 年至 1794 年，法国南特等地有很多人被判处溺刑。

这只是生活道路的一次偶然交叉？（十字路口的
任何神祇都会持此观点）仅仅为了效忠于不同的谎言？

它或许也是一个秘密会合点，两个同案犯不由自主、
无法克制地定要会面，

以便让对方（归根结底，双方都渴求着真理？）回想起
他最想忘却的另一半的共同秘密，

转瞬之间，它也迫使我们去追忆我们的罹难者
（只有为了他，我可以忘记鲜血，只有为了我，
他可以忘记天真无知），

由于他的牺牲（叫他亚伯[1]、罗穆卢斯，名号任你挑选，
都是同样的赎罪祭[2]），阿卡狄亚、乌托邦、我们那些
古老而亲切的民主政体才得以建立。

---

1. 根据《圣经·旧约·创世记》，亚伯是亚当和夏娃的次子，后被其兄该隐所杀。
2. "赎罪祭"(Sin Offering)是古代犹太教的一种祭典，根据《圣经·旧约·利未记》规定，以色列人无意中犯罪，需要献上规定的祭物。与犹太教不同的是，在基督教中，赎罪祭这个术语经常指原罪的赎回，有时用来指耶稣的受难与受死。这里提到的亚伯和罗穆卢斯，都有献祭行为：亚伯是亚当和夏娃的次子，《圣经·旧约·创世记》中记载了他向耶和华奉献头生的羔羊，承认自己有罪，表顺服之心，因而蒙神喜悦；罗穆卢斯是罗马神话中罗马城的奠基人，他根据神圣的风俗习惯和典籍，在破土建城之日亲自赶着一头白色的母牛和一头公牛犁出一条深深的垄沟作为城墙的界限，并在墙的两侧分别举行了献祭仪式。

因为，倘若没有这血的黏合剂（它必须是人的血，
必须是无罪的血）[1]，世间的城垣将无以安然伫立。

1954 年 6 月

六、晚祷[2]

此刻，当欲望和欲望之物
　已不再强求关注，
当肉体抓住了时机逃逸，
　渐渐、渐渐地接近了
更合它心意的朴素安静的植物行列，
　此刻，白昼已成过去，
它最后的行为与感情已定格，
　当整件事情呈现了意义
回忆的瞬间定会到来：片段的闪回，
　而我能想起来的只是砰砰的敲门声，
两个吵架的主妇，一个狼吞虎咽的老人，
　一个因嫉妒瞪大了双眼的孩子，
这些情节和台词，适合任何一个故事，

1. 基督教认为，神以耶稣为赎罪祭，既赦免人类隐而未显之罪，更赦免显而易见之罪。只有耶稣无罪的宝血，才能赎人类的罪。
2.《晚祷》与第一首《晨祷》形成了对应关系（诗体也相似），叙述者正待安寝，绝望地回想着过去的一天，为自己和耶稣祈祷，希望能真正理解十字架上的受难。根据奥登创作此诗时的笔记所示，《晚祷》关涉末日审判。

　而我既没有看到什么阴谋
也不解其意;我记不清在正午
　和下午三点之间发生的任何事。

此刻,只有一个声音陪伴着我,
　心的节律,已感应到四周
从容逡巡的群星,它们所说的
　那种律动的语言,
我能猜测却无法理解:或许
　我对午后那三个小时里
我们有份参与的事已心生忏悔,
　或许,满天星宿确实
超脱于所有的喜好和偶发事件
　正歌颂着某个狂欢场面,
而我,既不知道它们已知的情况,
　也不知道我应该知道什么,
所有徒劳虚妄的淫邪之事皆应鄙视,
　此刻,请允许我为它们祝福,
愿它们合奏出美妙的卡萨欣组曲[1],
　并接受我们的距离。

此刻跨出的这一步将把我带入梦乡,

1. 卡萨欣是流行于十八世纪的音乐曲式,与当时的嬉游曲、小夜曲属同一种类,都是为娱乐或庆典所写的小型器乐组曲。

　身份不明的我，会被丢到
名叫“希望”的无知部落中，
　那里的人不跳舞不说笑
却有一种巫术崇拜可去平息
　午后三小时里所发生的事，
秘而不宣的古怪仪式——譬如说，
　倘若我在橡树林里碰巧发现一群年轻人
正在攻击一头白鹿，不用威胁、只凭贿赂
　就会让他们吐露秘密——之后，
撒过的谎很快就无影无踪，
　因为最终，我，如同城市
都会不复存在：为公平起见，
　即将到来的一切
定然会回归于虚无，而韵律
　也必会超越音步或理解。

诗人们（电视里的人们）
　能被拯救么？去相信不可知的
正义，或假借你已忘记名字的
　爱人的名义去祈祷
都不太容易：解救我、
　解救 C（亲爱的 C）[1]

1. 这里的“C”，指的是奥登的伴侣切斯特·卡尔曼，他的名前缀字母即为“C”。

和所有无助啜泣、从未做对
　任何事的人，请宽谅
年幼无知时的我们，让我们
　及早醒悟，现实就是现实，
（而我会确切地知道，在午后
　三个小时里发生了什么事）
如此，我们或许无须遮掩什么
　就可以去野餐，可以围着
永生之树转圈，汇入
　那三位一体的律动之舞[1]。

1954年春

七、赞美经[2]

小鸟在树叶间歌唱；
公鸡报晓催人醒来：
孤独自处，期待友伴[3]。

---

1. 这里对应的原文为“perichoresis”，来自希腊语，既代表一种舞蹈，也指圣父、圣子、圣灵之间的互渗共存，早期基督教徒以此来譬喻三位一体的教义。因此，诗中的“舞蹈”带有宗教意味。
2. 组诗最后这首是祈愿祷告，祝福生生不息的自然界，也祝福世俗的历史的世界。全诗采用西班牙的古老诗体——“cossante”，与内容非常契合。
3. 门德尔松教授和富勒先生都认为，“孤独自处”和“期待友伴”反映出奥登的认知观念：作为个体的罪人构成了教会的会众。我们可以将这两句解读为奥登的内心独白。

明亮晨曦俯照着世间众生；
左邻右舍的人恢复了意识：
孤独自处，期待友伴。

公鸡报晓催人醒来；
钟声四起已开始奏鸣：
孤独自处，期待友伴。

左邻右舍的人恢复了意识；
上帝保佑这个王国和他的子民：
孤独自处，期待友伴。

钟声四起已开始奏鸣；
湿嗒嗒的磨坊水轮再次转动：
孤独自处，期待友伴。

上帝保佑这个王国和他的子民；
上帝保佑这个绿意盎然的俗界：
孤独自处，期待友伴。

湿嗒嗒的磨坊水轮再次转动；
小鸟在树叶间歌唱：
孤独自处，期待友伴。

1952 年

再见，梅佐乔诺[1]

（致卡洛·伊佐[2]）

离开了哥特式的北方和面色苍白的孩子们，
　离开了依赖土豆、啤酒或威士忌的罪感文化，
我们的反应如同父辈，开始去往南方，
　就此来到了被阳光炙烤、满目葡萄园、

巴洛克艺术和俊美人体的另一个地方，
　来到了带有女性气质的这些城镇，这里，
男人有男子气概，兄弟姐妹未经训练就会
　无情地斗嘴（这等本事，在新教牧师家里、

在下着蒙蒙细雨的礼拜天下午，
　同样都可以学到），不再像无知的野蛮人
那样外出淘金，不再像投机商那样
　热捧古典绘画大师，只热衷于抢劫，

---

1. 梅佐乔诺（the Mezzogiorno）是意大利南部地区。奥登从1948年开始每年夏天都会到意大利南部的伊斯基亚岛度夏，但自1957年10月在奥地利郊区基希施泰腾（Kirchstetten）购置了乡间小舍后，他的度夏地点就从南欧变成了北欧。这首诗关涉奥登对南方和北方的独特认识，我们不妨关注一下他曾写下的这句话："北方必然是一个'好'方向，通往英雄的冒险旅程，南方则通往卑陋的安逸和颓废。"
2. 卡洛·伊佐（1901—1979）是文学教授、批评家、英美文学翻译家，他也是奥登诗歌的译者，1952年已经翻译出版了意大利语的奥登诗歌选集。

尽管如此——有些人相信，在南方
　“爱”更健康也更不费力（这一点很可疑），
有些人已被说服，在强烈日照下曝晒
　可以杀菌（这很明显是错的），

其他人，比如人到中年的我，
　就很希望弄明白自我的确切定义
和今后的可能性，而南方人
　似乎永远不会提出这类问题。

也许，涅斯托耳[1]和艾帕曼特斯[2]、
　唐·奥塔维奥和唐·乔万尼[3]用以唱出
美妙乐音的那种语言缺乏如此表达的能力，
　又或许在这样的酷热天气里，

这么做也毫无意义：经过果园门口的
　一条公路，诱引了三兄弟轮流出走，
翻山越岭去往远方，此等离奇故事

1. 涅斯托耳是希腊神话里的皮洛斯国国王，以睿智著称。在特洛伊战争中，他作为贤明的长者，经常给予年轻将士中肯的意见。
2. 艾帕曼特斯是莎士比亚最后一部悲剧《雅典的泰门》（约创作于 1607 年至 1608 年）里的角色，是个性情乖僻的哲学家。
3. 唐璜在意大利语里被称为唐·乔万尼，唐·奥塔维奥是《唐璜》一剧中骑士长之女安娜的未婚夫。

　纯属某种气候环境的虚构，

在那儿，散步是件让人高兴的事，
　而定居人口要比这里少一些。
即便如此，我们还是觉得它非常古怪：
　从没看到一个孩子单独沉浸于

本地自创的游戏，两个朋友
　用私密的暗语相互打趣，
一个智力并没有缺陷的人独自晃荡着，
　它甚至会使我们的听觉变得淆乱，

当猫咪被叫做“猫”，狗要么叫卢波、尼禄，
　要么叫博比。他们的正餐让我们自愧不如：
我们只能嫉妒，一个生性如此节俭的族群，
　没有花费力气去克制

自己的暴饮暴食。可是，他们不抱任何希望
　(相处十年之后，假若我能准确理解他们的
面部表情的话)。希腊人过去曾把太阳
　叫做“遥远的毁灭者”，可这儿，

阴影如匕首般锐利，大海每天如此湛蓝，

我能领会他们的意思：它警惕而蛮横的
目光会嘲笑、轻鄙任何欲图改变
或逃离的念头，而一座沉默的

死火山，不见一条溪流或一只鸟儿，
与那笑声极为相似。这恰可用来解释，
为何他们会拆掉小摩托车的消音器，
还会把收音机的音量开到最大，

而一个名气很小的圣人会期待烟花弹——
那噪音如同一个反制魔法，一种对三姐妹[1]
表达不满的方式："我们或许终有一死，
可我们还在这里！"这可能导致他们

渴望彼此的接近——在街头身体贴身体
挤得水泄不通，而他们的灵魂
对所有抽象的威胁毫无知觉。我们有些错愕，
但我们有迫切的需要：要认可间距，

也要承认，外表无须变得浮浅，

1. 或是指契诃夫 1900 年创作的四幕正剧《三姐妹》，剧中三个主角随军人父亲来到远离莫斯科的小镇生活，始终梦想着"到莫斯科去"，此后生活发生了很多变故又终归平静，三姐妹再次陷入孤独和寂寞，虽然梦想犹在。

举止也无须粗野，事实上
在听得到流水或看得到云彩的地方
这些也没法学会。作为学生

我们不算很糟糕，但作为教师我们很绝望：歌德，
在一个罗马女孩的肩胛骨上
敲出了荷马风格的六韵步诗，一位
体现了我们所有特征的知名人士

(我希望是别的什么人)：他待她固然很好，
可是，常人自会划定底线，绝不会让
海伦娜[1]在他的第二个瓦尔普吉斯之夜[2]之后
变成他的王后，为他诞下一个婴儿：

那些借由成长小说[3]来表达人生的人，
那些生活对其而言意味着

---

1. “海伦娜”即海伦，是歌德《浮士德》第二、第三幕中的角色。在第二幕中，海伦作为美的化身出现，而到了第三幕，在“瓦尔普吉斯之夜”(《浮士德》一共描写了两次瓦尔普吉斯之夜)后，海伦成了浮士德的王后，产下一子。

2. “瓦尔普吉斯之夜”是四月末的五朔节前夜。据德国民间传说，女巫们此时会降临哈茨山向魔王致敬，宴饮狂欢。歌德在《浮士德》中描述过它宏大怪异的场景，后世名家的小说也多涉及这一题材，如《尤利西斯》第十五章、《魔山》第五章、《大师和玛格丽特》第二十三章及前后几章。

3. 成长小说是启蒙运动时期出现的一种文学体裁，小说主人公常经由诸多人生体验(比如精神危机)从少年进入成熟，伴随心智和性格上的成长，往往涉及身份确认和选择思考。歌德的《威廉·麦斯特的漫游时代》堪称成长小说的滥觞之作。

"眼见为实"的人，他们彼此间的嫌隙
　即便拥抱也无法加以弥合。

如果我们试着"去往南方"，我们很快就会堕坏，
　肌肉会变得松弛，人会变得邋遢、好色，
还会忘记付账单：你从来没听说他们
　发誓戒酒或求助于瑜伽术，

这让人稍感欣慰——那样的话，
　考虑到我们收获的所有精神财富，
我们不会去伤害他们——而且，我想我们
　有权利随着性子嚷嚷几句。

仅此而已。我不得不离去，但心怀感激
　(即便是对某个蒙特[1])，还会援引
我视之为神圣的崇高的名字，维科，维加，
　皮兰德娄，贝尼尼和贝里尼[2]。

祝福这片土地，祝福它的葡萄收获季，

1. 蒙特是奥登租住伊斯基亚岛时的房东。奥登于 1957 年获得了意大利政府颁发的文学奖金，是年准备买下他租住伊斯基亚岛时的宅子，房东却因为风闻他获奖而抬高房价，使得奥登不得不另觅他处(最终选择了奥地利郊区的宅子)。
2. 奥登列举的都是意大利著名的思想者、诗人、文学家和艺术家。

祝福那些称之为故乡的人：虽然你们
总是不能确切追忆往昔幸福的原因，
却不会忘记确曾拥有过它。

1958 年 9 月

COLLECTED POEMS

[英] W.H.奥登 著 马鸣谦 蔡海燕 译

奥登诗集

– 修订版 –

卷 三

作者像（塞西尔·比顿摄）

Poem

O who can ever praise enough
The world of his belief?
Harum-scarum childhood plays
In the meadows near his home,
In his woods love knows no wrong,
Travellers ride their placid ways,
In the cool shade of the tomb
Age's trusting footfalls ring.
O who can paint the vivid tree
And grass of phantasy?

But to create it and to guard
Shall be his whole reward.
He shall watch and he shall weep,
All his father's love deny,
To his mother's womb be lost,
Eight nights with a wanton sleep,
But upon the ninth shall be
Bride and victim to a ghost,
And in the pit of terror thrown
Shall bear the wrath alone.

W. H. Auden

奥登手迹，现藏于纽约州水牛城洛克伍德纪念图书馆

1961 年，伦敦费伯－费伯出版社酒会上的奥登与 T. S. 艾略特夫妇

1964 年，奥登重访冰岛

维卡尔（Jean-Baptiste Joseph Wicar）作品
《维吉尔为奥古斯都、屋大维娅和莉薇娅朗诵〈埃涅阿斯纪〉》

法国画家普桑（Nicolas Poussin）的《阿卡狄亚的牧羊人》之一
（现藏于卢浮宫）

第七部分

1958年—1971年

W.H.AUDEN：COLLECTED POEMS

Part Ⅶ

本能之母[1]

肥大的臀部，母猪般的乳房，
　　　　猫头鹰般的头部，
在艰难时期已变成肉食者的
　　　　某个有颌类哺乳动物，
它第一次正式流出的无辜的血流向了她
　　　　——还能有谁？——
在更加温暖的年代，为加快
　　　　谷物生长的速度
祈求一场豪雨，他第一次的纵欲狂欢
　　　　又是因为谁：
现在，我们很想知道，是谁将我们
　　　　置于**她的**管控之下？

她一点也不古板，在多疑的学者
　　　　听说了基督字符[2]、
布谷鸟为她建起了
　　　　木头教堂

1. 标题的相关释义，请参考《祷告时辰·午时经》的第一首。
2. 原文“Chi Rho”，是最早的基督象征符号之一，由两个大写字母 X 和 P 构成（出自希腊文“基督”一词：ΧΡΙΣΤΟΣ）。

而秃头隐修士于绿荫笼罩的礼拜天
　　　　为颂扬她
主持了一个静默的祭祀仪式之后，
　　　　她也没有多大改变：
所以，诗人，把你成捆的十四行诗
　　　　放进口袋，为她讲述
一个神话，关于不受惩罚的诸神
　　　　和被他们玩弄过的女孩。

她精心挑选的获胜者，被她宠爱、保护，
　　　　还得到了慷慨资助，
我们竟没有将他们认出？命运的宠儿
　　　　不都是铁石心肠？
……**一颗炸弹就已足够**……现在看吧，
　　　　谁的想法更可怕！
老兄，你比一个孤单的偷窥者、
　　　　比一个每晚都讨厌
医学拉丁文**原初场景**[1]的处男
　　　　还要可恶：
她或许没有尽力而为，可她
　　　　是我们的母亲。

1. 依据弗洛伊德的学说，原初场景里潜藏着被压抑的童年情绪，加以释放，是治疗的一种途径。

你不会跟我们描绘那个患了臆想病、
　　来自普罗旺斯的才女，
她造出的带发条、会转圈的阿卡狄亚
　　只值两个便士；
你在那座博物馆里找不到一个固定伴侣
　　除非你更喜欢和貌丑的
天使喝茶，而不是和可爱的魔鬼
　　同床共寝：
在你因忸怩表情和故作神秘的咂嘴
　　挨骂受罚之前，
不妨先问一下这位供你衣食、给你住处的
　　好心的女士。

假若你意外踏足那个反常的国度
　　（由于方向错误
或因为自己的调皮捣蛋），
　　来到了她最遥远的封地，
在那儿，两双眼睛四目相对，
　　一面镜子凶险至极，
光秃的岩石盆地会扼杀
　　冷傲的水仙，
舌头结结巴巴说着一个名字，
　　再不能坑蒙拐骗，

而那些塌鼻子的家伙会对自己的侧面轮廓
　　　　自惭形秽，

即便如此，当你羞答答祈求它的保护人
　　　　（对每个诚实的人来说
它难以发音的名字很是奇特，
　　　　还不许泄露）
主持你的求爱仪式，
　　　　你该为它配上一首
更庄重的乐曲，而非推销员口中
　　　　五行打油诗般的吆喝，
向这个**粗鲁的老人**鞠个躬，就是她
　　　　塑造了你最为可贵、
唠叨又极其敏感的个性，
　　　　尤其要感谢

她所做的吃力不讨好的事。
　　　　那么多张
合法或不合法、彼此间
　　　　缺乏爱意的床，
那么多虚假的情话，险恶的提问，
　　　　更为险恶的应答，
那么多的哭叫、带嘲笑意味的沉默、

偏头痛和眼泪，
那么多愚蠢的打闹、可恶至极的混乱，
花了多大的代价，
她才把你们两个按预定计划
撮合在一起？

1959 年

林中沉思

树木的群落笔直地挺立
呈现坦诚、庄严的模样，
信步走在它的树荫里
显得粗俗而有失教养，

这句话怎么说都不为过；
当鸟儿开始不经意地鸣啭，
无论你对它们抱有什么看法，
它们都作出了错误的示范。

安静无声，轻缓摇荡，
它们的姿态如此随意自然，
这些有生命的雕像很大程度上
得益于气味与色彩的语言。

只因谁能去争辩，若不借助
表示否定或决绝的语词？
当你断言自己所说必与事实相符，
谁又可以提出异议？

但树还是树，一棵榆树或橡树
既是知情者，也是局外人，
因此无法去劝告它的同族，
当它们团结一致意欲争胜。

将树的讯号转译成言辞，
结果得到了一个指令：
“不停地跑，倘若你想
确切了解自身的处境。”

你有可能获知的真理
不允许直接的表达，
而告白的喉舌必须想出法子
说出两个不同版本的谎话。

我生长的可能性将微乎其微，
假若我以树木一般的诚实
向他表明意图或敞开心扉，
如果我做不到，那么他也会如此。

我们这个种群不会有什么出息，
假若我们还没有学会巧加掩饰，
对我们当下的动机，

也没学会表现得更确信。

你也无需变成一个警察，当发觉
自己正在某些粗人面前脱去衣服：
我们中最为清心寡欲的人
看上去赤身裸体，却并不坦诚。

1957 年

手

无须求教博闻多识者，我们已知道：
手掌向下，拇指略微分开，
　　宛似一个父亲
　　按在某个孩子
或悔罪者的头顶为他赐福，
　　其喻意不言自明——

也无须商人的日程表，来确认，
接受礼物的时节，到时候十指自会并拢、弯曲，
　　手掌会翻转朝上，
　　急欲了解一根棒棒糖、
一个烟草袋或一颗珍珠的
　　大小、质地和分量；

而来到说不准东西名称的外国，
多亏了灵活的手腕和手指，
　　我们才掌握了一门修辞术，
　　这让我们顿时变得十分快活：
手会计算、会打招呼、会演示说明
　　我们为何生气或身体哪里不舒服。

不用手，我们到底还能谈论些什么？
它们做出了时髦服装和世间的布料
　　给我们舒适如家的感觉，
　　它们会修补磨破的夹克，
会流畅地弹出一首高难度的奏鸣曲，
　　心思还能神游别处。

很奇怪，这些闲不住的家伙竟然对
品质的缺失毫无感觉，
　　它们从不会因为某个可敬的
　　亡故者或罗马帝国的崩溃
而深感痛惜，也从不会心痒痒地
　　想去扮演哈姆雷特。

阿里乌斯派的追随者，三位一体修道会的修士，
诺斯替教徒，各各摇唇鼓舌
　　祈求一个隐匿的上帝，
　　而为了和平、宽恕、真爱和好天气，
合拢的两手会向手的神祇——可触知的
　　忒耳弥努斯[1]——表达敬意。

---

1. 忒耳弥努斯(Terminus)是罗马神话中的护界神。

脸上的皱纹代表了因时间而产生的
愈益强烈的忧虑，以及错失良机后
　　渐渐涌起的悲伤，
　　而手上的掌纹则揭示了
日复一日的徒劳：“我就是我，
　　每只手的纹路都不一样。”

难怪可怜的在逃犯会害怕眼前的
每一桩麻烦、每一道阴影：
　　假如手太能干或者太笨拙，
　　以至于连他们的敌人也骗不过，
十个化名、伪造的文书和一撇假胡子
　　又有什么用处？

眼睛常会上当受骗，手从来不会：
无论是问候时的紧握，还是
　　跳华尔兹时的轻触，
　　一只手总会立即认出另一只手，
不管是在发誓、动怒或正为某件事伤心，
　　都会脱口叫出：“这只手不对！”

整理东西时，我们或会发现一首诗、一封信，
我们会拒绝相信（“不，”心里会咒骂，

“我从未写过这样的垃圾东西!”),
倘若是手稿,我们会在法庭上
否认那些文字,如同我们希望消除的
一段记忆、希望忘掉的一个事实。

1959 年

安息日[1]

在创世的第七日醒来，
　它们小心翼翼地嗅闻空气：
其中鼻子最灵敏的那个已确认
　那个家伙不在那里。

食草动物、寄生虫、食肉动物
　在摸索探寻，候鸟飞得又快又远——
到处不见他的踪影：地表的洞穴，
　铺有沥青路的海滩，

废墟和大量的金属垃圾，
　这些都是他留下的东西，
他在第六日出生，于是那一天就成了
　某个不必要的过渡期。

好吧，事实上从来就不觉得
　那个家伙会留下来：
不像在头五天出生的造物，

1. 亦称作主日，犹太教及某些基督教派以星期六为安息日，而部分改革教派则以星期日为安息日。这里是用来比拟人类尚未侵入并大肆破坏自然界前的时期。

他不优雅、没能力也没有口才。

于是，最终倒退到一种自然经济，
现在，冒失无礼的他已离去，
这里看似完全恢复了旧貌，
而第七日还在延续，

美好，欢乐，绝对的无意义……
一记响亮的枪声
划破阿卡狄亚的上空，打断了
荒谬的安息日。

它们认为自己被创造出来是为了谁？
那个家伙已回来，
比它们记忆中的他更加的残忍，
也比它们所想的更像一个神。

或于 1959 年 7 月

步行道

当要散播一个丑闻流言，
我会选由此到彼的直线，
去见道路另一头的某人，
归还借来的工具或借出书本。

过后，当我返回之时，
尽管依循了来时的足迹，
那条路看上去新鲜如初见，
现在，我想做的事已做完。

可是，当我如步行者一般
为散步而散步，就会避免走直线：
回头路所包含的重复，会引起
一种它永远无法解释的可疑。

当我止步不前，是哪个恶魔
或守护天使在命令我？
假若我再多走一公里，
又会发生什么事？

不,当灵魂里的烦躁不安
或积雨云诱引我出门遛弯,
我会选一条迂回的路线,
它的终点也即它的起点。

这条曲线轨迹把我带回住处,
如此我就无须去走回头路,
我也用不着去做决断,
自问还要走多长时间,

而将习性转化为行动
满足了一个道德功用,
因为当我再次踏进家门时
我已兜完了一个圈子。

即便担心有损自己的矜持风度,
心灵也需要走上一百码的路,
往来于我的私人宅院
和任一条公用道路之间,

当它提出更多的要求,譬如
把直路走成 T,把绕圈路走成 Q,
无论晴天或雨天,我都会宣告

它们都是我自选的步行道，

旅行者不会选这条小路步行，
而与我鞋子尺码不符的脚印
会在这里把我找寻，很有可能
它就属于我爱着的某个人。

或于 1958 年

礼拜五的圣子[1]

（悼念迪特里希·朋霍费尔[2]，

1945年5月9日殉道于弗罗森堡）

他告诉我们有选择的自由
可是，追随者如我们会这么想——
“圣父之爱只在最后关头
　不得已时，才会将他的力量

施于傲慢而不知悔悟的群氓。”
通常会对宗教感到害怕，
我们从来未曾料想
　他所说的都是实话。

他或许会皱眉，也会伤心，

1. 此处的“礼拜五”有宗教寓意，请参看《祷告时辰·辰时经》的相关注释。

2. 迪特里希·朋霍费尔（Dietrich Bonhoeffer，1906—1945）是德国信义宗牧师、二十世纪杰出的德国神学家，曾参加德国的反纳粹抵抗运动，因计划刺杀希特勒失败于1943年3月被捕。德国投降前一个月，他在弗罗森堡集中营被绞死。他的神学思想，对二战后的基督教神学乃至整个西方产生了广泛影响。他的殉道史，被称为“现代的使徒行传”。他著有《基督教伦理学》以及由在狱中日记、书信汇集而成的《狱中书简》（又名《抗拒还是服从》）。奥登这首诗的主题，甚至语气，都受到《狱中书简》的影响与启发。

可是，去讨论愤怒或怜悯
是否为我们带来了更沉重的打击，
　看来并没有什么意义。

什么样的尊崇，奉与了
一个如此怪异的神祇？
他竟然让自己一手创造的
　亚当[1]，去行上帝的神迹？[2]

这个**全能人物**或许会高兴起来，
倘若我们对它还心存敬畏
（在诸侯割据、民众下跪的年代）；
　有人努力过，但谁能一试？

我们在观察它的所作所为时
感知到的自我审视的敏锐心智
既不可怕也没有恶意，
　却平庸之极。

虽然持有种种良方妙术，

1. 这里的“亚当”也是个双关语，喻指人类善恶难辨的本性。
2. 奥登认为，上帝造人的过程赋予了人类选择的自由，既可能选择善，也可能选择恶。

可以实现愿望或反愿望[1]，
有一点很明确，它并不清楚
　自己做事的明确方向。

既然类推法是一派胡言，
我们的理性先须依从信仰，
我们已没有任何方法手段
　去了解真实的状况，

且还须忍受这个已获知的事实：
我们提交的关于**上帝存在与否**的
所有证据或反证，已原封不动地
　退还给了寄件者。

现在，他真的拆开了信封
并再度出现？我们不敢断言；
而神志清醒的不信神的人们
　已全盘接受了末日预言。

与此同时，十字架上的死寂

1. “反愿望”是弗洛伊德在《梦的解析》使用的一个专门术语，用来指称因为内心抗拒抵触意识而产生的与愿望相反的梦境。

一如我们长久的无动于衷，
谈到了某种总收益或总损失，
　那张饱受凌辱的面容[1]

让你我仍可随意去猜想
他刚刚保全了谁的颜面，
当他在一个露天刑场
　如奴隶般受难而死。

或于 1958 年

1. 指受刑的耶稣。

栖居地的感恩[1]

用绳量给我的地界，坐落在佳美之处；

我的产业实在美好[2]——《诗篇》第十六首第六句

Ⅰ. 序诗：建筑的诞生

(致约翰·贝利[3])

从廊道墓[4]和猎捕鹪鹩王[5]

　到小弥撒[6]和汽车营地

---

1. 奥登的这组诗关涉他位于奥地利基希施泰腾的乡间小舍。自1958年开始，奥登每年都会偕同切斯特·卡尔曼去那里度夏，还经常在那里款待亲朋好友。据他的传记作者卡彭特介绍，奥登搬去没多久，就在那里养了三只猫、两头羊、一头猪、两只母鸡、一百七十三条金鱼……由此可见奥登对这处私人领域的喜爱程度。

2. 原文为拉丁文。

3. 约翰·贝利(John Barrington Bayley,1914—1981)是美国建筑家，长期致力于保护纽约旧建筑。

4. 廊道墓是欧洲古代巨石墓的一种，由石墙和压顶石构成长形廊道，一般呈矩形，前面立有碑石，多建于公元前4000年左右，有些甚至远推至青铜时代，类似古墓散布于欧洲各地，包括英格兰。

5. 根据弗雷泽的《金枝》所言，"鹪鹩猎礼"在欧洲源远流长。人们相信，鹪鹩象征了智慧和神性，把它称为王、小王、鸟王等，认为杀了这种鸟就很不吉利。但是，欧洲人会在每年特定的一天(有的在圣诞节前一天，有的在圣诞节早晨，有的在12月的头一个星期天)到处捕杀鹪鹩，然后拿着鹪鹩的尸体挨家挨户巡礼，使每个敬拜它的人都得到一份灵性，也就是所谓的"鹪鹩猎礼"。有关"鹪鹩猎礼"的民谣很多，奥登在编辑《牛津轻体诗选》时就曾收录一首。

6. 原文"Low Mass"指无音乐或唱诗班伴奏的弥撒，又称诵经弥撒；而大弥撒(High Mass)以诵唱方式举行，仪式完整。

并非碳钟[1]的一声滴答，但我不会
　用那种方式来计时，你亦如此：
回想骑自行车的年代，
　迄今也已经历了数百万次的心跳，
之前如何，“此后”的我无法估算，
　只是一个静止的史前的“曾经”
而万事皆有可能。对你我来说，
　巨石阵和沙特尔主教座堂[2]，雅典卫城、
布伦海姆[3]、阿尔伯特亲王纪念碑[4]，
　都是同一个老人以不同名义
创作出的作品：我们知道他做下的事，
　甚至知道他自以为是的想法，
但并不了解个中原因。（要弄明白，
　你就得自私地挡住他的去路，不能用
混凝土也不能用葡萄柚树。）现在已轮到我们
　去迷惑未来的人们。世界不会
如它应该的那样历久弥新，无论它

---

1. 碳钟并非真正的实体钟，而是指“放射性碳 14 断代法”，由美国化学家乌伊拉德·利比根据“碳 14”半衰期的特性所创立的一种化学分析法，应用广泛，尤其是考古界，已大量利用碳同位素“碳 14”来测定（估算）文物的年代。
2. 沙特尔主教座堂位于巴黎西南的沙特尔市，传说圣母马利亚曾在此显灵并存有圣母的头颅骨，因此成为重要的朝圣地之一。
3. 德国巴伐利亚州西部一村庄，在西班牙王位继承战争中，英、奥联军曾在此大败法国、巴伐利亚联军。
4. 阿尔伯特亲王纪念碑在伦敦肯辛顿公园南部。

是否会消亡，仍需予以重建，
因为不管如何，我们能在窗外看到的
那个不朽的联邦
仍在眼前：它品位高雅，
从来也不乏味，
但将会每况愈下。在它的国民中，
石匠和木匠能造出
最精巧的防空洞和纱橱，
而它的建筑师，只不过是些
异教徒或粗俗之辈：对死亡感到
无由的愤怒，他们意欲构建一个
坟墓与寺庙的第二自然，生活其间
就必须懂得“**假设**”的含义。

或于1962年春

附言

离我鼻子约三十英寸远
就是我**个人**的界限，
其间所有未开垦的空隙
都属于私人区域或领地。
陌生人，若你眉目含情
我就会唤你来亲近，
切记不要粗暴地犯错：

我没有枪，但我会吐唾沫。

Ⅱ. 栖居地的感恩

（致杰弗里·戈洛[1]）

我认识的人里边，没有人愿意
　带上银制调酒器、半导体收音机
和默不作声的钟点女佣就此隐居，
　也没有谁会信守诺言，

只因他的高曾祖母曾与某个可敬的
　粗鲁汉上过床。只有报业大亨
才能建成圣西门堡[2]：不劳而获的收入
　买不回那种举手投足的仪态，

当要踏上一段巴洛克式的楼梯，或要掌握
　那种一边说话一边假装男仆们
什么也没听到的艺术。（在冒牌城堡里
　我们的另类人士会挂起上衣

1. 杰弗里·戈洛（Geoffrey Gorer，1905—1985）是英国人类学家和作家。他也在1939 年移居美国，与奥登维持着良好的友谊关系，甚至去过奥登位于基希施泰腾的乡间小舍做客。这首诗正是写于戈洛到访之后。

2. 指加州圣西门附近海滨的赫斯特城堡，属报业大亨威廉·伦道夫·赫斯特所有，于 1919 年开始建设，历时二十八年才完工，极尽奢华。

当他们正准备修理要命的自行车链条：
　很幸运，没有足够多的悬崖
可去参观。）黑蒂·佩格勒坟丘[1]
　仍然值得一游，夏泉宫[2]也是，

可以去检视某人本应具备、
　而沉默的肉体做出了否定性表述的
身体观念：无论他在做什么
　或饶有兴致地找事情来做，

清点存货，玩闹嬉笑，去教堂礼拜，做爱，
　他的体型都保持不变，令一个
高贵的"我"相形见绌。被过度褒奖
　并非什么好事：尽管健美的体格

在男女两性中都很少见，类似人物
　只存在于过去。你也许是个普鲁斯特式的
附庸风雅者，或是继承了杰克逊[3]衣钵的
　明智的民主党人，但我们中哪一个

1. 黑蒂·佩格勒坟丘也被叫做"尤里长冢"，是古代廊道墓的一种，位于英国格洛斯特郡尤里村附近。
2. 夏泉宫位于维也纳西南郊，曾是皇宫别业。
3. 指十九世纪美国第七任总统安德鲁·杰克逊，民主党创建者之一。

想被人无意之中打扰，即便打扰他的
　是他的爱人？我们都熟知达尔文
和他那些图表，大房间已不再符合
　超常人物的要求，但最热忱的

城市规划者理解有误：围栏
　只适合某种理智的动物
对亚当独立自主的复制品来说
　却并非宜居的栖息地。到最后，

我这个外国移居者，只有在
　方圆三英亩、繁花烂漫的乡间
才会如鱼得水，不必见很多人，
　也不用说很多的话。

林奈[1]见了两栖动物就退避三舍
　如遇到某个赤条条的可怕暴民，
我看到蛛形纲动物会打颤，而那些
　抹去它们内疚标记的庸人

---

1. 指十八世纪瑞典博物学家卡尔·冯·林奈，建立了动植物命名的双名法，对动植物分类研究的进展有很大的影响。林奈在他的专著《自然系统》中是这样描述两栖动物的："这是一些污秽和讨厌的动物……它们有着冰冷的身体、刺耳的叫声、暗淡的体色、肮脏的栖居地以及可怕的毒液……"

倒是与希特勒密切相关：应该允许
　蜘蛛一族保留其蛛网。天气晴好的
日子里，我很乐意去亲近水中的
　教友们[1]：很多都非常愚钝，

有些或许没心没肺，可是，它们中间
　有谁不那么脆弱，不那么容易受到惊吓
且会小心守护自己的私密领地？（我很高兴，
　譬如说乌鸫，就无法分辨

我是在说英语、德语，还只是
　在打字：而它发出的声响我会当作
喋喋不休的外国话来欣赏。）我应该会比
　身姿轻灵的蜻蜓活得更长久

而枝干硬直的冷杉毫无疑问
　在我死后仍会挺立：我不会患上
食道堵结，虽然有可能会死于
　某种滤过性的噬食菌，

不管怎样，我会停止进食，以一声

1. 指水中的禽鸟或鱼儿。

　拖长声调的“哦”，将我的
一小口氮气交还给**世界储备**（直至获得
　某个惴惴不安的指挥官的首肯，

在一纳秒[1]的瞬间里，历经十亿次的
　死亡，被转化为一立方厘米的
毒性的虚无）。倘若老式铳枪的
　常规战争和它的雇佣兵

将会包围我的辖区，当然，
　我定会装出顺从的姿态：
但人类并非狼族，并且很可能
　这也毫无帮助。鸟儿们齐声唱道，

领土、身份和爱，才是要紧事情：
　我不敢奢望或不敢去争取的，
是五十岁时能拥有自己的宅地园圃，
　在那儿，我永远不必去接待

那些不相熟的人，它不是摇篮，
　不是时钟消失的奇幻伊甸园，

1. 十亿分之一秒。

也不是没有窗户的坟茔，只是
　我可以自由进出的一个地方。

1962年8月

Ⅲ. 创作的洞穴[1]

（悼念路易斯·麦克尼斯[2]）

这地方和所有类似的封闭场所，其原型
　都是韦兰的铁匠铺[3]，
一个洞穴既不欢迎情人也不欢迎女仆，
　甚至比一间卧室更为私密，
但没有那么神秘：奥利维蒂牌手提式打字机，
　词典（钱能买到的
最好的东西）[4]，一大堆的纸，很明显

1. 这首诗描述的场所是书房。

2. 1963年8月，路易斯·麦克尼斯去约克郡作岩洞探险，为广播剧《从波洛克来的人们》收集音效，于荒野遇暴风雨，至赫特福德郡家中才换下湿衣服，由支气管炎发展成病毒性肺炎，9月3日故去。奥登在这首题献诗中对挚友的意外去世表达了深切的缅怀。

3. 韦兰是日耳曼人的铁匠神，这个名字是移居来的撒克逊人所取。此处亦指英国新石器时代的古坟，位于牛津郡阿什伯里的阿芬顿，白马悬崖和阿芬顿堡附近。

4. 奥登平生酷嗜翻阅《牛津英语词典》（*Oxford English Dictionary*），经常随身携带一卷。购置了基希施泰腾乡间小舍后，他在二楼整出了一间工作室，里面除了放置一张书桌和一台打字机外，只有成堆成堆叠放在地上的书籍了。有位朋友注意到，奥登没有为书桌配凳子，每当需要伏案写点什么的时候，他都直接把放在最显眼位置的那十几卷《牛津英语词典》搬到书桌前，“像个还没长大的孩子般”坐在上面。

会有什么事发生。没有花束和
家庭相片，这里的所有布置都服从了
某项功能，目的在于
阻止白日梦——因此，窗户不采用貌似合理的
宽度，仅允许一束光进入，其亮度
足以让人修理钟表——这也让听觉变得敏锐：
由一个外楼梯连接，家里的
声响和气味、自然生活的宏大背景
已被隔绝在外。在这里，
安静化为了实体。
路易斯，要是你仍然活跃于
公众场合，我希望能带你看看这里，
还有屋宅和花园：女性和多尼戈尔郡[1]的恋慕者，
从你的视角看来，你定会注意到
我正远眺的风景，转而对我所能告知你的事实
发生学术上的兴趣(譬如说，
在我们东面四英里处，有一处木栅栏墙，
加洛林王朝时期的巴伐利亚就止步于此，
再过去就是不可知的游牧部落)。我们因个人选择
结交为友，但命运早已让我们

1. 多尼戈尔郡位于爱尔兰西北部。路易斯·麦克尼斯出生于北爱尔兰，对多尼戈尔郡情有独钟，曾作诗《多尼戈尔三联画》(“Donegal Triptych”，1955)。

比邻而居[1]。就语法而言，我们都继承了
　混合了很多野蛮人色彩的英语语言，
而它从未彻底屈从于罗马人的修辞学
　或罗马的吸引力，这样的废话
人人都不爱听。我们的父亲，虽然不像贺拉斯的
　父亲那样会抬起前臂擦鼻子，
都不是显赫家庭[2]出身，而我们的祖先
　很可能是富裕百姓中的一员，
要谋害他们也花不了太多钱。如此降临人世，我们
　都在某个时刻具备了自我意识，那时，
火车头用马洛里合金标上了爵士们的名号，
　科学被学童们叫做了臭气，
而庄园在政治上仍然很神秘：
　我们都曾心情复杂地
看着无言的床铺、空荡荡的教堂，看着
　骑兵部队行进，看着德国人创立了

1. 关于这段“命运”，我们不妨看看其中一二事例：1926 年，麦克尼斯进入牛津大学的默顿学院，彼时奥登已经在基督学院学习一年，是为“比邻而居”；1930 年，麦克尼斯在伯明翰大学 E. R. 道兹教授手下任助理讲师，而道兹教授与奥登的父亲私交甚好，奥登经常去道兹家做客(有时候干脆把朋友们约在道兹家会面)，得以与麦克尼斯深入沟通，是为“比邻而居”；1936 年，奥登邀请麦克尼斯与自己一道去冰岛，翌年合著了《冰岛来信》，可以说是“比邻而居”的成果。
2. 此处原文为“porphyry-born”，奥登自创的一个词，其中“porphyry”在希腊语里有“紫红色”的含义，故“porphyry-born”可以理解为出身于身披紫袍的家庭，也就是贵族阶层。贺拉斯的父亲的确属于中小奴隶主阶层。

宇宙模型，而宗教信仰，若我们还曾有过，
　已在某种内在的美德中破灭。远方的生活
比以往任何时候都更加美好、神奇、惹人喜爱，
　自从出现了斯大林和希特勒，我们
再也不相信我们自己：我们主观地确信
　一切皆有可能。
　　　　　　　　　不过，对你来说，
自去年秋天以来，你已悄悄溜出了安乐之所[1]、
　我们潮湿的花园，进入了
一个漫不经心、无所谓可能性的
　国度。我多希望你没得那场感冒，
而当我们思念故去之人，与之交谈却变得
　更为容易：和那些不再会被问题困扰的人
在一起，你不会感觉害羞，而且，无论如何，
　当绝无可能去玩牌、饮酒
或扮鬼脸的时候，除了和那些代表了
　良知的声音说说话，其它还有
什么事可以做？从现在开始，你若要来访，

1. 此处原文为“Granusion”，出自十二世纪哲学家伯纳德·西尔维斯特里斯(Bernardus Silvestris)所写的哲学寓言《宇宙志》，该书形式上采用了混合文体，散文篇章中间穿插着诗歌，共分成两个部分：“宏观宇宙篇”描述了自然界的秩序形成，“微观宇宙篇”描述了人类的创生。在《宇宙志》中，“安乐之所”是纳图拉(Natura，自然女神)与乌拉尼亚(Urania，九位缪斯之一，主掌天文)降临人间建起的一个世外桃源般的所在。“Granusion”也可译为“美好乐土”，这是奥登诗歌中经常出现的一个主题。

再不必去火车站专程等候,
而我所在之地[1],也随时欢迎你施加影响,
特别是这里,从《诗集》到
《燃烧的鸟枝》[2]中的作品,在在证明了
你是创造者,我和你
一度也合作过[3],有一回,在某个奇怪的研讨会上
当有个呆子正滔滔不绝谈论着**异化**,
我俩还曾相互使眼色来着。
身为口述文化中的
诗人,在醉酒的宴会上,
有责任即兴创作一首颂词,你会偏爱某个
粗壮的目不识丁的伙夫,还是那位
拳击场的好手?又或者,为生计考虑,还得依从
某个古怪君主的情绪,如他期望的那样
学侏儒逗笑取乐?说到底,跻身富人的交际圈,
得以奉献此种并不流行的艺术
已属一项特殊荣幸,它无法转化为可供研究的
背景噪音,也不会被新近发家的

1. 此处原文为"ubity",是奥登自创的一个词,源于拉丁文的 ubi,意近英语的"whereabouts",故可译为"置身之地"、"所在之地"。
2.《燃烧的鸟枝》是麦克尼斯的单行本诗集,出版于 1963 年,就在他意外去世不久之后。
3. 1936 年,奥登曾与路易斯·麦克尼斯结伴访问冰岛,翌年合作出版了旅行读物《冰岛来信》。

大佬们当作象征身份的奖状挂在墙上，
　它不可能像威尼斯那般得体，也不像托尔斯泰的
小说那样会被删减，却常常顽固地坚持，要么有人读，
　要么就被忽视：我们仅有的几位顾客
至少还能读如尼文。（这有些无情，若忘记提及
　那些不发达国家，但挨饿的人
就像偏狭的乐天派，耳朵里什么都听不进去：
　整体而言，只有印度人
能诚实地谈论欲望。）我们的先祖们或许会嫉妒，
　我们残余的器官仍然还能去倾听：
如尼采所说，庶民们会变得越来越
　愚钝，而权贵们的脑子
总是转得越来越快。（如今，甚至塔列朗[1]
　可能看上去也过于天真：他要应付的事
实在是太过琐碎）。倘若可以，我很想成为
　一个大西洋的小歌德，
承续他对天气和石头的热情，但会摒弃他
　厌恶十字架的愚蠢[2]：他有时很讨人厌，
但已认知到语言的极限，一道阴影呼应着

1. 塔列朗（1754—1838）是法国大革命时期崛起的政治家，为人圆滑机警、权变多诈，有“阴谋家”之称号。

2. 关于歌德对待自然和教会的态度，奥登曾在 1965 年 10 月 4 日写给友人的信中有所解释：“歌德坚持自然是美好的（同时厌恶十字架），这其实是一种防御机制。很少有人像他那样害怕疾病和死亡，他只能装作对它们视而不见。”

无声的光线，已证明了
他一厢情愿认定却似是而非的真理，
此时那群崇拜法国的职业歌手，因过于自负
已不堪此任。我们并非音乐家：糟糕的诗歌
有失体面，而头脑过于灵活的人
也说明他缺乏品味。即便一首五行打油诗
也包含了某些价值，
当患了癌症等死或面对了一支行刑队，
正派人士仍可以毫不屈辱地将它读出：
（身处如此绝境，我不敢向任何人求告，
无论是像先知般大声吼叫
还是外交官似的低声细语。）
由于你深知我们
行内的秘密，因此
身处孤独书斋中的我们，是多么需要
已故好友的陪伴，当自我变得无足轻重
虚耗在一大堆琐事上，沉闷的日子里，
请给我们以安慰，
当空想和废话的小魔鬼口中啧啧有声
操纵我们写下他们想写的东西，
请打破我们自我迷惑的咒语，在喝餐前酒之前，
你不会认为我强人所难，
假如我请你留在我的近旁：亲爱的幽灵，因为

这是写给你的挽歌，我本可以把它处理得
更接近你的风格，而不是这段自我中心的独白，
但为了我们的友情，还请接受它吧。

1964 年 7 月

附言

永恒的虚构世界
有着不言自明的意义
却不会带来快乐，

我们自己的世俗世界
不是这样，其间的事物
绝不等同于表象。

· · ·

一首诗——一个荒诞故事：
但只要写得好，都会引发
我们探究的兴趣。

· · ·

只有叫声难听的鸟儿
和不善辞令的兵士
才需要鲜亮的羽衣。

·　·　·

在一间妓院里，
女士和绅士
都只使用诨名。

·　·　·

无言的恶
借用了善的语言
将它变为了噪音。

·　·　·

无趣而可悲的一天。
何种剽窃来的谎言
截断了你的真诚的溪流？

·　·　·

运气好的时候，我们看似即将说出
我们自以为是的想法：可即便如此，
眼睛也会诚实地眨巴几下。

·　·　·

大自然，始终令人生畏，

不会教我们写什么或做什么：
有她在场，现实总是真实的，
而真实也意味着公正。

·　·　·

时间已教会了你，
　　　　　　你的缺点瑕疵
给你带来了多少的灵感，
　　　　　　　　何种想象力
可以归功于
　　　　不由自主的诱惑，
而很多富于表现力的
　　　　　　　　精美诗行
本来不会存在，
　　　　　　假若你设法抗拒：
作为诗人，你知道
　　　　　　　这是事实，
虽然在教堂里
　　　　　　你有时会
祈求悔悟，
　　　　但它并不起作用。

你说，幸运的堕落[1]：

也许你是对的。

是的，你希望

你写的书会宽免你，

将你救出地狱：

尽管如此，

看上去并不悲哀，

好像也没有

以任何方式加以谴责

（他不需要这么做，

心里很清楚

如你这样一个热爱艺术的人

该听从什么），

在审判日那天

上帝会让你饱含

羞愧的泪水，

凭记忆背诵出

你本该写下来的

那些诗篇，倘若

你的生命已归于善。

---

1. 原文为拉丁语“Felix Culpa”。

Ⅳ. 走下去

(致欧文·韦斯[1])

屋子下面的地下室,虽然不会有人去住,
却让我们想起了温暖、开有窗户的楼上房间,
水流侵蚀的石灰岩洞是我们最早的居所,
天寒地冻的时节适时出现的一个藏身处,
它唤醒了我们对某个不断返回的地方的感知,
一个使用过后、有人的气味儿的洞穴。

我们自设围墙,睡在了高处,但为求安心,仍会
在下面建一个地窖;我们开着灯,在街面高度就餐:
而在大地母亲的深处,在她冷色调的遮蔽下,
光和热永远不会让太阳催熟的东西腐坏变质,
我们放入日常食物,葡萄酒、啤酒、果酱和腌菜
装在木桶里、瓶子里、罐子里,一年四季常保新鲜。

经年累月积了一层黏糊糊的污垢,或就变成了

---

1. 欧文·韦斯是美国作家,出版有诗歌、故事集和散文集。二战后,他曾与妻子安妮(也是长期的合作者)移居意大利,在那不勒斯一所美国学校教书,回国后长期在大专院校教授写作。他也从事译介(翻译了毛里求斯作家马尔科姆·夏扎尔的《可塑的感官》,奥登曾为这本书写了前言)。韦斯夫妇本是切斯特·卡尔曼的朋友,后来与奥登也相处得十分融洽,他们的小儿子是奥登的教子。这首描写地下室的《走下去》和随后描写阁楼的那首《爬上来》颇为对应,分别献给了他俩。

爬行昆虫的巢穴或幽灵的藏身处，这个铺着石板的储藏室
不适合女孩踏足：有时，为考验小男孩的勇气，
父亲会打发他们走下去，为母亲取来某样东西；
不好意思抱怨，心怦怦地跳，他们敢于走下
阴湿的梯阶，重回地面时脸上一副得意表情。

我们在屋子里说话和工作，把衣箱塞得满满当当，
这时候的房间看上去总像受了委屈，而当我们
预先不说就驱车回来，旋开门锁，按下电灯开关，
它们看似有点不高兴：地下室从来不会生气；
它接受当下的我们——探险家，喜欢宅在家里的人，
我们不需要见人的时候我们很少会去烦扰别人。

1963 年 7 月

V. 爬上来

（致安妮·韦斯）

男人们从来不会想到要一间阁楼。
热心的收藏家会给他的玻璃器皿或罗马钱币
建个特别陈列室，悉心保护，为每件藏品
编制索引：只有女人才会依恋
以前用过、现在已不需要的对象，
无法确定什么该保留、什么该丢弃。

爬上来，在屋檐底下，在塞得满满的盒子里，
帽子，面纱，缎带，高筒雨靴，节目单，信件，
全都备感冷落地等待着(一只饿坏了的蜘蛛
正为偶然飞来的苍蝇吐丝结网)：时钟的
准点报时不会让它想起所归属的家庭，
圣徒节不会纪念它所起的作用。

它对世事变迁的认知，只能从孩子们
的话语中猜想，躲在它的拥挤空间里，
一会儿，两个激动不已的姐妹将它想象成
一座高山城堡，母亲生气时怎么也找不到，
一会儿，一个男孩独自驾着双桅纵帆船，
正要航向北方或已接近了珊瑚岛。

1963 年 7 月

Ⅵ. 房屋地理学[1]

(致克里斯托弗·衣修伍德[2])

吃过早饭后，坐在

1. 这首诗描述的场所是卫生间。
2. 据门德尔松教授解释，奥登之所以要把这首诗题献给衣修伍德，是对后者刚出版的小说《单身男子》(1964)的致敬。在这部小说中，主人公因为无法接受伴侣突然离世的事实，意志消沉，在卫生间里缅怀过往。

这个铺着白瓷砖的
隔间、阿拉伯人所称的
“人人都会去的屋子”里，
甚至忧郁症患者
也会为**自然女士**
赐予的原始欢愉
向她大声欢呼。

人但凡年过七十
性爱就只是一场梦，
不过是开始剃须
之前的插科打诨：
口腹之乐须仰赖厨子的
本事，而这个快乐
她早已允诺保证
从摇篮一直到坟墓。

被提拎着离开尿壶，
孩子们从母亲那里
头一回听到了
世间的无私赞美：
此后的整个成年期，
一日之晨若始于

惬意地拉屎
就是个好兆头。

路德在如厕时蒙受了
启示(他就是在那里
解开了那些纵横字谜):
铸造**思想者**的罗丹
可不是一个傻瓜,
那个苦思冥想的人
弯腰蹲伏的姿势
如同正坐在马桶上。

所有的艺术都源自
这自发的"嗯嗯"声,
此即艺术家的隐私:
创作者们穷尽一生
各想各的招儿,
只为努力创作出一个
正在排便的那喀索斯
的负面形象。

弗洛伊德并非虚构了
那个便秘的守财奴:

银行在它们的正门
装上了标有“夜间存款”[1]
字样的信箱[2]，
股价有稳定也有狂泻。
各国的货币
要么软要么硬。

地球母亲让我们的
仁慈的肠道在有生之年里
保持通畅，同时
也净化了我们的头脑：
她给予我们善始善终，
而不是老年痴呆症、
暴躁脾气、括约肌无力，
窝在一间廉价旅馆里[3]。

她让我们各安其位：

---

1. 在自动柜员机问世(1968)前，银行设有邮筒，可存入现金。
2. 此节有三处双关：“夜间存款”指向了人体积蓄的大小便；“股价有稳定也有狂泻”指向了人体排泄的不同状况；硬通货指当前汇率稳定并预计有上升趋势的货币，软通货指汇率不稳定并预计有明显下降趋势的货币，“软”和“硬”指向了粪便的不同性状。
3. 此句一语成谶：1973年9月28日晚，奥登出席奥地利文学协会为他举行的诗歌朗诵会，会后感到疲劳，未及用餐便回旅馆休息；第二天，切斯特·卡尔曼敲不开他的房门，找来人打开后，发现他安卧床上已然去世。

当我们想入非非[1]，
似乎有意接受
那些高等的思想，
她就会为我们放送
让人泄气的影像，
譬如某个大先知[2]
突然想要解手时的
痛苦表情。

(正统信仰必会保佑
我们现代化的管道系统：
在斯威夫特和圣奥古斯丁
生活的那些年代，
下水道的臭味总是
充溢了鼻孔，曾引发
针对摩尼教徒[3]的激烈辩论。)

身与心各自运行，

---

1. 原文“pound-noteish”是爱尔兰俚语，一般译为“想入非非的”或“自负气傲的”。
2. 指《圣经》中的以赛亚、耶利米、以西结和但以理。
3. 摩尼教是源自古波斯宗教祆教的宗教，为公元三世纪中叶波斯人摩尼所创立，其哲学体系糅合了基督教与祆教的教义；唐高宗、武则天时期，波斯人拂多诞将摩尼教传入中国，又被称作牟尼教、明教。

依循了不同的时间表：

只有等到第二天早上

进到这里后，

我们才能将昨天的

生死烦恼抛诸脑后，

鼓起全部的勇气

去直面当前的境况。

1964 年 7 月

Ⅶ. 浴室颂

(致尼尔・利特尔[1])

这很奇怪,英国人

一个相当邋遢的民族

会发明这样的口号：

“洁净仅次于虔敬”

照此理解

一位稍稍带有尼古丁气味的绅士

说服他们相信,持续的冷水疗法

1. 尼尔・利特尔是一位画家,奥登在伊斯基亚岛上的邻居。1952 年的一个夏夜,奥登在他家用完晚餐后,出人意料地向离婚不久的年轻姑娘苔科拉・佩莱蒂求婚,但前提是他们生下的孩子需要命名为“切斯特”。虽然佩莱蒂拒绝了奥登的求婚,随后嫁给了一位美国人,但他们夫妇与奥登一直保持着良好关系。

会让绅士们的孩子

心地纯洁

（并不是说爸爸或他患冻疮的子女

有希望跻身上流阶层）

自从我们第一次

为**信仰和作品**争吵

约翰牛[1]的坐浴

依然会让一个人的

感官享乐变得合法

（莎士比亚很可能

闻出了

专制君主必定会有的气味）

多亏了他

亚北极地区的拜火教才能与来自酷热希腊的

河流崇拜相遇并结合

神殿再度矗立

令多毛发的西方人重获欢愉

罗马人

虽说酷爱洗澡

也是圆形剧场[2]的爱好者

---

1. 指典型的英国人。
2. 大型露天剧场大部分建于古希腊和古罗马时代。

当看到卡拉卡拉浴场[1]的
占地面积被压缩到
这么小的平方英尺定会感到困惑
误以为它们是某种藏身处或窝巢
某个非法教派
躲在那里以一种奇怪的方式
实施禁欲苦行
错也不在他
假如温水浴室的
筒形穹顶已被搬移到
教堂和铁路车站
假如我们不再
到浴室里去摔跤、闲聊
或做爱
(你可能买不到夫妻共享的浴缸)
圣安东尼和他的荒野教友
(对他们来说,沐浴是禁忌
一种注定会让
这个世界堕坏的
行为习惯)

1. 卡拉卡拉浴场是古罗马第二大的公共浴场,建于罗马皇帝卡拉卡拉在位期间,体量庞大,规模惊人,据说在它的六年工期里,每天要送入近两千吨的建筑材料。

怎么想的

就怎么去做

我们不再纯洁

也不再

顺服

假如我们有可能助成其事

就要比他更贫穷

而那些狂热信徒曾教导过我们

（除了为自然爱好者作演示

如何携带双筒望远镜而不是一杆枪）

存在的非古典奇迹

都是孤立事件

尽管我们的住所仍会需要一个

握有前门钥匙的主人

一间浴室

却只有一把内锁插销

如今我们中间

无论谁正在洗澡

都会用到它

如此便可避开众人

不管是父母、配偶

还是客人

此乃神圣不可侵犯的

一项政治权利
　　　　　　还有什么地方能让平凡的自我
　　觉得安心踏实
　　　　　　　　而不必躲入睡眠乡
我们虚构出的数个世界如我们投生为人的
　　这个世界一样都非常好斗
在更为公共的地方
　　　　　　　在牛津街或百老汇
　　我或许能避人耳目
　　　　　　　　　　但走在路上
我从不奢望会看到某个
　　　　　　　　　　为堕落者准备的伊甸园
　　可当热水淋身
　　　　　　　　温暖地裹在水流的胞衣中
寡妇
　　孤儿
　　　　流亡者都会像家中独子般
　　妄自尊大
　　　　而一个愚蠢的圣人
会毫无愧色地为台下
　　　　　　　　　某位忠实听众献上一曲夜歌
　　放弃了押韵和理智

去投入某种马拉美式音节[1]的

迷雾

这很明智

在半小时里忘掉时间

和我们每天的风险

而每个人

在身体的二十四小时循环周期里

至少会善待灵魂一次

不管我们是按照自己的时间表

坐下来吃早饭

还是站起身迎接亲朋好友

共进晚餐

不管是感觉走上了**朝圣之路**

还是如有些人认为的那样

该把它叫做

战争之途

此刻的**圣城**中都会有一个广场

而所有的错误在此已得到纠正

仿佛冯・许格尔[2]的

1. 作为十九世纪法国象征主义大师，马拉美的诗歌晦涩而神秘，追求语言美、句法多变和音乐性，确立了自由诗的形式。

2. 弗里德里希・冯・许格尔(1852—1925)是奥地利的宗教作家、现代神学家和基督教护教者。

火车司机和码头工人已灭绝
思想已等同于感谢
而所有的武器装备被弃置一旁
已然沉入了水中

1962 年 4 月

Ⅷ. 食物为先，伦理次之（布莱希特语）

（致玛格丽特·加德纳[1]）

倘若柏拉图的幽灵
探访我们，急于了解人类
过得如何，我们可以这么对他讲：“嗯，
我们会自己阅读，我们对
神圣数字的运用会让你大吃一惊，而诗人
或许会悲叹——‘特尔福德[2]在哪里？
他那些架有铁桥的运河仍是什罗普郡的骄傲，
缪尔[3]在哪里？他爬到一棵花旗松上面

1. 玛格丽特·加德纳（Margaret Gardiner，1904—2005）是英国艺术家，1929 年在柏林与奥登相识，随后帮助奥登在伦敦觅得家庭教师的工作。两人一直维持着良好的友谊关系，奥登买下基希施泰腾的乡间小舍后，玛格丽特是那里的常客。
2. 托马斯·特尔福德（Thomas Telford，1757—1834）是英国著名的土木工程师，长期在英国什罗普郡工作，负责建成了苏格兰北部重要的内陆航线喀里多尼亚运河（1822 年通航），并且设计建成了一千两百多座桥。
3. 约翰·缪尔（John Muir，1838—1914）是苏格兰出生的美国自然学者、作家，美国荒野自然环境的早期倡导者。

躲过了一场风暴，还认为地震的场面很壮观，
　　维尼安·博德先生[1]在哪里？
多亏了他一生的奔忙，现在被捕猎的鲸鱼
　　得以更快地丧命'——没有人会把他们
叫做傻瓜，虽然他们没服过兵役，也未曾引发
　　公众的广泛关注。"然后，"看！"
　我们会手指雅典，带着讽刺口吻说，
　　"这里是我们做饭的地方。"

　　虽然建在了下奥地利州[2]，
　　喜欢亲力亲为的美国
　先知先觉地为这个王室成员
　　愿意隐姓埋名的联合王国
画出了豪华级厨房的蓝图，在那个年代，
　　"礼貌"会这么想："从你的声音
和后脖颈，我知道我们能相处融洽，
　　可是看你的手势，却看不出
谁才说话算数。"在摆姿态的年代，
　　她毫无愧色地和女仆说话，以高尚的谎言
赞美上帝，得体的言语本就稀奇，

1. 维尼安·博德先生（Sir A. Vynyian Board）是伦敦一家捕鲸公司的主管，在二十世纪四十年代后期倡导使用电鱼叉捕鲸，以减轻鲸鱼的痛苦。
2. 下奥地利州（Lower Austria）位于奥地利东北部，是奥地利面积最大的联邦州。

而在新发掘的克诺索斯[1]
却仍可以听到，在那里倘若有人耸耸肩
将我赶出门，这是我的错，
与神父无关，因为这是我的偏好，
是我将他们安排在了餐桌下席[2]。

史前的炉底石
浑圆如一个生日徽章，
这老妇人的圣物，与润肠通便时
带鼻音的叫喊声一样都不足为奇，
但在这个全然电气化的房间里
鬼魂们会感觉不自在，
神秘的女巫会不知所措，此外，
近年来，屋宅的中心不再是
一间可恶的地牢，有一大堆
热情而邋遢的人挤在那里
说着好笑的无聊话，而贞洁的夫人
梦到这个地方就会羞红了脸醒来。

---

1. 位于克里特岛北面海岸，1878 年由英国考古学家阿瑟·埃文斯进行遗址发掘，发现了米诺斯王宫和米诺斯时代的大批珍贵文物。
2. 原文为"below the salt"。在中古时代的欧洲，用餐时会按身份地位来安排座次，盐罐的位置决定了地位之尊卑：贵族座位设在盐罐的上方，而普通身份的人则坐在盐罐的下方。

热衷于家务，反对体力劳动，吹捧其功效，
　　这些机器装置委婉地强调
　实用主义者也可能是自由主义者，
　　而一个厨子相比于莫扎特

　　可能是更为纯粹的艺术家，
　　更深刻地改变了**平凡人**的生活，
　因为“产生饥饿感”这个动词的主语
　　从来就不是一个名字：
可敬的亚当和夏娃有着不同的臀部，
　　而直立行走、会做减法、
性早熟的后代露出了一个类似蟒蛇的
　　肚腹，看上去同样易受攻击。
无论是犹太人、非犹太人或俾格米人[1]，
　　每个人都必须获得卡路里，
之后才能考虑他的公众形象或顾及自己，
　　言语诋毁你或是下一盘棋，
以获取无论多么艰难都要得到的结果：
　　而那些信从“神即食粮”的人
　确实也可以把一块美味的煎蛋饼
　　称为基督徒的一项成就。

---

1. 俾格米人是赤道非洲的一个部族，属于矮小人种。

饕餮的恶行，
被列入了致命的
七宗罪，但在谋杀疑案中
你总可以确信
美食家干不了这一票：孩子，失业的勇士，
总是会超出自己的合理体重，
强迫你去亲吻他们，你可能会不喜欢，
但与薄嘴唇的人相比，他们
很少会招人厌。当某个可恶的大胃王
不幸离世，会有侍者为之悲伤，
而主厨们，不足为怪，养成了暴躁脾性，
上了招牌菜后，定会去观察
“美丽”小口品尝的动作，他们所得到的回报
是会看到一个面目不善的恶棍，
当他微笑着咬下第一口时
嘴巴几乎碰到了眼睛。

我们这座**城市**的屋宅
都足够真实，却随意又杂乱
四散分布于大地之上，
我们中任意两个人
在她声名狼藉的广场上偶然相遇，
无需证件就可以认出一位市民。

因此，她的敌人同样也可以做到。

　　权力在此留下了可见的废墟，
它们显然具备某种力量：也许
　　只有在倾毁崩塌后，她才会自成一景，
但我们已面对面发过誓不让她衰落——
　　倘若夜晚到来，当彗星开始发光，
湖水开始沉降，我们所期求的一切只不过是
　　一顿丰盛的晚餐，如此，我们或可以
　情绪高昂地继续前行，左脚迈出第一步，
　　去守住她的温泉关[1]。

1958年

IX. 友人专用[2]

（致约翰·克拉克和苔科拉·克拉克）

这房间我们自己不住，单独留出
如一座友谊的圣殿，
一年里多半时间安静无声，

1. 温泉关是希腊东部岩石平原上的一道山隘。史上围绕这个隘口，发生了很多重要战事：公元前480年，三百名斯巴达壮士在这里迎战入侵的波斯军队；最近的一次是在二战时，当时澳新军团为延迟德军的入侵，掩护英国远征军撤退到克里特岛，发动了“温泉关战役”。

2. 这首诗描述的场所是客房。奥登和切斯特·卡尔曼非常好客，经常在基希施泰腾的乡间小舍招待朋友们；他们甚至还备了一本访客簿，记录客人来访的时间和他们的留言。

它在等待你们的莅临，
因为惟有你们，作为来访者，
会带来私人生活的一个周末。

房子背靠整齐的树林，
面朝一片拖拉机耕作的甜菜地，
你们勤劳的主人已预留好一段时间，
你们不像是专程来寻访龙骑兵
或浪漫故事的：若是渴望戏剧性事件
你们就不会来这里了。

我们确实拥有几乎囊括了各种
文学倾向的书籍，便笺纸，信封，
专为要写信的人准备（“借邮票”
可是缺乏教养的表现）：
午饭和下午茶之间，也许会开车兜风；
晚饭过后，会听音乐或是闲聊。

你们当然会有些麻烦（宠物会死去，
爱人们总是表现糟糕），
倾诉会有帮助，我们会认真听，
仔细考虑，并给出我们的建议：
假如提到这些话题太过伤人，

我们不会多事再去追问。

因为我们很快就发现，友谊的语言
开始说时很容易，要讲得流利却很难，
这是一种找不到同类的方言，
与婴儿室和卧室的胡言乱语、
与求爱的押韵诗和牧羊人的大白话
毫无相似之处，而且，

除非经常说，很快就会变得生疏。
距离和责任使我们产生意见分歧，
但心不在焉看上去并不讨厌，
假如它能为我们的再度会面
创造一个现实的理由。得空就来吧：
你们的房间会准备妥当。

在"咚咚王"统治时期[1]，
床头柜上会摆一罐饼干
专供夜间的咀嚼。而现在，装备已变换，
流行各种各样的嗜好：
这里也为习惯计算卡路里的日光浴者

1. "咚咚王"(Tum-Tum)是英国国王爱德华七世(1841—1910)的绰号，因为他热爱美食、腹围日益增长，朋友们就给他取了这么一个可爱的绰号，暗示他肚皮肥得像大鼓般咚咚作响。

备好了一瓶矿泉水。

晚安！或许，你们马上就会进入
甜美的梦乡，并且确信
不管之前谁在这张床上睡过
肯定是我们喜欢的人，
而在我们友爱的小圈子里
你们也会是独一无二。

1964 年 6 月

Ⅹ. 今晚七点半[1]

（致 M. F. K. 费希尔[2]）

植物的一生
是一个独自进食的连续过程，
反刍动物即便睡觉
或交配也不影响它们吃草，
而大多数的食肉动物
在大多数情形下总是会贪婪相争，
若能设法从胆小者那里抢来一小块
马上就囫囵吞下：集结出动的猎犬

---

1. 这首诗描写的是餐厅。
2. 玛丽·弗朗西斯·肯尼迪·费希尔（M. F. K. Fisher，1908—1992）是著名的美国美食评论家。奥登曾这么评论过她："据我所知，在美国能写出这样好的散文的，没有第二人。"

确实在家里吃饭，这是事实，
讲究礼仪，排定座次，它们会出手帮助
一个外来者，但绝不会招待它入席。
惟有人类，这个纯属多余的兽类、
本能之母血统纯正的疯子，才会
尽地主之谊而大开宴席，

他一直这么做，
直到晚近的冰河期到来，
转而奉上了猛犸象的骨髓，
也许，同类相食会延续到最后审判日，
那时，圣人们会在上帝的
饭桌上咀嚼腌制的大海怪[1]。在这个时代
农庄不再有护卫寨墙，只有持枪的警察，
但家庭生活的法则从无改变：爱打架的人
或许不会被就地正法，
但会要求他立即离开神圣的用餐区，
而满嘴脏话的人会讨个没趣。
客人起立与接受款待的
权利，如同乱伦的禁忌
一样的古老。

1. 此处原文为“Leviathan”，指《圣经》里象征邪恶的海怪，或直译为“利维坦”。

出于真正的礼让精神，
聚会人数不宜太多
也不宜公开宣扬：
大型宴会常会租用某个大厅来发表辞藻华丽的
演讲，与会的我们
想着自己的心事或就什么也不想。基督的餐室里
坐着十三个人，亚瑟王的梯阶上也是一样，
可是今天，当你的主人很可能就是你自己的
厨师、侍者和厨房打杂的用人，
当十年里租金的价格会翻个番，
即便神圣的黄道十二宫[1]数字
对我们来说也出现得过于频繁：
事实上，六个温和的星座[2]看似形成了合围
却一点也不危险，

眼下正是一个完美的
社交数字。而一次餐会
无论如何精挑细选，

1. 在天文学上，以太阳为中心，地球环绕太阳所经过的轨迹称为“黄道”。黄道环绕地球一周为360度，包括了除冥王星以外所有行星运转的轨道，恰好约每三十度范围内有一个星座，黄道带因此分为十二个均等的区域，即“黄道十二宫”。西方的占星术多援用这一说法。

2. 十二星宫代表了十二个基本人格形态或感情特质，其属性又分为阴性和阳性，阴性星座的人多性格温和。

绰号诨名、亲热的表示或家里的昵称
　　　总会损害
这个世俗仪式：隔着汤盆和烤鱼
还想打情骂俏的两个恋人[1]只适合去餐馆，
而所有的小孩子应该早早地吃饱，
　　然后上床安睡。
不过，心态健康必不可少：心怀恶意的
　已婚者进行某种隐秘的攀比，
　　就像某个失败的单身人士
　投来的心怀不满的一瞥，
　　　可能会破坏整晚的气氛。

　　　这并不是说，
　对悲伤无动于衷的神祇会是一位理想宾客：
　　　他会过于古怪
以致无法与之交谈，尽管气度不凡，却让人讨厌，
　　　因为那些最有趣
也最友善的凡人，对于存在的困惑最为敏感，
他们不会自我欺骗地认为我们的忧虑
能得到慰藉，却会相信，笑声比眼泪
　　会多一些温情，也更能讨得

1. 原文“curmurr”又是奥登的自造词，《牛津英语词典》(OED)的引文为他这个选择提供了解释，用来指参加餐会时，嘀咕交谈表现过分亲昵的恋人们。

女主人的欢心。大脑的进化晚于内脏器官，
　因此，在节庆的场合，灵敏的头脑如同
　　高雅衣着和整饬仪表会成为有利条件，
　但又不像精湛的厨艺和强大的消化能力
　　　那样必不可少。

　　　我看见桌子旁边
　最年轻和最年长的出席者
　　　都充满感激地注视着
慷慨自然和圣灵恩典的创造物：
　　　一个能愉悦听众的讲故事高手，
一个开着间神奇店铺的诺斯替教徒，
两人谈得兴起，却知道何时应该煞尾，
一个旅行阅历丰富的家伙不时地插话
　　作一番冷嘲热讽，
而喜欢听软木塞子的砰砰声的男女
　品尝着丰盛美食，吞咽时仍可看到
　　一种尊重的姿态，
言谈间呈现了一种效果，
　　　那真正恒久[1]的沉静。

或于1963年春

1. 原文“olamic”也是一个生僻词，源出希伯来语“olam”，“永恒、永生”之意。

XI. 裸露的洞穴[1]

(致路易斯·克罗嫩贝格[2]和埃米·克罗嫩贝格)

唐璜不需要床,因为颇不耐烦宽衣解带,
特里斯坦和伊索尔德也是这样,彼此深爱
就不会在意此等俗事,但毫无神秘可言的
凡夫俗子们需要一张床,只在打算睡觉时,
才会脱去衣服。这就是原因所在,
为何闺阁滑稽剧一定不会好笑,而偷窥者汤姆[3]
为何同小说家或观鸟人一样,从不会因为
观察的敏锐获得褒奖:放置床铺的地方,
无论是仅限修女使用的小床,还是
装饰着华盖、夜夜有妙龄女子侍寝的皇帝的卧榻,
都没有什么说头。(梦境或许会重现,
而我们极度渴望的骑士行为一旦被说出来,
结果总是会比我们每天的日常生活更缺少
浪漫色彩:此外,我们若不编造根本就没法
去描述它们)。恋人不会将他们的拥抱视为

---

1. 这首诗描述的场所是卧室。
2. 路易斯·克罗嫩贝格(Louis Kronenberger,1904—1980)是美国批评家和作家,从事小说和传记文学的写作。1960 年,他曾与奥登通力合作《格言集》(*Book of Aphorisms*)。
3. "偷窥者汤姆"(Peeping Tom)意为"偷窥狂"。

可供讨论的主题，僧侣也不会允许去讨论他的祈祷文
　（事实上，他们能记住这些么？）：O[1] 关乎激情，
是温存体贴的私隐行为，而非一则故事
　故事中出现的名字无关紧要只是某种讲述方式，
机智聪明如律师，或信誓旦旦如贵族，
　确实需要一间自己的休息室。卧室同时兼客厅
会把我们逼疯，一间集体宿舍很快会让我们
　变成野人：真正的建筑师知道，
大门不够醒目突出，可以置入楼梯这个无人地带，
　作为两个不相容、毫无关联的区域的
边界。从带有身份号码和姓氏名字的个人变身为
　裸体的亚当或夏娃，这个转换过程
不应随便或仓促，反之亦然：
　一段楼梯放缓了它的步速
让它变成了郑重其事的行进。
　　　　　　　　　　　　　自从我母亲
　为我努力争取来一张投胎爱德华七世的英格兰的
入场券，我忍受了超过四万次[2]的穿梭往返，
　常常很苦恼，独自一人：因此，我对那些

1. 字母“O”应是暗示了卧室中的房事。此外，法国女作家保玲·雷阿热（Pauline Reage）1954 年曾出版虐恋小说《O 娘的故事》。

2. “四万次的穿梭往返”是戏谑的说法，指每日出入卧房的大门和楼梯。奥登于 1907 年出生，1939 年移居美国，在英国本土生活了三十二年，这里应是概指在英国时与父母同住的早年经历。

关于德比和琼[1]肉体交缠的午夜研讨会
　一无所知，对某种神秘的厌恶感
也许就很了解。不过，某些额外好处属于
　所有不情不愿的独身人士：我们的房间
很少会变成战场，还能享受卧床阅读的乐趣
　（当年纪再大一些，的确，我们会发现
喝醉了昏昏欲睡不失为明智之举），我们保留了
　选择自我形象的权利。（有很多美好的场景，
我一开始看得眼花缭乱，过后才知上了当，到最后，
　总是发觉每一个都雷同，也许无关紧要，
虽然我曾寄予希望。）平凡人物的不幸，
　是装腔作势地挑剔生活的
本来色调：在白天西风[2]的吹拂下，那种回想起来
　诸事不顺的想法，就像自我感觉没有缺点一样
都很罕见，而年龄意味着幸运，尽管也会
　带来损害。当他们看着卧室的镜子，
五十个以上的人会厌烦，可是，会有十七个人
　正视那个皱眉的失败者，没有钱，没有
心仪的女子，没有自我风格，从没去过意大利，
　也从没见过哪个大人物：在宴会上说几句话，

1. “德比”（Derbie，或Derby）和“琼”（Joan）都是寻常的名字，概指普通男女。
2. 北欧的西风来自大西洋，温暖湿润。

参加为纪念某某人而举办的鸡尾酒会，
　可能会故作正经，可是每一天，这个年轻人
不得不面对家里的糟糕饭食，应付古怪而束手无策的
　挚爱双亲。（这让他气恼得想要说话，
也让他伤心得说不出话）。
　　　　　　　　　　　当我打发走整个世界，
　将自己的未来交托给福音的传道者，
我无须担心自己（不是因为在中立的奥地利）
　被耳聋的代理人在半夜里呼来喝去，这个世界
再不会听到我的消息：我得以躲避那些卑劣的
　人身攻击——火，噩梦，失眠时的
地狱幻象，当大自然有益身心的温暖构造
　彻底分崩离析，一股蔓延的恶臭
自阴沉的冥空里飘来，她坚硬无比的矿石
　全部腐坏，每一个生命都毫无价值地重复着
普遍的憎恶（要知道，说它起因于化学反应，
　或不能完全消除，至少可以减少恐慌感）。
一般说来，**神圣四福音**辅以药片，让我在夜间
　免去了很多麻烦，甚至还能在我半睡半醒时
把我唤醒过来，晦暗不明中，听！
　一支鸟类管弦乐队已在轻拨着管弦，
为日出时的序曲作准备活动，
　依循遗传得来的古老习俗，

它们在努力表达上帝创造我们这个物种时
　最初生发的快乐，大声唱起了赞歌。
对于人体的精巧设计，我们或许不必去称颂
　三位一体[1]——虽然这么做不失礼数，
但只有恶人才会忘记去感谢圣母马利亚或她的
　养鸡妇——本能之母，因为他、她或他们全体，
都会从一颗隐秘的腔洞里现身，获得重生，
　在可敬的乡村里再度与我们友好相处。

1963 年 6 月

附言

只有看着镜子，才能发现一个可去除的污点[2]：
至于难以去除的那种，你已经知道得很清楚了。

· · ·

我们的肉身无法去爱：
可是，倘若没了它，
我们还能创作出何种爱的作品？

· · ·

金钱买不来

1. 指圣父、圣子、圣灵。
2. 原文“blemish”既可以理解为脸上的斑点(粉刺)，也可以理解为人在德行上的瑕疵或缺点。

爱这种燃料：它只是
一种出色的助燃剂。

· · ·

心灵深处的噩梦，
对恋人们沉默无语
是受欢迎的第三方。

· · ·

梦境中不存在冬天：
那里的温度计
永远只显示正常体温。

· · ·

既然他无所顾虑，
这个最壮实的做梦人
甚至无需翅膀也能飞翔。

· · ·

对那些从未坐火车旅行的
梦想家而言，我肯定
是个老古董。

XII. 平凡生活[1]

（致切斯特·卡尔曼）

一间起居室，这包罗万象的区域
　你（称“汝”，更得宜）和我
不敲门就可进去，离开时也无须鞠躬，
　以同一种姿态、长久的信任，面对了

每一位来访者：将它的原则与自己的教义
　作过比较之后，他才会决定
以后是否要再来看望我们。（一尘不染，
　没有随意摆放的东西，这样的房间

令我不寒而栗，于是杯碟用作了烟缸
　或印上了润唇膏：我会产生好感的
那些人家虽不见得很富裕，却总是
　传递了一种感觉，账单会及时结清

---

1. 这首诗描述的起居室，是最能体现奥登与切斯特长期维持的柏拉图式恋情的场所。他俩相识于 1939 年 4 月，旋即坠入爱河。一年以后，切斯特心猿意马，撇开奥登出去寻欢。在经历了切斯特之背叛、失恋之绝望的短暂的几个月之后，奥登与切斯特达成了共识：他俩仍然维持密友关系，但绝不再发生肉体关系，切斯特可以自己寻找性伴侣。从此之后，起居室就成了他俩交流和畅谈的亲密场所，于是便有了属于他俩的“平凡生活”。

支票也不会被拒付。)此时此刻
　并没有**我们**,只有**我**与**汝**,
来自两个本没有交集的新教地区:
　因此,一间房间会显得太小,

倘若它的住户随时记得他们已告别了
　单身生活,也会显得太大
倘若他们吵架的时候以此为借口
　扯高了嗓门。夏洛克·福尔摩斯,

能否推断出什么东西正考验着我们?
　显然,我们这一代人拥有某种
落座为安的文化,更喜欢舒舒服服地
　(或是被迫如此)

发号施令,宁愿屁股歪斜着
　缩在一张装了软垫的椅子里,
也不愿坐在奴隶的结实背脊上:瞄一眼
　藏书的标题,他就会知道我们属于

知识阶层,还会花很多时间满足我们的
　口腹之欲。可是,他是否能够理解
我们那些祈祷和玩笑话的本意?哪些生物

　最让我们害怕？哪些人的名字

会排在头几名，我们最不情愿
　与之同床共枕？很明显，
起初是因为孤独、欲望与野心
　或仅仅为了图个方便，

独立的生命个体才住到一起，
　而他们分手或相互折磨的原因
也十分清楚：他们怎样才能创造出
　一个共有的世界，恰如蓬贝利[1]那些

并不存在但又有用的数字，迄今为止
　还没有人作出解释。尽管如此，
他们还是原谅了难以容忍的行为，
　经由某种奇迹，还能忍受

谈话时的口头禅和幼稚习惯，而没有
　皱紧了眉头（倘若你即将死去，
我会想念你这个表情）。真是奇怪，
　我们既没有不小心把关系弄糟，

1. 拉法耶尔·蓬贝利（1526—1572）是文艺复兴时期的工程师和数学家，他的《代数学》一书讨论了负数的平方根（虚数）。

也没有像很多人那样，悄然消失在
　历史的无谓喧嚣中
身后无人来哀悼，二十四年之后[1]，
　我们如同远房表兄弟，还能坐在

奥地利这边，在一幅那不勒斯圣婴像
　面无表情的注视下，
表达着对斯特劳斯和斯特拉文斯基的敬意，
　一边做着英国的纵横字谜，

这确实异乎寻常。我很高兴造这间屋子的人
　为我们这间公共休息室装上了小窗户，
外面的人透过它看不到我们，我们却能看到他们：
　每一个家都应该是一座堡垒，

装备有全部的最新式武器
　以抵御大自然的侵袭，
熟谙所有的古老魔法，精通降伏黑魔王[2]
　和他那些饥不择食的

1. 奥登创作此诗时，已经与切斯特相处了二十四年。
2. “黑魔王”是英国作家托尔金的史诗式奇幻小说《魔戒》中的反派人物索伦的称号。

喀迈拉的本领。(任一个粗鲁汉
　都能在商店里买到一台机器,
而对良善者来说神圣咒语仍然神秘难解,
　倘若那力量符合我们的期望,它们

反而会无效。)不管怎样,食人魔都会现身:
　一如乔伊斯对我们发出的警示[1]。我们行斋戒
也举办宴会,不过我们都明白:没有了灵魂
　就形同死亡,而不能读与写的

生活意味着极度糟糕的个人品位,
　总是这样,虽然真理和爱
永远不会产生分歧,当它们看似起了争执,
　委屈忍让的那个应该所言不虚。

或于 1963 年 7 月

1. 这句话出自乔伊斯写给哈莉特·肖·威弗(1876—1961,政治活动家、杂志编辑,也是乔伊斯的赞助人)的一封信:"我知道,这只是一场游戏,一种我已学会按照自己的方式去玩的游戏,孩子们可能不会这么玩,不管怎样,食人魔都会现身。"

短句集束(四)

在那些预示了它的偶然现象以及
既往回忆[1]中那些偶发事件之间，
结果已呈现，可是，人类的心智
无法认知，直到万事休歇为时已晚。

或于 1959 年

· · ·

寓言

我腕上的这块手表
很快就会忘记我的存在，
倘若我忘了上发条，
好几天没有提醒它。

· · ·

我们取得的进展，始自那个笨拙的纪元，

1. “既往回忆”对应的原文为“anamnesis”，源自柏拉图的“回忆说”（theory of anamnesis）。柏拉图认为，人的感觉只能认识变灭的、不真实的现实事物，而不能认识永恒的、真实的理念。人们关于理念的知识只有通过回忆的途径才能获得。

那时的人类，不假思索地
一心要摆脱身后的类人猿，
已走出很远，但谁敢说
前方是进步，还是迷途？
或许，我们的做事方式仍未改变，
耐心地建设，急不可耐地犯错，
倘若有阳光、有盐，还有时间。

或于 1964 年

· · ·

经济学

在饥饿的三十年代
男孩们为吃上一顿饱饭
常会出卖他们的身体。

在富足的六十年代
他们还是这么做：
为履行**分期付款**的还款义务。

1964 年 11 月

· · ·

二十岁时我们为自己寻找朋友，而**五十七岁**时我们却要靠上天的恩赐才能碰到一个。

1968 年 8 月

· · ·

每一年都带来了形式与内容的新问题，
总会与新的对手缠斗：二十岁时
我曾试图惹恼我的长辈，年过六十
　我却希望去烦扰年轻人。

1969 年 5 月

· · ·

迷失

迷失在烟雨迷蒙的沙滩上
我的鞋有些硌脚，近在身旁
我听到卡戎[1]划桨的水声，
他的船不会将任何人渡往幸福彼岸。

或于 1964 年夏

· · ·

1. 希腊神话中，卡戎是在冥河上摆渡亡魂去冥界的船夫。

致歌德：几句怨言

你的诗赞颂了自然和自然之美，
起初听来何其地美妙，
然而，如背负了某种责任，
你硬生生扯到了某个该死的恋人。
你以为她会受宠若惊？
她们的表现从来就无关紧要。

1969 年 5 月

· · ·

布莱克的反调

那条超越之路，
多半情况下，都通向了
绝望的泥沼[1]。

1971 年

---

1. “绝望的泥沼”对应的原文为“slough of despond”，出自英国十七世纪作家约翰·班扬的《天路历程》。

隐喻

鼻子啊，我抬高你
可以轻鄙我的邻居，
也可以伸出你，
探听他的家务事，
由于我的放肆，
也是通过你
他表现出同样的无礼，
让我照价付钱。

1966年

· · ·

月亮被偏狭的纷争
玷污，会终结于
剧烈的内爆：——
有可能。但此时此地
我们只效忠于鲜活的语言[1]。

或于1964年9月

---

1. “鲜活的语言”对应的原文为“the living word”，藏着一个双关，意指“永在的圣言(《圣经》)”或“鲜活的圣子(耶稣)之道”。

堂吉诃德抒情诗二首

Ⅰ. 黄金时代[1]

诗人为我们讲述了一个真正幸福的时段，
一个黄金时代，丰沛而质朴的爱的纪元，
那时，夏天会延续整年，森林、草地
和果园四季葱茏，呈现了宜人的景致。

此外，没有饥荒与灾祸，没有苦痛与疾病，
人类与野兽能和睦相处，因此无须忧心，
当白嘴鸦在巢中聒噪，每到夜晚，
一只只烟囱都会升起好闻的炊烟。

不费任何功夫，花开遍野，瓜果自熟，
仙女与牧羊人整天围成圈轻盈起舞；
牧羊人对他的爱人总是多情又真诚，
而仙女年过七十依然可爱又迷人。

1. 在古希腊神话中，人类与神的关系被划分为五个阶段（即五个时代），依次为黄金时代、白银时代、青铜时代、英雄时代和黑铁时代。其中，黄金时代被认为是最美好的时代。塞万提斯的《堂吉诃德》第一部第十一章里，堂吉诃德兴致勃勃地跟牧羊人们描述曾经的“黄金时代”，可谓奥登此诗的蓝本。

可是，哎呀!
情况发生了变化，
老迈又冷酷的
巫师们已现身，
白昼遍布了灰霾
而那个黄金年代
已不复存在，
因为人类中了
他们的魔咒已堕落
注定会沉入黑暗。
欢乐已消失，
取而代之的
是悲伤和丧失信仰，
谎言和叹息，
欲念和怀疑，
奸诈和愤怒，
变得刻薄的人心
与盲目的意志，
郁闷和麻木，
绝望和目光短浅。
国与国之间相互仇恨，
生活充斥了争斗，
监狱与哀嚎声，

禁忌与恶习，
虚伪说教和酒精，
人人面目可憎，
郁郁寡欢又可悲。

不应该这样！巫师，速速逃命！我要与你决一死战！
你的法力我不屑一顾，你的咒语再不会令我胆颤。
堂吉诃德·德·拉曼却[1]马上就要来对付你，
定将你打得粉身碎骨，给你一个最后的了断。

Ⅱ. 死神的宣叙调

女士们、先生们，你们已取得了非凡的进步，
　我同意，进步是一种恩赐；
你们造出的汽车超出了停车场的容量限度，
　突破了音障，或许很快就可以
　去月球上安装自动点唱机：
尽管如此，请允许我提醒你们一句，我，死神，
仍然是、也永远是这个世界的裁夺人。

我仍会捉弄鲁莽的年轻人；若我一时兴起，

1. 拉曼却(即拉·曼查)在西班牙中部，马德里的南面，位于一片干旱而肥沃的高原上。塞万提斯将这里设定为小说主人公的家乡。

　　回头浪会卷走游泳的少年，
登山客会踩上风化的巨石，
　　超速驾车者会冲上滑溜的路肩：
　　至于其他人，我会静观其变，
待他们老去，依照我的心情，
会分他一颗肿瘤，送她一个冠心病。

我对宗教和种族问题秉持开明的观念；
　　纳税状况，信用评级，社会理想，
对我不起什么作用。我们该会打个照面，
　　在这之前，先把药片、医生说的谎、
　　殡仪馆老板昂贵的委婉说辞放一旁：
韦斯切斯特[1]的女士、鲍厄里街[2]的流浪汉
都会随我起舞，当我咚咚咚敲出了鼓点。

或于1963年12月

1. 美国纽约州的县，在纽约市北面，是富人聚居区。
2. 纽约市的一条大街，街上有很多廉价酒吧和低档旅馆。

异地疗养[1]

鸡眼，胃灼热，窦性头痛[2]，这类小毛病
表明了名声与自我之间的疏离，
会提示你去异地疗养：留意它们，
但要允许适度的不安，这会提醒你
切勿沉湎于你所向往的虚荣差使。

留个水手的胡子，穿上僧侣的袍服，
或是用一种黏着语[3]与某个石器时代的
文化群落做生意，都显得矫情过头：
避居别处是为了退出社会活动；
一次短暂的回避，会把你送往目的地。

虽然那里的燕雀，或已习得了

---

1. 这一年，恰逢俄亥俄州坎尼恩艺术学院《坎尼恩评论》的诗人专题向奥登约稿，奥登于是递交了这首诗。另外，此前不久，奥登与友人伊丽莎白·梅耶合作译出了歌德的《意大利游记》，这首《异地疗养》里有直接取材于这部游记的内容，也融入了奥登的自我色彩与个人体验，是一首晦涩又机智的诗。
2. 窦性头痛是由鼻炎引起的头疼症状。奥登的父亲是个医师，对于疾病名称，奥登可是信手拈来。
3. 语言学上的黏着语，其特点是用简单词组成复合词，而词的形式和意义又都不变。日语、韩语、芬兰语、满语、蒙古语、土耳其语、匈牙利语、泰米尔语等为典型的黏着语。奥登用这个术语譬喻与西方世界以外的交流沟通，似又暗示了兰波的经历，因兰波离开法国本土后，曾混迹于非洲和中东，做各类生意。

另一个江河流域的方言，
某个地质断层已改变了当地的建筑石料，
那里仍会有牧师、女邮政局长和领座员，
孩子们也知道不应向陌生人乞讨。

身处典型的异地环境
你的名声恰如自我的镜面反应，
你在商店里的行为举止，你给的小费：
它并不偏袒哪个，完全地超脱，
但会以有效的漠然同时接纳这两者。

起初，是运气和本能把你带到了那里，
当两个分身[1]再次返回(因为你会这么做)，
它不会举行欢迎仪式，向你的归顺
表达敬意，你不在的时候，也不会
散播任何恭敬和不敬的秘闻。

你再度公开露面，不用做什么调查
就会明了，如一纸诊断书，
爱、观念甚或日常饮食都发生了突变：
你旅居某地的经历，会在你喋喋不休的

1. 奥登将"名声"(the outer self)和"自我"(the inner ego)做了人格化的处理。

自传里留下一个无言的空白时段。

狂热的学术研究充其量会证明
你确曾辞去了某个委员会的职务，
还发现了一封大公写给他表亲的信，
正聊着要事，他在中间补了一句评论，
说你看上去要比原先无趣多了。[1]

1961 年 9 月

1. 最后一节诗暗含了歌德的经历：歌德自 1776 年开始为魏玛公国服务，受到魏玛大公的信任与帮助，随后还成为魏玛共济会分会的会长。然而，1786 年，歌德抛开了在魏玛的一切去意大利旅行，开启了思想与创作的新篇章。即便他后来返回了魏玛，他的生活重心也不再是政治了，魏玛大公曾在给亲友的信中抱怨歌德的转变。

你[1]

你这个过于亲密的
愚钝伙伴哦，
事实上，非得
一直伴随左右？
我们之间的联系
确实荒诞不经：
可我却无力挣脱。

生来应该投入
神圣的活动的我，是否
非得使出卑下的手段，
让你得以敬拜
世间的食粮[2]，
而不用去考虑
时间的价值？

1. 后期奥登写过不少自我剖析的诗歌，比如人的内在与外在、精神与肉体的关系。这首《你》，以“我”（精神）的口吻致“你”（身体），表现出两者因为不同的发展层次而产生的分裂。当然，也有人将这首诗解读为描述情感困顿的情诗。
2. 这或是一个双关隐语，因原文“secular bread”，既可指每日的食粮（面包），亦可指代提供食粮的人，而奥登与切斯特·卡尔曼合作，为后者提供了不少事业上的机会。

到目前为止，
我对你的品性的认知，
只看到了它更讨喜的一面，
而你知道，我深信
那一天定会来到：
你会变得残忍
会伤透我的心。

愚蠢之极？
你的确是这样：
可是，不，你让我饱受折磨，
让我感觉自己真是傻得可以
竟然就信任了你。
哼！木头脑瓜：我可知道
你从哪里学来了这些本事。

我能相信你么，即便是
基于生物学上的证据？
我不禁强烈地怀疑，
你固守了某种
绝对真理的信条，
还在用谎言搪塞我：
对此我永远无法证实。

哦，我知道你如何弄到了
一个罪人的头盖骨，
也知道在两座冰川中间
一个无罪的大主教
手中的高级天文表
又如何改变了它的速率：
这解释不了什么。

谁在瞎忙乎，又为何而忙？
为什么我那么确信，
无论你犯下何种过错，
责任全都在我？
为什么孤独不是某种
化学作用的不适感，
也不是一股气味？

1960年9月

“我亦会君临阿卡狄亚”[1]

她婚后的生活如此幸福，
称职的主妇，男人的帮手，
此刻，看着她，

你能否想象这个聒噪的
悍妇曾是一位女武士[2]、
大地的母亲？

她的丛林减缓了
生长，她那些高大的
巨型植物如此窘迫，

她的土地低声咕哝着，
很快，整齐排列的庄稼
就会出现在地平线上：

---

1. 原标题“Et in Arcadia ego”是拉丁语，直译为“在阿卡狄亚，我亦会现身”，可意译为“我亦会君临阿卡狄亚”（这里的“我”通常理解为死神）。十七世纪法国画家尼古拉·普桑曾画过两幅同名画作（也称为《阿卡狄亚的牧羊人》），描绘了阿卡狄亚的牧羊人在草丛里发现了一座坟墓，带着好奇表情阅读墓碑碑文的场景。这个格言亦曾出现在歌德的《意大利游记》中。
2. 原文“amazon”是双关语，一指古希腊传说中黑海边的部族，以尚武善战的女战士闻名；亦指亚马孙河，譬喻了“大自然”。

或逃匿躲避或昂首伏卧，
饱受惊吓的纯种马
正在草地牧场啃食，

教堂钟声划分了每天的时段，
日落时分，小巷的尽头，
胖墩墩的鹅在回巢路上。

至于他：
这粗野汉出了什么事？
史诗与噩梦又预示了什么？

主教不会提着斧头
去追杀他们的领班神父[1]，
某个强盗贵族[2]的藏身处

已坍塌，废墟间，
正在野餐的观光客
并没有随身带着匕首。

1. 英国国教中，领班神父的地位仅次于主教，职责是协助主教监督其他牧师。
2. 原文"robber baron"指中世纪抢劫路过自己领地的旅客的贵族，也指十九世纪末期靠残酷剥削致富的资本家。

我可能会自命为一个
人道主义者，
假如我能学会视若无睹：

当高速公路以不信神的
罗马人般的狂傲姿态
横贯了大地的风景线，

当农夫的孩子蹑手蹑脚地
走过牲口棚，在那儿
藏下了一柄阉割家畜的刀。

或于 1964 年 5 月

哈默菲斯特[1]

四十年来我一直对地图上的它保持了敬意，
　地球最北面的这个市镇，出产
你能买到的最好的速冻鱼条：三天时间里，
　我这个只会单一语言的朝圣者到处闲逛，
还喝了地球最北面的酒厂酿制的啤酒。
　虽然**道德圈**[2]在数英里之外，我没看到纵酒狂欢，
没看到乱糟糟的场面，三个豁亮的夜里[3]也没有梦到
　它们：不过，愚夫笨伯们——这次是德国人[4]——
已留下了他们的常规印记。对任何年过半百的人来说，
　还有多少的敬畏可容丧失？

它看上去就那么世俗？我可能会这么想，
　但我的耳朵并不认可：某种怪事分明已发生。
一句话，笑声，脚步声，卡车的轰鸣声，
　听起来都那么异常、断断续续，

1. 哈默菲斯特(Hammerfest)是挪威北部的市镇。1961 年 5 月，奥登与切斯特一道游历哈默菲斯特。关于此次旅行，奥登在给友人的信中写道："我一直渴望来此地，现在终于如愿以偿了。风景很美，建筑罕见，基督救世军太多了。"对于奥登来说，这座彼时为世界最北的市镇，虽然沉闷，但也是神圣的。
2. 原文"moral circle"是挪威南方人的打趣说法，指北极圈。
3. 指北极圈的白夜。
4. 二战时，德国国防军撤退前放火烧毁了此地的每一栋房屋。

在与其它声音发生干扰、相互混杂之前
　就已经戛然而止：地面很快就将它们
尽数吸没，没有反馈一丁点的回声，
　仿佛已置身遥远的荒凉极地，
我们这个物种有意发出的任何声响仍然至关重要。
　这是个注定会让我们失望的地方。

它据以评判我们的唯一的生物群落，
　是修道士般忠于职守、沉默含蓄的
苔藓和地衣：它的岩石几近懵懂无知，
　对阴郁的爬行动物王国
或马的史诗般的征程全无了解，也从未听说
　前冰川纪海岩植被[1]的故事，那时，
巨大的古灌木丛比香花植物更早地向下蔓生，
　而大地就此五彩斑斓。它所知的全部事实，
是宗教始于基督救世军，而战争
　始于愤怒的摩托化远征军。

地表如此贫瘠，很可能须耗费一个世纪的时间
　它才会明白我们将如何对待这片区域、
将如何处置我们意欲攫取的任一样东西：

1. 生物学术语，指生长在海岸的岩生植物。

能让数百万英亩的适耕表层土感到腻烦
勉强也称得上是一种成就，无法获知
园艺植物和农家牲畜会如何评判我们，它们或许
都不愿瞧上一眼，此外，我们还将它们想象成了
可爱、忠诚的老仆人，可是，现在又为什么
提起这个话头？我的贸然闯入并没有亵渎它：
若单纯即是神圣，那它便是神圣的。

1961 年 5 月

重访冰岛

(致巴兹尔·布思比[1]和苏珊·布思比)

来不及洗漱和排便
他刚下飞机就被带到了
一个专为他举办的午餐会。

· · ·

他听到一个扩音器
将他唤作了名人:
自知并不是那回事。

· · ·

二十八年前
三个人在这里睡得很踏实。[2]
现在一个结了婚,另一个已过世,

1. 英国资深外交官,1933 年曾作为见习译员来到中国,至 1945 年多在中国任职。奥登 1964 年重访冰岛时,他正在冰岛任大使。

2. 1936 年 4 月,奥登从曾经的学生迈克尔·耶茨(赫里福德郡的道恩斯中学的学生,奥登于 1932 年至 1935 年间在那儿任教)处获悉,他们将由老师带队去冰岛考察。奥登灵机一动,说服法伯出版社资助他创作有关冰岛的游记。是年夏天,奥登偕同麦克尼斯赴冰岛旅行,期间曾与耶茨汇合。二十八年后,麦克尼斯已不在(1963 年去世),耶茨已成婚(他后来经常带着自己的妻子去奥登位于基希施泰腾的乡间小舍做客)。

放置脚踏小风琴的地方现在摆了
一台收音机：——
最乎合时宜的那个才能存活？

· · ·

说不来冰岛话，
他只能转而
去帮忙洗碗碟。

· · ·

邦迪族[1]的牧羊犬
和来自纽约的访客
能随意地谈心。

· · ·

积雪已经
盖住了化粪池：
城里老鼠[2]掉了进去。

· · ·

1. 原文“bóndi”意为“立约的族人”，概指北欧各国仍保持传统农牧生活的本土住民，多聚居在广袤的农场。
2. 这应是奥登的自嘲：出自贝阿特丽克斯·波特所写的童书《约翰尼：城里老鼠的故事》(出版于 1918 年，当是奥登的少年读物)。

荒无人烟的峡湾
拒绝了诸多神祇的
存在的可能性。

· · ·

一场暴风雪。一间空屋子。
往昔的追忆。
他忘了给手表上发条。

· · ·

火山岩上狂风呼啸。突然，
暴风眼里出现了
一个小黑点，

珀耳修斯[1]
坐着空中的士飞来，
将瑟瑟发抖的

安德洛美达[2]从荒野里救出，

1. 珀耳修斯是希腊神话中的英雄，他是宙斯与达那厄所生之子，曾杀死蛇发女怪美杜莎。
2. 安德洛美达是希腊神话中北非小国的公主，因其母夸她比海中仙女还要美貌而惹恼了海王波塞冬，被要求献祭给海怪，幸得珀耳修斯相救，并与之成婚。

护送她回家，洗个热水澡，
喝点鸡尾酒，再换件新衣。

· · ·

一个孩子的梦
再一次证实了
赫克拉山[1]上空的魔幻之光。

· · ·

幸运之岛，
这里人人平等却并不粗俗
——至少还没有。

1964 年 4 月

1. 冰岛南部的一座火山。

巡回演讲[1]

同机的越洋旅客，在世俗
又自负的旅程中怅然若失，
有的去马萨诸塞、密歇根，
有的去迈阿密或洛杉矶，

我所乘坐的这架航空载具
预定将连夜起飞，以便能满足
“哥伦比亚—吉森”代理机构
那不可理解的行程进度，

经由他们的推选提供担保，
我才得以将缪斯的福音
带给基本教义派信徒[2]、修女、

1. 这首诗创作于奥登的第一次巡回演讲之后，由“哥伦比亚-吉森”代理机构组办。奥登后来对采访者说，此次巡回演讲的行程格外紧张，几乎每晚都是在不同的城市度过的，以至于他都不知道该如何保持衬衣的整洁了。晚年奥登还有多次巡回演讲的经历，理由竟然是觉得自己缺钱。而事实上，奥登的版税收入和文学奖金足以让他维持很好的生活了，只不过年轻时捉襟见肘的资金问题让他养成了些许吝啬的金钱观念，很难在钱财问题上彻底安心。

2. 原文为“Fundamentalism”，也译为“基要主义”或“基要派”，源于美国长老会，代表了基督教从十九世纪末开始的一个保守思潮，反对自由主义神学及历史批判学，主张以字面的、传统的方式理解《圣经》，接受传统的基督教教义。

异教徒还有犹太社群，

而一周以来，每一天都如此，
对一个地方还没怎么熟悉，
由喷气机或螺旋桨飞机所驱动
就得从这个演讲场所赶赴另一个。

虽然所到之处都对我热情相迎，
但如此频繁、快速地转换场地，
现在连我自己也说不准
前天晚上曾到过哪里，

除非某个异常事件介入
才能挽救此类场面，
一句傻头傻脑的评论，
一张勾魂摄魄的脸，

或是幸运的相遇，欢聚一堂，
在吉森的行程表中并未安排，
这边，有人读托尔金上了瘾，那里，
有人表示对查尔斯·威廉斯不胜喜爱。

既然功名利禄只是堆粪土，

我也就毫无惧意地登上了讲坛：
说实在的，这真的很讨厌
若问我出场费是否付得很高。

心灵毫无疑虑，总乐意
重复同样的老套演说，
而**身体**已开始想念
我们在纽约的温暖小窝。

人到了郁闷的五十六岁，
会觉得改变吃饭时间极其痛苦，
脾气会变得古怪偏执，
对豪华宾馆心生抵触。

《圣经》是一本很好看的书，
我总是会饶有兴味地研读，
但看到希尔顿那本《宾至如归》[1]，
同样的话我真的说不出。

我也不能心平气和地忍受，

1. 这是希尔顿饭店连锁企业的创始人康拉德·希尔顿所写的自传，出版于 1957 年。

当车里的学生开着收音机
听早餐背景音乐，或是在酒吧里
看见女孩子演奏风琴，噢，我的上帝！

最糟糕的，是随后的焦虑念头，
每次当我坐的飞机开始滑降，
“禁止吸烟”的指示灯亮起，
就会想：那里的酒怎么样？

这就是我必须适应的周边环境
多么格雷厄姆·格林[1]！多么有失身份！
马上从我的包里掏出一瓶酒，
喝一大口，来提提神？

又一个早晨已来临：
当飞机舷窗外的屋顶渐渐缩小，
我明白，这一群听众
我再也无缘见到。

上帝保佑他们好运永随，
虽然我已记不住他们的脸：

1. 格雷厄姆·格林(Graham Greene，1904—1991)是英国作家、文学评论家。

上帝保佑美国，如此广袤，

如此友好，还如此有钱。

1963 年 6 月

对称与不对称[1]

大地这面不透明镜子的深处，
老橡树的根须
在考虑它的枝杈：

占星家则相反，
如目光敏利的矿工
正研究闪烁的宝石。

· · ·

地下通道
吻合亡故者的偏好，
总是弯弯曲曲。

· · ·

直视着山洞的眼睛，

1. 俳句给予晚年奥登更多的创作自由，使得他能够从笔记本中挑选出一些原本不成诗的句子，重新组合成诗。以这组《对称与不对称》为例，共四十三首，只有三首并非俳句形式。

赫拉克勒斯[1]
曾有过片刻的疑虑。

· · ·

河流浅滩或许会有魔鬼，
但清泉边绝不会有
狠毒的宁芙[2]在守候。

· · ·

溪水即兴的潺潺声
让俄耳甫斯想到了
一首优美的歌。

· · ·

沉睡中的湖水
欣然梦见了
天空、大地和火焰。

· · ·

---

1. 据希罗多德描述，赫拉克勒斯曾到访锡西厄（即斯基泰人的王国），野外露宿睡着时他的马被偷走了。他到处寻找，当询问一个住在山洞里的半蛇半人的女怪物厄喀德那时，厄喀德那承认是她所偷，但拒绝归还，除非赫拉克勒斯同意和她同居一段时间。赫拉克勒斯同意了这个请求，重新得到了自己的马；他离开之后，厄喀德那生下的后代在锡西厄建立了一个新王国。
2. 宁芙是希腊和罗马神话中居于山林水泽的仙女。

繁花快活地随风起舞，
它们知道，这就是
风的全部期求。

· · ·

在火焰的猛烈灼烧下，
从石头中提炼出的金属
经过锤打，

之后被浸在水中：
愤怒铸入了刀剑
急欲在战斗中复仇。

· · ·

加热后，汤匙里的陈年白兰地
起初看着高贵庄严，但很快
就失去了理智，变得不知羞耻，
在蹿出的火苗中不住地翻滚扑腾。

· · ·

喀拉喀托火山[1]喷发过后，名叫 Tridomyrex 的蚂蚁

---

1. 印度尼西亚巽他海峡中的活火山岛，1883 年曾大爆发，死亡约五万人。

是最先返回的生命，徒劳地寻找与它共生的蕨类植物。

· · ·

要获得成长——如藤本植物
应该本能地限定
它的水摄入量。

· · ·

一棵倨傲不驯的树，
将身体探出了
可怕的悬崖。

· · ·

钉了蹄铁、装上马鞍，
鞑靼人的马群
就能撑过干旱时节。

· · ·

如同被宠坏的有钱女人，
燕子们追随着
适合它们的等温线。

· · ·

当我们爱抚一只猫，
我们的其它猫会艳羡：
但它们并不怨恨

也不崇拜对方，
只是不知道为什么
那一只可以得到更多的爱。

· · ·

有哪一只老虎会像
我们这样喝马提尼酒、抽雪茄，
且一直乐此不疲？

· · ·

静默的正午暑气逼人
鸣虫掠过了水面：
他自顾自笑了起来。

· · ·

自我与影子：
白天里是滑稽的一对，
月上中天时合成了阴郁的一个。

· · ·

讨喜的**快乐**,熬人的**痛苦**,
这两种情绪
他该相信哪一个?

· · ·

对他自己而言是残酷的事实:
对其他人来说(有时候)
只是一个有用的譬喻。

· · ·

因为水平的桌子
让他想到了大草原,
他知道它还在那儿。

· · ·

如红尾鸲,
他只记得自己真实语调的
某个未成形的片段。

· · ·

一个路标为他指明了方向:

却并未标注地点，
也没有显示距离。

· · ·

不敢再悠闲散步，
他只得勉力前行，
顶着风，爬上了高坡。

· · ·

茫然寻找着
某个他本应忘记的目标，
他迷失了自我。

· · ·

补锅匠的手艺
让饭菜很容易就煮沸，
拉低了部落的烹调水平。

· · ·

马车的车轭
允许脾性温和的驭马去建造
气势逼人的城堡。

· · ·

下象棋时，王后[1]
在短兵相接之前
只能走斜步。

· · ·

他们打完了东部战役[2]
回来时带着刀叉
还有一种更花哨的仪式。

· · ·

反对偶像崇拜的人
家里总挂着
许多色情图片。

· · ·

精神的寄生者，
总是会接受一种
普遍而含糊的宗教信仰。

1. 国际象棋中的王后横、直、斜都可以走，可进可退，在所有棋子中威力最大；但开局时因己方“兵”的阻挡，并不能发挥效力。

2. 应是指拿破仑东征俄国的战争，而非二战中的德苏战事。

· · ·

今天，该如何形象地描绘
骑士的孤独远征？每一条路上的
喧嚣人群。

· · ·

诚实的民主党人
宁可死掉，也不会
向一位贵族行触帽礼：

但他们很明智，
断不会对海关和移民局
出言不逊。

· · ·

他们的日子过得单调又不体面：
他们工作一段时间，他们消费，然后就死去。

· · ·

生活的错误已铸成：
每个人都成了业余侦探，
会问是谁做下了这等事？

· · ·

变态心理的潜在成因，
不是索求快感的欲念
而是对公正的吁求。

· · ·

因为觉得厄科[1]很可恶，
那喀索斯吃下了鼻涕，
还在他的池子里小便。

· · ·

他们的白日梦总是一样：
一个结义兄弟，一个老战友，
再加上性。

他们也有相同的禀性：
都希望能扮演军官，
谁也不想当普通士兵。

· · ·

1. 厄科(Echo)是希腊神话里的回音仙女。据说，她爱上了正在池塘里沐浴的美少年那喀索斯，却苦于无法表达自己，最终因为被那喀索斯嫌弃而香消玉殒，只剩下声音在山林间回荡。

孤独

等待着**现实**

穿过炉膛口[1]走来。

· · ·

雪茄。苏格兰威士忌。

他们还记得(不是太确切)

它们的数量、尺寸和价钱。

· · ·

自尊总是看不起**享乐**,

将暴饮暴食、贪欲

留给了失败者。

· · ·

寻欢逐乐,得偿所愿,

杀人越货,暴殄天物,

高速度地发展。

· · ·

仁爱的上帝

---

1. 原文"glory-hole"有多义,可指炉膛口、玻璃熔化炉的火焰窥视孔、矿坑、竖井,也是一个不雅俚语(指同性恋场所厕所夹墙上的小洞,又称口淫洞)。

从来不会取消
我们悲伤或丢丑的权利。

或于 1963 至 1964 年

工匠

独身，近视，耳朵有点背，
这个不知其名的侏儒，
国王陛下的枪炮匠
和其它预约订货商号的
传奇般的鼻祖：——
每个参观博物馆的人都认识他。

因为藏身于洞穴，他对
天气和外部事件毫无知觉，
他用完成的工作来估算时日，
入夜后会梦见完美对象，
战争对他来说意味着青铜的匮乏，
君王的倒台只是换了个主顾。

他不是音乐家：歌曲
能鼓舞劳动群体、取悦有闲阶级，
而对一个专注倾听锤击节律[1]、自许为

1. “节律”对应的原文为“dactyl”，是个双关：既可以指“强弱格、长短格”，也可以指希腊神话中的精灵部族（通常有十个，他们是古代的铁匠，铁器的最早发现者和加工者，也是祛病的巫师）。

工匠的人来说，它只会让人分心。
他也不是演说家：智者
不会去研究冶金术。

他开价很高，而且，倘若不喜欢你，
他不会为你效劳：**制造品质**再次表明，
魔法毫无用处，反而是个致命威胁。
他会在自定的工期内交货，绝不依循
你的时间表：他没有竞争对手，
他知道你明白这一点。

他的爱，具体体现在每一件实用的奇迹中，
在我们的世界里，这并不能保证它们的完好无损，
但他会为此复仇：因此，笨手笨脚的人、
各个年龄段的吮拇指的孩子，都要倍加小心，
以免你们的身体变得血肉模糊，
判决书上写着：**死于意外事故**。

或于 1961 年

社交聚会

不押韵，无节奏，闲聊在继续：
可谁也不会觉得自己言语无趣。

在聒噪谈论的每一个话题之后
相互猜疑是固定的低音变奏[1]。

往来穿梭的时髦名字如果被破译，
传递出的常常是悲哀的讯息。

你无法读懂我如一本打开的书。

你观察到的远非我的真实面目。

没有人想听我的这支小曲么？

也许我在你身边待不了很长时间。

为获得认可而放声大笑，因害怕而尖叫，

1. “ground bass”是一个音乐术语，指基础低音、固定低音；通过低音部不断重复一些短小的主题动机或重复一个固定旋律，即是固定低音变奏。

声音摇撼着拥挤的公寓楼，但每一只耳朵
都有各自的听力范围，所以没有人会听到。

或于1963年

动物寓言已过时

钻木取火前，喜好甜食的我们
就已经学会了去赞美蜜蜂：
栖居丛林的部落张罗宴会时
至少会端上一道野生蜂蜜。

习惯了在艰难时期饿肚皮，
我们很快就开始心生妒意，
当看到蜜蜂们不辞劳苦
囤积了远超自身需求的食物。

而且，经由了判断估计，
会倾向于一种社会效益，
我们通过对蜂巢的研究学习，
试图为生活汲取某种教训，

之后，当密谋与叛乱纷起，
令这个世界的君王们震惊不已，
这时，哲学家和基督教传道士[1]

1. 这里的“哲学家”指的是荷兰启蒙学者伯纳德·曼德维尔(Bernard Mandeville，1670—1733)，他著有《蜜蜂的寓言》一书；“基督教传道士”指的是英国“圣诗之父”艾萨克·沃茨(Isaac Watts，1674—1748)，他在诗集《儿童圣歌》第二十首中借蜜蜂来劝慰儿童戒懒惰与胡闹，在专著《心智的提升》中指出读书要像蜜蜂采蜜那样收集、分析与消化，从而整理出自己的思路。

都赞成由蜜蜂来当公民课老师。

现在，动物寓言已过时，
最新研究揭示了它们的行为模式，
蜜蜂给我们留下了很深的印象：
因为与我们一点也不相像：

不过，有些人的确相信
（有的甚至打算付诸实行），
经由广告外加药物的辅助作用，
城市人可被塑造成一种昆虫。

不。谁愿意与这样的人为伍？
当他辛苦劳作如中性动物[1]，
进而，还让他的无赖政府
摆脱了奴隶自治体的束缚？

我们，作为基督的后裔，
徒具人的形貌，本就荒诞无稽，
当它们突然倾巢飞出，攻击，然后死去，
如何去质问它们遵行了哪种法律？

---

1. 指工蜂。

或者，当它们开始了盛大的表演，
站在两个叽里呱啦乱叫的女王中间
正面临生死决斗时，又如何去问
它们经历了怎样的宣泄过程？

或于 1964 年 7 月

“现代物理学童指南”读后感[1]

假如一个顶尖物理学家
只知道实存为真，那么，
对所有的芸芸众生而言，
虽然我们的日常世界容纳了
如许多的徒劳和污垢，
我们却比庞大星云
或我们脑袋里的原子
过得更快活。

婚姻很少会幸福圆满，
可是，当无数粒子
以每秒数千英里的时速
散布于整个宇宙，
情况肯定会更糟。
在此空间维度中，

1. 奥登所读的“现代物理学童指南”，其实是指俄裔美国物理学家乔治·伽莫夫(George Gamow，1904—1968)的《汤普金斯先生身历奇境》(*Mr Tompkins in Wonderland*，1940)和《汤普金斯先生探索原子世界》(*Mr Tompkins Exploresthe Atom*，1945)。伽莫夫除了在物理学上有突出贡献以外，还是一位杰出的科普作家，他以汤普金斯先生(一位只知数字而不懂科学的银行职员)通过聆听科学讲座和梦游物理奇境的故事，深入浅出地介绍物理学知识。

恋人的吻既不会被感知
也不能打动爱人的心。

而我凝视着的这张脸孔
剃去胡子时显得有些无情，
只因年复一年，它让一个
衰老的求爱者渐生反感，
感谢上帝，它应有的
各个部件足够齐全，
还没有像一锅烂粥
泼洒到别的什么地方。

我们的眼睛很喜欢猜想，
以为自己所住的地方都有
一个以地球为中心的景观，
而建筑师们也会围合出
一个僻静的欧几里得空间[1]：
被戳穿的神话——可是
谁会感觉自在，当跨坐在
一个无限拉宽的马鞍上？

---

1. 古希腊数学家欧几里得建立了角和空间中距离之间联系的法则，现称为欧几里得几何。包括分析三维物体的“立体几何”，他所描述的这些数学空间可以被扩展来应用于任何有限维度，这种空间就叫做“n 维欧几里得空间”（简称“n 维空间”）。

人类对于发现过程
所投入的这份热情
是个无可置疑的事实，
但我会感觉分外高兴，
倘若我能更明确地了解
我们探求知识的意图目的，
也会觉得更加踏实，
若能随意选择知或不知。

看来，一切早已选定[1]，
无论我们是否关注
极端尺度的事物，
事实上我们已变成某种
中等尺寸的平庸生物，
不管让自然界带上政治色彩
是否很明智，仍有某些东西
我们必须去学习。

1961 年

1. 意思是说，人类的命运已由他(她)在伊甸园里的选择所决定。

1964年耶稣升天节[1]

这一年的新绿
无声地、一点点地
向北方推进：

但还是稍晚于节令，
因为栗树的枝杈
仍未恢复生机。

但今天的气氛
很鼓舞人心，
果农们的衣衫

或单纯的白，
或挑衅似的粉色，
背景是一片恣肆的蓝。

一只布谷鸟陶醉于自己某句
精彩评论，不停重复着；

---

1. 耶稣升天节是在复活节后第四十天，英国有时称作“Holy Thursday”。

感觉颇为自得，

某条备用的高负载馈电线
送来了
一支优美的歌。

生活满足于
它们的生态区位[1]
和相关对象，

无法辨别
何为暴风雨前的平静、
何为大屠杀后的死寂。

如同士兵与恋人，
他们的感情没那么复杂：
我们的节庆对他们意味着什么？

这个星期四，当我们
必须完成一整套

1. “生态区位”对应的原文“ecological niche”，又称小生境或是生态龛位，表示生态系统中每种生物生存所必需的生态环境的最小阈值，包含区域范围和生物本身在生态系统中的功能与作用。

告别的仪式程序，

我们当然知道，
此刻的言辞、目光和拥抱
都不可更改。

因为我们愿意相信，
离别自会到来
未来喜乐的

允诺也会得以信守，
而缺席会造成
持续的实际损失：

此后恒久不变，
这一点众所周知，
只因每个人的心中

都有一个阴郁的昆德丽[1]，

1. 昆德丽是瓦格纳最后一部歌剧《帕西法尔》(*Parsifal*)中一个亦邪亦善的女性角色，外表疯疯癫癫；当年耶稣基督背负十字架时，昆德丽非但不同情，反加以嘲笑；她因为没有同情心而落入了苦难轮回，其后不断想做善事以弥补过去的罪行，却随时会被黑暗势力诱惑而做坏事。

面对任何受难的场景
都会忍不住咯咯傻笑。

1964 年 5 月

基希施泰腾的圣灵节[1]

(致 H.A.莱茵霍尔德[2])

蒙受天恩之舞蹈。我愿期待。汝等一同起舞。

——《约翰行传》[3]

来吧造物主,我大声宣祷,当贝尔先生
捧起了我们微薄的供品,鲁斯特康德尔牧师[4]
依循了罗马的规制,平静地
继续完成圣餐礼:外边,开车来的礼拜者
为让他们的祭礼取得成效,
上演了维也纳版的《出埃及记》(尽管他们
和缺乏想象力的父辈一样,按照犹太人的一周
和基督徒的一年来计算时日)。当弥撒结束,

1. 圣灵节是在复活节后的第七个星期日。

2. H.A.莱茵霍尔德神父是德国汉堡人,二战前参与了天主教抵抗希特勒的运动,因被盖世太保追捕而流亡美国;他做了很多教仪改革的工作,对推动梵蒂冈第二次主教大会起了很大作用。奥登与他相识于美国的斯沃斯莫尔学院。

3.《约翰行传》和其他使徒行传(《彼得行传》、《安德烈行传》、《多马行传》、《保罗行传》等),因鼓吹对使徒的个人崇拜和过多描写神迹,而被指为伪经(即《圣经·新约》全书正典以外、伪托作者之名所写以冒充正典的作品,包括福音书伪经、行传伪经、书信伪经和启示录伪经等四大类,共八十余卷,最早成书于公元二世纪初)。

4. 贝尔先生、鲁斯特康德尔牧师都是奥登在基希施泰腾的邻居;凯瑟琳·巴克内尔和尼古拉斯·詹金斯在《1940 年之后的奥登》中,曾提到在基希施泰腾的一次茶会,其间奥登就邀请了这位牧师。

　虽然服从于坎特伯雷[1]，
我会被人大加恭维，会被要求贡献出
　博爱，即便一个客籍侨民正准备打道回府
在自家地盘上吃午饭：很可能，假如同盟国
　没有战胜东德马克，假如美元下跌，
虚礼客套会少一些，可这是在和平时期，
　只因承受不起，随之而来的这些笑容
或许就更加糟糕？

　　　　　　　　　　头顶的高处，
　洋葱塔楼送出了铿锵钟声，正吁求
奥地利的转变：世界是否已变得更好
　尚未可知，我们仍愿相信
而天神般的提贝里乌斯[2]不会。欢悦的钟声
　在向我求告。天文望远镜才能企及的天堂里
布莱克的老昏神[3]、身居高位的

1. 肯特王国 597 年改信基督教后，圣奥古斯丁在坎特伯雷设立了主教教区，坎特伯雷大主教此后成为英国国教（圣公会）的首领。奥登的宗教背景为英国国教的高教派。

2. 亦作提比格，罗马帝国第二位皇帝，公元 14 年至公元 37 年在位。

3. 原文“Nobodaddy”出自布莱克的短诗《致老昏神》，布莱克用这个滑稽性质的词汇来统称宙斯、朱庇特等可怕而昏庸的男性诸神。《尤利西斯》（萧乾、文洁若译）第九章中亦提到这个词：“然彼吹牛大王则叫嚣曰：‘即便神老爹藏于吾杯中，与吾何干？吾决不落人后’”，注释为：“神老爹是布莱克在同名的诗中所塑造的凶恶的神明形象。”在此，译作老昏神或更恰当。

自大的白人基督徒皆已死去，
不会再戏弄我们，也不会将我们的炸弹神圣化：
中产阶级[1]的子弟们不用数梅子核去猜测
自己的未来，无须大声嚷嚷着去清点陆军、海军、
法律和教会的数目，而贵族对谁是
教皇候选人也无从置喙。（**永恒上帝**的类人猿
知道如何筹办葬礼，因为悔罪的告解者就喜欢
这档子事：巴别塔，如同索多玛[2]，仍可满足
很多需求，当然，也吸引了某类更进步的
信众。）欢庆吧：生来就先天聋哑的我们
现在已有能力去听取
讨厌的局外人的意见。**圣灵**不会憎恶
高尔夫选手的暗语，不会憎恶
奥地利低地州的口音，甚至也不会讨厌
我这个英裔美国人
少许的文艺腔（虽然很困难，
至少圣徒们会认为代数学
是无罪的）：但神神叨叨的废话并不能维护**他**。
我们的美妙音节已消失，
我们的部族信条已曝光：既然今天早晨，
我们的敌人借助词典中公布的

1. 原文“menalty”又是奥登使用的一个罕僻词。
2. 索多玛城因其罪恶被上帝毁灭，出自《圣经·旧约·创世记》。

审慎而世俗的词汇表已能将它
　自行译解，于是，每当我们试图
以他的语言风格来讲述真正的经典[1]，
　它并不需要我们赋予的神圣化，不需要贷款条件，
也不需要改换坟冢和铭文(或许，当基希施泰腾
　适才为亡者祷告的时候，只有我
还记得那个不幸的弗朗兹·约瑟夫[2]，
　他八十六岁时还曾跳舞，而且
从来没有用过电话)。

祭坛钟一阵噪鸣，
　当某些曲解他的人看到
第二位亚当[3]的躯体，就会不由自主地
　去想象同样有权利
种植杂交玉米、同样沾染了西方人[4]邪恶的

---

1. 原文"magnolia"除了"木兰"，还有"伟大作品"或"神圣经典"的含义，在此即指《圣经》。

2. 弗朗兹·约瑟夫(1830—1916)是奥匈帝国皇帝，在位期间遭逢了一系列意外事件：1866 年因输掉普奥战争，被迫解散了德意志邦联；他的亲族成员多死于非命，弟弟奥地利大公兼墨西哥皇帝马西米连诺被墨西哥革命党枪毙，其子奥地利皇储鲁道夫神秘死亡，1898 年伊丽莎白皇后(茜茜公主)遇刺身亡，后立的新皇储弗朗茨·费迪南德大公 1914 年于波黑首府萨拉热窝遇刺，一战就此爆发。

3. 第二位亚当，也称作最后的亚当、新亚当，是《圣经·新约》里耶稣的诸多名号之一。

4. 原文"Abendlander"由德语"Abendlandes"化用得来，或与斯宾格勒两卷本的《西方的衰落》(*Der Untergang des Abendlandes*)有关。

不在场的敌对势力。当乌鸦飞起，
离此地九十公里处，我们的习性已改换，
在那儿，标明“禁止入内”的地雷区和瞭望塔
已隔离了热爱和平的克里米亚鞑靼人[1]，只有乌鸦
与和平使团才许进出：从洛伊佩斯巴赫[2]
到白令海，没有一个在职的股票经纪人，
去教堂做礼拜就像逛妓院一样
会招致非议（但国际象棋和物理学
还是一样）。她的首领们说，我们将为你
举行葬礼，守灵时还会跳舞：对此**理性**宣称，
这不太可能。而对大多数人来说
我是站错了队：这很可能会是抢劫犯
去厕所打劫和卖出赃物的好机会，
我的族人窃取非洲后，已将我们的气味
带到了无菌的南北极地。

我们的牧师走下
哥特式的教堂中殿，正洒水为西方世界祈福：
我们亦会跟随。提到精神或灵魂的

---

1. 克里米亚汗国：金帐汗国建立后，成吉思汗长子术赤的一个后裔被分封建立了克里米亚汗国的雏形。1441 年至 1783 年的克里米亚鞑靼人国家，为金帐汗国衍生出的国家中国祚最长的一个。
2. 洛伊佩斯巴赫是奥地利布尔根兰州马特斯堡的一个市镇，位于东部边境。

上下文里断不会出现女王的英语：关于
　天灾人祸或个人的应对之道，
在人尽皆知的常识以外，我所知的[1]只是这个——
　若有蒙受天恩之舞蹈，我会随之起舞。

1962 年 7 月

---

1. 据门德尔松教授考证，“我所知的”(what do I know)在初稿时为“一无所知”(I know nothing)，切斯特随口指出奥登此前的诗作《栖居地的感恩 · 裸露的洞穴》已经用过“一无所知”(I know nothing)了，后者立马做了修改。这从一个侧面再一次印证了切斯特对奥登后期诗作的影响。

死后发表的诗[1](外三首)

Ⅰ. 欢乐

休格尔[2],十年来
不时与我相伴,
幸运人生里的
一个意外恩赐,
你给了我那么多、
那么频繁的欢乐。

我很高兴,因我们
能共享欢愉:
女人会以虚假的热情
蒙蔽她们的爱人,

1. 奥登与切斯特只维持了一年左右的性关系,之后虽然长期做伴,但在性关系上相互独立。跟切斯特之间的这种非正常关系,一度让奥登甚为苦恼,他对朋友坦承自己需要性,而最便捷的方式就是招男妓。这里的三首诗歌,直观地体现了后期奥登的情感生活状态,生前未曾发表,后来收录在门德尔松教授编辑的《奥登诗选》中。

2. 休格尔是一位维也纳小伙子,与奥登相识于意大利的小酒吧,后发展为奥登在意大利期间的固定男妓。1962 年春,奥登从纽约返回奥地利前,听说休格尔犯下盗窃罪被捕入狱,曾设法营救。此后两人仍保持了亲密关系,奥登送过他一辆车,而他也带过自己的未婚妻克丽丝塔去奥登家。

而男人的构造决定了
我们无法施行欺骗。

我很高兴我们各有自己的
疯魔的世界，
彼此都不想去挑破：
我分不清
哪辆是捷豹哪辆是宾利，
而你从来也不读书。

我很高兴，在你因偷盗
（你也从我这里偷过东西），
而被捕坐监的那段时间：
我们双双得了个教训，
但为此缘故，我们仍可以
互称施特里奇和弗莱尔[1]。

虽然以此种方式开始，我很高兴
我们能在人生旅途中彼此相遇，
恰如哈代笔下的人物，
有些时候

---

1. “施特里奇”(Strich)和“弗莱尔”(Freier)是德国人的姓，也是“卖春者”和“买春者”的俚语。

你需要钱，
而我需要性。

此刻，我们之间情况如何？
爱？爱是个非常俗烂的词。
这段浪漫史既没有
穿上盛装华服
也并非赤身裸体：
要我说，我俩很投缘，

而我多么喜欢克丽丝塔，
当那个爱着你也洞悉一切的
好姑娘不在那里的时候。
我想象不出一个更友善的骗局：
倘若假正经们在背后嘀咕，
对我来说都无所谓。

1965 年 3 月

Ⅱ. 晨歌[1]

一夜欢愉之后，

---

1. 原文“aubade”，中世纪法国诗体。

他在拂晓时分
坐上了一辆有轨电车。

快乐，却昏昏欲睡，
想知道下一个夜晚
还有多远

那时，一个体格肥胖的
基佬必须戴上
寡妇帽。

1964 年 7 月

Ⅲ. 情歌[1]

当一个人陷入孤独（而你，
我最亲爱的，知道个中缘由，
正如我知道这是命中注定），
可以采取行动，甚至
应召牛郎也能凑合。
今天晚上，譬如说，
既然伯特已经在这里，

1. 原文“minnelied”，中世纪德国诗体。

听着发情猫儿
刺耳的凄厉叫声，
我没有自怨自艾。

或于 1967 年

没有墙的城市

"……拜占庭绘画里那些奇形怪状
的东西,尖牙利齿,外露的骨头,
简略描绘了一个不受辖制、
亦无管制的超然空间,
恶龙在此安住,魔鬼在此游荡,

"悔罪的诡辩家和索多玛城的居民,
惟有此等非凡人物才能移居此地,
眼下钢铁和玻璃的现实建筑
已是舞台前景的可见事实:
今天,所有人必然都是隐士,

"看看巨大监狱里编号的洞穴,
看看专为阴郁的客人设计、
让他们变得更为堕落的旅馆,
还有工厂,此刻正批量生产
各司其能的霍布斯人[1]。

---

1. 英国政治哲学家霍布斯在其论著《利维坦》中认为,社会的实质是一群人服从于单一统治者的威权,每个人都须将其自然权力交予权力行使者,以此维持内部和平并抵抗外来之敌;无论政制如何,权力都是一个强大的"利维坦",如是社会契约才能达成。

"每个罪犯都管控了一个街区，
而沥青地面乃歹徒横行的场域，
那里黑帮冲突不断，警察变成了
剪径盗匪：天黑之后一个人
在野地里走路，实在是鲁莽轻率。

"电灯促成了斗室中的晚间聚会，
各种亚文化或许还能吸引到
一些志趣相投的空谈家。
他们的语言留存了部族方言的印记，
恶习或生意让他们彼此称兄道弟；

"破落咖啡馆还在营业，
污浊空气里，传道巫师们
外表羸弱、懒于工作，
会对着一群愚人滔滔不绝地宣讲
无理、冷酷的教义直到天光大亮。

"每个工作日，夏娃
都会出门去商店采购她的食物，
而亚当会寻找每一笔不义之财：
黄昏时分两个人大汗不出
一起无精打采地啃着面包。

“曾经神圣的周末已到来，
仍然很随意，但不再是宗教节日，
只是独居自处的一个暂歇时间，
这时没人会关心他的邻居在做什么：
现在报纸和广播才是最亟需的物事。

“他们阅读的是粗俗的垃圾，
他们收听的是无知的噪音，
但也提供了庇护，令他们得以逃避
星期天的烦恼、恶狠狠瞪视的虚无
和对我们致命的有害物。

“无名之辈会对**虚无**作出何种反应？
出众的体型在社会上很吃得开，
频繁地被人拍照，感觉很自在，
而普通身材不招人待见：
机器会比二头肌做得更好。

“除了少数绝顶聪明的人，计算机[1]
很快就会把所有人逐出这个世界，

---

1. 1939 年，美国人设计了一台名叫“ABC”的计算机，到了二十世纪六十年代，计算机技术逐渐走向成熟。这个诗节预言了伴随科技大突破而来的人类境况，奥登可称为一个先知诗人。

只让他们保留闲暇时的自我意识，
以便从业余爱好(性事，消费，
与鬼怪的暧昧争斗)的无形领域里

“挖掘出价值和美德。在那儿，
孩子们会联合起来反抗
巨魔怪[1]般的父亲、长獠牙的母亲，
只因他们如恐龙般的梦中怪物
带有一种内在的陈旧性[2]？

“一个奇巧装置的时代，却不谙世故
有如幽暗森林[3]里出现的早期人类，
漏下的几缕微弱日光照在身上，
他们在小水塘边排队等候
边上站着开辟道路的魔兽。

“确实是个小奇迹，假如很多人
已接受癌症为唯一命定的前程，
假如病房里挤满了绅士，

1. 见《珍贵的五种感官》中的相关注释。
2. 原文“built-in obsolescence”，可指人为的商品报废、计划报废(为增加销量，故意制造不耐用商品，使其很快损坏或过时)。
3. 原文“Mirkwood”出自托尔金的小说，是中土世界里的森林。

有的自称是耶稣基督，
有的自认为犯下了**无可饶恕的罪行**：

“假如阿卡狄亚的草地，它古典式的
山肩、巴洛克的谷底作出友善姿态，
这样一个梦对离乡者来说太过平淡，
倘若他们充满邪恶想象的肉体，
因伤害、无礼和粗口已变得低劣不堪：

“假如现在一出戏终场，在激动和宽恕中
说出最后一句台词，很少人会为之鼓掌，
同样，幸福的、头脑清醒的新婚夫妇，
乡下的和城里的，当他们围成圈跳舞，
像极了跳着庄严的布朗莱舞[1]的演艺明星：

“假如我们所描绘的未来一切皆毁灭，
空阔无边的毒蛇出没的区域
围绕着小片分散的沼泽或森林，
由它们提供食物与庇护所，
拥有如此家园的余下的人类

1. 源于十六、十七世纪法国上层社会的一种社交舞，与上文提到的民间婚礼舞蹈构成对比。

“身材矮小，古怪畸形，
数数只能数到五，没有零的概念，
把**通用汽车**当作神灵来崇拜，
各个族群由祖母们统治，
冬天的夜晚，这些头发蓬乱的女巫

“会给他们讲述金发精灵的故事
其魔法可以让山岳变成水坝，
还有手艺精巧的侏儒，
能用食品罐头造出藏宝库，
还能将他们的棚屋改造成平顶房，

“这些人没有选择权也不知道改变，
其命运一概由前辈长老们判定，
最年老的人有智慧的心灵，
借助了戴面具的巫师之口
会给予祝福或要求血的祭礼。

“富有，未受影响，大都市依然伫立：
他希望得到更美好的幸福，
而等待她的很可能是更糟糕的命运……”

这就是凌晨三点、在曼哈顿的

中心区我所想到的事,直到
它被一个尖利的声音打断。

"你发现的有趣玩乐,就是去
扮演耶利米和尤维纳利斯[1]:
你该为自己的幸灾乐祸感到羞耻。"

"天哪!"我气急败坏,"我们变得多么道貌岸然!
我是个冷漠的人? 即便如此,
假如我所说的句句如实,那又该当如何?"

随即,第三个声音不耐烦地开口发话:
"看在上帝的分上,现在赶快去睡!
吃早饭的时候你们俩会感觉好很多。"

1967 年

---

1. 耶利米,又译作杰里迈亚,是公元前七至六世纪希伯来的先知;尤维纳利斯(60—140),又译为尤文纳尔,是古罗马图密善统治时期的讽刺诗人,对罗马社会的恶习和愚蠢进行了严厉抨击。这里也藏着双关:因尤维纳利斯的原文"Juvenal"也可指青少年,而老先知和幼齿少年或也暗喻了奥登的私生活(与卡尔曼的长期同居关系)。

题赠诗(外十一首)

Ⅰ. 祝酒辞

(牛津大学基督学院招待会,1960 年)

一个人逢到招待会这种场合
　究竟该说些什么话?
哎,既然我不可以插科打诨,
　除了怀旧还有什么办法?
戴着眼镜,镶了假牙,已人到中年
　(施特劳斯有部歌剧[1]写过这题材)
我会杜绝罗曼蒂克的冒险,
　但不会终止对学院的爱。[2]

呀! 我二十岁之前的二十年代,
　那时的新闻一点也不乏味平淡,
厨师有足够多的下属可以指派,
　我们可以在寝室里吃午饭。

1. 应是指约翰·施特劳斯的歌剧《蝙蝠》,其中有一首女高音唱段《笑之歌》:“快举起长柄眼镜,啊,来欣赏我这绝妙风韵。”
2. 1925 年,十八岁的奥登入读牛津大学基督学院,获得了生物学奖学金,但第二年就转到了英语语言文学系。

帕克沃特方庭有很多美妙的聚会
　供应松鸡肉、白兰地和香槟，
而书呆子会和运动家斗嘴：
　之后在学院的那几年都很开心。

没有人会想起要去服兵役，
　及格过关感觉是很笃定的事，
我们的马甲是双排扣式，
　我们的法兰绒裤看着像裙子。
在社团你每天都会碰到哈罗德·阿克顿[1]、
　汤姆·德里伯格[2]或洛维斯[3]：
总会有一些相当古怪的人
　为学院增添多样化的特质。

克拉伦登街已非旧貌——很遗憾——
　乔治街很多店铺关门，已被遗忘；[4]

---

1. 哈罗德·阿克顿（1904—1994）是英国诗人、作家、历史学家、翻译家，1932 年至 1939 年在中国，长期任教于北大，与很多中国诗人、作家、演员过从甚密，他在 1970 年出版的自传《唯美者回忆录》（*Memoirs of an Aesthete*）中追忆了很多当时的情形；1936 年他与学生陈世骧合作翻译出版了中国现代诗的第一本英译本。

2. 汤姆·德里伯格（1905—1976）是英国记者、政治家，在二战中和战后很多年里一直是活跃的左翼政治活动家。

3. 阿尔弗莱德·莱斯利·洛维斯（1903—1997）是英国历史学家和诗人，还是莎士比亚学者，出版过一部莎翁传记。

4. 克拉伦登街和乔治街都是牛津的街道，克拉伦登街上的克拉伦登大楼是牛津大学出版社所在地；乔治街开有很多店铺。

有些改变完全在所难免，
　但伍尔沃斯[1]很可能不是这样。
大草坪，只有好学生、情侣和奶牛们
　才会经常光顾这个地点：
得上帝襄助，我们还不至于发疯
　没打算修一条路直穿学院。

所有希望我们学院运行良好的人们
　都会希望她的财政保持稳定；
但愿财神爷[2]会预先提示理财窍门，
　什么东西该卖出，什么该买进，
如是，她的收入进项所仰赖的
　总投资金额或会令人惊叹：
但愿她变得越来越有钱，
　意外之财纷纷涌入学院。

愿上帝保佑诸位远离争吵，
　院长、全体教职人员和邓[3]，

1. 伍尔沃斯是英国的一家老牌连锁百货店。
2. 指《圣经·新约》里象征物质财富或贪婪的玛蒙神。
3. 即罗伯特·汉密尔顿·邓达斯(Robert Hamilton Dundas)，长期从事基督学院的辅导员工作，退休后留在学院里学习。

罗伊、胡克、利特尔以及我[1]

　会看护好我们的德行履行职分。

愿那些来年十月将要入学的新生

　都很出色，灵敏又机智：

而现在，尽管已有点半醉微醺，

　——我要为学院呈上这篇祝酒辞！

或于 1958 年[2]

Ⅱ. 致一位语言学者的短颂歌[3]

(1962)

语言是思想的母亲，而不是其侍女。

——卡尔·克劳斯[4]

必然性不依赖言语。即便

1. 罗伊(Roy Harrod)是基督学院教员公共休息室的图书馆馆长；胡克(Denys Hill，绰号"Hooky")是教员公共休息室的管理员；利特尔(Cyril Little)是教员公共休息室的主管。这三位连同奥登负责本次招待会的娱乐项目。

2. 从 1956 年到 1961 年，奥登被聘为牛津大学基督学院的诗歌教授，每年只需做为期一个月的三个讲座。值得注意的是，这首诗原本是为 1958 年的一次招待会所写，但奥登可能因故未能参加，所以时隔两年后才有用武之地。

3. 这首诗的致敬对象就是作为语言学家的 J. R. R. 托尔金。奥登认为，健康的社会依赖于健康的语言，因为语言是表达自由意志的首要工具。

4. 卡尔·克劳斯(1874—1940)是二十世纪著名的奥地利作家，他是记者、讽刺作家、诗人、剧作家、格言作家、语言与文化评论家。

莎士比亚也不能声称
自己说出的话如同弗里希[1]会跳芭蕾的蜜蜂
传递的关键指令一样完美，
而世间的少男少女，也不会像画眉鸟般
因五朔节[2]的到来而变得直言不讳：
尖叫声会无法控制，打呵欠会显得无礼，
你不得不请求原谅，而随意的言语
是一种同义反复。

有人郑重其事地问候早安，这表明他
既不是拿破仑也不是
拿破仑的厨子，而一个新入行的作家
生来就做好了准备，要为他
编不好一个故事承担相应的责任，
但他必须交由其他人去分辨，不管他们抱有
何种偏见。一味攀附上流社会的人不敢招致非议，
而一个话痨却有这个胆量：实话实说的时候
也会展开切实的行动。

---

1. 卡尔·冯·弗里希(1886—1982)是奥地利生物学家，因对蜜蜂的行为研究的贡献，获得了1973年诺贝尔医学和生理学奖。
2. 五朔节是欧洲传统民间节日，用以祭祀树神、谷物神，庆祝农业收获及春天的来临，每年5月1日举行；在英国，人们通常会在家门前插上一根青树枝或栽一棵幼树，并用花冠、花束装饰起来。

若不是这样，还有超越国界的巴别塔，
在那里，最具破坏性的
是卫生措施和充满诚信的[1]
股票经纪人，对好大喜功的先生们来说，
在充满噪音的地方就要去雇用
代言的喉舌，这些家伙的使命就是强迫我们
去关注：在空白时段花些钱，打上泛光，连线通话，
报纸的通栏标题会提供担保，
而掌声会预先录制。

而语言学这位贵妇仍是我们的女王，
很快就会让热爱真理的心灵
在他们的母语里得到抚慰(为报道这些奇迹，
她已在联合王国的《牛津英语词典》[2]效力，
用去了洋洋洒洒的十四卷)：
她决不容忍邪恶，而政治家仍会这么做，
于是**她**出面阻止，达成了一个协议，
一个穷苦百姓也能准确说出
他养的猫儿的名字。

---

1. 奥登在 1963 年 1 月对托尔金说，他确实听过电台广告用"integrity-ridden"(充满诚信的)来形容投资机构。这在奥登看来是滥用语言，他后来谈到语言的堕落问题时，经常会举到这个例子。
2. 一战结束后，托尔金的第一份工作就是编纂《牛津英语词典》，主要负责字母 W 开头的日耳曼语来源的词汇，考察其历史和语源。

英雄在死后才会不朽：

语言亦复如此。

而一首用贝奥武甫的语言写出的叙事诗[1]也会被人传唱，

对年轻人来说，或许

没有怪物和血腥杀戮可资谈论

会觉得脸上无光，而对那些已学会希望的人们来说

无法领略它的美才是一种耻辱：我们中许多人都会感激

J. R. R. 托尔金，作为一个诗人

他为盎格鲁-撒克逊世界做了件了不起的事。[2]

或于1961年4月

---

1. 早在1914年夏天，托尔金就读过《盎格鲁-撒克逊诗集汇编》(*Bibliothek Der Angelsachsischen Poesie*)，对此充满了想象和期待："如果我能从古英语的角度，一瞥这些单词的背后，就会看到极为神秘、优美的事物在遥远的天际向我招手；它们很有可能来自某个更为古老的世界，我认为这种揣摩，并非是一种不敬。"(引自臧舟壑的专文《魔戒三柱：语言、神话与战争》)另外，托尔金于1936年还曾做过名为《贝奥武甫：怪物及其评论》的专题讲座，对此后的贝奥武甫研究产生了持续影响。他还撰写了很多评论文章，对这部古英语叙事诗给予了极高评价和肯定——"《贝奥武甫》是我最有价值的素材来源之一"，这一点在他此后创作的《中土传奇故事》和《魔戒》系列奇幻小说中非常明显。2003年，人们在牛津大学波德里安图书馆的档案中发现了托尔金为《贝奥武甫》所做翻译和评论的手稿，数量有近两千页之多。而奥登自己对《贝奥武甫》也有深刻记忆，他在写给以前的牛津教授的信中曾回忆说："我从没告诉你，当我还是个学生时，听你朗诵《贝奥武甫》是多么难忘的经历。这就是甘道夫的声音啊。"

2. 英国《卫报》不久前披露了托尔金1955年写给出版商雷纳·尤恩的一封信，他在信中用大篇幅讲述了创作《魔戒》第三卷《王者归来》的困难，也提到奥登曾奉劝他放弃《魔戒》中阿拉贡与阿尔温之间的"不必要且草率"的爱情；托尔金语调有些遗憾，说他希望"北欧萨迦传说的部分能消除他的顾虑。我仍然觉得它有动人之处：一则关于不加掩饰的希望的寓言。我希望你也有同样的感受"。

Ⅲ. 悼 J. F. 肯尼迪[1]

(1963 年 11 月 22 日)

为何是在那时,为何是在那里,
为何会这样,我们大声问,他死了么?
天空一片死寂。

他的过往种种,已成过去:
他命中注定所投身的事业
尚有赖于我们。

请记住他的死,
我们选择怎样的生活方式
将决定死之意义。

当一个正直的人死去
请为之悲悼并赞美,
哀与乐,本是一回事。

1964 年 2 月

1. 美国总统约翰·肯尼迪于 1963 年遇刺身亡,奥登写下了这首悼亡诗,交由作曲家伊格尔·斯特拉文斯基谱成曲。

Ⅳ. 致伊丽莎白·梅耶[1]的诗行

(适逢她八十岁生日,1964 年 4 月 6 日)

大公的玻璃马车、
他的宫廷牧师[2]的沙漏钟
已退出了客观世界,

而弹奏肖邦作品第 31 号[3]的
家庭女教师
也不复存在:

(我听说,六个
惰性气体中的两个
已经被激活。)

而对那些还记得它们的人来说,
几分钟太长,
一天又太短。

---

1. 伊丽莎白·梅耶是德裔美国作家和编辑,也是奥登的友人,奥登 1940 年的长诗《新年书简》就是题献给她的,读者可参看上卷《新年书简》篇首的注释条目。
2. 伊丽莎白·梅耶的父亲曾是德国麦克林伯格大公的宫廷牧师,她自小就熟悉宫廷的奢华生活。
3. 即《降 b 小调谐谑曲》。

此刻，作为肉胎凡躯，
我们在这一点上别无选择：
日期和地点将我们分隔。

话虽如此，如你，如我，
各自生来就具备了
自由通行权

可去探索语言学的至高领域，
在那儿，一个单数名称
会呼唤另一个单数名称，

而它们彼此间的回应
不会被数字的偶然性
大加嘲讽。

因此，今天，我认为
你已服从了八十年的
那个声音

包含了这样的意义：
你应该认为它是快乐的，
如同伊丽莎白

二十五年来[1]一直是我
用来指称幸福的
专有名词。

或于1964年4月

Ⅴ. 约瑟夫·韦恩赫伯[2]

(1892—1945)

从村里伸出的狭路
来到我的门前
又延入了一片林子：
当我走在那条道上，
似乎应当站停下来
透过你的花园篱笆
往里面看看(此种情况下
他们都会这么做)，
他们将你安葬在这里
如家里养了多年的爱犬。

---

1. 奥登在1939年离开英国、移居美国时偶遇伊丽莎白·梅耶一家人，自此与他们结下了长久的缘分，距离写下这首诗的1964年恰好二十五年。
2. 约瑟夫·韦恩赫伯是奥地利抒情诗人和随笔作家，诗风主要受里尔克、安东·维尔德甘斯和卡尔·克劳斯的影响，诗集《高贵与毁灭》和《维也纳乡音》的出版使他成为同时代奥地利最有名的诗人之一。在德国吞并奥地利之后，他一度成为狂热的纳粹分子，后来逐渐对纳粹的残酷行径幻灭，1945年吞服过量吗啡自杀，死后被葬在基希施泰腾村(1936年以后他一直住在那里)。

二十年前
曾被归类为敌人，
现在做了隔壁邻居，
我们可能还会成为朋友，
共享这片小天地
和对《圣经》的爱，
坐在一辆金色的有篷马车上
有讲不完的话，
讨论着句法、韵脚
和诗律。

是的，是的，有句话还得说：
人类的破坏力
和恶意裹挟了你。
不过，当你说出
“别来管我们”[1]，
反驳戈培尔关于文化的提议，
他们是否将你扣留了很长时间？
只是一味嘲弄，贴标签，
偏爱揭丑，年轻人

1. 在德国吞并奥地利之后，约瑟夫·韦恩赫伯虽然支持纳粹主义，但面对纳粹党宣传部部长保罗·戈培尔的“丰富奥地利文化”的建议时，勇敢而坚决地说“别来管我们”。

指责你不学无术。

什么！你从没听说过
弗朗茨·杰格斯塔特[1]
那个圣拉迪冈州[2]的农民？
他独自一人
对雅利安国家说“不”，
然后就被砍了头，
诗人，你那颗奥地利的心
可曾告诉你这件事？
当然，你被人小心提防着，
一定什么也没听到。

对必然会到来的
那一天毫无准备，
一个充满恐惧和眼泪、
凌乱不堪的时节，
噩梦过后万分惊恐，
你毁灭了自己。

---

1. 杰格斯塔特是奥地利有良知的反对者，因抗拒德奥纳粹联盟的服役征召而被处死。战后，他被罗马教会追封为殉道者。
2. 圣拉迪冈州是奥地利西北部上奥地利的一个州，该州以中世纪圣女“圣拉迪冈”命名。

世间的报应
总是有点笨拙：
这里一切皆可怖
惟有沉默才适宜。[1]

你去世的钟点，
我未曾留意，也没有哀悼，
当我在那个改变了
宇宙秩序的年份、
在宇称守恒被打破的
不可思议之年[2]、
在十月下着大雨的某天，
由天意所指引
第一次看到基希施泰腾时，
你也没来跟我打招呼。[3]

已然消失的那些王国
非常温暖，也能吃饱喝足，

1. 这两行诗原文为德语，出自约瑟夫·韦恩赫伯的诗作《写给必然之事》。
2. 1956 年之前，科学界一直认为宇称守恒，也就是一个粒子的镜像与其本身性质完全相同。而自从物理学家杨振宁和李政道在 1956 年发现了宇称不守恒现象之后，“宇称不守恒”逐渐成为一条具有普遍意义的基础科学原理。
3. 奥登于 1956 年第一次来到基希施泰腾，翌年在该村买下了宅子，刚好与约瑟夫·韦恩赫伯生前的村舍相邻。

他们的罪行已变成
平淡无奇的个人隐私，
那些麻烦东西，尸首和
碎石瓦砾早已被运走：
那些被蹂躏的人，
当初的震惊感已慢慢消失，
被他们绑架的物理学家们
也不再有乡愁。

今天，我们出席婚礼会微笑，
而喜结良缘的新娘和新郎
都出生于阴影消散的年代，
确切地说，已移居到
其他地方：迄今为止，
地球从未摆脱她的厄运，
施暴者也从来不愁
找不到工作职位
（他们在哪些酒吧里会受到欢迎？
什么样的姑娘会嫁给他们？）

要不然，她富饶的地表
就会处处显现和平。
就我们所知，每个人
都有那种不安全感：

因此，在隐秘的地区，
顾家的好男人
专注如僧侣，
会随时留神国家机器，
因其内部的无害物质
随时会变得嗜杀成性。

话虽如此，和你一样
我在这里过得很自在：
寿命短促的生灵一遍遍唱着
同一支无忧无虑的歌，
果园坚守了它们所知的
生存法则，
四月里色彩焕然一新，
而一到喧闹的秋天，
每当疾风一阵阵吹来
苹果都会砰砰地落地。

远眺我们的山谷，
在视线不及处，
希策巴赫溪蜿蜒向西
汇入了佩尔希令河，[1]

1. 都是基希施泰腾境内及周边的河流名。

察觉到了声势更大的
邻居，它颇通人情，
以适度的水量规模、
柔和的轮廓线鞠躬服从，
而我身后高耸的山岭
直面了一条高贵的河，

我同样也会尊重你，
我的邻居和同行，
因我听惯英语的耳朵
恰能听懂你的德语、
理解你的诗艺和音调，
你是如此幸运，
曾在围有栅栏的草场上
聆听六弦琴[1]的演奏，
并且，此后已承诺
给出深渊的定义[2]。

1965年2月

---

1. 六弦琴流行于十六和十七世纪，又称为维奥尔琴，是现代小提琴的前身。
2. 这一行诗原文为德语，出自约瑟夫·韦恩赫伯的诗作《室内乐》。

Ⅵ. 新婚颂诗

（致彼得·马德福德和丽塔·奥登[1]

1965 年 5 月 15 日）

所有民间故事的结尾
定会有一场正式婚礼，
有宴会与烟火，我们希望你俩，
彼得和丽塔，
两个习性相异的人
选择这个山楂月[2]
开始你们的共同生活。

至于我们，就只能做个

---

1. 丽塔·奥登(1942—2008)是奥登的哥哥约翰·奥登的小女儿。约翰·奥登是一名地质学家，曾受聘于印度地理勘测学会，丽塔出生于印度西姆拉，母亲是印度人(出身名门之后，祖父是印度首任国会议长)。1951 年，奥登到访加尔各答时，丽塔第一次见到了自己的叔叔；一两年后，她曾在奥登的欧洲度夏地伊斯基亚岛上住过一段时间，一次大家都在吃饭，为吸引注意，九岁的她大声问了个尖锐的问题——“有谁知道威斯坦叔叔是个同性恋么?”甚为发噱。奥登将哥哥约翰的两个女儿安妮塔和丽塔视同己出，当她们入读牛津大学时，还特意在黑井书店为她俩开了一个购书账户。丽塔曾半开玩笑地说，她之所以和叔叔相处得很好，那是因为他们从来不谈诗歌而只谈医学。奥登的这首《新婚颂诗》就是专为庆贺她和彼得·马德福德(伦敦大学的英语文学教师)的婚礼而写。1972 年，奥登得知丽塔加入了皇家外科医师学会，成为当时少数几个女性会员，他很为这个侄女自豪：“啊!她是多么聪明，人也非常好。”
2. 凯尔特人会按树木命名各个节气月，山楂月是从 5 月 13 日至 6 月 9 日。

无效的担保，我们的梦
没有气味，而真实世界
似乎味道有些难闻：
过人的勇气是个有利条件，
一块精准的手表
也会大有助益。

任性的维纳斯
惟愿人人高大健美，
或许特别垂青你们两个，
于是，经由她的馈赠，
你们可感知的实体
收获了如许快乐，
并让它们变得具体可见：

冷静的许门[1]会远离
嫉妒的异常幻觉、生闷气、
争强好胜的麻烦事
和孤僻的自尊心，
它不会倾听，只会索求
同义反复的回声，

1. 许门是希腊与罗马神话中的婚姻之神。

永远地压制你们。[1]

男女两性，结婚或未婚的，
与天地生灵共享了
一条左旋螺旋线[2]，
你们的选择提醒了我们
要去感谢自然女神
（我们的丑陋样貌由自己造成）
对我们的慷慨相助。

因为到最后，造物主
赋予了我们比老虎更完美的体格[3]，
我们的皮肤不像纤毛虫会漏水，
我们的耳朵能测听四分音，
即便我们中近视最厉害的人
在求偶期间也有
足够好的视力：

1. 奥登在此希望丽塔和马德福德好好经营他们的婚姻，却事与愿违。他们结婚二十年后最终离异，未生育子女。此前，丽塔曾遭遇身心崩溃的心理危机。
2. 原文“left-handed twist”是数学、生物学上的专用语，提示了生命共有的 DNA 分子结构；这里也是双关，可理解为“虚假的欺骗”。
3. 根据上帝创世的说法，人类是最后被塑造、也是接近于完美的生物。

听来多么怪异，这里
我们还要再补上一句，
追溯城市毁灭的地质层，
我们应能理解
历经二叠纪
非人道的灭绝之后
仍自延续的生命。

因此，作为马德福德、奥登、
塞斯·史密斯和博纳吉[1]家族的成员，
我们会用公民的矛枪和纺锤
去礼赞一个漂泊不定的
古新世的类鼠动物，
它是你们尊贵的祖先，
十字路口的清道夫：

正如亚当和夏娃
已被上帝指定为
无与伦比的一对，

---

1. 塞斯·史密斯应是马德福德母亲的家族姓氏；而博纳吉是丽塔的母亲所属的印度家族的姓氏。

作为对映异构体[1]的典范
彼此重叠交合，
上帝仍会按其固有名称
将每一个粒子编号归类。

1965 年 4 月

Ⅶ. 颂词

（致内维尔·柯格希尔教授[2]，
适逢他 1966 年荣休）

起初我们只是
不停地嗅闻，生活
既没有高度也没有眼界，
眼前都是可笑的人。
小气鬼，大个子，
他们并非都很友好，
时不时会快活起来，
难以觉察的起因

1. 这个生僻词是生物化学和光学物理的一个专门术语，特指彼此成镜像关系，又不能完全叠合的一对异构体。

2. 柯格希尔教授（1899—1980）是牛津的英国文学学者，以编订乔叟《坎特伯雷故事集》的现代英语版本而知名，他亦是牛津的文学同人团体“迹象”的成员（“迹象”成员还包括了大名鼎鼎的托尔金、C. S. 刘易斯）。1926 年，奥登转入牛津大学英语语言文学系后，一度师从柯格希尔教授，受其影响深刻。

是几道阳光
或一瞬间的闪电：
记忆中的童年
就像连续多日的大晴天，
我们日后会对它

做一次修订，
而在我们学会了记录
星宿的习性、将它们
编入星体生灭的年鉴之后，
就会按标准度量衡
处理其大小等级，
暴躁情绪被导入了
实用的水渠，我们明白
自己会承担相应后果，
但不知是在什么时候。
不管是谁正等着我们，
如河滩或十字路口
现在已无法回避：

我们必然会祈求
能得一个善终，
无论什么样的世界，

到最后，我们注定
只能袖手旁观。
它可能是一处战场，
可能是一片丰美草场
和诱人紫杉林的远景，
又或是被遗忘的外省，
围着破篱笆、
杂草横生、啄木鸟出没的锯木厂，
那里，一个营养不良的
苦闷族群茫然地活着
陷入了某种绝望的分裂。

此外，这也是一个
须得小心的年龄段：
自然界对我们施加的影响
不得不妥善处理，
面对险恶的悬崖或碗橱，
再不能像对付绝情美人、
麻烦老婆、债务、
因国家提名高级教士
而引发的公众危机时那样
可以一笑置之。
不过，我们很幸运

在猫爪花盛开的初夏[1]
还能与乡村少年

在牧场随意嬉戏，
那会儿爱、金钱或时钟
都没什么说服力，
当与朋友们在牛津的
河边草地上漫步，
穿着古怪的衣服
表现得神气十足，
还会如我一样胡言乱语：
严苛的教条
一个赛过一个，
抽象名词连着抽象名词，
只为唱出我们玩世不恭的
对答体歌谣。

可气的基督学院
四十年前曾如此
妄自尊大地瞧不上

1. 原文“columbine”意为耧斗菜，又称猫爪花，是一种遍生的花草植物，多在初夏时节开花。

英国文学课[1](何种理由
让我觉得埃克塞特学院
值得一游?):冒冒失失地第一次
去上个别辅导课的我
现在还没变成
一堆碎骨头,
而在我的心目中
我们的会谈
仍然宛在眼前。

你这个内维尔,我知道,
并非讲演厅里的
一个英雄男高音[2],
不是急于拉帮结派的
霸道的苏格拉底信徒,
也不是个喜爱独处的人,
看见学生不会像碰到
校订讹误的文字那样嫌恶。

1. 1926 年,奥登决定转系时,发现基督学院根本没有聘请任何有关英语语言文学的导师,为此他曾对友人抱怨说,基督学院的这种做法实在是"太妄自尊大了"。后来他找到了埃克塞特学院年轻的英国文学教师内维尔·柯格希尔,开始了他们亦师亦友的良好关系。
2. 指音色华丽的男高音,尤指适合演唱瓦格纳歌剧的歌手。

作为一名教师
你与那群平庸之辈判然有别，
如一位枢密院官员
更值得我们
脱帽表示敬意。

爱尔兰的出身来历
赋予了你天生的魅力，
而你毫不伪饰，
对所有人都很宽容，
不管是优等生、懒骨头、
喜欢闹腾的人，
还是真正难对付的家伙，
当我们写的文章未加润饰
过多关注自我而偏离了乔叟，
既没觉得难为情
也没有感到害怕
径直去敲你的门时，
你看上去从不会生气或倦怠。

当年长者看到
此类混乱场面，
很多人会感到失望，

即便是阿佛洛狄忒之前最宠爱的人，
当他们翩翩然走入人群，
在众人的逼视下
也会变成百口莫辩的蛇
或者红鼻子的打鼾鬼，
可你却催生出了
自己的碳环结构，
用盐水浸泡后，
其表面呈现了某种特征，
一个沉静而憔悴的自我，

一段正直的人生，
从现在开始
你在温暖的格洛斯特郡
可以做任何想做的事，
而我们的爱亦会追随前往：
愿投在你早餐桌上的阳光
会预报新一天里的
惬意时段，
适宜安心作画，或重读
你钟爱的某个作家的书，
而每一晚，你都会在梦里
听到流淌的溪水向你确认

你已通过了考验。

1965 年 7 月

Ⅷ. 挽歌

（悼念艾玛·艾尔曼[1]，逝世于 1967 年 11 月 4 日）

亲爱的艾玛夫人
哎呀，你做了件什么事？
你总是如此诚心诚意
为我们提供舒适便利，
哦，你怎能就此撒手离去，

你好像还不知道，
在这个放任不羁的年代
嫉妒是如此地普遍，
再找一个女管家
要比换个爱人还难，

1. 奥登购置了奥地利的乡舍基希施泰腾后，继续雇用了前户主的管家艾玛·艾尔曼和园丁约瑟夫·艾尔曼。这对从捷克斯洛伐克避难于此的兄妹过得非常清贫，善良的奥登不但付给他们远高于市场价的薪水，还主动给他们的住所安装了冷热水等生活设施，改善他们的生活。奥登还注意到，这对兄妹可能存在着乱伦关系，战乱和流亡让他俩紧紧相依在一起。不幸的是，艾玛·艾尔曼在 1967 年 11 月 4 日逝于心脏病发作，这让奥登和卡尔曼的奥地利生活一度陷入了困境。

而我们在数千英里之外
闻听你的噩耗，
没有一个人留在那里，
在严冬即将到来之际
去修剪一株移栽植物。

你是个好女巫，
你肯定会预见到，你的死
对于你和我们养的猫来说
意味着悲惨的命运：
所有东西都不得不放弃。

你和这栋屋宅相伴生活，
还有你的哥哥约瑟夫，
当捷克人逮住机会耍横，
苏台德的德国人
都成了无家可归的贫民：[1]

可灾难并没有将你

---

1. 指当年捷克斯洛伐克北部边境的苏台德山脉地区，一战前居住着三百余万说德语的德意志人，一战后划入捷克；1938 年慕尼黑会议后，捷克被迫将它割让给纳粹德国；1945 年德国战败，该地区重归捷克斯洛伐克，大多数德意志人都被驱逐出境。

带入现代生活，
你是旧世界的产物，
从不认为服侍主人
是一件可耻的事。

我们这两个新世界的孩子，
不得不学着按老规矩来过活，
我们被照顾得妥妥帖帖，
一举一动都逃不过
你忠诚而挑剔的眼睛。

一开始，我以为你会喜欢
我们的做派。可到最后
你推定所有敲门的访客
都带有某种恶意
（有时你判断得挺正确）。

当客人到了这里，
总会担心地问一句：
你是不是不欢迎？
希腊人被你指责为流氓无赖，
而所有的青少年都是罪犯。

你这个人也从来不会
收敛自己的脾气：
年轻人摘颗水果、采朵花，
你就会冲出来，抡圆了胳膊，
以德国农民的方式

朝着无意破坏的、吓呆了的
美国人大声骂粗话。
而在他们走掉后，
你一连好几天
都会对我们生闷气。

可若是心情大好，你害羞地
咧嘴笑的时候是多么迷人，
你对猫儿说话总轻声细气：
不不，艾玛夫人，亲爱的怪人，
我们对你会永远充满感激。

在约瑟夫死后
（兄妹俩的共同生活
也会像婚姻一样关系紧密），
你整个人变得意志消沉，
只想尽快步他后尘而去。

这十年，你定会细细回想，
暂留此世的我们也会久久回味，
记忆的细节如此清晰，
我们感到十分地讶异：
你这个好人，请安息。

1968 年 6 月

Ⅳ. 一幅镶嵌画：致玛丽安·摩尔[1]

（适逢她八十岁生日，1967 年 11 月 15 日）

个人喜好的结论性花园
是被施了魔法的栖息地，在那儿，
真实的蟾蜍可以捕获假想的苍蝇[2]，
里面的气候也会让老虎和北极熊
感觉适宜。

---

1. 玛丽安·摩尔（1887—1972）是美国在二十世纪很重要的一位女诗人，1952 年获普利策诗歌奖；奥登移居纽约后，与玛丽安成为好友；二战结束后，庞德入狱，他们三人之间保持了密切的通信；奥登的《焦虑年代》出版后，玛丽安·摩尔曾褒扬说："我们在奥登的诗作里看到了一个节奏和语调的天才音乐家，从不会沉闷无趣，事实上，他是个魔术师，对乐感有一种与生俱来的热情。"奥登常在纽约寓所举办生日聚会，玛丽安总会出席，安静地坐在客厅沙发上。而奥登定居美国后，也曾尝试学习玛丽安·摩尔式的自由音节诗的特色，这首献诗便带有这样的致敬的痕迹，但看得出，奥登还是颇费斟酌地设置了自我特色的音节回旋。
2. 奥登在此借用了玛丽安·摩尔的诗歌观，她认为诗歌是"一座假想的花园，里面会有真实的癞蛤蟆"。

所以，在你的花园里（一个颇通人情、
可以坐下的地方）我们看到你
戴着宽边帽坐在了一棵南美杉下面，
你思考着脚跟前的野兽，
不时为我们逗弄着它们。

你的狮子长着金爪菊花似的头颅，
你的跳鼠，支着它
奇彭代尔式[1]的后爪直立着，
你的鹈鹕像烧焦的纸一样皱缩起来，
你的麝牛[2]闻起来有股水渍味儿，

你钟爱的鹦鹉螺应付着让它们惊奇的事物，[3]
用中西部的口音[4]招呼着陌生人，
即便是那种行动并不笨拙的笨蛋
一定也会来花园拜谒，常常
落得徒劳哀叹。

---

1. 指十八世纪英国的家具样式，以英国家具设计师托马斯·奇彭代尔（1718—1779）的名字来命名。
2. 北美洲北极区内的一种体大迟笨的反刍动物。
3. 玛丽安·摩尔早年对生物学有着浓厚兴趣，对形态复杂的动物的爱好，最终发展出她诗歌中独特而精确的博物志风格；鹦鹉螺和上节提到的动物常在她的诗歌中出现，起到了托物讽喻的主题烘托作用；其中一首题为《纸鹦鹉螺》的诗是她的名作。
4. 玛丽安·摩尔出生于美国中西部密苏里州的柯克伍德城。

他自我中心又古怪，会给一只猫
取名叫“彼得”，将一辆新车叫做“艾德瑟尔”[1]，
会显摆自己和其他一些人的生日，且认为
理所应当，就像今天我们也会加重语气
念出你的名字，玛丽安·摩尔小姐，

你是个挑剔的人，但毫无偏私，
碰到那些蓄意生事的家伙，也不觉得
受到冒犯，你会恳请眼镜蛇的原谅，
你总是很守时，写信时从来不会
把 error 这个词连写四个“r”。

而你的诗，如从瑞典辗转运来的美丽海豚，
我们正确的致谢方式应是高分贝的
齐声喝彩：如此评说都嫌太过克制——
“它呈现的一切何其美妙，

---

1. “艾德瑟尔”(Edsel)是福特汽车公司在 1958 年至 1960 年推出的一款失败的新车型。它的品牌得名可谓历经波折：起初就取名“艾德瑟尔”，因为它是公司创始人亨利·福特的儿子艾德瑟尔·福特的名字，但福特家族的人都不喜欢，于是公司雇了广告公司；1955 年 10 月这家公司的市场调查总监找到玛丽安·摩尔让她出出主意，她给出了很多有创意的名字：“福特银剑”(The Ford Silver Sword)、“雷鸟爱丽丝”(Thunderbird Alice)、“飓风天鹰”(Hurricane Aquila)、“智慧鲸鱼”(Intelligent Whale)、“蜡笔豆豆”(Pastelogram)、“城市猫鼬”(Mongoose Civique)等，其中，她个人觉得最好的名字是“丛林”(Chaparral)、“燕子”(Hirundo)、“领先者”(Anticipator)、“南美雀”(Turcotinga)；到年底，她又补上了一个新名字：“梦幻龟甲”(Utopian Turtletop)；可惜福特公司领导层举棋不定，最终还是选了“艾德瑟尔”。

笔法完善，毫无瑕疵。”

1967 年 8 月

X. 致沃尔特·伯克的诗行，适逢他从全科医师的岗位上荣休

当你第一次来到基希施泰腾，火车
人们早就习以为常，而电灯
还是个稀罕东西，那时还没有人
　　见过一辆拖拉机。

今天，四十五年后，当你离开我们时，
高速公路必不可少，接生婆的行当已废止，
乡村医生变成了博物馆古董
　　一如老式马车。

我很遗憾。专科医生各有其分工，
可对他来说，我们却只是他充分了解的
寻常病例而已。而在医生动手检查之前，
　　他必须得到我的信任，

我要和他扯扯闲话喝喝酒，
他也要承认，医生很容易会误判

我们的体征状况，因为每个人的身体
　　只会说自己的

土话方言，而在他的有生之年
还会发生变化。因此，小孩子遇到
轻微的刺激会发高烧，而老人的器官
　　悄无声息地就会变糟。

当夏天又下起阵雨，我们看到的
寻常麻雀会躲在你家老宅附近
栗树林的树冠底下，但它们不会问：
　　“伯克医生会不会来看我？”

因为发生在鸟类身上的事
之前已发生过：而我们，是对现实场合、
对开始和结束特别敏感的物种，
　　这就是我们喜欢让钟表

走时准确的原因，而自然界从来不讲
这一套。她有四季的嬗替但没有日历：
因此每一年，草莓的成熟没一个准日子，
　　而秋天的番红花

也不会在确定时日里竞相绽放。

历史学家可容不得这样的马虎：
对于我们，生日和结婚纪念日
　　不管欢乐还是哀伤，

都需要一个确切日期，这事关信誉。
从今往后，对你、对我们来说
每年的十月一日有了特殊的意义，
　　因为一旦当你退出公共领域

回返安乐平静的私人生活，你配得上
这些念想。再见，切勿在我们的病态世界面前
畏缩退避：人活到一定年纪，为自己
　　快乐地活着才是诚实之举。

1970 年 9 月

XI. 祝酒辞

（致威廉·燕卜荪[1]，适逢他 1971 年荣休）

出于对你迷人诗歌的报复心理，

---

1. 威廉·燕卜荪（1906—1984）是英国诗人、著名文学批评家。1937 年至 1939 年，燕卜荪先后在长沙临时大学和昆明西南联合大学任教，他讲授的英国诗歌课程对现代主义在中国二十世纪四十年代的兴起影响巨大；1947 年，燕卜荪复来北大，至 1952 年回国，此后在英美多间大学任教；1971 年，燕卜荪在设菲尔德大学退休。关于奥登与燕卜荪的交往，有件事情值得一提：1939 年，燕卜荪途经美国洛杉矶回国时遭遇抢劫，获悉此事的奥登慷慨资助他购买返程船票；燕卜荪很快就筹到钱归还奥登了，但始终铭记奥登的善心，他后来回忆说奥登此举“可谓高尚”。

每回经过设菲尔德时，一开始我总会想
是不是要写首《给燕卜荪的一击》[1]，
　　可最终什么都没有发生。

我所能挑剔的是这个观点，当你声称弥尔顿的
上帝和言语啰嗦、古怪万端的奥林匹亚诸神
与我们的基督教同出一源。可是，你不是已经
　　对爱丽丝[2]做了深思研读么？

好嗓子总是难得，具备绝对音感[3]的歌手
更属稀有：假若格雷夫斯[4]是对的，假若
在剑桥音调定得稍许偏高，那么，
　　在牛津可能就有点偏平。[5]

---

1. 奥登此处颇有戏谑意味，因为燕卜荪曾作诗《给奥登的一击》(“Just A Smack at Auden”)，发表在 D. 罗伯特和 G. 格里格森主编的《年度诗歌：1938》上。
2. 指刘易斯·卡罗尔(Lewis Carroll，1832—1898) 创作的儿童文学经典作品《爱丽丝镜中奇遇》、《爱丽丝漫游奇境》；卡罗尔本身是数学家，在小说、诗歌、逻辑学等方面亦有极深造诣；和奥登一样，他也毕业于牛津大学基督学院。
3. “绝对音感”是个音乐术语，通常指在没有基准音的前提下，听到某个频率的音高就能分辨音程和和弦的特殊能力。这里是譬喻对诗歌乐律的特殊才能。
4. 指罗伯特·格雷夫斯(1895—1985)，英国诗人、小说家、评论家，因发表战争回忆录《向一切告别》(1929)而成名，其历史小说和传奇小说有《克劳狄乌斯自传》(1934)、《克劳狄乌斯封神记》(1934)、《白色女神》(1947)、《荷马之女》(1955)等；写爱情诗，对希腊和希伯来神话也有研究。1961 年至 1966 年任牛津大学诗学教授。是奥登和燕卜荪共同的文学友人。
5. 燕卜荪早年就读于剑桥大学，奥登则出自牛津大学。

谢天谢地，我们的文字游戏殊途各异，而时间
却让我们彼此相连[1]：在一个壁炉常开、有保姆照顾、
拒绝电视而汽车看上去很少使用的世界里面，
　　我们都得学习个人生活的应对之道。

单单祝你长寿显得不够热情（愿你离去的时间
不会早于你心中所愿）：而我，亲爱的比尔[2]，
亲爱的咬文嚼字的同伴，在你往后的每个假期
　　都会欣然微笑。

1971 年 9 月

---

1. 燕卜荪只比奥登年长四个多月。
2. “比尔”(Bill)是“威廉”(William)的昵称。

贺拉斯及其门徒

想象力要进入何种虚构领域才能诠释你，
弗拉库斯[1]，还有你的门徒？不是大歌剧里的
　　宫廷，在那个腌臜地界
　　疯子们或觊觎权力

或渴求爱情，拉开嗓门唱起了咏叹调，
也不是谐角女歌手的病房，在那儿，
　　自恋的异常肿瘤
　　经由恶作剧的粗暴手术

会被悉数切除。也许，只有在侦探小说
这类虚构故事里，你的出场才会显得
　　比较可信：若你们中的一个
　　借助了对当地地形的了解

侦破了令专家们束手无策的谋杀案，
我会相信这样的可能性。

---

1. 昆图斯·贺拉斯·弗拉库斯，罗马帝国奥古斯都时期著名的诗人、批评家和翻译家，作品有《长短句》、《讽刺诗集》、《歌集》和《诗简》(《诗艺》即其节录)，诗作以表达准确见称；奥登诗文中冷峻、理性的风格，也遥承了贺拉斯的一些特色。

　　不约而同，你们都喜爱
　　我们这个世界的某个特别地方

和绵延的乡村，蒂沃利附近的农庄
或拉德诺郡的山村[1]：而都城
　　所展现的诱惑、
　　跻身上层社会的天赐良机

不会吸引你们，看见人群、喧闹往来的车马、
女才子和百万富翁你们就会扭头走开。
　　你们的品位趋向于小型餐会、
　　小房间和与之相宜的语调，

不曲意逢迎也不自吹自擂，只会温和地
表示肯定(可靠的木管乐器比弦乐器
　　能更好地模仿)，你们最世俗的愿望
　　是一国的文明教化

或义利兼顾。我知道得很清楚，
在那些英国的家族旁系成员中，
　　有多少人已在圣公会教堂

---

1. 蒂沃利是意大利中部一城市，古称蒂伯城；拉德诺郡是英国威尔士中东部的郡。

　　找到了你们的梅塞纳斯，

这位赞助者能让人的生活卸去负累，如同依附了
乡民的牧师，如同教堂林立的堕落城镇里的
　　管风琴手。于是，
　　在所有错综复杂的经济体系中

都会有一些当权者根本无从插手的
昏暗角落，为正常的单身汉
　　和政治白痴提供
　　隐蔽的避难所，

动物园，植物园，陈列着
中世纪盔甲或古钱币的博物馆地下室：
　　我们在那儿，在藏品保管人里面
　　也发现了你们的踪影。

你们当中有人写了诗，通常都是短诗，
有人一直记日记，很少会在生前出版
　　直到去世后才会付梓，而大多数
　　没有产生什么显著影响

除了对自己的爱犬和朋友圈子。热情的年轻人

把你们描写得很冷漠，既不会站到
　　街垒路障上面去，也从不会端起枪
　　射杀自己或你们所爱的人。

你很看重自己的颂歌，弗拉库斯，且相信它们
会存留后世，而你也知道，并已教会你的后辈弟子
　　说出这样的话："如诗人那样行事，
　　与品达[1]或任何令人敬畏的、

从来都是一挥而就的大师们相比，
我们，竭尽所能地润饰，只得到了
　　少许的名声，我们像凡人般活着，
　　根本无足轻重，若和那些真正的殉道者

譬如瑞古卢斯[2]相比。我们只会去做
那些看来最适宜我们去做的事情，
　　用愉快的目光打量这个世界，
　　但会保持一种冷静的观察。"[3]

1968 年 4 月

---

1. 品达是公元前六世纪时的古希腊抒情诗人，亦被称为品达罗斯。
2. 马尔库斯·阿提琉斯·瑞古卢斯是罗马执政官，在第一次布匿战争时战败被俘，他获得假释参与了讲和谈判，达成协议后不顾罗马同胞的反对，毅然回到迦太基履行假释令并被处死，此后被罗马人视为了公民道德的典范。
3. 读者若了解 1968 年席卷欧美的青年左翼浪潮，应能体会奥登的这番表白。

人物速写

他每天都感谢上帝，
因为他是地地道道的
一个英国的法利赛人[1]。

· · ·

童年时不缺少爱
还有好东西可以吃：
他为什么要喜欢改变？

· · ·

暴饮暴食和懒惰
常常保护了他
免于贪欲和愤怒。

· · ·

他喝醉后既不撒野也不流泪，

1. 法利赛人是古犹太教中最严谨的教派，大都克己自制，富有宗教热忱，并坚信惟有自己能够行义，在《圣经·新约》中，法利赛人墨守成规、拘泥传统，且认为古人对律法的解释与上帝的律法有同等权威，常被描绘成自以为是的教条主义者和耶稣基督在意识形态上的敌对者。在英语中，"法利赛"一词常用来形容伪善自大、崇尚教条的人。

但话匣子一打开
就会说个没完没了。

· · ·

胆怯得不敢出行，
做白日梦时无需勇气
就可踏足他的领地。
红衣主教叫停了他的四轮马车：
“亲爱的孩子，你真讨人喜欢。上来！”

· · ·

他穿衣服时的样子
就像是个生气的娃娃
大吼大叫着才穿好。

· · ·

他常常跺脚顿足，
有时也会哭，
却从不让人讨厌。

· · ·

徒劳无用？稍许有点，
但要把他对诗律和朋友们的了解

排除在外。

· · ·

赞誉之辞？并不重要，
但在倒头睡下时
想起来还是很愉快。

· · ·

他喜欢送出礼物，
却发现很难忘记
每样东西的价钱。

· · ·

他嫉妒那些人的本事，
读报的时候，他们知道
怎么把它们折叠起来。

· · ·

他希望自己是
康拉德·洛仑兹，
还写出了费尔班克的小说。[1]

---

1. 康拉德·洛仑兹（1903—1989）是奥地利动物行为学家和鸟类学家；费尔班克（1886—1926）是英国小说家，以短篇小说知名。

· · ·

来到一个十字路口，
他希望交通指示灯
会为他变绿。

· · ·

祭司沉浸于仪式，
一个意外惊喜
让他画起了十字。

· · ·

倘若没有手表
他永远不会知道
何时该吃饭、何时该同床。

· · ·

他的守护天使
总是会告诉他
往下要读谁写的哪部书。

· · ·

意识到了自己的好运气，

他很想弄明白，
为何很少有人会自杀。

· · ·

仔细观察同一班车的
地铁乘客，他自问道：
“在这节车厢里
乐呵呵的活人
真的只有我一个？”

· · ·

醒来时，他这么想：
“我当敝帚自珍！
你们这些诋毁者不值一提！”

· · ·

正打算去睡觉：
“我还能做什么？
你又一次让我们失望了。”

或于1965年至1966年

附言

在焦虑的梦魇里，
每回当他放弃了希望，

他就会惊叫出声[1]。

· · ·

本性是个从一而终的人，
他发现，要放弃一桩交易
实在是很难。

· · ·

一阵咳嗽发作，
他发觉自己吐出了
干涩的大写字母 F[2]。

· · ·

当他任由火车或汽车
将他载往某地，
为何觉得烟瘾小了些？

· · ·

他从未见过上帝，
可是，有那么一两次，
他以为自己亲聆了圣音。

1973 年

---

1. 原文“ejaculate”亦是双关，又意为“射精”。
2. “F”即“fuck”，爆粗口。

自此过后

十二月中旬的一天，
我正煎着香肠，
突然发觉
手指底下触到了
方向盘的外缘，
人也年轻了三十岁，
那是八月的正午，
干热的风拂上面颊，
你是我身边的乘客，
依然旧日的模样。[1]

颠簸着驶入一个
连片菜畦的冲积平原，
我们在白色烟尘里疾驰，
当汽车擦身而过
路边的鹅惊叫奔逃，
因为东面的山岭
体量渐渐地阔大

1. 奥登在这首诗中回忆了 1934 年夏天与两位少年(道恩斯中学的迈克尔·耶茨和彼得·罗杰)驱车周游欧洲的经历。据说，奥登彼时与彼得·罗杰关系暧昧。

于是选了条捷径，
愉快地确信，入晚后
会有另一番喜乐光景。

确实愉快。我们在一间
铺着石板的厨房里
吃到了烤鳟鱼和臭奶酪：
傍着柴火聊了会天，
之后拿着蜡烛，爬上了
陡峭的楼梯。当下一番云雨：
如海尔赛妮[1]般幸福安宁，
我们很快就睡着，
伴着山谷溪河
缓急不定的流水声。

自此过后，另一些迷醉时刻
闪耀过后也已消逝，
敌人变换了地址，
而战争丑化了
不计其数的
陌生邻居，在他们眼中

1. 希腊神话中，海尔赛妮是风神之女，听闻丈夫遭遇海难后投海自尽，两人双双变为了神翠鸟。这里奥登将名词用作了动词。

如我们这样已属稀罕：
而你的形象
并未变得模糊不清，大地
仍会为它感到惊奇。

因此，此刻正在乡下一间
整洁厨房里悠闲度日的我
还有什么好抱怨的？
孤独？废话！能看到
真实的人、真实的风景
表明我已足够合群，
有了它们善意的认可
至少我还能学着过日子，
身体开始发福
还有了点小名声。

1965 年 1 月

爱的场域

我凭记忆就能画出它的地图，
标明它的轮廓线、
岩层分布和植被，
一一确定其海拔高度，
但我不知道小溪和
荒僻石屋[1]的名字，
那些住民也像石楠
或松鸡般深藏不露，

物是人非已无法评判，
惟有他们成就之事、
昔日挖出的地洞和排水系统、
这些特大型厂区仍真切可触：
他们的锤打声
早已经停歇，
当贫瘠石灰岩里的矿藏
渐渐地被掘光采尽。

1. 原文“sheiling”指荒野中的小屋，多建在苏格兰和北英格兰的山地，是农牧民放养牲畜时的临时居所。

随处看去,在沮丧的砖石建筑、
苔藓和已被拆解的机器之上,
一只烟囱仍自顽强地耸立,
附近无人走动,
黄油面包无处可买,
在我出生成长的年代,
收入微薄的农家
就面对了这片土地。

几乎不可能
有什么美好的未来。
工业需要廉价的电能,
耽于空想的权力
需要一片险恶的荒地,
而享乐之徒愿意为冲浪、
红葡萄酒和一夜之欢买单:
这里近乎一无所有。

可在我看来,它却美妙无比:
不是伊甸园(如我夜半时分
所构想出的可能景象),
更不是一个新耶路撒冷,
对一个确信自己

必会死去的人来说，
它比任何一个白日梦
都更美好也更为可靠。

触目所及皆荒凉，
照此类推，
我如何才能构想出
一种永不弃绝的爱？
不管浅薄的世人
如何一而再再而三地
诋毁它、遗弃它、
对它抱以冷眼与怀疑。

1965 年 7 月

鸟类的语言

鸟儿此起彼伏地啁啾啼鸣,
　　我试着一一辨听,
突然意识到,这喧闹声里
　　表露了某种惧意。

其中一些声音,我确信
　　必是代表了愤怒、虚张声势和欲望,
不过,其他鸟儿所用的调子
　　听上去都像是欢乐的同义词。

1967 年 5 月

谣曲二首

Ⅰ. 食人魔之歌

小家伙，你很好玩，
在你最后输得精光之前
　　赶快停住：
回家找妈妈去，蠢人，
任他是谁，若妨碍了我们
　　都会受皮肉之苦。

诚实的美德，老妇人的闲聊天，
总是会赢得决定性的一战。
　　嗨，嗨！
生活就是这么真实无欺，
只有在书本里、而非此地
　　爱才会凯旋而还。

不开玩笑，我们可以向你保证：
那些在你之前骑马走这条道的人
　　死得都很惨。
什么？还想要动手比试？

好吧，你纯粹是自讨苦吃：
　　最好悠着点！

你是不是一直抱有希望？
可别这么想。夜色渐苍茫，
　　时间不会拖得很长：
你绝无可能看到旭日初升，
你一定会痛不欲生。
　　还能怎样！

或于 1963 年 12 月

Ⅱ. 魔鬼之歌

观察经验告诉我，诱惑的关键在于
时机的把握，之后我就做了尝试，
用时髦的文辞、自信满满的当代术语
来表述我的虚构故事。
　　在说服周围那些冥顽不化者时
　　　我记得很清楚，
　　最好的办法就是这套说辞：
　　　“犯错越多，就越有风度。”

自从社会心理学替代了神学

整个进程加快了两倍。
假若某个有良知的人敏感又不愿投降
我只需对他悄声耳语:“你脑子进水!
　　清教徒严苛的道德观念
　　　绝非上流社会认同的方式:
　　要提升你的个人存在感
　　　你得有一两桩风流韵事。

“假若错失了一位美人,你可以责怪自己,
因羞耻是一种神经官能症,来得快去得快!
因为任何欲求都是天经地义,
而条条框框太正规,事实上很变态。
　　所以,伙计,不管是酒还是大麻
　　　去拿取你该得的一份:
　　自我责任有限公司的大当家
　　　难道不是你本人?

“自由意志是个玄妙的神话,
统计学方法业已提供了一个客观实例,
皈依教堂成了时尚:对动机的最新研究表明,
下列事实已众所周知,
　　诚实是个笑话,
　　　而荣誉等同于伪善。

　　你生活在一个民主国家：
　　　要像其他人那样安于谎言。

“既然人就像商品，当你成了领先品牌，
哪还有什么令行禁止的律条？
你独领风骚，让其他人全都滚开，
若他们胆敢询问你的意图或是想知道
　　随之而来的可能后果，
　　　那就把他们打倒在地：
　　在你和其他人之间
　　　存有一个等量级的差异。

“在生意场的混战中，你的形象
可能会受损或会变得过时落伍，
公共关系可以接手，且会让它
像圣杯骑士一样光彩夺目。
　　你可以标出你的销售价格，
　　　倘若你的外观包装很抢眼：
　　价值是相对的。
　　　钱就是钱。”

所以，当你自认为比其他俗物
都更出色、更自我中心，且由它去，

到最后你会发现自己上了瘾，已彻底完蛋，
你不过是地狱里的一个无名小卒。
　　当你能做到，要相信，我会以你为荣，
　　　也会分享你的梦魇：
　　我真的烦透了你们这些该死的庸众，
　　　我会尖声叫喊！

或于 1963 年 12 月

四十年感怀

有些地方，高炉和发电站棱角分明的剪影
　　会映入眼帘，或是斜刺里突然出现了
一条横贯的高速路，除此之外，波希米亚[1]的轮廓线
　　现在看着依然亲切，一如当年
我初见时的样貌(的确，她的滑雪坡道变得更高档了，
　　因为那些生意清淡的旅馆已撵走了
为非作歹的熊)，而自从弗洛里扎尔[2]被迫流亡、
　　我们和西西里因信念和政策的对立产生分歧、
由此形成了竞争性的胶着状态，
　　她的饭菜也不失其风味特点。
惟有耳朵听得分明，某种剧烈变化已发生，
　　演讲者们已不再谈论
长子继位制、年龄的优势和君权：
　　(我们不得不向
新的禅修共济会[3]学习养生之道，那很容易)。
　　我缺少得力师匠的训练调教，

1. 波希米亚曾是神圣罗马帝国的附属国，后成为奥地利哈布斯堡王朝的省，大致位于今捷克共和国包括布拉格在内的中西部地区。
2. 弗洛里扎尔是莎士比亚传奇剧《冬天的故事》里的角色。
3. 应是指二战后在欧美国家兴起的禅佛教运动，但奥登显然对此了解不多，将它譬喻为类似基督教共济会的宗教团体。

也不懂打坐的繁琐规矩：我仅有的本事

　　就是像宫廷侍臣般灵活机敏，以便让我的

恶作剧去适应时代。这已足够。相比在了无生气的

　　旧经济体制下所过的日子

我寿命更长也活得更滋润：顺手牵羊地扒窃（我的手

　　那会儿多灵巧!），为讨几分钱去卖唱，

或是徒步旅行，我这样过活迄今为止已有好多年。

　　（我挺怀念唱歌的那段日子，可现如今

观众会对我的谣曲发出嘘声：他们需要抗议歌曲

　　还试图公开宣扬诲淫诲盗的

异性恋。）我仍是个流动商贩，因为显而易见的原因，

　　已经不再沿街叫卖，

只会在昏暗的穷街陋巷里哄骗可能的主顾：

　　　　你在商店里买不到的

　　　　货品我都会供应，

　　　　英国的鞋子，尼龙长统袜，

　　　　或是半导体收音机；

　　　　你在银行兑换不到

　　　　瑞士法郎可以来找我；

　　　　为卖个好价钱，

　　　　我能伪造任一种官方文件，

　　　　工作许可证，驾照，

　　　　任何你想要的文凭证书：

相信我，我深谙个中诀窍，
没有什么事情我会搞不定。
那么，为何我还要纠缠不休?
鼻炎没有改变我的步态，我的心肌从来不会
沮丧泄气，我的细胞
充满活力，到目前为止我已很多次想象过
刽子手的套索，
每次都让我心惊胆颤。我看到周遭的人们
突然间似乎变得极其肤浅，
而我对滚床单也几乎没了兴致。现在，我会连续三天
梦见自己在奔跑，时间都是在
宜人的秋日午后。站在高处，我俯瞰着
西面的一片平原，开着捷豹车的农夫
将它管理得井井有条。转移视线，目力所及的远处，
一座陡峭的裸崖
在疱疹[1]般的骄阳下熠熠闪耀。在山崖底部，
我看到了一个形状如同锥形帐篷的
黑黢黢的洞口，在那里(我知道是在做梦)
我将找到自己的最后归宿，

---

1. 原文“whelking”，原指海螺、疱疹或青春痘；这首诗里出现了很多生僻词，如“oggle”(心惊胆颤)，“hay-tumble”(做爱)、“eloignment”(转移视线)，“solemn”(故作正经，形容词作动词用)。后期奥登的诗有偏于深奥难解的倾向，他备有两套十三卷的《牛津英语词典》，一套放在纽约、一套放在奥地利，没事就会细读，寻找中意的词汇。他且会辩解：“这些词就在词典里；我从来没有随口编造。”

洞的顶部很低，要尴尬地低头弯腰才钻得进去。

“嗨，这没什么丢脸的吧？”

醒来时我自问道。为何要尴尬呢？奥托吕科斯[1]

啥时候会这样故作正经？

1968 年

1. 在希腊神话中，奥托吕科斯是赫耳墨斯和喀俄涅之子。作为奥林匹斯十二主神之一，赫耳墨斯还被认为是欺骗之术的创造者，并把诈骗术传给了自己的儿子奥托吕科斯。

页边批注[1]

I

很多物种都屈从于
命运：惟有一种生灵
会危及其自身。

·　·　·

那些合群、
好脾气的人彼此都不知道
对方的名字：
呼朋唤友者往往怕羞，
容易动怒。

·　·　·

没法去邻居家

1. 后期奥登经常采用俳句、短歌和五行打油诗的短诗形式创作，信手拈来，皆成诗行。这里的各组诗在诗体形式上便是如此。在内容上，第一组关涉社会人类学，第二组关涉权力，第三组和第四组戏谑了政治和宗教神话，第五组写到了个体孤独。

表达不满，尤特罗庇乌斯[1]
打了他的老婆。
（仿康拉德·洛仑兹语句）

· · ·

害怕或是难为情，不敢说出
我不喜欢你，他打了个呵欠，
自顾自挠起了痒痒。

· · ·

手掌平伸表示了欢迎：
看！因为你
我已松开了拳头。

· · ·

担心聚会过后
长久的离别
会让彼此形同陌路，
两个老友用朗声大笑的方式
再次确认了双方的约定。

---

1. 其人全名叫做弗拉维乌斯·尤特罗庇乌斯，是活跃在四世纪末的古罗马历史学家，363 年曾陪伴罗马皇帝、叛教者尤利安远征波斯，而在瓦伦斯（Vallens）当政时曾任机要秘书，其间撰成《罗马国史大纲》，并将之敬献给瓦伦斯。

· · ·

无礼，傲慢，
过于武断，一个喷嚏
无需任何凭据，
证实了微风与情爱之间的
某种惯常联系。

· · ·

扯开嗓门降临了人世
第一次对他人作出了反应，
就算身为男低音歌手，
也认为歌剧里的英雄
必须是个男高音。

· · ·

很少有人会清楚地记得
自己的纯真年代
在什么时候戛然而止，
那一刻，我们会第一次发问：
有人喜欢我么？

· · ·

恐惧和虚荣心

常常会让我们去猜想

有人转过脸去全是因为我们，

可他那个动作，

不过是碰巧在看别处。

（仿埃里克·埃里克松[1]语句）

· · ·

每个人都会这么想：

“我是当下此刻

最为重要的人。”

智者会记得补上一句：

“我是说，对我自己而言。”

· · ·

醉鬼知道，喝得晕乎乎

才能说出那些

被逻辑所忽略的真理。

· · ·

真正相爱的人

1. 埃里克·洪堡·埃里克松（1902—1994）是德裔美国心理学家，属“发展心理学”学派，也是“认同危机”一词的提出人。

都乐于拥有正常的视力，
说话时却变成了近视眼。

· · ·

正义是：允许我们挑别人毛病
比别人挑我们的错时
稍微严格一些。

· · ·

内向的人对邻居的
哭叫声充耳不闻，
任他被外向的人拧了一把。

· · ·

最需要安静与温暖的
我们，却不断制造着
极度的冷漠和噪音。

· · ·

恶劣行为自有其魅惑力，
而做下恶事的那些人
总是令人生厌。

· · ·

当我们干了坏事，
我们和我们的受害者
会陷入同样的困惑。

· · ·

正派人，很可能，
数量要多于卑劣者，
但很少有人能继承

这个基因，也无法
金钱和时间兼得，
从此变得文明有礼。

Ⅱ

一个已故者
倘若从未造成他人的死亡，
世人不太可能为他塑像。

· · ·

一个没落王朝的

末代皇帝
很少会有好名声。

· · ·

很少有人会想去读
一个屡受打击的民族的
失落的编年史。

· · ·

暴君的策略：
任何一种可能性
都是必然性。

· · ·

小暴君，一旦受到了
大暴君的威胁，
会真心以为自己爱上了自由。

· · ·

没有一个暴君，会害怕
他的地质学家或工程师。

· · ·

暴君们或会死于非命，
可他们的刽子手
却常常得以善终。

· · ·

爱国者？一帮追逐大玩意的
小娃儿而已，沉迷于
大人物、大笔钱和大事件。

· · ·

在那些没有办法
减轻痛苦的国家里，
不满分子会被绞死。

· · ·

在那些半开化的国家
蛊惑人心的政客
会向青少年献殷勤。

· · ·

当某国的首脑人物
更喜欢在夜里工作，
公民们就要小心点了。

Ⅲ

欺宗灭祖、
自命不凡的军人已宣称
太阳是他的父亲。

· · ·

他们的神祇——如他们自己一样
都是一些肆无忌惮地
拈花惹草的恶棍，
可是(感谢上帝，他们并不会)
永葆青春且毫发未伤。

· · ·

在舞台上，剑、战马
都是神圣的，而人呢，
又穷又蠢的乡巴佬。

· · ·

战争，叛乱，瘟疫，通货膨胀：
难怪他们梦想中的上帝
是如此的合乎逻辑，

对他来说,头脑冷静
或易受感动都意味着粗鄙。

· · ·

他赞美他的上帝,
为他的刑狱官和厨师
所展现的专业技能。

· · ·

这位精明的外交官
虽是个贪吃的食客,
当他下跳棋的时候,
却会忘记吃饭时间
把大使晾在一边等着。

· · ·

帝国行将崩溃之际,
他只顾自娱自乐,
用抑扬格即兴写下了
富有道德寓意、
不合韵律的格言。

· · ·

一个被冷落的妻子，
拒绝郁郁寡欢地度日，
为提炼出新的香水
却将自己幽居的卧室
塞满了昂贵的实验器具。

她曾设法订购了
一座金属的基督像，
根据它颜色上的变化，
不但能解疑答惑
还能预言未来事件。

（仿普赛洛斯[1]语句）

· · ·

持有了银矿
和征兵的兵源，
这位极富才干的将军

觉得自己无懈可击：
一场战役过后，
这三样全被他丢尽。

---

1. 麦克尔·普赛洛斯是十一世纪拜占庭的僧侣、作家、历史学家，也是活跃于当时的一名政治人物。最为知名的是记录当时东罗马帝国君王事迹的《编年志》。

· · ·

大屠杀过后
他们用说笑打趣
来安抚自己的良知。

· · ·

他郑重许诺了
安全通行证，
起初还不太愿意食言，

咨询过他的告解神父后，
他兴致勃勃地
签署了死刑执行令。

· · ·

要敬神，他告诉他的信众，
要像圣灵一样地
彻底而极端。

· · ·

当这些雇佣兵
被不信教的军需官

拖欠了薪水，便想起了
在虔诚的基督教家庭里
度过的未受玷污的童年。

· · ·

正义之战[1]过后，
圣战曾经拯救的
基督教世界，出现了
更多的宫殿、更多的教士，
学者和商铺却愈来愈少。
（仿伊尔莎·巴雷亚[2]）

· · ·

胡格诺教徒的敲钟仪轨
被大肆宣扬，于是浸礼会牧师
仿效了罗马天主教的做法。
（仿弗里德里希·希尔[3]）

---

1. 正义之战这个概念术语起始于基督教神学家圣奥古斯丁和托马斯·阿奎那，他们都认为基督徒治下的政府无须为保卫和平和严惩邪恶而感到羞愧；通常会把带有自卫性质或者民族解放性质的战争视为正义战争，而把侵略或征服战争视为非正义战争。
2. 阿图罗·巴雷亚·欧加宗（1897—1957）是西班牙记者，西班牙战争后流亡伦敦。他的妻子伊尔莎·巴雷亚翻译了他的多部作品。
3. 弗里德里希·希尔（1916—1983）是奥地利历史学家，曾参加反纳粹抵抗组织，战后致力于基督徒与犹太人的互信理解。

· · ·

女王逃走了，
她留下的那些书，
让虔诚的篡位者震惊不已。

· · ·

聪慧，富有，
有同情心，这个年轻人梦想着
死后的荣耀，
想成为学术和文艺的
鉴赏家和赞助人。

他的雄心勃勃的国王，
正值决意一战的年龄，
颁布了不同的政令：
他在后人的记忆中
是城镇的毁灭者。

· · ·

天生就能把轻体诗写着玩，
他死于行刑人的刀斧下，
死得很勇敢。

· · ·

两次战争之间
繁荣安定的年月
按蚊来了[1]。

· · ·

在一位轻视文化的
君主的统治下
艺术和文学得到了提升。

· · ·

战争期间[2]。英国的学童
把他们杀死的白蝴蝶
叫做了法国佬。

· · ·

城里风传着谣言，
说是沙皇的卫队
不服从管教。

---

1. 按蚊又称疟蚊，是疟原虫属生物的寄主，极易传播疟疾给人类。这首诗所指年代不详。
2. 指从十四世纪绵延至十五世纪中叶的英法百年战争。

·　·　·

伴随着盛大仪式
齐集于一堂，
帝国议会[1]

严肃地讨论了
它无权拒绝的
条令法规。

·　·　·

他躲了起来，
当看到一个大臣
忧心忡忡地走近。

·　·　·

在洗澡和打网球
之间的休息时间，
他在寻找新的支持者。

·　·　·

1. 原文“Imperial Diet”，是神圣罗马帝国时帝国议会的特称。

每一天
都准备去相互中伤
对方的名誉，

夜复一夜
赌着自己的运气，
他们知道自己

总是可以骗过放债人，
要么逃到迪耶普[1]，
要么就一枪崩了自己。

· · ·

种植烟草的农民
都是浸礼会教徒，
他们认为吸烟有罪。

· · ·

抛下他的老婆们，
他带着她们的珠宝
和两百条狗跑路了。

1. 法国北部的港口城市。

· · ·

为了供养一匹
马球种马，即便现在
他胖得已不能再骑，
他还是对窗户、壁炉石、门阶
和娶妻的人强行收税。

· · ·

他走路时的样子，
仿佛是从来不用
自己开门的那类人。

· · ·

一举战胜了
外国的暴君，
爱国者们保留了

他颁布的
原本用来镇压他们的
紧急状态治安条例。

· · ·

纯属天意
一生中仅只一次
(他的理由是错误的),
这老家伙[1]被允许
去拯救文明。

Ⅳ

被误认为属于
那些从来不存在的圣徒
的动物股骨,仍然要比

那些很不幸地存在过的
征服者的画像
显得更为神圣。

· · ·

如同左拉[2],

---

1. 原文“the old sod”也是个双关,意为“故乡、本国”,也可译为“老大帝国”,这里指奥登的出生国英国。
2. 左拉(1840—1902)是法国自然主义文学流派的领袖,他在接受达尔文的进化论、孔德的实证主义哲学、泰纳的文艺理论、吕卡斯医生的《自然遗传导论》和贝尔纳的实验医学的影响的基础上,形成了自己的自然主义文学创作理论,完成了著名的《卢贡-马卡尔家族》。

他们总爱探听
监狱和妓院的秘闻，不过，
不是为了寻找写作素材，
只是为了抚慰同类。

· · ·

为惹恼不信教的语言卫道士，
他从来不会回避
m 音的频繁使用[1]。

· · ·

给病人洗澡，
研究希腊纸莎草古卷，
他投入了同样的热情。

· · ·

那年轻的小无赖
变成了一个隐修士
以善于耍蛇而知名。

· · ·

1. 此处对应的原文为语言学术语“metacismus”，即发音的时候，m 音使用过多。

典型的暴躁脾气，
他总是到处插一杠子，
会保护犹太人抵抗暴民，
也会帮助穷人
对付国王的猎场管理人。

· · ·

上帝知道，她真正喜欢的
不是客源稳定却拥挤不堪的小旅馆，
认知到这一点，于是，
她为朝圣客建起了
一个上等招待所。

· · ·

时已夜半
翻身起床要去祈祷，
她告诉自己的丈夫
（一个不信上帝的坏蛋）
我得去趟卫生间。

· · ·

在外交场合
感受并学习了

仁恕之道，

刚一回国，
他就立即废除了
由狡诈的猎场看守人

和无知的侍女制定颁布、
用来反对无辜的仓鸮
的刑法典。

（仿查尔斯・沃特顿[1]）

・ ・ ・

一头死于一九六五年、
为人类奉献了
十一万五千升牛奶

的奶牛，是不是
要比云雀
更为可敬？

1. 查尔斯・沃特顿（1782—1865）是英国博物学家和探险家。

V

在新搬的公寓里
拉下第一坨屎，
他才有了家的自在感觉。

· · ·

又浪费了一整天。
此时需要些什么？
鞭子？药片？耐心？

· · ·

无需任何标点符号
他的思绪在诗歌、性事
和上帝之间不停游走。

· · ·

桑葚掉落地，
腰部一阵痛，
当他读着克拉伦登[1]。

1. 此处指的或是第一任克拉伦登伯爵爱德华·海德(1609—1674)，他是英国政治家、历史学家，也是玛丽二世和安妮女王的祖父。

· · ·

时值仲夏夜，
又一代人
依习俗围着篝火，
他们不散步，不喝酒，
只带着半导体收音机。

· · ·

九月的某夜：
他们两个人
吃着半小时前
从园子里摘来的玉米。
外面：雷声隆隆，大雨如注。

· · ·

灌木丛上
十一月的蛛网[1]，
浴室里一只迷路的蟾蜍。

· · ·

1. 原文“gossamer”由“go”（goose）和“samer”（summer）复合而成，意同“圣马丁月”，通常指十一月的暖秋，此时欧洲人依照传统会吃鹅，蜘蛛网也很常见。

落叶。小道。一个小无赖[1]，
开车来探望
某个仍然信赖他的人。

· · ·

午饭时间
酒吧镜子里映现出
一溜城里人的脸，
已到中年，沉默无言，
没有人觉得自己会死。

· · ·

下午三点钟，
没人坐的酒吧高脚凳
看着多喜气，
数小时里，它们得以摆脱了
无聊失败者的臀部的重压。

· · ·

怎样才能帮到他？
这可悲的少年！逃离了

1. 参看《死后发表的诗》的第一首，应是指奥登的临时伴侣休格尔。

一个不像样的父亲、
一个语无伦次的母亲，
他——要追寻什么？

· · ·

萨德侯爵和热内[1]
如今已然大获好评，
　　可是，折磨和背叛
　　并非属意的纵欲手段，
于是他放弃了自己的戏仿作品。

· · ·

美国人——就像煎蛋饼：
从来就不存在
可称完美的形态。

· · ·

即便是仇恨，也应讲究精准：
没几个白种人
真的虐待过他们的母亲。

---

1. 萨德侯爵和让·热内都是法国著名的另类作家，作品中有较多的情色和暴力色彩。

·　·　·

作为一个盎格鲁-撒克逊裔美国人[1]，
他在坐地铁的时候不由想到：
为何他看到的
有贵族气派的人
几乎全都是黑人。

·　·　·

转瞬即逝的美
仍会让他欢喜，可他
再不会为此改变主意。

·　·　·

云雨过后，人变哀伤[2]。
一派胡言！假若可以，
他会唱歌。

---

1. 原文为"Wasp"，即"White Anglo-Saxon Protestant"的简称，意为新教徒的盎格鲁-撒克逊裔美国人，现在可以泛指信奉新教的欧裔美国人。该词经常用作贬义，用来打趣、嘲讽白人在历史上盛行的种族主义、排外主义、反犹太主义、种族优越感等心态。
2. 原文为拉丁文，也曾出现在奥登的长诗《致拜伦勋爵的信》的结尾段。

· · ·

听着肖邦的练习曲，
被技艺和表达
如此完美的结合
深深地吸引，他忘了
爱人不在身边的事实。

· · ·

他或许有些孤单，
可是，每回锁上了门
做完夜里最后一件事，
他心里总是很高兴："现在，
再也没有人会来打搅我。"

· · ·

他在下半夜醒来，
因恶意的胡思乱想
而感到沮丧。

· · ·

伴随衰老而产生的羞愧
并非欲望的减退

（谁会为他不再需要的
东西深感遗憾?）这个道理
很有必要告知其他的人。

· · ·

他想到了自己的死，
恍如野餐时听到了
远处的隆隆雷声。

· · ·

穿袜子的时候，
他想到自己的祖父
正是在这个动作中突然过世。

· · ·

现在读来何其古怪，
在他出生的那个年代，
写出如下的句子一点不稀奇：
我独自去波恩旅行
带着个无趣的侍女。

· · ·

早在医生们发明

专门术语之前许多年，
经由观察他未婚的阿姨们，
他已了解：心理问题
有可能引发疾病。[1]

· · ·

父亲身在战场，
母亲努力跟他讲解性知识，
因尴尬而笨口拙舌，
他却不敢告诉她
自己已经非常了解。

· · ·

他曾公开抨击的阶级恶习，
在他自己身上也有体现，
这个阶层如今濒临绝种，
少数孤独的幸存者如他一样
开始怀念它的诸般美德。

1965 年至 1968 年

1. 奥登很早就对亲戚们（尤其是叔叔阿姨们）形成了一种心理学家式的冷静客观的分析态度。幼年时期，他曾认为自己的阿姨们“性格急躁，为人慷慨，体质较弱，有些神经质”。通过日常的交往和观察，他逐渐认识到“疾病可能由身心失调引起”，尽管那时候他不会用到“psychosomatic”（身心疾病的）这样的专业术语。

时令[1]

春天，夏天与秋天：这些时日可去观看
一个先于我们认知的世界，繁花以气味和色彩
切实思考着，而各处的野兽都同样年纪，
在同一等级的行为中遵循了默默行于大地的
生活方式，因此，它们对于人类自我神化的图谋
并不能起到什么辅助作用。

所有生命都内置了一个节拍器：于是，五月里
仍在鸟蛋里的雏鸟咔嗒啄击着要破壳而出！
迷人的六月，布谷鸟音调婉转；当丰美的七月
令大地变得燥热，蝰蛇解开了有毒的绳索，
开始四下里游动；经由十月寒意的提醒，
新叶替换了枯叶，带来了清新的气流。

而冬天提供了正确的时态，适于待在屋子里
作一番自我审视，或是与好友共坐面谈，
这时节，可以边阅读边思考，可以尝试

---

1. 奥登在1968年9月5日写给好友E.R.道兹的信中附上了这首《时令》，并表示对该诗很满意。全诗运用了贺拉斯惯常使用的"asclepiadean"诗行形式，即每行诗由一个扬扬格、两个扬抑抑格以及一个抑扬格组成。

新的格律和新的菜式，也可以去回想
温暖月份里留意过的若干件事，
直至它们完成变形，汇入人类的故事。

看！大自然的伪装术顺应了我们对智力的
需求，轻松展现了富于变化的笑容，
石头和旧鞋子变得鲜活，显示了神迹，
在它们毫无知觉的第一人称的秘密仪式中
正对我们点头，它们已从具体万物的
无形的单一本源[1]带来了一个启示。

1968 年 8 月

---

1. 指创造世间万物的上帝。

懒惰列王[1]

逢到宗教节日他们不得不出门兜风：
齐肩的金发一番梳理后被编成了辫子，
他们坐在白牛拉的大车上，
在众目睽睽下开始了巡游，这些孩子承袭了
传奇祖先的名字，克洛塔尔，希尔佩里克，
克洛维，西奥多立克，达戈贝尔，希尔德里克，
他们的血管里流着高贵的血，据称还是
海神或海怪自古以来的一脉单传（故事情节
不时会被修改），而法兰克人[2]，即便现在
皈依了天主教，其运气仍有赖于血脉的传承。
当然，每个人都知道，这是一出舞台剧，
也很清楚实权人物待在哪里，
事实是，宫里的宰相才握有最后决定权，

---

1. 原文"Roi Fainéants"是法文，字面意思是"无所事事的列王"，也可引申为"懒惰列王"，专指墨洛温王朝后期的几个傀儡国王。墨洛温王朝，又称梅罗文加王朝，是欧洲中世纪法兰克人建立的王朝，领地包括大部分高卢，时间介于公元五世纪至八世纪之间，此后被卡洛林王朝所替代。"懒惰列王"即是卡洛林王朝对这些君王的蔑称。
2. 法兰克人是莱茵河北部法兰西亚地区的日耳曼人部落，其后裔建立了墨洛温王朝。

虽说他们的身份只是主教。(格林莫尔德[1]曾试图
抛开他们统御天下：他很快就死于非命。)
因此，这场凯旋游行会从黎明延续到黄昏，
与此同时，号角震天动地，丝质的旗幡
迎风招展，欣喜若狂的民众高声呼喊。

而当夜色降临，特别出游即告终止，
他们再次被打发回各自的庄园府邸，
日日夜夜都会受到严密监视，为防患于未然，
以免他们脱逃或是和陌生人说得太多，
不识一字的他们无事可干，只能给那些
读不懂的公文证照盖上自己的戳印，因此，
牛肉、啤酒和姑娘都供应充足，果不其然，
他们死时都很年轻，很多人没活到二十岁。

说句公道话，我们可否称他们为政治殉道者？

1968 年

---

1. 指格林莫尔德一世(616—657)，他是奥斯特拉西亚王国(墨洛温王朝分裂期的一个王国)的宰相。他说服了没有子嗣的国王西格贝尔三世将自己的儿子收为养子，西格贝尔后来生了个继承人达戈贝尔二世，格林莫尔德出于私心借故将年幼的达戈贝尔流放；西格贝尔死后，格林莫尔德让自己的儿子继位；格林莫尔德此后被纽斯特里亚国王免职并处决，后者重新统一了法兰克王国。

分裂[1]

他受命抵达此地时至少是不偏不倚的，
被招募来在两个争执不断、日常饮食习惯有异、
所敬神祇互不相容的族群之间分疆划界，
而他此前从来没有亲眼看到过这片土地。
他们在伦敦给他简要说明了情况："时间有限。
彼此和解或是理性辩论都为时已晚：
现在唯一的解决办法就是分离。
总督阁下认为，如你在信中看到的那样，
你越少被人看到同他在一块儿，就越好处理，
因此我们已有安排，将为你提供别的住处。
我们可以选出四个法官，来与你共商此事，
两个穆斯林，两个印度教徒，但最后决定得靠你。"

---

1. 这首诗的创作与 1965 年 9 月 6 日发生的印度军队大规模武装进攻巴基斯坦有关。而印巴矛盾涉及诗中提到的一个人物——西里尔·拉德克利夫爵士。他是资深律师，曾担任英国上议院司法委员。印度独立法案通过时，因为英属印度的印度教徒与穆斯林发生激烈冲突，他受命担任了边界委员会的主席，接手了一项令人却步的任务，要为两个新国家——印度和巴基斯坦——划分边界，以便尽可能地让印度教教徒和锡克教徒留在印度，而让穆斯林留在巴基斯坦。拉德克利夫爵士于 1947 年 8 月 9 日提交了划界图，该月 14 日正式宣布划界方案，翌日巴基斯坦和印度双双宣告独立。荒谬的是，拉德克利夫来印度之前，对这片土地、人民及其历史几乎一无所知。

被关在一间偏僻的宅邸，白天夜里
警察会在花园里巡逻以防有人行刺，
他静下心来工作，接手了这项将决定
无数人命运的任务。手头可用的地图半旧不新，
而人口统计表几乎可以肯定错漏百出，
但现在已没有时间去核实，也没有时间
视察那些争斗不休的地区。天热得要死，
痢疾的发作让他时不时地拉肚子，
但不到七个星期就大功告成，边界已划定，
不管是好是坏，分裂的次大陆已泾渭分明。

第二天他就坐船回英国，原想着很快就会忘记
这边的情形，好律师该有如此本领。回来后却不是那回事，
如他对俱乐部同仁所言，他担心自己会遭遇枪击。[1]

1966年5月

1. 拉德克利夫爵士的这一划界方案，导致了一千多万人的离乡背井、近五十万人的直接死亡，亦有数以百万的人民遭受了暴力侵害。目睹这一因他而起的悲剧，拉德克利夫爵士曾拒领发给他的工作报酬。奥登应该很熟悉这段史实的内情，因为他的哥哥约翰·奥登就受聘于印度地理勘测学会，而在1951年奥登也曾亲自到访加尔各答。

1968 年 8 月[1]

食人魔自有其特殊的能力，
人类可做不出它那种事，
但有个奖项非它力所能及，
它无法掌握言辞的技艺。
逡巡在已臣服的平原，
绝望与杀戮遍布其间，
它两手按臀，昂首阔步，
唇间的涎水不停地涌出。

1968 年 9 月

1. 奥登在 1968 年 9 月 5 日写给好友 E. R. 道兹的信中提到了这首诗，坦言这是对当年 8 月苏联军队开进捷克斯洛伐克的回应。彼时，他夏居的奥地利基希施泰腾距离两国边境仅数英里。

游乐场

早在你看到耀眼的彩灯拱门之前
高分贝放送的经典老歌就提示了
它的所在地，外界俗常的箴言
在此已失效，

一方神圣的地界，隶属于眩晕之神
及其混乱的礼拜方式：在这里，危险、
惊恐、震动，皆由万无一失的机器
按标准剂量分配。

作为被动的受体，世间的凡人
挤在云霄飞车或摩天轮里，
全身心体验了撒拉弗[1]般的
随心所欲的欢乐。

旋转木马很快就终结了左与右的
难堪对峙：骑在马上的人们消融于
一个旋转的球面，完美的形态表现了
完美的运动。

1.《圣经·旧约·以赛亚书》中提到的上帝宝座旁侍立的六翼天使。

当他们坐着小火车钻进隧道，祖先的鬼怪
朝他们挤眉弄眼，黏糊糊的蛛网拂上脸颊，
重新来到日光底下咧嘴而笑
恰如部落里新冒出的英雄。

年轻人会很开心，由此知道自己自由不羁的
心灵不是父亲的翻版，但还没有认识到
给予他体能的身体组织如母亲的一样，
有着资产阶级的习气。

那些早年曾漫游[1]晃荡过的人，会感觉
很放心，因为所有的逃生路线已探明，
娱乐用时已提前计算，仅需要
小心谨慎、行程表，

以及防范意识：你可以在墙角落里找到他们，
安静地坐着如在开会，或下棋或玩纸牌，
此类游戏需要耐心、先见之明和策略，
如同战争和婚姻。

1966 年 6 月

---

1. 原文"wander-years"来自德语词"Wanderjahr"，指学业结束后长时段的旅行生涯，也是德语文学中成长小说的常见主题，比如歌德的《威廉·麦斯特的漫游时代》。

河流简史

我们的躯体是一条被塑造的河。

——诺瓦利斯[1]

源自争斗不休的往昔，电闪雷鸣中
云团的迎面碰撞，地壳隆起时岩石的
裂隙和崩塌，山怪出没的地区，
一切生物皆会丧命，

它进入了我们雪融线下的视野，
褶皱冰斗下结冰的小湖，山羊铃铛、
防风衣、钓鱼竿和矿工灯的地区，
它已然适应了

变得友好的仪表和姿态，
化作无名的溪流，仍自跳跃着、流动着，
将穿越任何一个坡度沉降的地区
一路翻卷着探求的旋涡。

---

1. 即德国浪漫主义诗人诺瓦利斯(1772—1801)。奥登在此引用诺瓦利斯的句子，暗示了他以河流喻指人类的意图。

很快会确定水体规模，而争夺的各方
出于卑劣的动机展开了混战，
它冲下陡峭堤坝，水闸和涡轮机的地区，
莽撞地自半空跌落，

泡沫飞溅地通过了在松软岩层中劈出的
一道曲折峡谷，沿途将遭遇高耸云天[1]的峭壁、
强盗资本家、拖曳缆绳和水陆运输的地区，
还有商人的噩梦。

自山麓坡岗间涌出，此时静静地蜿蜒流淌，
它漾出穗带般的涟漪，招摇地流经一片
侵蚀平原，顺利抵达了酿制苹果酒的地区，
在它壮观的行进途中

爱找茬的白杨林不时地献殷勤，烟囱也会
拦住它去路：它被引导着，要去冷却和清洗
那个曲颈瓶、蒸汽锤、煤气罐的地区，
它改变了颜色。

污染的水质，跨河大桥，混凝土堤岸，

1. 原文"nauntle"亦是奥登用的一个生僻词，来源或是方言，意为"跳起"。

此刻它将一座南腔北调的大都会一分为二，
彩色纸带、出租车、妓院、脚灯的地区，
总是那么时髦。

随月相盈亏，它会变得宽阔或是潜入地下，
因粉碎性风化层变得浑浊不清，就此来到了
更平展，更晦暗，也更炽热的轧棉机的地区，
它到处搜寻，接近了

潮水标记线，在那儿它放下尊贵身段，
分身为无数细流，进入了三角洲的湿地，
那个船篙、鸟枪和牡蛎钳子的地区，
厌倦了最后一幕的

屈服、湮灭与救赎，它汇入了一个
难以名状的庞大聚合体，怀抱中的可爱孩子
从来不曾梦见这个不存在的地区，
而死亡的影像恰似生命的

一颗球形露珠。讲故事的时候
我们常常认为讨人厌的怪物也可以被转化，
就像江河水流，那孕育了
所有独特个体的无私的母亲。

1966年7月

不起眼的大象[1]

我们的耶稣基督虽是最伟大的人物，
却让自己成了象群中最不起眼的一个。
——《动物寓言集》

这些能干的生灵采取了守势，因为
荣誉、不动产、妙龄女郎并非美德的附赠品，
转化为诗歌或散文，

能同样演好悲剧性或喜剧性的角色，
它们鼓励了说书人去虚构，恰如厨师
被说服后也能对付稍微变质的肉。

而像林肯主教休[2]或彼得·克拉弗[3]这样的人

---

1. 早期基督教认为大象是伊甸园中的神圣巨兽，《圣经·旧约·约伯记》中就有类似的描述；大象虽体量庞大、力大无穷，却是食草动物，能与其他动物和平共处；与百兽之王狮子不同，它象征了勇气和信心、平和安宁的力量和宽容的胜利，故而常被引作人格的譬喻。而大象的寓意，在佛教和印度教里尤显突出。
2. 休是英国十二世纪宗教革新时期的宗教人物，曾任林肯郡主教，是继托马斯·贝克特之后最有名的圣人。
3. 彼得·克拉弗(1581—1654)是西班牙耶稣会传教士，在西属北美哥伦比亚传教四十年，信众多为非洲裔奴隶。他也被封为圣人。

只会成为记者的猎物，类似奥斯威辛的事件，[1]
狄更斯不可能编得出来，

哈雷[2]也无法预测：基因的排序错误
会让天才神童、低能儿和侏儒降临人世，
但不会催生质数[3]和圣徒。

一张快照也不会让圣像光环显现：它们
隐去了自己的光芒，一如迷人的飞蛾在样态上
模拟了它很讨人厌的鳞翅目近亲。

身处衰败的文化环境不知所措，狂热的皈依者
编出了一两个貌似可信的民间故事——于是
圣乔治[4]和他的龙大出风头——

---

1. 奥斯威辛是波兰小城，在古波兰语里是“宁静之地”的意思。第二次世界大战期间，纳粹德国在这里建立了最大的集中营，是希特勒种族灭绝政策的执行地。如今，奥斯威辛集中营已经成为博物馆和纪念地，是纳粹德国犯下滔天罪行的历史见证。
2. 即英国天文学家爱德蒙·哈雷(1656—1742)，他最著名的成就是计算出哈雷彗星的公转轨道，预测了该彗星的再度回归。
3. 质数，也称为素数(除了“1”和自身，它不能够被其他自然数整除)。这里是譬喻那些具有开创性功勋的伟人。
4. 圣乔治据说是公元三世纪时的罗马军人，因阻止戴克里先皇帝对基督徒的迫害被杀而闻名。围绕圣乔治的民间故事，比较有名的是圣乔治屠龙与拯救少女。英国曾将圣乔治十字用作了军队纹章，现今英国国旗上亦有白底红色圣乔治十字，通称“圣乔治旗”。

但那只是一通胡扯，在神秘主义的肥料堆周围，
谬误的迷信会像菌菇般迅速蔓延：凯瑟琳[1]的手里
从没有拿过一个轮子，

芭芭拉[2]从来没有为大炮祈福，
英国的妻子们也不曾借助恩康贝尔[3]
来制服爱偷腥的丈夫。

有些传闻，即便来自那些黑暗年代，在我们听来
也过于古怪离奇而难信其实：佩尔佩图阿[4]，
面临了糟糕的结局，

还在试着说服自己的父亲："假如那是一只罐子，
那我就是基督徒"，她梦到一个牧羊人
前来安慰她，递给她干奶酪。

---

1. 指早期基督教女圣徒亚历山大的圣凯瑟琳，殉道于四世纪，常手持一个尖锥轮；此后她的名字曾用来命名一种酷刑刑具。
2. 即早期基督教女圣徒，请参看《祷告时辰·午时经》中的相关注释。
3. 在欧美各国，恩康贝尔有不同的名称。传说中的故事背景多是在葡萄牙，她是一位贵族，被父亲许配给了一位异教国王；为反抗这个婚姻，她发誓要持守贞洁，还祈祷让自己的形貌变丑陋；神迹发生，她果然长出了胡子，因此被父亲折磨致死。
4. 佩尔佩图阿是公元三世纪时罗马非洲行省迦太基的基督殉道者。她是一名已婚的贵族妇女，与随身女奴菲利西迪一同殉道，两人常被一同纪念。后世流传有一份名为《圣佩尔佩图阿、圣菲利西迪及其殉道同伴的热情》的手稿，据说保留了她们两人被捕和入监时的真实记录；根据手稿记载，佩尔佩图阿的父亲曾两次到监狱探访女儿并恳求她悔过认罪。引文是佩尔佩图阿向他表明自己的信仰立场时说的话。

竭尽所能地深入探究，我们仍然感到困惑：
何种东西改变了人类的成员，让他们
变成了不起眼的大象？

苦难的生活，苦难的死亡[1]，附带后果
是人道主义者会觉得难以忍受，这些迹象
什么也没有揭示。某种人格特质

或许没法去查实：所有遇到他们的人都会谈到
一种**快乐**，这让他们的自在感变得
有些哀伤，还有股怪味儿。

若他们的直觉没错，如下疑问会得到解释：
为何这种高调风格和与之匹配的人物
会有那么一点可疑，

为何我们要给一个自然生命加上令人尴尬的
“超凡脱俗”作为前缀，这并不会妨碍我们的生活，
只会影响我们的天性。

1966 年 5 月

1. 据上述手稿描述，佩尔佩图阿临刑时，“骨头被刺穿，她尖叫了起来；而当刽子手愣在一旁时(此人是个新手)，她自己抓起刀剑砍断了自己的脖子”。

忒耳弥努斯颂[1]

凭借射电望远镜和回旋加速器，
大祭司们一直在针对尺度规模过于庞大或过于微小、
　　以致我们的自身感官无从知觉的
　　偶发事件发布声明，

种种发现以代数般精妙的
委婉语已做了间接表达，看着很无辜，
　　也没什么恶意，而将它们
　　转译为拟人化的

俚俗语言，却并不会让园丁和家庭主妇
欢喜雀跃：假若宇宙星系
　　如恐慌的人群突然逃散，假若
　　介子如疯狂争食的鱼儿般闹腾，

这听上去太像政治史而鼓舞不了

1. 有关忒耳弥努斯，可参看《手》一诗的相关注释。根据古老的传说，一位罗马国王兴建卡皮托(Capitol)神庙时，护界神忒耳弥努斯虽然位阶较低，但是拒绝让位给朱庇特。占卜官解释说，忒耳弥努斯的强硬态度昭示着罗马主权所及的界线永不退缩。奥登对忒耳弥努斯的理解，延续了其在古老传说中的形象。

国民士气，也太富于象征性，如吃早饭时
　　看到的罪案、罢工和游行示威的新闻，
　　我们不会为此幸灾乐祸。

多么老套，当奇迹在身边出现，
我们却在这里害怕得瑟瑟发抖：
　　一个如此沉迷于致命暴力的
　　玩意儿[1]，竟以某种方式隐藏了

寂静山丘似的地球，正用合适的配料
开启和放纵生命，
　　在那位天庭怪物的安排下，
　　不得不作出审判日的供述，

我们的中土世界，表面看来
太阳每天都会从东方移向西方，
　　我们感觉阳光是一个友好的
　　存在而非光子的轰击，

所有可见物确实都有一个明确附着的
轮廓外形，毫无疑问，它们要么静止

1. 经南京大学张子清教授评点提示，这里的原文“a Thinguramy”直译为“玩意儿”，喻指人类失控了的科技文明。特此致谢。

要么就在运动，而恋人们
通过各自外表相互辨认，

除开那些饶舌多嘴的品类，所有的物种
都会分配到合适的工作和特定的食物。
无论微生物学会持何种见解，
这就是我们真实生活着的世界，

正是它保全了我们的健全心智，
我们很清楚，离开了可以解释的周边环境
最博学多闻的头脑
在蒙昧晦暗中会如何表现，

而抛弃了韵律、标点符号和隐喻，
它又如何沦为一种谵妄的独白，
要么过于咬文嚼字而不解风趣
要么就分不清阳具和文具这两个词[1]。

维纳斯和马尔斯[2]这两个天神太过随性
以致无法约束我们怪异的放肆言行：
惟有你，忒耳弥努斯，贤明的导师，
能教会我们如何修正自己的仪态。

---

1. “阳具”对应的原文为“penis”，“文具”对应的原文为“pencil”（本义为“铅笔”）。
2. 作为罗马神话里的爱神和战神，维纳斯和马尔斯都是自然欲望的实践者。

墙体、门户和含蓄的神祇，你严厉的惩罚[1]
会突然打击亵渎神明的技术官僚，
　　而幸运的城市将感谢你，因为你
　　为我们带来了竞技游戏、语法和格律。

同样地，出于你的恩典，两三个
知己好友每一次的友好聚会
　　都会重现圣灵降临节[2]的奇迹，
　　因为彼此之间能建立互信理解。

在这个世界中，异常傲慢的我们
巧取豪夺、大肆破坏，但你仍有可能
　　拯救我们，现在我们已认知到
　　这一点：科学家们，老实说，

必须提醒我们将他们的言论视为某类
荒诞故事，而所有自我标榜、大言不惭地说谎
　　以博取读者叫好声的诗人
　　必定会被天界众神摒弃。

1968 年 5 月

---

1. 原文“nemesis”出自希腊神话，指复仇女神涅墨西斯，引申为“天谴报应”、“公正惩罚”。
2. 犹太教中为五旬节。

联合国赞美诗[1]

（由帕布罗·卡萨尔斯作曲）

乐手，热情地
拨动你的琴弦，
如此，我们才可以
欣快地唱出心中祈愿，
我们各自的声音
相互混合，
嬉闹地竞逐，
不是相互干扰
而是彼此共存，
只因内部有乐声
环绕的所有场域
都是神圣之地，
在那里人人皆兄弟，
不存在无名的他者。

---

1. 在世纪版《奥登诗选》中，这首诗是组诗《六段应约而写的歌词》（"Six Commissioned Texts"）的末篇，因其他五首都接近于诗剧类型，因此译者未选入。奥登在该诗结尾还加上了一段小注："最后一节里的有些句子，出自我之前为加拿大国家电影局的纪录片《奔跑者》所写的解说词。我发觉有必要再次用到它们。"奥登提到的《奔跑者》，即组诗《六段应约而写的歌词》里的第一首。此外，加拿大国家电影局成立于1939年，其第一任局长约翰·格里尔逊是奥登的友人，与奥登曾有过多次合作，譬如上卷的《夜邮》。

世人定要留心言辞，
因为我们会靠它撒谎，
当我们意欲开战时
会口称和平，
而卑劣的思想
说话总那么彬彬有礼
还会虚伪地许诺。
但歌声是真实的：
愿祈求和平的音乐
成为一种范式，
因和平即意味着
适时的改变，
如同那滴答作响的
世界时钟[1]。

如此这般，
我们的人类之城
才有可能像音乐般
推进它的故事，
当前一个音符
引来了新的音符，

1. 指可以同时了解全世界各个时区时间的钟表(或钟表墙)。

才会让时间的流逝
变成一股生长的力量，
直到最后达到它
可能的理想形态，
那时，即便悲伤也只是
欢乐的一种表现形式，
而命运则意味着
自由、恩典和惊奇。

1971 年 3 月

六十岁的开场白

(致弗里德里希·希尔[1])

远处的高地苍翠葱茏
守林人看护着栖居的鸟群,
下方,是金色的肥沃田地:
一道拱起的山丘,一株
喜光的独自挺立的橡树。

那些长有翅翼的生灵,很容易听见
它们的动静,却很难看得分明,好动,
无意识,性情急躁,不管喜欢合群
还是偏好独居,在它们的有生之年
都会寻找食物、配偶和领地。

放射状的共和政体,固守在原地,
轴对称的君主制,不加掩饰地行动,[2]
禁欲主义者,天生就会自我监督,

1. 奥登在《页边批注》里,写有一首仿弗里德里希·希尔的短诗,可参见那首诗的注释。

2. 奥登此诗以奥地利风光开篇,这个共和制国家保留了很多传统风貌,而君主制国家英国随着工业革命的发展已经日新月异。至于"放射状"和"轴对称"的描述,可参考两国的地图。

三者拥有各自的仪式和事证领域，
依循肉体的法则活得都不错。

到处都有打着呵欠的年幼哺乳动物，
造出新名词，疑神又疑鬼，
引发了战争，说着俏皮话，
一种总是处于危机中的古怪生物，
而我就属于这类焦虑的物种，

纯属偶然，也是自我的选择，
每年从花蕾初绽到满目红叶的
这段时间，我这个异邦人的后代，
罗马边境外一个视野偏狭的北方之子，
就会从别的地方移居此地。[1]

我的族人曾是四处劫掠的海盗，
粗鲁、残忍，但并不工于心计，
从未齐步行进或开辟通衢大道，
更没有像元老院议员那样堕落，
沉迷于宏大建筑和角斗士的嗜好。

1. 奥登的祖先是来自北欧的海盗，这几段诗节都带有他个人的色彩。

而福音已抵达了非罗马的地区。
我能翻译五座教区主堂的洋葱塔楼[1]
以巴洛克风格写出的布道文：
造出了一个人，就必须配成对，
爱实实在在，事事称心如意，

从出生到死亡，都非出于自愿，
在此宿命时程中，肉体必会堕落，
而精神却可以逆向攀升
自由地选择由死向生，
复活，然后重新开始。

我们也能理解希腊的法典：
一个可敬人物必须承认
世间万物美妙的自洽性，
必须分得清偶数和奇数，
还要为现实状况作证。

向东，向西，自驾旅行者
在高速公路上呼啸而过，主干铁路上
一列目标长远的特快列车蜿蜒行驶，

1. 欧洲大教堂的塔楼圆顶有多种建构外观，比如洋葱形、头盔形、梨形、花苞形等。

蒙大自然恩准，即将通过一个山隘：
今天，如在石器时代一样，

我们的沙岩溪谷仍是一条重要通道。
时常被水淹没的河漫滩[1]、
位于北方的冰水沉积地区、
散布于南方的石灰岩山岭
都会阻碍探路者的通行。

走过我们身边的人，只想着滑雪坡道
或剧院的首场演出，很少会留意
我们零落散布的乡村，每逢收获季，
村里的孩子们会开着突突响的拖拉机
摇摇晃晃驶入装有风雨遮棚的小路。

此刻很安静，但也曾经领教过
那些不受欢迎的访客，非法入侵，
恐慌与尖叫，战争的伤害：

1. 河漫滩，又被称为泛滥平原，通常位于河流中下游，因河流堆积作用而形成的大片堆积体，是河流堆积地貌的一种；枯水季露出水面，丰水季又常被淹没。奥登在这里用到了很多地质学术语。

突厥人曾驻扎此地，博内的军团[1]，
德国人，俄国人，他们没带来任何好事。

虽然没有灌木树篱在我看来有些古怪
(夸耀自家风光的辉格党地主
不曾统治过奥地利人的地盘)，
十年过后，这片非英国的土地
已渐渐获得我的青睐，

它的名字被我添加到了索利赫尔[2]煤气厂的
神秘地图[3]里，一个患有支气管炎的孩子
曾充满敬畏地凝视这些地名：蓝萤石矿洞[4]，
费斯廷约格铁路[5]，赖厄德水坝[6]，

---

1. 拿破仑在位期间因多次发动战争，被英国报章描述为一位危险的暴君，英国人提到他时，常常称之为“博内(原文为“Boney”，意为营养不良的皮包骨头，讽刺拿破仑的矮小身材)。

2. 索利赫尔是英国米德兰郡西部的一个镇区，位于伯明翰市中心的西南面。奥登在《致拜伦勋爵的信》第四章(参见《奥登诗选：1927—1947》)中提到过索利赫尔的煤气厂，那是他住在索利赫尔时最喜欢的地方。

3. 在没有写下诗行的孩童时期，奥登经常幻想自己是一个建筑师或者矿业工程师，沉浸于“构建和经营一片神圣的私人领域，该领域的最基本的要素是北方的石灰岩地貌和铅矿工业”。

4. 蓝萤石矿洞在德比郡的卡斯尔顿。奥登儿时参观过这个矿洞。

5. 费斯廷约格是一段窄轨铁路，位于威尔士的格温内斯郡，如今是斯诺登尼亚国家公园的主要观光点。奥登在 1914 年复活节期间见过这条铁路。

6. 赖厄德水坝在威尔士，是艾兰谷水库的一个坝区。奥登曾在 1913 年 8 月游经此地。

十字山，凯尔德，和锅鼻瀑布，[1]

吃午饭时，遇到件喜事或心情彻底轻松时，
常会读到那些被神圣化了的地名，
菲布尔格街和腓特烈街[2]
伊萨菲尔德，埃波梅奥，
波普拉德，巴塞尔，巴勒迪克，[3]

更具现代气息的圣地，米达街，
卡内基音乐厅和第一大道上
爱迪生公司的烟囱。[4] 如何定义现在的我？
一个美国人？不，一个翻开《纽约时报》
会先看讣告栏的纽约客，

他的梦中影像已显示了他的年龄，

---

1. 十字山是奔宁山脉的最高点；凯尔德是北约克郡的一个村庄；锅鼻瀑布是英格兰东北部提斯河上游的瀑布，在《新年书简》第三章（参见《奥登诗选：1927—1947》）里奥登曾写到这个地方。

2. 这两条街位于柏林的工人区。

3. 伊萨菲尔德是冰岛西北的一个镇；波普拉德是斯洛伐克北部的城市，是一处历史风景名胜；巴塞尔是瑞士一城市，位于德、法、瑞三国边境；巴勒迪克是法国马斯河行政区的一个市镇。

4. 米达街位于美国纽约布鲁克林高地。1940 年 10 月开始，奥登租住在米达街 7 号的大宅子里，从这儿可以看到第一大道上的爱迪生联合动力公司（Consolidated Edison Power Corporation）的烟囱。

醒来后，就会被激光、电脑、
自助式性爱手册、
遭窃听的电话、尖端武器系统
和恶俗笑话所包围。

一个无能为力、循规蹈矩的窝囊废
目瞪口呆地看着可悲又自负的 O[1]，
这里很多人在挨饿，看上去气色很差，
而我所生活的时代，已培养出
闲暇时啃读里尔克的刑讯专家。

如今的精英人士会乘坐大型喷气机
穿越好几个时区去参加一次联席会议：
我们的牧羊人[2]既不睡觉也不拉屎，
而神志不清的首脑人物们
签署了一份份条约(带有秘密条款)。

十六岁出头的少年能理解六十岁的老人么？
仙钮[3]，长髯客，露天聚会，

1. 指地球。
2. 牧羊人是引领者，也可指牧师或手握权力的人。
3. 仙钮(button)指咀嚼后能产生幻觉的仙人掌芽或仙人球花；嬉皮士常留着长胡须，故译作“长髯客”。兴奋剂、留须、露天聚会是二十世纪六七十年代年轻嬉皮士的典型作派。

我的野营地与他们有何相似之处?
我希望有很多。《使徒行传》已表明
在圣灵降临节,格调并不是什么问题。

人类要说话,因为人类要倾听,
对上帝造物的形象变得彼此类同的
第八日[1],则不抱任何希望:
生命的赐予者,请为我解释,
直到我最后骨化形销之时。

1967年4月

1. 一世纪初,星期天成为纪念基督复活的一个节日,被称为"主日"(Lord's Day)和安息日(Sabbath),有相应的宗教仪式和娱乐活动,这个习俗此后几乎通行于所有的基督教地区。在早期基督教神父的著作中,星期天比照罗马的集市也被称作"第八日"。

谕教子书

（致菲利普·斯彭德[1]）

亲爱的菲利普，“为醉醺醺的教父们感谢上帝”，
你在我们的访客簿上如此写道，这是句恭维话。
　　而我已到了为慎重起见
　　每年需做一次例行体检的年纪，

还能为哪个基督徒的娃娃作担保？
更别提为年轻人提供一些可怕的
　　陈词滥调。在以往的年代，情况
　　可大不相同：老人们仍会有用处，

当他们能够发挥出色的想象，将未来描绘成
一道已被命名的确定性风景，他们的孩子
　　依此就可以获得同样的感受，
　　为同样的故事欢笑和哭泣。

于是善人与恶人很容易就能识别本地的

1. 奥登的教子菲利普·斯彭德生于 1943 年，母亲是画家南希·斯彭德，父亲是探险家迈克尔·斯彭德（诗人斯蒂芬·斯彭德的哥哥）。菲利普曾担任非营利机构“作家与学者国际公司”和“查禁目录”的筹款人。菲利普也是“斯蒂芬·斯彭德信托基金会”的管理人。

生物群落：善良即意味着鞋匠圣伊莱斯[1]

　　去照顾村里的傻子，

　　邪恶即意味着福尔克斯伯爵[2]

在他的高峻塔楼[3]里沉迷于凶险的怪癖。

这只是我的经验之谈，如你这样的孩子对那个年代

　　毫无记忆，那时人们坐火车旅行，

　　穷人各自安于现状，

财富的创造者不像今天，已变成花钱无度的

一种公害（没有人胆敢提议

　　把他们送进毒气室，但有些人

　　确实会这么做）。这一切，

我如何能跟你一下说清楚？无需我来告诉你

目前的状况：暴民政治的媒体，

　　结合了经过干燥处理的流言，

---

1. 圣伊莱斯是公元七世纪在法兰西的希腊隐士，他是残疾人、乞丐以及被社会遗弃者的主保圣人。

2. 此邪恶伯爵当指查尔斯·约翰·福尔克斯(1868—1947)，他是英国历史学家，伦敦皇家军械博物馆的馆长，写了很多关于中世纪古兵器的著作，在英国的"美术工艺运动"中担当了重要角色。

3. 皇家军械博物馆有伦敦、利兹、朴次茅斯尼尔森堡三个分址，伦敦所在地就是著名的古监狱伦敦塔；此外，福尔克斯还写过一本名为《伦敦塔中的达达尼尔大炮》的书。

　　从不间断地加工和排放着

现今所有的丑恶秘密。明天，一个不再形成
可见影像、毫无特征又来源不明的
　　腹背之患会把我们吓得
　　屁滚尿流：倘若按照修昔底德

对“人类”的定义，该发生总会发生，
我们已自吞苦果，而一场灾祸
　　已在劫难逃，任何的粗口下流话
　　都不会延缓它的到来。做噩梦的时候

（谁没有过？）我见过恍惚真实的可恶画面：
沸腾的行为污水池[1]，快步疾走的缪斯们，
　　从受到污染的赫利孔山[2]飘来了阵阵臭气，
　　女巫们在垃圾山上安眠休息，

希律王的遗传基因工程师们
受命去改造头脑简单的大众。到那时，
　　若运气好的话，有形实体的我

---

1. 原文“behavioral sink”是双关，又意为“行为的沉沦”（美国行为学家约翰·卡尔霍恩于 1962 年提出的一个心理学术语，主要指拥挤导致的行为失常）。
2. 赫利孔山位于希腊中部，在希腊神话中是文艺女神缪斯们的居住地。

　　会变成无机物，我的习性被如此设定

以致无法区分光明和黑暗，还会被标以
三十美元五十美分的时价：
　　而你很可能也会面临此种境况，
　　假如你没有尽早地成熟起来。可是，

谁能发出正确的指令？当然，即便我们的
全球执政官也不行，他们说出的傲慢口号
　　就像他们含糊的句法一样
　　错漏百出：（他们会成为嘲弄的对象，

倘若比神话谱系中的远古喷火兽
更擅长拆卸的聪明的小孩子们
　　觉得为他们修造的
　　种种装置并不好玩。）

要为普天下的幸福安乐
承担起责任可不是一份好差事：
　　在精英的国度你们这一代人
　　或许会被迫选择一种

比僧侣还严格的清规戒律，一种顺服的方式，
贫穷——天呐！——也许很纯洁，可是，

在这个风吹雨打的开放世界里，
坚定的冒险精神在民间故事中预示着

危险的远征[1]。我们该为这样的旅行者写些什么？
我们可以给予他们什么样的营养品、温暖关怀
和庇护所，而这些恰好也是他们所需？
不应有任何伤风败俗或令人不快的内容：

只有那些毫发未伤、饱食终日的人才会将各各他[2]
当成语言游戏来欣赏。不应讽刺挖苦：
轻鄙嘲笑不会让撒旦自觉羞愧。
也不应粗制滥造：极其出色地

表现出妥帖和优雅，最起码
我们还能够做到，而它的情绪基调
应该类同于嘉年华会。
让我们赞美大自然与家庭

小小的日常奇观，然后，
以亦庄亦谐的记录、以完满大结局[3]

1. 这里暗指菲利普的父亲，探险家迈克尔·斯彭德。
2. 各各他，又称为髑髅地，是一座荒山，耶稣在此地被钉死于十字架上。参《诗告时辰·午时经》诗尾的注释。
3. 原文“eucatastrophe”是托尔金自造的一个词，特指情节转换的戏剧性事件，主人公最后通常能获得幸福与安宁。

来结束每一天，
远离水面而重生[1]。

不过，你或许会认为，诗歌就像大多数诗人
那么愚蠢，因此宁愿在康托尔[2]的逻辑乐园里嬉闹
来打发自己的闲暇时间，
要么就急切地想求解

某些棘手难题，诸如“我们能否绞死一个
并不存在的强盗”或“数字三是什么颜色”之类。
有何不可？所有的愉悦感受
都源自于上帝。既然我是你的教父，

我将以几句世俗格言结束这封信：
请对你纯属多余的存在深表欣慰，
走路时请脚尖朝外，亲爱的，
还要记住你是谁，一个斯彭德。

1968 年 4 月

1. 这里指不必如洗礼仪式那样，须借助水完成灵魂的净化作用(早期基督徒常常站在河中举行洗礼)。
2. 这里指德国数学家格奥尔格·康托尔(1845—1918)，他对数学最重要的贡献在于建立集合论和超穷数理论。

治疗的艺术

（悼念医学博士大卫·普罗泰奇[1]）

大多数的病人都认为
死亡只是他们的事，
　　和他们的医生没关系，
　　那些穿白大褂的圣人，
人们从来不会想象他们
　　赤身裸体或是已结婚。

　　作为一个医生之子，
我可能体会更深。“治疗，”
　　爸爸会告诉我，
　　“不是一种科学，
它只是讨好自然的
　　直觉性艺术。

　　植物，动物，会根据你
是否与它同属一个物种
　　作出反应，

1. 大卫·普罗泰奇是奥登在纽约的私人医生，1969 年 5 月死于癌症。请参看本书《短句集束（三）》的相关注释。

而所有的人类
都会对无法预知之事
持有个人的偏见。

对有些人来说，身体欠佳
是凸显自身重要性的一种方式，
有些人能坦然面对，
极少数的人很狂热，
他们会一直郁郁不乐
除非给他们开膛破肚。”

经由他提醒，避开了
虐待狂、假意奉承者
和势利鬼，
我们初相识时我就知道，
我已找到了一个言行一致的
私人医生。

你自己也是
医疗工程师和他们的
自大傲慢的受害者，
当他们为你患病的
脑垂体做放射治疗

对它造成了过度损伤。

“每一种疾病
都是一个音乐性的问题，”
诺瓦利斯如是说：
“而每一种治疗
都是音乐性的解决方案。”
你也深知这一点。

并不是说，在接诊我时，
你听到的任何紊乱的不协和音
都转为了协和音：
到今天为止，
我的身体器官的自我认同度
看上去仍然很高。

得了绝症的你，
为我的小毛小病
开出了有效的药方：
我主要的恶习，
我愚蠢的嗜好，你全都交由
我的良知自行处置。

我可以信任你，
倘若我命不久矣，
你会如实告知我，不会用
安慰性的谎言来欺辱我，
是不是你恰好身处了困境，
才让我如此地确信？

是不是糖尿病患者
都会和自我毁灭的冲动
作某种斗争？
有一天你告诉我：
“让我继续活着的唯一原因，
是我的坏脾气。”

而不管是愤怒
还是欲望，都不是无所不能，
我们也不会希望
我们的朋友
都变成超人。亲爱的大卫，
亲爱的人，请安息，

作为所有医生都会追求
但少有人做到的职业典范，

即便身处艰难时刻，
你也应该得到
我们有所偏私的爱
和客观的赞美。

1969 年 5 月

新年贺辞

有感于玛丽·J·马普尔斯 1969 年 1 月
发表于《科学美国人》的一篇专文[1]
（致瓦西里·亚诺夫斯基[2]）

在这个依循传统
　　要盘点人生的日子里，
我向你们全体——酵母菌、细菌、
　　病毒、喜氧微生物、厌氧微生物——
致以节日的问候：
　　祝大家新年快乐，
你们看重我的外胚层[3]
　　亦如我倾慕中土[4]。

---

1. 马普尔斯那篇文章题为《人类皮肤上的生命》，奥登这首作为回应的诗歌，发表于《科学美国人》1969 年 12 月号。这首诗里出现了很多科学术语，诉说对象是居住于人体皮肤的微生物，但它同时也是一首关于地球母亲的寓言哲理诗（微生物也可譬喻为人类）；奥登是在提醒我们：我们比我们所知的更依赖于自然界（盖娅）。
2. 瓦西里·亚诺夫斯基是一位流亡欧洲的俄国人，既是医学博士，也是作家。二十世纪四十年代后期，奥登在一个神学讨论小组遇到亚诺夫斯基，两人从此成为至交。
3. 外胚层是胚胎最外的一层胚层，主要发育成体表的组织。
4. 奥登又一次提到了托尔金在其魔幻小说中所描述的中土。

如你们这般大小的生灵，
　　我会让你们随意挑选住处，
因此，你们可以在
　　感觉最适宜的地方安家落户，
毛孔的池塘，或是腋窝
　　和胯部的热带雨林，
前臂的荒漠，或是
　　头皮上的荫凉树丛。

开建侨民区吧：我会提供
　　足够的温度和湿度
以及你们所需的皮脂和脂类，
　　只要你们隐去身形
永远别来打扰我，
　　要像好客人般守规矩，
千万不要聚众闹事，弄出个
　　粉刺、脚气或疖子。

我的内部气候会不会
　　影响你们所居住的体表？
不可预知的变化定已留下记录：
　　当我心血来潮
箭一般飞跑出集市，

各种思绪纷乱纠结，
却什么事也没发生，
没人打来电话，还下起了雨。
我倾向于认为，我创造出了
一个可能存在的世界，
但它绝不是什么伊甸园：
我的游戏和有目的的行为
或许会引发那里的灾难。
倘若你们是虔诚的信众，
你们的戏剧会对不应承受的痛苦
做出怎样的辩解？

每二十四小时就会刮来两次飓风，
当我穿衣服或者脱衣服，
那些紧挨着角蛋白[1]筏子的城市
就会被卷到空中遭遇毁灭，
而在我洗澡的时候，洪水
又会把你们全都烫死，对此，
你们的牧师会用什么样的神话
来作出解释？

1. 角蛋白属于硬蛋白，是组成人类皮肤的主要构成物质，亦是头发和指甲的主要构成物质。

之后，或迟或早，

　　末日毁灭的一天就将来临，

到那时，我的体表突然之间

　　变得非常冷、非常臭，

而你们会胃口大开，

　　变成某种某种更凶猛的捕食者，

我，一个过去的存在物，百口莫辩，

　　褪去了光环，必须服从审判。

1969年5月

嗅觉与味觉

鼻子和味蕾从不会怀疑
它们对外部世界的判断，
但立刻就会责备或赞美
每一个触及它们的事实：
的确，我们的偏好会因时而变，
果真如此，也只是为了追求更好。

与几乎所有的野生动物相比，
我们的味觉感受稍欠灵敏，
可是，动物虽能做出微妙的判断，
却无法解释宴会的神秘之处：
经由内心的化合作用，爱
受到了鼓舞，希望再度燃起。

1969 年 5 月

听觉与视觉

经由耳朵转述的事件
柔和或刺耳，而非远与近，
我们只能从中感知到
音调的变换和转瞬即逝：
狗叫声，笑声，枪击声，
我们或许会关切或许不会。

“既存现实”和“将成现实”
对视觉来说构成了一个整体：
被观看的山冈保持了原样，
但预示了更远的距离，
而每看一眼，我们都会
愉快地承认这一点。

1969 年 5 月

我不是摄影机[1]

拍摄下来的生活，总是要么很琐碎，要么已经消过毒。

——尤金·罗森斯托克-胡絮[2]

将我们所见的一切称为图像
隐含了此种意味：对我们来说
所有的客观对象都是拍摄主题。

· · ·

我们没有命名、没有目睹的
东西，作为一种象征
常常不为我们所注意。

· · ·

我们从未等同看待两个人，
也从未两次都以同样方式

---

1. 这组有关摄影的诗，原本散见于奥登的笔记本(1947—1964)，后来集合成组诗。
2. 尤金·罗森斯托克-胡絮(1888—1973)是一位卓有成就的德裔历史学家、社会哲学家；1933年纳粹执政后，他辞去了德国布雷斯劳大学教职，转赴哈佛大学担任了德国艺术与文化的临时讲席，因宗教思想受到排挤，后去新汉普郡的达特茅斯学院任教，直到退休。奥登对摄影的认识，与阅读他的著作《基督教的未来》(*The Christian Future*，1947)有着直接联系。

看待某一个人。[1]

·　·　·

拍特写镜头显得非常粗暴，我们不会
这么干，除非是在怒不可遏的时候：
彼此靠近正要接吻的恋人们
在他们的脸可能被转换为
解剖学的数据之前，
会本能地闭上眼睛。

·　·　·

透过镜头窥视或许有某种启发意义：
可是，每回我们这么做的时候，都应该
向那些受到实质性侵扰的遥远或渺小的事物
说声抱歉。

·　·　·

摄影机记录了
可见的现实：也即是说，
一切都有可能是假象。

---

1. 此处套用了古希腊哲学家赫拉克利特那句名言（“人不能两次走进同一条河流”）的句式。

·　·　·

闪回镜头篡改了**过去**：
它们忘记了
应该记住的**现在**。

·　·　·

在屏幕前，我们只能
为人类行为做目击旁证：
选择权交给了摄制组。

·　·　·

摄影机或可充分渲染
欢乐，但一定会
削弱悲伤。

不安的一夜

(一次词汇练习[1])

他在梦里边
急切地想回家,
可迷惑性的力量
已扭曲了空间,
误导了方向:
五分钟轻松走完的
一段路,变成了
步履蹒跚的远行,
被冻得缩手缩脚,
时不时还遭遇了
冰雹或暴风雨的
连番打击,
走上阴云低垂的
泥泞[2]小路,那儿

1. 这首诗确实是一次词汇练习:奥登用了很多的方言词、生僻词和自造词,并改变了一些词的词性。托比·里特在一篇专文《从冷漠到时代精神:奥登与〈第二版牛津英语词典〉》里曾提到过,这首诗"想让它的作者在《牛津英语词典》里留个位置,也许显得过于热情了些"。

2. 原文"stolchy"是将动词"stolch"形容词化,在《牛津英语词典》里找不到注释。英国诗人埃德蒙·布伦登(Edmund Blunden,1896—1974)曾在他的诗歌《乡野之神》里用过这个词,含义接近"poachy",意为"泥泞的、松软的"。

站着几个牧羊人，
呆滞的面容，
内敛的神情，
说话鼻音很重[1]，
身旁凶巴巴的牧羊犬
正看管着一群
懒散叫唤的瘦绵羊。

一阵咳嗽发作
将他带回了愧疚感，
这个坏脾气的老顽固[2]
躺在了黑暗里，
对魔鬼般可怖的
社交琐事已全然
丧失了热情，
对世间的邪恶
也再不会情绪激愤，
当时间缓缓流逝，
便开始胡言乱语，

---

1. 原文“snoachy”亦是收在《牛津英语词典》的冷僻词，含义接近“nasalize”（“用鼻音说话”）。
2. 原文“senex morosus”是拉丁文，“senex”意为“年老的智者、老学究”，卡尔·荣格曾描述过这类人格原型。

疲弱无力，随意散漫，
没有抑扬顿挫：
为让自己恢复信念，
他翻找出已有定评的
诗人的一些诗句，
哀婉的或痛切的，
可他抽选的片段听上去
全都那么琐碎或浮夸，
根本不值得劳驾刽子手
亲自动手来斧削。

1969 年 6 月

登月

很自然，男人们会为阳物崇拜
如此巨大的成功而大肆庆祝，女人们
　　通常认为这种冒险不值得花费力气，
　　若她们觉得还可接受，那不过是因为

我们喜欢聚在一起，而且知道确切时间：
是的，为公平起见，我们这个性征的人
　　也会为丰功伟绩喝彩叫好，虽然
　　初始动机稍许有点不那么高尚[1]。

一个大动作。可它如何收场？它给出了
怎样的现场系统评估[2]？我们总能驾轻就熟地
　　对付实在物却一直轻忽生命，很容易
　　冒险逞勇却从不轻易表露善意：自第一次

钻木取火以来，登陆月球只不过
是个时间问题。而我们一如亚当，

1. 原文为德文，意同英语的“humane”。
2. 原文“osse”是“On Site System Evaluation”的缩写，此处应是指登陆月球后的直观判断。

依然学不会安分守己，现代性
仅只体现于——我们的有失体统。

的确，荷马笔下的那些英雄没有我们的
三人小组[1]那么勇敢，但他们却更加幸运：
赫克托耳免于忍受类似的轻侮
不必让他的英勇壮举充斥电视屏幕。

值得去一趟么？我可以相信有此必要。
值得一看？无所谓！我曾坐车穿越沙漠，
感觉并不愉快：给我一个水流灌溉的
充满生机的花园，远离这些

追逐新奇的蠢货、冯·布劳恩[2]们及其同类，
在那儿，在八月的早晨，我可以清点
牵牛花[3]的数目，死亡仍具有某种意义，
而任何机器都无法改变我的观点。

---

1. 三位执行此任务的宇航员分别为阿波罗 11 号的指令长尼尔·阿姆斯特朗、指令舱驾驶员迈克尔·科林斯与登月舱驾驶员巴兹·奥尔德林；准确的登陆时间是 1969 年 7 月 20 日下午 4 时 17 分 43 秒(休斯敦时间)。
2. 沃纳·冯·布劳恩是德裔火箭专家，二十世纪航天事业的先驱之一；曾为纳粹德国设计了著名的“V1”和“V2”火箭，战后主持美国国家航空航天局(NASA)的空间研究开发项目，为阿波罗飞船成功研发了运载火箭土星 5 号。
3. 原文“morning glories”是个双关，既指“牵牛花”，也有“昙花一现的人或物”的含义。

感谢上帝，无论圆与缺，我的月亮仍是未受玷污的
天界女王，一个可以久久凝望的存在，
　　她那个由勇气而不是蛋白质构成的老搭档[1]，
　　仍会带着古老的超然姿态，探诉

我的几个奥地利朋友，而古老的警句
仍有令我惊惧的力量：骄狂自大[2]
　　总会有一个糟糕结局，亵渎不敬
　　远比迷信行为更为愚蠢。

我们的官僚阶层会继续制造
那个通常叫做"历史"的大杂烩：
　　我们只能祈祷，愿艺术家们、厨子们
　　还有圣人们，看上去仍可以淡然处之。

1969 年 8 月

1. 此处应是指太阳，在希腊和罗马神话中，月神与太阳神是孪生兄妹。
2. 原文"hybris"（即"hubris"）是希腊悲剧里的专门用语，意指藐视神明与狂妄自大（最终会导致自身毁灭）。

守备部队[1]

喝点儿马提尼：这时要拉下窗帘，
选一张心爱作曲家的唱片来听，
完了后，来到餐桌旁等着你做出的
　　某道可口的菜肴。

时间除去了所有防护，短足目的涅墨西斯[2]
迟早有一天会缠住腿脚灵便[3]的阿喀琉斯，
可不知怎么的，音乐和语言让他们两个
　　都犯了迷糊。

多亏了这样，活着的人还有可能
与已故之人一同进餐，亡者的兄弟情谊
给了我们信心，让我们得以发起
　　微不足道的**即时**攻势，

---

1. 1933 年至 1935 年奥登曾在赫里福德郡的道恩斯中学任教，其间写了一些作品，包括上卷所录的《夏夜》；1970 年适逢道恩斯中学建校七十周年，奥登的这首诗刊登在校刊特辑上。
2. 涅墨西斯是古希腊神话中的复仇女神。赫西俄德在《神谱》中写到，涅墨西斯由暗夜女神尼克斯(Nyx)孕育而生。有传说指出，涅墨西斯为了躲避天帝宙斯的追求，曾化为一只鹅。奥登在此用"短足目"形容涅墨西斯，应该是暗指她的鹅形。
3. 此处对应的原文"hare-swift"，本意为"如狡兔般敏捷的"。

在假设中如此自以为是，还如此确信
没人敢公然藐视。切斯特，我们以及与我们
合拍投契的唱诗班，已被分派到了
　　守备部队的兵站。

不管谁来统治，我们对城市负有的职责
就是充当忠诚的反对派，不会因为贪图钱财
去行骗，也不会声嘶力竭地去追求
　　一种公众形象。

让喜欢造反的暴躁脾气的人去造反，
我们则要保持距离：一个貌似合理的未来
可能会如何，取决于我们现在赞成什么，
　　我们可以充当一个范例。

1969 年 5 月

伪命题

谁有可能会赞同梅特涅[1]和他的
思想警察？可是，在宽松自由的环境里，
阿达尔贝特·施蒂弗特[2]就会写出
　　他那些高贵的田园诗？

反之亦然，什么样的法官既敬畏上帝
又会千方百计地要同一个金融骗子
和反犹分子握手？不过，理查德·瓦格纳[3]
　　还是写出了大师级的作品。

关于艺术和社会，我再不愿去争辩：
批评家们无论信奉基督教，还是
追捧马克思主义，都应该就此闭嘴，
　　以免自己满口胡言。

1969 年 6 月

---

1. 克莱门斯·梅特涅（1773—1859）是在德国出生的奥地利政治家，十九世纪欧洲最重要的外交家之一，从 1809 年任奥地利帝国外交大臣开始直至 1848 年革命爆发，一直都很活跃。他是个传统的保守主义者，对外热衷于维护大国均势策略，对内推行强力的言论控制政策，建立了大范围的间谍网络和检查制度。
2. 阿达尔贝特·施蒂弗特（1805—1868）是一位奥地利作家、诗人、画家，以描写自然风景（尤其是波希米亚森林）而知名，在当时几个德语国家很流行。施蒂弗特家境贫寒，大学学习和毕业后相当长一段时间内，在一些贵族府邸中当家庭教师，他的学生包括克莱门斯·梅特涅的儿子。
3. 瓦格纳曾信奉雅利安种族主义理论，因其反犹太主义思想而为人诟病。

阴云密布

（致斯苔拉·穆瑟琳[1]）

我不像那些喜光的人
会在海滩上把身体晒黑：
我觉得现在流行的
这种冲浪运动很愚蠢。
植物当然要让它们多晒太阳，
这有助于它们维持生计：
而对极度羞涩、头脑无趣的人来说，
裸露意味着公开宣示
自己是个贪吃鬼和笨蛋。
我，一个老男人，
躲在某个遮阳篷的阴影里
才感觉安全，仍然需要
看到明媚的夏日风景、
明亮蔚蓝的天空
还有如一团鲜奶油般飘移的

1. 斯苔拉·冯·穆瑟琳男爵夫人（1915—1996）是出生于威尔士的奥地利作家和历史学家，她丈夫的家乡在奥地利基希施泰腾附近，1958年奥登迁居到奥地利度夏后，他们成为很亲密的朋友。奥登曾为穆瑟琳的《奥地利：人物和风景》（1971）写过一篇长序，认为这本书“富有教益”和“有趣”。奥登去世后，穆瑟琳成为国际奥登协会的发起人之一，并为奥登写过传记。

碎云。今年这些都没了：
哎，主掌天气的神，
你为何如此郁郁不乐？

连着数日，我们刚一醒来
就被怒目而视的你斥责，
充满恶意、怀恨在心、
表情呆滞、皱着眉的一张脸
就像宿醉的酒鬼般
可怕又可鄙：
假如你一定要搅乱天庭，
至少可以让它下点儿雨。
（水总是受欢迎，因为
树木喜欢拿它来清洗，而凡人
能用它来酿啤酒或白兰地。）
可是，不，我们一滴也没得到。
你一直这么干燥和阴郁，
带着无休无止的怒气。

鸡鸭鹅全都无精打采，
萎蔫的花儿可怜兮兮，
覆盆子的茎秆逃不掉疯叶病[1]。

1. 疯叶病，又称缩叶病，嫩叶刚伸出时就显现卷曲状、颜色发红，逐渐严重变形、变成褐色，最后干枯脱落。

若要不生气，忽视你的存在，
我们要么喝醉，偶尔试试安非他命[1]
要么就得变成
昏头昏脑的恋人：
因为整天都头脑清醒，
我察觉了你的粗野举止，
常常下午四点钟
就拉下了窗帘
将你的寒碜挡在了窗外。

你为谁生气，因何事恼火？
可怜的奥地利做了什么
竟招致了这般的非难？
公务员国家[2]，的确，
跟以前一样的糟糕，
汽车司机总是很危险，
大歌剧院[3]的演出水准
一年不如一年，
而与她往昔的骄傲相比

1. 安非他命，学名为苯丙胺，是一种中枢兴奋剂及抗抑郁症药。
2. 此处对应的原文“Beamterei”为德语，是奥地利人对本国的自嘲，讽刺它保守、固步自封的一面。
3. 指维也纳国家歌剧院。

维也纳已变得如此土气。
可它还是一个安逸的国家，
没有受到暴乱或罢工的滋扰，
对吸毒仍会心存畏怯：
我所了解的十来个国家
才是你应该嫌恶的目标，
在那儿过活好像要可怕得多。
（我无须提及它们的名字，
因为你仔细审视整个星球，
马上就知道正在发生什么。）

够了！装聋作哑的神，你的能耐
只是让我们的情绪低落？
我们或许起了些恶劣作用，
可坏天气并不会纠正它。
假若你一心指望我们的世界
能够改过自新，切记：
快乐的时候，人类总体上
还稍微守点规矩，而不快乐时
他们总是表现得更加糟糕。

1971 年 10 月

自然语言学

(致彼得·萨卢斯[1])

每一个造物都有办法来宣告它的自主性：
　　视觉显现的象形文字科伊内语[2]
必不可少，即便矿物家族也会使用，
　　它虽然缺少动词，可若是与我们自己极其乏味的
词汇相比，它的形状名词、颜色形容词和提示场所的
　　恰当介词却要丰富和微妙得多。
动词最先随花朵而来，昆虫们因为口味嗜甜，
　　不得不服从于花蕊散发出的祈使句气味：
而在百兽看来，肢体语言也就等同于动机，
　　(唉，很遗憾，城市生活削弱了我们这方面的能力，)
它们马上就能领会疑问、友善、威胁和安抚的信号，
　　设若有过误判，也是极少的个例。
所有已设法突破了无声状态的第一个障碍、进入到
　　听觉世界的生物都会发现陈述语气的"是"：

1. 彼得·萨卢斯(Peter Salus)是美国语言学家、计算机科学家、科技史学家，在纽约任教时经人介绍结识了奥登。1966年开始与奥登、保罗·泰勒合译古冰岛史诗《埃达》：泰勒先逐字译出初稿，奥登负责润饰译文，萨卢斯负责添加注释；1968年，三人合译的《女巫之歌：埃达选译》出版。此后奥登和泰勒还翻了其他一些冰岛古代文学作品。

2. 科伊内语(koine)是一种古希腊方言，也是古希腊时代东地中海各国的共通语，《圣经·新约》早期即由共通语撰写而成。

虽然有些食肉动物的留言方式是一路撒下尿迹，
　　使用了过去时态的“是”，而有些
靠撒谎来过活的有保护色的生物，既无法想象“将要”，
　　也从来不曾作出虚拟或否定的陈述。
它们会唱着愤怒与悲伤的歌，不会自责或懊悔，
　　也不会讲传奇故事，但它们对仪式的尊重
却要比我们更虔诚，因为一种复杂编码的触发器[1]
　　已教会了它们如何依循远古先祖的行走方式。
（对我们来说，有些密码仍然神秘不可解：譬如说，
　　在庞大而无爱的隐秘湍流中游徙的鱼类，
是什么让它们保持了队形？我们唯一可以确定的是，
　　前脑退化的米诺鱼[2]会快乐地独自巡游。）
既然在它们的圈子里，奇谈怪论是一种失礼行为，
　　因此谁也不会结结巴巴或吞吞吐吐，不会徒劳地没话找话，
也不会一时语塞无言以对：表面看来，谁也没有掌握两种语言，
　　可即使它们无法翻译，那也只是它们为自主行为
所作出的补偿，它们不会像我们这样，贪婪地
　　想方设法要将整个世界立刻冲印成照片。
倘若它们从来没有大笑过，至少它们从来不会信口开河，
　　它们从未因为信仰观点而去折磨自己的同类，

---

1. 奥登在此借用了奥地利动物行为学家康拉德·洛仑兹（1903—1989）常用的一个概念“auslöser”（触发，一种由信号引导的动物行为）。

2. 又称鲦鱼，是一种小型的鲤科淡水鱼。

没有发动过战争，不会被高分贝的音乐激怒，

　　也从不会因为一道口头指令而命丧他乡。

我们可以把它们叫做“哑巴”，而我们的诗人当然有理由推定，

　　它们会更喜欢修辞格的“准确”而不是“模糊”。

1969 年 6 月

局外者

（致威廉·格雷[1]）

尽管宽阔的裂口[2]已使我们——诗人和记账员——彼此隔离，
我们却全体陷入隐忍的沉默，远离了植物的古老世界，
在那儿，拜叶绿素所赐，只有少数植物才会伤及性命，
对此没有人会怀疑，我们像对邻居那样对它们点头致意，
而它们对园丁的精心打理作出了友好回应，我们从中得出了
结论，
总想不失时机地得到比自我教育更多的东西。
至于性情冲动的兽类，无需烦劳达尔文开口，我们
已知道马、兔子和老鼠与我们同属一个纲目，而双声调的
鸣禽
是我们的远亲，尽管已隔了好多代：外表似乎独一无二，
我们也被抛到了寒风中，男男女女都像剃了毛的卷毛狗，
逮住机会吞食蛋白质，排便，笨拙地完成动物的
两两交配，敢于冒险，因衰老变得步履蹒跚，我们
最终屈服，

---

1. 威廉·格雷(1913—1992)是英国神秘学家，常被人叫做比尔·格雷，写了很多有关秘密教仪和神秘学方面的著作。
2. 此处对应的原文“Wide though the interrupt...”改写自约翰·弥尔顿的代表作《失乐园》第三章的“...nor yet the main Abyss / Wide interrupt can hold”(茫茫深渊的阻隔 / 都制服不了他)。

逐渐变成了迟钝的废物，与此同时，借由终生保持的
恒定的可见形态，它们却契合了我们试图形塑**自我**的
人性观念。我们不由想象，它们如我们一样正凝视着
地平线，始终保持着清醒的观察，尽管并不理解，
但超乎它们理应关切的程度，当看到某个人下床走动，
也会稍感欣慰：是的，即便它们中最谦卑的物种，
确实也已经涉身险境，直接面对了勇气、表达、欢乐
和随之产生的爱。在我们的民间故事里，蟾蜍和松鼠
之所以会开口说话，在我们的史诗中，伟大人物之所以
会被譬喻为狮子、狐狸或苍鹰，原因就在这里。
　　　　　　　　　　　　而在我们和昆虫——也即是
绝大部分的现存物种[1]之间，存有一个同情心无法逾越的
令人生畏的断裂面：（什么样的圣人会和一只蟑螂交朋友，
或会对着一座蚁丘布道？）感觉不到一丁点羞愧，不认可
　　　　　　　　　　　　　　　　任何的悲伤，
对失败的可能性无动于衷，它们动摇了教徒对天父旨意
的信心[2]，同样也粉碎了无神论者对纯粹偶发事件的
独断见解。开始的时候是个贪婪的爬行捕食者，
埋入土中会生出坏疽，之后从裹尸布里钻了出来，

---

1. 昆虫是地球上数量最多的动物群落，不但种类多，而且同种的个体数量也很惊人，它们的踪迹几乎遍及整个地球。

2. 此处对应的原文“fatherly providence”在基督教语境里为“God’s providence”，指上帝的看顾与照料，也就是说上帝在他创造天地万物之后，继续以他的全能与慈爱、管理与统治、指导与带领来照料他所创造的一切。

长出了翅膀，有了交配能力，变得色彩斑斓，喜欢喝汁液，
还难以克制地猎食和贮藏，如此必然会破坏任何统一的
感觉功能。为了安顿它们，你会原谅那些不友好的“城镇”，
在那儿，性是少数几个的特供品，而大多数操作着各种工具
因过度操劳而丧命，你忍不住就会编造出一个原初堕落的
诺斯替神话，而在此之前还有爬行动物的极漫长时期：
亚当，一个螃蟹般的生物，刚刚摆脱了他无法生存的
湿热海洋，此刻奄奄一息，大口喘着气，正躺在某个
没有欢歌笑语的海滩上。一个诱惑者（并非我们幻想中的
撒旦，而是一个聪明的笛卡儿式的统治者）走到近旁，
开始了巧言哄骗：你的表现有些够呛，是吧，可怜的家伙，
不，无论怎样都无济于事，因为我们所知的全知全能者
设定了一切。（他很高贵，可逻辑从来不是他的强项。）
在天堂里，自由或可应付那些非实体的存在，而对鬼鬼祟祟的
外延物质来说，结果注定会出现偏差，而错误是致命的。
你只需相信我，好好地活着，因为我确实很清楚
需要做些什么。假如我调校好了你的神经中枢，
你必承受地土。[1]
　　　　　　　我们都知道，这样的一个神话根本无解。
它们对自己或对上帝意味着什么，都是毫无意义的问题：
对我们来说，很简单，我们决不能变得和它们一样。

1970 年 5 月

---

1. 此处对应的原文“inherit the earth”出自《圣经·新约·马太福音》中的第五章第五节：“温柔的人有福了！因为他们必承受地土。”

一位老年公民的打油诗

(致罗伯特·莱德勒[1])

1969 年我们的地球
并不符合我的要求,
我是说,它本该赋予我勇气
让我与混乱保持一定距离。

我的伊甸园的风景和气候风土
都是脱胎于爱德华时代的产物,
那时宽敞的盥洗室必不可少,
而吃饭前,人们会作感恩祷告。

汽车,飞机,确实都是
有用的玩意,却亵渎了神祇:
机器,在我的构想中,
应由水流或蒸汽来驱动。

理性要求我接受电灯泡,
可要说很喜欢我却做不到:

1. 这位罗伯特·莱德勒或是弗吉尼亚州费尔法克斯市的议员。

对我来说，码头上的一盏
鱼尾喷灯更值得膜拜礼赞。

我对抗过家族幽灵，也能应付处理，
可我从没有怀疑过他们的价值：
我认为，新教徒式的职业伦理
不但富有同情心也切合实际。

夫唱妇随的和睦家庭，
假如背了债务就有悖德行：
要买东西就支付现金，
我到死都会保留这个习性。

我们所使用的《通用祈祷书》[1]
众所周知是 1662 年的产物：
虽然紧跟潮流的布道文听着也还行，
礼拜仪式的改革[2]却糟糕透顶。

性，当然——永远都是如此——
最具蛊惑性，也最神秘，

1.《通用祈祷书》亦称为《公祷书》，是英国国教（圣公会）的祷告用书，主要内容是教堂礼拜的祈祷文和仪范。
2. 这里指的是总主教礼仪委员会进行的礼仪改革，以及 1967 年新发布的礼仪书。

可书报亭并没有因此就摆满
专供摩尼教徒[1]的色情书刊。

而谈吐彬彬有礼乃一门技艺，
就像要学会不打嗝或是不放屁：
反小说，自由体诗，[2]
我无法确定哪个更低级。

探究象征和神话的哲学博士
他们也并非我的密友知己：
我自认为是一介文人，
总希望能做好自己的本分。

哪个人敢于刚愎自用，

1. 有关摩尼教的解释，请参看《栖居地的感恩・房屋地理学》的相关注释。

2. 反小说是第二次世界大战后在欧美国家兴起的反传统小说，这类小说否定故事的一贯性、写实手法等传统小说创作形式，而是积极开创新的艺术形式、确立新的写作方法、发现新的创作主题。至于自由体诗，奥登曾公开表示自己是一个"形式主义者"，反对自由体诗，他写道："我之所以对很多自由诗持反对态度，是因为不觉得这样写有什么必要性……如今，很多想要成为艺术家的人所面临的问题在于，他们看到不少顶尖的作品……写得如此自由和轻松（这的确如此）……于是认为他们自己也可以这么写作。然而，一个人若想达到那样的水准，必须经过漫长的实践才行，先是学习各种技巧（每一种技巧都是传统，因而带有危险性），接着消除技巧的痕迹。学会技巧比消除技巧简单得多，我们很多人都只能停留在学会技巧的阶段。不管怎么说，这是通向成功的唯一道路，即便我们停在半路举步维艰。"有论者认为奥登这里隐晦提及了两位文学人物："反小说"指的是萨特，自由体诗指的是惠特曼。

将**放任**称为教育上的成功?
我上学那会儿的人心智更健全,
拉丁文或希腊文都是必修语言。

有个术语叫做“代沟”,虽然
我怀疑它是一派胡言,
可以去怪罪谁?不分老幼或智愚,
那些人就是不愿去学习自己的母语。

然而,至少,爱的状态
既不会时髦流行也不会过时淘汰,
我有一些真正的朋友,此时此地
我愿意同他们一起谈话、共享美食。

说我不合群?胡扯!
真实世界才让我感觉最为自在,
正因为我是一个宣过誓的公民,
我必定会和它发生一点小冲突。

1969年5月

短句集束(五)

一个诗人的希望：
最好是像某种土产奶酪，
很乡土，但到处被人看重。

· · ·

一个失意的政客，
上了年纪
会沉迷于
骗子的社会美德，
然后收养两个食客。

· · ·

有哪个人会把
加尔文、帕斯卡尔或尼采
描绘成粉嘟嘟、胖乎乎的孩子？

· · ·

失去了爱着他的母亲，
笛卡儿[1]让思想

---

1. 笛卡儿出身于地位较低的贵族家庭，一岁多时他的母亲让娜·布罗夏尔患肺结核病去世，后来因为父亲移居并再婚，他由外祖母抚养长大。

脱离了**物质**。

· · ·

当工程师们一同饮酒，
他们会开何种
专业性的玩笑？

· · ·

玻璃透镜让观看
变得不再神圣：人们自以为
已看透了自然界。

· · ·

对年老的朝圣者来说，
空间是有神性的，直到飞机出现，
打消了他们所有的荒谬念头。

· · ·

大风来袭时，树木总是
很诧异，却从不会问
为什么会这样。

· · ·

呼呼的火苗一直在
自言自语,却允许了
我们无意的倾听。

· · ·

河流或迟或晚,
都会汇入某片海洋,
而时候一到,所有人
都会走向生命的终点,
两者都不是刻意为之。

· · ·

年轻人,就像新闻界,会因为大自然
突然大发脾气而激动不已,而老年人会认可
谦恭有礼时的她:地震、洪水、火山喷发,
似乎都有点儿粗俗。

· · ·

我们的桌子、椅子和沙发
都知道一点我们的事,
我们的爱人却一无所知。

· · ·

我们碰触到的总是
一个**他者**：我摸得到自己的腿，
却摸不到**我**。

· · ·

高兴的时候
我们都希望自己能有一条
可以摇摆的尾巴。

· · ·

为什么，伴随着**成长**
我们定会丧失婴儿期
大喊大叫的天赋能力？

· · ·

当我年纪还小的时候……
这句说了半截的话
现在为何让我如此生厌？

· · ·

听着录有自己讲话声音的
一卷磁带，有哪个人
不会觉得反感？

· · ·

他们的理性
无法传授给疲倦的人：
只能让人大体地感知。

· · ·

喜欢一夜情的人[1]不具危害力：
只有那些投入真爱的人
才会真的堕落。

· · ·

只有糟糕的修辞
才能“美化”这个世界：
它对真实的言语充耳不闻。

· · ·

谎言家的言辞还知道
脸红，而统计学家的数字
就完全不知羞耻了。

---

1. 此处对应的原文为“oncers”，既有“每周上一次教堂”的含义，也指“喜欢一夜情的人”，译者根据上下文选择了后者（富勒先生也作此解释）。

· · ·

美德总是会比恶行
更昂贵,而相比疯狂
所付的代价要少。

· · ·

我们都是宇宙间的
微渺之物,可我们
也并非不重要。

· · ·

何为死亡?一个分解过程,
生命转化为更微小、
更简单的构成。

· · ·

毫无影响力的人
才会那么大肆喧闹:
上帝和检控方
都会细声慢语。

· · ·

上帝从不会故意刁难。
假若你相求，它倒是
解决麻烦的行家里手。

· · ·

上帝是根据人的外表
来评判我们的么？
我怀疑，他确实如此。

· · ·

那么多迷人的事物，其无邪的美令我们大为惊异，
　　其存在，却要归功于贪婪、恐惧、虚荣或内疚。

· · ·

过去的诗人是幸运的；因为他们半数的作品都是为自己而写：
　　当他们提及某个地方、英雄或神祇的名字，大家都会鼓掌，
固有名称有着自在[1]的诗意，而现在，诗人们
　　几乎不敢下笔，倘若没有添上一条注释。

· · ·

1. 此处对应的原文“an-sich”出自康德的“Ding an Sich”，诺曼·坎普斯密斯英译为“Things-in-themselves”；中文里通常译作“自在之物”与“物自体”，邓晓芒在《三大批判精粹》中曾改译为“物自身”。

一切诗体格律皆可赞，它们阻止了自动反应，
　　迫使我们审慎思考，摆脱自我的束缚。

· · ·

不，超现实主义者们，不！即便最狂放不羁的诗歌
　　也必须如散文那样，以不变的常识来构建一个坚实基础。

· · ·

我怀疑，倘若没有某种潜在性的喜剧因素，
　　如今连一首真正严肃的诗都没法写成。

· · ·

“我六十四岁时该写什么？”，这的确是个问题，
　　而自问“1971 年我该写什么”就很愚蠢了。

· · ·

今天有两首诗要求我把它们写出来：我不得不拒绝。
　　抱歉，亲爱的，没感觉了！对不起，宝贝儿，还不到时候！

· · ·

在野蛮人和唠唠叨叨的生灵中间过活，被人从奇怪的角度
　　来打量审视，且还要乐此不疲，此即艺术的存在理由。
诗人，运用你呼唤的能力，准确地说出

你有幸看到的东西：其它交由我们自己来判断。

· · ·

心理学的批评家，在语言上一定要力求精准：
千万不可将“象征”与“讽喻性符号”彼此混淆。

· · ·

无耻的充满妒忌的时代！相比已完成的作品，公众
会为那些原本无意出售的笔记和草稿
掏出更多的钱。研究着删去的字词和讹误，
每个业余爱好者都会想：这事儿我也能干。

· · ·

我会原谅饶舌的专栏作家，因为他们没有弄虚作假，
但不会原谅那些自称为了学术的传记作者。

· · ·

自传作者，请不要跟我讲述你的风流韵事：
对你来说这非常重要，在我看来则不足为奇。

· · ·

色情文学为何很无趣？因为它从来不会让我们大吃一惊。
我们都很清楚：人类作为哺乳动物会做哪几件事。

· · ·

你了解艺术家,自认为对首席女歌手一清二楚:

好家伙,且稍等,听听科学家们起床后在唱些什么!

· · ·

任何机器都有神性,一切众生皆归世俗。

为何最聪明的头脑时常抱有这样的信仰?

· · ·

那些借助猿猴来解释我们自身行为的人都是傻瓜蛋,

他们如此蠢笨,压根分不清自己的屁眼和地上的洞眼。

· · ·

倘若我们的行为都是条件性反应,那我们的理论也是如此:

可你们这些行为心理学家声称自己的理论客观又真实。

· · ·

马蝇,自然界为什么没有让你学会尊重我们?

你可以叮咬我们,这对你通常也意味着毁灭。

· · ·

当我们说某某人是个"好人"时,心理学家无法判别

我们的真实意图，因为我们的本意当然不是说
他没有任何问题：很清楚的一点是，当我们说出
这样的话，没有人会摇着头说：他很可恶！

· · ·

才能需要展露，需要进入某个公共空间来表演：
美德则自我堆砌，即便出自那些品德高尚者。

· · ·

当两个人发现他们拥有一个共同的狂热嗜好，
性、多尼采蒂[1]或是美食，阶层悬殊不再构成障碍：
可是，当你面对陌生人或讨厌鬼，谈话如何才能进行下去？
这一应酬对答的法则对每个阶层都是一个秘密。

· · ·

暴力从来不会是公正的，虽然正义有时会有求于它：
而对暴君们来说，必要的邪恶却是一种乐趣。

· · ·

与集体的疏离始终是一种责任：
每个国家都是一头野兽，是疏远的化身。

---

1. 多尼采蒂(1797—1848)是意大利著名的浪漫主义歌剧作曲家，以创作的快速、多产而著称。他的代表作有《爱之甘醇》、《唐帕斯卡莱》、《拉美莫尔的露契亚》等。

· · ·

电视时代的孩子们知道所有政客的名字，
却不再玩小孩子该玩的游戏，这是不是一种进步？

· · ·

是的，一个如此沉溺于狂热消费的社会糟透了，
　　我完全同意：可是，激进学生们的抗议，唉，
为什么还在用它那种非人化的大众广告语言？倘若要让
　　我们的国家文明化，你首先就要用文明的方式说话。

· · ·

为什么要在公众场合脱个精光、大爆粗口？
　　可怜的小家伙，你们是不是都没有什么朋友？

· · ·

我读到这么一段，有人在嚷嚷：我们所有人全部天赋异禀！
　　抱歉，亲爱的，我才是：而你们已证明了自己的不成器。[1]

· · ·

1. 这一行的原文是“Sorry, my love, but I am: You, though, have proved that you ain't”。“ain't”是“am not”的缩写，因为不合文法，很少在正式行文中使用。这里含有明显的对不标准英语的讽刺。

青春期的时候，当然，有时我会发脾气或是闷闷不乐，

　　可是我也记得，自己从没有感觉无聊。

· · ·

我拥护自由，因为我不信任权柄在握的审查官：

　　可假如我坐到那个位置上，噢！我会变得多么苛刻。

1969 年至 1971 年

养老院[1]

世人皆有命限，但每个人的毁败方式
各有微妙不同。精英人物会把自己打扮得很得体，
拄着根拐杖走来走去，会娴熟地读完
一整本书，或会挑容易上手的奏鸣曲弹几段
节奏舒缓的乐章。（然而，他们感官上的自由
或许正是他们精神上的祸因：
世事洞明、了解底细的他们，更容易陷入
哭不出来的忧郁。）随后登场的是那些坐在轮椅上的
普通的大多数，他们长时间守着电视，
还要在好脾气的理疗师指挥下参加大合唱，
不合群的呢，就在自个儿的灵薄狱[2]里喃喃自语，
最后是病入膏肓的丧失机能者，缺乏远见，
无法开口，无从指摘，一如他们拙劣模仿的
植物一样。（植物会大量蒸发水分，却从不会
自我毁损。）可是，一个纽带已将他们联为一体：

---

1. 奥登的友人伊丽莎白·梅耶在中风以后住进了纽约布朗克斯的一所养老院，奥登常常不辞辛劳地乘坐地铁和公交车去探访她，给她带去了很多快乐。但是，奥登显然不喜欢养老院的环境与氛围，有朋友曾在养老院见过奥登：“他受不了那地儿……显得十分痛苦，差不多半小时就离开了，得救似的长吁一口气。”梅耶去世后，奥登在她的葬礼上读了《致伊丽莎白·梅耶的诗行》（见本卷《题赠诗》第四首，是奥登为庆祝梅耶八十岁生日所写的诗歌）。

2. 有关注释，参《灵薄文化》。

虽然这个世界时不时会出岔子，这里所有的老人
　　在一个带有世俗身份的观众看来
却更自由自在、也更悦目。一个孩子若对母亲
　　感到失望，还能在祖母那里寻求庇护，
他会得到新的评价，还能听个故事。到目前为止，
　　我们都知道会发生什么事，可他们那代人将最先经历
这样的衰亡过程，不是待在家里，而是被打发到
　　一间编了号的监护病房，如无人认领的行李，
被人出于好心堆放在一起。
　　　　　　　　　　　　当我搭乘地铁
　　花半小时去陪伴某个人，就会再次回想
她风华正茂时的美丽与优雅，
　　周末探访时要装出很快乐的样子，这不是一桩
好差使。倘若我希望她没有苦痛地立刻永远睡去，
　　祈求上帝或自然（如我所知她也祷告）
突然中断她的各项生理机能，会不会显得太冷酷？

1970 年 4 月

喀耳刻[1]

她的心灵感应电台传送着
平庸、无聊、失意颓丧的电波，
我们困倦疲乏或心神不安时
　　就会调到她的频率。

因此，尽管地图或电话簿里没有列名，
她的花园很容易找到。你很快走到了
门口，但见门楣上写着几个大字：
　　要做爱不要作战[2]。

里面很温暖，好像还是九月里
某个昏沉的白天，而树叶尚未显露变色的
迹象。你在周遭看到的还是寻常的

---

1. 喀耳刻是希腊神话中的女巫。根据赫西俄德的说法，她是老辈太阳神赫利俄斯和海洋女神珀耳塞伊斯的女儿，在毒死了丈夫之后，便前往艾尤岛隐居了起来。她善于用药，常把她的敌人和反对她的人变成怪物；在《奥德赛》中，她曾把奥德修斯的同伴变成猪。奥登此诗主要是批判二十世纪六十年代嬉皮运动中的花癫派，这类年轻人高举反战、性和毒品的大旗，常常头戴花朵或者向路人分花。花癫派的这些特征在诗歌的字里行间显露无遗。
2. 越南战争爆发后，全美反战游行示威此起彼伏，以脱离社会体制为主要思潮的嬉皮运动一时蔚为风潮；此处对应的原文“Make Love Not War”是当时最为响亮的口号，1967 年的夏天亦被称作“爱的夏天”。

粉色、蓝色和红色，

一片过于浓酽的色调。玫瑰花丛
没有棘刺。一支看不见的管弦乐队
在演奏大师们的作品：技巧无懈可击，
渲染性的感伤风格。

她自己不露痕迹。可是，当朝圣者
刚开始怀疑“我是不是被一个神话戏耍了”，
马上发觉她握住了自己的手，还听到
她在喃喃低语：好不容易！

被误导的人，跟着我，你就会找到答案，
所谓良知，是否只是个聒噪的泼妇？
而知识之树[1]，是否只是愚人船[2]上
那根断裂的主桅杆？

可怜的异乡人，投入我的怀抱，在我这里

---

1. 即《圣经·旧约·创世记》里提到的伊甸园里的“分别善恶的树”，亚当和夏娃偷吃的禁果就是这棵树上的果实。

2. 愚人船是文艺复兴时期文学和社会生活中处置精神错乱者的特殊工具，二十世纪法国哲学家福柯在其专著《疯癫与文明》中写道：“这种船载着那些神经错乱的乘客从一个城镇航行到另一个城镇……病人被囚在船上，无处逃遁。他被送到千支百岔的江河上或茫茫无际的大海上，也就被送交给脱离尘世的、不可捉摸的命运；他成了最自由、最开放的地方的囚徒：被牢牢束缚在有无数去向的路口……”

前后序列已打破，分歧也得以消除：
很快，很快，在完美的性高潮中，宝贝儿，
　　你将和所有人结为一体。

她并没有虐待受她蒙骗的人（野兽会撕咬
或逃脱），而是将他们变成了单纯的花朵，
这些寄生的宿命论者对什么都不在乎，
　　只能自言自语。

惟有蒙受恩典的少数，某些精英，
她会将他们带到她的秘密城堡，
那里禁止谈笑，奉行的法则是
　　汝可随意为非作歹。

并不怎么清白的可爱的小家伙们，
当心那个蜘蛛老婆婆[1]：去讨她的欢心。
她并不像看上去那般和蔼，你们也不是
　　自认为的那么坚不可摧。

1969年5月

---

1. “蜘蛛老婆婆”(Grandmother Spider)是美国最大的印第安部落纳瓦霍人的创世神，她利用蛛丝创造了世间万物。

献给布谷鸟的短颂歌

此刻谁也想象不到你是在回应这些无聊问题：
——“我能活多久?”“还要打多长时间的光棍?”
“黄油会更便宜些么?”——你扯开嗓子叫唤
　　并不会让屋主们[1]感到不安。

与譬如乌鸫这样的大歌唱家的
咏叹调相比，你的双声调表演过于简单：
我们中最冷漠的恶人也会对你的筑巢习性
　　打心眼里觉得可气。

科学、美学、伦理学或会虚张声势，却无法
消除你的魔力：你对奔波于路途的上班族
感到惊讶，一如你对野兽产生的好奇。
　　我在日记里通常只会记些

社交应酬之类的事，近来则是朋友们去世的消息，
因此，年复一年，每当我第一次听到
你的鸣啭声，都会在这一神圣的时刻

1. 此处对应的原文为“husbands”，亦有“管家”、“节俭的管理人”等含义；布谷鸟(杜鹃)常在房前屋后的树上筑巢，不知疲倦地鸣叫，结合上下文，译为了“屋主”。

随手写上几笔。[1]

1971 年 6 月

1. 在欧洲，布谷鸟的叫声意味着春天的到来，因为布谷鸟每年都在非洲过冬，到了 3 月份欧洲气候转暖时再返回来。步入生命黄昏的奥登，显然对盎然的春天滋生出别样的情怀。

献给中世纪诗人的颂歌

乔叟，朗兰德，道格拉斯，邓巴[1]，还有许多
无名的同行，你们没有麻醉剂和排水系统，
　　每天面临了女巫、术士、麻风病人、
　　宗教裁判所和肆意纵火的

外国雇佣兵的威胁，还能如此愉快地写作，
没有露出任何自我怜悯的痛苦表情，
　　你们到底是怎么应付过去的？
　　你们可能有些啰嗦但绝不庸俗，

粗言秽语但并不卑下，你们刺耳的争吵
令兴致盎然的戏谑避开了物质享受，
　　而我们的诗人自认为不受任何
　　迷信的影响，却屡屡受此困扰，

---

1. 乔叟（1343—1400）被誉为英国文学之父、中世纪最出色的诗人；朗兰德即十四世纪英国诗人威廉·朗兰德（William Langland），据称是中世纪讽喻叙事诗《农夫皮尔斯》的作者，奥登曾在1932年底部分取材于该诗写了一首未完成的长诗；道格拉斯即苏格兰诗人加文·道格拉斯（Gavin Douglas），第一个将古罗马诗人维吉尔的代表作《埃涅阿斯纪》译成了英文；邓巴即苏格兰诗人威廉·邓巴（William Dunbar），与詹姆斯三世的宫廷来往密切，用苏格兰语写有风格题材多变的大量作品。

即便状态最好的时候，也常常那么阴郁
和古怪，因戈耳贡般[1]的自我而变得僵化。
　　我们都想知道，而我很疑惑，是不是有人
　　真能道出个中缘由：为何各个年龄层的人

都觉得我们的时代如此可恶。不过，倘若没有
那些冷漠无情的机器，你们都无法占据我的书架，
　　当场检测我的听力，也无法取笑
　　我可悲的肉胎凡躯：眼下，

我本来很乐意奉献一些诗行，来赞美
这个紫槿花开、雷声阵阵的愉快六月，
　　可是，一想到你们会写得好很多
　　我自个儿就断了这个念头。

1971 年 6 月

1. 戈耳贡是希腊神话中的蛇发三姐妹的统称，她们形貌丑陋，凡人只要碰到她们的目光就会变成石头。在她们当中，美杜莎最为出名。

一次相遇

年份：公元452年。地点：
波河南岸。预告片：悬垂在
西方基督教文明未来希望之上的
　　帷幕。

因为出自万物有灵论的骑马文化、
只吃生肉和羊奶酪、威胁了城市和文学的
阿提拉[1]和他那些眼角上挑、面色蜡黄的
　　匈奴部属

已在那儿安营扎寨，他们打垮了帝国军队，
劫掠了富庶的北方，此刻欺骗性地卸下了
车马辎重，古老的定居生活方式
　　已被扭曲。

---

1. 奥登这首诗涉及了一段史实：公元452年，匈奴王阿提拉借口要与罗马帝国重新联姻入侵意大利，他的军队一路南下洗劫了无数城市，并将东北部要塞城市阿奎莱纳夷为平地，最终抵达波河（据说阿提拉的军营此时爆发了疾病和饥荒）；罗马皇帝瓦伦提尼安三世派出了三个使节：罗马教皇利奥一世、元老院首席议员阿维努斯及禁卫军统领特里杰久斯；三人在曼图亚附近的明奇奥与阿提拉会面，阿提拉最终同意撤军并与皇帝议定和约。阿基坦的普罗斯珀曾简短描述过这一历史性会面，将此次会谈归功于利奥。

罗马死气沉沉。何种理由解释得通，
为何她现在不会成为他们的囊中物？
此刻，只有教皇一人保持了冷静
　　亲自去面见敌人，

同行者唱着圣诗依序上前：阿提拉注视着
与他如此不同的仪态举止，有些惊讶。
“你叫什么？”他厉声喝问其中的首领。
　　“利奥，”教皇答道，

一边举起了右手，食指向上，
小指抵着拇指，行了个
罗马礼，“我请求国王
　　与我私下相谈。”

他们的谈判避开了众人耳目：我们只知道
它进行得十分简短，阿提拉突然
调转方向，策马返回营帐驻地，
　　大声宣布了号令。

第二天早晨此地空无一人：他们已不见踪影，
此后再没来烦扰我们。利奥究竟跟他说了些
什么话？他自己从来不提，而诗人们

　　只能诉诸猜想，

这是拥有共同宇宙观的人们之间的谈话：
我们只能说，他有随机应变的才能，
就那一次，按他自己的标准衡量，
　　世界之王示弱了。

1970 年 6 月

一件骇人的事

豪斯曼[1]说得完全正确。
我们的世界正迅速堕坏：
再怎么可怕或愚蠢的事
现在都有可能发生。
可是，日前的遭遇
还是让中上阶层的我不知所措，
我，出生于斯特劳斯刚开始写
《厄勒克特拉》[2]的 1907 年，
英国牧师的孙辈，
不喜舞刀弄枪，
眼睛又近视，
怀疑所有的狂热
也包括了狂热的爱，
只会整日幻想庇护了

1. 即英国诗人和古典学者 A.E. 豪斯曼(1859—1936)，奥登曾在诗歌和散文中多次提到他，还曾写有一首《A.E. 豪斯曼》(1938)。豪斯曼的作品往往围绕着死亡、宗教、战争这几个主题，对成长于一战前后的英国作家影响深远。

2. 这里指的是德国音乐家理查·斯特劳斯(1864—1949)与奥地利诗人、戏剧家雨果·冯·霍夫曼斯塔尔(1874—1929)合作的歌剧《厄勒克特拉》。在希腊神话的特洛伊战争中，厄勒克特拉是希腊联军统帅阿伽门农的女儿，为报杀父之仇，她怂恿弟弟俄瑞斯忒斯杀死了母亲及其情夫。弗洛伊德根据这个故事引申出“厄勒克特拉情结”，即恋父情结。

快乐牧羊人的幽林山谷，
恶劣天气让我苦恼，
捕食性野兽让我痛苦，
拳击和狩猎运动让我厌恶，
奇了怪了，在施韦夏特机场[1]
一个条子竟然搜了我的身
以防我携带武器。

1971 年 9 月

1. 即维也纳国际机场，奥登经此机场返回奥地利郊区基希施泰腾。

孤独感

擅闯家门的鬼，横冲直撞的
隐身访客，
不知趣的电灯泡[1]，
毁了我的私下独处，
敲诈勒索的暴徒，表现得
仿佛是这间屋子的主人，
从一个房间到另一个房间
如此凶恶地追赶着你的受害者，
千篇一律的唠叨，
气量狭小的啰嗦家伙，
卑劣的魔鬼，诋毁着
美好的幻想，让人的思绪
变成焦虑的泥潭，
削弱了我工作的意愿，
没有形状、没有性别的幽灵，
将慰藉排除在外，
遮蔽了自然的美景，
横亘在我和上帝间的灰雾，
无法搁置到一边的

---

1. 此处对应的原文为“gooseberry”，意为“当电灯泡的人（夹在两个情侣之间的不知趣者）”。

恼人问题，
要忍受你真是很难。

就我所知，规律的日常作息
现在是能让你的主人
忽视你的一种手段：
当我正起草商务函件，
或是摆开了桌子，一个人
狼吞虎咽地吃简便的午饭，
我就会暂时忘记你的存在，
可是，惟有在酣睡时，
我才能摆脱你的困扰。

历史提出的建议是忍耐：
暴君如瘟疫般出现，
但没有谁会永远大权独揽。
的确，你很快就会步履蹒跚，
你的日子已屈指可数：明天，
切斯特，我的好伙伴，就会回返。
到时候你就完蛋了：他马上
就会把你一股脑儿地撵出门外。
我们将用音乐、美食和嬉闹
愉快地为你补写一个结尾乐章。

1971年8月

与狗的交谈

(悼念鲁尔菲·斯特罗布尔[1],死于碾压,
1970年6月9日)

在我们看来,当然,你喜欢骨头,
喜欢被人牵着激动莫名地四处嗅闻
——而颜色无关紧要——偶尔碰到
一只兔子就会去追,遇到一个同类
就会用鼻子去蹭对方的屁眼,
可是,当我们接纳你为客厅的小伙伴,
认为你的癖好和举止比猎犬更文雅,
一边挠你的肚子一边和你说话的时候,
你表现出了最强烈的愤怒。
很可能,你只能听懂用歌咏般的重读
发出的元音,
因此,我们无法给你讲故事,即便有时
说的是真人真事,也不能一本正经地
用第三人称剖析不在场的邻居或是那些不会

1. 鲁尔菲·斯特罗布尔是奥登在奥地利基希施泰腾寓所的管家艾玛·艾尔曼养的一条阿尔萨斯狗。奥登在《巴黎评论》中曾提到它——"那可怜家伙跑到了高速公路上被碾死了"。

　　脸红害臊的东西。我们这些人
身为住户，不是牧羊人或杀手，
　　也不是极地探险家，可以对你
提出何种要求呢？值得赞美的生灵，
　　镜子对你们来说毫无意义，你们
从不会掩饰自己的表情，以此提醒我们
　　在社交活动中反应有多迟钝，
也从未学会控制我们的感情，事实上
　　也没有这个意图。有些大人物，
譬如歌德和李尔，不太喜欢你们，
　　看着古怪却是很善良的人，
倘若他们养狗，也会养条好狗。（反过来
　　并不成立，因为某些坏家伙
也能把你们训练得很好。）那些想要一个
　　永远长不大的暴躁孩子的人，
那些需要时不时耍点威风的人，
　　他们倒是常常会贬低你们。
你们认为幽默等同于快活，
　　所以一笑起来全身都跟着颤动，
只有一件事会让你们惊恐万状，那就是
　　我们狭隘又傲慢的傻笑声。
（我们的年轻人倒是会被你们的吠叫声给吓坏，
　　而对你们来说，节欲似乎并不是什么问题，

除非是闻到了母狗飘来的气味。）
　　相比很多两条腿的安慰者，
你们总是能更快地感知到我们的愁苦，
　　无需告诉你们枯燥的细节或是要责怪谁，
而在我们失意的时候，你们的沉默
　　也更有帮助。在公民群体中
顺从并非总是一种美德，
　　可你们的顺从并没有让我们心神不安，
因为，虽然有些孩子气，你们是健全的，
　　不像人类的新一代，我们仍有责任
去给他们泼冷水（既然他们在察觉到
　　我们的失败之前，都懒得去犯下
自己的错误）。是的，且让我们的亲密关系
　　保持原有的差异，同时又具备
共同的特性：一种戏剧感。

1970年7月

与老鼠的交谈

被我们多次盖棺论定的生灵，我们必须与它们握手：
好恐怖！弄走它！上帝，多古怪的东西！要绕着走！
真有趣！难以置信！好玩又讨厌！一只可爱的怪物！
傲慢的我们却认为那些生命无比愚蠢，无论是好还是坏，
它们都被认定为一个物种，被归入了耸人听闻的
类别部分。于是——嘿！——我们会把蜘蛛、蟑螂和苍蝇
当作无可救药的祸害逐出家门，踩踏或是拍打，
毫不犹豫地将这些废物消灭。
除了少数歇斯底里的女性不认同，
老鼠在所有侵入我们生活的小型哺乳动物里面，实可列入
样貌最好看的一类，因为我们的气味似乎不会吓到它们，
与我们一起蹦跳的访客，貌似诚实的同住者，
我们应赠予一个“你”的称谓，此后的诗行中我也会如此称呼，
即便我语法上的转换超出了你们的理解范围，因为你们，
哎呀，不像寄生虫，从未成功破译主人的密码，
也不知道可以利用人的何种习性。

啊！只要你们有耐心，我们就会训练你们如何控制
自己的贪欲，我们还记得保育员对幼儿习惯的
调教方式，每回当我们对盘子里的菜不屑一顾

她们就会严加指责——嗨！想想饿肚子的亚美尼亚人[1]！——
当我们狼吞虎咽——够了！规矩些，不要吃得一点不剩！——
为你们引几条合适的格言。好的小老鼠从不会咬木头
也不会啃箱包。好的小老鼠从来不会到处拉屎
非得让人清扫。好的小老鼠只拿一小块，
坏的小老鼠总是活不长。还有适合恋人们的俗谚，
两个小老鼠是好伙伴，三个小老鼠乱成一锅粥。

整个春夏季节，当你们还是一对小夫妻，
我们确实生活在如贝阿特丽克斯·波特所描绘的
田园诗般的平静中。可到了九月，平静突然被打破：
你们定是生养了一窝，瞧！突然就出现了一大群，
你们把什么东西都弄得乱七八糟，简直无孔不入。
此刻发生的事证实了那条古老的政治原理：
言辞无法劝服之时，武力就要发号施令。
你们信任我们，没有料到附属于人类的一个
不寻常的东西会带有险恶的目的，深知这一点，
我们在捕鼠夹设下了诱饵，而你们一个接一个地不幸受骗。

---

1. 这里涉及土耳其政府在 1915 年至 1916 年间屠杀亚美尼亚人的血腥事件。当时的土耳其政府把国家分裂归咎于亚美尼亚等民族与外部势力勾结，决定“一劳永逸地解决亚美尼亚问题”，“从肉体上消灭亚美尼亚这个种族”。土耳其军方一边大肆屠杀亚美尼亚精英人物，一边将亚美尼亚百姓驱赶到沙漠地带的集中营，等待他们的是无止境的饥饿、疾病和劳碌。约有一百万到一百五十万的亚美尼亚人在此事件中丧生，很多逃脱的亚美尼亚人后来定居在欧美各地。

一家十四口全都丧了命。当我们边喝鸡尾酒边听
比德迈厄式的[1]二重唱或斯特劳斯的《变形》[2]，
自以为是地哀悼着他那个世界的终结，之后走进厨房，
在那儿又发现了一具不堪的尸体，它的黑眼珠子瞪视着，
已在黑暗里躺了一个星期。我们自觉并没有杀戮的才能，
这实在挑战我们的勇气。哎，为何会如此？为了国家利益。
身为房主的我们做出了自然反应，恰如世界上任一个政府，
倘若它想要某样东西，而一个微不足道的家伙挡了它的道。

1971年5月

1. “比德迈厄时期”指德国在1815年至1848年间的历史时期，现多指文化史上的中产阶级艺术时期；相应地，“比德迈厄式”也就是通常所说的小市民风格。
2. 即理查·施特劳斯作于1945年的交响曲《变形》，手稿上有“哀悼慕尼黑”的字样；《变形》表现了对毁灭的回忆，结尾引用了贝多芬《英雄交响曲》中的葬礼进行曲。

与自己的交谈

（致奥利弗·萨克斯[1]）

今年奥地利的春天分外宜人，
碧空如洗，气流稳定，四处走动的牲畜
无论呆木还是野性难驯，全都无病无灾：
永恒的无机物看似满足于自身处境，
未被禁止之事成了强制性义务[2]。

当然也有阴暗部分，色情广告，新派牧师，
还有隔壁邻居家染上酗酒恶习的丈夫，
而你这位古怪的乡下佬保持了自信的风度，
像我这么个反常的上帝造物，一个厚脸皮的
私意崇拜者[3]，必须向你鞠躬致意。

我在世间的屋宅，这块交由我管理的

---

1. 奥利弗·萨克斯（1933— ）是英裔美国神经病理学家，曾在纽约大学、哥伦比亚大学等学校担任教职，同时也是一名作家。
2. 原文“what is not forbidden is compulsory”出自 T. H. 怀特的小说《永恒之王》（*The Once and Future King*，1958）第十三章。
3. “私意崇拜”语出《圣经·新约·歌罗西书》第二章第二十三节，是使徒保罗的“狱中书信”之一。

世俗领地，还有我收养的孩子[1]，
我必须赚钱来维持，我的导师也是如此，
可我永远无法确认他的神经指令是怎么回事，
也想象不出它有什么非同一般之处。

没有尖牙和利爪，也没有蹄足和毒液，
我想自己生来就很被动，因此，
对整日意志消沉的你会听之任之，
难看的鼻子，更确切地说对气味很挑剔，
而杂食动物的味觉，让我吃得下热食。

数十年前，完全不可预知，你跟随着
自然母亲持续吞吐的人潮来到人间。
按科学的说法，这是个随机事件。
随机个球！我可否称之为真正的奇迹？
只因谁也说不准自己会如何如何。

当你逐渐累积了一些社会名望，
我曾心怀疑虑地审视你的样貌。

---

1. 门德尔松教授在《不为人知的奥登》（刊载于2014年3月的《纽约书评》）一文里揭示了他在奥登书信里的新发现：二战结束的几年后，经由欧洲救济机构安排，奥登即开始为两个战争孤儿支付大学费用，每隔几年再更换新的救助对象；这个不为人知的善行，一直持续到他去世。

他的体格应该更魁梧一些：我很失望！
不过，如今我已习惯了你的高矮胖瘦，
而总体来看，或许我的身材变得糟糕得多。

你的确很少会让人讨厌。我承认，
多年来，你一直患有阴茎异常勃起症
（告诉你“可我没有爱的感觉”也无济于事）：
而你何其坚决地击退了所有病菌的侵袭，
从来没有用偏头痛来惩罚我的坏脾气。

你是受害的一方，倘若你得了近视，那是因为
我这个书呆子专来烦扰你，倘若你像老烟枪般
急促喘气，那是因为我诱使你吸上了瘾。
（假如我们俩的岁数都再年轻一些，
我很可能会和你开更刺激性的玩笑。）

我总是很吃惊，对你的了解少之又少。我知道
你的海岸线和出海口，因为那是我的管控领域，
而内陆的情形，仪式流派、社交规范、你那些
幽暗而咸涩的激流，仍然还是一个个谜：
而我只会相信医生的小道消息。

我们的结合是一出戏，而在舞台剧中，

心中所想都会表现为台词独白：在我们的剧院，
但凡我无法念出的部分，你都会用我不明缘由的行动
予以表达。当我悲伤的时候为何你会分泌泪液，
当我高兴的时候你又为何咧开了嘴巴？

开放或关闭、接纳或排斥的需要，定然源自
你自身的困境，它们并非我的职权范围
（我所能做的，只是提供具体到小时的日程表
以便你到时可以自行安排）：可是，当我的心情
在抑郁和快乐间来回摆动时，你又做了什么事？

至于梦境，我很不理智地要责备你。
我知道，它们并非由我自己选定：若可以，
我会让它们遵循某种诗律上的规束，
让它们的表述吻合意图。无论夜间的狂躁
提出何种论点，作为诗人我都不会赞成。

你的幽默风趣创造的和谐气氛，与我
个人领域里不和谐的爱发脾气是如此不同，
多亏了你的差异性，你可以充当我的星相护符：
不过，是为了人类之大同，恰如霍布斯所认知。
而对应的星座是稍显笨拙的怪物。

是谁杜撰出了“政治实体”这个短语?
我们所定居的或历史学家谈到的所有国家
都曾有过极糟糕的卫生状况,那些身心失调的病患
都是由施虐狂或虚言应付、收费高昂的庸医负责诊治:
当我在读报的时候,你看上去就像个阿多尼斯[1]。

我们都知道,时间会腐蚀你,而我已在担心
我们的分离:我曾领教过几个可怕的例子。
记住,当上帝对你说:“离开他!”
为了他,也为了我,请务必不要在意我
可怜兮兮的“不要”,你只需赶快走人。

1971 年 4 月

1. 阿多尼斯是希腊神话里的美少年,请参看组诗《城市的纪念》第四首的相关注释。

第八部分

1972年—1973年

W.H.AUDEN：COLLECTED POEMS

Part Ⅷ

摇篮曲

奔忙的喧闹声已减弱，
又一个白昼移向西方
而暗黑天幕已张开。
安静！安静！让你的身体
抛却烦恼稍作休息。
你的日常事务已完毕，
你出门倒过垃圾，
回了几封烦人的信
还付了一笔账单回执，
匆匆忙忙全部做完。
现在你可以光着身子，
可以像虾米般蜷起来，
也可以四肢舒展地躺床上
享受它惬意的小气候：
唱吧，大宝宝，唱摇篮曲。

古希腊人错得离谱：
那喀索斯是个被时间驯服的
老古董，到最后才摆脱了
对他人身体的欲望，

作出了理性的妥协。
多年来，你一直嫉妒
那些多毛的肌肉男。
不再这样了：现在
心满意足地抚摩着
你近乎女性化的肉体，
一边想象着自己的
无罪和丰足[1]，
圣母马利亚和婴孩
正藏身于你的舒适小窝：
唱吧，大宝宝，唱摇篮曲。

让你睡前的思虑满怀感恩：
赞美你的父母，他们给了你
超我的精神力量
为你省去了那么多麻烦，
赞美所有亲如手足的朋友们，
此外还要公平地归因于
你的时代，让你恰好

1. 奥登在1972年5月18日写给好友E.R.道兹的信中提到了这行诗："显然，幻想自己'无罪和丰足'并不'理性'：我深知自己两者都不沾边。"尽管如此，奥登还是通过这首诗表达了自己平和的晚年心境，他不再受到性冲动的困扰，认为他的男性身体里同时融合了女性和婴孩的特质，变得中性化。

在那段时间出生。
童年时，大人允许你去接触
那些美丽而古老的奇妙装置，
很快，驮箱式火车头、
横梁发动机，还有上射式水轮机
就被驱逐出了尘世，
是的，亲爱的，你一直很幸运：
唱吧，大宝宝，唱摇篮曲。

现在只求遗忘：
且让口腹之欲接管
横膈膜下方的部位[1]、
母神群像[2]的辖区，
神圣之门正是由她们守护，
没有她们无言的告诫，
从小啰嗦话多的我
很快就会变成一个
猥琐、爱无能、倨傲
又贪恋权位的邪恶暴君。

---

1. 横膈膜是胸腔和腹腔之间的分隔，它的下方是胃、肝脏和脾脏等器官。奥登此处是戏谑的说法，应该是指人体的下半身。
2. “母神群像”对应的原文为“the Mothers”，出自歌德的《浮士德》，指的是精神性的源头，请参看《新年书简》(见《奥登诗选：1927—1947》)的相关注释。

梦境常会萦绕你心头，别理会，
因为甜美的梦、可怕的梦
都是可疑又无趣的笑话，
并不值得与之打交道。
睡吧，大宝宝，睡得饱又足。

1972 年 4 月

不可测的天意[1]

（致洛伦·艾斯理[2]）

时值春季，抽芽的嫩叶和刺耳啼鸣的鸟儿
重又让我想起了最初的**大事件**[3]、第一个
真正意义上的**不可测事件**，曾几何时，
宇宙间一个微渺的角落因为变得足够任性
而得到了一个公平机会，某种**原初物质**，
永恒而自给自足，只知道盲目地碰撞，
纯粹的鲁莽行为引发了应激反应，
一个**自我**索求着一个世界，从外部的**非自我**
获得了自我更新，而在新的自由状态中
又催生了一个新的必然性：死亡。
自此以后，生命若要延续就要谋求改变，

1. 奥登在 1972 年 6 月 15 日写给好友道兹的信中附上了这首诗，对现代遗传学有关人类诞生的偶然与随机的解释不以为然，并直接向 1965 年获得诺贝尔生理学和医学奖的法国生物化学家雅克·莫诺(Jacques Monod)发难。他甚至戏说，这首诗的题目更应该是"反莫诺"。我们且看他对莫诺的这段评价："莫诺犯了个错，当他开始用'随机'这个字眼的时候，他便不可能客观地表达他原本想要呈现的理论——除非他是要说给自闭症儿童听。事实上，如果所有事情都是随机的，你甚至不可能客观地对待随机本身。我宁愿相信光合作用的产生不是随机的，而是一种天意。而且我相信，莫诺本人在其生命中也曾有过这样的体会，一个声音在他耳畔说——'汝该致力于科学。'"

2. 洛伦·艾斯理(1907—1977)是美国著名的人类学家、哲学家，在其论著中常常思考自然与生命的神秘性。

3. 指地球原始生命的最初诞生。

为自己、也为所有其他的个体，
永远要在逆境中维持生存。
　　　　　　　　　　　　笨重的冰龙[1]
表演着它们的慢动作芭蕾：大陆裂成了两半，
在水面上如醉酒般摇摇晃晃：冈瓦纳古陆[2]
迎面撞上了亚洲大陆的下腹部。
可是，灾难反而激发了更多的尝试。
通常来说，最适应者会灭绝，而不适应的失败物种
被迫迁移到尚未开拓的栖息地，因为改变了
生理构造得以顺利繁衍。（我们自己的彪悍先祖
本来无足轻重，但仍能保持足够的自信，
那种姿态我们的达官贵人永远也学不来。）
　　　　　　　　　　　　　　　　　遗传学
可以解释身形、高矮和姿态，却并不能说明
为何某种体格会被赋予思考谋划的能力，
外形脱离了内质，注定要在不安稳的状态中
与自己的**心像**共同生活，害怕死不瞑目，
害怕抱有希望的人，害怕不对称物体的制造者，
也害怕对大自然语法一窍不通的语言学家。

---

1. 指北欧神话传说中的异兽，也喻指冰川时代的地质运动。
2. 根据大陆漂移说的假设，冈瓦纳古陆是大约两亿年前由泛大陆分离成的两个古代超级大陆之一，包括现在的非洲、南美洲、澳洲、南极洲和印度次大陆。

科学就像艺术一样有趣，亦是探寻真理的一种游戏，
而任何游戏都不应自诩能破解所有的复杂谜题，
什么才是美好生活？

戴假发的笛卡儿和涂满油彩的巫师，
他们所讲的生命神话相互抵触，当然，常识会提醒我
两者都不可信，比较而言，前者看上去更加荒诞不经[1]。

1972 年 5 月

1. 奥登认为十七世纪伟大的哲学家、物理学家、数学家和生理学家笛卡儿先生比巫师更离经叛道，其原因主要在于笛卡儿主张唯理论。笛卡儿把几何学的推理方法和演绎方式应用于哲学领域，认为所有物质的东西都可以通过理性思考得到解释（他的名言“我思故我在”），人类、世界和上帝都被“思考”对象化了。

间脑[1]颂

(仿 A. T. W. 西米恩[2])

你怎么可以这么懵懂无知？历经了
几个千禧年，同在一个颅骨构造里，
你定然已发现，大脑皮层里的自我
　　总是会不由自主地说谎。

看来，它从未让你了解无花果叶[3]、火焰、
犁铧、葡萄树或警察，也没有告知你，
逃避或畏缩，很少可以掩盖
　　一个公民面临的问题。

我们每天都在接受挑战，负罪的恐惧感，
错失良机的噩梦，或是被人嘲笑的噩梦，

1. 间脑是人类大脑的主要构成部分，间脑所含的丘脑，与其他非人类的灵长目动物存有细微的差别。除嗅觉外，人类其余各种感觉讯息都经过间脑中的视丘传至大脑皮质，因此，视丘有时亦被称作大脑中枢。间脑中的松果体也控制着人体内分泌的平衡。

2. 西米恩(A. T. W. Simeons)是英国著名的内分泌学家，1961 年出版了《人类狂悖的大脑：身心疾病的一个进化论解释》。奥登的这首诗，借用了西米恩博士的很多专业观点。

3. 无花果叶譬喻了“遮羞布”，根据《圣经·旧约·创世记》第三章第七节的记载，亚当和夏娃在偷食禁果后，“眼睛就明亮了，才知道自己是赤身露体，便拿无花果树的叶子，为自己编作裙子”。

而鸡皮疙瘩、心悸、间歇脉冲[1]
　　都不会去惊扰它们。

在你真正可以帮助我们时，你没有出手。
不论何时，当军号响起召唤人们投入战斗，
但愿你会给他们的肌肉传去一道
　　急性腰痛的紧急指令！

1972 年 7 月

1. 此处对应的原文为“squitter”，意为“间歇振荡器”，是一种电子元件，能产生断续的脉冲电流，这里是形容脑电波。

进化?

不能动,也不能看,
植物完全满足于
它的周边环境。

被赋予了行动能力和视觉,
野兽能区分这里和那里
也能辨别"现在"和"尚未"。

饶舌多话,焦虑不安,
人类能清楚地描述不在场
和不存在的事物。

1972 年 7 月

夜曲

(致 E. R. 道兹[1])

长着鳞片、扭身游动的鱼，
在无光的水下住所中
是否注意到夜幕降临？也许没有。
可是，陆地上的走兽、
所有因为长有羽翼而获得了
翱翔天空的无限自由的飞禽
一到黄昏都会改变活动方式，
各自服从于
某一种好奇心。
它们不约而同地放慢了动作，
关闭了所有的感觉器官，
可还是会有一些古怪异类：
譬如说猫头鹰和猫咪，
天色刚一暗下来，
就会想方设法外出游荡
要去捕杀或要制造杀机。

---

1. E. R. 道兹(1893—1979)是爱尔兰古典文学学者，他和妻子都是奥登终生的挚友。

我们人类很少会
遵循同样的生物钟：
大多数的人已养成了
午夜前停止思考的生活规律，
可是，在下半夜，
为赚钱或为了自己的喜好，
总有人还醒着，仍然在工作。
这里，年轻的激进分子
正密谋要炸毁一栋大楼，
那里，一个诗人皱着眉，
正翻寻记忆里的铅字
要写出某个合意的句子，
而四处出没的夜游生物
在头顶来回盘旋，
正将脾气暴躁的巨蚊
吞进自己的肚子。

越过海洋、陆地
和树梢，此时月亮
悠然穿越沉沉暗夜，
正照映着垃圾堆里的
一个衰败的世界，
因为第一眼的感觉

总会战胜深思熟虑，
她，所有母亲的崇拜偶像，
仍然可以用肉眼看到
我们唯一的可取之处，
那孩子般的好奇本能：
间隔分布于苍穹的
行星和星座，虽然自知
不会产生什么影响，
依然乐于宣示
上帝的荣耀。

外部空间的单纯一如往常，
可能性和**必然性**是一回事[1]，
这让我们感到了莫名的恐惧：
同样的事情不会发生两次，
这非常吻合我们的良知，
而适时出现的重复，
如此有悖于我们的认知方式，
傲慢的丑闻缠身的
动物种群，就此学会了

---

1. 奥登在此谈到自然世界里的“可能性”和“必然性”的统一，读者可以比较一下《与自己的交谈》中的两行“永恒的无机物看似满足于自身处境，/ 未被禁止之事成了强制性义务”。

尊重他人的隐私。
那些粗鲁、愚昧的心灵
会如何想象那幢
平和喜乐的大宅?
我们命中注定要去别处寻找,
在那儿,软弱的意志会得到抚慰,
勇敢地踏上危险的探索旅程?

1972年7月

一个祸害

迪赛尔[1]构想出那台冷酷机器的
那天，天色如此地暗沉，
你，一个粗鄙的发明物由此诞生，
比照相机更加的邪恶
也更应受到谴责，
一个金属质地的怪物，
我们自身文化的祸根，
公众福祉最大的灾难。

法律禁止了大麻制剂和海洛因，
竟准许了你的实际使用？
你让所有软弱卑下的
自我开始膨胀起来，
而痴迷上瘾的人只会危及自己的生命；
你毒害了无辜者的肺部，
你的喧闹声
让喜好安静的人紧张不安，
而在拥堵的道路上，

---

1. 鲁道夫·迪赛尔（1858—1913）是德国发明家和机械工程师，因发明了柴油机而知名。

每天都有数百人死于非命。

头脑机敏的技术专家，
你们确实应该羞愧地垂下头。
你们的聪明才智创造了非凡的奇迹，
让人类登上了月球，
用电脑取代了人脑，
还能造出一颗“聪明”的炸弹。
真是很丢脸，因为
无法排出时间或是没有人催着，
你们竟然没在我们身上动心思，
心智健全者知道我们需要什么：
一辆没有气味、没有噪音、
小巧又稳重的四轮电动汽车。

1972 年 7 月

晨歌

(悼念尤金·罗森斯托克-胡絮[1])

被重新召回一个
愿望成空的世界,
被逐出了睡眠的
特护病室,被复杂的人性[2]
再次接纳,此外,
恰如奥古斯丁所写:
“我意识到我存在和我有意志,
我是有意识、有认知能力,
我也愿意我存在和认识”,[3]
面对了四个方向,
空间上的向外和向内,
去观察和省思,

1. 这首诗最初的副标题是“仿尤金·罗森斯托克-胡絮”,在罗森斯托克-胡絮去世以后才改为“悼念尤金·罗森斯托克-胡絮”,请参看本书《我不是摄影机》的相关注释。奥登创作这首诗的灵感,直接得益于阅读罗森斯托克-胡絮出版于 1970 年的著作《言说与现实》(*Speech and Reality*)。

2. 此处对应的原文“humanity”亦可解释为“人文学科”、“人文系”,胡絮任哈佛讲席期间,因在教学时传播宗教思想而受到同事的排挤。

3. 这三行诗出自奥古斯丁的《忏悔录》第十三卷第十一章(周士良译):“我是有意识、有意志;我意识到我存在和我有意志;我也愿意我存在和认识。”奥登做了些微改动。

时间上的向后和向前，
去回溯和前瞻。[1]

对心灵来说，脱离了这些的
非人性化的客体并不存在，
万物皆有其固有名称，
并不存在中性类别：
花朵以绚丽色调而得其名，
树木为它们的姿态而自豪，
石头很高兴躺在它们
现在躺着的地方。不过，
很少人能领会一道指令，
也很少人会服从或反抗，
于是，当必须应对他们的时候，
爱毫无作用：我们必须选择
视他们为纯粹的他者，
必须计算、权衡、估量和强迫。

走进某个没有名字、
只有人称代词的场所，
我与自己一道开了个会

1. 富勒先生指出，奥登实际上是将空间归结为“关系”(relationships)，将时间归结为“选择”(choices)。

在出席者中认出了**你**，
而**你**组成了**我们**，
并不理会其他与会者，
那些人被我们认定为**他们**。[1]
争辩时不会抬高嗓门，
我们只是平静地交谈，
轮流讲述离奇的见闻，
有时就默不作声坐着，
而在时机合适时，
我轻声念起了
以我们共同名义写出的诗。

而时间作为行为的场域，
需要一种复合的语法，
带有很多语气和时态的变化，
而祈使语气最为紧要。
我们可以任意选择自己的道路，
但不管它们通往何方，
我们都必须做出选择，我们
所讲述的过去也必须真实。
人类的时间是一座城市，

1. 这里出现了一系列人称代词，可以用罗森斯托克-胡絮对人类自我意识的阐释来加以理解："你"面向未来，"我"用以回应，"我们"是对"你"的反馈并创造历史。

其中的每一位居民
都负有他人无法履行的
某种政治责任，她的这句格言
令上述断言变得很有说服力：
仔细听，凡人，免得你们无辜死去。

1972 年 8 月

短句集束(六)

我们谁也没法
青春永驻。那又如何?
友谊从来不会老去。

· · ·

帕斯卡尔应该感到宽慰,没有被他的无限空间吓坏:
上帝所造之物如此庞大,星体的碰撞非常罕见。

· · ·

大地的灾祸并不致命,
黑夜扑不灭火焰,
没有人能把风装进瓶子,
摩擦也无损于水流。

· · ·

鸟儿们的对话
只是片言只语,
却意味深长。

· · ·

唉，蝴蝶不爱搭理人，
蚊子倒很看重我们，
真是不幸。

· · ·

从什么时候开始，
臭虫第一次觉得我们
要比毡褥更美味？

· · ·

有的兽类不爱说话，
有的喋喋不休，可是，
只有一个物种会结巴。

· · ·

在哺乳动物中，
惟有人类的耳朵
可以不表达情绪。

· · ·

飞禽、走兽、游鱼、花卉，
各各执行着季节的严格指令，
而人类依循了排定的日程表，

才会去做自己该做的事。

· · ·

为了生活，
我们会自我约束，
措辞得体且含蓄节制。

· · ·

人呢，要么爱上某个人或
某样东西，要么就染上疾病，
两者必居其一。

· · ·

任何喜好都不能过度，
而所有事物都可能被人
以错误的方式爱着。

· · ·

真正的同道兄弟，
不会整齐划一地高歌，
而是会唱出和声。

· · ·

不管个人信仰如何，
所有的诗人，相应地，
都会是多神论者。

· · ·

我们必然会羡慕那些用意大利语或德语写作的诗人：
　贴切的阴性押韵没有给他们添任何的麻烦。
而我们的母语，因为摆脱了那么多的屈折变化[1]，
　很容易就可以将名词转成动词来用。

· · ·

单独会面时，大多数人都表现得很友好亲切，
　而在集体性场合，人类的举动常常像个无赖。

· · ·

政策的制定理应符合自由权、法律和同情心，
　可一般而言，它遵循的是自私、虚荣和恐惧。

· · ·

最有可能发现
盗匪的地方是在哪里？

---

1. 意大利语和德语都有繁复的词性和词尾变化的规则。

他们会合的窝点。

· · ·

在所有存在了
极端不平等的地方，
穷人会向富人行贿。

1972 年至 1973 年

谢谢你，雾

渐渐习惯了纽约的天气，
对尘霾实在太过熟悉，
而你，她未受污染的姐妹，
还有英国的冬日景象
我已全然忘记：
此刻乡土记忆已重现。

驾驶员、飞机、所有的
飞行物，因气馁而乱了方寸，
他们视你为死敌，当然会诅咒你，
可是，当你于圣诞时节受到引诱，
在威尔特郡[1]迷人的乡野
整整逗留了一个星期，
我是多么地高兴，
谁也没法急匆匆地赶路，
此时我的宇宙已缩小为
一间古老的庄园宅邸，
四位友好的个体欢聚一堂，

1. 威尔特郡位于英格兰。

吉米、塔尼娅、索尼娅和我。[1]

室外，无以名状的寂静，
因为即便那些性情活泼、
终年栖息此地的鸟儿，
譬如乌鸫和画眉鸟，
在你的哄骗下
也收敛了它们
欢快的感叹语，
公鸡不再考虑尖声啼鸣，
显得有些呆木，树梢不再
飒飒作声，已静止不动，
如此有效地将你的湿气
凝结成了确定的水滴。

屋里的具体空间
温暖舒适，正适于
回忆、阅读、做纵横字谜、
彼此亲近和说笑打趣：
晚餐过后精神为之一振

1. 吉米即英国短篇小说家詹姆斯·斯特恩(James Stern)，塔尼娅是他的妻子，奥登早在 1937 年就结识了斯特恩夫妇，此后一直保持着良好的友谊关系。索尼娅即乔治·奥威尔的遗孀，也是奥登的老朋友了。

我们呷着美酒，
愉快地围圈而坐，
谁都没有意识到自己的醉态
却会提醒别人留意他的鼻子，
我们尽可能享受这片刻欢愉，
因为这段轻松日子一结束，
我们很快就得返回那个
辛苦谋生赚钱的世界，
重又变得谨言慎行。

每一天，报纸都会在
随意无聊的议论中吐露一些
污秽与暴力的事实真相，
夏日的阳光永远无法驱散
由此引发的全球性抑郁：
愚笨的我们对此已无力阻止：
尘世间这一处悲哀的角落，
只在这特殊的间歇时段
才会如此安逸、如此欢乐，
谢谢你，谢谢你，谢谢你，雾。

1973 年 5 月

答谢辞

青春期之前，我觉得
沼泽地和森林神圣可敬：
世人看上去十分地鄙俗。

于是，当我开始写诗，
我马上就迷上了哈代、
托马斯还有弗罗斯特。[1]

坠入爱河改变了趣味，
现在，至少某个人显得很重要：
叶芝成了帮手，格雷夫斯[2]也是。

之后，毫无征兆地，
整体经济突然就崩溃了：这时，
是布莱希特接手教导了我。

---

1. 初涉诗坛的奥登广泛阅读前辈诗人的作品，学界一般关注哈代和弗罗斯特对奥登的影响，但英国诗人和随笔作家爱德华·托马斯(1878—1917)的影响也不容小觑，奥登甚至在少年习作里写诗献给他，盛赞他的诗歌的音乐性和语言魅力。
2. 即英国诗人、小说家和评论家罗伯特·格雷夫斯(1895—1985)。

最后，希特勒和斯大林
所做的令人发指的事情
迫使我开始思考上帝。

为何我确信他们都错了？
狂热的克尔恺郭尔、威廉斯[1]和刘易斯[2]
引领我回返了信仰。

现在，历经多年已成熟，
我定居在一个风景宜人的乡村，
大自然再度吸引了我。

我需要什么样的导师？
嗯，贺拉斯，这个最机敏的诗人
正在蒂沃利[3]晒太阳，

而歌德，钟情于石头，
认为牛顿将科学引向了歧途
——他从未能够证明这一点。

---

1. 即查尔斯·威廉斯，请参看本书《城市的纪念》的相关注释。
2. 即英国作家和批评家C.S.刘易斯。1931年他在好友托尔金的影响下成为基督徒，成为公认的二十世纪最重要的基督教作家之一。
3. 蒂沃利是意大利中部城市，毗邻罗马，古罗马人常去此地度假，还在此建造别墅和庄园。罗马帝国皇帝奥古斯都曾赠送一座位于蒂沃利的舒适庄园给贺拉斯。

深情地回想你们每一个：
没有了你们，我恐怕连最差劲的诗行
都没有办法写成。

或于 1973 年 5 月

不，柏拉图，不[1]

我所能想象的自我形态，
　每一个都胜过
那个非实体的**精神**，
　它不能咀嚼、不能啜饮，
不能借助外观建立联系，
　不能吸入夏日的气息
或理解言语与音乐，
　也不能凝视远方。
不，上帝恰好将我放置在
　我自己选定的地方：
地上的尘世这般有趣，
　凡人分为男男女女，
而万物已被一一命名。

　大自然赋予我的器官
我却能发挥类似的想象，

1. 奥登关于灵肉分离的思想由来已久，早在1929年的日记里就写道："身体和灵魂（非我与我）只能相依存在，但它们是不同的，若想混为一谈必然造成损害。"晚年奥登经常性地审视身体，甚至将之视为阴性的"她"，这不仅因为身体来自母亲，也因为身体终将回到地球母球的怀抱。有兴趣的读者可以结合1972年的那首《摇篮曲》来解读。

　譬如说，我的内分泌腺，
为取悦于作为主人的我、
　让我保持良好状态，
每天二十四小时拼命工作，
　不曾表露任何的不满，
（并不是说我给它们下达了指令，
　我并不知道该喊些什么，）
它们会超越目前的已知状态
　渴望另一种存在方式：
是的，很可能我的**肉体**
　正祈求“**他**”死去，
如此，“**她**”才能重获自由，
　变回无责任能力的**物质**。

1973 年 5 月

致野兽

对我们来说，从最初
降生人世的那一刻起，
就渐渐地趋于紊乱，

我们很少确切地知道
自己该做些什么，
而且，通常也不想知道，

即便有时不见踪影也听不到动静，
知道你们就在附近转悠
我们是多么地高兴，

可是，假如我们不走近，
你们中间就只有极少数
会觉得我们还值得一看。

对你们来说，所有的嗅迹
都很神圣，但我们的气味
和我们制造的东西不在其内。

你们执行大自然的政策时
是何等的迅速和干练，
而且从来不会

因受骗而处理不当，
除非是因为某种不幸
而偶然的铭记作用[1]。

你们生来就举止得体，
不会势利地挤对，
不会抛媚眼，

不会倨傲自大，
不会贸然干涉
其它生灵的私事。

你们的栖息地
舒适又私密，不像
教堂那样花哨虚饰。

当然，为保全自己不得不杀生，

---

1. 指动物生命早期由于基因遗传而起作用的一种学习机能。

但你们从不会为了赢得掌声
而去大开杀戒。

我们那些打猎的绅士看起来
多么不合乎上流社会的标准，
即便与你们中最贪心的相比。

免除了纳税的义务，
你们向来不认为
有必要掌握读写的能力，

而你们的口述文化
已启发我们的诗人
写出了动人的诗篇，

此外，虽然感知不到上帝，
你们边唱歌边进食的模样
却比我们的圣餐礼来得更神圣。

按通常说法，控制你们的
只是本能：要我说
我会称之为常识。

即便生不出一个
像莫扎特这样的天才，
你们也不会让

类似黑格尔的才智过人的傻瓜蛋
或是如霍布斯这样的可恶的聪明人
来烦扰世界。

我们会不会像你们一样，
很快就变得成熟起来？
似乎不太可能。

的确，在风和日丽的某天，
我们或许不会变成
化石，只会变成水蒸气。[1]

结果现在已经很清楚，
到最后我们都会加入你们的行列
（很快，所有的尸体看起来都会差不多），

而你们并没有流露出

---

1. 这里对应的原文“not fossils, but vapour”是双关语，隐含有“不会变成老顽固，只会变成自大狂”的意思。这是对人类傲慢态度的嘲讽。

对判决结果已了然于心的任何迹象。

自命不凡的我们

常会羡慕你们的天真无邪，

却从来不会嫉妒，喏，

原因可能就在这里？

1973 年 6 月

参照物

大自然和我父母如此宽宏大量，
为我的私人城市任命了
这么一位审查员，恰好吻合了
　　我自己的选择标准，

他禁止我去回忆任何一个痛苦印象：
恶劣的行为，不管由自己犯下还是他人所为，
意气颓丧、自暴自弃的时日，糟糕的厨艺，
　　这些立刻会被压制下来。

不过，我确实希望他们给我派来的
公诉人能少一些敌意，一大清早
他就带着无情的怨毒口气反复盘问
　　我的未来打算——

"你会一直正常纳税？""你会去哪里叫出租车？"
"你不觉得自己的那套说法很失败？"
——而迎接我的回答的是讽刺性的沉默。
　　好吧，好吧，我还得逆来顺受。

1973年8月

致吉尔伯特·怀特[1]：一封死后发表的信

这多少有些可悲，我们只能接触到那些
与我们同处一个时代的人，真是遗憾，
你和梭罗从来没有握过手(要知道
他读过你的书)，梭罗，我们听说他是个

激进的反教权人士，还是个急性子，而你是个
最安静不过的教区牧师，但我以为，他很可能
会在你的文字里发现**理想之友**，他曾如此热情地
写到过这个主题，却从来没有碰到一个。

你们两个喜静不喜动，却都热衷于散步，
天生就正派朴素，而且看起来也能免于
世俗力量的诱惑，有着类似的脾性，
你们感觉万物生灵很有趣，即便是

尽管它一副郁郁不乐又呆傻的乌龟，

---

1. 吉尔伯特·怀特是英国十八世纪的博物学家、鸟类学家和作家，他是英国塞耳彭乡村的教区牧师，终身未婚，最为知名的作品是书信体博物志《塞耳彭自然史》(*The Natural History of Selborne*)。怀特被后世誉为近代生态思想的奠基人和开创者之一，其“阿卡狄亚式”自然观念对奥登产生了影响。

也会从青蛙谦恭的行为方式、
雷声的刺耳抱怨或是彩虹的七色拱门
观察天气变幻不定的情绪，

而当你们考察两处毗邻的不同地形
和它们的候鸟群，记录猫头鹰叫声的音高，
比较着扬抑抑格和扬扬格的
回波响应，你们是那么地开心。

出于私心，我也会想方设法去结识你：
我本可以学到很多东西。我倾向于
把自己想象成一个自然爱好者，虽然
事实上并没有资格这么说。我能认出

多少种鸟类和植物？最多二十来个。
纵然如此，你仍有可能认为我是个无知
又烦人的讨厌鬼。时间让你省去了这个麻烦：
不过，感谢上帝，我还有权利来重读你的书。

1973年8月

疑问

所有人都相信
我们是由处女所生
(因为谁会去想象

父母交媾时的样子?)
而处女受孕的事[1]
早已广为人知。

可疑问仍旧还在:
基督从哪里获得了
那个特殊染色体?

1973 年 8 月

1. 指圣母马利亚处女时受圣灵感应而怀孕生下耶稣一事。

考古学

考古学家的铲子
在久已空置的
屋宅里挖掘，

发现的证据揭示了
现代人并不向往的
生活方式，

就此而言，他未必
能提供很多证明：
幸运的人！

知识或有其功用，
但猜测永远比认知
来得更为有趣。

我们当然知道，人类
出于恐惧或是爱，
总会铭记过往的死者。

一座城市遭遇的灾祸，
火山的喷发、
河流的泛滥，

或是急欲获得奴隶
和荣誉的游牧部落，
视觉上都显而易见，

而我们相当确信，
当宫殿刚刚建造落成，
它们的统治者

虽然沉溺于性事，
对阿谀奉承已无动于衷，
肯定也会不时地打呵欠。

可是，贮藏粮食的地洞
是否意味着一个饥荒之年？
某地的一套钱币废止不用，

我们是否就可以推断说
那里发生了大灾难？
也许。也许。

从壁画和雕塑中
我们得以一窥
古人们所服膺的事物，

却想象不出他们
在何种情形下会羞愧脸红
在何种情形下会耸耸肩膀。

诗人们向我们传授了神话，
但他们自己又如何看待？
这是个疑难问题。

当挪威人听到雷声，
他们当真以为是托尔[1]
在挥锤敲打？

不，我会这么说：
我敢保证，人类始终是在
神话和离奇故事里打发时日，

他们真切又热诚

1. 托尔是北欧神话中的雷神，也是战争神和农业神。

总是会认可各种理由的
仪式活动。

惟有在仪式中
我们才能弃绝自身的怪异，
变得真正地完整。[1]

并不是说所有的仪式
都应该受到同等的信赖：
有些其实很可恶。

被钉上十字架的那位
最不愿意用屠杀
来让**他**得到满足。

尾声

从考古学中，
至少可以汲取一个教训，
即，我们所有的

1. “完整”对应的原文为“entire”，通常用作形容词和名词，奥登在《牛津英语词典》里发现，这个词做动词使用有着悠久的历史，比直接用“unite”更有动态感。

学校教科书都在说谎。
他们称之为历史的东西
并不值得去夸耀，

事实上，正是我们
内在的恶创造了它：
善是超越时间的。

1973 年 8 月

译后记(代跋)

初秋九月,将几经磨合的终校稿交付编辑时,似乎只是发出了一封寻常的邮件。

此刻正坐中饮茶,茶苦而回甘。细想译介奥登的前后事,心情亦如这茶滋味。之前开始动手尝试时,如果知道要耗费如此多的精神心力、会延续这么长的时程,我还会有决心去做么?

说实话,当时并没有太多想法,只是这么一步一步地往前走。走着走着,又有缘遇上几个会心的同路人,路也就慢慢地走通了。将奥登诗作较完整地引入中文读者的世界,到今天,这件事终于可以说是初步做成了。

毕其功者,非一人之力。在下卷所附的这篇短记中,我很想感谢几个人。

第一个当然是浙江财经大学人文学院的蔡海燕博士。我们是因翻译奥登而结识,2009 年初见面时,她还在浙江大学比较文学与世界文学研究所念博士。两人一见如故,而我发现她对奥登作品和创作背景的了解恰可以补足我的很多不足;上下卷译稿合成后超过了一千页,为便于读者对诗作本文的理解,加入了很多背景介绍和所用典故的注释,诗集上卷的译者序,也主要依据海燕的博士论文扩充写成。海燕为此付出了很多努力与辛苦,这是必须要予以重申的。收入诗选的每一首,都经过我和她很多次的讨论和修改。头几年,我们还在用 messenger 进行线上讨论,因为对原文理解和译文处理的不同看法，我们会援引论据来说服对方，有时还发生了激烈的论争。这样的情景，是认真到有些可笑的，但今天回想起来，却是很可珍惜的回忆。毋庸置疑，对奥登诗文的共同热爱，才能让彼此的合作能保持这么长久。而倘若没有得到海燕的协助，由我一人独力完成，《奥登诗选》要顺利问世会很困难，也不会做到今天的程度。

第二个要感谢的，是奥登文学遗产基金会的门德尔松教授。得知我们在做奥登译介后，他热情地给予了多方面的指导，也包括在版权联络上的引介，这为奥登作品的引进提供了不少方便。而且，门德尔松教授还不辞繁冗，为诗集的上下卷分别撰写了《前言》。这两篇文字勾勒出奥登前后期创作的脉络和特色，简要阐明了其内蕴意涵；对中文世界的读者来说，它们将是测听奥登原声的不二指南。

第三个要感谢的是译文社的黄昱宁女士。当我和海燕很莽撞地带着上卷译稿去上海时，黄女士给了我们及时的肯定，鼓舞了我们的信心；其后几年，她一直在跟进我们这项工作的进展。此后，由她主持，更对原有规划加以扩展，筹划了奥登文集的出版项目。除开已出版的旅行记《战地行纪》和《奥登诗选》上下卷以外，译文社后续即将推出奥登散文集《染匠之手》和《序跋集》。《奥登诗选》和文集其他译作的诞生，黄昱宁女士是不可或缺的推手，她不仅有一双见微知著的慧眼，更有作为出版人的决断力。

由黄女士出面邀请，诗人、译者王家新先生参与了诗集上下卷的审校。家新先生是诗歌创作和译介上的前辈，得到他的鼎力支持，对译文的整体品质无疑是一个重要的保证。我们仔细读过他所标出的每一条译文处理的意见，在此也必须表示诚挚的感谢。

责编顾真是译文社的青年才俊，本身也是文笔出色的译者。在上下卷的译稿交付后，由他负责通读审看。他一字一句都不放过，挑出了很多存有讹误或文句不通的地方，对译稿的最后完成亦贡献良多。因此，不妨可以说，这个译本的诞生及其品质，也是译者和责编的共同成果。在上下卷出版的过程中，遇事便会和他联络，留下了许多美好回忆。苏沪之间往来便利，我每到上海必会与他碰面，彼此也成了很好的朋友。

当然也要感谢我和蔡海燕博士各自的家人和朋友。在这个喧闹而略显迷乱的时代，你们一如既往的理解和后援支持，共同促成了这部译诗集的问世。

最后，也要感谢《诗选》的每一位读者。当你们将目光稍停在诗集某一页时，请接受邀请，一同来默诵奥登的篇章。我很难保证奥登的每一首诗都能打动你，亦很难保证译文必能符合你们的期待（正如上卷《译者序》中所说，“译文本身也并非一个固化的存在，而是一个持续改善的动态过程，它正期待着今后的合理修正”）。但是，我相信，这些诗句一旦被你们亲口诵出，就将又一次地获得它们新鲜的生命。

2015年9月

修订版补记：

自《奥登诗选》两卷出版以来，陆陆续续一直都有收到来自专家学者和读者的反馈（蔡海燕博士和南京大学张子清教授还为这次修订提供了书面意见）。这次，借整理修订版译稿之际，我一一细读了这些意见，其中合理的部分，在译文中都作出了相应改正。

正如我在“译者序”中所说，“译文本身也并非一个固化的存在，而是一个持续改善的动态过程”。这样得“纠错”，在我而言，正是对如上信念的一次认真的践行。在此，谨向所有贡献意见的朋友致以敬意。是你们鼓舞和支持了我的工作。

2021 年 3 月